勇气

胆量

果敢

"哈利·波特"系列作品

哈利·波特与魔法石

哈利·波特与密室

哈利·波特与阿兹卡班囚徒

哈利·波特与火焰杯

哈利·波特与凤凰社

哈利·波特与"混血王子"

哈利·波特与死亡圣器

哈利·波特与被诅咒的孩子

"哈利·波特"衍生作品

(霍格沃茨图书馆系列)

神奇的魁地奇球

神奇动物在哪里

诗翁彼豆故事集

J.K. ROWLING

哈利·波特与火焰杯

〔英〕J.K. 罗琳 / 著　　马爱农　马爱新 / 译

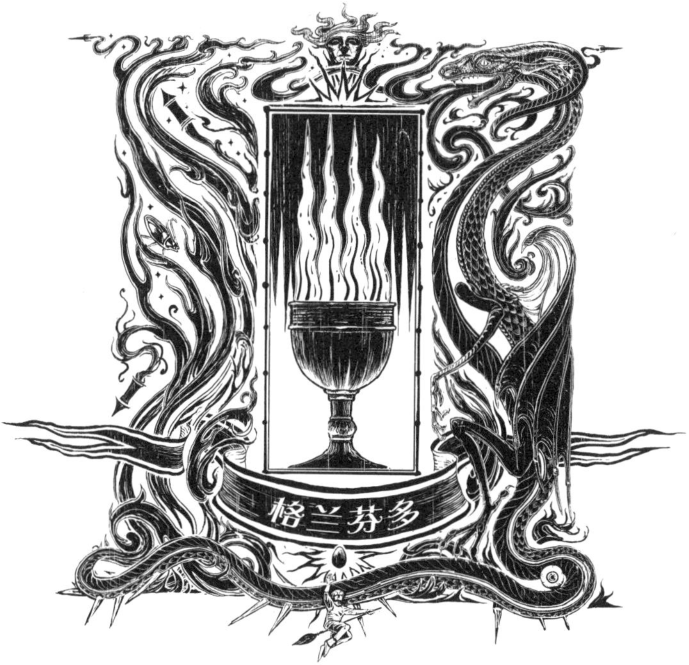

人民文学出版社
PEOPLE'S LITERATURE PUBLISHING HOUSE

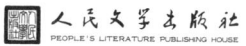

著作权合同登记号　图字　01-2018-5447

Harry Potter and the Goblet of Fire
First published in Great Britain in 2000 by Bloomsbury Publishing Plc
Copyright © 2000 by J.K. Rowling
Cover and interior illustrations by Levi Pinfold © Bloomsbury Publishing Plc 2020
Chapter illustrations by Mary GrandPré © 2000 by Warner Bros
Wizarding World, Publishing and Theatrical Rights © J.K. Rowling
Wizarding World characters, names and related indicia are TM and © Warner Bros. Entertainment Inc
Wizarding World TM & © Warner Bros. Entertainment Inc

图书在版编目（CIP）数据

哈利·波特与火焰杯．格兰芬多/（英）J.K.罗琳著；马爱农，马爱新译．—北京：人民文学出版社，2021
ISBN 978-7-02-016606-0

Ⅰ.①哈…　Ⅱ.①J…②马…③马…　Ⅲ.①儿童小说—长篇小说—英国—现代　Ⅳ.①I561.84

中国版本图书馆CIP数据核字（2021）第198331号

策划编辑	王瑞琴
责任编辑	马　博
美术编辑	刘　静
责任印制	苏文强
出版发行	人民文学出版社
社　　址	北京市朝内大街166号
邮政编码	100705
印　　刷	北京盛通印刷股份有限公司
经　　销	全国新华书店等
字　　数	522千字
开　　本	830毫米×1092毫米　1/32
印　　张	20.125
版　　次	2021年11月北京第1版
印　　次	2021年11月第1次印刷
书　　号	978-7-02-016606-0
定　　价	88.00元

如有印装质量问题，请与本社图书销售中心调换。电话：010-65233595

献给彼得·罗琳，

为着纪念里德利先生；

献给苏珊·斯莱登，

她帮助哈利从储物间里出来

戈德里克·格兰芬多

目 录

格兰芬多学院简介 　　　　　　　　　viii

霍格沃茨魔法学校地图 　　　　　　　　x

哈利·波特与火焰杯 　　　　　　　　　1
第一章至第三十七章

鲁伯·海格 —— 格兰芬多 　　　　　　624

霍格沃茨的魔法画作 　　　　　　　　626

三强争霸赛：一份测试题 　　　　　　629

由李维·平菲尔德绘制学院插画

 # 格兰芬多

♦ 学院简介 ♦

你也许属于格兰芬多，
那里有埋藏在心底的勇敢，
他们的胆识、气魄和侠义，
使格兰芬多出类拔萃。

——分院帽

当熊熊火焰从四条巨龙的嘴里喷向天空时，哈利·波特知道，三强争霸赛的第一个项目等待他的将是烈火的考验。三强争霸赛是一项传奇赛事，目的是促进不同国家年轻巫师间的互相了解。比赛期间，霍格沃茨魔法学校有幸接待了布斯巴顿和德姆斯特朗两所学校。哈利在不情愿的情况下被塞进了争霸赛，意外地成为第四名勇士；他不仅要面临最老练的傲罗才经受的挑战，还要面临霍格沃茨其他学院的敌意：许多人都坚信塞德里克·迪戈里才是他们真正的勇士。

格兰芬多学院的颜色——红色和金色——代表着源自火元素的火焰，象征着活力和激情。这所学院的成员以其高调的英雄主义和冲动的行为而著称，不过，哈利要想顺利活过这一年，必须依靠格兰芬多的两个更为坚定的特征，即果敢和勇气。

在哈利准备每一项任务时，赫敏·格兰杰都是他从不动摇的盟友，她帮助他掌握了飞来咒——后来这个咒语救了哈利的命。在这充满新鲜事的一年里，赫敏以无所畏惧的决心，为家养小精灵争取权益，创建了"家养小精灵权益促进会"，证明自己是一个不折不扣的格兰芬多。她还抽时间致力于促进国际魔法合作，主要是在图书馆——她在那里获得了魁地奇球星威克多尔·克鲁姆的青睐。

小天狼星布莱克的直觉被证明是正确的。小巴蒂·克劳奇，伏地魔阴险的信徒，一直对哈利怀有不可告人的险恶用心。在第三个项目中，哈利和塞德里克共同拿到三强杯，无意中促成了黑魔头的重生。在小汉格顿的墓地里，在目睹了朋友不幸遇害之后，哈利面临着对他勇气的终极考验。哈利手里只有那根冬青木和凤凰羽的魔杖，他决心与伏地魔决一死战。格兰芬多学院由戈德里克·格兰芬多创建，被分到这所高尚学院的人，往往不愿意得且过。在即将到来的对抗黑魔头势力的战争中，格兰芬多肯定会不负众望，发挥自己的作用。

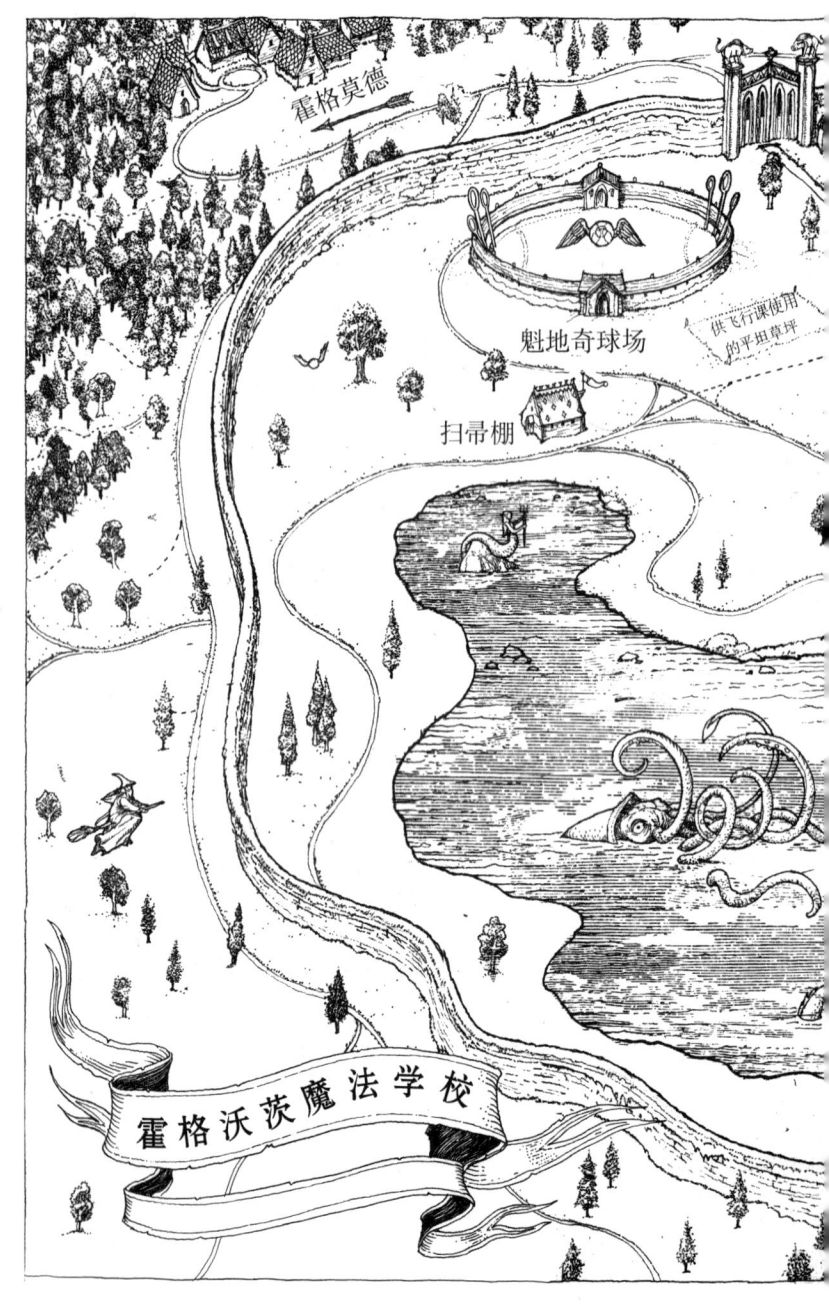

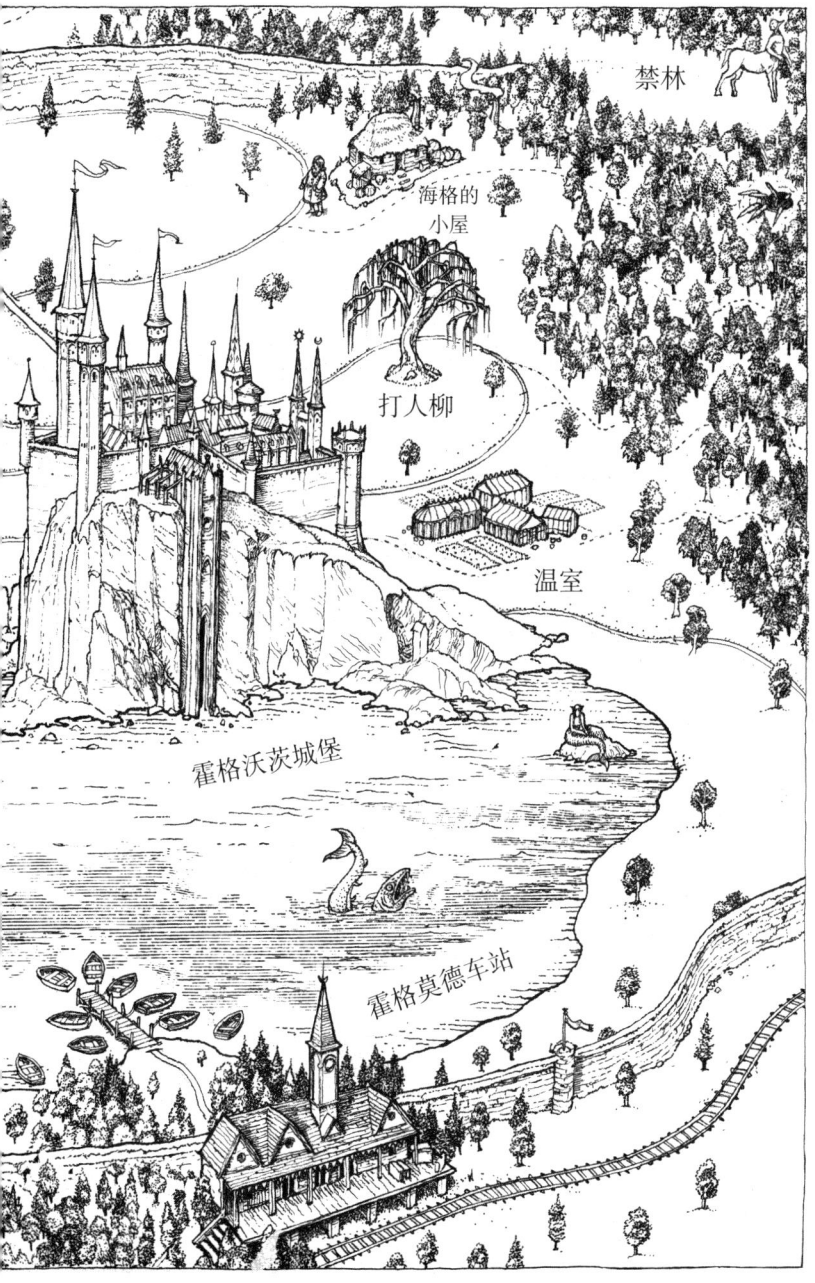

第1章

里德尔府

小汉格顿的村民们仍然把这座房子称为"里德尔府",尽管里德尔一家已经多年没有在此居住了。房子坐落在一道山坡上,从这里可以看见整个村子。房子的几扇窗户被封死了,房顶上的瓦残缺不全,爬山虎张牙舞爪地爬满了整座房子。里德尔府原先是一幢很漂亮的大宅子,是方圆几英里之内最宽敞、最气派的建筑,如今却变得潮湿、荒凉,常年无人居住。

小汉格顿的村民们一致认为,这幢老房子"怪吓人的"。半个世纪前,这里发生了一件离奇而可怕的事,直到现在,村里的老辈人没有别的话题时,还喜欢把这件事扯出来谈论一番。这个故事被人们反复地讲,许多地方又被添油加醋,所以真相到底如何,已经没有人说得准了。不过,故事的每一个版本都是以同样的方式开头的:五十年前,里德尔府还是管理有方、气派非凡的时候,在一个晴朗夏日的黎明,一个女仆走进客厅,发现里德尔一家三口都气绝身亡了。

女仆一路尖叫着奔下山坡,跑进村里,尽量把村民们都唤醒。

"都躺着,眼睛睁得大大的!浑身冰凉!还穿着晚餐时的衣服!"

警察被叫来了，整个小汉格顿村都沉浸在惊讶和好奇之中，村民们竭力掩饰内心的兴奋，却没有成功。没有人浪费力气，假装为里德尔一家感到悲伤，因为他们在村子里人缘很坏。老夫妇俩很有钱，但为人势利粗暴，他们那个已经成年的儿子汤姆，说起来你也许不信，竟比父母还要坏上几分。村民们只关心凶手究竟是何许人——显然，三个看上去十分健康的人，是不可能在同一个晚上同时自然死亡的。

那天夜里，村里的吊死鬼酒馆生意格外兴隆，似乎全村的人都跑来谈论这桩谋杀案了。他们舍弃了家中的火炉，并不是一无所获，因为里德尔家的厨娘咋咋呼呼地来到他们中间，并对突然安静下来的酒馆顾客们说，一个名叫弗兰克·布莱斯的男人刚刚被逮捕了。

"弗兰克！"几个人喊了起来，"不可能！"

弗兰克·布莱斯是里德尔家的园丁。他一个人住在里德尔府庭园中的一间破破烂烂的小木屋里。当年弗兰克从战场上回来，一条腿僵硬得不听使唤，并且对人群和噪音极端反感，此后就一直为里德尔家干活。

酒馆里的人争先恐后地给厨娘买酒，想听到更多的细节。

"我早就觉得他怪怪的，"厨娘喝下第四杯雪利酒后，告诉那些眼巴巴洗耳恭听的村民们，"冷冰冰的，不爱搭理人。我相信，如果我想请他喝一杯茶，非得请上一百遍他才答应。他从来不喜欢跟人来往。"

"唉，怎么说呢，"吧台旁边的一个女人说，"弗兰克参加过残酷的战争。他喜欢过平静的生活，我们没有理由……"

"那么，还有谁手里有后门的钥匙呢？"厨娘粗声大气地说，"我记得，有一把备用钥匙一直挂在园丁的小木屋里！昨晚，没有人破门而入！窗户也没有被打坏！弗兰克只要趁我们都睡着的时候，偷偷溜进大宅子……"

第 1 章　里德尔府

村民们默默地交换着目光。

"我一直觉得他那样子特别讨厌,真的。"吧台旁边的一个男人嘟哝着说。

"要是让我说呀,是战争把他变得古怪了。"酒馆老板说。

"我早就对你说过,我可不愿意得罪弗兰克,是吧,多特?"角落里一个情绪激动的女人说。

"脾气糟透了。"多特热切地点着头,说道,"我还记得,他小的时候……"

第二天早晨,小汉格顿的人几乎都相信是弗兰克·布莱斯杀死了里德尔全家。

然而在邻近的大汉格顿镇上,在昏暗阴沉的警察局里,弗兰克固执地一遍又一遍重复自己是无辜的。他说,在里德尔一家死去的那天,他在宅子附近只见到一个人,是个他不认识的十多岁男孩,那男孩头发黑黑的,脸色苍白。村里的其他人都没有见过这样一个男孩,警察们认定这是弗兰克凭空编造的。

就在形势对弗兰克极为严峻的时候,里德尔一家的尸体检验报告回来了,一下子扭转了整个局面。

警察从没见过比这更古怪的报告了。一组医生对尸体做了检查,得出的结论是:里德尔一家谁也没有遭到毒药、利器、手枪的伤害,也不是被闷死或勒死的。实际上,报告以一种明显困惑的口气接着写道,里德尔一家三口看上去都很健康——只除了一点,他们都断了气儿。医生们倒是注意到(似乎他们决意要在尸体上找出一点不对劲儿的地方),里德尔家的每个人脸上都带着一种惊恐的表情——可是正如已经一筹莫展的警察所说,谁听说过三个人同时被吓死的呢?

既然没有证据证明里德尔一家是被谋杀的,警察只好把弗兰克放了出来。里德尔一家就葬在小汉格顿的教堂墓地里,在其后的一段时间，他们的坟墓一直是人们好奇关注的对象。使大家感到惊讶和疑虑丛生的是，弗兰克·布莱斯居然又回到了里德尔府庭园他的小木屋里。

"我个人认为，是弗兰克杀死了他们，我才不管警察怎么说呢。"多特在吊死鬼酒馆里说，"如果他稍微知趣一些，知道我们都清楚他的所作所为，他就会离开这里。"

但是弗兰克没有离开，他留了下来，为接下来住在里德尔府的人家照料园子，然后又为再下面的一家干活——这两家人都没有住很长时间。新主人说，也许一部分是因为弗兰克的缘故吧，他们总觉得这地方有一种阴森吓人的感觉。后来由于无人居住，宅子渐渐失修，变得破败了。

最近拥有里德尔府的那个富人，既不住在这里，也不把宅子派什么用场。村里的人说，他留着它是为了"税务上的原因"，但谁也不清楚到底是怎么回事。不过，这位富裕的宅主继续花钱雇弗兰克当园丁。弗兰克如今快要过七十七岁的生日了，耳朵聋得厉害，那条坏腿也比以前更僵硬了。但天气好的时候，人们仍然能看见他在花圃里磨磨蹭蹭地干活，尽管杂草在向他身边悄悄蔓延，他想挡也挡不住。

况且，弗兰克要对付的不仅是杂草。村子里的男孩总喜欢往里德尔府的窗户上扔石头。弗兰克费了很大心血才保持了草地的平整，他们却骑着自行车在上面随意碾压。有一两次，男孩们因为互相打赌，还闯进了老宅。他们知道老弗兰克一心一意地护理宅子和庭园，几乎到了一种痴迷的程度，所以愿意看到他一瘸一拐地穿过园子，挥舞着拐杖，用沙哑的嗓子朝他们嚷嚷。每当这时，他们就觉得特别开心。弗兰克呢，他相信这些男孩之所以折磨他，是因为他们和他们的父母、祖父母一样，认为他是一个杀人犯。因此，在

第 1 章 里德尔府

那个八月的夜晚,当弗兰克一觉醒来,看见老宅上面有异常的动静时,还以为是那些男孩又想出了新的花招来折磨他了。

弗兰克是被那条坏腿疼醒的,如今他上了年纪,腿疼得越发厉害了。他从床上起来,瘸着腿下楼走进厨房,想把热水袋灌满,暖一暖僵硬的膝盖。他站在水池边,往水壶里灌水,一边抬头朝里德尔府望去,他看见楼上的窗户闪着微光。弗兰克立刻就明白了是怎么回事。那些男孩又闯进老宅了,那微光闪闪烁烁,明暗不定,看得出他们还生了火。

弗兰克的屋里没有装电话,而且自从当年为了里德尔一家猝死的事,警方把他带去审问之后,他就对警察有了一种深深的不信任感。他赶紧把水壶放下,拖着那条坏腿,尽快地返回楼上,穿好衣服,旋即又回到厨房。他从门边的钩子上取下那把锈迹斑斑的旧钥匙,拿起靠在墙边的拐杖,走进夜色中。

里德尔府的前门没有被人强行闯入的迹象,窗户也完好无损。弗兰克一瘸一拐地绕到房子后面,停在一扇几乎完全被爬山虎遮住的门边,掏出那把旧钥匙,插进锁孔,无声地打开了门。

弗兰克走进洞穴般幽暗的大厨房,他已经很多年没有进来过了。四下里漆黑一片,但他仍然记得通往走廊的门在哪里。他摸索着走过去,一股腐烂的气味扑鼻而来。他竖起耳朵,捕捉头顶上的每一丝脚步声或说话声。他来到走廊上,这里因为有前门两边的大直棂窗,多少透进了一点儿光线。他开始上楼,心想多亏了石阶上积着厚厚的灰尘,使他的脚步声和拐杖声发闷,不易被人察觉。

在楼梯平台上,弗兰克向右一转,立刻看到了闯入者在什么地方。就在走廊的尽头,一扇门开着缝,一道闪烁的微光从门缝里射出来,在黑乎乎的地板上投出一道细长的金色光影。弗兰克侧着身子,小心地一点点靠近,手里紧紧攥着拐杖。在离门口几步远的地方,他可以透过窄窄的门缝看见房间里的情景。

他现在看到了，那火是生在壁炉里的。这使他感到很意外。他停住脚步，竖起耳朵，只听见房间里传来一个男人的说话声，那声音显得胆怯、害怕。

"瓶子里还有呢，主人，如果您还饿，就再喝一点儿吧。"

"待会儿再说。"又一个声音说。这也是一个男人——但声音尖得奇怪，而且像寒风一样冰冷刺骨。不知怎的，这声音使弗兰克脖子后面稀少的头发都竖了起来。"把我挪到炉火边去，虫尾巴。"

弗兰克把右耳贴到门上，想听得更清楚些。房间里传来一只瓶子放在某个坚硬的东西上的当啷声，然后是一把重重的椅子在地板上拖过时发出的刺耳的摩擦声。弗兰克瞥见一个小个子男人，背对着门，正在推动一把椅子。他穿着一件长长的黑斗篷，后脑勺上秃了一块。随后，他又不见了。

"纳吉尼在哪儿？"那个冰冷的声音问。

"我——我不知道，主人。"第一个声音紧张地说，"我想，它大概在房子里到处看看……"

"我们睡觉前，你挤些它的毒液，虫尾巴。"第二个声音说，"我夜里还需要补充力量。这一路上可把我累坏了。"

弗兰克皱紧眉头，又把那只好耳朵往门上贴了贴，使劲儿听着。房间里静了片刻，然后那个被称作虫尾巴的人又说话了。

"主人，我能不能问一句，我们要在这里待多久？"

"一个星期，"那个透着寒意的声音说，"也许还要更长。这地方还算舒适，而且那计划暂时还不能实施。在魁地奇世界杯赛结束前就草率行事是不明智的。"

弗兰克把一根粗糙的手指伸进耳朵，转了几下。肯定是耳垢积得太多了，他居然听见了"魁地奇"这样一个怪词，根本就不成话。

"魁——魁地奇世界杯赛，主人？"虫尾巴说，（弗兰克用手指更使劲地掏耳朵。）"请原谅，可是我——我不明白——我们为

第 1 章 里德尔府

什么要等到世界杯结束呢?"

"傻瓜,因为在这个时候,巫师们从世界各地涌进这个国家,魔法部那些爱管闲事的家伙全部出动了,他们站岗放哨,留意有没有异常的活动,反复盘查每个人的身份。他们一门心思就想着安全、安全,生怕麻瓜们注意到什么。所以我们必须等待。"

弗兰克不再掏耳朵了。他准确无误地听见了"魔法部""巫师"和"麻瓜"这些字眼。显然,这些词都具有神秘的含义,而据弗兰克所知,只有两种人才会说暗语:特务和罪犯。弗兰克更紧地攥住拐杖,更凝神地听着。

"这么说,主人的决心仍然没变?"虫尾巴轻声问。

"当然没变,虫尾巴。"那个冰冷的声音里现在带着威胁的口气了。

之后是片刻的沉默 —— 随即虫尾巴说话了,他的话像湍急的河水一样从嘴里涌出来,似乎他在强迫自己在丧失勇气前把话说完。

"没有哈利·波特也能办成,主人。"

又是沉默,比刚才延续的时间更长,然后 ——

"没有哈利·波特?"第二个声音轻轻地问,"我明白……"

"主人,我说这话不是因为关心那个男孩!"虫尾巴说,他的声音突然抬高了,变得尖厉刺耳,"我才不在乎那个男孩呢,根本不在乎! 我只是想,如果我们使用另外的巫师 —— 不管是男是女 —— 事情就可以速战速决了! 如果您允许我离开您一小会儿 —— 您知道我可以自如地伪装自己 —— 我两天之内就回到这里,带回一个合适的人选 ——"

"我可以使用另外的巫师,"那个冰冷的声音轻轻地说,"这主意不错……"

"主人,这是合乎情理的。"虫尾巴说,口气舒缓多了,"要去加害哈利·波特太困难了，他现在受到了严密的保护——"

"所以你主动提出，要给我找一个替代品来？我想……也许这份伺候我的工作已经使你厌烦了，是吗，虫尾巴？你建议放弃原计划，是不是只想抛弃我呢？"

"主人！我——我没有要离开您的意思，压根儿没有——"

"不要对我撒谎！"第二个声音咝咝地说，"我什么都清楚，虫尾巴！你一直在后悔回到我这里来。我使你感到厌恶。我看得出你一看见我就畏缩，我感觉到你一碰到我就全身发抖……"

"不是这样的！我对主人忠心耿耿——"

"什么忠心耿耿，你只是胆小罢了。如果你有别的地方可去，决不会到这里来的。而我呢，我每隔几小时就需要你喂我，离开你我怎么活得下去？谁给纳吉尼挤毒液呢？"

"可是您看上去强壮多了，主人——"

"说谎，"第二个声音轻轻地说，"我没有强壮起来，几天工夫就会夺走我在你马马虎虎的照料下恢复的一点元气。别出声！"

正在结结巴巴、语无伦次地说着什么的虫尾巴，这时立刻沉默下来。在那几秒钟内，弗兰克只能听见火苗噼噼啪啪燃烧的声音。然后，第二个声音又说话了，声音很低很低，像是从喉咙里发出的咝咝声。

"我使用那个男孩自有我的道理，这已经向你解释过了，我不会使用其他人的。我已经等了十三年了，再多等几个月也无妨。至于那个男孩受到严密保护，我相信我的计划会起作用的。现在就需要你有一点勇气，虫尾巴——你得有勇气，除非你希望感受一下伏地魔大发雷霆的——"

"主人，请让我说一句！"虫尾巴说，声音里带着恐慌，"在我们这一路上，我脑子里反复盘算着那个计划——主人，伯莎·乔金斯的失踪很快就会引起人们的注意，如果我们再干下去，如果我

第 1 章　里德尔府

杀死了——"

"如果？"第二个声音耳语般地说，"如果？如果你按我的计划行事，虫尾巴，魔法部就永远不会知道还有谁死了。你悄悄地去做，不要大惊小怪。我真希望能亲自动手，可是按我目前的状况……过来，虫尾巴，只要再死一个人，我们通往哈利·波特的道路上就没有障碍了。我并没有要求你独自行动。到那时候，我忠实的仆人就会加入我们——"

"我就是一个忠实的仆人。"虫尾巴说，声音里含着一丝淡淡的不快。

"虫尾巴，我需要一个有脑子的人，一个对我绝对忠诚、从不动摇的人，而你呢，很不幸，这两个条件都不符合。"

"是我找到您的，"虫尾巴说，声音里带着明显的恼怒，"是我把您找到的，是我把伯莎·乔金斯给您带来的。"

"那倒不假，"第二个男人用打趣般的口吻说，"真没想到你还能说出这么聪明的话来，虫尾巴——不过，说句实话，你把那女人抓来时，并没有意识到她多么有用，对不对？"

"我——我知道她会有用的，主人——"

"撒谎，"第二个声音又说道，那种冷冰冰的打趣口吻更明显了，"不过，我不否认她提供的情报很有价值。要不是那个情报，我就不可能想出我们的计划。这个嘛，虫尾巴，你自会得到奖赏。我允许你为我完成一件十分重要的任务，那是我的许多追随者都争着献上右手去完成的……"

"是——是吗，主人？什么——"虫尾巴的声音又变得恐慌起来。

"啊，虫尾巴，你难道想破坏这份意外之喜吗？最后才轮到你出场呢……不过我向你保证，你将有幸和伯莎·乔金斯一样有用。"

"您……您……"虫尾巴的声音突然沙哑了,他的嘴似乎变得很干,"您……您想……把我也杀死?"

"虫尾巴,虫尾巴,"那个冰冷的声音圆滑地说,"我为什么要杀死你呢?我杀死伯莎·乔金斯是迫不得已。在我审问完之后,她就没有用了,完全没有用了。不管怎样,如果她带着假期里遇见你的消息回到魔法部,人们就会提出许多难以应付的问题。原本应该死了的巫师是不会在路边的小客栈里遇见魔法部的女巫师的……"

虫尾巴又嘟哝了几句什么,声音太低,弗兰克没有听清,但他的话使第二个男人哈哈大笑起来——这是一种十分阴险的笑,跟他说的话一样寒气逼人。

"我们本可以改变她的记忆是不是?可是碰到一个法力强大的巫师,遗忘咒就不起作用了,这一点我在审问她时已经得到了证实。不利用一下我从她那里得到的情报,这对她的记忆也是一种侮辱啊,虫尾巴。"

在外面的走廊里,弗兰克突然意识到自己攥着拐杖的手已经被汗水湿透了。冰冷声音的男人杀死了一个女人。他谈论这件事的时候,没有一丝一毫的悔意——用的是一种打趣的口吻。这个人很危险——是一个亡命徒。他还在计划杀死更多的人——那个男孩,名叫哈利·波特的,不知道是谁——现在正处在危险中——

弗兰克知道他必须做什么了。这个时候非找警察不可了。他要偷偷溜出老宅,径直奔向村里的电话亭……可是那个冰冷的声音又说话了,弗兰克待在原地,像是被冻僵了一样,拼命集中精力听着。

"只要再来一次谋杀……我在霍格沃茨的忠实仆人……哈利·波特注定是我的了,虫尾巴。就这么定了,没什么可说的。慢着,你别作声……我好像听见了纳吉尼的声音……"

第二个男人的声音变了,发出一些弗兰克从未听见过的怪声;

第1章　里德尔府

他不歇气地发出咝咝声和呼噜呼噜声。弗兰克认为他一定是发病了。

就在这时，弗兰克听见身后漆黑的走廊里传来了动静。他转身一看，顿时吓得呆在了那里。

什么东西窸窸窣窣地滑过漆黑的走廊地板朝着他过来了。当那东西渐渐接近门缝里射出的那道壁炉的火光时，弗兰克惊恐万状地发现，那是一条巨蛇，至少有十二英尺长。弗兰克吓得呆若木鸡，站在那里望着它波浪般起伏的身体，在地板上厚厚的灰尘中留下蜿蜒曲折的、宽宽的轨迹，慢慢地越来越近 —— 他怎么办呢？要逃也只能逃进那两个男人正在密谋杀人的房间，可是如果待在原地，这条蛇肯定会把他咬死 ——

还没等他拿定主意，巨蛇已经横在他面前，然后又神奇地、令人不可思议地滑了过去。它听从门后那个冰冷的咝咝声和呼噜呼噜声的召唤，几秒钟后，它那钻石图案的尾巴就从门缝里消失了。

这时，弗兰克额头上已渗出了汗珠，抓着拐杖的手抖个不停。房间里，那冰冷的声音继续咝咝地响着，弗兰克突然产生了一个奇怪的想法，一个荒唐的想法……这个人能跟蛇说话。

弗兰克不明白这一切到底是怎么回事。现在他最渴望的就是抱着热水袋回到床上。问题是他的双腿似乎不愿挪动。他站在那里，浑身瑟瑟发抖。他努力控制住自己。就在这时，那冰冷的声音猛地又说起了人话。

"纳吉尼带回了一个有趣的消息，虫尾巴。"那声音说。

"是 —— 是吗，主人？"虫尾巴说。

"当然是。"那声音说，"据纳吉尼说，有一个老麻瓜，现在就站在这个房间外面，一字不漏地听着我们说话。"

弗兰克没有机会躲藏了，里面传来脚步声，随即房门一下子被打开了。

弗兰克面前站着一个秃顶的矮个子男人，花白的头发，尖尖的鼻子，一双小眼睛水汪汪的，脸上带着既恐惧又警惕的表情。

"请他进来，虫尾巴。你怎么不懂礼貌呢？"

那冰冷的声音是从壁炉前那把古老的扶手椅后发出来的，但弗兰克看不见说话的人。而那条蛇已经盘踞在壁炉前破烂的地毯上，如同在模仿一只哈巴狗，样子十分狰狞。

虫尾巴示意弗兰克进屋。弗兰克尽管全身颤抖得厉害，还是攥紧拐杖，一瘸一拐地迈过了门槛。

炉火是房间里唯一的光源，把长长的、蛛网状的影子投到了墙上。弗兰克盯着扶手椅的背后，坐在椅子里的人似乎比他的仆人虫尾巴还要矮小，弗兰克甚至看不见他的后脑勺。

"你什么都听见了，麻瓜？"那冰冷的声音问。

"你叫我什么？"弗兰克强硬地说，既然已经进了房间，既然必须采取行动，他的胆子反倒大了起来。在战场上经常就是这样的情况。

"我叫你麻瓜，"那声音冷冷地说，"就是说，你不是个巫师。"

"我不知道你说的巫师是什么意思。"弗兰克说，声音越来越平稳了，"我只知道，今晚我听到的东西足以引起警察的兴趣。你们杀了人，还在策划着要杀更多的人！我还要告诉你们，"他突然灵机一动，说道，"我老伴知道我上这儿来了，如果我不回去——"

"你没有老伴，"那冰冷的声音慢条斯理地说，"没有人知道你在这儿。你没有对别人说过你上这儿来。麻瓜，不要对伏地魔大人说谎，他什么都知道……什么都知道……"

"你说什么？"弗兰克粗暴地说，"大人，是吗？哼，我认为你的风度可不怎么样，我的大人！你为什么不像个男人一样，把脸转过来看着我呢？"

"因为我不是个人，麻瓜，"那冰冷的声音说，声音很低，几乎

第 1 章　里德尔府

被炉火的噼啪声盖住了,"我比人要厉害得多。不过 …… 好吧!我就面对你一下 …… 虫尾巴,过来把我的椅子转一转。"

仆人发出一声呜咽。

"你听见没有,虫尾巴!"

小个子男人愁眉苦脸,仿佛他最不愿做的事就是走近他的主人,走近那条蛇盘踞的地毯;他慢慢地走上前,开始转动扶手椅。椅腿撞在地毯上时,巨蛇昂起丑陋的三角形脑袋,发出轻微的嘶嘶声。

现在,椅子面对着弗兰克了,他看见了上面坐着的是什么。拐杖啪哒一声掉在地上。他张开嘴,发出一声凄厉的喊叫。他喊叫的声音太响了,没有听见椅子上那个家伙举起一根棍子时嘴里说了些什么,而且永远也不会听见了。一道绿光闪过,一阵嗖嗖的声音响起,弗兰克·布莱斯瘫倒在地。在倒地之前他就已经死了。

两百英里之外,那个名叫哈利·波特的男孩猛地从梦中惊醒。

第2章

伤 疤

哈利直挺挺地躺在床上，呼哧呼哧喘着粗气，好像刚才一直在奔跑似的。他从一个非常逼真的梦中惊醒，双手紧紧捂在脸上。在他的手指下面，那道闪电形的伤疤火辣辣地疼，仿佛有人刚将一根白热的金属丝按压在他的皮肤上。

他坐了起来，一只手捂着伤疤，另一只手在黑暗中摸索着去拿床头柜上的眼镜。他戴上眼镜，卧室里的景物慢慢变得清晰起来，窗外街灯的灯光透过窗帘，给卧室笼罩了一层朦朦胧胧的橙红色柔光。

哈利又用手指抚摸伤疤，仍然疼得厉害。他打开身边的台灯，翻身下床，穿过房间，打开衣柜，朝柜门内侧的镜子望去。镜子里一个瘦瘦的十四岁男孩在看着他，乱蓬蓬的黑头发下面是一对绿莹莹的、充满困惑的眼睛。哈利更仔细地端详镜子里他额头上的伤疤，看不出有什么异常，可是仍然钻心地疼。

哈利竭力回忆刚才梦中的情景。一切都是那么逼真……有两个人他认识，还有一个他不认识……他皱紧眉头，集中思想，拼命回忆着……

他眼前模模糊糊地浮现出一个昏暗的房间……壁炉前的地毯

第 2 章 伤 疤

上卧着一条蛇……一个小个子的男人名叫彼得,外号虫尾巴……还有一个冷冰冰的、尖厉的声音……那是伏地魔的声音。哈利一想到这个家伙,就觉得仿佛有一块冰滑进了胃里……

他紧紧闭上眼睛,竭力回忆伏地魔的模样,可是无法做到……哈利只知道,当伏地魔的椅子一转过来,当他——哈利——看出那上面坐的是什么时,他只感到一阵巨大的恐惧,猛地惊醒过来……也许,那是因为他的伤疤突然剧痛起来?

还有,那个老人是谁呢?当时肯定有一个老人,哈利看见他跌倒在地上。唉,越来越乱了。哈利把脸埋在手里,不让自己看见卧室的景物,拼命沉浸于那个光线昏暗的房间,然而,这就像试图用双手把水兜住,他越是拼命想抓住那些细节,它们就越是迅速地从他的指缝里溜走了……伏地魔和虫尾巴刚才谈到他们杀死了一个人,然而哈利记不清那个名字了……他们还在策划杀死另一个人……那就是他……

哈利把脸从手上抬起来,睁开眼睛,使劲儿盯着卧室四周,好像以为会看见什么不寻常的东西。确实,房间里有满满当当一大堆不寻常的东西。在他的床脚旁有一个大木箱,敞开着,露出里面的坩埚、飞天扫帚、黑色长袍和各种各样的咒语书。桌子上放着一只空空的大鸟笼,哈利的白色猫头鹰海德薇平常就在里面栖息。在桌上剩余的地方,胡乱地扔着几卷羊皮纸。床边的地板上有一本打开的书,那是哈利昨晚临睡前看的。这本书上的图画都在动个不停,穿着鲜艳的橙红色袍子的小伙子骑在飞天扫帚上,嗖嗖地飞来飞去,相互掷着一个红色的球。

哈利走过去,把书捡了起来,注视着一个巫师把球投进五十英尺高的圆环,十分漂亮地赢了一球。随即,哈利又猛地把书合上了。魁地奇比赛,在哈利看来,是世界上最精彩的运动,可是此刻也不能吸引他的注意力了。他把那本叫《与火炮队一起飞翔》的书放在床头柜上,走到窗前,拉开窗帘,望着下面的街道。

看上去,女贞路完全符合一条体面的郊区街道在星期六凌晨应该呈现的样子。街道两边的窗帘都拉得严严实实。哈利在黑暗中望过去,看不见一个活物,连一只小猫的影子也没有。

然而……然而……哈利心神不宁地回到床边,坐下来,又伸出一根手指抚摸他的伤疤。令他烦恼的不是伤疤的疼痛,哈利对疼痛和受伤已经习以为常。有一次,他右臂里所有的骨头都没有了,可又在一夜之间全部长好,那真是钻心的疼啊。在这之后不久,还是这条胳膊,又被一根尺把长的毒牙刺伤。就在去年,哈利飞到五十英尺高的空中时,还从飞行着的扫帚上坠落下来。对他来说,稀奇古怪的事故和伤痛已经是家常便饭。既然你进了霍格沃茨魔法学校,并且擅长招惹是非,就绝对无法避免这些事故和伤痛。

上一次伤疤发作是因为伏地魔就在附近,正是这一点使哈利感到不安……此刻伏地魔不可能在这里……伏地魔会潜伏在女贞路?这种想法太荒唐了,绝对不可能……

哈利在一片寂静中凝神倾听。难道他在隐隐期待听见楼梯上传来吱吱呀呀的声音,或者听见斗篷在空中摆动的沙沙声?突然,他微微吃了一惊,他听见表哥达力在隔壁房间发出一声吓人的鼾声。

哈利慢慢鼓起勇气。他真是太傻了。整个房子里,和他住在一起的只有弗农姨父、佩妮姨妈和达力。他们显然都在酣睡,美美地做着梦,没有受到任何干扰。

哈利最喜欢的就是德思礼一家睡着的时候。这并不是说此刻的他们会对醒着的他有什么帮助。弗农姨父、佩妮姨妈和达力是哈利在世上仅有的亲戚。他们都是麻瓜(不会魔法的人),憎恨和蔑视任何形式的魔法,这就意味着哈利在他们家里就像霉菌一样不受欢迎。在过去的三年里,哈利到霍格沃茨上学,长期不在家,他们为了消除别人的疑虑,总是解释说哈利去了圣布鲁斯安全中心少年犯

第 2 章 伤 疤

学校。他们明明知道,哈利作为一个未成年巫师,是不允许在霍格沃茨以外的地方使用魔法的,可每当家里出了什么乱子,还是总把责任推在他身上。哈利从来没法对他们说说知心话,也不能告诉他们他在魔法世界里生活的详细情况。想一想,等他们醒了,他去对他们说他的伤疤疼痛发作,并说他担心伏地魔潜伏在附近,这岂不是太可笑了吗!

说到根本,正是由于伏地魔,哈利才到这里跟德思礼一家生活的。如果没有伏地魔,哈利的额头上就不会有闪电形的伤疤。如果没有伏地魔,哈利的爸爸妈妈就会依然活着……

哈利刚刚一岁的时候,有一天夜里,伏地魔——这个一百年来最强大的黑巫师,这个花费了十一年的时间扩展其势力范围的巫师——闯到哈利家里,杀死了哈利的爸爸妈妈。然后,伏地魔又把他的魔杖指向哈利,念了一个咒语——在伏地魔的力量不断发展壮大的过程中,这个咒语曾将许多成年巫师置于死地,然而那天夜里,它却莫名其妙地失灵了。咒语并没有结果小男孩的性命,而是反弹到了伏地魔自己身上。哈利安然无恙,只是额头上留下了一道闪电形的伤疤,而伏地魔却沦为一种半死不活的状态。他的魔法全废,生命奄奄一息。伏地魔逃跑了,长久以来笼罩着神秘魔法世界的恐惧消除了,伏地魔的追随者们作鸟兽散,哈利·波特一夜之间名闻遐迩。

哈利长到十一岁的时候,突然发现自己是个巫师,当时他真是吃惊不小。接着他又发现,在神秘的魔法世界里,人人都知道他的名字,这就更使他感到不知所措了。哈利来到霍格沃茨后,不管走到哪里,都会发现人们转过脸来看他,压低声音议论他。不过,他现在对这一切已经习以为常:过完这个夏天,哈利就在霍格沃茨上四年级了,他已经迫不及待地想回到那座城堡中去。

可是离开学还有整整两个星期呢。他又无奈地望了望自己的卧室，目光落在两张生日卡片上，那是他最要好的两个朋友在七月底寄给他的。如果哈利给他们写信，说他的伤疤疼了起来，他们会怎么说呢？

立刻，他脑子里似乎充满了赫敏·格兰杰的声音：咋咋呼呼，大惊小怪。

"你的伤疤疼？哈利，那可不是一般的事儿……快写信告诉邓布利多！我去查一查《常见魔法病痛》……也许书里会谈到魔咒伤疤……"

没错，赫敏肯定会这样建议：赶紧去找霍格沃茨的校长，同时在一本书里查找答案。哈利凝望着窗外沉沉的深蓝色夜空。现在书本能够给他帮助吗？他感到怀疑。据他所知，经历了伏地魔那样的咒语而活下来的只有他一个人。因此，他不可能看到他的症状列举在《常见魔法病痛》里。那么要不要告诉校长呢？可是哈利压根儿就不知道邓布利多暑假去了哪里。哈利饶有兴趣地幻想有着一把银白胡子的邓布利多：穿着长长的巫师袍，戴着尖顶帽，躺在什么地方的海滩上，往自己长长的歪扭的鼻子上抹防晒油。不过哈利知道，邓布利多哪怕走到天涯海角，海德薇也有办法找到他。哈利的这只猫头鹰神通广大，还从来没有它送不到的信，即便没有地址也不要紧。问题是这封信怎么写呢？

亲爱的邓布利多教授，很抱歉打扰你，可是我的伤疤今天早晨疼了起来。

你忠实的哈利·波特

太荒唐了，这些话别说写下来，就是在脑子里想想都是可笑的。接着哈利又试着想象他另一个最要好的朋友罗恩·韦斯莱的反应。立刻，他眼前浮现出了罗恩的那一头红发，那一张鼻子长长的

第2章 伤 疤

雀斑脸，脸上带着一种茫然困惑的表情。

"你的伤疤疼？可是……可是，神秘人现在不可能接近你啊，是不是？我是说……你知道的，对吗？说不定他又要来害你了，会不会？我不知道，哈利，也许魔咒伤疤总是有点疼的……我去问问我爸……"

韦斯莱先生是一位很有资历的巫师，在魔法部禁止滥用麻瓜物品办公室工作，但是就哈利所知，他对咒语的问题并不内行。而且，不管怎么说，哈利可不希望韦斯莱一家都知道他，哈利，为了片刻的疼痛而惊慌失措。韦斯莱夫人比赫敏还要大惊小怪，还有弗雷德和乔治——罗恩那一对十六岁的双胞胎哥哥，他们肯定会认为哈利变成一个胆小鬼了。在这个世界上，韦斯莱全家是哈利最喜欢的一家人。他正期待着他们邀请他去住一段时间（罗恩曾经提到魁地奇世界杯赛什么的），他可不愿意自己住在韦斯莱家的时候，大家都紧张兮兮地询问他的伤疤如何如何，那多扫兴啊。

哈利用指关节揉了揉伤疤。其实，他真正需要的（要让他自己承认这一点，多少有些丢脸）是一位——是一位像父母那样的人：一位成年巫师，哈利可以坦然地向他请教，而不感到自己显得很傻，那个人应该很关心他，还应该知道怎样对付黑魔法……

慢慢地，他的脑子里有了答案。太简单了，太显而易见了，他简直无法相信自己居然想了这么长时间——那个人就是小天狼星！

哈利从床上一跃而起，匆匆走过屋子，在桌子旁边坐下。他拉过一张羊皮纸，将鹰毛羽毛笔蘸满墨水，写下亲爱的小天狼星，然后停住了。他不知道用什么词语表达自己面临的问题，同时脑海里还在惊叹，刚才怎么没有一下子就想到小天狼星呢。接着他想通了——毕竟，他两个月前才知道小天狼星是他的教父啊。

那么，为什么在那之前小天狼星没有在哈利的生活中出现呢？

原因很简单——小天狼星被关在阿兹卡班，那座令人恐惧的巫师监狱，看守是一些被称为摄魂怪的家伙。它们没有视力，是专门摄取别人灵魂的魔鬼。小天狼星逃跑后，它们曾到霍格沃茨来搜找过他。其实小天狼星是无辜的——指控他犯的那些谋杀罪行，实际上真正的凶手是伏地魔的追随者虫尾巴，而几乎每个人都以为虫尾巴已经死了。不过，哈利、罗恩和赫敏知道他还活着。就在去年，他们还和虫尾巴面对面地接触过，可是只有邓布利多教授才相信他们的话。

当时，那一个钟头里哈利真是心花怒放，以为自己终于要离开德思礼家了，因为小天狼星承诺在澄清自己的名誉后，就会给哈利一个家。然而，这个机会被剥夺了——没等他们把虫尾巴带到魔法部，就让他逃脱了，小天狼星不得不匆匆逃命。哈利帮助他骑上那头名叫巴克比克的鹰头马身有翼兽逃走了，从那以后，小天狼星就一直逃亡在外。如果虫尾巴没有逃脱，哈利将有一个多么好的家啊。整个夏天，这个念头一直萦绕着他。哈利明知道自己差一点就可以永远摆脱德思礼一家，现在却又不得不回到他们身边，这种滋味真是难受。

不过，小天狼星虽然不可能陪伴哈利，却一直在帮助他。正是因为有了小天狼星，哈利现在才能把学校里用的东西都放在卧室里。以前德思礼一家是绝对不许他这么做的。他们一门心思不让哈利快活，再加上对他的法力十分害怕，所以在此之前的每年夏天，他们都把他上学用的东西锁在楼梯下的储物间里。后来，当他们发现哈利有一个危险的杀人犯当他的教父时，态度立刻就转变了——哈利恰好忘记了告诉他们小天狼星是无辜的。

哈利回到女贞路后，收到过小天狼星的两封信。这两封信不是猫头鹰送来的（用猫头鹰送信是巫师们的惯常做法），而是色彩斑斓的热带大鸟送来的。海德薇对这些花里胡哨的入侵者很不以为

第 2 章 伤 疤

然，甚至不愿让它们在它的水盘里喝几口水再动身离开。哈利倒是很喜欢那些热带鸟，它们使他想起了棕榈树和白色的沙滩。他衷心希望，小天狼星不管在哪里，都生活得很愉快。由于担心信件被半道截走，小天狼星从不透露自己的去向。不知怎的，哈利觉得很难想象摄魂怪能在灿烂的阳光下存活很长时间，也许正是考虑到这一点，小天狼星才到南方去了。此刻，小天狼星的信就藏在哈利床底下那块松动的地板下——这块地板的用处非常大。信上的口气很愉快，两封信都提醒哈利，如果他需要的话，随时可以召唤小天狼星。瞧，哈利现在就有这种需要了，好吧……

黎明前寒冷的、灰白色的天光慢慢地透进房间，哈利的台灯光线似乎变暗了。终于，太阳升起来了，卧室的墙壁被映成了金黄色，弗农姨父和佩妮姨妈的房间里也有了动静。这时，哈利收拾起桌上那些揉皱了的羊皮纸团，又把那封终于写成的信读了一遍。

亲爱的小天狼星：

感谢你给我来信。那只鸟实在太大了，差点进不了我的窗户。

这里的情况没什么变化。达力的节食计划进行得不太成功，昨天我姨妈在他房间里发现了他私藏的甜甜圈。他们警告他，如果他屡教不改，就削减他的零花钱，结果他一气之下，把他的游戏机扔到了窗外。那是一种电脑，可以在上面玩游戏。他这么做真是有点儿傻，现在他心情苦闷的时候，就不能玩《无敌破坏Ⅲ》来消遣了。

我一切都好，主要是因为德思礼一家害怕我一发话，你就会突然出现，把他们全都变成蝙蝠。

不过，今天早晨发生了一件怪事。我的伤疤又疼了。上次疼的时候，是因为伏地魔就在霍格沃茨。我猜想他现在不可能在我附近，对吧？你知道魔咒伤疤会不会在许多年后又疼起来？

　　海德薇回来后，我就派它把这封信给你送去。它眼下出去捕食了。请代我向巴克比克问好。

哈　利

行，看上去不错，哈利心想。没必要把做梦的事也写进去。他不希望显得自己紧张兮兮的。他卷起羊皮纸，放在桌上，等海德薇回来把它送走。然后，他站起身，伸了个懒腰，又一次打开衣柜。他没有照镜子，就径直穿好衣服，下楼去吃早饭了。

第 3 章

邀　请

哈利来到厨房时,德思礼一家三口已经围坐在餐桌旁了。哈利进门坐下,他们谁也没有抬头看他一眼。弗农姨父那张红红的大脸膛躲在早晨送来的《每日邮报》后面,佩妮姨妈正在把一只葡萄柚切成四份,嘴唇噘着,包住了她长长的大马牙。

达力阴沉着脸,显得气呼呼的,所占的空间似乎比平常更大。这就很有意思了,因为他平常一个人就能把方桌的一边占得满满当当。佩妮姨妈把四分之一没有加糖的葡萄柚送进达力的盘子,用颤抖的声音说了句:"吃吧,小乖乖。"达力怒气冲冲地瞪着她。自从达力暑假回家,带回来期末成绩报告单之后,他的生活便发生了十分痛苦的变化。

对于达力糟糕的学习成绩,弗农姨父和佩妮姨妈像往常一样找到了一些借口:佩妮姨妈总是一再强调,达力是一个很有天赋的孩子,只是老师们都不理解他;弗农姨父则坚持说,他"可不希望自己的儿子变成一个娘娘腔的书呆子"。对于老师批评达力欺负同学的评语,他们也轻飘飘地一带而过——"他虽然是个活泼爱动的孩子,可是连一只苍蝇都不忍心伤害的!"佩妮姨妈噙着泪花说。

不过,在报告单下面,有学校护士小心翼翼写下的几句话,就连弗农姨父和佩妮姨妈都无法找借口遮掩过去。尽管佩妮姨妈哭喊着说达力只是骨头架子大，说他体重过沉只是一种青春期的暂时肥胖，并说他正处在发育成长的阶段，需要丰富的食物和营养，但有一个事实是无法改变的：学校服装库里再也找不到达力能穿得上的裤子。佩妮姨妈的眼睛，在查看一尘不染的墙壁上的手指印，或观察邻居们的行踪时总是非常敏锐，却不肯看到学校护士发现的一个事实：达力根本不需要额外补充营养，他的块头和体重已经接近一头幼年的虎鲸了。

因此，在没完没了地发脾气之后，在惊天动地的争吵几乎把哈利卧室的地板掀翻之后，在佩妮姨妈抛洒了无数眼泪之后，新的饮食制度开始实施了。斯梅廷学校护士寄来的减肥食谱被贴在了冰箱上，凡是达力喜欢的食物——汽水饮料、蛋糕、巧克力和汉堡牛排，冰箱中已经一概没有，只有水果、蔬菜，还有一些弗农姨父称之为"兔粮"的食物。为了使达力情绪好一点儿，佩妮姨妈坚持全家人都遵循那个食谱。此刻，她把四分之一的葡萄柚递给了哈利。哈利注意到，他的这份比达力的那份小得多。佩妮姨妈似乎认为，使达力振奋精神的最好办法就是保证他至少比哈利吃的东西多。

然而，佩妮姨妈不知道楼上那块松动的地板下藏着的秘密。她压根儿也想不到哈利根本就没有遵循食谱。当哈利听到风声，得知自己预计整个夏天都要靠胡萝卜过活时，便派海德薇给他的朋友们送信，呼吁援助，他们立刻积极响应。海德薇从赫敏家里带回一个大盒子，里面塞满了无糖的点心（赫敏的父母都是牙科医生）。海格是霍格沃茨的猎场看守，他热情地捎来满满一袋自己做的岩皮饼（哈利连碰都没碰，对于海格的厨艺，他早有领教）。韦斯莱夫人派出他们家的猫头鹰埃罗尔，给哈利送来了一块巨大的水果蛋糕和各种风味的夹肉馅饼。可怜的埃罗尔，上了年纪，体力不支，送完这批货之后，整整休息了五天才缓过劲儿来。后来，哈利在生日那天

第 3 章 邀 请

（德思礼一家连提都没提）一共收到了四份超级大蛋糕，分别是罗恩、赫敏、海格和小天狼星送给他的。到现在还有两个蛋糕没有吃完。哈利期待着回到楼上享用一顿真正的早餐，便毫无怨言地吃着他那份葡萄柚。

弗农姨父气呼呼地从鼻子里哼了一声，放下报纸，低头望着分给他的那份四分之一葡萄柚。

"就这么点儿？"他带着怒气问佩妮姨妈。

佩妮姨妈严厉地瞪了他一眼，然后朝达力的方向点了点头。达力已经吃完他那份葡萄柚，正使劲儿地盯着哈利的那一份，小小的猪眼睛里闪动着十分仇恨的光芒。

弗农姨父重重地叹了口气，吹得乱蓬蓬的大胡子都抖动起来，然后他拿起了勺子。

门铃响了。弗农姨父费力地从椅子上站起来，朝门厅走去。达力趁母亲忙着照料水壶，说时迟那时快，把弗农姨父剩下的葡萄柚偷了过去。

哈利听见门口有说话声，什么人在哈哈大笑，弗农姨父简短地回答着什么。随后，前门关上了，门厅里传来了撕纸的声音。

佩妮姨妈把茶壶放在桌上，好奇地环顾四周，不知道弗农姨父去了哪里。她很快就会明白的；一分钟后，弗农姨父回来了，神情大怒。

"你，"他对哈利吼道，"快到客厅里去。马上。"

哈利一头雾水，不知道自己这次又做错了什么。他从桌旁站起，跟着弗农姨父离开厨房，走进隔壁的房间。两人进去后，弗农姨父狠狠地关上了房门。

"好啊，"他说，三步并作两步地走到壁炉跟前，回过身来面对着哈利，就好像要宣布把哈利逮捕法办似的，"好啊。"

哈利真想问一句："什么'好啊'？"但是他知道，弗农姨父一清早的脾气是惹不起的,而且,他已经因为没吃饱而憋了一肚子火。于是,哈利礼貌地做出一副困惑的表情。

"刚送到的,"弗农姨父说,冲哈利挥舞着一张紫色的书写纸,"一封信。跟你有关。"

哈利更加糊涂了。谁会给弗农姨父写信说他的事呢?在他认识的人中间,有谁会让邮递员送信呢?

弗农姨父恼火地瞪着哈利,然后低头看信,大声念道:

亲爱的德思礼先生和夫人:

我们素不相识,但我相信你们一定从哈利那里听到过许多关于我儿子罗恩的事。

也许哈利已经对你们说过,魁地奇世界杯赛将于星期一夜里举行,我丈夫亚瑟通过他在魔法体育运动司的关系,好不容易弄到了几张最好的票。

我真希望你们允许哈利去观看比赛,这实在是一次千载难逢的机会;英国已经三十年没有主办比赛了,球票很不容易弄到。当然了,我们很愿意留哈利在这里一直住到暑假结束,并送他平安地乘火车返校。

最好让哈利将你们的答复尽快通过正常方式送达我们,因为麻瓜邮差从来没有给我们家送过信,大概根本不知道我们家在什么地方。

希望很快见到哈利。

你们忠实的

莫丽·韦斯莱

又及:但愿我们贴足了邮票。

弗农姨父念完了,把手伸进胸前的口袋,抽出一个东西。

第3章 邀 请

"看看这个。"他没好气地说。

他举起刚才装韦斯莱夫人那封信的信封，哈利拼命憋住，才没有笑出声来。信封上到处都贴满了邮票，只在正面留下了一小块一寸见方的地方，韦斯莱夫人用极小的字，把德思礼家的地址密密麻麻地填写了进去。

"她确实贴足了邮票。"哈利说，竭力使语气显得很平淡，就好像韦斯莱夫人只是犯了一个大家都可能犯的错误。弗农姨父的眼睛里喷出了怒火。

"邮差注意到了，"他咬着牙，声音从牙缝里挤出来，"他非常好奇，想知道这封信是从哪儿寄来的，所以摁响了门铃。他大概觉得这件事有些古怪。"

哈利什么也没说。换了别人也许不理解，不就是多贴了几张邮票嘛，弗农姨父何至于这样大惊小怪呢。但哈利和德思礼一家共同生活了这么长时间，知道他们对哪怕稍微有点超出常规的事情都特别敏感。他们最担心的，就是有人发现他们跟韦斯莱夫人那样的人有联系（不管这种联系多么疏远）。

弗农姨父还在狠狠地瞪着哈利。哈利使劲装出一副傻乎乎的表情。只要他不做蠢事，不说傻话，就有可能去观看一辈子难遇的重大赛事。他等着弗农姨父说点什么，可是弗农姨父只是那样狠狠地瞪着他。哈利决定打破这种沉默。

"那么——我能去吗？"他问。

弗农姨父那张紫红色的大脸微微抽搐了一下，胡子一根根直立起来。哈利觉得仿佛能看到那胡子后面的脑瓜里在想什么：弗农姨父的两个最基本的直觉发生了冲突。让哈利去观看比赛会使哈利高兴，这是十三年来弗农姨父坚决不愿意干的。另一方面，批准哈利到韦斯莱家去过完暑假，就可以比原先盼望的早两个星期摆脱哈利，而弗农姨父是特别讨厌哈利待在他们家里的。弗农姨父大概是为了给自己一些思考的时间吧,又低头去看韦斯莱夫人的信。

"这个女人是谁?"他厌恶地盯着那个签名,问道。

"你见过她的。"哈利说,"她是我朋友罗恩的母亲,上学期结束的时候,她到霍格——她到学校的火车上来接过罗恩。"

他差点儿说出"霍格沃茨特快列车",如果那样,肯定会使弗农姨父火冒三丈。在德思礼家里,从来没有人大声提到过哈利学校的名字。

弗农姨父肥硕的大脸皱成一团,似乎在拼命回忆一桩很不愉快的事情。

"那个胖墩墩的女人?"最后,他粗声粗气地问,"带着一大堆红头发的孩子?"

哈利皱起了眉头。他觉得,弗农姨父居然说别人"胖墩墩",真是太滑稽了,要知道他的亲生儿子达力终于完成了他三岁起就显露苗头的生长趋势——变成了一个腰围超过身高的胖墩儿。

弗农姨父又在仔细地看信。

"魁地奇,"他不出声地嘟哝着,"魁地奇——这是个什么破玩意儿?"

哈利又感到一阵烦躁。

"是一种体育运动,"他不愿意多说,"骑在扫帚上玩的——"

"行了,行了!"弗农姨父大声说。哈利有些满意地看到,弗农姨父显得有一点儿紧张。显然,他的神经无法忍受"飞天扫帚"这个词在他的客厅里响起。为了寻求避难,他又低头看信。哈利看到他的口形在念"将你们的答复……通过正常方式送达"。他皱起了眉头。

"'通过正常方式',这是什么意思?"他厉声问道。

"我们的那种正常方式,"哈利不等弗农姨父阻止,就接着往下说道,"你知道,就是派猫头鹰送信,巫师们一般都是这么做的。"

第 3 章　邀　请

弗农姨父显得恼火极了，就好像哈利说了一句大逆不道的骂人话。他气得浑身发抖，紧张地朝窗口扫了一眼，似乎担心邻居会把耳朵贴在玻璃窗上。

"还要我告诉你多少遍，不许在我家里提这些稀奇古怪的事！"他咬牙切齿地说，脸色涨成紫红，活像熟透了的洋李子，"你穿着佩妮和我给你的衣服站在那里，却不知道感恩——"

"那些衣服是达力不穿了才给我的。"哈利冷冷地说。确实，他身上穿的那件无领长袖运动服大得要命，他不得不把袖子卷起五道，才能露出双手，衣服的下摆一直拖到那条无比肥大的牛仔裤的膝盖上……

"不许这样对我说话！"弗农姨父气坏了，浑身直抖。

然而哈利不愿意再忍受。过去他被迫遵守德思礼家的每一条愚蠢的清规戒律，如今那种日子一去不复返了。他没有遵守达力的减肥食谱，也不想让弗农姨父阻止他去观看魁地奇世界杯赛——只要有办法，他就一定争取。

哈利深深吸了一口气，稳定了自己的情绪，然后说道："好吧，世界杯我看不成了。那么，我现在可以走了吧？我在给小天狼星写信，还没有写完呢。你知道——他是我的教父。"

他成功了。他的话有着神奇的魔力。现在，他注视着弗农姨父脸上的紫色一块一块地褪去，他的脸变得像搅拌不匀的黑加仑冰淇淋。

"你在——你在给他写信？"弗农姨父说，竭力使口气保持平静，但是哈利看到他那双小眼睛的瞳仁突然因为恐惧而缩小了。

"噢——是啊，"哈利漫不经心地说道，"他已经有一段时间没有得到我的消息了，你知道，如果收不到我的信，他会以为我出什么事了。"

他停住话头，欣赏了一下这番话的效果。他简直可以看到弗农姨父梳得一丝不乱的浓密黑发下的思想活动，看到那些齿轮是怎么运转的。如果弗农姨父阻止哈利给小天狼星写信，小天狼星就会认为哈利受到了虐待。如果弗农姨父对哈利说不能去观看魁地奇世界杯赛，哈利就会写信告诉小天狼星，小天狼星就会知道哈利确实受到了虐待。这样一来，弗农姨父别无选择，只有一条路可走。哈利可以清楚地看到那个决定渐渐在弗农姨父脑海里形成，就好像那张络腮胡子的大脸是透明的一样。哈利拼命忍住笑，不让自己的脸上露出任何表情。然后——

"那么，好吧。你可以去看这个该死的……这个愚蠢的……这个所谓的破世界杯赛。你写信告诉那个——那个韦斯莱一家，让他们来接你，记住了。我可没有时间把你送来送去。你可以待在那里，过完整个暑假。你不妨告诉你的——你的教父……告诉他……告诉他你要去。"

"好吧。"哈利高兴地说。

他转身朝客厅的门走去，克制住欢呼雀跃的冲动。他要走了……要到韦斯莱家去了，他要去观看魁地奇世界杯赛了！

在外面的门厅里，他差点儿和达力撞了个满怀。达力刚才躲在门后，显然是希望听见哈利被教训一顿。他看到哈利咧着嘴笑得正欢，不由得大为惊愕。

"多么美妙的一顿早餐，是吗？"哈利问，"我吃得真饱啊，你呢？"

哈利嘲笑着达力脸上惊恐的表情，三步并作两步地奔上楼梯，冲进自己的卧室。

他一眼就看见海德薇已经回来了。它蹲在笼子里，用巨大的琥珀色眼睛瞪着哈利，嘴巴碰出咔嗒咔嗒的声音，这通常表示它对什么东西感到恼火。几乎与此同时，令它恼火的东西显形了。

"哎哟！"哈利惊叫。

第3章 邀 请

一个长着羽毛的灰色小网球般的东西猛地撞在他脑袋上。哈利气呼呼地揉着被撞疼的地方，抬头望去，看见了一只很小很小的猫头鹰，小得可以被他握在手掌里。它激动得像一个燃着的烟花，在房间里嗖嗖地飞来蹿去。哈利这才发现，这只猫头鹰刚才在他脚边扔下了一封信。哈利弯下身，认出了罗恩的笔迹，便撕开信封。里面是一封草草写成的短信。

哈利 —— **爸爸弄到票了** —— 爱尔兰对保加利亚。星期一晚上的。妈妈正在给那些麻瓜写信，邀请你来我们家住。他们大概已经收到信了，我不知道麻瓜送信的速度有多快。我想不管怎样，我还是派小猪把这封信给你送去。

哈利瞪着"小猪"两个字发愣，又抬头看看那只正绕着天花板上的灯罩嗖嗖乱飞的小猫头鹰。他从没见过比它更不像小猪的东西了。大概是罗恩的笔迹太潦草，他没有看清。他接着看信：

不管麻瓜愿意不愿意，我们都要去接你，你绝对不能错过世界杯，不过妈妈和爸爸认为最好还是先假装征求一下他们的意见。如果他们同意，请火速派小猪送来回信，我们于星期天五点钟过去接你。如果他们反对，也请火速派小猪送来回信，我们还是于星期天五点钟过去接你。

赫敏今天下午到。珀西开始上班了 —— 在国际魔法合作司。你在这里的时候，千万不要提跟"国外"沾边的事，除非你想被他烦死。

希望很快见到你。

罗　恩

"你安静点儿！"哈利说，小猫头鹰俯冲下来，飞过他的头顶，嘴里叽叽喳喳地叫个不停。哈利只能猜测，它是因为准确无误地把信送到了收件人手里，按捺不住内心的得意。"到这儿来，我要你把我的回信送回去！"

猫头鹰扑扇着翅膀落到海德薇的笼子顶上，海德薇抬起头，冷冷地望着它，似乎是问它敢不敢再走近一步。

哈利又一次拿起羽毛笔，另外抓过一张干净的羊皮纸，写道：

> 罗恩，一切都没问题，麻瓜说我可以去。明天下午五点钟见。我都等不及了。
>
> 哈 利

他把信叠得很小很小，那只小猫头鹰兴奋地跳上跳下，哈利费了很大的劲儿才把信拴在它的腿上。信刚一拴好，猫头鹰就出发了。它嗖地从窗口飞了出去，一眨眼就消失了。

哈利转脸望着海德薇。

"你觉得能做一次长途飞行吗？"他问海德薇。

海德薇以一种高贵的姿态鸣叫了一声。

"你能替我把这封信送给小天狼星吗？"哈利说，拿起他刚才写的那封信，"等一等……我还没有写完。"

他展开羊皮纸，又匆匆加了几句话。

> 如果你想跟我联系，我将在我朋友罗恩·韦斯莱家过完暑假。他爸爸为我们弄到了魁地奇世界杯赛的票！

信写完了，哈利把它系在海德薇的腿上。海德薇一动不动，出奇地稳重，似乎打定主意要让哈利看看，一只真正的猫头鹰信使是

第3章 邀　请

什么风度。

"你回来的时候，我在罗恩家，明白吗？"哈利对它说。

海德薇亲热地轻轻咬了咬他的手指，然后展开巨大的翅膀，发出轻轻的嗖嗖声，轻盈地飞出了敞开的窗口。

哈利望着它消失在空中，回过身来钻到床底下，撬开那块松动的地板，掏出一大块生日蛋糕。他一屁股坐在地板上，大口吃了起来，尽情享受着满心涌动的喜悦。他有蛋糕吃，而达力除了葡萄柚什么都没有；这是一个晴朗明媚的夏日，他明天就要离开女贞路了，头上的伤疤也完全恢复了正常，而且他还要去观看魁地奇世界杯赛。在这样的时刻，是很难为什么事情感到烦恼的 —— 就连伏地魔也不能破坏他的喜悦。

第4章

回到陋居

第二天中午十二点钟的时候,哈利准备带到学校去的箱子已经收拾好了,里面装满了他上学用的东西和所有他最珍贵的宝贝——从父亲那里继承来的隐形衣、小天狼星送给他的飞天扫帚,还有去年弗雷德和乔治·韦斯莱孪生兄弟送给他的带魔法的霍格沃茨活点地图。他把藏在那块松动的地板下的食物都掏了出来,并把卧室的犄角旮旯搜了又搜,看是否还有遗忘的咒语书和羽毛笔,然后摘下挂在墙上的那张表格,上面标着九月一号以前的所有日子。他每过一天都要在上面的日子上打个叉,只盼着能快点返回霍格沃茨。

在女贞路4号的住宅里,气氛紧张到了极点。很快就要有一群各种各样的巫师来到他们家,这使德思礼一家心情烦躁,神经过敏。当哈利告诉弗农姨父,韦斯莱一家将于第二天下午五点钟赶到这里时,弗农姨父一副大惊失色的样子。

"我希望你告诉过他们穿衣服要得体,那些人真没法说。"弗农姨父立刻就咆哮起来,"我见过你们那类人穿的东西。他们最好穿正常的衣服,那才是得体的。"

哈利微微感到有些恐慌。他很少看到韦斯莱先生或夫人穿着德

第 4 章　回到陋居

思礼一家人称之为"正常"的衣服。孩子们也许会在放假时穿几件麻瓜衣服，可是韦斯莱先生和夫人通常都穿着各种各样破旧的长袍只是破旧的程度有所变化。哈利才不在乎邻居会怎么想呢，但他担心，如果韦斯莱一家出现时的样子正是德思礼夫妇脑海中最糟糕的巫师的形象，不知德思礼夫妇将以怎样无礼的态度对待他们。

弗农姨父穿上了他最好的西装。在有些人看来，这大概是表示欢迎的意思，但哈利知道，弗农姨父这么做是为了使自己显得风度不凡，盛气凌人。另一方面，达力看上去倒像是缩小了一些。这倒不是因为减肥食谱终于产生了效果，而是因为达力太害怕了。达力上次与一位成年巫师接触时，裤子后面冒出了一根蜷曲的猪尾巴，佩妮姨妈和弗农姨父只好花钱送他进了伦敦的私人医院，把尾巴割掉。所以，难怪达力现在紧张极了，不停地用手在屁股上摸来摸去，并且躲躲闪闪地从一个房间走到另一个房间，生怕又被敌人当成靶子，重演上次的悲剧。

吃午饭的时候，几乎谁也没有说话。达力甚至没有对食物（农家鲜干酪和芹菜末）提出抗议。佩妮姨妈什么也没吃。她抱着双臂，噘着嘴唇，似乎在咀嚼自己的舌头，就好像在把她希望扔给哈利的愤怒谴责嚼碎了咽下去似的。

"他们肯定是开车来，是吗？"弗农姨父隔着桌子厉声问道。

"哦。"哈利回答。

他倒没想过这个问题。韦斯莱一家准备怎么来接他呢？他们已经没有汽车了。原来倒是有一辆福特安格里亚老爷车的，可是那辆车眼下正在霍格沃茨的禁林里狂奔乱撞呢。韦斯莱先生去年从魔法部借过一辆汽车，也许他今天也会这么做吧？

"大概是吧。"哈利说。

弗农姨父哼了一声，把粗气喷在胡子上。要按惯常的情况，弗农姨父就该追问韦斯莱先生开的是什么车了。他总喜欢根据别的男人开的车有多宽敞、多昂贵来评价他们。但是哈利怀疑，即便韦斯莱先生开着一辆法拉利，弗农姨父恐怕也不会喜欢他。

哈利几乎整个下午都待在自己的卧室里。他无法忍受佩妮姨妈每隔几秒钟就透过网状的窗帘朝外窥视一番的样子，就好像她得到警告，有一只犀牛从动物园里逃出来了似的。最后，到了五点差一刻，哈利才走下楼梯，来到客厅里。

佩妮姨妈正在一个劲儿地把坐垫摆来摆去，就像患了强迫症一样。弗农姨父假装在看报纸，但他的小眼睛一动不动。哈利可以肯定，实际上他正在全神贯注地听着是不是有汽车开来。达力把肥胖的身体挤进了一张扶手椅，肉乎乎的双手压在身下，紧紧地抓住自己的屁股。哈利受不了这种紧张的气氛，就离开客厅，出来坐在门厅的楼梯上，眼睛盯着手表，心脏因为兴奋和紧张而跳得飞快。

然而，五点钟到了又过了，西装革履的弗农姨父已经在微微冒汗。他打开前门，朝马路上左右张望了一下，又立刻缩回脑袋。

"他们迟到了！"他粗声恶气地对哈利说。

"我知道，"哈利说，"大概——嗯——大概交通太拥挤了。"

五点十分……五点一刻……哈利自己也开始沉不住气了。五点半的时候，他听见弗农姨父和佩妮姨妈在客厅里没好气地嘟哝。

"一点儿也不尊重别人！"

"我们或许还有别的约会呢。"

"他们大概以为，如果来晚一点儿，我们就会邀请他们吃晚饭。"

"哼，想都别想，"弗农姨父说，哈利听见他站了起来，在客厅里踱来踱去，"他们带上那男孩就走，不许在这里逗留——那是说他们如果来的话。大概把日子搞错了，我敢说他们那类人根本就没有什么时间观念，要么就是他们开的破车半路抛锚——**啊啊啊啊啊呀！**"

第4章　回到陋居

哈利一跃而起。客厅的门后传来德思礼一家三口惊恐万状地在房间里爬动的声音。接着，达力一头冲进门厅，表情极度恐怖。

"怎么了？"哈利问，"出什么事了？"

达力似乎已经说不出话来了。他用双手紧紧护住屁股，跌跌撞撞地尽快冲进厨房。哈利赶紧走进客厅。

德思礼家的壁炉是被封死的，前面放着一个假炭炉。此刻，从壁炉后面传来重重的敲打声和摩擦声。

"什么东西？"佩妮姨妈已经退到墙边，恐惧地瞪着假炭炉，上气不接下气地问，"什么东西，弗农？"

他们的疑问很快就有了答案。被封死的壁炉后面传来了几个人的说话声。

"哎哟！不对，弗雷德——回去，回去，大概是弄错了——快叫乔治不要——**哎哟**！不对，乔治，这里挤不下了，快回去告诉罗恩——"

"说不定哈利能听见我们呢，爸——说不定他能放我们出去呢——"

于是，好几只拳头重重地砸在电炉后面的壁板上。

"哈利？哈利，你能听见吗？"

德思礼夫妇像两只发怒的狼獾，猛地对哈利发起了攻击。

"怎么回事？"弗农姨父咆哮着问，"他们在干什么？"

"他们——他们想靠飞路粉到这儿来。"哈利说，忍不住想放声大笑，但拼命克制着，"他们可以通过炉火旅行——只是你把壁炉封死了——等一等——"

他走到壁炉跟前，隔着壁板朝里面喊话。

"韦斯莱先生吗？你能听见我说话吗？"

拳头砸墙壁的声音停止了。壁炉台里面有一个人说："嘘！"

"韦斯莱先生，我是哈利……壁炉被封死了。你们不可能从这里出来。"

"该死！"韦斯莱先生的声音说，"他们干吗要把好好的壁炉封死呢？"

"他们弄了一个电炉。"哈利解释道。

"真的？"韦斯莱先生的声音兴奋起来，"你是说，带电的？有插头吗？太棒了，我一定得见识见识……让我想想……哎哟，罗恩！"

罗恩的声音也加入到他们中间。

"我们在这里干什么？出什么事了吗？"

"噢，没有，罗恩，"弗雷德的声音传了出来，一副讽刺的腔调，"没出事，这正是我们要来的地方。"

"是啊，我们正在享受人生呢。"乔治说，他声音发闷，似乎被挤得贴在了墙上。

"孩子们，孩子们……"韦斯莱先生说道，声音含混，"我在考虑怎么办……好吧……只有这样了……哈利，往后站。"

哈利退到沙发前，弗农姨父反倒向前跨了几步。

"等等！"他冲着壁炉喊道，"你们究竟想干什——"

梆！

封死的壁炉猛地炸开了，电炉腾的一下飞到房间那头，韦斯莱先生、弗雷德、乔治和罗恩随着一大堆碎石墙皮被甩了出来。佩妮姨妈尖叫一声，向后倒在咖啡桌上，弗农姨父伸手把她抓住，她才没有摔倒在地。弗农姨父喘着粗气，说不出话来，只是瞪眼瞅着韦斯莱一家。他们都有着一头红通通的头发，还有弗雷德和乔治，这两兄弟完全是一个模子刻出来的，连脸上的雀斑也一模一样。

"这下好多了。"韦斯莱先生喘着气说，掸了掸绿色长袍上的尘土，扶了扶眼镜，"啊——想必你们就是哈利的姨妈和姨父吧！"

韦斯莱先生是个瘦瘦高高的秃顶男人，他伸出一只手，朝弗农

第 4 章　回到陋居

姨父走来，可是弗农姨父拉着佩妮姨妈，连连后退了几步。弗农姨父完全说不出话来了，他那套最好的西装上落满白色的灰尘，头发和胡子上也是，弄得他像是一下子老了三十岁。

"哦——是的——对不起。"韦斯莱先生说，垂下那只手，扭头看着炸开的壁炉，"这都怪我，我压根儿没想到我们到了目的地却出不来。您知道吗，我把您的壁炉同飞路网联在了一起——就这一个下午，您知道的，为了来接哈利。严格来说，麻瓜的壁炉是不应该联网的——但是我在飞路网管理小组有一个很管用的熟人，是他帮我办妥的。不用担心，我一会儿就给您弄好。我要点一堆火，把孩子们送回去，然后在我幻影移形离开前，我可以帮您修好壁炉。"

哈利敢说德思礼夫妇对这番话一个字都没听懂。他们都呆若木鸡地瞪着韦斯莱先生。佩妮姨妈站直了身子，摇摇晃晃地躲到了弗农姨父身后。

"你好，哈利！"韦斯莱先生兴高采烈地说，"你的箱子收拾好了吗？"

"在楼上呢。"哈利朝他笑着，说道。

"我们去搬下来。"弗雷德立刻自告奋勇地说。他和乔治朝哈利眨了眨眼睛，就离开了客厅。他们知道哈利的卧室在哪里，曾有一次在深夜把哈利从卧室里营救了出去。哈利怀疑弗雷德和乔治是想看看达力，他们从哈利嘴里听到过不少关于达力的事。

"好吧。"韦斯莱先生说。他微微摆动着双手，拼命想找到一句合适的话，打破这令人难受的沉默。"你们住的地方非常……嗯……非常漂亮。"

平常一尘不染的客厅，现在到处都是灰尘和碎砖头，因此，这句恭维话在德思礼夫妇听来就不可能受用了。弗农姨父的脸顿时涨得通红，佩妮姨妈又开始咬她的舌头。不过，他们似乎都被吓得不敢再说一个字。

韦斯莱先生在房间里东张西望。凡是与麻瓜有关的事,他都喜欢。哈利看得出来,他特别渴望走过去仔细看看电视机和录像机。

"它们是用电的,是吗?"他很有学问地说,"啊,对,我看见插头了。我收集插头,"他又对弗农姨父说,"还有电池,收集了很多很多电池。我太太以为我疯了,可是你瞧,我说对了吧。"

弗农姨父显然也以为韦斯莱先生疯了。他几乎不为人察觉地向右移动了一点儿,用身体挡住佩妮姨妈,好像他以为韦斯莱先生会突然跳起来,向他们发起进攻似的。

忽然,达力又出现在房间里。哈利可以听见箱子在楼梯上拖动的声音,他知道是这声音把达力吓得从厨房里逃了出来。达力贴着墙根移动,用极度惊恐的眼睛盯着韦斯莱先生,拼命想让自己躲在爸爸妈妈身后。不幸的是,弗农姨父的大块头可以绰绰有余地遮挡瘦巴巴的佩妮姨妈,可要挡住达力,那是根本不可能的。

"啊,这就是你的表哥,是吗,哈利?"韦斯莱先生再次鼓起勇气,尝试着与他们交谈。

"是啊,"哈利说,"他就是达力。"

他和罗恩交换了一个眼色,赶紧又把目光移向别处。他们太想大笑一场了,简直克制不住。达力仍然紧紧捂住屁股,似乎生怕屁股会掉下来。韦斯莱先生倒是真心为达力的古怪行为感到担忧。确实,从韦斯莱先生接下来说话的语气判断,哈利可以肯定他认为达力疯了,就像德思礼夫妇认为韦斯莱先生疯了一样,不过韦斯莱先生感到的是同情而不是恐惧。

"假期过得好吗,达力?"他和蔼地问。

达力呜咽了一声。哈利看到他用双手把肥胖的屁股捂得更紧了。

弗雷德和乔治搬着哈利上学的箱子回到了客厅。他们一进来就

第 4 章　回到陋居

东张西望，一见达力，两人脸上同时绽开了一模一样的坏笑。

"啊，好吧，"韦斯莱先生说，"我们最好开始行动吧。"

他捋起长袍的袖子，抽出魔杖。哈利看见德思礼一家三口以同样的姿势退到了墙边。

"火焰熊熊！"韦斯莱先生用魔杖指着身后墙上的那个洞说道。

壁炉里立刻蹿起火苗，噼噼啪啪地燃得很旺，就好像已经燃了好几个小时。韦斯莱先生从口袋里掏出一个束着拉绳的小袋子，把它打开，从里面捏出一点粉末投进火里，火焰马上变成了碧绿色，火苗蹿得比刚才还高。

"弗雷德，你上路吧。"韦斯莱先生说。

"这就走，"弗雷德说，"哦，糟糕 —— 等一等 ——"

一袋糖果从弗雷德的口袋里滑落出来，里面的糖滚得到处都是 —— 又大又圆的太妃奶糖，包着花花绿绿的糖纸。

弗雷德伏在地上，手忙脚乱地把糖捡起来，塞回自己的口袋，然后开心地朝德思礼一家挥挥手，向前跨了几步，径直走进火焰中，说了一句："陋居！"佩妮姨妈倒抽一口冷气，打了个寒战。只听嗖的一声，弗雷德不见了。

"好了，乔治，"韦斯莱先生说，"你带着箱子走吧。"

哈利和乔治一起搬着箱子走向火焰，然后把箱子竖了起来，使乔治可以拿得稳当一些。接着，乔治大喊一声："陋居！"又是嗖的一声，他也一下子消失了。

"罗恩，轮到你了。"韦斯莱先生说。

"再见。"罗恩高高兴兴地对德思礼一家说。他朝哈利笑了笑，一步跨进火中，喊道："陋居！"便也不见了。

只有哈利和韦斯莱先生还没有走。

"好吧……那就再见了。"哈利对德思礼一家说。

他们一句话也没有说。哈利朝火焰走去，刚走到壁炉边，韦斯莱先生伸出一只手，把他拉了回来。韦斯莱先生正惊愕地望着德思礼一家。

"哈利对你们说了再见，"他说，"你们没有听见吗？"

"没关系，"哈利小声对韦斯莱先生说，"说实在的，我并不在乎。"

韦斯莱先生没有把手从哈利肩膀上松开。

"你要到明年夏天才能见到你的外甥呢，"他微微有些愤怒地对弗农姨父说，"你总要说一句再见吧？"

弗农姨父气得脸都变了。一个刚刚炸毁他客厅半面墙壁的人居然要来教他学会尊重人，这似乎给他带来了极大的痛苦。

可是韦斯莱先生手里还拿着魔杖呢，弗农姨父的小眼睛扫了一下魔杖，然后非常恼火地说："好吧，再见。"

"再见。"哈利说完，把一只脚伸进了绿色的火焰，感觉它就像温暖的呼吸。就在这时，他身后突然传来一阵可怕的干呕声，佩妮姨妈失声惊叫起来。

哈利转过身，达力已经不再躲在他父母身后了，而是跪在咖啡桌旁，嘴里冒出一个尺把长的、黏糊糊的紫红色东西，害得他不停地干呕，呜噜呜噜地叫唤。哈利只纳闷了一刹那就明白了，那尺把长的东西是达力的舌头 —— 达力面前的地板上有一张花花绿绿的太妃糖纸。

佩妮姨妈猛地扑向达力，抓住他膨胀的舌尖，拼命想把舌头从他嘴里拔出来。自然喽，达力大声惨叫，呜噜呜噜地叫得比刚才更响了，一边使劲儿想摆脱佩妮姨妈。弗农姨父胡乱挥舞着双手，大发雷霆，韦斯莱先生不得不直着嗓子喊叫，才使他们听见了他说话。

"不用担心，我来解决这个问题！"他喊道，一边举着魔杖，朝达力走去，可是佩妮姨妈叫得更厉害了，并且扑在达力身上，生怕韦斯莱先生伤害他。

第 4 章　回到陋居

"哦，别这样！"韦斯莱先生绝望地说，"办法很简单——都是那颗太妃糖惹的祸——我儿子弗雷德——整天就喜欢搞恶作剧——不过没关系，只是一个膨胀咒——至少我认为是这样——请让开，我可以纠正过来——"

可是德思礼夫妇不仅没有放宽心，反而更紧张了。佩妮姨妈一边歇斯底里地抽泣着，一边使劲拽住达力的舌头，好像下定决心要把它连根拔掉似的。达力在母亲和舌头的双重压力下，似乎要窒息了。弗农姨父已经完全失去了控制，一把抓起餐具柜顶上的一个瓷像，朝韦斯莱先生狠狠地扔过去。韦斯莱先生低头一躲，那个装饰品在被炸毁的壁炉上摔得粉碎。

"好了，别闹了！"韦斯莱先生恼火地说，一边挥舞着他的魔杖，"我是真心想帮助你们！"

弗农姨父像一匹受伤的河马那样咆哮起来，又抓起一个装饰品。

"哈利，快走！快走！"韦斯莱先生用魔杖指着弗农姨父，喊道，"我来解决这件事！"

哈利不想错过这个热闹，可是弗农姨父扔过来的第二个装饰品擦着他的左耳飞了过去。他权衡利弊，觉得最好还是让韦斯莱先生独自对付这个局面。哈利跨进火焰，说了一声："陋居！"一边还扭头望着。他最后匆匆瞥了一眼客厅，只见韦斯莱先生用魔杖把弗农姨父扔出的第三个装饰品炸成了碎片。佩妮姨妈伏在达力身上尖声大叫，达力的舌头伸在嘴巴外，像一条滑溜溜的大蟒蛇。接着，哈利开始在熊熊的碧绿色火焰中飞速旋转起来，德思礼家的客厅消失了。

第5章

韦斯莱魔法把戏坊

哈利越转越快,胳膊肘紧紧贴在身体两侧,无数个壁炉飞速闪过,快得简直看不清楚。最后他感到有些恶心,便闭上了眼睛。终于,在他觉得速度慢下来的时候,他猛地伸出双手,及时刹住。还好,他差点儿脸朝前摔出韦斯莱家厨房的壁炉。

"他吃了吗?"弗雷德兴奋地问,一边伸过一只手,把哈利拉了起来。

"吃了,"哈利说着,站起身,"那是什么东西?"

"肥舌太妃糖,"弗雷德眉飞色舞地说,"乔治和我发明的。整个夏天,我们一直想找个人试一试……"

小小的厨房里爆发出一阵大笑,哈利环顾四周,看见罗恩和乔治坐在擦得干干净净的木桌旁,旁边还有两个红头发的人,哈利以前没有见过,不过他马上就知道了,他们一定是韦斯莱兄弟中最大的两个:比尔和查理。

"你好吗,哈利?"两兄弟中离哈利最近的那个咧开嘴笑着,伸出一只大手。哈利握了握,感到自己的手指触摸到许多老茧和水泡。这一定是查理,他在罗马尼亚研究火龙。查理的身材和那对双胞胎差不多,比豆芽菜般的珀西和罗恩要矮、胖、结实一些。他长

第5章　韦斯莱魔法把戏坊

着一副好好先生似的阔脸，饱经风霜，脸上布满密密麻麻的雀斑，看上去几乎成了棕黑色。他的手臂肌肉结实，一只手臂上有一道被火灼伤的发亮的大伤疤。

比尔站了起来，笑着，也同哈利握了握手。比尔的样子多少令人感到有些意外。哈利知道他在古灵阁，即巫师银行工作，而且上学时还是霍格沃茨的男生学生会主席。哈利一向以为比尔是珀西的翻版，只是年龄大几岁而已，也是那样对违反校规大惊小怪，喜欢对周围的每个人发号施令。今天一看，才知道不是这样，比尔一副很——没有别的词可以形容——"酷"的样子。他个子高高的，长长的头发在脑后扎成一个马尾巴，耳朵上还戴着一只耳环，上面悬着一颗尖牙似的东西。比尔的那身衣服，即使是去参加摇滚音乐会也不会显得不合适。不过哈利看出来了，他的那双靴子不是牛皮而是火龙皮做的。

大家还没来得及说话，就听见一阵轻微的爆裂声，韦斯莱先生在乔治身边突然冒了出来。他气坏了，哈利从没见过他这么生气。

"这不是开玩笑的事情，弗雷德！"他嚷道，"你到底给那个麻瓜男孩吃了什么？"

"我什么也没给他，"弗雷德脸上带着坏笑说，"我只是不小心撒在地上……谁叫他自己捡起来吃的，这可不能怪我。"

"你是故意把它弄撒的！"韦斯莱先生怒吼道，"你知道他肯定会吃，你知道他在减肥——"

"他的舌头肿得多大？"乔治急切地问。

"一直肿到四尺多长，他父母才让我把它缩小了！"

哈利和韦斯莱兄弟又一次哈哈大笑起来。

"这不是开玩笑！"韦斯莱先生大声嚷道，"这种行为严重损害了巫师和麻瓜的关系！我半辈子都在拼死拼活忙着反对虐待麻瓜的工作，结果我自己的儿子——"

"我们不是因为他是麻瓜才给他的!"弗雷德气愤地说。

"是啊,我们捉弄他是因为他专门欺负人。"乔治说,"是不是,哈利?"

"没错,他就是那样的,韦斯莱先生。"哈利很认真地说。

"问题不在这里!"韦斯莱先生气呼呼地说,"你们等着吧,我要告诉你们的妈妈——"

"告诉我什么?"他们身后传来一个声音。

韦斯莱夫人正巧走进厨房。她是一个矮矮胖胖的女人,面容非常慈祥,不过此刻眼睛眯着,露出怀疑的神色。

"你好,哈利,亲爱的。"她看见哈利,微笑着打了个招呼,接着,她又把目光投到丈夫身上,"告诉我,亚瑟,怎么回事?"

韦斯莱先生迟疑着。哈利可以看出,他尽管对弗雷德和乔治很生气,却并不真的打算把事情告诉韦斯莱夫人。韦斯莱先生紧张地望着妻子,一时间没有人说话。就在这时,两个女孩子出现在韦斯莱夫人身后的厨房门口。一个长着非常浓密的棕色头发,两个门牙很大,这是哈利和罗恩的好朋友赫敏·格兰杰。另一个身材矮小,一头红发,是罗恩的小妹妹金妮。两个女孩都朝哈利露出了微笑,哈利也对她们笑着,金妮立刻羞红了脸——自从哈利第一次拜访陋居以来,金妮就对他非常迷恋。

"快说,亚瑟,怎么回事?"韦斯莱夫人又问了一句,口气有点儿吓人。

"没什么,莫丽,"韦斯莱先生含糊地说,"弗雷德和乔治刚才——我已经教训过他们了——"

"他们这次又干了什么?"韦斯莱夫人说,"如果又和韦斯莱魔法把戏坊有关——"

"罗恩,你带哈利去看看他睡觉的地方好不好?"赫敏在门口说。

"他知道他睡在哪儿,"罗恩说,"在我的房间,他上次就睡在

第5章　韦斯莱魔法把戏坊

那儿——"

"我们都去看看。"赫敏严厉地说。

"噢，"罗恩这才心领神会，"好吧。"

"对了，我们也去。"乔治说。

"你们不许动！"韦斯莱夫人大吼一声。

哈利和罗恩小心翼翼地侧身溜出厨房，和赫敏、金妮一起，穿过狭窄的门厅，踏上摇摇晃晃的楼梯。那楼梯曲里拐弯，通向上面的楼层。

"什么是韦斯莱魔法把戏坊？"他们上楼时，哈利问道。

罗恩和金妮都大笑起来，只有赫敏没笑。

"妈妈打扫弗雷德和乔治的房间时，发现了那一沓订货单，"罗恩小声说，"长长的好几页价目表，上面都是他们发明的东西。搞笑的玩意儿，你知道。假魔杖啦，魔法糖啦，一大堆东西。真是太棒了，我从来不知道他们一直在搞发明……"

"好长时间了，我们总是听见他们房间里有爆炸的声音，但从来没想到他们真的在做东西，"金妮说，"还以为他们只是喜欢听响儿呢。"

"不过，那些东西大多数——唉，实际上是全部——都有点儿危险。"罗恩说，"你知道吗，他们计划把这些东西拿到霍格沃茨去卖，大赚一笔呢。妈妈听说以后，简直气疯了，警告他们不许再搞这类玩意儿，还把他们的订货单烧了个精光……她一直在生他们的气，他们拿到的O.W.L.证书数量也让她失望。"

O.W.L.是普通巫师等级考试，是霍格沃茨的学生十五岁时参加的一种考试。

"那一次吵得可凶了。"金妮说，"妈妈想让他们以后进魔法部工作，像爸爸那样，可他们对她说，他们只想开一家玩笑商店。"

就在这时，二楼平台上的一扇门打开了，从里面伸出一张脸来，戴着牛角边的眼镜，表情很不耐烦。

"你好，珀西。"哈利说。

"噢，你好，哈利。"珀西说，"我不明白是谁弄出这么大的响动。你知道，我正在这里工作呢——为办公室赶写一份报告——可是老有人在楼梯上轰隆隆地乱跑，使我很难集中精力。"

"我们没有轰隆隆地乱跑，"罗恩恼火地说，"我们在走路。如果我们打扰了魔法部的最高机密工作，那么很抱歉。"

"你在忙些什么呢？"哈利问。

"为国际魔法合作司写一份报告。"珀西得意地说，"我们准备按标准检验坩埚的厚度。有些外国进口的坩埚底太薄了——渗漏率几乎以每年百分之三的速度在增长——"

"真了不起，这份报告会改变世界的。"罗恩说，"我想，《预言家日报》会在头版头条登出来：坩埚渗漏。"

珀西的脸涨成了粉红色。

"你尽管挖苦嘲笑吧，罗恩，"他激动地说，"可是必须颁布实施某种国际法，不然我们就会发现市场上充斥着伪劣产品，坩埚底薄，脆弱易碎，严重危害——"

"好了，好了。"罗恩说着，抬脚继续往楼上走。珀西重重地关上了卧室的门。哈利、赫敏和金妮跟着罗恩，又爬了三层楼梯，仍然能听见下面厨房里传来的喊叫声。似乎韦斯莱先生已经把太妃糖的事告诉了韦斯莱夫人。

罗恩睡觉的那个顶楼房间，和哈利上次来住的时候没什么差别：还是到处都贴着罗恩最喜欢的魁地奇球队——查德里火炮队的海报，那些队员们在墙壁和倾斜的天花板上飞来飞去，还不停地挥手致意。窗台上还是放着金鱼缸，里面原先养着蛙卵，现在却是一只大得吓人的青蛙。罗恩的那只老掉牙的老鼠斑斑不见了，取而代之的是那只到女贞路给哈利送信的灰色小猫头鹰。它在一只小笼子

第5章　韦斯莱魔法把戏坊

里跳上跳下，叽叽喳喳地叫个不停。

"闭嘴，小猪。"罗恩说着，侧身从两张床中间挤了过去，房间里一共放了四张床，挤得满满当当，"弗雷德和乔治也和我们一起住在这里，因为比尔和查理把他们的房间占了。"他对哈利说，"珀西硬要一个人占一个房间，因为他要工作。"

"对了——你为什么管那只猫头鹰叫小猪呢？"哈利问罗恩。

"因为他非要犯傻，"金妮说，"它真正的名字是朱薇琼。"

"是啊，那个名字倒是一点儿也不傻。"罗恩讽刺地说。

"是金妮给它起的，"他对哈利解释道，"金妮觉得这名字特别可爱，我想把它换掉，已经来不及了，猫头鹰只认这个名字，叫它别的，它一概不理。所以现在它就成了小猪。埃罗尔和赫梅斯都讨厌它，我只好把它养在这里。说实在的，我也挺讨厌它的。"

朱薇琼快活地在笼子里蹿来蹿去，发出刺耳的鸣叫。哈利太了解罗恩了，知道对他的话不能当真。原先，他也是整天抱怨他那只老鼠斑斑，可是当他以为赫敏的猫克鲁克山咬死了斑斑时，别提有多难过了。

"克鲁克山呢？"哈利又问赫敏。

"大概在外面的园子里吧。"她说，"它喜欢追赶地精，以前从没见过这玩意儿。"

"看来，珀西挺喜欢工作的，是吗？"哈利在一张床上坐下，看着天花板的海报上那些查德里火炮队队员嗖嗖地飞来飞去。

"喜欢？"罗恩愁闷地说，"如果爸爸不把他硬拉回来，他根本不肯回家。他是个工作狂。你可千万别引他谈起他们老板。克劳奇先生认为……我是这样对克劳奇先生说的……克劳奇先生是这样想的……克劳奇先生告诉我……我看他们现在随时都可能宣布订婚消息。"

"你暑假过得好吗？"赫敏问，"收到我们寄给你的好吃的和其他东西了吗？"

"收到了，太感谢了。"哈利说，"多亏了那些蛋糕，我才死里逃生。"

"对了，你有没有收到——"罗恩刚说到一半，赫敏瞪了他一眼，他便不往下说了。哈利知道罗恩想打听一下小天狼星的情况。罗恩和赫敏都积极参加了帮助小天狼星逃脱魔法部追捕的行动，所以他们像哈利一样关心他教父的安危。可是，当着金妮的面谈论他是不明智的。只有他们和邓布利多教授知道小天狼星是怎样逃跑的，并相信他是无辜的。

"我想他们大概吵完了。"赫敏看到金妮好奇地望望罗恩，又望望哈利。她为了掩饰这片刻的尴尬，说道："我们下去帮你妈妈准备晚饭，好吗？"

"行，好吧。"罗恩说。四个人离开了罗恩的房间，回到楼下，发现韦斯莱夫人正一个人在厨房里忙碌着，情绪坏到了极点。

"我们在外面的园子里吃饭，"他们进去以后，她说，"这里可容不下十一个人。姑娘们，你们能把这些盘子端出去吗？比尔和查理在摆桌子呢。你们两个，拿上刀叉。"她一边吩咐罗恩和哈利，一边用魔杖点了点水池里的一堆土豆，可没想到用的劲儿大了一点，土豆自动脱皮的速度太快，一个个都蹿到墙上和天花板上去了。

"哎呀，天哪。"她恼火地说，又用魔杖对着一个侧立的簸箕点了一下。簸箕立刻就跳起来，在地板上滑来滑去，把土豆一个个撮了起来。"这两个家伙！"她恶狠狠地说，一边从碗柜里抽出许多大锅小锅，哈利知道她指的是弗雷德和乔治，"真不知道他们会变成什么样儿。没有一点雄心壮志，整天就知道变着法儿闯祸……"

韦斯莱夫人把一口黄铜大炖锅砰地扔在厨房的桌上，将魔杖伸进去呼呼地转着圈儿。随着她的搅拌，一股奶油酱从魔杖头上喷了出来。

第5章 韦斯莱魔法把戏坊

"他们不是不聪明，"她把炖锅放在炉子上，又用魔杖捅了一下，把火点着，继续气呼呼地说着，"可那些聪明用得不是地方，除非他们很快振作起来，改邪归正，不然会倒大霉的。从霍格沃茨飞来给他们告状的猫头鹰，比其他所有人的加起来都多。照这个样子下去，他们最后准会被送进禁止滥用魔法办公室。"

韦斯莱夫人又用魔杖捅了一下放刀具的抽屉，抽屉猛地弹开了。哈利和罗恩赶紧跳开，只见抽屉里蹿出好几把刀子，在厨房里飞过，开始嚓嚓地切起土豆来。那只簸箕刚才已经把土豆倒进了水池。

"真不明白我们什么地方教育得不对。"韦斯莱夫人说着，放下魔杖，又拽出几口炖锅，"这么多年来一直这样，捅了一个乱子又一个乱子，根本听不进——哦，又不对！"

她从桌上拿起她的魔杖，结果魔杖发出一声刺耳的尖叫，变成了一只巨大的橡皮老鼠。

"又是他们搞的假魔杖！"她嚷嚷道，"我对他们说过多少遍了，不要把这些玩意儿到处乱放！"

她抓起真魔杖，一转身，发现炉子上的奶油酱已经冒烟了。

"走吧，"罗恩从打开的抽屉里抓起一把餐具，急急地对哈利说，"我们去帮帮比尔和查理吧。"

他们撇下韦斯莱夫人，出了后门，进了园子。

刚走几步，他们就看见赫敏那只姜黄色的、罗圈腿的猫克鲁克山。它匆匆地在园子里跑来跑去，瓶刷子似的尾巴高高竖着，正在追赶一个东西。那东西粘满泥巴，活像一个长了腿的土豆。哈利一眼就认出那是个地精。它身高不足十英寸，坚硬的小脚啪哒啪哒地走得飞快，穿过园子，一头钻进扔在门边的一只惠灵顿皮靴里。克鲁克山把一只爪子伸进靴子，想抓住地精。哈利听见地精在里面疯狂地咯咯大笑。就在这时，房子的另一头传来一声震耳欲聋的撞击声。他们走进园子，才发现这番骚动是怎么引起的。他们看见比尔和查理都拔出了魔杖，正在调动两张破破烂烂的旧桌子在草坪上飞，互相撞击，每张桌子都想把对方从空中打落。弗雷德和乔治在一旁欢呼，金妮哈哈大笑，赫敏在篱笆边徘徊，看样子又觉得好玩，又感到紧张，不知如何是好。

梆的一声，比尔的桌子击中了查理的桌子，把一条桌腿打掉了。这时，头顶上传来一阵清脆的撞击声。他们同时抬起头，看见珀西的脑袋从三楼的窗口探了出来。

"你们能不能小声一点儿？"他吼道。

"对不起，珀西，"比尔笑嘻嘻地说，"坩埚底怎么样啦？"

"糟透了。"珀西没好气地说，砰的一声关上了窗户。比尔和查理轻声笑着，用魔杖指引桌子稳稳地降落到草地上，连着排在一起。然后，比尔用魔杖轻巧地一点，把那条桌腿重新接上，又凭空变出了桌布。

七点钟的时候，两张桌子在韦斯莱夫人妙手做出的一道道美味佳肴的重压下，嘎吱作响。韦斯莱一家九口，还有哈利和赫敏都坐了下来，在明净的深蓝色夜空下用餐。对于整个夏天都吃着越来越不新鲜的蛋糕的人来说，现在就像进了天堂一样。起先，哈利只顾大吃鸡肉火腿馅饼、煮土豆和沙拉，根本顾不上说话。

在桌子的那一头，珀西正在告诉父亲他撰写坩埚底厚度报告的情况。

"我对克劳奇先生说，我星期二就能完成，"珀西挺得意地说，"比他预期的快一些，但我想一切都争取主动。如果我按时完成了，他会感到很满意的，因为目前我们司里的事情特别多，都忙着筹备世界杯呢。我们从魔法体育运动司得不到所需要的支持。卢多·巴格曼——"

"我喜欢卢多这个人，"韦斯莱先生温和地说，"多亏他替我们弄到了这么好的世界杯球赛票。我原先帮过他一个小忙：他弟弟奥

第 5 章　韦斯莱魔法把戏坊

多出了点儿麻烦 —— 把一台割草机弄出了许多特异功能 —— 是我把整个事情摆平的。"

"是啊，当然啦，巴格曼是挺可爱的，"珀西不以为然地说，"可是拿他和克劳奇先生一比，我真不明白他是怎么当上司长的！如果克劳奇先生发现我们司里有人失踪，一定会着手调查，而不会听之任之。你知道，伯莎·乔金斯已经失踪一个多月了！到阿尔巴尼亚度假，再也没有回来。"

"是啊，我向卢多询问过这件事。"韦斯莱先生说着，皱起了眉头，"他说在这之前，伯莎就失踪过好多次 —— 不过说句实话，如果是我司里的人，我会感到担心……"

"唉，伯莎这个人确实让人很伤脑筋。"珀西说，"我听说这些年，她从一个部门被赶到另一个部门，惹的麻烦比做的事情还多……但是不管怎么说，巴格曼还是应该想办法找找她。克劳奇先生个人一直很关注这件事，你知道，伯莎以前在我们司工作过一段时间，我认为克劳奇先生还是很喜欢她的 —— 可巴格曼总是哈哈一笑，说伯莎大概是看错了地图，没有到阿尔巴尼亚，而是到了澳大利亚。不过，"珀西派头十足地长叹一声，深深地饮了一口接骨木花酒，"我们国际魔法合作司要做的事情实在太多了，没有闲工夫替别的部门找人。要知道，世界杯之后，我们还要组织一项大型活动呢。"

珀西煞有介事似的清了清喉咙，扭头望着桌子这边哈利和赫敏坐的位置。"你知道我说的是什么活动，爸。"他微微抬高了嗓门，"最高机密的那个。"

罗恩翻了翻眼珠，低声对哈利和赫敏说："自打他开始工作以来，就一直想逗我们问他那是什么活动。大概是一次厚底坩埚展览会吧。"

在桌子中央，韦斯莱夫人正在和比尔争论那只耳环的事，看来这耳环是最近才戴上的。

"……上面还带着一个可怕的大长牙。真的,比尔,银行里的人怎么说?"

"妈,银行里的人根本不关心我穿什么衣服,只要我找回大量财宝就行。"比尔耐心地说。

"你的头发也难看得要命,亲爱的,"韦斯莱夫人说,一边慈爱地摆弄自己的魔杖,"我真希望你能让我修剪一下……"

"我喜欢。"坐在比尔旁边的金妮说道,"妈,你太落伍了。而且,和邓布利多教授的头发比起来,这根本不算长……"

在韦斯莱夫人旁边,弗雷德、乔治和查理正在热烈地讨论世界杯赛。

"肯定是爱尔兰队胜出,"查理嘴里塞满了土豆,嘟嘟哝哝地说,"他们在半决赛时打败了秘鲁队。"

"可是保加利亚队有威克多尔·克鲁姆呢。"弗雷德说。

"克鲁姆是不错,但他只是一个人,爱尔兰队有七位好手呢。"查理不耐烦地说,"不过,我真希望英格兰队能够出线。真是太丢脸了。"

"怎么回事?"哈利急切地问。他暑假里一直守在女贞路,与魔法世界完全隔绝,想起来真是懊恼透顶。哈利对魁地奇充满了热情。他从在霍格沃茨上一年级时起,就进了格兰芬多学院的魁地奇球队,担任找球手。他还拥有世界上最棒的飞天扫帚火弩箭。

"输给了特兰西瓦尼亚队,十比三百九十。"查理愁眉苦脸地说,"表现糟糕透了。威尔士队败给了乌干达,苏格兰队被卢森堡队打得落花流水。"

韦斯莱先生变出了一些蜡烛,把渐渐暗下来的园子照亮了,然后大家开始享用家里做的草莓冰淇淋。大家都吃完了,飞蛾低低地在桌子上飞舞,温暖的空气中弥漫着青草和金银花的香气。哈利觉

第5章 韦斯莱魔法把戏坊

得自己吃得很饱。他坐在那里，望着几只地精被克鲁克山紧紧追赶，一边飞快地穿过蔷薇花丛，一边疯狂地大笑。这一刻，哈利真是从心底里感到满足。

罗恩小心地抬头望望桌子周围，看家里人是不是都在忙着聊天，然后用很轻的声音对哈利说："你说 —— 你最近收到过小天狼星的来信吗？"

赫敏抬头张望了一下，仔细听着。

"收到过，"哈利小声说，"两次。看来他一切都好。我昨天给他写了封信。我住在这里的这段时间，他会给我回信的。"

他突然想起了他给小天狼星写信的原因，真想告诉罗恩和赫敏他伤疤又疼起来的事，告诉他们那个把他惊醒的噩梦……但是又觉得现在这么幸福、满足，他不想让他们担心。

"看看时间吧，"韦斯莱夫人突然说道，一边看了看她的手表，"你们应该上床睡觉了，你们大家 —— 明天一大早要起床去看比赛。哈利，你把学习用品的采购单留下，我明天到对角巷去替你买来。我反正要给其他人买的。等世界杯结束后大概就来不及了，上次的比赛持续了整整五天。"

"哇 —— 真希望这次也这样！"哈利激动地说。

"噢，我可不希望。"珀西假正经地说，"一下子离开五天，那我的文件筐里还不堆满了文件啊，想到这点，真让我不寒而栗。"

"是啊，说不定又有人将火龙粪塞在信封里寄给你呢，珀西。"弗雷德说。

"那是从挪威寄来的肥料样品！"珀西说着，脸涨得通红，"不是给私人的！"

"其实，"大家起身离开桌子时，弗雷德悄悄对哈利说，"那是我们寄给他的。"

第6章

门钥匙

哈利觉得自己刚在罗恩的房间里躺下，还没睡一会儿，就被韦斯莱夫人摇醒了。

"该走了，哈利，亲爱的。"她小声说，一边又走过去唤醒罗恩。

哈利伸手摸到眼镜戴上，坐了起来。外面还是一片漆黑。罗恩被母亲唤醒时，嘴里含混不清地嘟哝着什么。哈利看见床脚处有两个不规则的黑影从乱糟糟的毯子下冒了出来。

"怎么，已经到时间了？"弗雷德睡眼惺忪地问。

大家默默地穿衣服，都困得不愿说话。然后，他们四个下楼走进厨房，一边还在打哈欠，伸懒腰。

韦斯莱夫人正在搅拌炉子上一口大锅里的东西，韦斯莱先生坐在桌旁，核对一扎羊皮纸做成的大张球票。男孩子们走进厨房时，他抬起头，展开双臂，好让他们看清楚他身上的衣服。他穿着一件像是高尔夫球衣的上衣和一条很旧的牛仔裤，裤子穿在他身上有点儿嫌大，用一根宽宽的牛皮带束住了。

"怎么样？"他急切地问，"我们去的时候应该隐瞒身份——我这样子像麻瓜吗，哈利？"

"像，"哈利笑着说，"很不错。"

第6章 门钥匙

"怎么不见比尔、查理和珀——珀——珀西？"乔治说，忍不住又打了个大哈欠。

"他们要幻影显形去，不是吗？"韦斯莱夫人说，一边把那口大锅放在桌上，开始把粥舀进一个个碗里，"所以可以睡一会儿懒觉。"

哈利知道，所谓幻影显形，就是从一个地方消失，一眨眼又在另一个地方重新出现，他心知这一定很难。

"这么说，他们还在呼呼大睡？"弗雷德气恼地问，"为什么我们不能也幻影显形呢？"

"因为你们不到年龄，还没有通过考试。"韦斯莱夫人回敬了他一句，"那两个丫头上哪儿去了？"

她转身冲出厨房，他们听见她上楼的声音。

"幻影显形还要通过考试？"哈利问。

"噢，是的。"韦斯莱先生说着，把球票仔细地塞进牛仔裤后面的口袋里，"前几天，魔法交通司对两个人处以罚款，因为他们没有证书就擅自幻影显形。这可不是一件容易的事，如果做得不对，就会惹出麻烦，后果很严重的。我说的那两个人最后就分体了。"

餐桌上的人除了哈利，都皱起眉头，做出一副苦脸。

"哦——分体？"哈利问。

"他们把自己的半个身子丢下了，"韦斯莱先生说，一边舀了很多糖浆，拌进他的粥里，"所以，自然啦，他们就被困在了那里，两边都动弹不得。只好等逆转偶发魔法事件小组去处理这件事。告诉你吧，这意味着要准备大量的文件材料，那些麻瓜看见了他们丢下的部分身体……"

哈利突然想到，如果两条大腿和一个眼球被遗弃在女贞路的人行道上，那该是什么情景啊。

"他们没事吧？"他惊恐地问。

"噢，没事，"韦斯莱先生平淡地说，"不过被狠狠地罚了一笔。

我想他们短时间内大概不会尝试了。你可千万不要拿幻影显形当儿戏。许多成年巫师都不愿惹这个麻烦。他们情愿用扫帚——虽然慢一些，可是安全。"

"可是比尔、查理和珀西都会，是吗？"

"查理考了两次才通过。"弗雷德嬉笑着说，"他第一次考砸了，在离原定目标以南五英里的地方显形，落到一个正在买东西的可怜的老太太的头顶上，记得吗？"

"是啊，不过他第二次就通过了。"在一片开心的嬉笑声中，韦斯莱夫人大步回到了厨房。

"珀西是两个星期前才通过的。"乔治说，"从那以后，他每天早晨都幻影显形到楼下，就是为了证明他有这个本事。"

过道里传来了脚步声，赫敏和金妮走进厨房，两个人的脸色都显得很苍白，好像没有睡醒。

"我们干吗要这么早起来？"金妮揉着眼睛，在餐桌旁坐下，问道。

"我们要走一段路呢。"韦斯莱先生说。

"走路？"哈利问，"怎么，我们步行去观看世界杯？"

"不，不，那就太远了，"韦斯莱先生笑着说，"只需走一小段路。把大批巫师集合到一起而不引起麻瓜的注意，这是非常困难的。我们不得不非常谨慎，选择最佳时间上路，在魁地奇世界杯赛这样盛大的场合——"

"乔治！"韦斯莱夫人突然厉声喝道，把大家都吓了一跳。

"怎么啦？"乔治说。他假装什么事也没有，可是骗不了人。

"你口袋里是什么？"

"没什么！"

"不许对我说瞎话！"

韦斯莱夫人用魔杖指着乔治的口袋，念道："飞来！"

第6章 门钥匙

一些花花绿绿的小玩意儿从乔治口袋里跳了出来。乔治伸手去抓,没有抓住,它们径直跳进了韦斯莱夫人伸出的手掌中。

"叫你们把这些玩意儿毁掉!"韦斯莱夫人气愤地说,举起手里的东西,那无疑又是肥舌太妃糖,"叫你们扔掉这些劳什子!快把口袋掏空,快点,你们两个!"

这真是令人难受的一幕。双胞胎兄弟显然想把尽可能多的太妃糖从家里走私出去,韦斯莱夫人用上了她的召唤咒,才把那些糖果都找了出来。

"飞来!飞来!飞来!"她一连声地喊道,太妃糖从各个意想不到的地方嗖嗖地飞出来,包括乔治的夹克内衬里,以及弗雷德牛仔裤的翻边里。

"我们花了整整半年,才研制出这些东西!"弗雷德看到母亲把太妃糖扔到一边,委屈地喊道。

"半年时间花在这个上面,真不错!"韦斯莱夫人尖声说道,"怪不得才拿了那么几个 O.W.L. 证书呢!"

总之,他们离开的时候,气氛不是很友好。韦斯莱夫人亲吻韦斯莱先生的面颊时,仍然板着面孔。双胞胎兄弟的态度更坏。他们把帆布背包甩到背上,一句话没对妈妈说就走了出去。

"再见,祝你们玩得痛快,"韦斯莱夫人说,"表现好一点儿。"她冲着双胞胎兄弟离去的背影喊道,可是他们既没有回头,也没有应答。"我中午的时候打发比尔、查理和珀西上路。"韦斯莱夫人对韦斯莱先生说。韦斯莱先生正和哈利、罗恩、赫敏、金妮穿过漆黑的院子,跟在弗雷德和乔治后面出发了。

外面很寒冷,月亮还高高地挂在天上。只有他们右边的地平线上露出一抹淡淡的灰绿色,显示着黎明正在渐渐到来。哈利一直在琢磨成千上万的巫师赶去观看魁地奇世界杯的事,便快走几步,赶上韦斯莱先生。

"您说，大家怎样才能赶到那儿而不引起麻瓜的注意呢？"他问。

"组织工作真是困难重重，"韦斯莱先生叹了口气，"主要的问题是，大约有十万巫师要来观看世界杯，我们当然找不到一个能容纳这么多人的魔法场地。有些地方是麻瓜们进不去的，但是想象一下，怎么可能把十万巫师都塞进对角巷或 $9\frac{3}{4}$ 站台呢？所以我们不得不找一片荒无人烟的沼泽地，并采取一切防备麻瓜的措施。整个部里为这件事忙了好几个月。首先，当然啦，必须把大家到达的时间错开。球票便宜的人只好提前两个星期赶到。一部分人使用麻瓜的交通工具，但人数有限，我们不能让太多的人塞满麻瓜的公共汽车和火车——你别忘了，世界各地都有巫师赶来。当然，还有些人用幻影显形，但必须规定一些安全的地方让他们显形，远离所有的麻瓜。我想附近大概正好有座树林，用作幻影显形的落脚点。对于那些不愿意或不会幻影显形的人，我们就使用门钥匙。这玩意儿的作用是在规定时间内把巫师从一个地方运送到另一个地方。如果需要的话，一次可以运送一大批人。在英国各地投放了两百把门钥匙，离我们最近的一把就在白鼬山的山顶上，我们现在就是去那里。"

韦斯莱先生指着前方，奥特里·圣卡奇波尔村的后面耸立着大片阴影。

"门钥匙是什么样的东西？"哈利好奇地问。

"啊，五花八门，什么样的都有，"韦斯莱先生说，"当然，都是看上去不起眼的东西，这样麻瓜就不会把它们捡起来摆弄⋯⋯他们会以为这是别人胡乱丢弃的⋯⋯"

他们步履艰难地顺着黑暗潮湿的小路，朝村庄的方向走去，四下里一片寂静，只听得见自己的脚步声。穿过村庄时，天色慢慢地亮了一些，原先的漆黑一片逐渐变成了深蓝色。哈利的手脚都冻僵了。韦斯莱先生不停地看表。

他们开始爬白鼬山了，脚下不时被隐蔽的兔子洞绊一下，或者

第6章 门钥匙

踩在黑漆漆、厚墩墩的草团上打滑,根本匀不出气儿来说话。哈利每喘一口气,都觉得胸口一阵刺痛,双腿也渐渐挪不开步子了,就在这时,他发现终于踏在了平地上。

"哟,"韦斯莱先生摘下眼镜,用身上的球衣擦着,气喘吁吁地说,"不错,我们到得很准时 —— 还有十分钟……"

赫敏最后一个登上山顶,她的一只手紧紧揪住衣襟。

"现在我们只需要找到门钥匙,"韦斯莱先生说着,戴上眼镜,眯着眼睛在地上寻视,"不会很大……快找一找……"

大家散开,分头寻找。可是,他们刚找了两三分钟,就有一个喊声划破了宁静的夜空。

"在这儿,亚瑟!过来,儿子,我们找到了!"

在山顶的另一边,星光闪烁的夜空衬托着两个高高的身影。

"阿莫斯!"韦斯莱先生说,笑着大步走向那个喊他的男人。其他人跟了上去。

韦斯莱先生和一个长着棕色短胡子的红脸庞巫师握了握手,那人的另一只手里拿着个东西,像是一只发了霉的旧靴子。

"我给大家介绍一下,这是阿莫斯·迪戈里。"韦斯莱先生说,"他在神奇动物管理控制司工作。这是他的儿子塞德里克,我想你们都认识吧?"

塞德里克·迪戈里大约十七岁,是一个长得特别帅的男孩。在霍格沃茨,他是赫奇帕奇学院魁地奇球队的队长兼找球手。

"嗨,你们好。"塞德里克说,转头望着大家。

每个人都应了声"嗨",但弗雷德和乔治没有吭气,只是点了点头。去年,塞德里克在第一场魁地奇比赛中打败了他们格兰芬多队,这对双胞胎到现在都没有完全原谅他。

"走过来很远吧,亚瑟?"塞德里克的父亲问道。

"还好,"韦斯莱先生说,"我们就住在村庄的那一边。你们呢?"

"两点钟就起床了,是不是,塞德? 不瞒你说,我真愿意他早点通过幻影显形考试。不过 …… 没什么可抱怨的 …… 魁地奇世界杯嘛,绝不能错过,哪怕要付出一口袋金加隆 —— 实际上,买票也确实花了那么多钱呢。不过我总算对付下来了,还不算太难 ……"阿莫斯·迪戈里和蔼地望着周围的韦斯莱家三兄弟、哈利、赫敏和金妮,"亚瑟,这些都是你的孩子?"

"哦,不,红头发的才是。"韦斯莱先生把自己的孩子一一指出,"这是赫敏,罗恩的朋友 —— 这是哈利,也是罗恩的朋友 ——"

"天哪,"阿莫斯·迪戈里说,眼睛一下子睁得溜圆,"哈利? 哈利·波特?"

"嗯 —— 是的。"哈利说。

哈利已经习惯了人们初次和他见面时总是好奇地盯着他,也习惯了他们立刻把目光投向他额头上的伤疤,但这总是让他感到很不自在。

"当然啦,塞德谈到过你。"阿莫斯·迪戈里说,"他告诉了我们去年他和你比赛的事 …… 我对他说,我说 —— 塞德,这件事等你老了可以讲给你的孙子们听,很了不起 …… 你打败了哈利·波特!"

哈利不知道该怎样回答,就什么也没说。弗雷德和乔治又都皱起了眉头。塞德里克显得有点儿尴尬。

"哈利从扫帚上掉下来了,爸爸,"他小声地嘟哝说,"我告诉过你的 …… 是一次意外事故 ……"

"是啊,可是你没有掉下来,对不对?"阿莫斯亲切地大声说,一边拍了拍儿子的后背,"我们的塞德总是这么谦虚,总是一副绅士风度 …… 但赢的人总是最棒的,我敢肯定哈利也会这么说的,是吗? 一个从扫帚上掉了下来,另一个稳稳地待在上面,你不需要具备天才的脑瓜,就能说出谁是更出色的球员!"

"时间差不多快到了,"韦斯莱先生赶紧说道,把怀表又掏出来

第6章 门 钥 匙

看了看,"你知道我们还要等什么人吗,阿莫斯?"

"不用了,洛夫古德一家一星期前就到了那里,福西特一家没有弄到票。"迪戈里先生说,"这片地区没有别人了,是吧?"

"据我所知是没有了。"韦斯莱先生说,"好了,还有一分钟……我们应该各就各位了……"

他转脸看着哈利和赫敏。"你们只要碰到门钥匙,就这样,伸出一根手指就行……"

由于大家都背着鼓鼓囊囊的大背包,九个人好不容易才围拢在阿莫斯·迪戈里拿着的那只旧靴子周围。

他们站在那里,紧紧地围成一圈,一阵清冷的微风吹过山顶,没有人说话。哈利突然想到,如果这时恰巧有个麻瓜从这里走过,这情景该是多么怪异……九个人,其中两个还是大人,在昏暗的光线中抓着这只破破烂烂的旧靴子,静静地等待着……

"三……"韦斯莱先生一只眼睛盯着怀表,低声念道,"二……一……"

说时迟那时快,哈利觉得,似乎有一个钩子在他肚脐眼后面以无法抵挡的势头猛地向前一钩,他便双脚离地,飞起来了。他可以感觉到罗恩和赫敏在他两边,肩膀与他的撞到一起。他们一阵风似的向前疾飞,眼前什么也看不清。哈利的食指紧紧粘在靴子上,好像那靴子具有一股磁力似的,把他拉过去,拉过去,然后——

他的双脚重重地落到地上,罗恩踉踉跄跄地撞在他身上,他摔倒了。啪的一声,门钥匙落到他脑袋边的地上。

哈利抬起头来,只有韦斯莱先生、迪戈里先生和塞德里克还站着,但也是一副被风吹得披头散发、歪歪斜斜的样子,其他人都跌在了地上。

"五点零七分,来自白鼬山。"只听一个声音说道。

第7章

巴格曼和克劳奇

哈利挣扎着摆脱罗恩的纠缠，站了起来。他们来到的这个地方很像一大片荒凉的、雾气弥蒙的沼泽地。在他们前面，站着两个疲惫不堪、阴沉着脸的巫师，其中一个拿着一块大金表，另一个拿着一卷厚厚的羊皮纸和一支羽毛笔。两人都打扮成了麻瓜的样子，可是太不在行了：拿金表的男人上身是一件粗花呢西服，下面却穿着一双长及大腿的长筒橡皮套鞋；他的同事穿着苏格兰高地男人穿的那种褶裥短裙和一件南美披风。

"早上好，巴兹尔。"韦斯莱说道，捡起那只靴子，递给穿褶裥短裙的巫师。那人把它扔进身边的一只大箱子，里面都是用过的门钥匙。哈利可以看见一张旧报纸、一个空易拉罐和一只千疮百孔的足球。

"你好，亚瑟，"巴兹尔疲倦地说，"没有当班，嗯？有些人运气真好……我们整晚上都守在这里……你们最好让开，五点一刻有一大群人要从黑森林来。等一下，我找一找你们的营地在哪儿……韦斯莱……韦斯莱……"他在羊皮纸名单上寻找着，"走过去大约四分之一英里，前面第一片场地就是。营地管理员是罗伯茨先生。迪戈里……你们在第二片场地……找佩恩先生。"

第 7 章　巴格曼和克劳奇

"谢谢，巴兹尔。"韦斯莱先生说，他招呼大家跟着他走。

他们穿过荒无人烟的沼泽地，浓雾中几乎什么也看不见。走了大约二十分钟，渐渐地眼前出现了一扇门，然后是一座小石屋。哈利勉强可以分辨出石屋后面有成百上千顶奇形怪状的帐篷，它们顺着大片场地的缓坡往上，场地一直伸向地平线上一片黑乎乎的树林。他们告别了迪戈里父子，朝石屋的门走去。

门口站着一个男人，正在眺望那些帐篷。哈利一眼就看出他是这一大片地方唯一一个真正的麻瓜。那人一听见他们的脚步声，就转过头来看着他们。

"早上好！"韦斯莱先生精神饱满地说。

"早上好！"麻瓜说。

"你就是罗伯茨先生吗？"

"啊，正是。"罗伯茨先生说，"你是谁？"

"韦斯莱——两顶帐篷，是两天前预订的，有吗？"

"有，"罗伯茨先生说，看了看钉在门上的一张表，"你们在那儿的树林边有一块地方。只住一个晚上吗？"

"是的。"韦斯莱先生说。

"那么，现在就付钱，可以吗？"罗伯茨先生说。

"啊——好的——没问题——"韦斯莱先生说。他退后几步，离开了小石屋，示意哈利到他跟前去。"帮帮我，哈利。"他低声说，从口袋里抽出一卷麻瓜钞票，把它们一张张地分开，"这张是——嗯——嗯——十镑？啊，对了，我看见了上面印的小数字……那么这张是五镑？"

"是二十镑。"哈利压低声音纠正他，同时不安地意识到罗伯茨先生正在努力地想听清他们说的每一个字。

"啊，原来是这样……我不知道，这些小纸片……"

"你是外国人？"当韦斯莱先生拿着几张正确的钞票回去时，

罗伯茨先生问道。

"外国人？"韦斯莱先生不解地重复了一句。

"弄不清钱数的可不止你一个人，"罗伯茨先生说，一边仔细地打量着韦斯莱先生，"就在十分钟前，有两个人要付给我毂盖那么大的大金币呢。"

"真的吗？"韦斯莱先生不安地说。

罗伯茨先生在一个铁罐里摸索着零钱。

"从来没有这么多人，"他突然说道，目光又一次眺望着雾气弥漫的场地，"几百个人预订了帐篷。人们通常是直接上门的……"

"是这样的吗？"韦斯莱先生问，伸手去接零钱，可是罗伯茨先生没有给他。

"是啊，"罗伯茨先生若有所思地说，"什么地方来的人都有。数不清的外国人。不仅仅是外国人，还有许多怪人，你知道吗？有个家伙还穿着一条苏格兰短裙和一件南美披风走来走去的。"

"不可以吗？"韦斯莱先生急切地问。

"那就像是……我也不知道……就像是某种交际活动。"罗伯茨先生说，"他们好像互相都认识。就像一个大聚会。"

就在这时，一个穿灯笼裤的巫师突然凭空出现在罗伯茨先生的石屋门边。

"一忘皆空！"他用魔杖指着罗伯茨先生，厉声说道。

顿时，罗伯茨先生的眼神就散了，眉头也松开了，脸上显出一副恍恍惚惚、对什么都漠不关心的神情。哈利看出，这正是一个人的记忆被改变时的模样。

"给你一张营地的平面图。"罗伯茨先生心平气和地对韦斯莱先生说，"还有找给你的零钱。"

"非常感谢。"韦斯莱先生说。

穿灯笼裤的巫师陪着他们一起朝营地的大门走去。他显得十分

第7章 巴格曼和克劳奇

疲劳：下巴上胡子没刮，铁青一片，眼睛下面也有青紫色的阴影。当罗伯茨先生听不见他们说话时，那巫师小声对韦斯莱先生嘟哝道："他给我添了不少麻烦。为了让他保持心情愉快，每天要念十几遍遗忘咒。卢多·巴格曼只会帮倒忙。到处走来走去，大着嗓门谈论游走球和鬼飞球，完全不顾要提防麻瓜，确保安全。天哪，我真巴不得这一切早点结束。待会儿见，亚瑟。"

他说完便幻影移形了。

"我原本以为，巴格曼先生是魔法体育运动司的司长，"金妮似乎有些吃惊，说道，"应该知道不能在麻瓜周围谈论游走球的，是吗？"

"是的，"韦斯莱先生笑着说，领着他们穿过大门，走进营地，"卢多一向对安全的问题……嗯……有些马虎。但是，你找不出一个比他更富有激情的人来担任体育运动司的领导了。你知道，他原来代表英格兰打过魁地奇球。他是温布恩黄蜂队有史以来最优秀的击球手。"

他们费力地走在薄雾笼罩的场地上，从两排长长的帐篷间穿过。大多数帐篷看上去没什么特殊，显然，它们的主人费了心思，尽可能把它们弄得和麻瓜的帐篷一样，可是都一不小心做过了头，画蛇添足地加上了烟囱、拉铃绳或风向标，弄得不伦不类。不过，偶尔也有那么几顶帐篷，一看就知道是施了魔法的，哈利心想，怪不得罗伯茨先生会产生怀疑呢。在场地中央，有一顶帐篷特别显眼。它十分铺张地用了大量的条纹绸，简直像座小小的宫殿，入口处还拴着几只活孔雀。再前面一点，又看见一顶帐篷搭成三层高楼的形状，旁边还有几个角楼。再往那边，还有一顶帐篷的门前带有一个花园，里面鸟澡盆、日晷、喷泉等样样俱全。

"总是这样，"韦斯莱先生笑着说，"大家聚到一起时，就忍不住想炫耀一番。啊，到了，看，这就是我们的。"

他们来到了场地尽头的树林边，这里有一片空地，地上插着一个小小的牌子，上面写着：韦兹利①。

"这地方再好不过了！"韦斯莱先生高兴地说，"球场就在树林的那一边，近得没法再近了。"他把背包从肩头褪了下来，"好啦，"他兴奋地说，"严格地说，不许使用魔法，因为我们这么多人来到了麻瓜的地盘上。我们要用自己的手把帐篷搭起来！应该不会太难……麻瓜们都是这样做的……对了，哈利，你认为我们应该从哪儿开始呢？"

哈利以前没有野营过。节假日的时候，德思礼一家从来不带他出去，他们情愿把他留给邻居老太太费格太太。不过，他和赫敏还是基本上弄清了那些支杆和螺钉应该在什么位置，而韦斯莱先生在旁边总是帮倒忙，因为每当要用到大头锤时，他都激动得要命。最后，他们总算支起了两顶歪歪斜斜的双人帐篷。

他们都退后几步，欣赏自己亲手劳动的成果。哈利心想，谁看了这些帐篷都不会猜到它们是巫师搭成的，然而问题是，一旦比尔、查理和珀西也来了，他们就一共有十个人呢。赫敏似乎也发现了这个问题，用疑惑的目光看了看哈利。这时，韦斯莱先生四肢着地，钻进了第一顶帐篷。

"可能会有点儿挤，"他喊道，"但我想大家都能挤进来。快来看看吧。"

哈利弯下腰，从帐篷门帘下钻了进去，顿时惊讶得下巴都要掉了。他走进了一套老式的三居室，还有浴室和厨房。真奇怪，房间里的布置和费格太太家的风格完全一样：不般配的椅子上铺着钩针编织的罩子，空气里有一股刺鼻的猫味儿。

"噢，这只是暂时的。"韦斯莱先生用手帕擦着他的秃顶，探头

---

① 韦兹利，韦斯莱的误称。

第 7 章 巴格曼和克劳奇

望着卧室里的四张双层床,"我这是从办公室的珀金斯那里借来的。可怜的家伙,他患了腰痛病,再也不能野营了。"

韦斯莱先生拿起沾满灰尘的水壶,朝里面望了一下:"我们需要一些水……"

"在那个麻瓜给我们的地图上,标着一个水龙头,"罗恩说,他也跟在哈利后面钻进了帐篷,似乎对帐篷内部不寻常的空间熟视无睹,"在场地的另一边。"

"好吧,那么你就和哈利、赫敏去给我们打点水来,然后——"韦斯莱先生递过他们带来的那个水壶和两口炖锅,"——我们剩下来的人去捡点柴火,准备生火,好吗?"

"可是我们有炉子啊,"罗恩说,"为什么不能就——"

"罗恩,别忘了防备麻瓜的安全条例!"韦斯莱先生说,因为跃跃欲试而满脸兴奋,"真正的麻瓜野营的时候,都是在户外生火的。我看见过。"

他们很快地参观了一下姑娘们的帐篷,发现只比男孩的略小一点,不过没有猫味儿。然后,哈利、罗恩和赫敏就提着水壶和炖锅,出发穿过营地。

这时,太阳刚刚升起,薄雾渐渐散去,四面八方都是帐篷,一眼望不到头。他们慢慢地在帐篷间穿行,兴趣盎然地东张西望。哈利这才明白,原来世界上有这么多巫师,他以前从没认真想过其他国家的巫师。

场地上的野营者们逐渐醒过来了。最先起床的是那些有小孩的家庭。哈利还没见过这么小的巫师呢。只见一个两岁左右的小男孩蹲在一顶金字塔形的大帐篷外面,手里拿着魔杖,开心地捅着草地上的一条鼻涕虫,鼻涕虫慢慢地胀成了一根香肠那么大。他们走到男孩面前时,男孩的母亲匆匆地从帐篷里出来了。

"对你说过多少次了,凯文? 你不许——再碰——你爸的——魔杖——哎哟！"

她一脚踩中了那条肥大的鼻涕虫，鼻涕虫啪的一声爆炸了。他们走了很远，还听见寂静的空气中传来她的叫嚷声，其中还夹杂着小男孩的哭喊——"你把虫虫踩爆了！你把虫虫踩爆了！"

又走了一段路，他们看见两个小女巫师，年纪和凯文差不多大，骑在两把玩具飞天扫帚上，低低地飞着，脚轻轻掠过沾着露水的青草。一个在部里工作的巫师已经看见她们了，他匆匆走过哈利、罗恩和赫敏身旁，一边心烦地嘀咕着："居然在大白天！父母大概睡懒觉呢……"

时不时地可以看见成年巫师从他们的帐篷里钻出来，开始做早饭。有的鬼鬼祟祟地张望一下，用魔杖把火点着；有的在擦火柴，脸上带着怀疑的表情，似乎认为这肯定不管用。三个非洲男巫师坐在那里严肃地谈论着什么，他们都穿着长长的白袍，在一堆紫色的旺火上烤着一只野兔似的东西。另外一群中年美国女巫师坐在那里谈笑风生，她们的帐篷之间高高挂着一条星条旗图案的横幅：塞勒姆女巫协会。哈利听见了经过的帐篷里传来只言片语的谈话声，说的都是奇怪的语言，他一个字也听不懂，但每个人说话的声音都很兴奋。

"呵——难道我的眼睛出了毛病，怎么一切都变成了绿的？"罗恩说。

罗恩的眼睛没出毛病。他们刚刚走进的这片地方，所有的帐篷上都覆盖着厚厚的一层三叶草，看上去就像从地里冒出无数个奇形怪状的绿色小山丘。在门帘掀开的帐篷里，可以看见嬉笑的面孔。这时，他们听见身后有人喊他们的名字。

"哈利！罗恩！赫敏！"

原来是西莫·斐尼甘，是他们在格兰芬多学院四年级的同学。他坐在自家三叶草覆盖的帐篷前，旁边有一个淡黄色头发的女人，

第7章 巴格曼和克劳奇

肯定是他的母亲,还有他最好的朋友迪安·托马斯,也是格兰芬多学院的学生。

"喜欢这些装饰吗?"西莫笑嘻嘻地问,"部里可不太高兴。"

"咳,为什么就不能展示一下我们的颜色?"斐尼甘夫人说,"你们应该去看看,保加利亚人在他们的帐篷上都挂了什么。你们当然是支持爱尔兰队的,是吗?"她问,眼睛亮晶晶地盯着哈利、罗恩和赫敏。

他们向她保证确实支持爱尔兰队,然后他们又出发了。罗恩嘀咕道:"在那群人中间,我们还能说别的吗?"

"我真想知道保加利亚人在他们的帐篷上挂满了什么?"赫敏说。

"我们过去看看吧,"哈利说,他指着前面的一大片帐篷,那里有保加利亚的旗子 —— 白、绿、红相间 —— 在微风中飘扬。

这里的帐篷没有覆盖什么植物,但每顶帐篷上都贴着相同的招贴画,上面是一张非常阴沉的脸,眉毛粗黑浓密。当然啦,图画是活动的,但那张脸除了眨眼就是皱眉。

"克鲁姆。"罗恩小声说。

"什么?"赫敏问。

"克鲁姆!"罗恩说,"威克多尔·克鲁姆,保加利亚的找球手!"

"他的样子太阴沉了。"赫敏说,看着周围无数个克鲁姆朝他们眨眼、皱眉。

"'太阴沉了'?"罗恩把眼睛往上一翻,"谁在乎他的模样?他厉害极了!而且还特别年轻,只有十八岁左右。他是个天才,今晚你就会看到的。"

在场地一角的水龙头旁,已经排起了一个小队。哈利、罗恩和赫敏也排了进去,站在他们前面的两个男人正在激烈地争论着什么。其中一个年纪已经很老了，穿着一件长长的印花睡袍。另一个显然是在部里工作的巫师，手里举着一条细条纹裤子，气恼得简直要哭了。

"你就行行好，把它穿上吧，阿尔奇。你不能穿着这样的衣服走来走去，大门口的那个麻瓜已经开始怀疑了——"

"我这条裤子是在一家麻瓜商店里买的，"老巫师固执地说，"麻瓜们也穿的。"

"麻瓜女人才穿它，阿尔奇，男人不穿，男人穿这个。"在部里工作的巫师说，一边挥舞着那条细条纹裤子。

"我才不穿呢，"老阿尔奇气愤地说，"我愿意让有益健康的微风吹吹我的屁股，谢谢你。"

赫敏听了这话，真想咯咯大笑。她实在忍不住了，一弯腰从队伍里跑开了，一直等阿尔奇接满水离开之后，她才回来。

他们穿过营地返回，因为提着水，走得慢多了。所到之处，总能看见一些熟悉的面孔：霍格沃茨的同学及他们的家人。奥利弗·伍德是哈利所在的学院魁地奇队的前任队长，刚刚从霍格沃茨毕业。他把哈利拉到他父母的帐篷里，向他们作了介绍，并且兴奋地告诉哈利，他刚刚签约进入普德米尔联队的预备队。接着，是赫奇帕奇的四年级同学厄尼·麦克米兰向他们打招呼。又走了几步，他们看见了秋·张，一个非常漂亮的姑娘，在拉文克劳学院队当找球手。她朝哈利挥手微笑，哈利也忙不迭地向她挥手，慌乱中把许多水泼在了前襟上。哈利为了不让罗恩嘲笑自己，赶紧指着一大群他以前从没见过的十多岁的少年。

"你说他们是谁？"哈利问，"他们上的不是霍格沃茨学校，对吗？"

"大概上的是哪所外国学校吧。"罗恩说，"我知道还有别的学校。不过不认识那些学校的人。比尔以前有个笔友，在巴西的一所

第 7 章　巴格曼和克劳奇

学校上学……那是很多很多年前的事了……比尔还想来个交换旅游,可是爸爸妈妈付不起那么多钱。他说他不能去,那个笔友气坏了,给他寄来一顶念过咒语的帽子,弄得他两只耳朵都皱了起来。"

哈利笑了起来,但他没有说他得知还有其他魔法学校时感到多么惊讶。他现在看到营地里有这么多民族的巫师代表,心想自己以前真傻,居然从来没有意识到霍格沃茨并不是唯一的魔法学校。他扫了一眼赫敏,发现她听了这个消息后无动于衷,她无疑早已从书本上或别的什么地方了解到了其他魔法学校的情况。

"你们怎么去了这么久。"他们终于回到韦斯莱家的帐篷时,乔治埋怨道。

"碰到了几个熟人。"罗恩说着,把水放下,"你们还没有把火生起来?"

"爸爸在玩火柴呢。"弗雷德说。

韦斯莱先生的生火工作一点也没有起色,这并不是因为他缺乏尝试。他周围的地上散落着许多折断的火柴,看他的样子,好像非常享受其中。

"哎哟!"他终于划着了一根火柴,惊叫一声,赶紧又扔掉了。

"是这样,韦斯莱先生。"赫敏温和地说,从他手里拿过火柴盒,向他示范应该怎样做。

他们终于把火生起来了,可是至少又过了一小时,火才旺起来,可以煮饭。不过等待的时候并不枯燥,有许多东西可看呢。他们的帐篷似乎就在通向球场的一条大路旁,部里的官员们在路上来来往往地奔走,每次经过时都向韦斯莱先生热情地打招呼。韦斯莱先生不停地作着介绍,这主要是为了哈利和赫敏,他自己的孩子对部里的人太熟悉了,引不起丝毫的兴趣。

"那是卡思伯特·莫克里奇,妖精联络处的主任……过来的这位是吉尔伯特·温普尔,在实验咒语委员会工作,他头上的那些角已经生了有一段时间了……你好，阿尼……阿诺德·皮斯古德，是个记忆注销员——逆转偶发魔法事件小组的成员……那是博德和克罗克……他们是缄默人……"

"他们做什么？"

"是神秘事务司的人，绝密，不知道他们在做什么……"

终于，火烧旺了，他们刚开始煎鸡蛋、煮香肠，比尔、查理和珀西便从树林里大步向他们走来。

"刚刚幻影显形过来，爸爸。"珀西大声说道，"啊，太棒了，有好吃的！"

他们美美地吃着鸡蛋和香肠，刚吃了一半，韦斯莱先生突然跳了起来，笑着向一个大步走过来的男人挥手致意。"哈哈！"他说，"当前最重要的人物！卢多！"

卢多·巴格曼显然是哈利见过的最引人注目的人，就连穿着印花睡袍的老阿尔奇也比不上他。卢多穿着长长的魁地奇球袍，上面是黄黑相间的宽宽的横道，胸前泼墨般地印着一只巨大的黄蜂。看样子，他原先体格强健，但现在开始走下坡路了。长袍紧紧地绷在大肚子上，试想他当年代表英格兰打魁地奇比赛时，肚子肯定没有发福。他的鼻子扁塌塌的（哈利猜想大概是被一只游走球撞断了鼻梁），但那双圆溜溜的蓝眼睛、短短的金黄色头发，还有那红扑扑的脸色，都使他看上去很像一个块头过大的男学生。

"啊嗬！"巴格曼开心地喊道。他走路一蹦一跳，仿佛脚底下装了弹簧。他显然正处于极度兴奋的状态。

"亚瑟，老伙计，"他来到篝火边，气喘吁吁地说，"天气多好啊，是不是？天气太棒了！这样的天气，哪儿找去！晚上肯定没有云……整个筹备工作井井有条……我没什么事情可做！"

在他身后，一群面容憔悴的魔法部官员匆匆跑过，远处有迹象表明有人在玩魔火，紫色的火花蹿起二十多英尺高。

第7章　巴格曼和克劳奇

珀西急忙上前一步，伸出手去。很明显，他虽然对卢多·巴格曼管理他那个部门的方式不以为然，但并不妨碍他想给别人留下一个好印象。

"啊——对了，"韦斯莱先生笑着说，"这是我儿子珀西。刚刚到魔法部工作——这是弗雷德——不对，是乔治，对不起——那个才是弗雷德——比尔、查理、罗恩——我的女儿金妮——这是罗恩的朋友，赫敏·格兰杰和哈利·波特。"

听到哈利的名字，巴格曼微微愣了一下便恍然大悟，他的眼睛立刻扫向哈利额头上的伤疤，哈利对此已是司空见惯。

"我来给大家介绍一下，"韦斯莱先生继续说道，"这位是卢多·巴格曼，你们知道他是谁，我们多亏他，才弄到了这么好的票——"

巴格曼满脸堆笑，挥了挥手，好像是说这不算什么。

"想对比赛下个赌注吗，亚瑟？"他急切地问，把黄黑长袍的口袋弄得叮当直响，看来里面装了不少金币，"我已经说服罗迪·庞特内和我打赌，他说保加利亚会进第一个球——我给他定了很高的赔率，因为我考虑到爱尔兰前场的三个人是我这些年来见过的最棒的——小阿加莎·蒂姆斯把她的鳗鱼农庄的一半股份都押上了，打赌说比赛要持续一个星期。"

"哦……那好吧，"韦斯莱先生说，"让我想想……我出一个加隆赌爱尔兰赢，行吗？"

"一个加隆？"卢多·巴格曼显得有些失望，但很快就恢复了兴致，"很好，很好……还有别人想赌吗？"

"他们还太小，不能赌博。"韦斯莱先生说，"莫丽不会愿意——"

"我们压上三十七个加隆，十五个西可，三个纳特，"弗雷德说，他和乔治迅速掏出他们的钱，"赌爱尔兰赢——但威克多尔·克鲁姆会抓到金色飞贼。哦，对了，我们还要加上一根假魔杖。"

"难道你们想把那些破玩意儿拿给巴格曼先生看——"珀西压低声音说。可是巴格曼先生似乎根本不认为假魔杖是破玩意儿，他从弗雷德手里接过魔杖，魔杖呱呱大叫一声，变成了一只橡皮小鸡，巴格曼先生哈哈大笑，孩子般的脸上满是兴奋。

"太棒了！我许多年没有见过这么逼真的东西了！我出五个加隆把它买下！"

珀西既惊讶又不满，一时呆在了那里。

"孩子们，"韦斯莱先生压低声音说，"我不希望你们赌博……这是你们所有的积蓄……你母亲——"

"不要扫兴嘛，亚瑟！"卢多·巴格曼粗声大气地说，一边兴奋地把口袋里的钱弄得叮当乱响，"他们已经大了，知道自己想要什么！你们认为爱尔兰会赢，但克鲁姆能抓住金色飞贼？不可能，孩子们，不可能……我给你们很高的赔率……还要加上那根滑稽的魔杖换得的五个加隆，那么，我们是不是……"

卢多·巴格曼飞快地抽出笔记本和羽毛笔，潦草地写下双胞胎兄弟名字，韦斯莱先生在一旁无奈地看着。

"谢了。"乔治接过巴格曼递给他的一小条羊皮纸，小心翼翼地塞进长袍的前襟里。

巴格曼眉飞色舞地又转向韦斯莱先生。"你能不能帮我一个忙？我一直在找巴蒂·克劳奇。保加利亚那个跟我同级的官员在提意见刁难我们，可他说的话我一个字儿也听不懂。巴蒂会解决这个问题。他会讲大约一百五十种语言呢。"

"克劳奇先生？"珀西说，他刚才因为对巴格曼不满而僵在那里，像一根电线杆子，此刻突然兴奋得浑身躁动不安，"他能讲两百种语言呢！美人鱼的，妖精的，还有巨怪……"

"巨怪的语言谁都会讲，"弗雷德不以为然地说，"你只要指着

第 7 章　巴格曼和克劳奇

它，发出呼噜呼噜的声音就行了。"

珀西恶狠狠地白了弗雷德一眼，使劲地拨弄篝火，让壶里的水又沸腾起来。

"还没有伯莎·乔金斯的消息吗，卢多？"巴格曼在他们身边的草地上坐下后，韦斯莱先生问道。

"连影子都没有，"巴格曼大大咧咧地说，"不过放心，她会出现的。可怜的老伯莎……她的记忆力像一只漏底的坩埚，方向感极差。肯定是迷路了，信不信由你。到了十月的某一天，她又会晃晃悠悠地回到办公室，以为还是七月份呢。"

"你不打算派人去找她吗？"韦斯莱先生试探着提出建议，这时珀西把一杯茶递给了巴格曼。

"巴蒂·克劳奇倒是一直这么说，"巴格曼说，圆溜溜的眼睛睁得很大，露出天真的神情，"可是眼下真是腾不出人手来。呵——正说着他，他就来了！巴蒂！"

一个巫师突然幻影显形出现在他们的篝火旁，他和穿着黄蜂队旧长袍、懒洋洋坐在草地上的卢多·巴格曼相比，形成了十分鲜明的反差。巴蒂·克劳奇是个五十来岁的男人，腰板挺直，动作生硬，穿着一尘不染的挺括西装，打着领带。灰白的短发打理得一丝不乱，中间那道缝直得有点不自然。他那牙刷般狭窄的小胡子，像是比着滑尺修剪过的。他的鞋子也擦得锃亮。哈利一下子就明白珀西为什么崇拜他了。珀西一向主张严格遵守纪律，而克劳奇先生一丝不苟地遵守了麻瓜的着装纪律，他做得太地道了，简直可以冒充一个银行经理。哈利怀疑就连弗农姨父也难以识破他的真实身份。

"坐下歇会儿吧，巴蒂。"卢多高兴地说，拍了拍身边的草地。

"不用，谢谢你，卢多，"克劳奇说，声音里有一丝不耐烦，"我一直在到处找你。保加利亚人坚持要我们在顶层包厢上再加十二个座位。"

"噢，原来他们想要这个！"巴格曼说，"我还以为那家伙要向我借一把镊子①呢。口音太重了。"

"克劳奇先生！"珀西激动得气都喘不匀了。他倾着身子，做出鞠躬的姿势，这使他看上去像个驼背，"您想来一杯茶吗？"

"哦，"克劳奇先生说，微微有些吃惊地打量着珀西，"好吧——谢谢你，韦瑟比②。"

弗雷德和乔治笑得差点儿把茶水喷在杯子里。珀西耳朵变成了粉红色，假装低头照料茶壶。

"对了，有件事我一直想跟你说，亚瑟，"克劳奇先生说，犀利的目光又落到韦斯莱先生身上，"阿里·巴什尔提出挑衅，想找你谈谈有关你们禁运飞毯的规定。"

韦斯莱先生重重地叹了口气。"我上星期派一只猫头鹰送信给他，专门谈了这事。我已经跟他说了一百遍：地毯在禁用魔法物品登记簿上被定义为麻瓜手工艺品，可是他会听吗？"

"我估计他不会，"克劳奇先生说着，接过珀西递给他的一杯茶，"他迫不及待地想往这儿出口飞毯。"

"可是，飞毯在英国永远不可能代替飞天扫帚，是不是？"巴格曼问。

"阿里认为在家庭交通工具的市场里有空子可钻。"克劳奇先生说，"我记得我的祖父当年有一条阿克斯明斯特绒头地毯，上面可以坐十二个人——不过，当然啦，那是在飞毯被禁之前。"

他这么说似乎是想让大家相信，他的祖先都是严格遵守法律的。

---

① 英语中"十二个座位"（twelve seats）和"镊子"（tweezers）的发音有些相近，因此巴格曼说他把"十二个座位"听成了"镊子"。
② 韦瑟比，克劳奇先生记错了珀西的姓氏。

第7章 巴格曼和克劳奇

"怎么样,忙得够呛吧,巴蒂?"巴格曼轻松愉快地问。

"比较忙,"克劳奇先生干巴巴地说,"在五个大陆上组织和安排门钥匙,这可不是一件容易的事,卢多。"

"我想你们都巴不得这件事赶紧结束吧?"韦斯莱先生问。

卢多·巴格曼似乎大吃一惊。

"巴不得!我从没有这么快活过……不过,前面倒不是没有盼头,是吗,巴蒂?嗯?还要组织许多活动呢,是不是?"

克劳奇先生冲巴格曼扬起眉毛。

"我们保证先不对外宣布,直到所有的细节——"

"哦,细节!"巴格曼说,不以为然地挥了挥手,像驱赶一群飞蚊,"他们签字了,是不是?他们同意了,是不是?我愿意跟你打赌,这些孩子很快就会知道的。我是说,事情就发生在霍格沃茨——"

"卢多,你该知道,我们需要去见那些保加利亚人了。"克劳奇先生严厉地说,打断了巴格曼的话头,"谢谢你的茶水,韦瑟比。"

他把一口没喝的茶杯塞回珀西手里,等着卢多起身。卢多挣扎着站起来,一口喝尽杯里的茶,那些加隆在他口袋里愉快地叮当作响。

"待会儿见!"他说,"你们和我一起在顶层包厢上——我是比赛的解说员!"他挥手告别,巴蒂·克劳奇则淡淡地点了点头,随后两人都幻影移形,消失不见了。

"霍格沃茨要发生什么事吗,爸爸?"弗雷德立刻问道,"他们刚才说的是什么?"

"你们很快就会知道的。"韦斯莱先生笑着说。

"这是机密,要等部里决定公开的时候才能知道。"珀西一本正经地说,"克劳奇先生不轻易泄露机密是对的。"

"哦,你闭嘴吧,韦瑟比。"弗雷德说。

随着下午的过去，兴奋的情绪如同一团可以触摸到的云在营地上弥漫开来。黄昏时分，就连寂静的夏日空气似乎也在颤抖地期待着。当夜色像帘幕一样笼罩着成千上万个急切等待的巫师时，最后一丝伪装的痕迹也消失了：魔法部似乎屈服于不可避免的趋势，不再同人们作对，听任那些明显使用魔法的迹象在各处冒出来。

每隔几步，就有幻影显形的小贩从天而降，端着托盘，推着小车，里面装满了稀奇古怪的玩意儿。有发光的玫瑰形徽章——绿色的代表爱尔兰，红色的代表保加利亚——还能尖声喊出队员们的名字；有绿色的高帽子，上面装点着随风起舞的三叶草；有保加利亚的围巾，印在上面的狮子真的会发出吼叫；有两国的国旗，挥舞起来会演奏各自的国歌；还有真的会飞的火弩箭小模型；有供收藏的著名队员塑像，那些小塑像可以在你的手掌上走来走去，一副得意扬扬的派头。

"攒了一夏天的零花钱，就是为了这个。"三个人悠闲地穿过那些小贩时，罗恩一边购买纪念品，一边对哈利说。罗恩买了一顶跳舞三叶草的帽子、一个绿色的玫瑰形大徽章，不过他同时也买了保加利亚找球手威克多尔·克鲁姆的小塑像。那个小型的克鲁姆在罗恩手上来来回回地走，皱着眉头瞪着他上方的绿色徽章。

"哇，快看这些！"哈利说，冲到一辆小推车跟前，那车里高高地堆着许多像是黄铜双筒望远镜的东西，但上面布满各种各样古怪的旋钮和转盘。

"全景望远镜，"巫师小贩热情地推销道，"你可以重放画面……用慢动作放……如果需要的话，它还能迅速闪出赛况分析。成交吧——十个加隆一架。"

"我要是不买这个就好了。"罗恩瞅瞅他那顶跳舞三叶草的帽子，又眼馋地望着全景望远镜。

"买三架。"哈利毫不迟疑地对那巫师说。

第 7 章　巴格曼和克劳奇

"别——你别费心了。"罗恩说着，脸涨得通红。他知道，哈利继承了父母的一小笔遗产，比他有钱得多，他对这一事实总是很敏感。

"圣诞节你就别想收到礼物啦，"哈利对他说，一边把全景望远镜塞进他和赫敏手里，"记住，十年都不给你送礼物啦！"

"够合理的。"罗恩咧嘴一笑，说道。

"嗨，谢谢你，哈利。"赫敏说，"我来给每人买一份比赛说明书，瞧，就在那边……"

现在钱袋空了许多，他们又回到了自己的帐篷。比尔、查理和金妮也戴着绿色徽章，韦斯莱先生举着一面爱尔兰旗子。弗雷德和乔治什么纪念品也没有，他们把金币全部给了巴格曼。

这时，树林远处的什么地方传来低沉浑厚的锣声，立刻，千盏万盏红红绿绿的灯笼在树上绽放光明，照亮了通往赛场的道路。

"时间到了！"韦斯莱先生说，他看上去和大家一样兴奋，"快点儿，我们走吧！"

第8章

魁地奇世界杯赛

韦斯莱先生在前面领路,大家手里攥着买来的东西,顺着灯笼照亮的通道快步走进树林。他们可以听见成千上万的人在周围走动,听见喊叫声、欢笑声,还听见断断续续的歌声。这种狂热的兴奋情绪是很有传染性的,哈利也忍不住笑得合不拢嘴。他们在树林里走了二十分钟,边走边高声地谈笑打趣,最后从树林的另一边出来了,发现自己正处在一座巨大的体育场的阴影中。哈利只能看见围住赛场的宏伟金墙的一部分,但他看得出来,里面装十个大教堂都不成问题。

"可以容纳十万观众。"韦斯莱先生看到哈利脸上惊愕的表情,说道,"魔法部五百个工作人员为此忙碌了整整一年。这里的每一寸地方都施了驱逐麻瓜咒。这一年当中,每当有麻瓜接近这里,就会突然想起十万火急的事情,匆匆走开……愿上帝保佑他们。"他慈爱地说,领着大家走向最近的入口处,那里已经围满了许多大喊大叫的巫师。

"一等票!"入口处的那位魔法部女巫师看了看他们的票说道,"顶层包厢! 一直往楼上走,亚瑟,走到最顶上。"

通向体育场的楼梯上铺着紫红色的地毯。他们和人群一起拾级

第8章　魁地奇世界杯赛

而上，那些人流慢慢地分别进了左右两边的看台。韦斯莱先生率领的这一行人一直往上走，最后到了楼梯顶上。他们发现自己来到了一个小包厢里，位置在体育场的最高处，而且正好在两侧金色的球门柱的中间。这里有二十来把紫色镀金的座椅，分成两排。哈利跟着韦斯莱一家排队坐进了前面一排，朝下面望去，那情景是他怎么也想象不到的。

十万巫师正在陆陆续续地就座，那些座位围绕着椭圆形的体育场，呈阶梯形向上排列。这里的一切都笼罩着一种神秘的金光，这光芒仿佛来自体育场本身。从他们在高处的位置望去，赛场像天鹅绒一样平整光滑。赛场两边分别竖着三个投球的圆环，有五十英尺高；在他们对面，几乎就在与哈利视线平行的位置，是一块巨大的黑板，上面不断闪现出金色的文字，就好像有一只看不见的巨手在黑板上龙飞凤舞地写字，然后又把它们擦去。哈利仔细一看，才知那些闪动的文字都是给赛场观众看的广告。

　　矢车菊：适合全家的飞天扫帚——安全，可靠，带有内置式防盗蜂音器……
　　斯科尔夫人牌万能神奇去污剂：轻轻松松，去除污渍！……
　　风雅牌巫师服——伦敦、巴黎、霍格莫德……

哈利将视线从广告牌上收回，扭过头去，看看还有谁和他们一起坐在这个包厢。包厢里现在还没什么人，只是在他们后面一排的倒数第二个座位上坐着一个小得出奇的家伙。那小家伙的两条腿太短了，只能直直地伸在椅子上。它身上围着一条擦拭茶具的茶巾，像穿着一件宽松的袍子，脸埋在两只手里。可是，那一对长长的、蝙蝠般的大耳朵却那么眼熟……

"多比？"哈利不敢相信地说。

小家伙抬起头来，松开手指，露出一双巨大的棕色眼睛和一只形状和大小都像一个大番茄的鼻子。不是多比——不过，毫无疑问，这也是一个家养小精灵，和哈利的朋友多比以前的身份一样。哈利已经把多比从他先前的主人——马尔福一家手里解放了出来。

"先生刚才叫我多比吗？"小精灵从手指缝间好奇地问，声音很尖，甚至比多比的声音还要尖，是一种微微颤抖的刺耳声音，因此哈利怀疑——尽管家养小精灵很难区分性别——这一个大概是女的。罗恩和赫敏都从座位上回过头来，他们虽然听哈利说过多比的许多事情，但从来没有真的见过他。就连韦斯莱先生也很有兴趣地扭头望着。

"对不起，"哈利对小精灵说，"我把你当成我以前认识的一个人了。"

"可是我也认识多比啊，先生！"小精灵尖声地说。她用手挡着脸，好像被光刺得睁不开眼睛，其实顶层包厢的光线并不强烈。"我叫闪闪，先生——先生你——"当她的目光落到哈利额头的伤疤上时，那双深棕色的眼睛顿时睁得老大，像两个小菜碟，"你肯定是哈利·波特！"

"是的。"哈利说。

"哎呀，多比一天到晚都在谈你，先生！"她说，把双手稍微放下一些，脸上的表情十分敬畏。

"多比怎么样了？"哈利问，"自由以后过得惯吗？"

"啊，先生，"闪闪摇着头说，"啊，先生，无意冒犯你，先生，你把多比解放出来，恐怕对他并没有什么好处。"

"为什么？"哈利吃惊地问，"他有什么不对劲吗？"

"多比脑子里整天想着自由，先生，"闪闪悲哀地说，"尽是些不切实际的想法，先生。他找不到工作，先生。"

"为什么找不到？"哈利问。

第8章 魁地奇世界杯赛

闪闪把声音降低半个八度，悄声说："他想得到报酬，先生。"

"报酬？"哈利茫然地问，"怎么——他不应该得到报酬吗？"

闪闪似乎被这个想法吓坏了，把手指合拢起来，这样她的脸又被挡住了一半。

"家养小精灵干活是没有报酬的，先生！"她从手指后面尖声说，"不行，这样不行，不行。我对多比说，我说，给自己找一个像样的家庭，好好地安顿下来，多比。他整天就知道寻欢作乐，先生，这对一个家养小精灵来说是不合适的。我说，你这样到处玩耍，接下来我就会听说你像个下贱的妖精一样，被神奇动物管理控制司抓去问罪了。"

"可是，他也应该找点儿乐趣了。"哈利说。

"家养小精灵是不应该有乐趣的，哈利·波特，"闪闪双手捂着脸认真地说，"家养小精灵完全听从主人的吩咐。我有恐高症，哈利·波特——"她朝包厢边缘扫了一眼，吸了口冷气，"——可是我的主人派我到顶层包厢来，我就来了，先生。"

"他明明知道你有恐高症，为什么还要派你到这儿来？"哈利不满地皱起眉头，问道。

"主人……主人要我给他占一个座位，哈利·波特，他太忙了。"闪闪侧过脑袋，望了望她旁边的空座位，"闪闪真希望回到主人的帐篷里，哈利·波特，但是闪闪听从吩咐。闪闪是个很乖的家养小精灵。"

她又恐惧地看了看包厢边缘，赶紧把眼睛完全捂住了。哈利回过头来，望着大家。

"那就是家养小精灵？"罗恩小声问，"真是些古怪的家伙，是吗？"

"多比还要古怪呢。"哈利深有感触地说。

罗恩掏出他的全景望远镜，开始调试，望着体育场另一面的人群。

"真棒啊!"他摆弄着望远镜侧面的重放旋钮,说道,"我可以让那边的那个老家伙再掏一遍鼻子……再掏一遍……再掏一遍……"

这时,赫敏正在急切地翻看她那本带流苏的天鹅绒封面的比赛说明书。

"比赛前有球队吉祥物的表演。"她大声念道。

"哦,那永远是值得一看的。"韦斯莱先生说,"你知道,每个国家队都从本国带来一些稀奇的动物,要在这里做一番表演。"

在接下来的半小时里,他们所在的包厢里渐渐坐满了人。韦斯莱先生不停地与人握手,那些人一看就是很有身份的巫师。珀西一次次地匆忙站起,看上去就像坐在满身是刺的刺猬背上。当魔法部部长康奈利·福吉本人驾到时,珀西因鞠躬鞠得太低,眼镜掉在地上,摔得粉碎。他尴尬极了,用魔杖修好镜片,然后就呆呆地坐在座位上。当康奈利·福吉像老朋友一样向哈利打招呼时,珀西朝哈利投去嫉妒的目光。哈利和福吉以前就认识,福吉像父亲一般慈祥地握着哈利的手,向他嘘寒问暖,并把他介绍给坐在旁边的巫师。

"哈利·波特,你知道的,"他大声告诉保加利亚的魔法部部长——那人穿着华丽的镶金边黑色天鹅绒长袍,看样子一句英语也听不懂,"哈利·波特……哦,想一想看,你应该知道他是谁……就是那个从神秘人手中死里逃生的男孩……你一定知道他是谁了吧——"

保加利亚巫师突然看到了哈利额头上的伤疤,立刻兴奋地用手指着,嘴里大声地叽里咕噜说了一串话。

"我就知道总会让他明白的。"福吉疲劳地对哈利说,"我对语言不太擅长,碰到这类事情,就需要巴蒂·克劳奇了。啊,我看见他的家养小精灵给他占了一个座位……想得真周到,保加利亚的

第8章 魁地奇世界杯赛

这些家伙总想把最好的座位都骗到手……啊,卢修斯来了!"

哈利、罗恩和赫敏立刻转过头去。挤进韦斯莱先生后面第二排仍然空着的三个座位的,正是家养小精灵多比原先的主人:卢修斯·马尔福、他的儿子德拉科,还有一个女人,哈利猜想她一定是德拉科的母亲。

哈利和德拉科·马尔福从第一次去霍格沃茨上学起,就一直是死对头。德拉科是一个肤色苍白的男孩,尖尖的脸,淡金色的头发,和他父亲长得非常像。他母亲也是金头发,又高又苗条,本来长得不算难看,可就是老摆出一副厌恶的神情,就好像闻到了什么难闻的气味。

"啊,福吉,"马尔福走过魔法部部长身边时,伸出手去,"你好。我想你还没有见过我的妻子纳西莎吧? 还有我们的儿子德拉科。"

"你好,你好,"福吉说,笑着对马尔福夫人鞠了个躬,"请允许我把你介绍给奥伯兰斯克先生 —— 奥巴隆斯克先生 —— 他是保加利亚魔法部的部长,没关系,反正他根本听不懂我在说些什么。让我看看还有谁 —— 你认识亚瑟·韦斯莱吧?"

这一刻真是紧张。韦斯莱先生和马尔福先生互相对视着,哈利清楚地记起他们上次见面的情景:那是在丽痕书店,他们俩打了一架。马尔福先生冷冰冰的灰眼睛越过韦斯莱先生,来回扫视着那排座位。

"天哪,亚瑟,"他轻声说道,"你卖了什么才弄到了这顶层包厢的座位? 你的家当肯定不值这么多钱,对吧?"

福吉没有领会马尔福先生在说什么,他说:"卢修斯最近刚给圣芒戈魔法伤病医院捐了很大一笔款子,亚瑟。他是我请来的贵宾。"

"噢 —— 太好了。"韦斯莱先生脸上勉强笑着说。

马尔福先生的目光扫到赫敏身上,赫敏微微涨红了脸,但毫不退缩地与他对视。哈利很清楚马尔福先生的嘴唇为什么会那样皱起来。马尔福一家一向为自己是纯血统巫师而骄傲，也就是说，他们认为麻瓜的后代，比如赫敏，都是低人一等的。不过，在魔法部部长的目光注视下，马尔福先生不敢说什么出格的话。他讥讽地对韦斯莱先生点了点头，继续走向自己的座位。德拉科轻蔑地瞪了哈利、罗恩和赫敏一眼，坐在了他父母中间。

"讨厌的家伙。"罗恩嘟哝了一句，他和哈利、赫敏又把视线转向赛场。接着，卢多·巴格曼冲进了包厢。

"大家都准备好了吗？"他说，圆圆的脸像一块巨大的球形干酪一样闪闪发亮，"部长——可以开始了吗？"

"你说开始就开始吧，卢多。"福吉和蔼地说。

卢多抽出他的魔杖，指着自己的喉咙说道："声音洪亮！"然后他说的话就像雷鸣一样，响彻了整个座无虚席的体育场。他的声音在他们头顶上回荡，响亮地传向看台的每个角落。

"女士们，先生们……欢迎你们的到来！欢迎你们前来观看第422届魁地奇世界杯赛！"

观众们爆发出一阵欢呼和掌声。成千上万面旗帜同时挥舞，还伴有乱七八糟的国歌声，场面真是热闹非凡。他们对面的黑板上，最后那行广告（比比多味豆——每一口都是一次冒险的经历！）被抹去了，现在显示的是：**保加利亚：0，爱尔兰：0**。

"好了，闲话少说，请允许我介绍……保加利亚国家队的吉祥物！"

看台的右侧是一片整齐的鲜红色方阵，此刻爆发出响亮的欢呼声。

"不知道他们带来了什么。"韦斯莱先生说，从座位上探出身子，"啊！"他猛地摘下眼镜，在袍子上匆匆地擦着，"媚娃！"

"什么是媚——"

第8章　魁地奇世界杯赛

只见一百个媚娃已经滑向了赛场,哈利的疑问得到了解答。媚娃是女人……是哈利有生以来见过的最漂亮的女人……不过她们不是——不可能是——真人。哈利困惑了片刻,猜不出她们到底是什么:她们的皮肤为什么像月亮一般泛着皎洁的柔光,她们的头发为什么没有风也在脑后飘扬……就在这时,音乐响了起来,哈利不再考虑她们是不是真人了——实际上,他什么也无法考虑了。

媚娃开始跳舞,哈利的脑子变得一片空白,只感到一种极度的喜悦。世界上的一切都不重要了,只要他能一直看着媚娃就行,因为如果她们停止跳舞,就会发生可怕的事……

随着媚娃的舞姿越来越快,一些疯狂的、不成形的念头开始在哈利晕晕乎乎的脑海里飞旋。他想做一件特别了不起的事情,现在就做。从包厢跳进体育场怎么样?看来不错……可是够不够精彩呢?

"哈利,你在做什么?"从遥远的地方传来赫敏的声音。

音乐停止了。哈利茫然地眨了眨眼睛。他站在那里,一条腿架在包厢的隔墙上。在他旁边,罗恩做出似乎要从跳板上跳水的姿势,呆在那里一动不动。

体育场里充满了愤怒的吼叫。人们不愿意媚娃离开。哈利的想法也和他们一样。他当然要支持保加利亚队,他隐隐地纳闷自己胸前为什么戴着一棵大大的绿色三叶草。与此同时,罗恩正在精神恍惚地撕扯他帽子上的三叶草。韦斯莱先生微笑着探过身来,把帽子从罗恩手里夺了过去。

"待会儿等到爱尔兰队的表演结束后,"韦斯莱先生说,"你就会需要它了。"

"嗯?"罗恩哼了一声,张口结舌地盯着那些媚娃,这时她们已经列队站在赛场一侧。

赫敏发出很响的咂嘴声。她伸手把哈利拉回到座位上。"哎呀,你怎么这样！"她说。

"现在，"卢多·巴格曼的声音如洪钟一般响起，"请把魔杖举向空中……欢迎爱尔兰国家队的吉祥物！"

紧接着，只听嗖的一声，一个巨大的绿色和金色相间的东西飞进体育场，像一颗大彗星。它在馆内飞了一圈，然后分成两颗较小的彗星，分别冲向一组球门柱。整个赛场上突然出现了一道拱形的彩虹，把那两个闪光的大球连接起来。人群中爆发出"哎呀哎呀"的惊叹声，就好像在观看焰火表演。这时，彩虹隐去了，闪光的大球互相连接、交融，形成了一棵巨大的、闪亮夺目的三叶草，高高地升向空中，开始在看台上方盘旋。什么东西噼里啪啦地从上面落了下来，像金色的雨点——

"太棒了！"罗恩大叫，三叶草在他们头顶上盘旋，不断撒下巨大的金币，落在他们的头上和座位上。哈利眯起眼睛，仔细观察那三叶草，发现它实际上是由无数个穿着红马甲、留着小胡子的小人儿组成的，每个小人儿都提着一盏金色或绿色的小灯。

"是爱尔兰小矮妖！"韦斯莱先生在一片欢呼声中说。人们一边喝彩，一边还在乱哄哄地争抢，或钻到座位下面去捡金币。

"给你，"罗恩高兴地喊道，将一把金币塞进哈利手里，"还你的全景望远镜！现在你必须给我买圣诞礼物了，哈哈！"

巨大的三叶草消逝了，小矮妖们慢慢落到赛场上那些媚娃的对面，盘腿坐下来，准备观看比赛。

"现在，女士们，先生们，请热烈欢迎——保加利亚魁地奇国家队！我给大家介绍——迪米特洛夫！"

一个骑在飞天扫帚上的穿红衣服的身影，从下面的一个入口处飞进赛场，他飞得太快了，简直看不清楚。他赢得了保加利亚队支持者们的狂热喝彩。

"伊万诺瓦！"

第8章 魁地奇世界杯赛

第二个穿鲜红色长袍的身影嗖地飞了出来。

"佐格拉夫！莱弗斯基！沃卡诺夫！沃尔科夫！接下来是——克鲁姆！"

"是他，是他！"罗恩喊道，用他的全景望远镜追随着克鲁姆。哈利赶紧也把自己的望远镜对准了他。

威克多尔·克鲁姆长得又黑又瘦，皮肤是灰黄色的，一个大鹰钩鼻子，两道黑黑的浓眉，看上去就像一只身材十分巨大的老鹰。真难以相信他只有十八岁。

"现在，请欢迎——爱尔兰魁地奇国家队！"巴格曼响亮地喊道，"出场的是——康诺利！瑞安！特洛伊！马莱特！莫兰！奎格利！还—还—还有——林齐！"

七个模糊的绿色身影飞向了赛场，哈利转了转全景望远镜侧面的一个小钮，把队员的动作放慢，看清了他们的飞天扫帚上都印着"火弩箭"，还看到他们背上都用银线绣着各自的姓名。

"还有我们今天的裁判，不远万里从埃及飞来的、深受拥护的国际魁地奇联合会主席——哈桑·穆斯塔发！"

一个矮小、精瘦的巫师穿着与体育场颜色相配的纯金色长袍，大步走向赛场。他头顶全秃了，但那一把大胡子却可以和弗农姨父的胡子媲美。一只银口哨从胡子下面伸了出来。他一只胳膊底下夹着一只大木箱，另一只胳臂底下夹着他的飞天扫帚。哈利把全景望远镜又调回到正常速度，仔细观看穆斯塔发跨上他的飞天扫帚，一脚把木箱踢开——四只球一下子蹿到空中：鲜红的鬼飞球，两只黑色的游走球，还有那只很小很小、长着翅膀的金色飞贼（哈利只瞥见一眼，它就飞得无影无踪了）。穆斯塔发吹响口哨，也跟着那些球飞向空中。

"啊，他—他—他—他们出发了！"巴格曼尖叫着，"这是马莱特！特洛伊！莫兰！迪米特洛夫！又传给马莱特！特洛伊！莱弗斯基！莫兰！"

哈利从来没见过这样精彩的魁地奇比赛。他把全景望远镜紧紧按在眼镜上，压得眼镜都陷进了鼻梁。队员们的速度简直令人难以置信——追球手不停地把鬼飞球传给其他队员，速度之快，巴格曼只来得及报出他们的名字。哈利又拧了拧全景望远镜右侧的慢速旋钮，再按一下顶部的赛况分析键，立刻就看到了慢动作，镜头上还闪过一些紫色的文字，同时全场观众的喧闹声震击着他的耳膜。

"鹰头进攻阵形。"他读到这样的文字，同时看见三位爱尔兰追球手紧挨在一起飞驰，特洛伊在中间，稍微后面一点是马莱特和莫兰，三人一起向保加利亚队员逼近。接着，镜头上又闪出"波斯科夫战术"的字样，只见特洛伊带着鬼飞球假装往上冲，引开保加利亚追球手伊万诺瓦，再把球扔给莫兰。保加利亚的击球手之一沃尔科夫用手里的球棒狠击飞来的游走球，把它击向莫兰那边；莫兰往下一缩，躲开游走球，扔出鬼飞球，在下面盘旋的莱弗斯基一把将球接住——

"**特洛伊进球！**"巴格曼的大嗓门吼道，全场一片欢呼喝彩，震得体育场都在颤动，"10∶0，爱尔兰队领先！"

"什么？"哈利着急地通过全景望远镜到处搜索，嘴里大声喊道，"可是鬼飞球被莱弗斯基拿去了呀！"

"哈利，如果你还不用正常速度观看，就要错过精彩的场面了。"赫敏大声说，特洛伊进球后绕赛场一周，赫敏兴奋地跳上跳下，不停地挥舞双臂。哈利赶紧把目光从全景望远镜上抬起，看见那些在边线上观看比赛的小矮妖又都升到了空中，再次形成那棵巨大的闪闪发光的三叶草。赛场对面的媚娃脸色阴沉地望着他们。

哈利很生自己的气，他把速度旋钮调回到正常速度，比赛继续进行。

哈利对魁地奇比赛很了解，他看出爱尔兰队的追球手是超一流

第8章 魁地奇世界杯赛

的。他们配合得天衣无缝，动作十分协调，好像彼此都能看透对方的心思，哈利胸前的徽章不停地尖叫着他们的名字："特洛伊——马莱特——莫兰！"十分钟内，爱尔兰队又进了两个球，将比分改写成30：0，引起穿绿衣服的支持者们排山倒海般的欢呼和喝彩。

比赛变得更加激烈，也更加残酷。保加利亚的击球手沃尔科夫和沃卡诺夫使出吃奶的力气把游走球击向爱尔兰追球手，并试图阻止他们采用一些最佳攻势。他们两次被迫散开，最后，伊万诺瓦终于突破了他们的阵容，躲开守门员瑞安，为保加利亚队进了第一个球。

"快用手指堵住耳朵！"韦斯莱先生看见媚娃开始跳舞庆祝了，赶紧大声喊道。哈利把眼睛也闭上了，他想让自己的注意力集中在比赛上。几秒钟后，他冒险朝赛场扫了一眼。媚娃已经停止跳舞，鬼飞球又在保加利亚队手里了。

"迪米特洛夫！莱弗斯基！迪米特洛夫！伊万诺瓦——哦，天哪！"巴格曼用洪亮的大嗓门说道。

十万巫师屏住呼吸，注视着两位找球手——克鲁姆和林齐——在追球手们中间快速下落，速度真快啊，就好像没带降落伞就从飞机上跳了下来。哈利通过全景望远镜追随着他们的坠落，眯起眼睛寻找金色飞贼——

"他们要摔在地上了！"哈利身边的赫敏惊叫道。

她只说对了一半——在最后一秒钟，威克多尔·克鲁姆停止俯冲，重新上升，盘旋着飞走了。而林齐则重重地摔在地上，砰的一声，整个体育场都能听见。爱尔兰观众的座位席上传来一片哀叹。

"傻瓜！"韦斯莱先生埋怨道，"克鲁姆是在做假动作！"

"比赛暂停，"巴格曼先生吼道，"训练有素的场内医生冲向赛场，检查艾丹·林齐的伤势！"

"他没事，只是用力过猛！"查理安慰金妮道——金妮挪到包厢侧面,脸上一副惊恐的表情,"当然啦,这正是克鲁姆想达到的目的……"

哈利急忙按了按全景望远镜的重放和赛况分析键,调整了一下速度转盘,然后把望远镜重新贴在眼睛上。

他看着克鲁姆和林齐以慢动作再次俯冲下去。镜头上闪过一行发亮的紫色文字:朗斯基假动作——找球手变向,危险。他看见当克鲁姆及时停止俯冲、林齐重重坠地时,克鲁姆的注意力非常集中,脸部肌肉都扭曲了,于是哈利明白了——克鲁姆压根儿就没有看见金色飞贼,只是想让林齐模仿他。哈利从没见过有谁那样飞行,克鲁姆好像根本没有使用飞天扫帚,他自如地在空中飞来飞去,似乎完全不用依靠什么,轻盈得像一根羽毛。哈利把全景望远镜调成正常速度,把镜头对准克鲁姆。场内医生正在喂林齐喝一些魔药,林齐慢慢地恢复了体力,克鲁姆就在林齐的头顶上兜着圈子。哈利更仔细地观察克鲁姆的脸,发现他那双黑眼睛扫视着一百英尺以下的赛场。他正在利用林齐恢复体力的这段时间,不受任何干扰地寻找金色飞贼。

终于,林齐站了起来。在穿绿衣服的支持者们响亮的欢呼声中,他骑上了他的火弩箭,用脚一蹬,蹿向了空中。他的恢复似乎使爱尔兰队有了新的信心。当穆斯塔发再次吹响口哨时,追球手们迅速组织攻势,技术之高超,是哈利从没见过的。

又经过紧张激烈的十五分钟,爱尔兰队又接连攻进十个球。他们现在以130∶10领先,比赛开始变得不择手段了。

当马莱特胳膊底下夹着鬼飞球又一次冲向门柱时,保加利亚的守门员佐格拉夫飞出来迎向她。一切都发生得太快,哈利没有看清,但爱尔兰观众中传出一阵愤怒的喊叫,穆斯塔发吹响了一声长长的、刺耳的口哨,他这才明白刚才场上犯规了。

"穆斯塔发斥责保加利亚守门员打人——肘部动作过大!"巴

第8章 魁地奇世界杯赛

格曼对吵嚷不休的观众们说,"啊——是的,爱尔兰队罚球!"

刚才,马莱特被对方守门员冲撞后,小矮妖们像一群闪闪发亮的大黄蜂一样,气愤地升到空中,现在又一起迅速组成"哈!哈!哈!"的字样。赛场对面的媚娃跳了起来,愤怒地甩着她们的头发,又开始跳舞。

韦斯莱家的男孩和哈利不约而同地用手指堵住耳朵,赫敏则没有这么做。很快,赫敏就使劲拉扯哈利的胳膊。哈利转过脸,赫敏不耐烦地把他的手指从耳朵里抽了出来。

"快看裁判!"她咯咯笑着说。

哈利朝下面的赛场上望去。哈桑·穆斯塔发已经降落到正在跳舞的媚娃面前,行为十分古怪。他屈伸四肢,展示自己的肌肉,并且兴奋地捋着他的大胡子。

"哦,这样可不行!"卢多·巴格曼说,不过听他的口气,他也觉得十分有趣,"有谁上去给裁判一巴掌!"

一个场内医生用手指堵着耳朵,冲进场地,对准穆斯塔发的小腿狠狠踢了几脚。穆斯塔发似乎回过神来了。哈利又举起全景望远镜,看见穆斯塔发显得特别尴尬,冲着媚娃大声嚷嚷,媚娃停止了跳舞,表情似乎很不服气。

"也许我是弄错了,穆斯塔发居然想把保加利亚队的吉祥物打发回家!"巴格曼的声音说道,"哦,这样的情景我们可没有见过……哦,情况可能会变得不好对付了……"

确实,保加利亚队的击球手沃尔科夫和沃卡诺夫一边一个降落在穆斯塔发的两边,开始愤怒地与他争吵,并朝小矮妖们做着手势,小矮妖这时开心地组成"嘿!嘿!嘿!"的字样。然而,穆斯塔发对保加利亚队员的抗议无动于衷。他朝空中举起一根手指,显然是叫他们重新起飞。他们不肯,他就吹了短短两声口哨。

"爱尔兰队两次罚球!"巴格曼喊道——保加利亚观众愤怒地

吼开了,"沃尔科夫和沃卡诺夫最好骑到扫帚上去……行了……他们骑上去了……特洛伊拿到了鬼飞球……"

比赛现在达到的凶猛激烈程度,是他们从没见过的。双方的击球手都表现得毫不留情:特别是沃尔科夫和沃卡诺夫,他们根本不管手里的棒子击中的是球还是人,只顾拼命地狂挥乱打。迪米特洛夫径直冲向拿着鬼飞球的莫兰,把她撞得差点从扫帚上摔下去。

"犯规!"爱尔兰队的支持者们齐声喊道。他们全都站了起来,形成一股巨大的绿色波浪。

"犯规!"卢多·巴格曼那被魔法放大的声音也重复着这两个字,"迪米特洛夫碰伤了莫兰——故意飞过去冲撞——肯定会被判罚球——没错,裁判吹哨了!"

小矮妖又全部升到空中,这次他们形成了一只巨手,朝场地那边的媚娃做出一个非常粗鲁的手势。媚娃一看,顿时失去了控制。她们猛扑过赛场,开始将一把一把的火焰般的东西朝小矮妖扔去。哈利通过望远镜看去,发现她们现在一点儿也不美丽了。相反,她们的脸拉长了,变成了尖尖的、长着利喙的鸟头,一对长长的、覆盖着鳞片的翅膀正从她们的肩膀上冒出来——

"明白了吧,孩子们,"韦斯莱先生的声音盖过下面人群的喧哗,"所以你们永远不能只追求外表!"

部里的巫师官员纷纷拥进赛场,试图把媚娃和小矮妖分开,可是收效甚微。不过此刻下面这场酣战丝毫不能与上面进行的比赛相比。哈利通过望远镜一会儿看这里,一会儿看那里,只见鬼飞球像子弹一样,从这个人手里传到那个人手里。

"莱弗斯基——迪米特洛夫——莫兰——特洛伊——马莱特——伊万诺瓦——又是莫兰——莫兰——**莫兰进球了!**"

可是赛场上充满了媚娃的尖叫声、部里官员的魔杖发出的爆响声,还有保加利亚人愤怒的吼叫声,简直听不见爱尔兰队支持者们

第 8 章 魁地奇世界杯赛

的欢呼。比赛立刻继续进行，现在是莱弗斯基拿到了鬼飞球，然后是迪米特洛夫——

爱尔兰队的击球手奎格利使出吃奶的力气，把一只飞来的游走球击向克鲁姆，克鲁姆躲闪不及，被游走球迎面撞上。

观众席里传来震耳欲聋的抱怨声。克鲁姆的鼻子好像被撞坏了，血流得到处都是，可是哈桑·穆斯塔发没有吹哨。他注意力不集中了；哈利也没有办法责怪他，一个媚娃朝他扔出一把火，点着了他的扫帚尾巴。

哈利真希望有人发现克鲁姆受伤了，尽管他是支持爱尔兰队的，但克鲁姆是场上最令人激动的队员。罗恩显然也有同感。

"暂停！啊，快点儿，他那个样子不能再比赛了，你看他——"

"快看林齐！"哈利大喊。

只见爱尔兰的找球手突然向下俯冲，哈利可以肯定这绝不是朗斯基假动作，这次是真的了……

"他看见金色飞贼了！"哈利高喊，"他看见了！快看他！"

这时，有一半观众意识到了是怎么回事。爱尔兰队的支持者们又纷纷起立，再次掀起一股绿色波浪，尖叫着给他们的找球手加油……可是克鲁姆紧随其后。他怎么能看见前面的路呢，哈利真不明白；血花在他身后的空中飞溅，可是他已经追上了林齐，与他平行了，两人再次向地面俯冲下去——

"他们要摔到地上了！"赫敏尖叫。

"不会的！"罗恩喊道。

"林齐会的！"哈利大嚷。

他说得对——林齐第二次重重地摔在地上，一群愤怒的媚娃立刻一窝蜂似的围了上去。

"金色飞贼呢，金色飞贼在哪里？"坐在那边的查理喊道。

"他抓住了——克鲁姆抓住了——比赛结束了！"哈利大叫。

克鲁姆鲜红的袍子上闪烁着斑斑点点的鼻血。他轻盈地升到空中，高高举起拳头，指缝里露出一道金光。

记分板上闪动着比分，**保加利亚：160，爱尔兰：170**，而观众似乎还没有意识到究竟是怎么回事。然后，慢慢地，就像一架巨型喷气式飞机正在加速，爱尔兰队支持者们的议论声越来越响，最后爆发出无数喜悦的狂喊。

"**爱尔兰队获胜了！**"巴格曼喊道，似乎和爱尔兰人一样被比赛的突然结束弄得有些茫然，"**克鲁姆抓到了金色飞贼——可是爱尔兰队获胜了**——天哪，我想大家谁也没有料到会是这样的结局！"

"他为什么要这时候去抓金色飞贼呢？"罗恩尽管高举着双手，跳上跳下地欢呼，仍然不解地大声嚷嚷，"他在爱尔兰队领先一百六十分的时候结束比赛，真是太傻了！"

"他知道他们永远也不可能追上来！"哈利也在大声欢呼。他盖过其他声音对罗恩喊道："爱尔兰队的追球手太棒了……克鲁姆只想根据自己的情况结束比赛，就是这样……"

"他真是非常勇敢，是不是？"赫敏探身向前，注视着克鲁姆降落到地面上——一大群场内医生在扭打到一起的小矮妖和媚娃之中劈开一条路，急急忙忙赶到他耳边去，"他的样子真狼狈……"

哈利又把全景望远镜贴在眼睛上。很难看清下面的情况，因为小矮妖们欣喜若狂地在赛场上空穿来穿去，但他总算认出了被一群场内医生包围着的克鲁姆。克鲁姆的脸色更阴沉了，他不让医生替他清理伤口，擦洗血迹。他的队友们也都围在他身边，摇着头，一副垂头丧气的样子。就在旁边不远的地方，爱尔兰队的球员们高兴得手舞足蹈，他们的吉祥物向他们抛撒着阵雨般的金币。体育场内到处挥舞着旗子，爱尔兰国歌从四面八方响起。媚娃又恢复了她们原来美丽的样子，不过一个个看上去垂头丧气，愁眉苦脸。

第8章 魁地奇世界杯赛

"我说,我们打得很勇敢。"哈利身后一个沉重的声音说。他扭头一看,是保加利亚的魔法部部长。

"你会说英语!"福吉说,语气非常恼火,"可你让我整天在这里比画画!"

"嘿,那是很好玩的呀。"保加利亚部长耸耸肩膀,说道。

"现在,爱尔兰队的队员在他们吉祥物的陪伴下绕场一周,魁地奇世界杯赛奖杯被送到了顶层包厢!"巴格曼洪钟般的声音说道。

突然一道耀眼的强光刺得哈利睁不开眼睛,顶层包厢被神奇般地照亮了,使所有看台的观众都能看见包厢内的情况。哈利眯起眼睛看着入口处,只见两个气喘吁吁的巫师抬着一只很大的金杯进了包厢,把它递给了康奈利·福吉。福吉仍然一副不高兴的样子,因为他白白比画了一整天,想让保加利亚人听懂他的话。

"让我们热烈鼓掌,欢迎虽败犹荣的保加利亚队员上台!"巴格曼喊道。

七个吃了败仗的保加利亚队员上楼进入了包厢。下面的观众纷纷鼓掌欢呼,表示对他们的赞赏。哈利可以看见无数个全景望远镜的镜片朝他们这边闪烁。

保加利亚队员一个接一个地走进包厢的两排座位之间,轮番与自己的部长和福吉握手,巴格曼大声喊出每个人的名字。克鲁姆排在最后,一副很狼狈的样子,血迹斑斑的脸上,两个黑眼圈显得格外醒目。他手里仍然攥着金色飞贼。哈利注意到,他落到地面上之后,动作看上去就不那么协调了。两条腿有点外八字,而且肩膀明显向前拱着。可是当巴格曼报出克鲁姆的名字时,整个体育场给予了他无比热烈的、震耳欲聋的欢呼。

接着上台的是爱尔兰队的队员。艾丹·林齐被莫兰和康诺利扶着,第二次坠地似乎把他摔晕了,他的眼神散乱茫然。可是当特洛伊和奎格利把奖杯高高举起、观众们爆发出雷鸣般的鼓掌欢呼时，林齐也咧嘴露出了笑容。哈利把手掌都拍麻了。

最后，爱兰尔队离开包厢，骑扫帚绕场一周（艾丹·林齐坐在康诺利身后，紧紧抱着康诺利的腰，脸上仍然痴痴地傻笑着）。这时，巴格曼用他的魔杖指着喉咙，低声说："悄声细语。"

"这场比赛，要被人们议论好几年，"他声音嘶哑地说，"真是一个意想不到的转折……只可惜比赛没有进行得更长一些……啊，对了……对了，我应该给你们……多少钱？"

弗雷德和乔治已经从椅子背上翻过去，站到了卢多·巴格曼面前。他们开心地笑着，伸出摊开的手掌。

第9章

黑魔标记

"你们赌钱的事可不要告诉你们的妈妈。"在大家慢慢走下铺着紫红色地毯的楼梯时，韦斯莱先生恳求弗雷德和乔治说。

"别担心，爸爸，"弗雷德开心地说，"这笔钱我们有许多宏伟的计划。我们才不想让它被没收呢。"

韦斯莱先生迟疑了一下，大概是想问问他们宏伟的计划是什么，但他转念一想，似乎决定还是不问为好。

很快，离开体育场返回营地的人潮就把他们包围了。他们顺着被灯笼照亮的通道往回走，夜空里传来粗声粗气的歌声，小矮妖们不停地在他们头顶上穿梭飞驰，挥舞着手里的灯笼，嘎嘎欢笑。最后，终于到了帐篷边，可是谁也不想睡觉。考虑到周围实在太喧闹了，韦斯莱先生便同意大家喝完一杯可可奶再进帐篷。大家立刻就为刚才比赛的事争论起来。关于撞人犯规的问题，韦斯莱先生和查理争得不可开交。最后金妮在小桌边睡着了，把一杯热巧克力全洒在了地上，韦斯莱先生才命令大家停止对比赛的争论，进去睡觉。赫敏和金妮钻进了旁边的帐篷，哈利和韦斯莱家的男孩们换上睡衣，爬向他们的铺位。这时，仍能听见营地另一边传来的歌声和奇怪的撞击声，在夜空中久久回响。

"哦，幸亏我没有值班，"韦斯莱先生睡意浓浓地嘟哝说，"幸亏我不用去叫爱尔兰人停止欢庆胜利，不然真是难以想象。"

哈利睡在罗恩的上铺，他躺在床上，眼睛盯着帐篷里的帆布篷顶，看着偶尔有一个小矮妖提着灯笼从上面飞过，掠过一道闪光，他脑海里又浮现出克鲁姆的一些精彩动作。他真渴望骑到自己的火弩箭上，尝试一下朗斯基假动作……奥利弗·伍德虽然设计了那么些动来动去的示意图，但不知怎的，他从来没有传授过这种假动作应该怎么做……哈利仿佛看见自己穿着背后印着他名字的长袍，想象着听见十万观众的震耳欲聋的欢呼，而卢多·巴格曼的声音在整个体育场内回荡："热烈欢迎……波特！"

哈利不知道自己到底有没有睡着——他一直在幻想像克鲁姆那样飞翔，也许就这样不知不觉进入了梦境——他只知道韦斯莱先生突然大喊起来。

"起来！罗恩——哈利——快点儿，起来，有紧急情况！"

哈利猛地坐起身，脑袋撞在了帆布顶上。

"什——什么事？"他问。

隐隐约约地，他觉得事情有点不对劲儿。营地上的声音变了。歌声停止了，他听见了惊叫声和人们慌乱的奔跑声。

他从双层床上滑下来，伸手去拿衣服，可是韦斯莱先生说："来不及了，哈利——随便抓一件外衣就出去吧，快点儿！"韦斯莱先生自己就是把牛仔裤直接套在睡裤上的。

哈利听从吩咐，急急忙忙奔出帐篷，罗恩跟在他身后。

就着仍在燃烧的几堆篝火的火光，哈利看见人们纷纷朝树林里跑去，好像在逃避某个在营地上向他们移动的东西。那东西古怪地闪着光，还发出打枪一般的声音。响亮的讥笑声、狂笑声、醉醺醺的叫嚷声，也都向他们移动过来。接着，一道绿色的强光一闪，照

第9章 黑魔标记

亮了周围的一切。

一群巫师紧紧挤作一团，每个人都把手里的魔杖向上指着，一起向前推进，慢慢地在场地上移动。哈利眯着眼睛仔细打量……这些人似乎没有面孔……接着他才反应过来，他们的脑袋上戴着兜帽，脸上罩着面具。在他们头顶上方，四个挣扎着的人影在空中飘浮，被扭曲成各种怪异的形状，就好像地面上这些蒙面巫师是操纵木偶的人，而他们上方那几个人是牵线木偶，被从魔杖里射向空中的无形的绳子控制着。其中两个人影很小。

更多的巫师加入到前进的队伍中，大声笑着，指着上面飘浮的几具躯体。随着游行队伍的不断壮大，帐篷被挤塌了。有一两次，哈利看见一个游行者用魔杖把路边的帐篷点着了。几个帐篷都燃烧起来。尖叫声更响亮了。

当空中飘浮的那几个人从燃烧的帐篷上经过、被火光突然照亮时，哈利认出其中一个是营地管理员罗伯茨先生。另外三个看样子是他的妻子和孩子。下面的一个游行者用魔杖把罗伯茨夫人掉成了头朝下。罗伯茨夫人的睡衣垂落下来，露出一大堆松垮的内裤，下面的人群开心地尖叫、起哄，她挣扎着想把自己的身体盖住。

"真恶心。"罗恩嘟哝说，望着那个最小的麻瓜小孩——小孩在离地面六十英尺的半空，开始像陀螺一样旋转起来，脑袋软绵绵地忽而歪向这边，忽而歪向那边，"太不像话了……"

赫敏和金妮匆匆向他们跑来，一边把外衣套在睡衣外面，韦斯莱先生跟在她们后面。就在这时，比尔、查理和珀西也从男孩们的帐篷里出来了。他们穿戴整齐，袖子高高卷起，魔杖拿在手里。

"我们要帮助部里维持秩序！"韦斯莱先生的声音盖过了喧闹声，他卷起了自己的袖子，"你们几个——快进林子里去，走在一起，不要散开。等事情解决后我再去找你们！"

比尔、查理和珀西已经朝迎面过来的游行队伍奔去，韦斯莱先生赶紧追了上去。部里的工作人员从四面八方奔向混乱的源头。罗伯茨一家下面的那群人越走越近了。

"快走。"弗雷德说着，一把抓住金妮的手，把她往树林里拖去。哈利、罗恩、赫敏和乔治在后面跟着。他们钻进树林时，都扭头朝身后望着，只见罗伯茨一家下面的队伍比刚才更庞大了。可以看见部里的巫师工作人员拼命想冲进去，接近中间那些戴兜帽的巫师，可是遇到了很大阻力。看样子他们似乎不敢施什么魔法，生怕会使罗伯茨一家摔下来。

原先照亮通往体育场道路的彩灯现在已经熄灭了。树林里有一些黑乎乎的人影跌跌撞撞地走着，小孩在哭闹，紧张焦虑的叫喊声和说话声在周围寒冷的夜空中回荡。哈利感到自己被人群推来揉去，但看不清这些人的面孔。然后，他听见罗恩痛苦地喊叫起来。

"怎么回事？"赫敏紧张地问，猛地刹住脚步——哈利撞到了她身上，"罗恩，你在哪里？哦，我们太傻了——荧光闪烁！"

她把魔杖点亮了，用那道狭窄的光柱照着小路。罗恩四仰八叉地躺在地上。

"被树根绊倒了。"他气呼呼地说，从地上站了起来。

"哼，长着那样一双脚，很难不被绊倒。"一个拖腔拖调的声音在他们身后响起。

哈利、罗恩和赫敏猛地转过身来。德拉科·马尔福独自一人站在近旁，靠着一棵树，一副悠闲自得的样子。他抱着双臂，看样子刚才一直在透过树间缝隙望着营地上的混乱场面。

罗恩对马尔福说了一句粗话，哈利知道，若是韦斯莱夫人在场，他是绝对不敢说这种话的。

"嘴里干净些，"马尔福说，浅色的眼睛在夜色中闪闪发亮，"我看你们最好还是抓紧时间逃跑吧！你们不希望她被人发现吧？"

他冲赫敏点了点头，就在这时，营地那边传来一声巨响，如同

第9章 黑魔标记

扔响了一枚炸弹，一道绿光霎时照亮了他们周围的树木。

"你这是什么意思？"赫敏不服气地问。

"格兰杰，他们找的就是麻瓜。"马尔福说，"难道你愿意在半空中展示你的衬裤？如果你愿意，就在这里待着吧……他们正朝这边走来，我们大家可以大笑一场了。"

"赫敏是个女巫！"哈利愤怒地吼道。

"随你的便吧，波特，"马尔福说，脸上露出了狞笑，"如果你们觉得他们辨认不出泥巴种，就尽管待在这里好了。"

"你说话注意点儿！"罗恩喊道。在场的人都知道，"泥巴种"是一句很难听的话，用来骂那些父母是麻瓜的巫师。

"别理他，罗恩。"赫敏急忙说道，她看见罗恩向马尔福逼近一步，便赶紧抓住罗恩的胳膊阻止了他。

树林的另一边突然传来一声爆响，比他们听见的任何声音都震耳。旁边有几个人尖叫起来。马尔福轻轻地笑出了声。

"太容易受惊吓了，这些人，是吗？"他懒洋洋地说，"我猜你爸爸叫你们都藏起来吧？他准备做什么——去把那些麻瓜救出来？"

"你的父母呢？"哈利火了，说道，"在那边，蒙着面罩，是不是？"

马尔福把脸转向哈利，脸上仍然微笑着。

"我说……如果是这样，我也不可能告诉你，对吗，波特？"

"哦，快走吧，"赫敏用厌恶的目光看了马尔福一眼，说道，"我们去找找其他人吧。"

"把你那颗毛蓬蓬的大脑袋低下，格兰杰。"马尔福讥笑道。

"快走。"赫敏又说了一遍，拉着哈利和罗恩继续上路了。

"我敢跟你打赌，他爸爸肯定是那些蒙面家伙当中的一个！"罗恩气愤地说。

"如果运气好,部里会抓住他的!"赫敏激动地说,"哦,我真不敢相信这件事。其他人上哪儿去了?"

弗雷德、乔治和金妮已不见踪影,小路上密密麻麻地挤满了人,一个个都紧张地扭过头,朝营地上发生骚动的方向张望。在小路边,一群身穿睡衣的少男少女挤成一团,吵吵嚷嚷地争论着什么。当他们看见哈利、罗恩和赫敏时,一个有着浓密鬈发的小姑娘转过身,很快地说:"马克西姆女士在哪里? 我们找不到她了——"①

"嗯——什么?"罗恩说。

"噢……"说话的小姑娘又把身子转了回去,他们继续往前走时,清楚地听见她说了一句"霍格沃茨"。

"布斯巴顿。"赫敏低声说。

"对不起,你说什么?"哈利说。

"他们肯定是布斯巴顿的,"赫敏说,"你知道的……布斯巴顿魔法学院……我在《欧洲魔法教育评估》上读到过。"

"哦……原来……是这样。"哈利说。

"弗雷德和乔治不可能走得太远。"罗恩说着,抽出魔杖,也像赫敏一样把它点亮了,然后眯起眼睛顺着小路望去。哈利在外衣的口袋里寻找自己的魔杖——可是魔杖不见了。他找到的只有那架全景望远镜。

"哎呀,糟糕,真不敢相信……我的魔杖丢了!"

"你在开玩笑吧?"

罗恩和赫敏把他们的魔杖高高举起,让细长的光柱照亮更多的地方。哈利在周围找了又找,可是怎么也找不到他的魔杖。

"也许落在帐篷里了。"罗恩说。

"会不会是刚才奔跑的时候,从你口袋里掉出来了?"赫敏焦

---

① 原文为法文。

第9章 黑魔标记

急地问道。

"是啊,"哈利说,"很可能……"

在魔法世界里,他总是把魔杖随时带在身上,此刻,在这样的情景下发现魔杖不见了,他感到自己软弱无助。

突然,旁边传来一阵沙沙声,三个人都吓了一跳。家养小精灵闪闪正奋力从灌木丛中钻出来。她的动作非常古怪,似乎特别费劲,就好像有一个看不见的人正在把她拉回去。

"到处都是坏巫师!"她一边探着身子拼命要往前跑,一边慌慌张张地尖叫道,"人在高高的 —— 高高的上面!闪闪要逃走!"

她喘息,尖叫,与那股束缚她的力量搏斗着,钻进了小路另一边的树丛里。

"她是怎么回事?"罗恩好奇地望着闪闪的背影,"为什么不能好好跑步?"

"我猜她没有征得主人同意就擅自躲避了。"哈利说。他想起了多比:每当多比想做什么马尔福一家不喜欢的事情时,身为家养小精灵的他就不得不把自己痛打一顿。

"你们知道吗,家养小精灵受到的是很不公正的待遇!"赫敏气愤地说,"他们完全就是奴隶!克劳奇先生强迫闪闪爬到体育场的最上面,她吓坏了,然后克劳奇先生又给她施了魔法,弄得她在人们开始踩踏帐篷时,也没有办法逃跑!为什么没有人站出来阻止这样的事呢?"

"我说,家养小精灵其实是快活的,是不是?"罗恩说,"你听见刚才比赛时闪闪说的话了吗……'家养小精灵是不应该有乐趣的'……她就喜欢这样,被人使唤来使唤去……"

"正是你们这样的人,罗恩,"赫敏激烈地说,"维护着这种腐朽的不合理的制度,就因为你们太懒惰……"

又是一声惊天动地的爆响从树林边缘传来,在夜空中回荡。

"我们还是走吧,好不好?"罗恩说,哈利看见他紧张地瞟了赫敏一眼。也许马尔福的话有一定的道理,也许赫敏的处境比他们更危险。他们又出发了,哈利仍然在口袋里掏来掏去,尽管明知道魔杖不在身上。

他们顺着漆黑的小路走进越来越深的树林,一边继续寻找弗雷德、乔治和金妮。路上,他们看到一群小妖精只顾对着一袋金币叽叽呱呱地说笑,仿佛对营地上的骚乱无动于衷,这些金币无疑是他们在比赛中赌博赢来的。他们又往前走了一段,走进了一片银色的柔光中。透过树丛望去,他们看见三个修长美丽的媚娃站在一片空地上,旁边围着一群年轻巫师,都在用很响的声音说话。

"我一年挣一百袋金币!"其中一个喊道,"我在处置危险动物委员会工作,专门屠杀火龙!"

"呸!你才不是呢!"他的朋友嚷道,"你是破釜酒吧洗盘子的……我呢,我是专门猎杀吸血鬼的,已经杀死了九十多个——"

第三个巫师插话了——他脸上的青春痘即使在媚娃发出的微弱银光中也看得很清楚:"我马上就要成为有史以来最年轻的魔法部部长。"

哈利嘲讽地笑了起来。他认出了那个长青春痘的巫师:此人名叫斯坦·桑帕克,实际上是那辆三层骑士公共汽车上的售票员。

他转身正想把这个告诉罗恩,却发现罗恩脸上的肌肉奇怪地耷拉着,接着,罗恩冲着那些人大声叫道:"我有没有告诉你们,我发明了一种飞天扫帚,能一直飞到木星上?"

"哎呀,你怎么这样!"赫敏说。她和哈利使劲抓住罗恩的手臂,拉他转过身来,然后押着他走开了。当媚娃和她们那些崇拜者的声音完全听不见时,他们已经来到了树林的正中央。这里似乎只有他们几个,周围安静多了。

哈利环顾四周。"我想我们不妨就在这里等着,怎么样?有人

第9章 黑魔标记

过来的话，一英里外我们就听得见。"

他的话音刚落，卢多·巴格曼就从他们前面的一棵树后钻了出来。

尽管两根魔杖发出的光线非常微弱，哈利还是看出巴格曼身上起了很大的变化。他看上去不再轻松愉快，脸色不再红润，脚底下也不再装着弹簧。他显得脸色苍白，神情紧张。

"谁在那边？"他说，冲他们使劲眨着眼睛，想辨认出他们的脸，"你们独自在这里做什么？"

他们互相看着，都很吃惊。

"是这样——那边发生了骚乱。"罗恩说。

巴格曼盯着他。"什么？"

"在营地上……有人抓住了一家麻瓜……"

巴格曼大声骂了一句。

"该死！"他说，一副心烦意乱的样子，然后，没有再说一个字，就噗的一声幻影移形了。

"巴格曼先生对情况一无所知，是吗？"赫敏皱着眉头说。

"可是，他以前是个了不起的击球手呢，"罗恩说，他在前面打头，沿着小路走入一小块空地，然后一屁股坐在树下的一片干草上，"他在温布恩黄蜂队的时候，那个队赢得了三连冠呢。"

他从口袋里掏出克鲁姆的小塑像，放在地上，注视着它走来走去。这个小模型像克鲁姆本人一样，走路也有点外八字，肩膀也有点向前拱着，他的八字脚踩在地面上，比起他骑在飞天扫帚上的样子来大为逊色。哈利倾听着营地那边的声音。一切似乎平静多了，也许骚乱已经结束。

"希望其他人都平安无事。"过了一会儿，赫敏说道。

"他们不会有事的。"罗恩说。

"想象一下吧，如果你爸爸抓住卢修斯·马尔福就好了，"哈利说着，也在罗恩身边坐下，望着克鲁姆的小塑像在落叶上没精打采地走动，"他总是说要抓住马尔福的把柄。"

"没错，那样一来，讨厌的德拉科就再也露不出那种奸笑了。"罗恩说。

"唉，那些麻瓜太可怜了，"赫敏不安地说，"如果人们没法把他们弄下来，怎么办呢？"

"不会的，"罗恩向她保证说，"他们总有办法的。"

"真是疯了，居然做出这样的事，要知道今晚魔法部的所有官员都在这里啊！"赫敏说，"我的意思是，他们难道指望能轻易逃脱？你们说，他们是不是喝多了酒，还是——"

她猛地停住话头，扭头朝身后望去。哈利和罗恩也迅速转过脑袋。听声音，好像有人正高一脚低一脚地向他们这片空地走来。他们等待着，听着漆黑的树丛后跌跌撞撞的脚步声。可是，脚步声突然停止了。

"你好？"哈利喊道。

没有声音。哈利站起来，回身望着树后。四下里黑乎乎的，稍远一点就看不见了，但他可以感觉到有人就站在他的视线之外。

"谁在那儿？"他问。

然后，没有一点征兆，一个声音突然划破了寂静。这声音和他们在树林里听见的其他声音都不一样，它发出的不是紧张的喊叫，而像是一句咒语。

"尸骨再现！"

接着，从哈利的目光拼命想穿透的那一片黑暗中，冒出一个巨大的绿光闪闪的东西。它一下子跃上树梢，飞到了空中。

"这是什么——"罗恩紧张地说，也赶紧跳了起来，抬头盯着那刚刚出现的东西。

哈利一开始以为又是小矮妖组成的图形，可是紧接着，他发现

第9章 黑魔标记

那是一个硕大无比的骷髅，由无数碧绿色的星星般的东西组成，一条大蟒蛇从骷髅的嘴巴里冒出来，像是一根舌头。就在他们注视的时候，骷髅越升越高，在一团绿莹莹的烟雾中发出耀眼的光，被漆黑的夜空衬托着，就像一个新的星座。

突然，他们周围的树林里爆发出阵阵尖叫声。哈利不明白叫声的由来，唯一可能的原因就是这个骷髅的突然出现。它现在已经升得很高，像一个恐怖的霓虹灯招牌一样，照亮了整个树林。哈利在黑暗中寻找那个变出骷髅的人，可是一个人影也没看见。

"谁在那儿？"他又喊了一声。

"哈利，快点儿，走吧！"赫敏抓住他的衣领，把他往后拖。

"怎么回事？"哈利说，吃惊地看见赫敏脸色煞白，神情极为恐惧。

"这是黑魔标记，哈利！"赫敏呻吟般地说，一边拼命地拉着他，"神秘人的符号！"

"伏地魔的——"

"哈利，快走吧！"

哈利转过身——罗恩赶忙从地上抄起他的克鲁姆小塑像——三个人开始穿过空地——可是慌慌张张地才走了几步，就听见一连串噗噗噗的声音，二十个巫师从天而降，把他们团团围住。

哈利转了个圈，立刻就注意到这样一个事实：这些巫师都掏出了自己的魔杖，每根魔杖都指着他、罗恩和赫敏。他没有思索，赶紧喊了一声："**快躲！**"他一把拉住另外两人，把他们拖倒在地。

"**昏昏倒地！**"二十个声音同时吼道——接着便是一连串耀眼的闪光，哈利感到他的头发在摇摆起伏，如同有一股强劲的风吹过空地。他微微把头抬起一点儿，看见一道道烧灼般的红光从巫师的魔杖里射出，在他们头顶上互相交错，撞在树干上，又被弹到了黑暗中——

"住手！"一个他熟悉的声音喊道，"**住手！那是我儿子！**"

哈利的头发不再波动了，他又把头抬起一点儿，他前面的那个巫师已经放下了手里的魔杖。哈利翻过身，看见韦斯莱先生大步朝他们走来，神情十分惊恐。

"罗恩——哈利——"他的声音有些颤抖，"赫敏——你们都没事吧？"

"闪开，亚瑟。"一个冷冰冰的、不带感情的声音说。

是克劳奇先生。他和部里的其他巫师官员都围了过来。哈利站起来面对他们。克劳奇先生气得板紧了脸。

"这是你们谁干的？"他厉声问道，犀利的眼睛在他们三个人之间扫来扫去，"你们谁变出了黑魔标记？"

"我们没有！"哈利指着上面的骷髅，说道。

"我们什么也没干！"罗恩说，他揉着自己的胳膊肘，气呼呼地望着父亲，"你们为什么要攻击我们？"

"不要撒谎，先生！"克劳奇先生说。他仍然用魔杖指着罗恩，眼珠子瞪得都要暴出来了——他的样子有点疯狂。"你们是在犯罪现场被发现的！"

"巴蒂，"一个穿着长长的羊毛晨衣的女巫小声说，"他们还是孩子，巴蒂，他们绝不可能——"

"你们三个，这个标记是从哪儿来的？"韦斯莱先生焦急地问。

"那边，"赫敏用发抖的声音说，指着他们刚才听见声音的地方，"树后面有人……那人大声说话……念了一句咒语……"

"哦，那个人就站在那里，是吗？"克劳奇先生说，又把暴突的眼睛转向赫敏，脸上写满了怀疑，"还念了一句咒语，是吗？你似乎对怎么变出标记知道得很清楚啊，小姐——"

可是除了克劳奇先生，那些部里的巫师官员似乎都认为哈利、罗恩和赫敏绝对不可能变出骷髅。他们听了赫敏的话，一个个又把

第9章 黑魔标记

魔杖举了起来，对准她所指的方向，眯着眼朝黑黢黢的树丛中窥视。

"我们来晚了，"那位穿羊毛晨衣的女巫摇了摇头，说道，"他们早就幻影移形了。"

"我不这样认为，"一位留着棕色短胡子的巫师说话了——他正是阿莫斯·迪戈里，塞德里克的父亲，"我们的昏迷咒正好钻进了这片树丛……我们很有可能击中了他们……"

"阿莫斯，小心！"几位巫师提醒道，只见迪戈里先生挺起胸膛，举起魔杖，大步穿过空地，消失在黑暗中。赫敏紧张地用手捂着嘴巴，望着他隐去的背影。

几秒钟后，他们听见了迪戈里先生的喊声。

"成了！抓住了！这儿有人！昏迷不醒！是——哎哟——天哪……"

"你抓住了一个人？"克劳奇先生喊道，完全是一种不相信的语气，"谁？是谁？"

他们听见树枝的折断声，落叶的沙沙声，然后是嘎吱嘎吱的脚步声，迪戈里先生从树丛后出来了。他手臂里抱着一个小小的软绵绵的身体。哈利一眼就认出了那块茶巾。是闪闪。

克劳奇先生看着迪戈里先生把自己的家养小精灵放在自己脚下，他没有动弹，也没有说话。魔法部的其他官员都盯着克劳奇先生。有好几秒钟，克劳奇一动不动地站着，仿佛凝固了一般，苍白的脸上那双喷火的眼睛狠狠盯着地上的闪闪。然后，他似乎又回过神来。

"这——不可能——不可能，"他一顿一顿地说，"不可能——"

他飞快地绕过迪戈里先生，大步朝闪闪被发现的地方走去。

"没用的，克劳奇先生，"迪戈里先生冲着他的背影喊道，"那儿没有别人了。"

可是克劳奇先生似乎不想理睬他的话。他们听见他在那里走来走去，还听见他拨开灌木寻找，把树叶弄得沙沙作响。

"有点令人尴尬，"迪戈里先生严厉地说，低头看着闪闪神志不清的身影，"巴蒂·克劳奇的家养小精灵 …… 我的意思是 ……"

"别胡扯了，阿莫斯，"韦斯莱先生小声说道，"难道你当真认为是小精灵干的？黑魔标记是个巫师符号，是需要用魔杖的。"

"是啊，"迪戈里先生说，"她拿着魔杖呢。"

"什么？"韦斯莱先生说。

"这儿，你们瞧，"迪戈里先生举起一根魔杖，递给韦斯莱先生，"她手里拿着的。这首先就违反了《魔杖使用准则》的第三款：任何非人类的生物都不得携带或使用魔杖。"

就在这时，又是噗的一声，卢多·巴格曼先生幻影显形出现在韦斯莱先生旁边。巴格曼气喘吁吁，一副晕头转向的样子。他原地转着圈儿，瞪眼望着空中那碧绿色的骷髅。

"黑魔标记！"他喘着气说，转身询问地看着他的同事，差点踩在闪闪身上，"是谁做的？你们抓到人了吗？巴蒂！到底怎么回事？"

克劳奇先生空着手回来了。他的脸仍然惨白得可怕，双手和牙刷状的小胡子都在抽搐。

"你上哪儿去了，巴蒂？"巴格曼问，"为什么没来观看比赛？你的家养小精灵还给你占了个座位呢 —— 贪吃的滴水嘴石兽啊！"巴格曼这才发现闪闪就躺在他脚边，"她怎么啦？"

"我一直忙得要命，卢多。"克劳奇先生说，仍然是那样一字一顿，嘴唇几乎没有动，"我的家养小精灵被人施了昏迷咒。"

"被人施了昏迷咒？你是说，被你们这些人？为什么 ——"

巴格曼那张发亮的圆脸上突然露出恍然大悟的神情。他抬头望望骷髅，又低头看看闪闪，最后目光落在克劳奇先生身上。

第 9 章　黑魔标记

"不可能！"他说，"闪闪？变出了黑魔标记？她不知道怎么变呀！首先，她得需要一根魔杖呀！"

"她确实有一根魔杖，"迪戈里先生说，"我发现她手里拿着一根，卢多。如果你没有意见，克劳奇先生，我认为我们应该听听她怎样为自己辩护。"

克劳奇先生毫无反应，仿佛没有听见迪戈里先生的话，而迪戈里先生似乎把他的沉默当成了默许。他举起自己的魔杖，指着闪闪说道："快快复苏！"

闪闪有气无力地动了起来。那双铜铃般的棕色眼睛睁开了，她使劲眨了眨眼皮，神情一片茫然。在巫师们沉默的目光注视下，她颤巍巍地支撑着坐了起来。她看见了迪戈里先生的脚，然后慢慢地、哆哆嗦嗦地抬起目光，望着他的脸，接着，又更缓慢地把目光投向上面的夜空。哈利可以看见，那飘浮的骷髅形象分别映在她两只呆滞的大眼睛里。她倒吸了一口冷气，目光迷乱地看着围在空地上的人们，然后突然害怕地哭了起来。

"小精灵！"迪戈里先生严厉地问，"你知道我是谁吗？我是神奇动物管理控制司的成员！"

闪闪开始在地上前后摇晃，呼吸不时被强烈的抽泣打断。哈利一下子想起，多比因违抗命令而感到害怕时，也是这个样子。

"你也看见了，小精灵，就在刚才，有人在这里变出了黑魔标记。"迪戈里先生说，"片刻之后，你被我们发现了，就在标记的下面！请你给我们一个解释！"

"我——我——我没有，先生！"闪闪喘着大气说，"我不知道怎么变，先生！"

"你被发现的时候，手里拿着一根魔杖！"迪戈里先生咆哮道，在闪闪面前挥舞着那根魔杖。当骷髅射向空地的绿光照在魔杖上时，哈利认出来了。

"呀——那是我的！"他说。

空地上的人都转过脸来望着他。

"对不起，你说什么？"迪戈里先生不敢相信地问。

"那是我的魔杖！"哈利说，"我把它丢了！"

"你把它丢了？"迪戈里先生怀疑地重复了一句，"你是在坦白吗？你变出标记后，就把魔杖扔掉了？"

"阿莫斯，想想你在跟谁说话！"韦斯莱先生非常生气地说，"难道哈利·波特会变出黑魔标记？"

"呃——当然不会，"迪戈里先生含混地嘟哝道，"对不起……我气昏了头……"

"我没有把它扔在那里，"哈利用大拇指朝骷髅下面的树丛指了指，"我们刚走进树林，我的魔杖就不见了。"

"这么说，"迪戈里先生说着，又把目光投向蜷缩在他脚边的闪闪，眼神变得冷酷了，"小精灵，是你发现这根魔杖的，是不是？你把它捡起来，以为可以拿它找点乐子，是不是？"

"我没有用它变魔法，先生！"闪闪尖声说道，眼泪像小溪一样，顺着被压扁的球状鼻子的两侧流下来，"我……我……我只是把它捡了起来，先生！我没有变出黑魔标记，先生，我不知道怎么变！"

"不是她！"赫敏说——她在这么些魔法部官员面前说话，显得非常紧张，但毫不退缩——"闪闪说话尖声细气，我们刚才听见的那个念咒语的声音要低沉得多！"她转脸看着哈利和罗恩，请求得到他们的赞同，"根本不像闪闪的声音，对吗？"

"对，"哈利点了点头，说道，"那声音绝对不是一个小精灵的。"

"是啊，那是人的声音。"罗恩说。

"好吧，我们很快就会知道的，"迪戈里先生咆哮着，似乎没有听进他们的话，"有一个简单的办法，可以发现魔杖上一次施的魔

第9章 黑魔标记

咒,小精灵,你知道吗?"

闪闪浑身发抖,拼命摇头,耳朵啪啪地扇动着。迪戈里先生举起自己的魔杖,把它跟哈利的魔杖对接在一起。

"闪回前咒!"迪戈里先生大吼一声。

哈利听见赫敏倒抽了一口冷气,同时看见一个十分恐怖的、吐着蛇芯子的骷髅从两根魔杖相接的地方冒了出来,不过这只是他们头顶上空那个绿色骷髅的影子。它仿佛是由浓浓的灰色烟雾构成的:是一个魔幻的幽灵。

"消隐无踪!"迪戈里先生大喊一声,烟雾构成的骷髅化成一缕轻烟,消失了。

"这怎么说?"迪戈里先生摆出一种残酷的得意神情,望着脚下的闪闪。闪闪仍然在剧烈地颤抖着。

"不是我!"她尖声叫道,眼珠惊恐地转动着,"不是我,不是我,我不知道怎么弄!我是一个好精灵,我没有摆弄魔杖,我不知道怎么弄!"

"你被当场抓住了,小精灵!"迪戈里先生吼道,"被抓时手里拿着这根犯罪的魔杖!"

"阿莫斯,"韦斯莱先生大声说,"你想想吧⋯⋯会施那个魔咒的巫师只是凤毛麟角⋯⋯她是从哪儿学会的呢?"

"也许迪戈里是在暗示,"克劳奇先生说,每个音节都透着冷冰冰的怒气,"暗示我定期教我的仆人变黑魔标记?"

接着是一阵十分压抑的沉默。

迪戈里先生仿佛吓坏了,"克劳奇先生⋯⋯不是⋯⋯绝对不是⋯⋯"

"到现在为止,你用几乎很明显的语言,无端指控了这片空地上的两个人,而他们是最不可能变出那个标记的!"克劳奇先生怒吼着说,"哈利·波特——还有我!我想你应该熟悉这个男孩的身世吧，阿莫斯？"

"当然——每个人都知道——"迪戈里先生嘟哝着，神情十分惶恐。

"我相信你还记得，在我漫长的职业生涯中，有许多证据表明我一贯厌恶和仇恨黑魔法，以及所有玩弄黑魔法的人，是不是？"克劳奇先生大声喊道，眼珠子又暴突出来。

"克劳奇先生，我——我绝没有暗示你跟这件事有关！"阿莫斯·迪戈里又嘟哝着说，他那棕色短胡子后面的脸已经涨得通红。

"你指控我的小精灵，就等于在指控我，迪戈里！"克劳奇先生嚷道，"不然她能从哪儿学会变这种魔法？"

"她——她也许是偶然从别处学会的……"

"说得对啊，阿莫斯，"韦斯莱先生说，"她也许是偶然从别处学会的……闪闪？"他和气地转向小精灵，可是闪闪畏惧地退缩着，好像他也在冲她嚷嚷似的，"你到底是在哪儿捡到哈利的魔杖的？"

闪闪使劲拧着她身上那块茶巾的贴边，她手指的劲儿太大了，贴边被拧得开了线。

"我——我是在……那儿捡到的，先生……"她低声说道，"那儿……在树林子里，先生……"

"明白了吧，阿莫斯？"韦斯莱先生说，"变出标记的人，不管他们是谁，在完事后就幻影移形了，扔下了哈利的魔杖。干得真聪明，不用自己的魔杖，免得暴露身份。片刻之后，这个倒霉的闪闪无意间看到魔杖，把它捡了起来。"

"这么说，她当时离真正的罪犯只有几步远？"迪戈里先生不耐烦地说，"小精灵，你看见什么人没有？"

闪闪抖得比刚才更厉害了。两个灯泡大的眼睛看看迪戈里先生，又看看卢多·巴格曼，再看看克劳奇先生。

第9章 黑魔标记

然后她吸了一大口气,说道:"我没有看见什么人,先生……一个人也没有……"

"阿莫斯,"克劳奇先生很生硬地说,"我完全知道,按照一般的程序,你要把闪闪带到你的司里审问,不过,我还是请你允许由我来处置她。"

迪戈里先生似乎不太赞成这个建议,但哈利清楚,克劳奇先生是魔法部里举足轻重的大人物,迪戈里先生不敢拒绝他。

"你放心,她会受到惩罚的。"克劳奇先生冷冷地补充道。

"主—主—主人……"闪闪抬头看着克劳奇先生,眼睛里含着泪花,结结巴巴地说,"主—主—主人,求—求—求求你……"

克劳奇先生瞪视着闪闪,脸变得僵硬起来,每条皱纹都深深地陷进去,目光里没有丝毫怜悯。"闪闪今晚的行为,令我感到十分震惊,"他慢慢地说,"我叫她待在帐篷里。我叫她守在那里,我去解决骚乱。结果发现她违抗了我。这就意味着——衣服!"

"不!"闪闪失声尖叫,一头扑在克劳奇先生脚下,"不,主人!不要衣服,不要衣服!"

哈利知道,释放一个家养小精灵的唯一方式,就是赐给他一件像样的衣服。闪闪紧紧攥住她的茶巾,伏在克劳奇先生的脚上哭泣,那样子真是可怜。

"她当时是吓坏了!"赫敏狠狠地瞪着克劳奇先生,愤慨地说道,"你的家养小精灵有恐高症,而那些蒙面的巫师把人弄到空中悬着!她想逃脱他们也是情有可原的,你不能责怪她!"

克劳奇先生后退一步,摆脱了小精灵的纠缠。他低头审视着闪闪,那神情就好像她是什么肮脏腐烂的东西,正在玷污他擦得锃亮的皮鞋。

"我不需要违抗我命令的家养小精灵,"他望着赫敏,冷冷地说,

119

"我不需要一个忘记听从主人意旨、维护主人名誉的家仆。"

闪闪哭得伤心极了,她的哭声在空地上回荡。

又是一阵令人十分尴尬的沉默,最后韦斯莱先生轻声地说:"好吧,如果没有人反对的话,我就把我的人带回帐篷去了。阿莫斯,魔杖已经把它所知道的都告诉我们了 —— 如果你能把它还给哈利,就请——"

迪戈里先生把那根魔杖递给了哈利,哈利把它装进了口袋。

"走吧,你们三个。"韦斯莱先生小声说。可是赫敏似乎不愿动弹,她的目光仍然落在哭泣的小精灵身上。"赫敏!"韦斯莱先生说,口气更急迫了。赫敏转过身,跟着哈利和罗恩走出空地,在树林里穿行。

"闪闪会怎么样呢?"他们一离开空地,赫敏就问道。

"不知道。"韦斯莱先生说。

"他们怎么那样对待她!"赫敏气愤地说,"迪戈里先生一直管她叫'小精灵'……还有克劳奇先生!他明明知道不是闪闪干的,还要把她开除!他根本不管她是多么害怕,多么难过 —— 他根本就不把她当人!"

"咳,她本来就不是人嘛。"罗恩说。

赫敏立刻转过来攻击他。"那并不意味着她就没有感情,罗恩。他们那样真令人恶心,竟然——"

"赫敏,我同意你的看法,"韦斯莱先生赶紧说道,示意她继续往前走,"但现在不是讨论小精灵权益的时候。我希望我们尽快回到帐篷里。其他人怎么样了?"

"我们在黑暗里和他们走散了。"罗恩说,"爸爸,为什么大家都对那个骷髅那么紧张?"

"回到帐篷以后,我再跟你们解释。"韦斯莱先生焦急地说。

可是到达树林边缘时,他们遇到了阻碍。

第9章　黑魔标记

一大群神色惶恐的巫师聚集在那里，看见韦斯莱先生朝他们走来，许多人便向前推挤。

"那边是怎么回事？"

"那标记是谁变出来的？"

"亚瑟——会不会是——他？"

"当然不是他，"韦斯莱先生不耐烦地说，"我们也不知道是谁，看样子他们幻影移形了。好了，请大家让开，求求你们，我想回去睡觉了。"

他领着哈利、罗恩和赫敏穿过人群，回到营地。现在到处都安静了，再也没有那些蒙面巫师的影子，只有几个被摧毁的帐篷还在冒烟。

查理从男孩的帐篷里伸出脑袋。

"爸爸，怎么回事？"他在黑暗中喊道，"弗雷德、乔治和金妮都平安回来了，可是他们几个——"

"我把他们都带回来了。"韦斯莱先生说着，弯腰钻进了帐篷。哈利、罗恩和赫敏也跟着他钻了进去。

比尔坐在小餐桌旁，用一条床单捂着手臂，鲜血正从那里不断冒出来。查理的衬衫撕了个大口子，珀西炫耀着他流血的鼻子。弗雷德、乔治和金妮看上去安然无恙，不过都惊魂未定。

"你们抓到人了吗，爸爸？"比尔劈头就问，"变出那个标记的人？"

"没有，"韦斯莱先生说，"我们发现巴蒂·克劳奇的家养小精灵拿着哈利的魔杖，但到底是谁变出了那个标记，我们一点儿也不知道。"

"什么？"比尔、查理和珀西异口同声地问。

"哈利的魔杖？"弗雷德说。

"克劳奇先生的家养小精灵？"珀西问，口气十分震惊。

韦斯莱先生在哈利、罗恩和赫敏的帮助下，把树林里发生的事情原原本本地告诉了大家。他们说完后，珀西气得直喘粗气。

"要我说，克劳奇先生就应该赶走这样一个家养小精灵！"他说，"主人明确告诉她待着别动，她却逃跑了……还在那么多魔法部官员面前让主人难堪……如果她被带到神奇动物管理控制司接受审问，那就太——"

"她什么也没干——她只是不该在那个时候出现在那个地点！"赫敏厉声反击珀西，令珀西大吃一惊。赫敏跟珀西的关系一向是很好的——实际上比其他人都好。

"赫敏，处在克劳奇先生那个位置的巫师，如果他的家养小精灵拿着一根魔杖到处胡作非为，这个责任他可担当不起！"珀西恢复了常态，自负地说。

"她没有到处胡作非为！"赫敏嚷道，"她只是从地上捡了根魔杖！"

"好了，好了，有谁能解释一下那个骷髅是什么东西？"罗恩不耐烦地说，"它并没有伤害什么人……为什么人人都那么大惊小怪？"

"我来告诉你吧，那是神秘人的符号，罗恩，"赫敏赶在别人前面回答道，"我在《黑魔法的兴衰》里读到过。"

"已经有十三年没看见它了，"韦斯莱先生轻声说，"人们自然很紧张……这简直就像是又看见了神秘人。"

"我不明白，"罗恩皱着眉头说，"我的意思是……说到底，这只是半空中的一个影子……"

"罗恩，神秘人和他的信徒每次杀了人，都要在空中显示黑魔标记。"韦斯莱先生说，"它带来的恐惧……你不知道，你还太小。想象一下，你回到家里，发现黑魔标记就在你家房子上空盘旋，你知道你进去后会看见什么……"韦斯莱先生打了个哆嗦，"这是每

第9章 黑魔标记

个人最恐惧的……最最恐惧的……"

接着是片刻的沉默。

比尔拿开裹在手臂上的床单，查看伤口，说道："唉，不管这个标记是谁变出来的，今天晚上可给我们帮了倒忙。那些食死徒一看见它就跑了。他们一个个匆匆幻影移形，我们还没来得及接近他们，揭开他们脸上的面具。不过，我们接住了罗伯茨一家，没让他们摔在地上。现在他们的记忆正在被修改。"

"食死徒？"哈利问，"食死徒是什么？"

"这是神秘人的信徒对他们自己的称呼。"比尔说，"我们今晚看见的应该是这些人的残余——他们不知怎的逃脱了，没有被关进阿兹卡班。"

"我们没法证明就是他们，比尔。"韦斯莱先生说，"不过很有可能。"他又无奈地说。

"对，我猜肯定是这样！"罗恩突然说道，"爸爸，我们在树林里遇见了德拉科·马尔福，他实际上差不多告诉了我们，他爸爸就是那些蒙面疯子当中的一个！我们都知道马尔福一家以前和神秘人很有交情！"

"可是伏地魔的信徒——"哈利说，大家都打了个寒战——韦斯莱一家和魔法世界里的大多数人一样，一向避免说出伏地魔的名字，"对不起，"哈利赶紧说道，"神秘人的信徒想干什么，把麻瓜弄到半空悬着？我的意思是，这有什么意义呢？"

"意义？"韦斯莱先生干笑了一声，说道，"哈利，那就是他们作乐的方式。过去神秘人当道的时候，他们杀害麻瓜多半都是为了取乐。我猜想他们今晚多喝了几杯酒，就忍不住想提醒我们一下：他们还有很多人在外逍遥。他们搞了一个愉快的小派对。"他厌恶地说。

"可是如果他们是食死徒，为什么一看见黑魔标记就幻影移形了呢？"罗恩问，"他们应该很高兴看见它呀，对不对？"

"你动脑子想一想吧，罗恩，"比尔说，"如果他们真是食死徒，神秘人失势之后，他们就会千方百计不让自己被关进阿兹卡班，编造了各种谎话，说当初是神秘人强迫他们杀害和折磨别人的。我敢打赌，他们比我们这些人更害怕看见神秘人回来。神秘人倒台后，他们百般否认自己跟他有关系，又重新过上了正常人的生活……我认为神秘人对他们不会很满意，你说呢？"

"那么……变出黑魔标记的人……"赫敏慢慢地说，"这么做到底是为了表示支持食死徒，还是要把他们吓跑呢？"

"我们也不能确定，赫敏，"韦斯莱先生说，"不过我要告诉你们一点……只有食死徒才知道怎样变出那个标记。我可以肯定，变出标记的人以前肯定是食死徒，尽管现在也许不是了……听着，时间已经很晚了，如果你们的妈妈听说了这些事情，准会担心得要命。我们抓紧时间睡几个小时，然后早早地弄到门钥匙，离开这里。"

哈利爬回到他的双层床上，脑袋里嗡嗡作响。他知道他应该感到精疲力竭才是：现在已是凌晨三点，可是他却感到异常清醒——清醒，而且担忧。

三天前——现在感觉已是很久以前，实际上只过去了三天——他醒来时感到额头上的伤疤剧痛难忍。今晚，伏地魔的标记十三年来第一次出现在空中。这一切都意味着什么呢？

他想起了离开女贞路前写给小天狼星的信。小天狼星收到没有？他什么时候会回信？哈利仰面躺在床上，望着帆布篷顶，然而脑子里没有想象出什么东西帮助他入睡。帐篷里早就响起了查理的鼾声，过了很久哈利才终于昏昏沉沉地睡去。

第 10 章

魔法部乱成一团

只睡了几个小时,韦斯莱先生就把他们叫醒了。他用魔法把帐篷收起来装进背包,然后他们尽快离开了营地,路上看见罗伯茨先生站在他小石屋门口。罗伯茨先生样子怪怪的,神情恍惚,他朝他们挥手告别,还含混地说了句"圣诞快乐"。

"他不会有事的,"他们大步向沼泽地走去时,韦斯莱先生小声说道,"有时候,当一个人的记忆被修改时,会暂时有点儿犯糊涂……况且他们想使他忘记的又是那么一件大事。"

他们走近放门钥匙的地方时,听见许多人在急切地吵吵嚷嚷;再走过去一点儿,发现一大堆巫师把门钥匙管理员巴兹尔团团围住,都吵闹着要尽快离开营地。韦斯莱先生和巴兹尔三言两语地商量了一下。大家站进队伍里,最后总算在太阳还没升起前领到了一只旧轮胎,可以靠它返回白鼬山了。在拂晓的微光中,他们穿过奥特里·圣卡奇波尔村,沿着湿漉漉的小路朝陋居走去。一路上大家很少说话,因为都累得要命,一心只想赶紧吃到早饭。他们转了个弯,陋居便赫然出现了,小路上传来一声喊叫。

"哦,谢天谢地,谢天谢地!"

韦斯莱夫人显然一直在前院等他们,这时撒腿向他们奔来,脚上还穿着她在卧室里穿的拖鞋。她脸色苍白,神情紧张,手里攥着一张卷起来的《预言家日报》。"亚瑟……我真是太担心了……太担心了……"

她一把搂住韦斯莱先生的脖子,《预言家日报》从她无力的手中滑落到地上。哈利低头一看,标题是:**魁地奇世界杯赛上的恐怖场面**,还配有黑魔标记悬在树梢上的闪光黑白照片。

"你们都没事,"韦斯莱夫人惊魂未定地念叨着,松开韦斯莱先生,一双红通通的眼睛挨个儿看着他们,"你们都活着……哦,儿子……"

出乎每个人的意料,她一把抓住弗雷德和乔治,狠狠地搂了一下。她用的劲儿太猛了,双胞胎的脑袋咚地撞在一起。

"哎哟!妈妈——你要把我们勒死了——"

"你们走之前我冲你们嚷嚷来着!"韦斯莱夫人说,忍不住哭了起来,"我一直在想这个事!如果神秘人把你们抓去,而我对你们说的最后一句话竟是你们O.W.L.证书太少?哦,弗雷德……乔治……"

"好了,好了,莫丽,我们大家都平安无事。"韦斯莱先生安慰着她,从她怀里拽出一对双胞胎,然后领着她向房子里走去,"比尔,"他压低声音说,"把那张报纸捡起来,我想看看上面怎么说的……"

他们都挤进狭小的厨房,赫敏给韦斯莱夫人沏了一杯很浓的茶,韦斯莱先生坚持往里面倒了一点奥格登陈年火焰威士忌,然后,比尔把报纸递给了父亲。韦斯莱先生匆匆浏览着第一版,珀西也从他身后看着。

"我就知道会是这样,"韦斯莱先生沉重地说,"魔法部惊慌失措……罪犯未被抓获……治安松弛……黑巫师逍遥法外……给国家带来耻辱……这是谁写的?啊……自然是她……丽塔·斯

第 10 章　魔法部乱成一团

基特。"

"那个女人专门同魔法部作对！"珀西气愤地说，"她上个星期说，我们本应该全力以赴去消灭吸血鬼，可却在坩埚的厚度上吹毛求疵，浪费时间！好像《非巫师的半人类①待遇准则》的第十二段没有专门指出——"

"行行好吧，珀西，"比尔说着，打了个哈欠，"不要再说了。"

"提到我了。"韦斯莱先生读到《预言家日报》那篇文章的结尾处时，突然瞪大了镜片后面的眼睛。

"哪儿？"韦斯莱夫人呛了一口威士忌茶水，咳喘着问，"我刚才要是看见，就知道你还活着了！"

"没有点名，"韦斯莱先生说，"听听这段：那些巫师惊慌失措，在树林边屏住呼吸等候消息，希望得到魔法部的安慰，可令人遗憾的是，他们大失所望。在黑魔标记出现后不久，一位魔法部官员露面了，宣称没有人受到伤害，但拒绝透露更多情况。究竟他的话是否足以平息那种'一小时后从树林里抬出几具尸体'的谣传，还有待继续观察。""哦，天哪，"韦斯莱先生恼怒地说，把报纸递给珀西，"确实没有人受到伤害呀。我应该怎么说呢？'从树林里抬出几具尸体'的谣传……好了，现在她写出这种话，肯定会谣言四起的。"

他深深地叹了口气，"莫丽，我得去办公室了，这件事需要澄清一下。"

"我和你一起去，爸爸，"珀西自傲地说，"克劳奇先生肯定需要大家各就各位，而且，我还可以把我的坩埚报告亲自交给他。"

他说完就冲出了厨房。韦斯莱夫人显得非常难过。"亚瑟，按理说你是在休假啊！这件事跟你们办公室毫无关系；没有你，他们也能处理好的，是不是？"

---

① 非巫师的半人类指的是不属于巫师的半人兽或半人半鸟。

"我必须去，莫丽，"韦斯莱先生说，"是我把事情搞得更糟糕了。我去换上长袍就走……"

"韦斯莱夫人，"哈利再也控制不住自己，突然说道，"海德薇有没有带信回来给我？"

"海德薇？"韦斯莱夫人神情恍惚地说，"没有，亲爱的……没有，一封信也没有收到。"

罗恩和赫敏好奇地望着哈利。

哈利意味深长地看了他们俩一眼，说道："罗恩，我能不能到你房间去放一下我的东西？"

"好啊……我也去吧。"罗恩毫不迟疑地回答，"赫敏，你呢？"

"好吧。"她立刻说道，于是三个人鱼贯离开厨房，往楼上走去。

"怎么回事，哈利？"他们进到顶楼房间，一关上房门，罗恩就问。

"有件事我没有跟你们说，"哈利说，"星期六早晨我醒过来的时候，我的伤疤又疼了。"

罗恩和赫敏的反应，跟哈利在女贞路卧室里想象的几乎一模一样。赫敏倒吸了一口气，马上就开始提出各种建议，列举了一大堆参考书名，又列举了一大堆人名，从阿不思·邓布利多，到霍格沃茨的校医庞弗雷女士。

罗恩只是一副目瞪口呆的样子，"可是——他当时不在场啊，是不是？那个神秘人？我的意思是——上次你伤疤疼的时候，他是在霍格沃茨的，对不对？"

"我知道他肯定不在女贞路，"哈利说，"可是我在梦里看见他了……他和彼得——你们知道的，就是虫尾巴。梦里的全部情形，我已经记不清了，只记得他们在密谋，要杀……一个人。"

他迟疑了一下，差点说出"要杀我"，但是不忍心让赫敏的神情变得更恐惧，因为赫敏已经大惊失色了。

第 10 章　魔法部乱成一团

"这只是一场梦,"罗恩鼓励他振作起来,"只是一场噩梦。"

"是啊,但真的是梦吗?"哈利说,转脸望着窗外渐渐明亮起来的天空,"很古怪,是不是?……我的伤疤疼了起来,三天之后,食死徒就游行了,伏地魔的符号就又在空中出现了。"

"不要——说出——他的——名字!"罗恩从紧咬的牙缝里嘶嘶地说。

"还记得特里劳尼教授说的话吗?"哈利没理睬罗恩,继续说道,"就在上学期结束的时候?"

特里劳尼教授是他们在霍格沃茨学校的占卜课老师。

赫敏脸上惊恐的表情消失了,她发出一声短促的嘲笑。"哦,哈利,你该不会把那个老骗子说的话放在心上吧?"

"你们当时不在场,"哈利说,"没有听见她说的话。这一次可不同以往。我告诉你们吧,她进入了催眠状态——是真的催眠状态。她说黑魔王还会卷土重来……比以前更强大、更可怕……黑魔王能够这样,是因为他的仆人会回到他身边……就在那天晚上,虫尾巴逃跑了。"

一时间谁也没有说话,罗恩心不在焉地摆弄着他那条查德里火炮队床单上的一个破洞。

"你为什么要问海德薇有没有回来,哈利?"赫敏问道,"你在等信吗?"

"我把伤疤疼的事告诉了小天狼星,"哈利耸了耸肩膀,说,"我在等他的回信。"

"想得真妙!"罗恩说,脸上顿时多云转晴,"我敢说小天狼星肯定知道该怎么办!"

"真希望他赶快跟我联系。"哈利说。

"可我们不知道小天狼星在哪里……他可能远在非洲呢,是不是?"赫敏很明智地说,"海德薇不可能在几天之内到达那么远的地方。"

"是啊,我知道。"哈利说,可是当他望着窗外的天空,不见海德薇的影子,心里还是感到沉甸甸的。

"来吧,哈利,我们在果园里来一场魁地奇比赛。"罗恩说,"来吧——三个人对三个人,比尔、查理、弗雷德和乔治都参加进来……你可以试试朗斯基假动作……"

"罗恩,"赫敏说,声音里透着"我认为你太不知趣了"的意思,"哈利现在不想打魁地奇……他心里很乱,很疲倦……我们都需要上床睡觉了……"

"好吧,我愿意打一场魁地奇,"哈利突然说道,"等一下,我要拿上我的火弩箭。"

赫敏离开了房间,嘴里嘀咕着什么,好像是说:"这帮男生!"

在以后的一个星期里,韦斯莱先生和珀西都很少在家。每天一早,家里其他人还没有起床,他们俩就离开了家,一直到晚饭以后很久才回来。

"真是乱成了一锅粥,"珀西煞有介事地告诉他们——这是一个星期天的晚上,第二天他们就要返回霍格沃茨了,"整整一个星期,我都像在救火一样。人们不停地寄来吼叫信,如果你不马上把吼叫信拆开,它就会爆炸。我桌子上到处都是烧焦的痕迹,那支最好的羽毛笔也变成了一堆炭渣。"

"他们为什么都要寄吼叫信呢?"金妮问。她正坐在客厅炉火前的地毯上,用透明魔法胶带修补她那本《千种神奇药草及蕈类》。

"抱怨世界杯赛的安全问题,"珀西说,"希望对他们被损坏的财物进行赔偿。蒙顿格斯·弗莱奇提出索赔一顶带十二个卧室和配套按摩浴缸的帐篷,可是我摸透了他的底细。我知道他实际上是用棍子支着一件斗篷过的夜。"

第 10 章　魔法部乱成一团

韦斯莱夫人瞥了一眼墙角的那座老爷钟。哈利很喜欢这座钟。如果你想知道时间，它是完全不管用的，可它却能向你提供许多其他情况。它有九根金针，每根针上都刻着韦斯莱家一个人的名字。钟面上没有数字，却写着每位家庭成员可能会在的地方。有"家""学校"和"上班"，也有"路上""失踪""医院""监狱"，在普通钟上十二点的地方，标着"生命危险"。

此刻，八根针都指着"家"的位置，韦斯莱先生的那根 —— 是九根针里最长的一根，仍然指着"上班"。韦斯莱夫人叹了口气。

"从神秘人失势那天起，你爸爸周末一直不需要加班。"她说，"现在他们要把他累坏了。如果他再不赶快回来，他的晚饭就没法吃了。"

"嘿，爸爸觉得必须弥补他在比赛那天犯的过错，是不是？"珀西说，"说老实话，他没有请示他的领导就当众发言，有点不够明智 ——"

"都是斯基特那个讨厌的女人信笔胡写，你怎么敢因此责怪你爸爸！"韦斯莱夫人一下子就火了，说道。

"如果爸爸什么都不说，丽塔那老家伙又会评论说魔法部的人一言不发，有失身份。"正在跟罗恩下棋的比尔说道，"丽塔·斯基特从来不写别人的好话。记得吗，她有一次采访了古灵阁的所有解咒员，然后管我叫'长毛鬼'！"

"我说，你的头发确实有点儿长，亲爱的，"韦斯莱夫人温柔地说，"你只要让我 ——"

"不行，妈妈。"

雨点啪哒啪哒地打在客厅的窗户上。赫敏专心地读着《标准咒语，四级》，韦斯莱夫人在对角巷给她、哈利和罗恩各买了一本。查理在织补一个防火的套头帽兜。哈利在擦拭他的火弩箭，那个飞天扫帚护理工具箱，赫敏在他十三岁生日时送给他的礼物，现在打开了放在他脚边。弗雷德和乔治坐在那边的一个角落里，拿着羽毛笔，脑袋凑在一张羊皮纸上，低声地谈论着什么。

"你们两个在干什么？"韦斯莱夫人严厉地问，一边用眼睛盯着双胞胎兄弟。

"做家庭作业。"弗雷德含糊地回答。

"别丢人现眼了，现在正放假呢。"韦斯莱夫人说。

"是啊，我们有点拖拉了。"乔治说。

"你们该不会又在写订货单吧？"韦斯莱夫人一针见血地指出，"你们该不会又琢磨着要搞什么韦斯莱魔法把戏坊吧？"

"哎呀，妈妈，"弗雷德抬头看着她，脸上露出一副痛苦的表情，"如果明天霍格沃茨特快列车被撞毁，我和乔治都死了，你想到我们从你这儿听到的最后一句话是毫无根据的指责，你心里该是什么滋味啊？"

大家都笑了起来，韦斯莱夫人也忍俊不禁。

"哦，你们的爸爸回来了！"她又抬头望了望钟，突然说道。

韦斯莱先生的那根针突然从"上班"跳到了"路上"，一秒钟后，它就颤颤巍巍地和其他针一起，停在了"家"的位置上。这时，大家听见厨房里传来韦斯莱先生的喊声。

"来了，亚瑟！"韦斯莱夫人大声说，匆匆出了房间。

片刻之后，韦斯莱先生用托盘端着他的晚饭，走进了温暖的客厅。他一副累坏了的样子。

"唉，事情越发不可收拾了，"他坐在壁炉边的一把扶手椅上，没精打采地摆弄着盘子里有些皱巴巴的花椰菜，一边对韦斯莱夫人说，"丽塔·斯基特整个星期都在四处钻营，搜寻魔法部有没有更多的混乱情况可供报道。现在她发现了可怜的老伯莎失踪的事，看来这就是《预言家日报》明天的大标题了。我对巴格曼说过，他早就应该派人去找伯莎。"

第 10 章　魔法部乱成一团

"克劳奇先生好几个星期一直在这么说。"珀西赶紧说道。

"克劳奇还算走运，丽塔没有发现闪闪的事。"韦斯莱先生烦躁地说，"他的家养小精灵被抓，手里拿着变出黑魔标记的魔杖，这件事可以成为整整一星期的头版头条。"

"我想，我们大家都认为，那个小精灵尽管缺乏责任感，却并没有变出黑魔标记，对不对？"珀西激烈地辩论道。

"如果你问我，我倒认为克劳奇先生真是非常走运，《预言家日报》的人竟不知道他是怎样虐待小精灵的！"赫敏气愤地说。

"赫敏，你想想吧！"珀西说，"像克劳奇先生这样的魔法部高级官员，应该得到他仆人的绝对顺从——"

"你是说他的奴隶吧！"赫敏激动地抬高声音，说道，"因为他并不付给闪闪工钱，对不对？"

"我想你们还是都上楼去，看行李是不是都收拾好了！"韦斯莱夫人打断了他们的争论，说道，"快去吧，你们都去吧……"

哈利把飞天扫帚护理工具箱收拾好，扛着他的火弩箭，和罗恩一起回到楼上。雨点砸在房顶上的声音更响了，还夹杂着一阵阵狂风的凄厉呼啸和呻吟，更别提住在阁楼上的食尸鬼发出的零星号叫了。他们进屋后，那只叫小猪的猫头鹰开始吱吱叫着，在笼子里飞来飞去。它看到那些收拾了一半的箱子，似乎兴奋得有些发狂了。

"塞点猫头鹰食给它，"罗恩说着，把一包东西扔给哈利，"就会使它安静下来。"

哈利把几粒猫头鹰食塞进小猪的笼子，然后转过头来望着自己的箱子。海德薇的笼子就在箱子旁边，里面还是空的。

"它已经走了一个多星期了。"哈利看着海德薇的空笼子，说道，"罗恩，你说小天狼星会不会被抓住了？"

"不会，不然《预言家日报》上会有报道的。"罗恩说，"魔法部巴不得显示一下他们抓住了什么人呢，是吧？"

"是啊，我猜是……"

"瞧，这些都是妈妈在对角巷给你买的东西。她还从你的地下金库里给你取了一些金币……还替你把所有的袜子都洗干净了。"

罗恩把一大堆包裹搬到哈利的行军床上，又把钱袋和一大包袜子扔在包裹旁边。哈利开始拆看韦斯莱夫人给他买的东西。除了米兰达·戈沙克所著的《标准咒语，四级》外，还有一把新的羽毛笔、十二卷羊皮纸，以及他调配魔药的原料箱里需要添补的东西——他的狮子鱼脊骨粉和颠茄精快用完了。他刚要把内衣放进他的坩埚，就听见罗恩在后面很厌恶地嚷嚷起来。

"这是什么玩意儿？"

罗恩手里举着个东西，在哈利看来那像是一件酱紫色的天鹅绒长裙，领口镶着仿佛发了霉的荷叶边，袖口上也有相配的花边。

就在这时传来了敲门声，韦斯莱夫人走了进来，怀里抱着刚刚洗净熨平的霍格沃茨校袍。

"给你们的。"她说，把那些长袍分成两堆，"好了，装箱的时候要记住放整齐了，别让它们起皱。"

"妈妈，你把金妮的新衣服给我了。"罗恩说着，把那件衣服递给了她。

"我怎么会弄错呢，"韦斯莱夫人说，"这就是给你的。礼服长袍。"

"什么？"罗恩说，表情很是惊恐。

"礼服长袍！"韦斯莱夫人又说了一遍，"你们学校开出来的单子上写着，你今年应该准备礼服长袍了……就是正式场合穿的袍子。"

"你一定是在开玩笑吧。"罗恩不敢相信地说，"我决不穿这种衣服，决不！"

"每个人都要穿的，罗恩！"韦斯莱夫人恼火地说，"那些衣服

第 10 章　魔法部乱成一团

都是这样的！你父亲也有几件，是参加体面的聚会时穿的！"

"我宁可一丝不挂，也不穿它。"罗恩固执地说。

"别犯傻了，"韦斯莱夫人说，"你必须有一件礼服长袍，你的单子上列着呢！我也给哈利买了一件……给他看看，哈利……"

哈利有些惶恐地打开行军床上的最后一个包裹，还好，并不像他料想的那样糟糕。他的礼服长袍上一条花边也没有——实际上，长袍的样子和他的校袍差不多，不过颜色不是黑的，而是深绿色的。

"我想它会把你眼睛的颜色衬托得更漂亮，亲爱的。"韦斯莱夫人慈爱地说。

"这倒挺好！"罗恩看着哈利的长袍，气呼呼地说，"为什么我不能有一件这样的？"

"因为……唉，我不得不给你买二手货，所以就没有多少可选择的了！"韦斯莱夫人说着，脸红了。

哈利移开了目光。他真愿意把他在古灵阁地下金库里的钱都拿出来，分给韦斯莱一家，但他知道他们不会接受的。

"我决不会穿这种衣服，"罗恩还是固执地说，"决不！"

"好吧，"韦斯莱夫人严厉地反驳道，"你就光着身子吧。哈利，别忘了给他拍一张照片。上帝作证，我很愿意大笑一场。"

她走出房间，把门狠狠地关上。喀喀喀，他们身后传来一种很奇怪的声音，小猪被一粒过大的猫头鹰食卡住了喉咙。

"为什么我的东西都是破烂货！"罗恩气愤地说，一边大步走过去掰开小猪的嘴巴。

第 11 章

登上霍格沃茨特快列车

第二天早晨,哈利醒来时,家里笼罩着一种假期结束的沉闷气氛。大雨仍然啪啪地敲打着窗户,他穿上牛仔裤和一件运动衫。他们要在霍格沃茨特快列车上再换上校袍。

他和罗恩、弗雷德、乔治下楼吃早饭,刚走到二楼的拐弯处,就见韦斯莱夫人突然出现在楼梯底下,一副心烦意乱的样子。

"亚瑟!"她冲着楼上喊道,"亚瑟!魔法部有紧急口信!"

哈利紧贴在墙上,韦斯莱先生噔噔噔地从他身边跑过,一眨眼就不见了,他的长袍都前后穿反了。哈利和其他人走进厨房时,看见韦斯莱夫人焦急地在抽屉里翻找着什么——"我记得这里有一支羽毛笔的!"——韦斯莱先生探身向着炉火,正在说话——

哈利使劲把眼睛闭上又睁开,还以为自己的眼睛出了毛病。

阿莫斯·迪戈里的头悬在火焰中间,像一个长着胡子的巨大的鸡蛋。它正飞快地说着什么,火苗在它周围飞舞,火舌舔着它的耳朵,但它丝毫不受妨碍。

"……住在附近的麻瓜们听见砰砰的撞击声和喊叫声,就去喊来了——你管他们叫什么来着——金察①。亚瑟,你必须去一趟——"

---

① 迪戈里将"警察"误说成"金察"。

第11章　登上霍格沃茨特快列车

"给你!"韦斯莱夫人上气不接下气地说,把一张羊皮纸、一瓶墨水和一支皱巴巴的羽毛笔塞进韦斯莱先生手里。

"—— 幸好我听说了这件事,"迪戈里先生的头说道,"我因为要派两只猫头鹰送信,不得不很早就到了办公室,结果发现禁止滥用魔法办公室的人都出动了 —— 如果丽塔·斯基特抓住这件事大做文章,亚瑟 ——"

"疯眼汉说发生了什么事?"韦斯莱先生说着,拧开墨水瓶的盖子,让羽毛笔吸足墨水,准备记录。

迪戈里先生的头翻了白眼。"他说听见有人闯进了他的院子。说他悄悄朝房子走去,可是遭到了他的垃圾箱的伏击。"

"垃圾箱做了什么?"韦斯莱先生问,一边龙飞凤舞地记录着。

"发出一声可怕的巨响,然后把垃圾炸得到处都是,我知道的就是这些。"迪戈里先生说,"显然,当金察赶到的时候,有一个垃圾箱还在到处蹿来蹿去 ——"

韦斯莱先生发出一声呻吟,"那个闯进院子的人呢?"

"亚瑟,你是了解疯眼汉的。"迪戈里先生的头说着,又翻了翻白眼,"有人会在半夜三更溜进他的院子? 没准是一只在外面吃了败仗的野猫,漫无目的地在那里溜达,身上挂着土豆皮。可是如果禁止滥用魔法办公室的人抓住了疯眼汉,他可就倒霉了 —— 想想他的前科记录 —— 我们得想办法给他弄个轻一点的罪名,由你们部门接手 —— 让垃圾箱爆炸会受什么惩罚?"

"大概会受到警告吧。"韦斯莱先生说,一边仍然飞快地做着记录,他的眉头已经皱了起来,"疯眼汉没有使用魔杖吧? 他事实上并没有攻击别人吧?"

"我敢说,他当时跳下床来朝窗外看,看到什么就让什么遭了殃。"迪戈里先生说,"可是他们很难证明,因为并没有人员伤亡。"

"好吧,我这就出发,"韦斯莱先生说着,把记录的羊皮纸塞进口袋,转身又冲出了厨房。

迪戈里先生转过头来,望着韦斯莱夫人。

"真是对不起,莫丽,"他说,语调平静多了,"这么早就来打扰你们……可是只有亚瑟才能替疯眼汉开脱,使他免受惩罚,本来疯眼汉今天就要开始新的工作了。真不明白他为什么要选择昨天夜里……"

"没关系,阿莫斯,"韦斯莱夫人说,"你想不想吃一片面包什么的再走?"

"哦,好吧。"迪戈里先生说。

韦斯莱夫人从餐桌上的一摞黄油面包上拿了一片,用火钳夹住,递进迪戈里先生嘴里。

"谢谢。"他含混地说了一句,然后只听噗的一声轻响,他就消失了。

哈利可以听见韦斯莱先生大声地向比尔、查理、珀西和两个女孩匆匆告别。五分钟后,他又回到厨房,用一把梳子胡乱地划拉着头发,身上的长袍已经正过来了。

"我得赶快走了——祝你们这学期一切都好,孩子们。"韦斯莱先生一边对哈利、罗恩和一对双胞胎说着,一边将一件斗篷披在肩上,准备幻影移形,"莫丽,你送孩子们去国王十字车站没问题吧?"

"当然没问题,"她说,"你去照管疯眼汉吧,我们不会有事的。"

韦斯莱先生刚一消失,比尔、查理就走进了厨房。

"有人提到疯眼汉?"比尔问道,"他又干什么了?"

"他说昨晚有人想闯进他的房子。"韦斯莱夫人说。

"疯眼汉穆迪?"乔治若有所思地说,一边往他的面包片上抹了一层橘子酱,"就是那个疯子——"

"你们的爸爸对疯眼汉穆迪评价很高。"韦斯莱夫人严厉地说。

"是啊,爸爸还收集插头呢,对吧?"等韦斯莱夫人离开房间

第 11 章　登上霍格沃茨特快列车

后，弗雷德小声地说，"他们是同一类人……"

"穆迪当年可是个很了不起的巫师。"比尔说。

"他还是邓布利多的老朋友，是吗？"查理说。

"邓布利多就不是你们所说的正常人，对吧？"弗雷德说，"我的意思是，我知道他是个天才，很了不起……"

"疯眼汉是谁？"哈利问道。

"他现在退休了，以前在魔法部工作，"查理说，"我见过他一次，爸爸和他一起共事时带我去过。他是个傲罗——最好的一个……就是专抓黑巫师的高手。"他看见哈利脸上困惑的神情，说明道，"阿兹卡班里的一半牢房都是被他填满的。不过他也给自己树了很多仇敌……主要是那些被他抓住的人的亲属……我听说，他上了年纪以后，变得越来越多疑，什么人都不相信，走到哪儿都看见黑巫师。"

比尔和查理决定到国王十字车站送一送大家，而珀西一再道歉，说他实在太忙，脱不开身。

"这个时候我没有理由请假，"他对他们说，"克劳奇先生有许多事情都开始指望我了。"

"是啊，你知道吗，珀西？"乔治一本正经地说，"我猜他很快就会知道你的名字了。"

韦斯莱夫人鼓起勇气，用了一下村邮电所里的电话，预订了三辆普通的麻瓜出租车送他们去伦敦。

"亚瑟本来想借部里的车送我们，"韦斯莱夫人小声对哈利说——这时他们正站在大雨瓢泼的院子里，看着出租车司机把六只沉重的霍格沃茨皮箱搬进车里，"可是部里的车腾不出来……哦，天哪，他们看上去不大高兴，是吗？"

哈利没有告诉韦斯莱夫人，麻瓜出租车司机是很少运送狂躁不安的猫头鹰的，而小猪在那里一个劲儿地吵闹，声音震耳欲聋。更不用说弗雷德的箱子突然弹开，许多费力拔博士的见水开花神奇冷烟火出人意料地炸响了，吓得那个搬箱子的司机大叫起来，而这时克鲁克山用尖利的爪子顺着那人的大腿往上爬，使他的喊声里又多了几分痛苦。

大家和那些箱子一起挤坐在出租车后面，一路上很不舒服。克鲁克山受了烟火的惊吓，好半天才恢复过来。当车子驶进伦敦时，哈利、罗恩和赫敏都被严重抓伤了。总算在国王十字车站下车了，大家都松了口气，尽管雨下得比刚才还大，兜头盖脸地朝他们浇来。他们提着箱子穿过繁忙的街道，走进车站，浑身都湿透了。

现在，哈利对登上 $9\frac{3}{4}$ 站台已经习惯了。其实很容易，只要径直穿过第9和第10站台之间的那堵仿佛很坚固的隔墙就行了。唯一需要当心的是，要做得不让人看出来，以免引起麻瓜们的注意。他们今天是分组过去的。首先是哈利、罗恩和赫敏（他们是最显眼的，因为带着猫头鹰小猪和克鲁克山），他们悠闲地靠在隔墙上，漫不经心地聊着天，然后就侧身从墙里钻了过去……一钻过去，$9\frac{3}{4}$ 站台就在他们面前出现了。

霍格沃茨特快列车已经停在那里，这是一辆深红色的蒸汽机车，正在喷出滚滚浓烟。透过浓烟望去，站台上的许多霍格沃茨学生和家长仿佛是黑乎乎的鬼影。小猪听到烟雾中有许多猫头鹰的叫声，也吱吱叫着响应，吵得比刚才更厉害了。哈利、罗恩和赫敏开始寻找座位，很快，他们就把行李搬进了列车中间的一个包厢，然后跳回到站台上，向韦斯莱夫人、比尔和查理告别。

"我也许很快就能看到你们大家。"查理搂抱金妮跟她告别时，微笑着说。

"为什么？"弗雷德急切地问。

"你会知道的，"查理说，"千万别告诉珀西我提到这事儿……要知道，这是'绝密情报，要等魔法部认为合适的时候才能公布'。"

第11章 登上霍格沃茨特快列车

"啊,真希望我今年能回霍格沃茨上学。"比尔说。他两手插在口袋里,眼睛望着火车,神情有些惆怅。

"为什么?"乔治不耐烦地问。

"你们这一年会过得非常有趣,"比尔说,眼睛里闪着光芒,"我也许会请假来观看一部分……"

"一部分什么?"罗恩问。

可是就在这时,哨子吹响了,韦斯莱夫人把他们赶向车门。

"谢谢你留我们住下,韦斯莱夫人。"赫敏说。这时他们已经登上火车,关好车门,她从窗口探出身子跟韦斯莱夫人说话。

"是啊,谢谢你为我做的一切,韦斯莱夫人。"哈利说。

"哦,我很乐意的,亲爱的,"韦斯莱夫人说,"我想邀请你来过圣诞节,可是……我估计你们都情愿留在霍格沃茨,因为……这样或那样的原因。"

"妈妈!"罗恩烦躁地说,"到底是什么事情,你们三个都知道,就瞒着我们?"

"我估计你们今晚就会弄清楚,"韦斯莱夫人微笑着说,"一定会很刺激的——告诉你们吧,我真高兴他们修改了章程——"

"什么章程?"哈利、罗恩、弗雷德和乔治同时问道。

"我敢肯定邓布利多教授会告诉你们的……好了,表现好些,知道吗?听见没有,弗雷德?还有你,乔治?"

发动机的活塞发出响亮的嘶嘶声,火车开动了。

"快告诉我们霍格沃茨要发生什么事!"弗雷德冲着窗外大喊——韦斯莱夫人、比尔和查理正在急速地远去,"他们修改了什么章程?"

可是韦斯莱夫人只是笑着朝他们挥手。不等火车拐弯,她和比尔、查理就幻影移形了。

哈利、罗恩和赫敏回到他们的包厢,密集的雨点噼噼啪啪地敲打着玻璃窗，使他们很难看清外面的景物。罗恩打开自己的箱子，抽出他那件酱紫色的礼服长袍，盖在小猪的笼子上，它的叫声太吵人了。

"巴格曼倒愿意告诉我们霍格沃茨发生的事情，"他在哈利身边坐了下来，闷闷不乐地说，"记得吗，就在世界杯赛上？可是我自己的亲妈却不肯说。真不知道——"

"嘘！"赫敏突然小声说，她用一根手指按住嘴唇，指着旁边的那个包厢。哈利和罗恩仔细一听，一个熟悉的拖腔拖调的声音从敞开的门口飘了进来。

"……你们知道吗，我爸爸真的考虑过要把我送到德姆斯特朗，而不是霍格沃茨。他认识那个学校的校长。唉，你们知道他对邓布利多的看法——那人太喜欢泥巴种了——德姆斯特朗根本不允许那些下三烂的人入学。可是我妈妈不愿意我到那么远的地方上学。爸爸说，德姆斯特朗对黑魔法采取的态度比霍格沃茨合理得多。德姆斯特朗的学生能学习黑魔法，不像我们，学什么破烂的防御术……"

赫敏站起身，踮着脚走到包厢门边，把门轻轻拉上，不让马尔福的声音传进来。

"这么说，他认为德姆斯特朗比较适合他喽？"赫敏气呼呼地说，"我倒希望他去那里上学，我们就用不着忍受他了。"

"德姆斯特朗也是一所魔法学校吗？"哈利问。

"对，"赫敏轻蔑地哼了一声，说道，"它的名声坏透了。照《欧洲魔法教育评估》上的说法，这所学校对黑魔法非常重视。"

"我好像听说过，"罗恩含混地说，"它在哪儿？哪个国家？"

"唉，不会有人知道的，不是吗？"赫敏扬起眉毛，说道。

"哦——为什么呢？"哈利问。

"各个魔法学校之间始终存在着激烈的竞争。德姆斯特朗和布斯巴顿愿意把它们的校址隐蔽起来，这样就没有人能窃取它们的秘密了。"赫敏一本正经地回答。

第11章 登上霍格沃茨特快列车

"别胡扯了,"罗恩说着笑了起来,"德姆斯特朗肯定跟霍格沃茨差不多大 —— 你怎么能把一座大城堡隐蔽起来呢?"

"可霍格沃茨就是隐蔽着的。"赫敏说,显得有些诧异,"大家都知道啊……噢,凡是读过《霍格沃茨:一段校史》的人都应该知道。"

"那就只有你了。"罗恩说,"你再接着说 —— 你怎么能把霍格沃茨这样一座大城堡隐蔽起来呢?"

"它被施了魔法,"赫敏说,"麻瓜望着它,只能看见一堆破败的废墟,入口处挂着一个牌子,写着**危险,不得进入,不安全**。"

"这么说,在一个外人看来,德姆斯特朗也是一堆废墟?"

"大概是吧,"赫敏耸了耸肩膀,说道,"或者它被施了驱逐麻瓜咒,就像世界杯赛的体育场一样。为了不让外国巫师发现它,还可以使它变得不可标绘 ——"

"这又是什么意思?"

"是这样,你可以给建筑物施一个魔咒,别人就无法在地图上把它标绘出来了,对吧?"

"嗯……你说是就是吧。"哈利说。

"不过我认为德姆斯特朗大概在北部很远的地方,"赫敏若有所思地说,"一个非常寒冷的地区,因为他们的校服还包括毛皮斗篷呢。"

"啊,设想一下会发生什么事吧,"罗恩很神往地说,"把马尔福从冰川上推下去,弄得就像一次意外事故,这大概不会很难……真遗憾,他妈妈这么舍不得他……"

火车不停地往北行驶,雨下得越来越大,越来越猛。天空一片漆黑,车窗上蒙着水汽,所以大白天也点起了灯笼。嘎啦嘎啦,供应午饭的小推车顺着过道推过来了,哈利买了一大摞坩埚形蛋糕,让大家一起分享。

下午,他们的几位朋友过来看望他们,有西莫·斐尼甘、迪安·托马斯,还有纳威·隆巴顿 —— 这是一个圆圆脸的男孩,记性差得要命，是他那令人敬畏的巫师奶奶把他拉扯大的。西莫还戴着他的爱尔兰徽章，它的一些魔力似乎在慢慢消退。它仍然在尖叫"特洛伊！马莱特！莫兰！"但是声音有气无力，好像已经精疲力竭了。过了半个小时左右，赫敏对他们没完没了地谈论魁地奇感到厌倦了，就又开始埋头阅读《标准咒语，四级》，并试着学习一种召唤咒。

大家兴奋地回顾世界杯赛时，纳威在一旁眼巴巴地听着。

"奶奶不想去，"他可怜巴巴地说，"不肯买票。啊，听起来真够刺激的。"

"没错，"罗恩说，"你看看这个，纳威……"

他在行李架上的箱子里翻找了一会儿，抽出那个威克多尔·克鲁姆的小塑像。

"哇，太棒了。"当罗恩把克鲁姆放在纳威胖乎乎的手掌上时，纳威羡慕地说。

"我们在上面看见他了，离得很近，"罗恩说，"我们坐在顶层包厢——"

"你这辈子也就这一次了，韦斯莱。"

德拉科·马尔福出现在门口，身后站着克拉布和高尔，他们是马尔福的两个死党，块头大得吓人，一副凶神恶煞的样子。这个夏天他们俩似乎又长高了至少一英尺。显然，他们通过包厢的门偷听了刚才的谈话，迪安和西莫没有把门关严。

"我们好像并没有邀请你们进来，马尔福。"哈利冷冷地说。

"韦斯莱……那是什么？"马尔福指着小猪的笼子问道。罗恩的礼服长袍的一只袖子从笼子上挂下来，随着火车的运行摇摆不停，袖口上仿佛发了霉的花边非常显眼。

罗恩想把长袍藏起来，可是马尔福的动作比他快，一把抓住袖子，使劲一拉。

"看看这个！"马尔福开心极了，把罗恩的长袍举起来给克拉

第11章　登上霍格沃茨特快列车

布和高尔看，"韦斯莱，难道你想穿这样的衣服，嗯？我的意思是——它们在十八世纪九十年代左右还是蛮时髦的……"

"吃屎去吧，马尔福！"罗恩说——他脸涨得跟礼服长袍一个颜色，一把从马尔福手中夺过长袍。马尔福发出一串高声的嘲笑，克拉布和高尔也跟着傻笑起来，声音粗野刺耳。

"怎么……你也想参加，韦斯莱？你也想试试身手，给你的家庭增添一份光荣？你知道，这事儿跟钱也有关系呢……如果你赢了，就有钱买几件体面的长袍了……"

"你在胡扯些什么？"罗恩气恼地问。

"你想参加吗？"马尔福又说了一遍，"我猜你会的，波特？你从不错过一个炫耀自己的机会，是不是？"

"要么解释一下你的话，要么就走开，马尔福。"赫敏把目光从《标准咒语，四级》上抬起，不耐烦地说道。

一丝喜悦的微笑掠过马尔福苍白的脸。

"莫非你不知道？"他高兴地说，"你爸爸和你哥哥都在魔法部工作，你居然会不知道？我的天哪，我爸爸好久以前就告诉我了……是听康奈利·福吉说的。反正，我爸爸接触的都是魔法部的高层人物……大概你爸爸的级别太低了，没有权利知道，韦斯莱……对，是这样……他们大概从不在他面前谈论重要的话题……"

马尔福又放声大笑起来，一边对克拉布和高尔做了个手势，三个人一起消失了。

罗恩站起来，狠狠地把包厢门关上，他用的力气太大了，门上的玻璃被撞碎了。

"罗恩！"赫敏责备道，她抽出自己的魔杖，低声念了一句，"恢复如初！"那些碎玻璃片就自动拼成一块完整的玻璃，重新回到了门框上。

"真倒霉……就好像他什么都知道,我们全蒙在鼓里……"罗恩气愤地吼了起来,"'我爸爸接触的都是魔法部的高层人物'……我爸爸随时都能提升……他只是喜欢现在这个位置……"

"当然是这样,"赫敏轻声说,"别让马尔福影响你的情绪,罗恩——"

"他!影响我的情绪!才不会呢!"罗恩说着,拿起剩下的一块坩埚形蛋糕,一把捏成了泥酱。

在接下来的旅程中,罗恩的情绪一直不好。当他们换上校袍时,他沉默不语;当霍格沃茨特快列车终于放慢速度、停靠在漆黑的霍格莫德车站时,他仍然阴沉着脸。

车门打开了,空中传来隆隆的雷声。赫敏用斗篷兜住克鲁克山,罗恩仍旧把他的礼服长袍罩在小猪的笼子上。他们下了火车,在倾盆大雨中低着头,眯着眼。雨下得又急又猛,就好像一桶桶冰冷的水不断浇在他们头上。

"你好,海格!"哈利看见站台那头一个巨大的身影,大声喊道。

"你好,哈利!"海格粗声大气地回答,挥了挥手,"如果我们没被淹死的话,就在宴会上见吧!"

按照惯例,一年级新生由海格从湖上摆渡过去,进入霍格沃茨城堡。

"哦,我可不会高兴在这样的天气摆渡过湖。"赫敏浑身颤抖,激动地说。这时他们随着人流一点点地挪动脚步,走过漆黑的站台。车站外面,一百辆没有马拉的马车在等候着他们。哈利、罗恩、赫敏和纳威赶紧爬上其中一辆,这才感到松了口气。门砰的一声关上,片刻之后,随着一阵剧烈的颠簸,长长的马车队顺着通往霍格沃茨城堡的小道辘辘出发了,一路噼里啪啦地溅起水花。

第12章

三强争霸赛

马车穿过两边有带翅野猪雕塑的大门，顺着宽敞的车道行驶，由于狂风大作，车身剧烈地摇晃着。哈利靠在车窗上，看见霍格沃茨越来越近了，许多亮灯的窗户在厚厚的雨帘后面模模糊糊地闪着光。他们的马车在两扇橡木大门前的石阶下停住了，就在这时，一道闪电划破天空，前面马车里的人已匆匆登上石阶，跑进城堡。哈利、罗恩、赫敏和纳威从马车里跳下来，也三步并作两步地奔上石阶，直到进了洞穴般深邃的门厅里，才把头抬起来。门厅里点着火把，大理石楼梯气派非凡。

"天哪，"罗恩说着，使劲晃了晃脑袋，把水珠洒得到处都是，"如果再这样下个不停，湖里就要发大水了。我成了落汤鸡——哎呀！"

一个装满水的大红气球从天花板上落下来，在罗恩的头顶上爆炸。罗恩被浇得浑身透湿，嘴巴里嘟囔着，跌跌撞撞地一闪，倒在旁边的哈利身上。就在这时，第二个水炸弹又落了下来——差一点儿击中赫敏，在哈利脚边爆炸了。冰冷的水喷出来，浇在他的运动鞋上，浸湿了他的袜子。周围的人们失声尖叫，互相推挤着，都想赶快离开这个是非之地。哈利抬头一看，只见在头顶上二十英尺的地方，飘浮着那个专爱搞恶作剧的皮皮鬼。他个头矮小，戴着一顶有铃铛的帽子，系着橘红色的领结。他又一次瞄准目标，那张调皮的大阔脸上的肌肉紧绷着。

"**皮皮鬼！**"一个愤怒的声音喊道，"皮皮鬼，你**立刻**给我下来！"

副校长兼格兰芬多学院院长麦格教授从礼堂里冲了出来。地上太湿了，她脚下一滑，赶紧抓住赫敏的脖子才没有摔倒。"哎哟——对不起，格兰杰小姐——"

"没关系，教授！"赫敏喘着气说，一边揉着自己的喉咙。

"皮皮鬼，你**现在**就给我下来！"麦格教授大声吼道，她整了整头上的尖顶高帽，透过方框眼镜朝上面瞪视着。

"我没做什么！"皮皮鬼咯咯地笑着，又把一个水炸弹朝几个五年级女生扔去——女生们吓得尖叫着冲进礼堂，"反正她们身上已经湿了，对吧？喂，小毛孩！吃我一炮！"他又拿起一个水炸弹，瞄准了刚刚进来的一群二年级学生。

"我去叫校长了！"麦格教授大声说，"我警告你，皮皮鬼——"

皮皮鬼伸出舌头，把最后几个水炸弹扔到空中，然后嗖地蹿上大理石楼梯，一边疯狂地嘎嘎怪笑。

"好了，快走吧！"麦格教授严厉地对淋成落汤鸡的学生们说，"进礼堂，快点儿！"

哈利、罗恩和赫敏一步一滑地走过门厅，穿过右边一道双开门。罗恩气呼呼地小声嘟哝着，把湿漉漉的头发从脸上拨开。

礼堂还是那样辉煌气派，为了新学期的宴会又格外装饰了一番。成百上千支蜡烛在桌子上方悬空飘浮，照得金盘子和高脚杯闪闪发亮。四张长长的学院桌子旁已经坐满了叽叽喳喳的学生。在礼堂的顶端还有第五张桌子，教工们挨个儿坐在桌子的一边，面对他们的学生。这里暖和多了。哈利、罗恩和赫敏从斯莱特林、拉文克

第12章 三强争霸赛

芬、赫奇帕奇三个学院的学生前走过,然后和其他格兰芬多学院的学生一起,坐在礼堂尽头的那张桌子旁。他们旁边是格兰芬多学院的鬼魂——差点没头的尼克。尼克全身半透明,泛着珍珠白色。今晚他穿着惯常穿的紧身上衣,但戴着特别大的轮状皱领。他戴这个皱领有双重目的,一是为了显得更有喜庆色彩,二是为了保证他的脑袋在被割断了一半的脖子上不会摇晃得太厉害。

"晚上好。"他微笑着对他们说。

"好什么呀?"哈利说着,脱下运动鞋,把里面的水倒出来,"真希望他们快点进行分院。我都快饿死了。"

分院仪式是把新生分到各个学院,在每个新学年开始的时候举行。可是哈利在自己被分进格兰芬多学院以后,由于许多偶然的因素,一直没有现场观看过分院仪式。他一直盼着能再经历一次。

就在这时,一个兴奋得喘不过气来的声音从桌子那头传来。"你好,哈利!"

是科林·克里维,一个三年级男生,一直把哈利看作英雄般的人物。

"你好,科林。"哈利很小心地说。

"哈利,你猜怎么着?你猜怎么着,哈利?我弟弟也入学了!我弟弟丹尼斯!"

"哦——太好了。"哈利说。

"他兴奋得要命!"科林说着,居然在长凳上弹跳了一下,"我真希望他被分在格兰芬多!你替他祷告吧,哈利,好吗?"

"噢——好的,没问题。"哈利说,他又转过头来,对赫敏、罗恩和差点没头的尼克说,"兄弟姐妹一般都分在同一个学院,是吗?"他是根据韦斯莱一家的情况来判断的,韦斯莱家的七个孩子都被分在了格兰芬多学院。

"哦,不一定,"赫敏说,"帕瓦蒂·佩蒂尔的双胞胎妹妹就在拉文克劳，她们俩简直一模一样。本来还以为她们会被分在一起呢，是吧？"

哈利朝教工桌子望去。那里的空位子似乎比往常多。当然喽，海格正带着那些一年级新生奋力渡湖呢；麦格教授大概在让人把门厅的地面弄干，可是还空着一个座位呢，哈利想不出还有谁没来。

"怎么不见黑魔法防御术课的新老师？"赫敏说，她也望着那边的教师们。

他们的黑魔法防御术课老师没有一个待到超过三个学期的。迄今为止，哈利最喜欢的是卢平教授，但他去年辞职了。哈利来来回回扫视着教工桌子，毫无疑问，没有一张新面孔。

"也许他们找不到人！"赫敏说，显得有些焦急。

哈利更仔细地审视着教工桌子。教他们魔咒课的小矮个儿弗立维教授坐在一大堆软垫上，旁边是草药课老师斯普劳特教授，帽子斜戴在她飘拂的灰色长发上。她正在跟教天文课的辛尼斯塔教授谈着什么。在辛尼斯塔教授的另一边，坐着灰黄脸、鹰钩鼻、头发油腻腻的魔药课老师——斯内普，他是哈利在霍格沃茨最不喜欢的人。哈利讨厌斯内普，斯内普也同样仇恨哈利，去年这种仇恨变得更加强烈了，因为哈利帮助小天狼星在斯内普硕大的鼻子底下逃跑了——而斯内普和小天狼星自学生时代起就是不共戴天的仇敌。

斯内普另一边的座位空着，哈利猜想那是麦格教授的位子。再那边就是桌子的正中间了，坐着校长邓布利多教授。他飘逸的银白色头发和胡须在烛光下闪闪发亮，华贵的深绿色长袍上绣着许多星星和月亮。邓布利多两只修长的手的指尖碰在一起，下巴就放在指尖上，眼睛透过半月形的镜片望着上面的天花板，好像陷入了沉思。哈利也把目光投向天花板。

天花板被施了魔法，看上去和外面的天空一样，哈利从没见过它这样风雨大作。黑色和紫色的云团在上面翻滚，随着外面又响起

第12章 三强争霸赛

一阵雷声,一道分叉的闪电在天花板上划过。

"哦,快点儿吧,"哈利旁边的罗恩叹着气说,"我简直吃得下一只鹰头马身有翼兽呢。"

他话音刚落,礼堂的门开了,大家立刻安静下来。麦格教授领着长长一排一年级新生走到礼堂顶端。如果说哈利、罗恩和赫敏浑身湿透的话,和这些一年级新生一比,就根本不算什么了。看他们的样子,就好像不是乘渡船,而是从湖里游过来的。他们顺着教工桌子站成一排,停住脚步,面对着全校同学,因为又冷又紧张,一个个浑身发抖 —— 只有最小的那个男孩子例外。他长着灰褐色的头发,身上裹着一件什么东西,哈利一眼认出那是海格的鼹鼠皮大衣。大衣穿在他身上太大了,他的样子就好像罩在一顶黑色的马戏团毛皮帐篷下。他的小脸从领子上伸出来,神情激动得要命。当他和那些惊恐万状的同伴站成一排时,他的目光和科林·克里维相遇了。他跷起两个大拇指,用口型说道:"我掉进湖里了!"看样子,他为这个高兴坏了。

这时,麦格教授把一个三脚凳放在新生前面的地上,又在凳子上放了一顶破破烂烂、脏兮兮、打满补丁的巫师帽。一年级新生们愣愣地望着它。其他人也望着它。一时间,礼堂里一片寂静。然后帽檐附近的一道裂缝像嘴巴一样张开了,帽子突然唱起歌来:

> 那是一千多年前的事情,
> 我刚刚被编织成形,
> 有四个大名鼎鼎的巫师,
> 他们的名字流传至今:
> 勇敢的格兰芬多,来自荒芜的沼泽,
> 美丽的拉文克劳,来自宁静的河畔,
> 仁慈的赫奇帕奇,来自开阔的谷地,

精明的斯莱特林,来自那一片泥潭。
他们共有一个梦想、一个心愿,
同时有了一个大胆的打算,
要把年轻的巫师培育成材,
霍格沃茨学校就这样创办。
这四位伟大的巫师
每人都把自己的学院建立,
他们在所教的学生身上
看重的才华想法不一。
格兰芬多认为,最勇敢的人
应该受到最高的奖励;
拉文克劳觉得,头脑最聪明者
总是最有出息;
赫奇帕奇感到,最勤奋努力的
才最有资格入院学习;
而渴望权力的斯莱特林
最喜欢那些有野心的学子。
四大巫师在活着的年月
亲自把得意门生挑选出来,
可是当他们长眠于九泉,
怎样挑出学生中的人才?
是格兰芬多想出了办法,
把我从他头上摘下,
四巨头都给我注入了思想,
从此就由我来挑选、评价!
好了,把我好好地扣在头上,
我从来没有看走过眼,

第 12 章 三强争霸赛

> 我要看一看你的头脑,
> 判断你属于哪个学院!

分院帽唱完后,礼堂里响起了热烈的掌声。

"这首歌不是上次它给我们分院时唱的那首。"哈利和大家一起鼓掌,一边说道。

"每年唱的歌都不一样。"罗恩说,"作为一顶帽子,它的生活一定挺单调的,是不是? 我猜它是花了整整一年时间才想出下一首歌的。"

这时,麦格展开一大卷羊皮纸。

"我叫到谁的名字,谁就戴上帽子,坐到凳子上,"她对一年级新生说,"等帽子宣布了学院,就去坐在相应的桌子旁。

"斯图尔特·阿克利!"

一个男孩走上前,可以看出他从头到脚都在发抖。他拿起分院帽,戴在头上,坐在了那张凳子上。

"拉文克劳!"分院帽喊道。

斯图尔特·阿克利摘掉帽子,匆匆跑到拉文克劳桌子旁的一个座位上坐下,桌旁的每个人都鼓掌欢迎他。哈利无意间看见了拉文克劳队的找球手秋·张,她在斯图尔特·阿克利坐下时高兴地欢呼着。一时间,哈利产生了一个奇怪的冲动,希望自己也坐到拉文克劳桌子边上去。

"马尔科姆·巴多克!"

"斯莱特林!"

礼堂另一边的桌旁传来响亮的欢呼声。哈利看见当巴多克加入到斯莱特林的行列中时,马尔福也在拼命鼓掌。哈利心想,不知巴多克是否知道,从斯莱特林学院出来的黑巫师比其他学院都多。马尔科姆·巴多克坐下时,弗雷德和乔治嘘嘘地喝着倒彩。

"埃莉诺·布兰斯通!"

"赫奇帕奇!"

"欧文·考德韦尔!"

"赫奇帕奇!"

"丹尼斯·克里维!"

小不点儿丹尼斯·克里维跌跌撞撞地往前走,老是被海格的鼹鼠皮大衣绊住,恰巧就在这时,海格本人从教工桌子后面的一扇门外偷偷溜进了礼堂。海格个子是常人的两倍,块头至少是常人的三倍,长长的黑头发和黑胡子乱蓬蓬地纠结在一起,样子有些吓人——经常会使人产生错误的印象,而哈利、罗恩和赫敏知道,海格实际上有一颗非常慈善的心。他朝他们眨眨眼睛,在教工桌子的末端坐了下来,看着丹尼斯·克里维戴上分院帽。帽檐上的裂缝张开了——

"格兰芬多!"帽子大声说道。

丹尼斯·克里维高兴得满脸放光,他摘掉帽子,把它放回到凳子上,然后匆匆跑过来和他哥哥坐到一起。这时,海格也和格兰芬多的同学一起鼓起掌来。

"科林,我掉进了湖里!"他一屁股坐在一个空位子上,尖着嗓子说道,"太精彩了!水里有个东西抓住了我,把我推回到船上!"

"真酷!"科林说,也和弟弟一样兴奋,"大概是巨乌贼,丹尼斯!"

"哇!"丹尼斯叫了起来。刚才被抛进一个风高浪急、深不可测的湖里,又被一个巨大的湖怪推出来,他好像觉得这是任何人连做梦也不敢向往的经历。

"丹尼斯!丹尼斯!看见那边那个男孩了吗?长着黑头发、戴着眼镜的那个?看见了吗?你知道他是谁吗,丹尼斯?"

第 12 章　三强争霸赛

哈利移开了目光，使劲盯着分院帽，现在轮到埃玛·多布斯了。

分院仪式继续进行，那些男男女女的新生们脸上带着不同程度的恐惧，一个接一个地走向三脚凳。队伍在慢慢缩短，麦格教授已经念完了名单上以 L 开头①的名字。

"哦，快点吧。"罗恩呻吟道，用手揉着肚子。

"我说，罗恩，分院仪式比吃饭重要得多。"差点没头的尼克说。这时，劳拉·马德莱被分到了赫奇帕奇。

"你是死人，当然会这么说。"罗恩反驳道。

"我希望今年格兰芬多的新生都是优秀的人才。"差点没头的尼克说——这时纳塔丽·麦克唐纳加入了格兰芬多餐桌，尼克热情鼓掌，"我们可不愿意打破我们获胜的势头，是吧？"

格兰芬多已经连续三年赢得了学院杯冠军。

"格雷厄姆·普里查德！"

"斯莱特林！"

"奥拉·奎尔克！"

"拉文克劳！"

最后，随着凯文·威特比被分到赫奇帕奇的叫声响起，分院仪式结束了。麦格教授收拾起分院帽和小凳子，把它们拿走了。

"是时候了。"罗恩说着抓起刀叉，眼巴巴地望着面前的金菜盘。

邓布利多教授站了起来。他笑吟吟地望着所有的同学，张开双臂，做出欢迎的姿势。

"我只有两个字要对你们说，"他说，浑厚的声音在礼堂里回响，"吃吧！"

"好啊，好啊！"哈利和罗恩大声说，眼睁睁地看着那些空盘

---

① 指姓氏的开头字母。

子里突然神奇地堆满了食物。

差点没头的尼克悲哀地瞅着哈利、罗恩和赫敏把食物盛进各自的盘子。

"啊，这下好多了。"罗恩塞了一嘴土豆泥，含混不清地说。

"要知道，你们还算走运，今天晚上的宴会差点泡汤了，"差点没头的尼克说，"早些时候厨房里出了乱子。"

"为什么？怎么回事？"哈利嘴里含着一块很大的牛排，嘟嘟囔囔地问。

"自然是皮皮鬼在捣乱，"尼克说着，摇了摇头，这使他的脑袋很危险地摇晃起来——他赶紧把轮状皱领拉上去一点，护住脖子，"又为那件事争吵不休，你们知道的，他想参加宴会——唉，这根本不可能，你们知道他那副德行，完全没有教养，看见吃的东西就到处乱扔。我们召开了一个幽灵会议——胖修士倒是主张给他这次机会——可是血人巴罗坚决不同意，我认为他这样做是十分明智的。"

血人巴罗是斯莱特林学院的鬼魂，是一个瘦巴巴、沉默寡言的幽灵，身上布满银色的血迹。在霍格沃茨，只有他才能真正管住皮皮鬼。

"怪不得呢，我们就觉得皮皮鬼好像在为什么事儿生气。"罗恩闷闷不乐地说，"他在厨房里做了什么？"

"哦，还是老一套，"尼克耸了耸肩膀说，"大搞破坏，弄得一片混乱。锅碗瓢盆扔得到处都是，整个厨房都被汤淹了。家养小精灵们吓得六神无主——"

当啷。赫敏打翻了她的高脚金酒杯，南瓜汁不断地倾洒在桌布上，给白色的亚麻布染上了一片橘黄色，漫延好几英尺，可是赫敏不予理会。

"这里也有家养小精灵？"她神色惊恐地瞪着尼克，问道，"就

第 12 章 三强争霸赛

在霍格沃茨？"

"那还用说，"差点没头的尼克说，对她的反应感到有些惊讶，"我相信，英国任何一处住宅里的家养小精灵都没有这里的多。有一百多个呢。"

"我一个都没看见过！"赫敏说。

"噢，他们白天很少离开厨房的，不是吗？"尼克说，"晚上出来打扫打扫卫生……照看一下炉子什么的……我的意思是，你是不应该看见他们的，对不对？一个好的家养小精灵的标志就是你根本不知道他的存在，对不对？"

赫敏瞪着他。

"可是他们拿工钱吗？"她问，"他们有假期吗？还有——他们有病假，有津贴，有种种的一切吗？"

尼克咯咯笑了起来，他笑得太厉害了，轮状皱领一歪，脑袋滚落下来，被仍然连着脖子的一两英寸死皮和肌肉挂着，晃悠悠地悬在那里。

"病假和津贴？"他说，把脑袋重新扶到脖子上，用轮状皱领重新固定好，"家养小精灵是不需要病假和津贴的！"

赫敏低头望着自己盘子里几乎没有动过的食物，把刀叉放在盘子上，把盘子推开了。

"哦，得了吧，厄敏。"罗恩说，不小心把一些约克郡布丁的碎屑喷到了哈利身上，"哎哟——对不起，阿利——"他使劲咽了一口，"你把自己饿死，也不会为他们争取到病假的！"

"奴隶劳动，"赫敏说，呼吸变得非常粗重，"这顿晚饭就是这么来的。奴隶劳动。"

她一口也不肯再吃了。

大雨仍然密集地敲打着高高的、黑乎乎的窗户。又一阵雷声炸起，震得玻璃窗咔咔作响，阴霾的天花板上划过一道闪电，照亮了金色的盘子，盘子里剩下的第一道食品消失了，眨眼间又装满了甜点。

"糖浆水果馅饼，赫敏！"罗恩说着，故意把香喷喷的馅饼送到赫敏面前，"葡萄干布丁，你看！还有巧克力蛋糕！"

赫敏瞪了罗恩一眼，那目光一下子使他想起了麦格教授，罗恩顿时就收敛了。

最后，甜点也被扫荡一空，盘子里最后剩下的碎屑消失了，盘子又变得干干净净，闪闪发亮，这时，阿不思·邓布利多再一次站起身来。大厅里嗡嗡的说话声顿时停止，只能听见狂风的呼啸和大雨的敲击。

"好了！"邓布利多笑眯眯地望着大家，说道，"既然我们都吃饱了喝足了，（'哼！'赫敏说）我必须再次请求大家注意，我要宣布几条通知。

"管理员费尔奇先生希望我告诉大家，今年，城堡内禁止使用的物品又增加了几项，它们是尖叫悠悠球、狼牙飞碟和连击回飞镖。整个清单大概包括四百三十七项，在费尔奇先生的办公室可以看到，有兴趣的人可以去核对一下。"

邓布利多的嘴角抽动了几下。

他继续说道："和以前一样，我要提醒大家，场地那边的禁林是学生不能进入的，而霍格莫德村，凡是三年级以下的学生都不许光顾。

"我还要非常遗憾地告诉大家，今年将不举办学院杯魁地奇赛了。"

"什么？"哈利惊讶得喘不过气来。他扭头看着他的魁地奇队友弗雷德和乔治。他们都张大嘴巴，无声地瞪着邓布利多，仿佛吃惊得说不出话来。

邓布利多继续说道："这是因为一个大型活动将于十月份开始，

第 12 章 三强争霸赛

一直持续整个学年,将占据了老师们许多时间和精力——但是我相信,你们都能从中得到很大的乐趣。我非常高兴地向大家宣布,今年在霍格沃茨——"

就在这时,一阵震耳欲聋的雷声响起,礼堂的门被砰地撞开了。

一个男人站在门口,拄着一根长长的拐杖,身上裹着一件黑色的旅行斗篷。礼堂里的人都转过头去望着他,突然,一道分叉的闪电划过天花板,把陌生人照亮了。他摘下兜帽,抖出一头长长的灰白头发,开始朝教工桌子走去。

噔,噔,他每走两步,都有一个沉闷的声音在礼堂里回响。他径直走到主宾席的尽头,向右一转,一瘸一拐地朝邓布利多走去。又一道闪电划过天花板,赫敏倒吸了一口冷气。

闪电把那人的脸照得无比鲜明,哈利从来没有见过这样的一张脸。它就像是在一块腐朽的木头上雕刻出来的,而雕刻者对人脸应该是怎么样只有一个模糊的概念,对刻刀的使用也不太在行。那脸上的每一寸皮肤似乎都伤痕累累,嘴巴像一个歪斜的大口子,鼻子应该隆起的地方却不见了。而这个男人最令人恐怖的是他的眼睛。

他的一只眼睛很小,黑黑的,亮晶晶的;另一只眼睛却很大,圆圆的像一枚硬币,而且是一种鲜明的亮蓝色。那只蓝眼睛一眨不眨地动个不停,上下左右地转来转去,完全与那只正常的眼睛不相干——后来,那蓝眼珠一翻,钻进了那人的脑袋里面,大家只能看见一个大白眼球。

陌生人走到邓布利多身边。他伸出一只手,那只手也像他的脸一样伤痕累累。邓布利多和他握了握手,小声说了几句什么,哈利没有听清。他好像在向陌生人询问什么事情,陌生人面无笑容地摇摇头,压低声音做了回答。邓布利多点点头,示意那人坐在他右边的一个空座位上。

陌生人坐下了,晃了晃脑袋,把灰白色的长发从脸上晃开,然后拉过一盘香肠，举到残缺不全的鼻子跟前闻了闻。他从自己的口袋里掏出一把小刀，从一根香肠的一端戳进去，吃了起来。他那只正常的眼睛盯着香肠，但那只蓝眼睛仍然一刻不停地在眼窝里转来转去，打量着礼堂和同学们。

"请允许我介绍一下我们新来的黑魔法防御术课老师，"邓布利多愉快地打破沉默，"穆迪教授。"

一般情况下，新老师与大家见面，大家都会鼓掌欢迎，可是现在除了邓布利多和海格，没有一个教师或学生鼓掌。邓布利多和海格拍了几下巴掌，发现掌声在寂静的礼堂里回响显得孤零零的，便很快放下了手。其他人似乎都被穆迪古怪的相貌惊呆了，只管目不转睛地盯着他。

"穆迪？"哈利低声对罗恩说，"疯眼汉穆迪？就是你爸爸今天早晨去帮助的那个人？"

"肯定是他。"罗恩畏惧地低声说道。

"他怎么了？"赫敏压低声音问，"他的脸是怎么回事？"

"不知道。"罗恩小声回答，着了迷似的望着穆迪。

穆迪似乎对大家的冷淡反应无动于衷。他没有理睬面前的那一大罐南瓜汁，而是把手伸进了自己的旅行斗篷，掏出一只弧形酒瓶，喝了一大口。当他抬起手臂喝酒时，拖在地上的斗篷被拽起了几寸，哈利看见桌子底下露出几寸木雕的假腿，下面是一只爪形的脚。

邓布利多清了清喉咙。

"正如我刚才说的，"他笑眯眯地望着面前众多的学生，说道——学生们仍呆呆地盯着疯眼汉穆迪，"在接下来的几个月里，我们将十分荣幸地主办一项非常精彩的活动，这项活动已有一个多世纪没有举办了。我十分愉快地告诉大家，三强争霸赛今年将在霍格沃茨举行。"

"你在**开玩笑吧！**"弗雷德·韦斯莱大声说。

第 12 章　三强争霸赛

自从穆迪进门后就一直笼罩着礼堂的紧张气氛一下子被打破了。

几乎每个人都笑出了声，邓布利多也赞赏地轻轻笑了起来。

"我没有开玩笑，韦斯莱先生，"他说，"不过你既然提到开玩笑，我暑假时倒是听到一个很有趣的笑话，讲的是一个巨怪、一个女妖和一个小矮妖，他们进了同一家酒馆……"

麦格教授很响地清了清嗓子。

"噢——现在说这个大概不太合适……不太合适……"邓布利多说，"我刚才说到哪儿了？啊，对了，三强争霸赛……你们中间有些人还不知道这场争霸赛是怎么回事，所以我希望那些了解情况的人能原谅我在此稍微解释一下，我允许他们的思想开一会儿小差。

"三强争霸赛创立于大约七百多年前，是欧洲三所最大的魔法学校之间的一种友谊竞争。这三所学校是：霍格沃茨、布斯巴顿和德姆斯特朗。每所学校选出一名勇士，然后三名勇士比试三种魔法项目。三强争霸赛每五年举行一次，三个学校轮流主办，大家一致认为，这是不同国家之间年轻巫师们建立友谊的绝好方式——可是后来，死亡人数实在太多，三强争霸赛就中断了。"

"死亡人数？"赫敏小声说，惊愕地四下张望。但是礼堂里的大多数学生都不像她这样紧张，许多人兴奋地交头接耳。哈利也急于想听到三强争霸赛的具体细节，对一百多年前死去的那些人不感兴趣。

"几个世纪以来，人们几次尝试恢复争霸赛，"邓布利多继续说道，"但没有一次成功。不过，我们魔法部的国际魔法合作司和魔法体育运动司认为，再做一次尝试的时机已经成熟。这个夏天我们做了许多工作，以确保每位勇士都不会遭遇生命危险。

"十月份，布斯巴顿和德姆斯特朗的校长将率领他们精心筛选的竞争者前来，挑选勇士的仪式将于万圣节前夕举行。一位公正的裁判员将决定哪些学生最有资格参加争夺三强杯，为自己的学校赢得荣誉，个人还能获得一千加隆的奖金。"

"我要参加！"弗雷德·韦斯莱在桌子那边压低声音说，想到有可能获得这样的荣誉和财富，他兴奋得满脸放光。看来，像他这样幻想成为霍格沃茨勇士的不止他一个。在每个学院的桌子前，哈利都能看见有人或者狂热地注视着邓布利多，或者激动地与邻座窃窃私语。可是邓布利多又说话了，礼堂里再次安静下来。

"我知道你们都渴望为霍格沃茨赢得三强争霸赛的奖杯，"他说，"但是，参赛学校和魔法部一致认为，要对今年的竞争者规定一个年龄界限。只有年满十七岁——也就是说，十七岁以上——的学生，才允许报名，以备考虑。我们觉得，"——邓布利多微微抬高了声音，因为有些人听了他的话后发出愤怒的抗议，韦斯莱孪生兄弟突然变得怒气冲冲——"这一措施是很有必要的，因为争霸赛的项目仍然很艰巨很危险，不管我们采取多少预防措施，六七年级以下的学生是根本不可能对付得了的。我本人将保证没有一个不够年龄的学生能够蒙骗我们公正的裁判员，成为霍格沃茨的勇士。"他的目光掠过弗雷德和乔治叛逆的面孔时，一双蓝眼睛闪着意味深长的光，"因此，如果你不满十七岁，我请求你不要浪费时间提出申请。

"布斯巴顿和德姆斯特朗的代表团将于十月份到达，并和我们共同度过这一学年的大部分时光。我相信，这些外国贵宾在此逗留期间，你们都会表现得热情友好，而且，霍格沃茨的勇士一旦最后选定，你们都会全心全意地给予支持。好了，现在时间已经不早，让你们明天早晨精神抖擞、头脑清醒地走进课堂非常重要。去上床睡觉吧！赶快！"

邓布利多坐了下来，转脸跟疯眼汉穆迪谈话。礼堂里咔嚓咔嚓、

第12章 三强争霸赛

乒乒乓乓响成一片，学生们纷纷站起来，拥向一道双开门，进入了门厅。

"他们不能这样做！"乔治·韦斯莱没有随着人流走向门口，而是站在那里气呼呼地瞪着邓布利多，说道，"我们明年四月就满十七岁了，凭什么不让我们试一试？"

"他们不能阻止我参加，"弗雷德偏头偏脑地说，也生气地瞪着主宾席，"当了勇士，就能做许多平常不让你做的事情，而且还有一千加隆的奖金呢！"

"是啊，"罗恩说，脸上露出恍惚的神情，"是啊，一千加隆呢……"

"走吧，"赫敏说，"要是再不走，这里就只剩下我们几个了。"

哈利、罗恩、赫敏、弗雷德和乔治开始朝门厅走去，一路上弗雷德和乔治还在不停地争论，邓布利多会采取什么办法阻止不满十七岁的学生参加争霸赛。

"评判谁是勇士的那个公正裁判员会是谁呢？"哈利问。

"不知道，"弗雷德说，"不过他就是我们要蒙骗的人。我认为一两滴增龄剂就管用，乔治……"

"可是邓布利多知道你们不够年龄。"罗恩说。

"是啊，不过谁当勇士并不由他决定，对吗？"弗雷德机灵地说，"在我听来，似乎这位裁判员只要知道谁想参加，就从每个学校挑出最优秀的，才不管他们多大年龄呢。邓布利多是想阻止我们报名。"

"可是死了好多人哪！"赫敏用很担忧的语气说。他们穿过一道隐藏在挂毯后面的门，顺着更狭窄的楼梯往上走。

"是啊，"弗雷德满不在乎地说，"但那是好多年以前的事，对吗？而且，如果没有一点冒险，又有什么乐趣呢？喂，罗恩，如果我们有办法骗过邓布利多，你想参加吗？"

"你是怎么想的？"罗恩问哈利，"要是能参加就太棒了，是不是？可是我猜他们大概想要年龄大一点的……不知道我们学的东西够不够……"

"我学的东西肯定不够。"弗雷德和乔治身后传来纳威闷闷不乐的声音，"不过我想我奶奶肯定要我参加的。她总是念叨我应该维护家族的荣誉。我只要——哎哟……"

纳威的脚陷进了楼梯中间的一个台阶。霍格沃茨有许多这样捉弄人的楼梯。对于大多数老生来说，跳过这种特殊台阶已经成为一种本能，可是纳威记性差是出了名的。哈利和罗恩架住他的胳膊把他拉了出来，楼梯顶上的一套盔甲发出吱吱嘎嘎、丁零当啷的声音，笑得喘不过气来。

"闭嘴吧，你。"罗恩说，在他们路过盔甲时，他给了那家伙一拳。

他们来到上面格兰芬多塔楼的入口处，入口隐藏在一幅巨大的肖像后面，画上有一位穿粉红色丝裙的胖夫人。

"口令？"他们走近时，胖夫人问道。

"胡言乱语。"乔治说，"楼下一个级长告诉我的。"

肖像一下子向前弹开，露出墙上的一个大洞，他们都从这里爬了进去。圆形的公共休息室里摆满了桌子和软塌塌的扶手椅，炉火噼噼啪啪燃得正旺。赫敏用愁闷的目光扫了一眼欢快跳跃的火苗，哈利清楚地听见她嘀咕了一声"奴隶劳动"，然后她就向他们告别，出门回女生宿舍去了。

哈利、罗恩和纳威爬上最后一道螺旋形楼梯，来到他们位于塔楼顶部的宿舍。五张四柱床贴墙立着，上面垂挂着深红色帷帐，每个人的箱子都已放在各自的床脚。迪安和西莫已经准备上床了。西莫把他的爱尔兰徽章别在了床头板上，迪安则在他床头柜上方贴了一张威克多尔·克鲁姆的招贴画，原来那张西汉姆联足球队的海报

第 12 章　三强争霸赛

紧挨在它旁边。

"神经。"罗恩叹了口气,冲着那些静止的足球队员摇了摇头。

哈利、罗恩和纳威换上睡衣,爬上床去。有人——肯定是一个家养小精灵——已经把暖床用的长柄炭炉放在了被褥中间。躺在床上,听着风暴在外面肆虐,真是太舒服了。

"你知道,我也许会参加呢,"罗恩在黑暗中昏昏欲睡地说,"如果弗雷德和乔治想出了办法……参加争霸赛……谁也说不准,对吧?"

"说不准……"哈利在床上翻了个身,脑海中浮现出许多灿烂的画面,都是以前从没出现过的……他蒙骗了公正的裁判员,使他相信自己已经十七岁……他成了霍格沃茨的勇士……他站在场地上喜悦地举起双手,面对全校师生,他们都在欢呼尖叫……他刚刚赢了三强争霸赛……秋·张的脸在模糊的人群中显得格外清晰,她脸上红扑扑的,满是钦佩和赞赏……

哈利把脸埋在枕头里笑了,他特别感到欣慰的是罗恩没有看见他看见的东西。

第 13 章

疯眼汉穆迪

第二天早晨，风暴停息了，不过礼堂的天花板上仍然一片愁云惨雾。哈利、罗恩和赫敏一边吃早饭一边研究这学期的课程表，他们的头顶上空翻滚着大团大团青灰色的浓云。在同一张桌上，弗雷德、乔治和李·乔丹与他们隔着几个座位，正在讨论用什么神奇的法子使自己年龄变大，然后蒙混过关，参加三强争霸赛。

"今天倒不错……整个上午都在户外，"罗恩的手指滑过课程表，说道，"草药课，和赫奇帕奇的学生一起上，保护神奇动物课……倒霉，又和斯莱特林一起……"

"今天下午有两节占卜课。"哈利低着头，叹了口气。占卜课是除魔药课外他最不喜欢的科目。特里劳尼教授总是预言说哈利快要死了，这使他感到特别烦恼。

"你就应该像我一样放弃这门课，不是吗？"赫敏一边往她的面包片上涂黄油，一边轻快地说，"然后可以上一门更有学问的课，比如算术占卜。"

"我发现你又开始吃东西了。"罗恩看着赫敏又往面包片上涂抹大量的果酱，说道。

第13章 疯眼汉穆迪

"我已经想明白了,可以用更好的办法表明对小精灵权益的立场。"赫敏高傲地说。

"是啊……而且你也饿坏了。"罗恩嬉皮笑脸地说。

就在这时,头顶上突然传来一阵瑟瑟的声音,一百只猫头鹰从敞开的窗口飞进来,给大家捎来了早上的邮件。哈利本能地抬起头,然而在一大堆棕色和灰色之间,看不见丝毫白色的影子。猫头鹰们在桌子上方盘旋,寻找信件和包裹的接收人。一只黄褐色的大猫头鹰朝纳威·隆巴顿这边落下来,把一个包裹扔到他的膝盖上——纳威几乎每次收拾行李都丢三落四。在礼堂的另一边,德拉科·马尔福的雕枭降落在他肩膀上,看样子又从家里给他带来了糖果、蛋糕。哈利竭力摆脱内心沉甸甸的失望感,埋下头去继续喝粥。难道海德薇出了意外,小天狼星没有收到他的信?

哈利一直心事重重,当同学们走过潮湿的菜地,来到三号温室时,他还是愁眉不展。不过他终于回过神来了,因为斯普劳特教授给全班同学看一种植物,哈利还没见过这么丑陋的东西呢。实际上,它们不像植物,倒更像是黑黢黢、黏糊糊的大鼻涕虫,笔直地从土壤里冒出来。而且一个个都在微微蠕动,身上还有许多闪闪发亮的大鼓包,里面似乎都是液体。

"巴波块茎。"斯普劳特教授欢快地告诉大家,"需要用手去挤,你们要收集它的脓液——"

"什么?"西莫·斐尼甘用厌恶的口气问道。

"脓液,斐尼甘,脓液,"斯普劳特教授说,"它有极高的价值,千万不要浪费。听着,你们要把脓液收集到这些瓶子里。戴上你们的龙皮手套,未经稀释的巴波块茎脓液,会对皮肤造成不同寻常的伤害。"

挤块茎的过程令人恶心,却也使人产生一种奇怪的满足感。每当一个鼓包被挤破时,都会喷出一大股黏稠的黄绿色液体,并发出一种刺鼻的汽油味。他们按照斯普劳特教授的吩咐，把这些液体收集在瓶子里，到了快下课时，已经收集了好几瓶。

"这下庞弗雷女士该高兴了。"斯普劳特教授用塞子堵住最后一个瓶子，说道，"巴波块茎的脓液，是治疗顽固性粉刺的最好药物。这样就可以阻止学生用过激手段去除他们的青春痘了。"

"比如可怜的爱洛伊丝·米德根，"赫奇帕奇的学生汉娜·艾博压低声音说，"她想用咒语把青春痘去掉。"

"傻姑娘，"斯普劳特教授摇了摇头，说道，"不过庞弗雷女士最后替她把鼻子又安上去了。"

一阵低沉浑厚的钟声越过潮湿的场地，从城堡传来，下课了，同学们纷纷散去。赫奇帕奇的学生走上石阶，去上变形课。格兰芬多的学生去往另一个方向，顺着缓缓下坡的草坪，走向禁林边缘的海格的小屋。

海格站在小屋门外，一只手牵着他那条巨大的猎狗牙牙的颈圈。他脚边的地上，放着几只敞开的木箱，牙牙呜呜叫着，使劲地挣着颈圈，似乎想仔细调查一下箱子里的东西。他们走近时，一种很奇怪的咔啦咔啦声传入耳中，间或还有微弱的爆炸声。

"上午好！"海格说，朝哈利、罗恩和赫敏露出了微笑，"最好等一等斯莱特林的同学们，他们肯定不想错过这个—— 炸尾螺！"

"再说一遍？"罗恩说。

海格指了指脚边的箱子。

"恶心！"拉文德·布朗尖叫一声，向后跳了几步。

"恶心"一词正好也概括了哈利对这种炸尾螺的印象。它们活像是变了形、去了壳的大龙虾，白灰灰黏糊糊的，模样非常可怕，许多只脚横七竖八地伸出来，看不见脑袋在哪里。每只箱子里大约有一百条，每条都有六英寸左右，互相叠在一起爬来爬去，昏头昏脑地撞在箱子壁上。它们还发出一股非常强烈的臭鱼烂虾的气味。

第13章　疯眼汉穆迪

时不时地，一条炸尾螺的尾部会射出一些火花，然后随着啪的一声轻响，炸尾螺就会向前推进几英寸。

"刚刚孵出来的，"海格骄傲地说，"你们可以亲自把它们养大！我们可以搞一个课题什么的！"

"我们为什么要把它们养大？"一个冷冰冰的声音说。

斯莱特林的学生来了，刚才说话的是德拉科·马尔福。克拉布和高尔哧哧地笑着，对他的话表示赞赏。

海格似乎被这个问题难住了。

"我的意思是，它们能做什么？"马尔福问，"它们有什么用？"

海格张着嘴巴，似乎在拼命思索。停了几秒钟后，他粗声粗气地说："那是下一节课的内容，马尔福。你们今天只管喂它们。好了，要试着喂它们吃几种不同的东西——我以前没有养过炸尾螺，也拿不准它们喜欢吃什么——我准备了蚂蚁蛋、青蛙肝和翠青蛇——每样都拿一点试试，看它们吃不吃。"

"先是块茎的脓液，现在又是这个。"西莫嘟哝道。

哈利、罗恩和赫敏完全是出于对海格的深厚感情，才抓起一把把滑腻腻的青蛙肝，放到箱子里去引诱炸尾螺。哈利不禁怀疑整个这件事都毫无意义，因为炸尾螺似乎根本没有嘴巴。

"哎哟！"大约十分钟后，迪安·托马斯惨叫一声，"它弄疼我了！"

海格赶紧走到迪安身边，神色有些慌张。

"它的尾巴爆炸了！"迪安气呼呼地说，给海格看他手上被烧伤的一块。

"啊，是啊，它们炸响时就可能发生这样的事。"海格点着头说道。

"恶心！"拉文德·布朗又抱怨开了，"真恶心，海格，它身上尖尖的东西是什么？"

"啊，它们有的身上有刺，"海格兴奋地说（拉文德赶紧把手从箱子边缩了回去），"我猜想那些带刺的是公的……母的肚子上有吸盘一样的东西……我认为它们大概会吸血。"

"噢，我当然明白为什么要想办法让它们活着了，"马尔福讽刺地说，"又能烧人，又能蜇人，还能咬人，这样的宠物谁不想要呢？"

"它们的模样不太中看，并不意味着没有用处。"赫敏反驳道，"火龙血具有神奇的功效，可是你愿意养一条火龙作为宠物吗，啊？"

哈利和罗恩朝海格咧嘴笑了，海格也从毛蓬蓬的胡子后面偷偷朝他们笑了笑。海格最大的愿望就是养一条宠物火龙，这一点哈利、罗恩和赫敏太了解了——他们上一年级的时候，海格养过一条火龙，但只养了很短一段时间，那是一条名叫诺伯的凶狠的挪威脊背龙。海格专门喜欢庞大凶狠的动物，越危险越好。

"还好，至少这些炸尾螺还很小。"一小时后，他们返回城堡吃午饭时，罗恩说道。

"它们现在很小，"赫敏用一种恼怒的声音说，"可是一旦海格弄清它们爱吃什么，我猜它们一下子就会变成六英尺长。"

"可是，如果最后发现它们能治疗晕船什么的，就没有关系了，对吧？"罗恩说，一边俏皮地朝赫敏笑着。

"你心里很清楚，我刚才那么说只是为了堵住马尔福的嘴。"赫敏说，"实际上，我认为马尔福说得对。最明智的做法就是在炸尾螺向我们发起进攻前，就把它们扼杀在摇篮里。"

他们在格兰芬多的餐桌旁坐下，吃起了羊排和土豆。赫敏狼吞虎咽，吃得飞快，哈利和罗恩惊奇地望着她。

"噢——这就是你对小精灵权益的新立场？"罗恩问，"你想把自己撑得呕吐吗？"

"不是，"赫敏说，嘴里鼓鼓囊囊地塞满了豆芽，但还是尽量端

第13章 疯眼汉穆迪

起架子,高傲地说,"我只是想去图书馆。"

"什么?"罗恩不敢相信地说,"赫敏——这是开学的第一天啊!还没有布置家庭作业呢!"

赫敏耸了耸肩膀,继续风卷残云地吃着,就好像已经好几天没吃东西似的。然后,她一跃而起,说了一句"晚饭见!"就撒腿跑走了。

下午上课的铃响了,哈利和罗恩向北塔楼走去,就在一道很窄的螺旋形楼梯的顶部,有一架银色的活梯通向天花板上的一扇活板门,那就是特里劳尼教授住的地方。

他们来到活梯顶上,一股从火上发出的熟悉的甜香气味扑鼻而来。这里的一切都和以前一样,窗帘拉得严严实实,圆形的房间里点了许多盏灯,灯上都遮着围巾和披巾,整个房间笼罩在一种朦朦胧胧的红光中。哈利和罗恩穿过房间里乱糟糟的一大堆印花布座椅和蒲团,在原来的那张小圆桌旁坐了下来。

"你们好。"哈利身后突然传来特里劳尼教授虚无缥缈的、空灵的声音,把他吓了一跳。

特里劳尼教授是一个很瘦的女人,戴着一副巨大的眼镜,使两只眼睛在她的那张瘦脸上大得吓人。此刻她正低头盯着哈利,脸上带着悲哀的表情——她每次看见哈利都是这种表情。她身上的一串串念珠、项链、手镯和往常一样在火光下闪闪发亮。

"你有心事,我亲爱的,"她悲戚戚地对哈利说,"我的天目穿透你勇敢的脸,看到了你内心烦躁不安的灵魂。我很遗憾地告诉你,你的担心不是毫无根据的。我看到你前面的日子充满艰辛……非常艰难……我担心你害怕的东西真的会到来……也许比你想象的还要快……"

她的声音渐渐低了下去,最后变得耳语一般。罗恩朝哈利翻了翻眼睛,哈利面无表情地望着他。特里劳尼教授轻飘飘地从他们身边掠过，坐在炉火前一把很大的高背扶手椅上，面对着全班同学。拉文德·布朗和帕瓦蒂·佩蒂尔特别崇拜特里劳尼教授，都坐在离她很近的蒲团上。

"亲爱的，我们应该来研究星星了。"特里劳尼教授说，"行星的运动及其所显示的神秘征兆，只有那些懂得天际舞蹈的舞步规则的人，才能参透其中奥秘。人类命运可以通过行星的辐射光来破译，这些光互相交融……"

然而哈利的思绪飘到了别处。发出香味的炉火总是使他感到昏昏欲睡，特里劳尼教授翻来覆去地念叨那些算命的话，从来没有真正把他吸引住——不过他忍不住想起她刚才对自己说的话："我担心你害怕的东西真的会到来……"

赫敏说得对，哈利烦躁地想，特里劳尼教授其实是一个老骗子。他眼下根本没有什么可害怕的……最多只是有些担心小天狼星被抓……可是特里劳尼教授能知道什么？哈利早就得出结论，她那一套算命的伎俩充其量只是侥幸的猜测和一些装神弄鬼的花招。

不过，上学期结束时倒有些例外。她预言说伏地魔还会卷土重来……当哈利向邓布利多描绘当时的情景时，就连邓布利多本人也说，他认为特里劳尼教授的那种催眠状态不是假装的……

"哈利！"罗恩低声说。

"怎么啦？"

哈利环顾四周，发现全班同学都在盯着他。他赶紧坐直身子。由于房间里太热，而且脑子在胡思乱想，他刚才差点儿睡着了。

"亲爱的，我刚才在说，你出生的时候，显然受到土星的不祥影响。"特里劳尼教授说，语气里带着淡淡的不满，因为哈利显然没有专心听她讲课。

"对不起，受到什么——？"哈利问。

"土星，亲爱的，土星！"特里劳尼教授说，看到哈利听了这

第13章 疯眼汉穆迪

个消息无动于衷,她的语气明显有些恼怒,"我刚才说,在你出生的那一刻,土星肯定在天空中占统治地位……你的黑头发……你瘦削的体形……还有你在襁褓中就失去父母……我可以断言,亲爱的,你出生在冬天吧?"

"不是,"哈利说,"我的生日是在七月。"

罗恩忍不住要笑,但赶紧把笑声变成一阵干咳。

半小时后,特里劳妮教授发给每人一张复杂的圆形图表,要他们在上面填写自己出生时的行星位置。这项工作枯燥乏味,需要计算许多烦琐的时间和角度。

"我这里有两颗海王星,"过了一会儿,哈利看着他的那张羊皮纸,皱起了眉头,"这肯定不对,是吗?"

"啊呀,"罗恩模仿特里劳妮教授悄声细气、神秘兮兮的口吻说道,"当天空中出现两颗海王星时,肯定预示着有一个戴眼镜的小人儿要出生了,哈利……"

西莫和迪安在旁边画图,听了这话咯咯地大笑起来,不过他们的笑声还不足以盖过拉文德·布朗兴奋的尖叫——"哦,教授,快看!我想我有一颗没有相位的行星!哎呀,这是什么星,教授?"

"是天王星,亲爱的。"特里劳妮教授低头看着图表,说道。

"可以也让我看一眼天王星吗,拉文德?"罗恩说。

真是倒霉,特里劳妮教授听见了他的话,也许正因为这个,她在下课前给他们布置了那么多家庭作业。

"参照你们各自的图表,详细分析下个月将对你们产生影响的行星运行方式,"她严厉地说——声音不像平时那个空灵虚幻的她,倒更像麦格教授了,"下星期一必须交上来,不得以任何借口推托!"

"讨厌的老蝙蝠,"他们融入下楼的人流,回礼堂吃饭时,罗恩恨恨地说,"整个周末都要搭进去了,这……"

"一大堆家庭作业?"赫敏从后面赶上他们,兴高采烈地问,"维克多教授什么作业都没留!"

"唉,维克多教授太好了。"罗恩心情沉重地说。

他们来到门厅,里面挤满了排队等候吃饭的人。他们刚站到队尾,后面突然响起一个刺耳的声音。

"韦斯莱!喂,韦斯莱!"

哈利、罗恩和赫敏转身望去。马尔福、克拉布和高尔站在那里,好像都为什么事儿高兴得要命似的。

"干吗?"罗恩没好气地问。

"你爸爸上报纸了,韦斯莱!"马尔福说。他挥舞着一份《预言家日报》,说话声故意放得很响,使拥挤在门厅里的每个人都能听见,"听听这个吧!"

魔法部又出新乱子

看来魔法部的麻烦还没有完,本报特约记者丽塔·斯基特这样写道。最近,魔法部因在魁地奇世界杯赛中未能有效维持秩序,以及仍未能对其一位女巫师官员的失踪做出解释,一直受到人们的批评。昨天,由于禁止滥用麻瓜物品办公室的阿诺德·韦斯莱的怪异行为,又使魔法部陷入新的尴尬境地。

马尔福抬起头来。

"想想吧,韦斯莱,他们连你父亲的名字都没有写对。他简直就是个无足轻重的小人物,是吧?"他幸灾乐祸地大声说。

此时门厅里的每个人都在听他说话。马尔福像演戏一样竖起报纸,继续念道:

阿诺德·韦斯莱两年前被指控拥有一辆会飞的汽车,昨

第 13 章　疯眼汉穆迪

天又卷入一场与几位麻瓜执法者("警察")的争执,起因是为了一大批极具进攻性的垃圾箱。韦斯莱先生似乎是赶来援助疯眼汉穆迪的,此人是一名上了年纪的前傲罗。当疯眼汉穆迪再也不能区分普通握手和蓄意谋杀之间的差别时①,就从魔法部退休了。果然,当韦斯莱先生赶到穆迪先生重兵把守的住宅时,发现穆迪先生又是虚惊一场,误发了一个假警报。韦斯莱先生不得不将几个警察的记忆做了修改,才得以从他们那里脱身。但当《预言家日报》记者问韦斯莱先生为何要使魔法部卷入这场毫无意义,而且可能十分棘手的事件时,他拒绝回答。

"还有一张照片呢,韦斯莱!"马尔福说着,把报纸翻过来,高高举起,"一张你父母的照片,站在你们家房子门口——你居然管这也叫房子!你妈妈要是能减点儿肥,模样还算凑合,是吧?"

罗恩气得浑身发抖。门厅里的人都看着他。

"滚开,马尔福。"哈利说,"别生气,罗恩……"

"哦,对了,波特,你今年夏天跟他们住在一起的,是吧?"马尔福讥讽地说,"那么请你告诉我,他妈妈是不是真有这么胖,还是照片照得有些失真?"

"那么你妈妈呢,马尔福?"哈利说——他和赫敏都抓住罗恩的长袍后背,不让他朝马尔福扑去——"瞧她脸上的那副表情,就好像她鼻子底下有大粪似的!她总是那副表情吗,还是因为跟你在一起才那样?"

马尔福苍白的脸变得微微泛红。"你竟敢侮辱我妈妈,波特。"

"那就闭上你的肥嘴。"哈利说着,转过身去。

砰!

---

① 指穆迪性格变得多疑。

几个人失声尖叫——哈利感到有个白热的东西擦过他的脸颊——他赶紧伸手到长袍里去掏魔杖,可是没等他碰到魔杖,就又听见一声巨响。**砰**！接着一个吼声在门厅里回荡。

"**哦,不许这样,小子！**"

哈利猛地转过身,看见穆迪教授一瘸一拐地走下大理石楼梯。他手里拿着魔杖,直指一只浑身雪白的白鼬,白鼬在石板铺的地上瑟瑟发抖,那正是刚才马尔福站的地方。

门厅里一片可怕的寂静。除了穆迪,谁都不敢动弹。穆迪转脸看着哈利——至少,他那只正常的眼睛是看着哈利的,另一只眼睛则钻进了脑袋里。

"他伤着你了吗？"穆迪怒冲冲地问,声音低沉、沙哑。

"没有,"哈利说,"没有击中。"

"**别碰它！**"穆迪大喊一声。

"别碰——什么？"哈利莫名其妙地问。

"不是说你——是说他！"穆迪又吼道,竖起拇指,指了指身后的克拉布,克拉布正要去抱起白鼬,但吓得呆在原地不敢动了。穆迪那只滴溜溜转来转去的眼睛仿佛具有魔力,能看到脑袋后面的东西。

穆迪开始一瘸一拐地朝克拉布、高尔和那只白鼬走去,白鼬惊恐地叫了一声,躲开了,朝地下教室的方向跑去。

"别以为你能跑！"穆迪大吼一声,又把魔杖指向白鼬——白鼬忽地升到十英尺高的半空,啪的一声摔在地上,随即又忽地升了上去。

"我最看不惯在背后攻击别人的人,"穆迪粗声粗气地说——这时白鼬越蹦越高,痛苦地尖叫着,"这种做法最肮脏、卑鄙,是胆小鬼的行为……"

白鼬蹿到半空,四条腿和尾巴无助地胡乱摆动。

第 13 章 疯眼汉穆迪

"再也——不许——这样——做——"穆迪说,每次白鼬掉在石板地上又忽地蹦起来,他就迸出一个词。

"穆迪教授!"一个吃惊的声音说道。

麦格教授正从大理石楼梯上下来,怀里抱着一摞书。

"你好,麦格教授。"穆迪平静地说,一边使白鼬蹦得更高了。

"你——你在做什么?"麦格教授问道,目光跟着在半空蹦跳的白鼬移动。

"给他个教训。"穆迪说。

"教训——怎么,穆迪,难道那是个学生?"麦格教授惊叫道,怀里的书散落到了地上。

"没错。"穆迪说。

"天哪!"麦格教授叫了一声,匆匆走下楼梯,抽出自己的魔杖。片刻之后,随着噼啪一声巨响,德拉科·马尔福复原了。他缩成一团,躺在石板地上,滑溜溜的淡金色头发披散在此刻红得耀眼的脸上。过了一会儿,他才站了起来,一副哆哆嗦嗦的样子。

"穆迪,我们从不使用变形作为惩罚!"麦格教授有气无力地说,"邓布利多教授肯定告诉过你吧?"

"他大概提到过吧,"穆迪漫不经心地挠着下巴说,"可是我认为需要狠狠地吓唬一下——"

"我们可以关禁闭,穆迪!或者报告当事人所在学院的院长。"

"我会那么做的。"穆迪十分厌恶地瞪着马尔福,说道。

马尔福浅色的眼睛里仍然汪着痛苦和耻辱的泪水,这时他恶毒地抬头望着穆迪,嘴里嘟哝着什么,其中几个词听得很清楚,是"我爸爸"。

"哦,是吗?"穆迪瘸着腿向前走了几步,那条木腿噔噔撞击地面的声音在门厅里回响,"没错,我以前就认识你爸爸,孩子……你告诉他,穆迪正在密切注意他的儿子……你就这样替我告诉他……好了，你们学院的院长是斯内普，是吗？"

"是。"马尔福怨恨地说。

"也是一个老朋友，"穆迪咆哮着说，"我一直盼着跟老伙计斯内普好好聊聊呢……走吧，小子……"说着，他一把抓住马尔福的手臂，拽着他朝地下教室走去。

麦格教授不安地望着他们的背影，好一会儿，她才用魔杖指着掉在地上的书，使它们都升到半空，重新回到她的怀里。

"不要跟我说话。"罗恩小声地对哈利和赫敏说。这已是几分钟后，他们坐在格兰芬多的桌子旁，周围的人都在兴奋地议论刚才发生的事。

"为什么？"赫敏惊奇地问。

"因为我想把这件事永远铭刻在我的记忆里，"罗恩说——他闭着眼睛，脸上是一种十分喜悦的表情，"德拉科·马尔福，那只不同寻常的跳啊跳的大白鼬……"

哈利和赫敏都笑了起来，然后赫敏开始把牛肉大杂烩分在每人的盘子里。

"不过，他真的可能会把马尔福弄伤的，"她说，"幸好麦格教授及时制止了这件事——"

"赫敏！"罗恩猛地睁开眼睛，气呼呼地说，"你在破坏我这辈子最快活的时光！"

赫敏不耐烦地嘟哝了一声，开始吃饭，还是以那种狼吞虎咽的速度。

"你今晚不会又去图书馆吧？"哈利望着她，问道。

"当然去啦，"赫敏嘴里塞着东西，含混不清地说，"一大堆活儿要干呢。"

"可是你对我们说，维克多教授——"

"不是学校的功课。"赫敏说。五分钟后，她就吃完了盘里的东

第13章 疯眼汉穆迪

西,匆匆离开了。

她刚走,她的座位就被弗雷德·韦斯莱占据了。"穆迪!"他说,"他真酷啊,是吗?"

"岂止是酷!"乔治说着,在弗雷德对面坐了下来。

"酷毙了!"双胞胎的朋友李·乔丹坐在了乔治旁边的座位上,"我们今天下午上了他的课。"他对哈利和罗恩说。

"怎么样?"哈利急切地问。

弗雷德、乔治和李意味深长地交换了一下目光。

"从没上过这样的课。"弗雷德说。

"他真懂啊,伙计。"李说。

"懂什么?"罗恩探着身子,问道。

"懂在外面做活是怎么回事。"乔治郑重其事地说。

"做什么活?"哈利问。

"打击黑魔法啊。"弗雷德说。

"他什么都见识过。"乔治说。

"太了不起了。"李说。

罗恩埋头在他的书包里翻找课程表。

"我们要到星期四才有他的课呢!"他用失望的口气说。

第14章

不可饶恕咒

接下来的两天平平淡淡,没出什么状况,除非算上纳威在魔药课上把坩埚烧化的事,这已经是他烧化的第六只坩埚了。斯内普教授的报复心理似乎在暑假里又创新高,他毫不客气地罚纳威关禁闭。纳威只好去给一大桶长角的癞蛤蟆开膛破肚,回来的时候,神经几乎要崩溃了。

"你知道斯内普的脾气为什么这样糟糕,是吧?"罗恩对哈利说,这时他们正看着赫敏教纳威念一种除垢咒,可以清除他指甲缝里的癞蛤蟆内脏。

"是啊,"哈利说,"是因为穆迪。"

大家都知道,斯内普特别想教黑魔法防御术这门课,可是连续四年都没能得到这份工作。对以前的几位黑魔法防御术课的老师,斯内普都心怀不满,而且把这种情绪写在了脸上——不过对于疯眼汉穆迪,他似乎格外小心,不让这种敌意表露出来。确实,每当哈利看见他们俩在一起——在吃饭时或在走廊上擦肩而过时——都明显感到斯内普在躲避穆迪的眼睛,不论是那只魔眼,还是那只正常的眼睛。

"我认为斯内普有点儿怕他。"哈利若有所思地说。

第 14 章　不可饶恕咒

"想象一下吧,如果穆迪把斯内普变成一只长角的癞蛤蟆,"罗恩说——眼睛里蒙蒙眬眬,充满神往,"并指挥他在地下教室里跳来跳去……"

格兰芬多四年级的学生们都眼巴巴地盼着上穆迪的第一节课。星期四吃过午饭,上课铃还没有响,他们就早早地在穆迪的教室外面排队等候了。

唯一没来的是赫敏,她直到快上课了才赶来。

"我去了——"

"图书馆。"哈利替她把话说完,"走吧,快点儿,不然就没有好位子了。"

他们急急忙忙地坐到讲台正前的三把椅子上,拿出各自的《黑魔法:自卫指南》等待着,气氛格外肃静。很快,就听见穆迪那很有特色的噔噔的脚步声顺着走廊过来了。他走进教室,样子和平常一样古怪吓人。他们正好可以看见他那只爪子状的木脚从长袍下露出来。

"把这些东西收起来,"他粗声粗气地说,一边拄着拐杖艰难地走到讲台边坐了下来,"这些课本。你们用不着。"

同学们把书收进书包,罗恩显得很兴奋。

穆迪拿出名册,晃了晃脑袋,把花白的长头发从扭曲的、伤痕累累的脸上甩开,开始点名。他那只正常的眼睛顺着名单往下移动,那只魔眼不停地转来转去,盯着每一位应答的学生。

"好了,"当最后一位同学应答结束后,他说,"我收到卢平教授的一封信,介绍了这门课的情况。看起来,对于如何对付黑魔法动物,你们已经掌握了不少基础知识——你们学会了对付博格特、红帽子、欣克庞克、格林迪洛、卡巴和狼人,对吗?"

同学们低声表示赞同。

"可是在如何对付咒语方面,你们学得还很不够——很不够,"

穆迪说,"因此,我准备让你们领略一下巫师们之间的做法。我有一年的时间教你们如何对付黑魔——"

"什么,你不留下来吗?"罗恩脱口而出,问道。

穆迪的那只魔眼转了过来,盯住罗恩。罗恩看上去害怕极了,可是很快穆迪就笑了——这是哈利第一次看见穆迪露出笑容。他一笑,那布满伤疤的脸显得更扭曲更怪异了,不过知道他还能露出友好的微笑,总是令人欣慰的。罗恩仿佛大松了一口气。

"你是亚瑟·韦斯莱的儿子吧,嗯?"穆迪说,"几天前,你父亲帮我摆脱了一个很棘手的困境……是啊,我只教一年。帮邓布利多一个忙……只教一年,然后重新过我平静的退休生活。"

他哑着嗓子笑了,然后拍了拍粗糙的大手。

"好了——言归正传。咒语,它们有许多种形态,其魔力各不相同。现在,根据魔法部的规定,我应该教你们各种破解咒,仅此而已。照理来说,你们不到六年级,我不应该告诉你们非法的黑魔咒是什么样子,因为你们现在年纪还小,对付不了这套东西。可是邓布利多教授大大夸赞了一番你们的勇气,认为你们能够对付,而在我看来,你们越早了解要对付的东西越好。如果一样东西你从没见过,又怎么在它面前保护自己呢?某个巫师要给你念一个非法的咒语,他是不会把自己的打算告诉你的。他不会坦率、公道、礼貌地给你念咒。你必须做好准备,提高警惕。我说话的时候,你最好把那玩意儿拿开,布朗小姐。"

拉文德吓了一跳,脸涨得通红。刚才,她在桌子底下把画好的天宫算命图拿给帕瓦蒂看。显然,穆迪的那只魔眼不仅能穿透他自己的后脑勺,还能穿透坚硬的木头。

"那么……你们有谁知道,哪些咒语会受到巫师法最严厉的惩罚呢?"

几只手战战兢兢地举了起来,其中有罗恩的和赫敏的。穆迪指

第14章 不可饶恕咒

了指罗恩，不过他那只魔眼仍然盯着拉文德。

"呃，是这样，"罗恩没有把握地说，"我爸爸对我说过一个……名字叫夺魂咒什么的，是吗？"

"啊，是的，"穆迪赞赏地说，"你父亲肯定知道那个咒语。想当年，夺魂咒给魔法部惹了不少麻烦。"

穆迪艰难地支着假腿站起来，打开讲台的抽屉，拿出一个玻璃瓶。三只大黑蜘蛛在里面爬个不停。哈利感到罗恩在他身边微微缩了缩身子——罗恩最讨厌蜘蛛了。

穆迪把手伸进瓶子，抓起一只蜘蛛，放在摊开的手掌上，让大家都能看见。

然后他用魔杖指着蜘蛛，喃喃地念道："魂魄出窍！"

蜘蛛从穆迪手掌上跳开了，悬着一根细丝，开始前后荡来荡去，就像坐在高高的秋千上一样。它僵硬地伸直了腿，然后回身翻了个跟头，细丝被拉断了。它摔在桌上，开始绕着圈子翻跟头。穆迪一抖魔杖，它又支着两条后腿站起来，跳起了一种踢踏舞，没错，就是踢踏舞。

大家都笑了起来——只有穆迪没笑。

"你们觉得很好玩，是吗？"他粗着嗓子问，"如果我对你们来这么一下，你们会喜欢吗？"

笑声几乎立刻就消失了。

"完全受我控制，"穆迪轻声说——这时蜘蛛团起身子，开始不停地滚来滚去，"我可以让它从窗口跳出去，或把自己淹死，或跳进你们哪一位同学的喉咙……"

罗恩不由自主地抖了一下。

"多年以前，许多巫师都受到夺魂咒的控制，"穆迪说——哈利知道他说的是伏地魔势力最强大的那些日子，"真把魔法部忙坏了。他们要分清谁是被迫行事，谁是按自己的意愿行事。

"夺魂咒是可以抵御的，我会把方法教给你们，但是这需要很强的人格力量，不是每个人都能掌握的。你们最好尽量避免被它击中。**时刻保持警惕！**"他突然大吼起来，把大家都吓了一跳。

穆迪抓起翻跟头的蜘蛛，扔回玻璃瓶里。

"还有谁知道什么咒语吗？非法咒语？"

赫敏又把手高高地举了起来，而且纳威也举起了手，这使哈利感到有些吃惊。纳威只有在草药课上才主动发言，那是他最拿手的一门课。纳威似乎对自己的大胆举动也感到意外。

"说吧。"穆迪说，那只魔眼骨碌碌一转，盯住了纳威。

"有一个——钻心咒。"纳威声音很轻但很清晰地说。

穆迪非常专注地望着纳威，这次是两只眼睛同时望着。

"你是隆巴顿吧？"他说，那只魔眼垂下去查看名册。

纳威紧张地点了点头，不过穆迪并没有再问别的。他转身背对全班同学，从玻璃瓶里掏出第二只蜘蛛，放在讲台上。蜘蛛一动不动，看样子是吓坏了。

"钻心咒。"穆迪说，"需要放大一些，你们才能看清，"说着，他用魔杖一指蜘蛛，"速速变大！"

蜘蛛鼓胀起来。现在已经比狼蛛①还大了。罗恩顾不得掩饰，把椅子往后挪了挪，尽量离穆迪的讲台远一些。

穆迪又举起魔杖，指着蜘蛛，轻轻地说："钻心剜骨！"

立刻，蜘蛛的腿全部缩了起来，紧贴在身上。它翻转着，同时身体剧烈地抽搐起来，左右晃动。它没有发出声音，但是哈利相信，如果它有发音器官，此刻肯定在拼命尖叫。穆迪没有拿开魔杖，蜘蛛开始浑身发抖，抽动得更厉害了——

"停下！"赫敏尖声喊道。

---

① 一种南欧产的大而有毛的毒蜘蛛。

第14章 不可饶恕咒

哈利扭过头去看赫敏。赫敏没有看着蜘蛛,而是看着纳威。哈利顺着她的目光望去,只见纳威双手紧紧攥住面前的桌子,骨节都发白了,眼睛睁得大大的,里面满是恐惧。

穆迪举起魔杖,蜘蛛的腿松弛下来,但仍在抽搐。

"速速缩小。"穆迪喃喃地说。蜘蛛缩回到原来的大小,穆迪把它重新放进瓶里。

"极度痛苦。"穆迪轻声说,"如果你会念钻心咒,你折磨别人就不需要用拇指夹或刀子了……这个咒语一度也非常流行。

"好了……还有谁知道什么咒语吗?"

哈利环顾四周。从大家的面部表情看,似乎都在猜测最后一只蜘蛛会遭遇什么。赫敏第三次把手举起,但她的手微微有些颤抖。

"你说吧。"穆迪望着她,说道。

"阿瓦达索命咒。"赫敏小声说。

几个人不安地扭头看着她,其中包括罗恩。

"啊,"穆迪说——歪斜的嘴又抽动着,露出一丝微笑,"是的,这是最后一个,也是最厉害的一个咒语。阿瓦达索命咒……杀戮咒。"

他把手伸进玻璃瓶,第三只蜘蛛仿佛知道即将到来的厄运,拼命地绕着瓶底爬来爬去,想躲开穆迪的手指,但穆迪还是把它抓住了,放在讲台上。蜘蛛又开始不顾一切地在木头桌面上爬动。

穆迪举起魔杖,哈利突然产生了一种不祥的预感。

"阿瓦达索命!"穆迪吼道。

一道耀眼的绿光刺得人睁不开眼睛,同时伴有一阵杂乱的声音,仿佛一个看不见的庞然大物从空中飞过——与此同时,那蜘蛛翻了过来,仰面躺在桌上,身上并无半点伤痕,但无疑已经死了。几个学生使劲忍住想要发出的喊叫;刚才蜘蛛朝罗恩这边爬来时,罗恩猛地往后一仰,差点从座位上摔下去。

穆迪把死蜘蛛从桌上扫到地板上。

"很不美好,"他平静地说,"令人很不愉快。而且没有破解咒。无法抵御。据人们所知,只有一个人逃脱了这种咒语,他此刻就坐在我的面前。"

穆迪的眼睛(两只同时)注视着哈利的眼睛,哈利觉得自己的脸红了。他可以感觉到全班同学都扭过头来望着他。哈利盯着空无一物的黑板,似乎对黑板着了迷,实际上他什么也没有看见……

原来,他父母就是这样死去的……和那只蜘蛛一模一样。他们也是毫发无损,没有一点创伤吗? 他们也是看见一道绿光一闪,听见死神匆匆赶来,然后生命就从他们的身体里消失了吗?

三年来,自从哈利得知父母是被人杀害的,自从他弄清那天夜里发生的事情:虫尾巴向伏地魔泄漏了他父母的下落,伏地魔在他父母的木屋里找到了他们。自从哈利明白了这一切,就不止一遍地想象父母死亡的情景。他想象伏地魔怎样先害死了他父亲。詹姆·波特怎样拼命抵挡,一边喊妻子带着哈利逃跑……伏地魔怎样朝莉莉·波特逼近,叫她闪到一旁,他要加害哈利……她怎样请求伏地魔杀死自己,不要碰她的儿子,她至死都在护着自己的儿子……于是,伏地魔把她也害死了,然后把魔杖指向了哈利……

哈利知道这些细节,因为他去年与摄魂怪搏斗时,曾经听见过父母的声音。摄魂怪具有那种可怕的魔力,能迫使别人想起一生中最痛苦的往事,陷入绝望的情绪中,瘫软无力,不能自拔……

穆迪又在说话了,哈利觉得他的声音来自一个很远很远的地方。哈利用了很大的努力,才使自己的注意力回到眼前的现实中,听穆迪说话。

"阿瓦达索命咒需要很强大的魔法力量作为基础——你们都可以把魔杖拿出来,对准我,念出这句咒语,我怀疑我最多只会流点鼻血。可是那没有关系。我来不是为了教你们用这个咒语的。

第14章 不可饶恕咒

"那么,既然没有破解咒,我为什么要向你们展示这些呢?因为你们必须有所了解。你们必须充分意识到什么是最糟糕的。你们不希望发现自己遇到现在面对的情形吧。**时刻保持警惕!**"他吼道,又把全班同学吓了一跳。

"好了……这三个咒语——阿瓦达索命咒、夺魂咒、钻心咒——都被称为不可饶恕咒。把其中任何一个咒语用在人类身上,都足够在阿兹卡班坐一辈子监牢。这就是你们要抵御的东西。这就是我要教你们抵御的东西。你们需要做好准备。你们需要有所戒备。不过最重要的,你们需要时刻保持警惕,永远不能松懈。拿出羽毛笔……把这些记下来……"

在这堂课剩下来的时间里,同学们都忙着做笔记,记录这三种不可饶恕咒。教室里静悄悄的,没有人说话,直到下课铃响起——可是当穆迪宣布下课,同学们刚一离开教室,各种议论顿时像决堤的洪水,汹涌而起。大多数同学都用敬畏的口气谈论着那些咒语——"你看见蜘蛛抽搐的样子了吗?""——他一下就把蜘蛛杀死了——就那么简单!"

哈利心想,听他们谈论这堂课的口气,就好像观看了一场精彩的滑稽表演,而他觉得这并不怎么有趣——赫敏对此也有同感。

"快走。"赫敏紧张地对哈利和罗恩说。

"又去该死的图书馆?"罗恩说。

"不是,"赫敏简洁地说,指着旁边的一条走廊,"纳威。"

纳威独自站在走廊中间,盯着对面的石墙,还是那样睁大了眼睛,满脸惊恐,跟穆迪演示钻心咒时他的表情一样。

"纳威?"赫敏轻声地说。

纳威转过脸来。

"噢,你们好,"他说,声调比平常高得多,"这堂课真有趣,是吗?不知道晚饭有什么吃的。我——我饿坏了,你们呢?"

"纳威,你没事吧?"赫敏问。

"噢,没事,我很好。"纳威还是用那种高得不正常的声音急促地说,"多么有趣的晚饭——噢,我是说这节课——有什么吃的?"

罗恩惊讶地望了哈利一眼。

"纳威,你怎么——?"

就在这时,他们身后传来一阵噔噔噔的奇怪声音。他们转过身,看见穆迪教授一瘸一拐地朝这边走来。他们四个顿时都不做声了,有点害怕地望着他。可是当他开口说话时,声音尽管粗哑,却比他们以前听到的低沉柔和多了。

"没关系,孩子,"他对纳威说,"你到我办公室来一趟好吗?来吧……我们可以一起喝一杯茶……"

纳威想到要和穆迪一起喝茶,似乎更害怕了。他没有动,也没有说话。

穆迪把他那只魔眼转向了哈利。"你没事吧,波特?"

"没事。"哈利回答,几乎带着点儿反抗的情绪。

穆迪的蓝眼睛打量着哈利,眼珠在眼窝里微微颤动。

然后他说:"但是你们必须有所了解。也许看起来很残酷,可是你们必须有所了解。没必要掩饰……好了……走吧,隆巴顿,我那儿有几本书,你可能会感兴趣的。"

纳威哀求地望着哈利、罗恩和赫敏,但他们谁也没有说话。纳威别无选择,只好由着穆迪把一只粗糙的大手放在他肩膀上,领着他走开了。

"这是什么意思?"罗恩望着纳威和穆迪拐过墙角,问道。

"我不知道。"赫敏说,显得忧心忡忡。

"不过他教得确实不错,嗯?"他们朝礼堂走去时,罗恩问哈利,"弗雷德和乔治说得对,是吧?穆迪他确实很在行,是吧?他

第14章 不可饶恕咒

一念阿瓦达索命咒,那只蜘蛛就死了,就那样立刻断了气儿——"

罗恩一看见哈利脸上的表情,赶紧闭口不说了,而且一路上都没有吭声,直到进入礼堂他才说,他觉得他们最好今晚就开始做特里劳妮教授布置的预言作业,那要花好几个小时呢。

赫敏没有参加哈利和罗恩在饭桌上的谈话,她狼吞虎咽地吃得飞快,然后又上图书馆去了。哈利和罗恩走回格兰芬多塔楼,这时,哈利自己又挑起话头,谈起了不可饶恕咒——他刚才在饭桌上一直在想这件事。

"如果魔法部知道我们看见了念咒的情景,会不会找穆迪和邓布利多的麻烦?"他们走近胖夫人肖像时,哈利问道。

"啊,大概会吧,"罗恩说,"不过邓布利多做事就是这样的性格,是吧?而且穆迪许多年来都是麻烦不断。总是不分青红皂白,先动手再说——看看他那些垃圾箱吧。胡言乱语。"

胖夫人向前荡开,露出那个洞口。他们爬进了格兰芬多的公共休息室,里面挤满了人,声音嘈杂。

"我们去拿占卜课的东西,好吗?"哈利问。

"好吧。"罗恩没精打采地说。

他们到楼上的宿舍去拿课本和图表,却发现纳威独自待在屋里,坐在床上看书。他的样子比刚上完穆迪的课时平静多了,不过仍然没有完全恢复正常。他的眼睛红通通的。

"你没事吧,纳威?"哈利问他。

"噢,没事,"纳威回答,"我很好,谢谢你。我在看穆迪教授借给我的这本书……"

他举起手里的书:《地中海神奇水生植物及其特性》。

"看样子是斯普劳特教授告诉了穆迪教授,说我在草药学方面非常棒。"纳威说——声音里有一丝淡淡的骄傲,这是哈利以前很少听到的,"穆迪教授认为我会喜欢这本书。"

哈利心想，把斯普劳特教授的话告诉纳威，这是让纳威高兴起来的一种很聪明的办法，因为纳威很少听人夸奖他有什么长处。这种事情像是卢平教授才做得出来的。

哈利和罗恩拿着他们的《拨开迷雾看未来》回到公共休息室，找了一张桌子，开始预测自己下一个月的命运。一小时后，他们毫无进展，桌上胡乱扔着许多写满数字和符号的羊皮纸片。哈利脑子里仍然迷雾重重，好像被特里劳尼教授炉火里冒出的烟雾填满了。

"这玩意儿到底是什么意思，我一点头绪都没有。"他低头望着长长一排计算公式，说道。

"怎么样，"罗恩说——脑袋上的头发都竖了起来，因为他一直在苦恼地挠头，"我们还是采用占卜课的保留节目吧。"

"你是说——胡编乱造？"

"是啊。"罗恩说着，把桌上乱糟糟的一堆草稿纸扫到地上，让羽毛笔蘸满墨水，埋头写了起来。

"下星期一，"他一边潦草地写，一边说道，"我可能会咳嗽，因为火星和木星不幸相合。"他抬头望着哈利，"你了解她的——我们尽量编一些倒霉事儿，她就爱看这个。"

"对极了。"哈利说——他把刚才绞尽脑汁思索的成果揉成一团，然后越过一群叽叽喳喳的一年级新生的头顶，把纸团投进了炉火，"好吧……星期一，我会遇到——嗯——被烧伤的危险。"

"对啊，你是有这样的危险，"罗恩愁眉苦脸地说，"我们星期一又要见到炸尾螺了。好了，星期二，我会……嗯……"

"你会破财。"哈利说道，他正在翻着《拨开迷雾看未来》寻找思路。

"好主意，"罗恩说，赶紧把这一条写下来，"因为……嗯……因为水星。你呢，你被一个你以为是朋友的人背叛，怎么样？"

"好啊……太棒了……"哈利草草地记录着，说道，"因为……

第14章 不可饶恕咒

金星在黄道第十二宫。"

"然后,在星期三,我跟人打架打输了。"

"啊,我刚才也想写打架呢。好吧,我就写打赌输了钱吧。"

"对,就说你赌我打架会赢……"

他们编造着预言(悲剧的色彩越来越浓),就这样又过了一小时,公共休息室里的人陆续回去睡觉了,周围慢慢冷清下来。克鲁克山溜达着走过来,轻巧地跳上一把空椅子,用深奥莫测的目光望着哈利,那神情很像赫敏——如果赫敏知道他们做家庭作业时投机取巧,也会露出这样的神情。

哈利四下张望,苦苦思索一桩他还没有用过的倒霉事件,无意间看见弗雷德和乔治坐在对面的墙边,头碰着头,手里拿着羽毛笔,埋头研究着一张羊皮纸。弗雷德和乔治居然躲在角落里,安安静静地钻研什么,这可真是件稀罕事儿。他们一向都喜欢热闹,喜欢咋咋呼呼,成为大家注意的中心。此刻看他们研究那张羊皮纸的样子,似乎有点鬼鬼祟祟,哈利想起了他们在陋居时坐在一起写东西的情景。于是猜想他们大概又在琢磨一份韦斯莱魔法把戏坊的订货单。可是看看又不像,如果是订货单,他们一定会让李·乔丹参加进来,一块儿乐一乐的。哈利想,这会不会与参加三强争霸赛有关呢?

哈利望着他们,只见乔治朝弗雷德摇了摇头,用羽毛笔划去了纸上的什么东西,然后说了一句话,尽管声音很低,却仍然传到了几乎空无一人的休息室的这头。他说:"不行——那会显得我们是在指责他。必须小心点儿……"

这时弗雷德抬起头,看见哈利正望着他们。哈利咧嘴一笑,赶紧低下头看自己的预言——他不想让乔治认为他在偷听。在这之后不久,双胞胎兄弟卷起羊皮纸,道了声晚安,就回去睡觉了。

弗雷德和乔治走后十分钟左右,肖像后的洞口打开了,赫敏爬进公共休息室,一只手里拿着一卷羊皮纸,另一只手里捧着一个盒子。她一走路，盒子里的东西就咔嗒咔嗒响个不停。克鲁克山拱起后背，呼噜呼噜叫着。

"你们好，"她说，"我忙完了！"

"我也忙完了！"罗恩得意地说，扔下了羽毛笔。

赫敏坐下来，把手里的东西放到一把空椅子上，把罗恩写的预言拉到面前。

"你下个月可够倒霉的，是吧？"她讽刺地说，克鲁克山蜷缩在她的膝盖上。

"是啊，至少我预先得到警告了。"罗恩打着哈欠说。

"你似乎要淹死两次。"赫敏说。

"是吗？"罗恩说，赶紧低头看自己的预言，"我最好把其中一次改成被一头横冲直撞的鹰头马身有翼兽踩死。"

"这不是一眼就能看出都是你胡编乱造的吗？"赫敏说。

"你竟敢这么说！"罗恩假装气愤地说，"我们在这里忙了一个晚上，辛苦得像家养小精灵！"

赫敏扬起了眉毛。

"对不起，措辞不当。"罗恩赶紧说道。

哈利也放下了羽毛笔，他刚刚预言自己将被砍头。

"盒子里是什么？"他指着盒子问道。

"你问得正好。"赫敏不悦地瞪了罗恩一眼，说道。她揭开盒盖，给他们看里面的东西。

盒子里大约有五十枚徽章，颜色各不相同，上面都写着同样的字母：S. P. E. W.。

"'呕吐[①]'？"哈利拿起一枚徽章，仔细看着，问道，"这是

[①] 家养小精灵权益促进会的英文字母缩写是"SPEW"，而这个词在英文里同时又有"呕吐"的意思。

第14章　不可饶恕咒

什么意思？"

"不是呕吐，"赫敏不耐烦地说，"是 S－P－E－W。意思是家养小精灵权益促进会。"

"没听说过。"罗恩说。

"你当然没听说过，"赫敏干脆利落地说，"是我刚刚创办的。"

"啊？"罗恩略微有些惊讶地问，"你们有多少会员？"

"嗯——如果你们俩也参加——就有三个。"赫敏说。

"你以为我们愿意戴着徽章走来走去，徽章上写着'呕吐'？"罗恩说。

"是 S－P－E－W！"赫敏恼火地说，"我本来想命名为'禁止残酷虐待我们的神奇动物朋友和改善其法律地位的运动'——可是不太合适。所以我把那个作为我们协会宣言的标题了。"

她朝他们挥舞着那卷羊皮纸。"我一直在图书馆深入研究这个问题。小精灵的奴隶身份可以追溯到好几个世纪以前。我无法相信居然一直没有人对此采取措施。"

"赫敏——你听好了，"罗恩大声说，"他们、喜欢、这样。他们喜欢做别人的奴隶！"

"我们的短期目标，"赫敏说，声音比罗恩还大，好像根本没听见罗恩的话，"是保证家养小精灵获得合理的工钱和良好的工作环境。我们的长远目标包括修改小精灵不得使用魔杖的法律，还要争取让一位小精灵进入神奇动物管理控制司，因为小精灵权益未被充分体现的情况着实令人震惊。"

"我们怎么能做到这些呢？"哈利问。

"首先，我们要发展会员。"赫敏情绪高昂地说，"我认为参加者要付两个银西可——用于购买徽章——这笔收入可供我们印发传单。你是财务总管，罗恩——我在楼上给你准备了一个储钱罐——哈利，你是秘书，你需要把我现在说的每一句话都写下来，作为我们第一次会议的记录。"

一时间，谁也没有说话，赫敏喜滋滋地看着他们俩。哈利坐在那里，既为赫敏的表现感到气恼，又被罗恩脸上的表情逗得想笑。最后沉默被打破了，但出声的不是罗恩，看他的样子，好像暂时还说不出话来。他们听见窗户上传来轻轻的敲打声，啪，啪。哈利的目光越过此刻空荡荡的公共休息室，看见在月光的映照下，一只雪白的猫头鹰栖息在窗台上。

"海德薇！"他喊道，猛地从椅子上跃起，三步并作两步穿过房间，拉开窗户。

海德薇飞了进来，掠过房间，落在桌上哈利的预言作业上。

"来得正是时候！"哈利说着，匆匆跟了过去。

"它送来了回信！"罗恩激动地说，指着拴在海德薇脚上的一片皱巴巴的羊皮纸。

哈利赶紧把信解下来，坐下看信，海德薇扑扇着翅膀落到他膝盖上，轻轻鸣叫。

"上面怎么说？"赫敏屏住呼吸问。

信很短，好像是在匆忙中草草写就。哈利大声读道：

哈利：

我马上就飞到北方来。最近听到一系列奇怪的传闻，刚又得知关于你伤疤的这个消息。如果伤疤再疼，请直接去找邓布利多——听说他又起用了已退休的疯眼汉，这就意味着他领会到了那些预兆，尽管别人都还蒙在鼓里。

我很快就跟你联系。向罗恩和赫敏问好。保持警惕，哈利。

小天狼星

哈利抬头望着罗恩和赫敏，他们也望着他。

第14章　不可饶恕咒

"他要飞到北方来？"赫敏小声问，"他要回来？"

"邓布利多领会到了什么预兆？"罗恩一脸困惑地问道，"哈利——怎么啦？"

哈利用拳头猛地敲了一下自己的前额，惊得海德薇从他膝盖上跳开了。

"我不应该告诉他的！"哈利恼怒地说。

"你在说什么呀？"罗恩惊讶地问。

"我的信让他认为他必须赶回来！"哈利说着，又用拳头使劲敲打桌子——海德薇只好落在罗恩的椅子背上，气愤地鸣叫着，"赶回来，因为他以为我遇到了麻烦！其实我一点事儿也没有！我没有东西给你吃，"哈利没好气地对满怀希望哑着嘴巴的海德薇说，"如果你想吃东西，只好去猫头鹰棚屋了。"

海德薇非常生气地看了他一眼，朝敞开的窗户飞去，用伸展的翅膀拍了一下哈利的脑袋。

"哈利。"赫敏用安慰的口气说道。

"我要去睡觉了，"哈利不愿多说，"明天见。"

来到楼上的宿舍，哈利穿上睡衣，爬上他那张四柱床，但觉得一点也不累。

如果小天狼星回来后被抓住，那就是他——哈利的过错了。他为什么就不能闭紧嘴巴呢？不过是几秒钟的疼痛，他就唠叨个没完……他为什么不能明智一些，把这件事埋在心里……

片刻之后，他听见罗恩进了宿舍，但他没有跟罗恩说话。哈利久久地躺在床上，瞪着漆黑的帐顶发愣。宿舍里一片寂静，如果哈利不是这样心事重重，就会意识到宿舍里没有响起纳威惯常的鼾声，这说明今夜辗转难眠的不止他一个人。

第15章

布斯巴顿和德姆斯特朗

第二天一早,哈利醒来时,脑子里已经形成了一个完整的计划,就好像他睡着时脑子没有休息,整夜都在盘算这件事。他从床上起来,在黎明苍白的微光中穿好衣服,没有唤醒罗恩,独自离开宿舍,来到空无一人的公共休息室。昨晚的占卜课家庭作业还留在桌上,他拿起一张羊皮纸,写了下面这封信:

亲爱的小天狼星:

我想,我的伤疤疼大概是心理作用,我上次给你写信时还没有完全睡醒。你没有必要回来,这里一切都好。不要为我担心,我的头一点也不疼了。

哈 利

随即,他从肖像后的洞口爬出去,在寂静的城堡里一直往上走(只被皮皮鬼阻挡了片刻,在五楼的走廊上,皮皮鬼想把一只大花瓶推到他身上),最后来到位于西塔楼最顶层的猫头鹰棚屋。

猫头鹰棚屋是一个圆形的石头房间,非常阴冷,刮着穿堂风,因为那里的窗户上都没有安玻璃。地板上到处是稻草和猫头鹰粪

第15章 布斯巴顿和德姆斯特朗

便,以及猫头鹰吐出的老鼠和田鼠骨头。在直达塔楼最顶处的栖枝上,栖息着成百上千只猫头鹰,各个品种应有尽有。它们几乎都在睡觉,不过时不时地,会有一只圆溜溜的琥珀色眼睛瞪视着哈利。哈利看见海德薇栖息在一只谷仓猫头鹰和一只黄褐色猫头鹰之间,便匆匆走过去,脚踩在洒满鸟粪的地上差点儿滑倒。

他磨了半天嘴皮子,才说服海德薇醒过来望着自己,因为海德薇不停地在栖枝上移来移去,把尾巴冲着哈利。显然,它还在因为哈利昨晚不知好歹的表现而生气。最后,哈利说它大概太累了,他最好去向罗恩借来小猪用一下,海德薇这才伸出腿来,让哈利把信拴上。

"一定要找到他,好吗?"哈利说,抱着海德薇走向墙上的一个洞口,一边抚摸着它的后背,"要赶在摄魂怪前面。"

海德薇咬了咬哈利的手指,也许比平时咬得更用力一些,但它仍然轻轻叫了几声,仿佛是叫他放心。然后,海德薇展开双翅,飞进了晨曦中。哈利望着它飞得看不见了,内心又产生了那种很不踏实的感觉。他一直以为小天狼星的回信肯定会减轻他的担忧,没想到他的担忧反倒增加了。

"你在撒谎,哈利,"早饭桌上,当哈利把他做的事情告诉赫敏和罗恩后,赫敏尖锐地指出,"你的伤疤疼根本不是心理作用,你知道的。"

"那又怎么样?"哈利说,"他不能因为我而再回到阿兹卡班。"

"别说了。"赫敏张嘴还要辩论,罗恩很不客气地阻止了她。赫敏破天荒第一次听从了罗恩,没有再说什么。

在接下来的两个星期里,哈利尽量不去为小天狼星担心。诚然,当每天早晨送信的猫头鹰到来时,他还是忍不住焦虑地东张西望。而每天深夜入睡前,他也无法不让自己幻想小天狼星在伦敦某条阴暗的街道上，被摄魂怪们逼得走投无路的可怕情景。不过在整个白天，他还是尽量不去牵挂自己的教父。他真希望仍然能靠魁地奇转移注意力，没有什么比健康的、大运动量的训练更能排解内心的烦恼焦虑了。另一方面，他们的功课越来越难，要求越来越高，特别是穆迪的黑魔法防御术课。

令他们吃惊的是，穆迪教授宣布说他要轮流对每个同学念夺魂咒，以演示这个咒语的魔力，看他们能不能抵御它的影响。

"可是……可是你说过它是非法的，教授，"当穆迪一挥魔杖，让课桌纷纷靠边，在教室中央留出一大片空地时，赫敏没有把握地说，"你说过……把它用在别人身上是……"

"邓布利多希望让你们感受一下，"穆迪说——那只魔眼转过来，阴森森地、一眨不眨地盯着赫敏，"如果你愿意通过更残酷的方式学习——等着别人给你念这个咒语，把你完全控制在手心里——那很好。我同意。你可以走了。"

他伸出一根粗糙的手指，指着教室的门。赫敏满脸涨得通红，喃喃地嘀咕了一句什么，好像是说她并不想离开。哈利和罗恩相视笑了一下。他们知道赫敏宁可去吃巴波块茎的脓液，也不愿错过这样重要的一课。

穆迪开始招呼同学们轮流上前，给他们念夺魂咒。哈利看到，在咒语的影响下，同学们一个接一个做出最反常的举动。迪安·托马斯一蹦一跳地在教室里转了三圈，嘴里唱着国歌。拉文德·布朗模仿了一只松鼠。纳威表演了一系列十分惊人的体操动作，这是他在正常状态下绝对做不到的。似乎没有一个同学能够抵挡这个咒语，都是在穆迪消除咒语后才恢复了正常。

"波特，"穆迪声音隆隆地说，"轮到你了。"

哈利上前走到教室中央，走到穆迪刚才挪开课桌腾出的空地上。穆迪举起魔杖，指着哈利，说道："魂魄出窍！"

第 15 章　布斯巴顿和德姆斯特朗

那真是一种最奇妙的感觉。哈利觉得自己轻飘飘的，脑海里的思想和忧虑一扫而光，只留下一片朦朦胧胧的、看不见摸不着的喜悦。他站在那里，感到特别轻松，无忧无虑，只模模糊糊地意识到大家都在注视着自己。

然后，他听见了疯眼汉穆迪的声音，在他空荡荡的脑袋里的某个遥远的角落里回响：跳到桌子上去……跳到桌子上去……

哈利顺从地弯下膝盖，准备跳了。

跳到桌子上去……

可是为什么呢？

他脑袋后面又有一个声音苏醒了。这么做太傻了，那个声音说。

跳到桌子上去……

不，我不想跳，谢谢，另外那个声音说，语气更坚定了一些……不，我真的不想跳……

跳！快跳！

接下来，哈利便感到一阵剧痛。他跳了，同时又试图不让自己跳——结果一头撞在桌子上，把桌子撞翻了，腿上钻心地疼，看来他的两个膝盖骨都摔裂了。

"好，这才像话！"穆迪用隆隆的声音说。忽地，哈利觉得脑海里那种空谷回音般的空洞感消失了。他十分清楚地记得刚才发生的事，膝盖越发疼痛难忍。

"看看吧，你们大家……波特抵挡了！他抵挡了，差点儿打败了它！我们再试一次，波特，你们其他人注意看好——盯着他的眼睛，那是关键所在——很好，波特，非常好！他们别想轻易控制你！"

"听他说话的口气，"一小时后（穆迪坚持让哈利连续测试了四次，直到哈利能够完全摆脱那个咒语），哈利一瘸一拐地走出黑魔法防御术课的教室，嘴里嘀咕道，"你还以为我们随时都会受到攻击呢。"

"是啊，没错。"罗恩说，他每走一步就抬脚一跳。他在对付这个咒语时的困难比哈利大得多，不过穆迪向他保证，咒语的影响到吃午饭时就会消失。"说起他的偏执……"罗恩扭头望望，确信穆迪肯定听不见了，才接着说下去，"难怪他们巴不得把他从魔法部赶出去呢。你有没有听见他告诉西莫，愚人节那天一个女巫在他后面喝了个倒彩，他是怎么对付那个女巫的？我们要做的事情那么多，哪有时间研究怎样抵挡夺魂咒啊？"

所有四年级的同学都注意到，他们这学期要做的功课明显增加了。当同学们格外大声地抱怨麦格教授布置的变形课家庭作业太多时，麦格教授解释了原因。

"你们正在进入魔法教育的一个重要时期！"她告诉他们，两只眼睛在方方的镜片后面威严地闪着光，"你们的 O.W.L. 考试就要临近了——"

"我们要到五年级才参加 O.W.L. 考试呢！"迪安·托马斯气愤地说。

"也许是这样，托马斯，不过请相信我，你们需要做好充分的准备！在这个班里，始终只有格兰杰小姐一个人能把刺猬变成一只令人满意的针垫。托马斯，我应该提醒你一句，你的针垫在有人拿着针靠近它时，仍然会害怕得蜷缩起来！"

赫敏的脸又涨得通红，她竭力不让自己表现出太得意的样子。

哈利和罗恩没想到，在接下来的占卜课上，特里劳尼教授居然对他们说，他们的家庭作业获得了高分，这使他们觉得特别可笑。她高声选读了他们预言的许多部分，并表扬他们能够勇敢地接受即将发生的可怕事情——可是，当她要求他们再对下个月的命运做出预测时，他们就觉得不怎么可笑了。他们俩再也想不出新的灾难事件了。

第15章 布斯巴顿和德姆斯特朗

另一方面，宾斯教授——教他们魔法史的幽灵，这周布置他们写一篇关于十八世纪妖精叛乱的论文。斯内普教授逼着他们研究解药。谁都不敢掉以轻心，因为斯内普教授暗示说，他将在圣诞节前给他们中间的一个人下毒，看看他们的解药是否管用。弗立维教授要求同学们另外再读三本书，为学习召唤咒做准备。

就连海格也给他们增加了负担。炸尾螺长得很快，尽管谁都没有弄清它们到底喜欢吃什么。海格非常高兴，作为"课题"的一部分，他建议他们每隔一天到他的小屋来观察一次炸尾螺，并记录下它们不同寻常的行为。

"我不来，"当海格以圣诞老人从口袋里掏出一只特大玩具的神情提出这个建议时，德拉科·马尔福毫不迟疑地说，"我在课堂上就看够了这些讨厌的东西，谢谢。"

海格脸上的微笑隐去了。

"按我说的办，"他咆哮道，"不然我就学穆迪教授的样儿……我听说你变成白鼬还蛮不错的，马尔福。"

格兰芬多的学生们哄堂大笑。马尔福气红了脸，但他显然对穆迪惩罚他的那一幕记忆犹新，不敢再顶嘴了。下课后，哈利、罗恩和赫敏兴高采烈地回到城堡。看到海格镇压了马尔福的嚣张气焰，真是大快人心，更何况马尔福去年曾千方百计想弄得海格被学校开除。

他们来到门厅，发现再也无法前进，因为一大群学生都挤在大理石楼梯脚下竖起的一则大启事周围。罗恩是他们三个人中最高的，他踮起脚尖，越过前面人的头顶，把启事上的文字大声地念给他们两个听：

三强争霸赛

布斯巴顿和德姆斯特朗的代表将于十月三十日星期五傍

晚六时抵达。下午的课程提前半小时结束——

"太棒了！"哈利说，"星期五的最后一堂课是魔药课！斯内普来不及给我们大家下毒了！"

届时请同学们把书包和课本送回宿舍，到城堡前面集合，迎接我们的客人，然后参加欢迎宴会。

"只有一个星期了！"赫奇帕奇学院的厄尼·麦克米兰从人群里挤出来，两眼闪闪发光，说道，"也不知塞德里克是不是知道了。我去告诉他一声……"

"塞德里克？"厄尼匆匆走开后，罗恩有些茫然地说。

"就是迪戈里，"哈利说，"他肯定准备参加争霸赛。"

"那个白痴，也想当霍格沃茨的勇士？"罗恩说。他们推开叽叽喳喳的人群，朝楼梯走去。

"他可不是白痴。你是因为他在魁地奇比赛中打败了格兰芬多才不喜欢他的。"赫敏说，"我听说他是个很出色的学生——还是级长呢。"

听她的口气，好像这就说明了一切。

"你是因为他长得帅才喜欢他的。"罗恩尖刻地说。

"对不起，我不会仅仅因为别人长得帅就喜欢他们！"赫敏气愤地说。

罗恩假装大咳一声，声音怪怪的，听起来很像"洛哈特"。

门厅里出现的这则启事，对住在城堡里的人产生了明显的影响。在接下来的一星期里，哈利不管走到哪里，人们似乎都只谈论一个话题：三强争霸赛。谣言在学生中间迅速流传，像传染性很强的细菌：谁会争当霍格沃茨的勇士，争霸赛会有哪些项目，布斯巴

第15章 布斯巴顿和德姆斯特朗

顿和德姆斯特朗的学生与他们有什么不同。

哈利还注意到，城堡似乎正在进行彻底的打扫。几幅肮脏的肖像被擦洗干净了，那些被擦洗的人物对此十分不满。他们缩着身子坐在相框里，闷闷不乐地嘟哝，每次一摸到脸上新露出的粉红色嫩肉，就疼得龇牙咧嘴。那些盔甲突然变得锃光瓦亮，活动的时候也不再嘎吱嘎吱响了。管理员阿格斯·费尔奇一看到有学生忘记把鞋擦干净，就凶狠地大发雷霆，吓得两个一年级的女生犯了歇斯底里症。

其他教工也显得格外紧张。

"隆巴顿，拜托，千万别在德姆斯特朗的人面前露馅儿，让他们看出你连一个简单的转换咒都没掌握！"快下课时，麦格教授厉声吼道。那节课上得特别不顺利，纳威无意中把自己的耳朵嫁接到了一棵仙人掌上。

十月三十日那天早晨，他们下楼吃早饭时，发现礼堂在一夜之间被装饰一新。墙上挂着巨大的丝绸横幅，每一条代表霍格沃茨的一个学院：红底配一头金色狮子的是格兰芬多，蓝底配一只古铜色老鹰的是拉文克劳，黄底配一只黑獾的是赫奇帕奇，绿底配一条银色蟒蛇的是斯莱特林。在教工桌子的后面，挂着那条最大的横幅，上面是霍格沃茨的饰章：狮、鹰、獾、蛇联在一起，环绕着一个大字母H[①]。

哈利、罗恩和赫敏看见弗雷德和乔治正坐在格兰芬多的餐桌旁。这次两个双胞胎又是很反常地避开众人，压低声音商量着什么。罗恩领头朝他们走去。

"这确实不太愉快，我承认，"乔治沮丧地对弗雷德说，"可是如果他不当面跟我们谈，我们就只好把信寄给他了，或者直接塞进

[①] 霍格沃茨的英文首写字母。

他手里。他不可能永远躲着我们。"

"谁在躲着你们?"罗恩说着,在他们旁边坐了下来。

"希望你能躲着我们。"弗雷德说,似乎很不高兴受到打扰。

"什么事情不太愉快?"罗恩问乔治。

"有你这样一个好管闲事的傻弟弟。"乔治说。

"你们俩对三强争霸赛有办法了吗?"哈利问道,"还想混进去参加吗?"

"我去问过麦格教授:勇士是怎么选出来的,可是她不肯告诉我,"乔治怨恨地说,"她只是叫我闭上嘴巴,专心给我的浣熊变形。"

"不知道争霸赛都有哪些项目?"罗恩若有所思地说,"我敢打赌我们也能行,哈利。我们以前做过那么危险的事……"

"但是你们没有当着裁判团的面,不是吗?"弗雷德说,"麦格说,裁判将根据勇士们完成项目的质量给他们评分。"

"谁是裁判?"哈利问。

"噢,参赛学校的校长肯定是裁判团成员,"赫敏说——大家都十分吃惊地扭过头来望着她,"因为在一七九二年的争霸赛中,勇士们要抓的一头鸡身蛇尾怪不受控制,横冲直撞,三位校长都受了伤。"

她注意到大家都在盯着她,便又摆出那副不耐烦的表情,因为居然没有一个人像她一样读过那么多书。她说:"这些都写在《霍格沃茨:一段校史》里呢。不过,当然啦,那本书并不完全可靠。也许叫它《一段被修改的霍格沃茨校史》更合适,或者叫它《一段带有高度偏见和有所选择的霍格沃茨校史,学校的阴暗面被掩盖》。"

"你在说什么呀?"罗恩说,不过哈利仿佛知道她接下来要说什么了。

"家养小精灵!"赫敏说,两眼灼灼放光,"在长达一千多页的

第15章 布斯巴顿和德姆斯特朗

《霍格沃茨：一段校史》这本书里，竟然只字没提我们在共同压迫一百个奴隶！"

哈利摇了摇头，低头给自己盛炒鸡蛋。他和罗恩的消极态度丝毫没有动摇赫敏为家养小精灵追求公正待遇的决心。诚然，他们俩都付了两个银西可购买了S.P.E.W.徽章，但他们这么做只是为了使赫敏闭嘴。然而，他们的银西可是白白浪费了，赫敏不仅没有因此安静下来，反而吵闹得更厉害了。从那以后，她就一直缠着哈利和罗恩，先是要求他们佩戴徽章，接着又要求他们去说服别人这么做。她还养成了一个习惯，每天晚上在格兰芬多的公共休息室里喋喋不休、不依不饶地缠着别人，拿着储钱罐在别人鼻子底下使劲摇晃。

"你有没有意识到，给你换床单，给你生火，给你打扫教室，给你煮饭烧菜的，都是一群没有工钱、受到奴役的神奇动物啊！"她言辞激烈地缠着别人说。

有一些人，比如纳威，无奈地付了钱，只是为了让赫敏别再恶狠狠地瞪着自己。也有个别人似乎对赫敏说的话略有兴趣，但不愿意积极参加活动、为此奔走游说。许多人把整个这件事当作一个玩笑。

此刻，罗恩冲着向他们洒下秋日阳光的天花板翻起眼睛，弗雷德突然对他的熏咸肉产生了浓厚的兴趣（双胞胎兄弟都不肯买S.P.E.W.徽章）。乔治则朝赫敏探过身子。

"听我说，赫敏，你有没有到下面的厨房里去过？"

"没有，当然没有，"赫敏干脆地说，"我认为学生是不应该——"

"噢，我们去过，"乔治说，指了指弗雷德，"去过好多次，为了偷点东西吃。我们遇见过他们，他们很开心。他们认为自己得到了世界上最好的工作——"

"那是因为他们没有受过教育，并被灌输了一些错误思想！"

赫敏激动地说，可是她下面的话被头顶上一阵突如其来的嗖嗖声淹没了，这声音说明猫头鹰们送信来了。哈利立刻抬起头，看见海德薇正朝他飞来。赫敏也马上停止了说话，和罗恩一起焦虑地望着海德薇，只见它扑棱棱地落到哈利肩膀上，收起双翅，疲倦地伸出一条腿。

哈利抽出小天狼星的回信，然后把他那份熏咸肉的皮递到海德薇嘴里，海德薇感激地吃着。哈利张望了一下，确信弗雷德和乔治又在埋头商量三强争霸赛的事了，便把小天狼星的信小声地念给罗恩和赫敏听。

哈利，我理解你的苦心。

　　我回国了，隐蔽得很安全。我希望你把霍格沃茨发生的每件事都写信告诉我。不要用海德薇，要不停地换其他猫头鹰。别为我担忧，你自己多加小心。别忘了我说的关于你伤疤的话。

小天狼星

"为什么要不停地换猫头鹰？"罗恩低声问。

"海德薇会引人注目的，"赫敏立刻说道，"它太显眼了。一只雪白的猫头鹰一而再、再而三地回到他的藏身之处……我的意思是，它可不是当地普通的鸟类，对吧？"

哈利把信卷起来，塞进了他的长袍里面。他不知道自己是放心了，还是比以前更担心了。他想，小天狼星能够顺利回来而没被抓住，总是一件好事。同时他也无法否认，一想到小天狼星现在离他近了许多，确实感到十分宽慰，至少他每次写信用不着等待那么久才收到回信了。

"谢谢，海德薇。"哈利抚摸着它说道。海德薇困倦地叫了几声，把它的喙伸进哈利盛橘子汁的高脚酒杯里蘸了蘸，然后又起飞了，

第 15 章 布斯巴顿和德姆斯特朗

看样子是急着赶回猫头鹰棚屋好好地睡一觉。

那天,空气里弥漫着一种有所期待的喜悦情绪。课堂上,没有人专心听课,大家都想着今天晚上布斯巴顿和德姆斯特朗的人就要来了。就连魔药课也不像平常那样难以忍受了,因为要提前半小时下课。当铃声早早地敲响后,哈利、罗恩和赫敏匆匆赶到格兰芬多塔楼,按吩咐放下他们的书包和课本,穿上斗篷,然后三步并作两步地冲下楼梯,来到门厅。

学院院长们正在命令自己的学生排队。

"韦斯莱,把帽子戴正。"麦格教授严厉地对罗恩说,"佩蒂尔小姐,把头发上那个荒唐可笑的东西拿掉。"

帕瓦蒂不高兴地皱着眉头,把一只大蝴蝶头饰从辫梢上取了下来。

"请大家跟我来,"麦格教授说,"一年级的同学在前面……不要拥挤……"

他们鱼贯走下台阶,排着队站在城堡前。这是一个寒冷的、空气清新的傍晚,夜幕正在降临,一轮洁白的、半透明的月亮已经挂在了禁林上空。哈利站在罗恩和赫敏中间,在正数第四排,他看见丹尼斯·克里维和其他一年级新生站在一起,激动得浑身颤抖。

"快六点了,"罗恩看了看手表,望着通向前门的车道,说,"你说他们会怎么来?乘火车吗?"

"我想不会。"赫敏说。

"那怎么来?飞天扫帚?"哈利抬头望着星光闪烁的天空,猜测道。

"我认为也不会……从那么远的地方……"

"门钥匙?"罗恩猜道,"或者可以幻影显形——也许在他们那个地方,不满十七岁的人也允许幻影显形?"

"在霍格沃茨的场地内不许幻影显形,我还要对你说多少遍?"

赫敏不耐烦地说。

他们兴奋地扫视着渐渐黑下来的场地，可是不见任何动静。一切都是沉寂、宁静的，和平常没什么两样。哈利开始感到冷了。他真希望他们能快一点儿……也许外国学生正在准备一次富有戏剧性的入场式……他想起了在魁地奇世界杯赛前，韦斯莱先生在营地上说的话："总是这样——大家聚到一起时，就忍不住想炫耀一番……"

就在这时，和其他教师一起站在后排的邓布利多喊了起来——

"啊！如果我没有弄错的话，布斯巴顿的代表已经来了！"

"在哪儿？"许多学生急切地问，朝不同方向张望着。

"那儿！"一个六年级学生喊道，指着禁林上空。

一个庞然大物，比一把飞天扫帚——或者说比一百把飞天扫帚——还要大得多，正急速地掠过深蓝色的天空，朝城堡飞来，渐渐地越来越大。

"是一条火龙！"一个一年级新生尖叫道，激动得不知该怎么办了。

"别说傻话了……是一座房子在飞！"丹尼斯·克里维说。

丹尼斯的猜测更接近一些……当那个黑乎乎的庞然大物从禁林的树梢上掠过，被城堡窗口的灯光照着时，他们看见一辆巨大的粉蓝色马车朝他们飞来。它有一座房子那么大，十二匹长着翅膀的马拉着它腾空飞翔，都是银鬃马，每匹马都和大象差不多大。

马车飞得更低了，正以无比迅疾的速度降落，站在前三排的同学急忙后退——然后，一阵惊天动地的巨响，吓得纳威往后一跳，踩到了一个斯莱特林五年级同学的脚——只见那些马蹄砰砰地落到地面上，个个都有菜盘子那么大。眨眼之间，马车也降落到地面，在巨大的轮子上震动着，同时那些金色的马抖动着它们硕大的脑袋，火红的大眼睛滴溜溜地转。

第 15 章　布斯巴顿和德姆斯特朗

哈利刚来得及看见车门上印着的一个饰章（两根十字交叉的金灿灿的魔杖，每根上都冒出三颗星星），车门就打开了。

一个穿着浅蓝色长袍的男孩跳下马车，弯下身子，在马车的地板上摸索着什么，然后打开一个金色的旋梯。他毕恭毕敬地往后一跳，哈利看见一只闪亮的黑色高跟鞋从马车里伸了出来——这只鞋就有儿童用的小雪橇那么大——紧跟着出现了一个女人，块头之大，是他这辈子从没见过的。这样，马车和那些银鬃马为什么这么大就不言自明了。几个人惊得倒吸一口冷气。

哈利这辈子只见过一个人的块头能跟这个女人相比，那就是海格，他怀疑他们俩的身高几乎没有差别。然而不知怎的——也许只是因为他已经习惯了海格——这个女人（此刻已到了台阶下，正转过身来看着睁大眼睛静候的人群）似乎更加大得离奇。当她走进从门厅泄出的灯光中时，大家发现她有一张很俊秀的橄榄色的脸，一双水汪汪的又黑又大的眼睛，还有一个尖尖的鼻子，头发梳在脑后，在脖子根部绾成一个闪亮的髻。她从头到脚裹着一件黑缎子衣服，脖子上和粗大的手指上都闪耀着许多华贵的蛋白石。

邓布利多开始鼓掌，同学们也跟着拍起了巴掌，好些人踮着脚尖，想把这个女人看得更清楚些。

她的脸松弛下来，绽开一个优雅的微笑，她伸出一只闪闪发光的手，朝邓布利多走去。邓布利多虽然也是高个子，但吻这只手时几乎没有弯腰。

"亲爱的马克西姆女士，"他说，"欢迎您来到霍格沃茨。"

"邓布利多，"马克西姆女士用低沉的声音说，"我希望您一切都好。"

"非常好，谢谢您。"邓布利多说。

"我的学生。"马克西姆女士说着，抬起一只巨大的手，漫不经心地朝身后挥了挥。

哈利刚才只顾盯着马克西姆女士，这时才注意到大约十二三个男女学生已从马车上下来，此刻正站在马克西姆女士身后。从他们的模样看，年龄大概都在十八九岁左右，一个个都在微微颤抖。这不奇怪，因为他们身上的长袍似乎是精致的丝绸做成，而且谁也没有穿斗篷。有几个学生用围巾或头巾裹住了脑袋。从哈利可以望见的情形看（他们都站在马克西姆女士投下的巨大阴影里），他们都抬头望着霍格沃茨，脸上带着不安的神情。

"卡卡洛夫来了吗？"马克西姆女士问道。

"他随时都会来。"邓布利多说，"您是愿意在这里等着迎接他，还是愿意先进去暖和暖和？"

"还是暖和一下吧。"马克西姆女士说，"可是那些马——"

"我们的保护神奇动物老师会很乐意照料它们的，"邓布利多说，"他处理完一个小乱子就回来，是他的——嗯——他要照管的另外一些东西出了乱子。"

"是炸尾螺。"罗恩嘻嘻笑着对哈利小声说。

"我的骏马需要——嗯——力气很大的人才能照料好，"马克西姆女士说，似乎怀疑霍格沃茨的保护神奇动物老师能否胜任这项工作，"它们性子很烈……"

"我向您保证，海格完全能够干好这项工作。"邓布利多微笑着说。

"很好。"马克西姆女士说，微微鞠了一躬，"您能否告诉这个海格一声，这些马只喝纯麦芽威士忌？"

"我会关照的。"邓布利多说，也鞠了一躬。

"来吧。"马克西姆女士威严地对她的学生们说。霍格沃茨的人群闪开一条通道，让她和她的学生走上石阶。

"你认为德姆斯特朗的马会有多大？"西莫·斐尼甘探过身子，隔着拉文德和帕瓦蒂问哈利和罗恩。

第15章　布斯巴顿和德姆斯特朗

"啊，如果它们比这些马还大，那恐怕连海格也摆弄不了啦，"哈利说，"我是说如果海格没有被他那些炸尾螺咬伤的话。不知道它们出了什么乱子？"

"大概是逃跑了。"罗恩满怀希望地说。

"哦，千万别这么说，"赫敏打了个冷战，说道，"想想吧，这些家伙在场地上到处乱爬……"

他们站在那里，等候德姆斯特朗一行人的到来，已经冻得微微有些发抖了。大多数人都眼巴巴地抬头望着天空。一时间四下里一片寂静，只听见马克西姆女士的巨马喷鼻息、跺蹄子的声音。就在这时——

"你听见什么没有？"罗恩突然问道。

哈利仔细倾听。一个很响很古怪的声音从黑暗中向他们飘来：是一种被压抑的隆隆声和吮吸声，就像一个巨大的吸尘器在沿着河床移动……

"在湖里！"李·乔丹大喊一声，指着湖面，"快看湖上！"

他们站在俯瞰场地的草坡上，可以清楚地看到那片平静的黑乎乎的水面——不过那水面突然变得不再平静。湖中央的水下起了骚动，水面上翻起巨大的气泡，波浪冲打着泥泞的湖岸——然后，就在湖面的正中央，出现了一个大漩涡，就好像一个巨大的塞子突然从湖底被拔了出来……

一个黑黑的长杆似的东西从漩涡中心慢慢升起……接着哈利看见了船帆索具……

"是一根桅杆！"他对罗恩和赫敏说。

慢慢地，气派非凡地，那艘大船升出了水面，在月光下闪闪发亮。它的样子很怪异，如同一具骷髅，就好像是一艘刚被打捞上来的沉船遗骸，舷窗闪烁着昏暗的、雾蒙蒙的微光，看上去就像幽灵的眼睛。最后，随着一阵稀里哗啦的水声，大船完全冒了出来，在波涛起伏的水面上颠簸，开始朝着湖岸驶来。片刻之后，他们听见扑通一声，一只铁锚扔进了浅水里，然后又是啪的一声，一块木板搭在了湖岸上。

船上的人正在上岸，哈利他们可以看见这些人经过舷窗灯光时的剪影。哈利注意到，他们的身架都跟克拉布和高尔差不多……然而当他们更走近些，顺着草坪走进门厅投出的光线中时，哈利才发现他们之所以显得块头很大，是因为都穿着一种毛皮斗篷，上面的毛蓬乱纠结。不过领着他们走向城堡的那个男人，身上穿的皮毛却是另外一种：银白色的，又柔又滑，很像他的头发。

"邓布利多！"那男人走上斜坡时热情地喊道，"我亲爱的老伙计，你怎么样？"

"好极了，谢谢你，卡卡洛夫教授。"邓布利多回答。

卡卡洛夫的声音圆润润甜腻腻的。当他走进从城堡正门射出的灯光中时，他们看见他像邓布利多一样又高又瘦，但白色的头发很短，山羊胡子（末梢上打着小卷儿）没有完全遮住他瘦削的下巴。他走到邓布利多面前，用两只手同邓布利多握手。

"亲爱的老伙计霍格沃茨，"他抬头望着城堡，微笑着说——他的牙齿很黄，哈利还注意到他尽管脸上笑着，眼睛里却无笑意，依然是冷漠和犀利的，"来到这里真好啊，真好啊……威克多尔，快过来，暖和一下……你不介意吧，邓布利多？威克多尔有点感冒了……"

卡卡洛夫示意他的一个学生上前。当那男孩走过时，哈利瞥见了一个引人注目的鹰钩鼻和两道又粗又黑的眉毛。他不需要罗恩那样使劲地捅他的胳膊，也不需要别人在周围窃窃私语，就已认出了那个身影。

"哈利——是克鲁姆！"

第 16 章

火 焰 杯

"真不敢相信!"罗恩用一种大为震惊的口吻说——这时霍格沃茨的学生正跟在德姆斯特朗一行人的后面,排队登上石阶,"是克鲁姆,哈利! 威克多尔·克鲁姆!"

"看在老天的分上,罗恩,他只是个魁地奇球员罢了。"赫敏说。

"只是个魁地奇球员罢了?"罗恩愣愣地看着她,似乎不敢相信自己的耳朵,"赫敏——他是世界上最棒的找球手之一啊! 真没想到他还是个学生!"

当他们和霍格沃茨的其他学生一起再次穿过门厅朝礼堂走去时,哈利看见李·乔丹踮着脚跳上跳下,想把克鲁姆的背影看得更清楚一些。几个六年级女生一边走,一边发疯似的在口袋里翻找着什么——

"唉,真不敢相信,我身上怎么一支羽毛笔也没带——"

"你说,他会用口红在我帽子上签名吗?"

"太荒唐了!"赫敏高傲地说,他们三人从那几个为一支口红争来吵去的女生身边走过。

"如果可能的话,我要得到他的签名照片。"罗恩说,"你没带羽毛笔吧,哈利?"

"没有，都在楼上我的书包里呢。"哈利说。

他们走到格兰芬多的桌子旁坐了下来。罗恩特意坐在朝着门口的那一边，因为克鲁姆和他那些德姆斯特朗的校友还聚集在门口，似乎拿不准应该坐在哪里。布斯巴顿的同学已经选择了拉文克劳桌子旁的座位。他们坐下后，东张西望地打量着礼堂，脸上带着闷闷不乐的表情。其中三个同学仍然用围巾和头巾紧紧裹着脑袋。

"没有那么冷吧，"赫敏不满地说，"他们为什么不带上斗篷呢？"

"在这儿！快过来坐在这儿！"罗恩嘶哑着声音说，"这儿！赫敏，挪过去一点儿，腾出空来——"

"什么？"

"唉，来不及了！"罗恩遗憾地说。

威克多尔·克鲁姆和他那些德姆斯特朗的校友已经在斯莱特林桌子旁落座了。哈利可以看见，马尔福、克拉布和高尔因此而得意扬扬。他看见马尔福倾着身子在跟克鲁姆说话。

"啊，没错，马尔福在巴结他呢。"罗恩尖刻地说，"我敢打赌，克鲁姆一眼就看透了他是个什么货色……我敢说克鲁姆走到哪儿都有人在讨好他、奉承他……你们说，他们会睡在什么地方？我们可以在宿舍里给他提供一个床位，哈利……我愿意把我的床让给他睡，我睡在行军床上。"

赫敏的鼻子里哼了一声。

"他们看上去可比布斯巴顿那伙人开心多了。"哈利说。

德姆斯特朗的学生们一边脱下身上沉重的毛皮斗篷，一边饶有兴致地抬头望着漆黑的、星光闪烁的天花板。其中两个学生还拿起金色的盘子和高脚酒杯，仔细端详，显然很感兴趣。

在那边的教工桌子旁，管理员费尔奇正在添加几把椅子。为了今天这个隆重的场面，他穿上了那件发霉的旧燕尾服。哈利惊讶地

第16章 火焰杯

看到他加了四把椅子,在邓布利多两边各加了两把。

"可是只多出了两个人哪,"哈利说,"费尔奇为什么要搬出四把椅子,还有谁会来呢?"

"嗯?"罗恩含含糊糊地回答,仍然眼巴巴地盯着克鲁姆。

等所有的学生都进入礼堂、在各自学院的桌子旁落座之后,教工们进来了,他们鱼贯走到主宾席上坐了下来。走在最后的是邓布利多教授、卡卡洛夫教授和马克西姆女士。布斯巴顿的学生一看见他们的校长出现,赶紧站了起来。几个霍格沃茨学生忍不住笑了。但布斯巴顿的学生丝毫没有显得难为情,直到马克西姆女士在邓布利多的左手边坐下后,他们才又重新坐下。邓布利多则一直站着,礼堂里渐渐安静下来。

"晚上好,女士们、先生们、幽灵们,还有——特别是——贵宾们,"邓布利多说,笑眯眯地望着那些外国学生,"我怀着极大的喜悦,欢迎你们来到霍格沃茨。我希望并且相信,你们会在这里感到舒适愉快。"

一个布斯巴顿的女生仍然用围巾紧紧裹着脑袋,发出一声无疑是讥讽的冷笑。

"又没有人强迫你们留下来!"赫敏小声说,她被那个女生惹恼了。

"争霸赛将于宴会结束时正式开始。"邓布利多说,"我现在邀请大家尽情地吃喝,就像在自己家里一样!"

他坐下了,哈利看见卡卡洛夫立刻靠上前去,跟他交谈。

大家面前的盘子里又像往常一样堆满了食物。厨房里的那些家养小精灵似乎使出了浑身解数。哈利从没见过这么丰盛的菜肴,五花八门地摆在他们面前,其中有几样肯定是外国风味的。

"那是什么?"罗恩问,指着大块牛排腰子布丁旁边的一大盘东西,看样子像是海鲜大杂烩。

"法式杂鱼汤。"赫敏说。

"听不懂。"罗恩说。

"这是法国菜,"赫敏说,"我前年暑假吃过。味道很鲜美的。"

"我就相信你吧。"罗恩说着,给自己盛了一些黑布丁。

不知怎的,礼堂似乎比往常拥挤多了,尽管只多了不到二十个学生,也许是因为他们不同颜色的校服与霍格沃茨的黑袍服相比,显得特别突出。德姆斯特朗的学生脱去了毛皮斗篷,露出里面穿着的血红色长袍。

宴会开始二十分钟后,海格从教工桌子后面的一道门中溜进礼堂。他坐到桌子末端他的座位上,举起一只缠着许多绷带的手,朝哈利、罗恩和赫敏挥了挥。

"炸尾螺怎么样啊,海格?"哈利大声问道。

"长势喜人。"海格高兴地回答。

"是啊,我猜肯定是这样,"罗恩小声说,"看来它们终于找到了一种爱吃的东西了,是吧? 那就是海格的手指。"

就在这时,一个声音说道:"请原谅,这盘杂鱼汤你们还吃吗?"

正是刚才邓布利多说话时发笑的那个布斯巴顿女生。她终于把围巾摘掉了。一头长长的瀑布般的银亮秀发垂到她的腰际。她有着一双湛蓝色的大眼睛和一口洁白整齐的牙齿。

罗恩的脸一下子涨得通红。他呆呆地望着对方,张开嘴巴想回答,可是只发出了一些奇怪的小声音,好像喉咙被卡住了似的。

"好吧,你端去吧。"哈利说,把盘子推给了那个女生。

"你们吃完了吗?"

"吃完了,"罗恩喘不过气来地说,"吃完了,好吃极了。"

那女生小心翼翼地端着盘子,走向拉文克劳的桌子。罗恩仍然睁大眼睛盯着她,好像以前从没见过女生一样。哈利笑了起来。这

第16章 火 焰 杯

声音似乎使罗恩突然醒过神来。

"她是个媚娃!"他嘶哑着声音对哈利说。

"肯定不是!"赫敏尖刻地说,"我没看见别人像白痴一样瞪着她!"

她说得并不完全正确。当那个女生在礼堂里走过时,许多男生都转过脑袋望着她,有几个似乎一时间变得不会说话了,正和罗恩一模一样。

"我说,那女生真是不一般!"罗恩说,一边侧过身子,使自己仍然可以清楚地看见她,"霍格沃茨就没有这样的人物!"

"霍格沃茨的女生也不错。"哈利不假思索地说。秋·张正巧与那个银色头发的女生隔着几个座位。

"等你们俩都把目光收回来以后,"赫敏很不客气地说,"就可以看见刚才是谁进来了。"

她指着教工桌子。两个一直空着的座位刚刚被填满了。卢多·巴格曼坐在卡卡洛夫教授的另一边,珀西的顶头上司克劳奇先生则坐在马克西姆女士的旁边。

"他们来做什么?"哈利惊讶地问。

"三强争霸赛是他们组织的,是不是?"赫敏说,"我猜他们是想亲眼目睹争霸赛的开幕式。"

第二道菜上来了,他们注意到有许多甜食也是从来没见过的。罗恩仔细端详了一番,那是一种古怪的、白生生的牛奶冻,他把它小心地挪到离他右手几英寸的地方,这样从拉文克劳桌子上就能清楚地看见它了。可是,那个模样酷似媚娃的女生似乎已经吃饱,没有过来端这盘甜食。

当一个个金色的盘子又被擦洗一新时,邓布利多再次站了起来。一种既兴奋又紧张的情绪似乎在礼堂里弥漫。哈利也感到一阵激动,不知道下面是什么节目。在与他隔几个座位的地方,弗雷德和乔治探着身子，十分专注地盯着邓布利多。

"这个时刻终于到来了，"邓布利多说，微笑地看着一张张仰起的脸，"三强争霸赛就要开始了。我想先解释几句，再把盒子拿进来——"

"把什么拿进来？"哈利小声问。

罗恩耸了耸肩膀。

"——我要说明我们这一学年的活动程序。不过首先请允许我介绍两位来宾，因为有人还不认识他们，这位是巴蒂·克劳奇先生，魔法部国际合作司司长，"——礼堂里响起了稀稀落落的掌声——"这位是卢多·巴格曼先生，魔法部体育运动司司长。"

给巴格曼的掌声要比给克劳奇的响亮得多，也许是因为他作为一名击球手小有名气，也许只是因为他的模样亲切得多。他愉快地挥挥手表示感谢。刚才介绍巴蒂·克劳奇的名字时，克劳奇既没有微笑，也没有挥手。哈利想起了他在魁地奇世界杯赛上一尘不染的西服革履，觉得他此刻穿着巫师长袍的样子有些怪异。和身边邓布利多长长的白发和白胡子相比，克劳奇那牙刷般的短胡髭和一丝不乱的分头显得非常别扭。

"在过去的几个月里，巴格曼先生和克劳奇先生不知疲倦地为安排三强争霸赛辛勤工作，"邓布利多继续说道，"他们将和我、卡卡洛夫教授及马克西姆女士一起，组成裁判团，对勇士们的努力做出评判。"

一听到"勇士"这个词，同学们似乎更专心了。

邓布利多似乎也注意到大家突然静默下来，只见他微微一笑，说道："费尔奇先生，请把盒子拿上来。"

没有人注意到费尔奇刚才一直潜伏在礼堂的一个角落里，此刻他朝邓布利多走去，手里捧着一个镶嵌珠宝、看上去已经很旧的大木盒。学生们出神地看着，兴致勃勃地议论着。丹尼斯·克里维为

第 16 章 火 焰 杯

了看得更清楚些,索性站到了椅子上,可是他的个头实在太小,即使站着,脑袋也比别人高出不了多少。

"今年勇士们比赛的具体项目,克劳奇先生和巴格曼先生已经仔细审查过了,"邓布利多说——这时费尔奇小心地把盒子放在他面前的桌子上,"他们还给每个项目做了许多必要的安排。项目一共有三个,分别在整个学年的不同时间进行,它们将从许多不同方面考验勇士……考验他们在魔法方面的才能——他们的胆量和他们的推理能力——当然啦,还有他们战胜危险的能力。"

听到最后这句话,礼堂里变得鸦雀无声,似乎每一个人都屏住了呼吸。

"你们已经知道,将有三位勇士参加比赛,"邓布利多继续平静地说,"分别代表不同的参赛学校。我们将根据他们完成每个比赛项目的质量给他们评分,三个项目结束后,得分最高的勇士将赢得三强杯。负责挑选勇士的是一位公正的选拔者,它就是火焰杯。"

说到这里,邓布利多拔出魔杖,在盒子盖上敲了三下。盒盖慢慢地、吱吱嘎嘎地打开了。邓布利多把手伸进去,掏出一只削刻得很粗糙的大大的木头高脚杯。杯子本身一点儿也不起眼,但里面却满是跳动着的蓝白色火焰。

邓布利多关上盒子,把杯子放在盒盖上,让礼堂里的每个人都能清楚地看到它。

"每一位想要竞选勇士的同学,都必须将他的姓名和学校清楚地写在一片羊皮纸上,扔进这只高脚杯,"邓布利多说,"有志成为勇士者可在二十四小时内报名。明天晚上,也就是万圣节的晚上,高脚杯将选出它认为最能够代表三个学校的三位同学的姓名。今晚,高脚杯就放在门厅里,所有愿意参加竞选的同学都能接触到它。

"为了避免不够年龄的同学经不起诱惑,"邓布利多说,"等高脚杯放在门厅后,我要在它周围画一条年龄线。任何不满十七周岁的人都无法越过这条线。

"最后，我想提醒每一位想参加竞选的同学注意，这场争霸赛不是儿戏，千万不要冒冒失失地参加。一旦勇士被火焰杯选定，就必须将比赛坚持到底。谁把自己的名字投进杯子，实际上就形成了一道必须遵守的、神奇的契约。一旦成为勇士，就不允许再改变主意。因此，请千万三思而行，弄清自己确实一心一意想参加比赛，再把名字投进杯子。好了，我认为大家该睡觉了。祝大家晚安。"

"年龄线！"弗雷德·韦斯莱说，两只眼睛闪闪发光，"那好办，肯定能被增龄剂蒙骗住的，是不是？只要你的名字进了那个杯子，你就开心地笑吧——它可分不出谁满十七岁，谁不满十七岁！"这时学生们都穿过礼堂，朝通往门厅的那道对开门走去。

"但我认为不满十七岁的人是不可能获胜的，"赫敏说，"我们学的东西还不够……"

"那是说你自己吧。"乔治不耐烦地说，"你也会争取参加的，是吗，哈利？"

哈利想起邓布利多坚持说不满十七周岁的同学不能报名，但随即脑海里又浮想起他赢得三强杯时的辉煌场面……他想，如果某个不满十七岁的人真的想出办法，越过了年龄线，邓布利多不知该有多生气呢……

"他在哪儿？"罗恩说，"邓布利多没说德姆斯特朗的人睡在哪里吧？"他们的话他一个字也没有听进去，只顾在人群中搜寻克鲁姆的身影。

然而他的疑问几乎立刻就得到了回答。这时，他们已经走到斯莱特林的桌子旁，只见卡卡洛夫匆匆地走到他的学生面前。

"好了，回船上去吧。"他说，"威克多尔，你感觉怎么样啦？吃饱了吗？要不要我派人从厨房里端一些热葡萄酒来？"

哈利看见克鲁姆摇了摇头，把毛皮斗篷重新穿上了。

第 16 章　火　焰　杯

"教授，我想喝点儿葡萄酒。"德姆斯特朗的另一位男生垂涎欲滴地说。

"我没有问你，波利阿科，"卡卡洛夫严厉地说——慈父般的温和表情一下子就消失了，"我注意到你又把食物滴在你袍子的前襟上了，你这个讨厌的男孩……"

卡卡洛夫转过身，领着学生朝门口走去，他们正好和哈利、罗恩、赫敏同时走到门边。哈利停下来，让卡卡洛夫先过去。

"谢谢。"卡卡洛夫漫不经心地说，朝哈利扫了一眼。

顿时，卡卡洛夫完全呆住了。他把脑袋重新转向哈利，死死地盯住他，仿佛不敢相信自己的眼睛。德姆斯特朗的学生跟在校长身后，也都停住脚步。卡卡洛夫的目光慢慢移到哈利脸上，盯住了那道伤疤。德姆斯特朗的学生也好奇地望着哈利。哈利从眼角看到几个人脸上露出了若有所悟的神情。那个胸前滴满汤渍的男生捅了捅旁边的女生，毫不掩饰地指着哈利的额头。

"没错，那就是哈利·波特。"他们身后传来一个怒气冲冲的声音。

卡卡洛夫猛地转过身。疯眼汉穆迪站在那里，沉重的身体倚在拐杖上，那只魔眼一眨不眨地瞪着德姆斯特朗的校长。

哈利眼看着卡卡洛夫的脸变得煞白，显出一种愤恨和恐惧混杂的可怕表情。

"是你！"他说，呆呆地瞪着穆迪，似乎不能确定自己真的看见了他。

"是我，"穆迪阴沉地说，"除非你有话要对波特说，卡卡洛夫，不然就赶紧往前走。你们把门口都堵住了。"

真的，礼堂里半数的学生都在他们身后等着，争相越过前面人的肩头，想看看是什么造成了阻塞。

卡卡洛夫教授没有再说什么，他一挥手，带着他的学生走开了。

穆迪一直瞪着他，直到看不见为止。他那只魔眼死死盯着卡卡洛夫的背影，残缺不全的脸上露出一种极端反感的表情。

第二天是星期六，一般来说，同学们都很晚才去吃早饭。但今天起得比平常周末早得多的并不只有哈利、罗恩和赫敏。当他们下楼进入门厅时，看见二十多个人围在那里，有几个还在吃面包，大家都在仔细打量着火焰杯。杯子放在门厅中央，放在惯常放分院帽的那个凳子上。地板上画了一圈细细的金线，半径十英尺，把杯子围在中间。

"有人把名字投进去了吗？"罗恩急切地问一个三年级女生。

"有，德姆斯特朗的那伙人都投了，"女生回答，"但还没有看见霍格沃茨有谁报名。"

"准是有人趁我们昨晚睡觉时把名字投了进去。"哈利说，"如果是我，就会这么做的……不想让别人看见。如果杯子把你的名字揉成一团扔出来，那多丢脸啊！"

哈利身后的什么人大笑起来。他回头一看，只见弗雷德、乔治和李·乔丹匆匆走下楼梯，三个人都显得极为兴奋。

"成了，"弗雷德以一种得意的口吻小声对哈利、罗恩和赫敏说，"刚喝下去。"

"什么？"罗恩问。

"增龄剂啊，笨蛋。"弗雷德说。

"每人喝了一滴，"乔治喜悦地搓着双手，说道，"我们只需要再长大几个月。"

"如果我们有谁赢了，那一千加隆得三个人平分。"李说，脸上笑得开心极了。

"我觉得这不一定会成功，"赫敏提醒道，"邓布利多肯定会考虑到这一点的。"

第16章 火焰杯

弗雷德、乔治和李没有理睬她。

"准备好了吗？"弗雷德激动得浑身颤抖，对另外两个人说，"那么，来吧——我先进去——"

哈利着迷般地看着弗雷德从口袋里掏出一张羊皮纸条，上面写着"弗雷德·韦斯莱——霍格沃茨"的字样。弗雷德径直走到年龄线的边缘，站在那里，踮着脚尖摇摆着，就像跳水运动员准备从五十英尺的高台跳下去一样。然后，在门厅里每一双眼睛的注视下，他深深吸了口气，跨过了那道线。

一刹那间，哈利以为弗雷德成功了——乔治肯定也这样以为，他得意地大喊一声，跟着弗雷德往前一跳——可是，紧接着就听见一阵嘶嘶的响声，一对双胞胎被抛到了金线圈外面，就好像有一个看不见的铅球运动员把他们扔了出来似的。他们痛苦地摔在十英尺之外冰冷的石头地面上，而且在肉体的疼痛之外还受到了羞辱。随着一声很响的爆裂声，两个人的下巴上冒出了一模一样的白色长胡子。

门厅里的人哄堂大笑。就连弗雷德和乔治爬起来，看到对方的白胡子后，也忍不住哈哈大笑起来。

"我提醒过你们。"一个低沉的、被逗乐了的声音说道，大家转过头来，看见邓布利多教授正从礼堂里走出来。他打量着弗雷德和乔治，眼睛里闪着光芒："我建议你们俩都到庞弗雷女士那里去一趟。她已经在护理拉文克劳的福西特小姐和赫奇帕奇的萨默斯先生了，他们俩也是打定主意要让自己的年龄增加一点儿。不过我必须说一句，他们俩的胡子可远远不如你们的漂亮。"

弗雷德和乔治动身去医院了，李·乔丹也陪着去了，他仍然嗬嗬地笑个不停，哈利、罗恩和赫敏也咯咯笑着，进礼堂吃早饭了。

这天早晨，礼堂的装饰又有了变化。因为是万圣节，一大群活蝙蝠绕着施了魔法的天花板飞来飞去，同时还有几百个雕刻出五官的南瓜在每个角落斜眼望着大家。哈利在前面领路，朝迪安和西莫走去，他们俩正在议论那些可能参加争霸赛的十七周岁以上的霍格沃茨同学。

"有人说，沃林顿一大早就起来了，把他的名字投了进去。"迪安告诉哈利，"就是斯莱特林的那个大块头家伙，长得活像只树懒。"

哈利曾经跟沃林顿交手打过魁地奇球，听了这话，厌恶地摇了摇头。"我们可不能让一个斯莱特林的同学当勇士！"

"赫奇帕奇的同学们都在议论迪戈里，"西莫轻蔑地说，"不过在我看来，他大概不会愿意拿自己的俊模样儿冒险。"

"快听！"赫敏突然说道。

外面的门厅里突然传来大声喝彩。大家都在座位上转过身，只见安吉利娜·约翰逊走进礼堂，有点不好意思地咧嘴笑着。她是一个高挑个儿的黑皮肤姑娘，在格兰芬多魁地奇队当追球手。安吉利娜走到他们这边，坐下来说道："呀，我办成了！我把我的名字投进去了！"

"你在开玩笑吧！"罗恩说，显得非常惊讶。

"那么，你满十七岁了吗？"哈利问。

"那还用说。没看见胡子，是不是？"罗恩说。

"我上星期过的生日。"安吉利娜说。

"啊，我真高兴格兰芬多终于有人参加了。"赫敏说，"真心希望你能成功，安吉利娜！"

"谢谢，赫敏。"安吉利娜说着，朝赫敏微微一笑。

"是啊，宁愿是你，也不要那个奶油小生迪戈里。"西莫说，他的话引得经过他们桌子的几个赫奇帕奇学生怒气冲冲地瞪着他。

"那么我们今天干什么呢？"罗恩问哈利和赫敏。这时他们已经吃完早饭，正要离开礼堂。

"我们还没有去看望海格呢。"哈利说。

第16章 火焰杯

"好吧,"罗恩说,"但愿他不要叫我们也捐献几根手指给炸尾螺。"

赫敏脸上突然露出极为兴奋的表情。

"我刚想起来——我还没有动员海格加入S.P.E.W.呢!"她高兴地说,"你们等一等,我到楼上去拿徽章,好吗?"

"她这是什么毛病?"罗恩恼火地说,眼看着赫敏奔上大理石楼梯。

"快看,罗恩,"哈利突然说道,"是你的那位朋友……"

布斯巴顿的学生正从场地上穿过前门进来,其中就有那个很像媚娃的姑娘。火焰杯周围的那些人往后退了退,让他们通过,同时热切地注视着。

马克西姆女士跟在她的学生后面走进门厅,吩咐他们排成一队。布斯巴顿的学生一个接一个地跨过年龄线,把他们的羊皮纸条投进蓝白色的火焰。每个名字扔进火里时,火焰都迅速转成红色,并且迸出点点火星。

"你说,那些没被选中的人会怎么样?"当那个很像媚娃的姑娘把她的羊皮纸条投进火焰杯时,罗恩小声问哈利,"是返回自己的学校,还是留在这里观看比赛?"

"不知道,"哈利说,"我猜大概是留下来吧……马克西姆女士还要在这里当裁判呢,是不是?"

当布斯巴顿的学生一个个都报了名后,马克西姆女士领着他们出了门厅,又回到外面的场地上。

"那么,他们在哪儿睡觉呢?"罗恩说,朝前门走了几步,望着他们的背影。

后面一阵哐啷哐啷的声音,说明赫敏已经拿着那盒S.P.E.W.徽章回来了。

"哦,好了,快走吧。"罗恩说。他三步并作两步跳下石阶,可眼睛仍然盯着那个很像媚娃的姑娘的背影，那姑娘正和马克西姆女士一起穿过草坪。

当他们走近位于禁林边缘的海格的小屋时，布斯巴顿的学生在哪里睡觉的秘密一下子就被揭开了。他们来时乘坐的那辆巨大的粉蓝色马车已经停在离海格小屋正门二百码的地方，布斯巴顿的学生正在往里面钻。拉马车的那几匹大象般巨大的飞马正在马车旁边一个临时圈起的围场里吃草。

哈利敲了敲海格的门，屋里立刻传出牙牙低沉的吠叫。

"总算来了！"海格打开房门，说道，"我还以为你们这些小家伙忘记我住在什么地方了呢！"

"我们实在是太忙了，海——"赫敏刚说了一半，突然顿住了，抬头望着海格，显然是惊讶得说不出话来。

海格穿着他那件最好的（同时也是非常难看的）毛茸茸的棕色西装，配着一条黄色和橘红色相间的格子花纹领带。不过，这还不是最糟糕的：他显然尝试过把头发理顺，用了大量的机器润滑油一类的东西。现在他的头发光溜溜地梳成两束——也许他本来打算扎一条比尔那样的马尾巴，结果发现自己头发太多。这副打扮并不适合海格。赫敏呆呆地望了他片刻，然后显然决定不做任何评论，她说："嗯——炸尾螺在哪里？"

"在外面的南瓜地里，"海格愉快地说，"它们长得大极了，现在每条准有三英尺长呢。只有一个问题，它们开始互相残杀了。"

"哦，真糟糕，不是吗？"赫敏说，同时瞪了罗恩一眼，制止他开口说话。罗恩一直盯着海格古怪的发型，刚想张开嘴巴做一番评论。

"是啊，"海格悲哀地说，"不过没关系，现在我把它们分开来放在箱子里。大概只有二十来条了。"

"啊，幸亏如此。"罗恩说。海格没有听出这句话里的讽刺意味。

第 16 章 火 焰 杯

海格的小屋只有一个房间,一张巨大的床放在一个角落里,上面铺着碎布拼接成的被子。炉火前面放着同样巨大的木桌和木椅,炉火上面的天花板上挂着一大堆腌火腿和死鸟。海格开始沏茶,他们在桌边坐下,很快就又开始议论三强争霸赛的事。海格对这件事似乎和他们一样兴奋。

"你们等着吧,"他咧嘴笑着说,"你们等着瞧吧。会看到以前从没看到过的东西。第一个项目是……啊,我不应该说的。"

"说下去,海格!"哈利、罗恩和赫敏催促道,可是海格摇了摇头,咧开嘴笑了。

"我不想破坏你们的兴致,"海格说,"不过我告诉你们吧,会很精彩的。那些勇士可有事情要做呢。真没想到我这辈子还能看到三强争霸赛又恢复了!"

他们最后和海格一起吃了午饭,不过没吃多少——海格给他们做了一锅东西,据他说是牛肉大杂烩,结果赫敏从她的那份里挖出了一个大爪子,此后她、哈利和罗恩就没有了食欲。不过,在这里过得还是很愉快的,他们千方百计地哄海格告诉他们比赛都有哪些项目,推测哪几个参加者有可能被选为勇士,还好奇弗雷德和乔治脸上的胡子是不是褪掉了。

下午三四点钟的时候,天下起了小雨,他们觉得好舒服啊——坐在温暖的炉火边,听着雨点轻轻敲打玻璃窗,看着海格一边织补他的袜子,一边和赫敏辩论家养小精灵的问题——因为当赫敏把徽章拿给他看时,他断然拒绝加入 S.P.E.W.。

"这对他们来说不是一件好事,赫敏,"他严肃地说,用黄色粗纱线穿过一根粗大的骨针,"他们的天性就是照顾人类,他们喜欢这样,明白吗?如果不让他们工作,他们会感到悲哀的,而给他们付工钱对他们来说是一种侮辱。"

"可是哈利解放了多比,多比别提多高兴了!"赫敏说,"而且我们听说，多比现在正要求别人付他工钱呢！"

"是啊，是啊，每一种生物里都有一些怪胎。我并不否认有个别古怪的小精灵愿意获得自由，但你永远不可能说服大多数小精灵去争取自由——真的，这不可能，赫敏。"

赫敏显得非常恼火，把装徽章的盒子塞进了斗篷的口袋里。

五点半钟时，天渐渐黑了，罗恩、哈利和赫敏觉得应该返回城堡参加万圣节前夕的宴会——更重要的是参加学校勇士的宣布仪式。

"我和你们一起去，"海格说，把他织补的东西放在一边，"等我一会儿。"

海格站起身，走到床边的五斗橱边，开始在里面寻找什么。他们起先没怎么注意，直到一股特别难闻的气味钻入鼻孔。

罗恩咳嗽起来，问道："海格，那是什么呀？"

"嗯？"海格转过身，手里拿着一个大瓶子，"你们不喜欢吗？"

"是刮完胡子后搽的润肤香水吗？"赫敏用有点窒息的声音问。

"嗯——是古龙香水。"海格嘟哝道，脸涨得通红，"大概洒得太多了，"他声音沙哑地说，"我把它洗掉，等一等……"

他脚步沉重地走出小屋，他们看见他在窗户外的水桶里拼命地洗脸。

"古龙香水？"赫敏惊奇地问，"海格？"

"还有那头发和西装又是怎么回事？"哈利压低声音问。

"瞧！"罗恩突然说，指着窗外。

海格已经直起腰，转过身去。如果说刚才他是涨红了脸，那么和他此刻的脸色相比，就根本不算什么了。哈利、罗恩和赫敏小心翼翼地站起身，不让海格看见，偷偷朝窗外望去，看见马克西姆女士和布斯巴顿的学生刚从马车里出来，看样子是准备去参加宴会。他们听不见海格在说什么，但他与马克西姆女士谈话时，表情如痴

第16章 火 焰 杯

如醉，眼睛里雾蒙蒙的，他的这种表情哈利只见过一次——那是他望着刚出生的小火龙诺伯的时候。

"他要和那女人一起去城堡！"赫敏气愤地说，"我还以为他在等我们呢！"

海格甚至没有回头望一眼他的小屋，就迈着重重的脚步，和马克西姆女士一起走过场地。布斯巴顿的学生跟在后面，小跑着才能跟上他们的大步子。

"他爱上她了！"罗恩不敢相信地说，"啊，如果他们以后有了孩子，肯定会创造一个世界纪录——我敢说他们的每个孩子都有一吨重。"

他们自己出了小屋，关好房门。没想到外面这么黑了。他们把斗篷裹得更紧一些，顺着草坪的斜坡往上走。

"噢，他们来了，快看！"赫敏小声说。

德姆斯特朗一行人正从湖边朝城堡走来。威克多尔·克鲁姆和卡卡洛夫并排走在前面，其他德姆斯特朗的学生稀稀落落地跟在后面。罗恩激动地望着克鲁姆，然而克鲁姆目不斜视地在赫敏、罗恩和哈利前面到达正门，进去了。

当他们走进烛光映照的礼堂时，里面几乎坐满了人。火焰杯已经被挪了地方。它此刻立在教工桌子上邓布利多的那把空椅子前面。弗雷德和乔治——下巴又光溜溜的了——似乎已经欣然接受了他们的失败。

"真希望是安吉利娜。"当哈利、罗恩和赫敏坐下时，弗雷德说。

"我也是！"赫敏屏住呼吸说道，"啊，我们很快就会知道了！"

万圣节前夕晚宴的时间似乎比往常长得多。也许因为接连两天都是宴会，哈利似乎不像平常那样喜欢那些精心准备的丰盛菜肴了。礼堂里的人不断引颈眺望，每一张面孔上都露出焦急的神情。大家坐立不安，不时站起来看看邓布利多是不是吃完了。哈利也和他们一样，恨不得快点消灭盘子里的食物，赶紧知道究竟是谁被选为勇士了。

终于，金色的盘子又恢复到原来一尘不染的状态，礼堂里的声音突然升高了许多。随即，邓布利多站了起来，礼堂里顿时变得鸦雀无声。邓布利多两边的卡卡洛夫教授和马克西姆女士看上去和大家一样紧张、满怀期待。卢多·巴格曼满脸带笑，朝各个学校的学生眨着眼睛，克劳奇先生则是一副兴味索然的样子，简直可以说是有些厌烦。

"好了，高脚杯就要做出决定了，"邓布利多说，"我估计还需要一分钟。听着，勇士的名字被宣布后，我希望他们走到礼堂前面，再沿着教工桌子走过去，进入隔壁的那个房间——"他指了指教工桌子后面的那扇门，"——他们将在那里得到初步指导。"

他掏出魔杖，大幅度地挥了一下。即刻，除了南瓜灯里的那些蜡烛，其余的蜡烛都熄灭了，礼堂顿时陷入了一种半明半暗的状态。火焰杯现在放出夺目的光芒，比整个礼堂里的任何东西都明亮，那迸射着火星的蓝白色火焰简直有些刺眼。大家都注视着，等待着……几个人不停地看表……

"快了。"李·乔丹小声地说，他和哈利隔着两个座位。

高脚杯里的火焰突然又变成了红色，火星噼噼啪啪迸溅出来。接着，一道火舌蹿到空中，从里面飞出一张被烧焦的羊皮纸——礼堂里的人全都屏住了呼吸。

邓布利多接住那张羊皮纸，举得远远的，这样他才能就着火焰的光看清上面的字。火焰这时又恢复了蓝白色。

"德姆斯特朗的勇士，"他用清楚而有力的口吻说，"是威克多尔·克鲁姆。"

"一点儿也不奇怪！"罗恩大喊，掌声和欢呼声席卷了整个礼堂。哈利看见威克多尔·克鲁姆从斯莱特林的桌子旁站起来，没精

第16章 火　焰　杯

打采地朝邓布利多走去。他向右一转，顺着教工桌子往前走，从那扇门进了隔壁的房间。

"太棒了，威克多尔！"卡卡洛夫声如洪钟地吼道，尽管礼堂里掌声很响，大家也能听见他的声音，"我知道你注定就是勇士！"

掌声和交谈声渐渐平息了。现在每个人的注意力再次集中在高脚杯上，几秒钟后，火苗又变红了。第二张羊皮纸在火焰的推动下，从杯子里蹿了出来。

"布斯巴顿的勇士，"邓布利多说，"是芙蓉·德拉库尔！"

"是她，罗恩！"哈利喊道，只见那个酷似媚娃的姑娘优雅地站起来，甩动了一下银亮的秀发，轻盈地从拉文克劳和赫奇帕奇的桌子之间走了过去。

"哦，瞧，他们都很失望呢。"赫敏在一片喧哗声中说道，一边朝布斯巴顿的其他学生点了点头。哈利认为，"失望"这个词用得太轻了。两个没被选中的姑娘泪流满面，把脑袋埋在臂弯里，伤心地哭了。

芙蓉·德拉库尔也进了隔壁的房间，礼堂里又安静下来，这次的寂静里涌动着简直可以品尝到的强烈兴奋。下面就要轮到霍格沃茨的勇士了……

这时，火焰杯再次变成红色，火星迸溅，火舌高高地蹿入空中，邓布利多从火舌尖上抽出第三张羊皮纸。

"霍格沃茨的勇士，"他大声说道，"是塞德里克·迪戈里！"

"倒霉！"罗恩大声说，可是除了哈利，谁也没有听见，旁边桌子上的欢呼声简直震耳欲聋。每个赫奇帕奇同学都在跳上跳下，都在尖叫、跺脚，这时塞德里克从他们身边走过，脸上灿烂地笑着，走向教工桌子后面的那个房间。确实，给塞德里克的喝彩持续了很长时间，过了好久，邓布利多才使大家安静下来，听他说话。

"太好了！"当喧闹声终于平息后，邓布利多愉快地大声说道，

"好了,现在我们的三位勇士都选出来了。我知道,我完全可以信赖你们大家,包括布斯巴顿和德姆斯特朗的其他同学,你们一定会全力以赴地支持你们的勇士。通过给勇士加油,你们也会为这次活动做出很大的贡献——"

可是邓布利多突然打住了话头,大家也看出是什么吸引了他的注意力。

高脚杯里的火焰又变红了。火星噼噼啪啪地迸溅出来。一道长长的火舌突然蹿到半空,又托出一张羊皮纸。

邓布利多仿佛是下意识地伸出一只修长的手,抓住了那张羊皮纸。他把它举得远远的,瞪着上面写的名字。长时间的肃静,邓布利多瞪着手里的纸条,礼堂里的每个人都瞪着邓布利多。然后,邓布利多清了清嗓子,大声念道——

"哈利·波特。"

第 17 章

四位勇士

哈利坐在那里，意识到礼堂里的每个人都转过脑袋望着他。他呆住了，脑子里一片空白。他肯定是在做梦。他刚才肯定听错了。

没有掌声。一阵嗡嗡声开始在礼堂里弥漫，好像无数只愤怒的蜜蜂在鸣叫。有些学生还站起来，为了把哈利看得更清楚些，而哈利僵坐在座位上，就像凝固了一样。

麦格教授从主宾席上站了起来，快步从卢多·巴格曼和卡卡洛夫教授身边走过，在邓布利多教授耳边急切地低语，邓布利多侧耳倾听，微微皱起了眉头。

哈利转脸望着罗恩和赫敏。他看见，他们后面长长的格兰芬多桌子旁的同学们都张大嘴巴，注视着自己。

"我没有把我的名字投进去。"哈利茫然地说，"你们知道我没有。"

他们俩也一脸茫然，呆呆地望着他。

在主宾席上，邓布利多教授直起身子，朝麦格教授点了点头。

"哈利·波特！"他再一次大声喊道，"哈利！请你上这儿来！"

"去吧。"赫敏小声催促道，轻轻推了推哈利。

哈利站了起来，踩在长袍的底边上，稍稍绊了一下。他顺着格兰芬多和赫奇帕奇桌子之间的通道往前走。这条路似乎显得格外漫长，主宾席似乎永远是那么遥不可及。他可以感觉到成百上千双眼睛都盯在自己身上，每只眼睛都像是一盏探照灯。嗡嗡的议论声越来越响。仿佛过了整整一小时，哈利才终于走到邓布利多面前，感到所有教师的目光都在他身上。

"好吧……到那扇门里去，哈利。"邓布利多说，脸上没有笑容。

哈利顺着教工桌子走过去。海格坐在最边上，他没有朝哈利眨眼睛、挥手，或像平常那样打个招呼。他似乎完全怔住了，只是和别人一样呆呆地望着哈利走过。哈利穿过那扇门，出了礼堂，发现自己来到一个小房间里，两边墙上都挂着巫师的肖像。在他对面的壁炉里，炉火燃得正旺。

他进去时，肖像上的那些面孔全都转过来望着他。他看见一个皱巴巴的女巫嗖地逃出自己的相框，钻进了旁边的相框，那上面是一个留着海象胡须的男巫。皱巴巴的女巫开始悄悄对男巫咬起了耳朵。

威克多尔·克鲁姆、塞德里克·迪戈里和芙蓉·德拉库尔都围在炉火边。在火焰的映衬下，那三个身影给人的印象特别强烈。克鲁姆倚靠着壁炉台，弓着腰在那里沉思着什么，跟另外两个人微微拉开了一些距离。塞德里克背着双手站在那里，眼睛盯着炉火。哈利走进来时，芙蓉·德拉库尔转过头来，甩了甩瀑布般的银色长发。

"怎么啦？"她问，"他们要我们回礼堂去吗？"

她以为哈利是进来传话的。哈利不知道怎样解释刚才发生的一切，只是站在那里，望着三位勇士。他突然觉得他们一个个真高啊。

后面传来一阵忙乱的脚步声，卢多·巴格曼走进了房间。他一

第 17 章 四位勇士

把抓住哈利的胳膊,拉着他往前走。

"太离奇了!"他使劲捏着哈利的胳膊,低声念叨,"绝对是太离奇了! 二位先生 …… 女士,"他走向炉边,对另外三个人说,"请允许我介绍一下 —— 尽管这显得很不可思议 —— 这是三强争霸赛的第四位勇士!"

威克多尔·克鲁姆挺直身子,上下打量着哈利,本就阴沉的脸上又暗了几分。塞德里克显得不知所措,他望望巴格曼,又望望哈利,以为自己肯定没有听清巴格曼说的话。芙蓉·德拉库尔则甩了甩长发,嫣然一笑,说道:"哦,这个玩笑很有趣,巴格曼先生。"

"玩笑?"巴格曼重复了一句,有些不解,"不,不,绝对不是!哈利的名字刚才从火焰杯里喷了出来!"

克鲁姆的两道浓眉微微蹙起。塞德里克仍然很有教养地显出困惑的神情。

芙蓉皱起了眉头。"可是这显然是弄错了,"她高傲地对巴格曼说,"他不能比赛。他年纪太小了。"

"是啊 …… 确实令人诧异,"巴格曼揉着光滑的下巴,低头笑眯眯地望着哈利,"可是,你们也知道,年龄限制作为额外的安全措施,只是今年才实行的,既然他的名字从高脚杯里喷了出来 …… 我的意思是,我认为既然已经到了这一步,就不允许临阵脱逃了 …… 规定里写得很清楚,你们必须遵守 …… 哈利要尽他最大的努力 ——"

他们身后的门又被推开,一大群人拥了进来:邓布利多教授,后面紧跟着克劳奇先生、卡卡洛夫教授、马克西姆女士、麦格教授和斯内普教授。在麦格教授把门关上之前,哈利听见隔壁的礼堂里传来几百名学生嗡嗡的议论声。

"马克西姆女士!"芙蓉立刻说道,一边大步朝她的校长走去,"他们说这个小男孩也要参加比赛!"

哈利尽管觉得不可思议，大脑一片麻木，却也感到心头掠过一丝怒火。小男孩？

马克西姆女士挺直她魁梧高大的身躯。她俊俏的脑袋碰到了点满蜡烛的枝形吊灯，穿着黑缎子衣服的巨大胸脯剧烈地起伏着。

"这到底是什么意思，邓布利多？"她傲慢地问。

"我也想知道这一点，邓布利多，"卡卡洛夫教授说——脸上带着冷冰冰的微笑，一双蓝眼睛像冰块一样透着寒意，"霍格沃茨有两位勇士？我不记得有人告诉过我，说主办学校可以有两位勇士——难道那些章程我看得还不够仔细？"

他短促地笑了一声，声音很难听。

"这不可能①，"马克西姆女士说，她那戴着许多华丽蛋白石的大手搭在芙蓉的肩头，"霍格沃茨不能有两位勇士，这是极不公平的。"

"在我们的印象里，你的那道年龄线是能把不够年龄的竞争者排除在外的，邓布利多，"卡卡洛夫说，脸上仍然挂着那种冰冷的笑容，眼睛里的寒意更深了，"不然，我们肯定也会从学校带来更多的候选人。"

"这件事只能怪波特，卡卡洛夫，"斯内普轻声地说，一双黑眼睛里闪着敌意，"不要责怪邓布利多，都怪波特执意要违反章程。他自从进校以来，就一直不断违反校规——"

"谢谢你了，西弗勒斯。"邓布利多斩钉截铁地说，斯内普闭上了嘴巴，但他的眼睛仍然透过油腻腻的黑发闪出恶意的光芒。

邓布利多教授现在低头望着哈利，哈利也望着他，竭力想读懂那隐藏在半月形镜片后面的眼神。

"你有没有把你的名字投进火焰杯，哈利？"他平心静气地问。

---

① 原文为法语。

第17章 四位勇士

"没有。"哈利说。他清楚地意识到每个人都在密切地注视着他。斯内普在阴影里不耐烦地发出一种表示不相信的声音。

"你有没有请年纪大一点儿的同学帮你把名字投进火焰杯?"邓布利多教授没理睬斯内普,继续问道。

"没有。"哈利激动地说。

"啊,他肯定在撒谎!"马克西姆女士大声说。斯内普摇了摇头,噘起了嘴唇。

"他不可能越过那道年龄线,"麦格教授厉声说,"这一点我相信我们大家都同意——"

"邓布利多的那道线肯定弄错了。"马克西姆女士说着,耸了耸肩膀。

"当然,这也有可能。"邓布利多很有礼貌地说。

"邓布利多,你明知道你并没有弄错!"麦格教授气愤地说,"这种说法多么荒唐!哈利自己是不可能跨越那道线的,而且正如邓布利多教授相信的那样,哈利也没有劝说过高年级学生替他这么做,我认为其他人也应该相信这一点!"

她非常生气地瞪了斯内普教授一眼。

"克劳奇先生……巴格曼先生,"卡卡洛夫说,声音又变得油滑起来,"你们两位是我们的……嗯……客观的裁判。你们肯定也认为这件事是极不合适的,是吗?"

巴格曼用手帕擦了擦自己圆乎乎的娃娃脸,转眼望着克劳奇先生。克劳奇先生站在炉火的光圈外面,脸一半隐藏在阴影中。他显得有点儿怪异,那半边黑影使他显得苍老了许多,看上去简直有点像个骷髅。不过当他说话时,声音还和往常一样生硬。"我们必须遵守章程,章程里明确规定,凡是名字从火焰杯里喷出来的人,都必须参加争霸赛的竞争。"

"嘿,巴蒂把章程背得滚瓜烂熟。"巴格曼说,脸上绽开了笑容,回过头望着卡卡洛夫和马克西姆女士，似乎事情已经圆满解决了。

"我坚持要我的其他学生重新报名。"卡卡洛夫说，他的声音不再圆滑，笑容也消失了，脸上的表情难看极了，"你们必须把火焰杯重新摆出来，我们要不断地往里面加进名字，直到每个学校产生两位勇士。这样才算公平，邓布利多。"

"可是卡卡洛夫，这恐怕不成，"巴格曼说，"火焰杯刚刚熄灭——要到下一届争霸赛时才会重新燃起——"

"——下一届争霸赛，德姆斯特朗决不会参加了！"卡卡洛夫大发雷霆，"我们开了那么多会，经过那么多谈判和协商，没想到还会发生这样的事情！我简直想现在就离开！"

"虚张声势的威胁，卡卡洛夫！"门边一个声音咆哮着说，"你现在不能离开你的勇士。他必须参加比赛。他们都必须参加比赛。正像邓布利多说的，这是受到魔法契约约束的。这对你有利，不是吗？"

穆迪刚走进房间。他一瘸一拐地朝火边走去，每次右脚落地时都发出很响的撞击声，噔，噔。

"有利？"卡卡洛夫说，"我恐怕没法理解你的意思，穆迪。"

哈利看出卡卡洛夫竭力想使自己的语气显得轻蔑一些，好像对穆迪的话根本不屑一顾，然而他的双手暴露了他的内心，它们不由自主地攥成了拳头。

"是吗？"穆迪轻声说，"这很简单，卡卡洛夫。有人把波特的名字放进了那只高脚杯，知道如果名字被喷出来，波特就必须参加比赛。"

"显然，那个人希望给霍格沃茨两次机会！"马克西姆女士说。

"我同意你的话，马克西姆女士，"卡卡洛夫说着，朝她鞠了一躬，"我要向魔法部和国际巫师联合会提出控告——"

"如果说谁有理由抱怨，那就是波特，"穆迪粗声粗气地说，"可

第17章 四位勇士

是……真有意思……我没有听见他说一个字……"

"他为什么要抱怨?"芙蓉·德拉库尔忍不住跺着脚问道,"他有机会参加比赛了,是不是? 多少个星期以来,我们都满心希望自己被选中! 为我们的学校争光! 还有一千加隆的奖金——这个机会是许多人死都想得到的!"

"也许有人正希望波特为此而死。"穆迪说,语气里带着一丝咆哮。

他的话说完后,气氛陷入了一阵极度紧张的沉默。

卢多·巴格曼显得非常焦虑,身体不安地上下蹿动,嘴里说道:"穆迪,你这老家伙……怎么说出这样的话!"

"我们都知道,穆迪教授如果午饭前没有发现六个人想谋杀他的话,就会觉得这个上午白过了。"卡卡洛夫大声说,"显然,他如今也在教他的学生疑神疑鬼,老以为有人要谋害自己。作为一个黑魔法防御术课的老师,这种素质真是少见,邓布利多。不过毫无疑问,你有你自己的考虑。"

"什么,我在无中生有?"穆迪怒吼道,"是我的幻觉,嗯? 把这男孩的名字投进高脚杯的,绝对是一个手段高明的巫师……"

"哦,你对此有何证据?"马克西姆女士举起两只大手,问道。

"因为他们骗过了一个法力十分高强的魔法物件!"穆迪说,"要蒙蔽那只高脚杯,使它忘记只有三个学校参加争霸赛,这需要一个特别厉害的混淆咒……我猜想,他们一定是把波特的名字作为第四个学校的学生报了进去,并确保他是那个学校唯一的人选……"

"你似乎在这件事上动了不少脑筋,穆迪。"卡卡洛夫冷冷地说,"这真是一套十分新颖的理论——不过,当然啦,我听说你最近脑子里突发奇想,认为你收到的一份生日礼物里装着一只伪装巧妙的蛇怪蛋,就不管三七二十一把它砸得粉碎,结果发现那是一只旅行闹钟。因此，如果我们不把你的话完全当真，你也能够理解……"

"确实有人会利用貌似简单的机会达到自己的目的，"穆迪用威胁的口吻反驳道，"我的工作就是按黑巫师的思路去考虑问题，卡卡洛夫——你应该不会忘记……"

"阿拉斯托！"邓布利多警告道。哈利一时不明白他在对谁说话，接着便明白了，"疯眼汉"不可能是穆迪的真实名字。穆迪不作声了，但仍然很解恨地打量着卡卡洛夫——卡卡洛夫的脸红得像着了火一般。

"这个局面是怎么出现的，我们都不知道。"邓布利多对聚集在房间里的每一个人说，"不过在我看来，我们除了接受它，别无选择。塞德里克和哈利都被选中参加比赛。因此，他们必须……"

"啊，可是邓布利多——"

"我亲爱的马克西姆女士，如果你有另外的解决办法，我愿意洗耳恭听。"

邓布利多等待着，然而马克西姆女士没有说话，只是气呼呼地瞪着眼睛。而且不止她一个人露出不满的神情。斯内普也是一副恼怒的样子；卡卡洛夫脸色铁青；不过巴格曼倒显得非常兴奋。

"好了，我们继续进行吧？"巴格曼说，一边搓了搓双手，笑眯眯地望着房间里的人，"要给我们的勇士作指导了，是不是？巴蒂，由你来讲吧？"

克劳奇先生似乎突然从沉思中醒过神来。

"好的，"他说，"指导。是的……第一个项目……"

他上前几步，走进炉火的光圈。哈利从近处看去，觉得他显得十分憔悴，眼睛下面有两道很深的阴影，布满皱纹的皮肤像纸一样白得透明，他在魁地奇世界杯赛时可不是这副模样。

"第一个项目是为了考验你们的胆量，"他对哈利、塞德里克、

第 17 章 四位勇士

芙蓉和威克多尔说,"所以我们不准备告诉你们它是什么。敢于面对未知事物是巫师的一个重要素质……非常重要……

"第一个项目将于十一月二十四日进行,当着其他同学和裁判团的面完成。

"在完成比赛项目时,勇士不得请求或接受其老师的任何帮助。勇士面对第一轮挑战时,手里唯一的武器就是自己的魔杖。第一个项目结束后,他们才会了解到第二个项目的情况。由于比赛要求很高,持续时间很长,勇士们就不参加学年考试了。"

克劳奇先生转身望着邓布利多。"我想就这么多吧,阿不思?"

"是的,"邓布利多说,略带关切地望着克劳奇先生,"你今晚真的不想留在霍格沃茨吗,巴蒂?"

"是的,邓布利多,我必须回部里去,"克劳奇先生说,"目前正是非常忙碌、非常困难的时候……我让年轻的韦瑟比临时负责……他热情很高……说句实话,高得有点过了头……"

"那么,你至少过来喝一杯酒再走吧?"邓布利多说。

"来吧,巴蒂,我留在这里不走了!"巴格曼兴致很高地说,"这一切终于在霍格沃茨发生了,是吧,这里比办公室精彩有趣得多!"

"我不同意,卢多。"克劳奇说,语调里透着他惯有的不耐烦。

"卡卡洛夫教授——马克西姆女士——喝一杯睡前饮料吧?"邓布利多说。

然而马克西姆女士已经用手臂搂着芙蓉的肩膀,领着她迅速走出了房间。哈利可以听见她们俩朝礼堂走去时飞快地用法语说着什么。卡卡洛夫对克鲁姆打了个招呼,他们也一言不发地离去了。

"哈利、塞德里克,我建议你们回去睡觉。"邓布利多说,笑眯眯地看着他们俩,"我相信,格兰芬多和赫奇帕奇的同学都在等着和你们一起庆祝呢。他们好不容易有个借口闹腾一番,要夺走他们的这个机会就太扫兴了。"

哈利看了塞德里克一眼，塞德里克点了点头，两人一起走出了房间。

礼堂里现在空荡荡的，蜡烛的火苗已经很低，这使南瓜灯豁牙咧嘴的笑容显得闪烁不定，诡谲怪异。

"这么说，"塞德里克勉强微笑着说，"我们又成了对手！"

"我想是吧。"哈利说。他真的不知道说什么才好。脑袋里似乎一片混乱，就好像整个脑子都被洗劫一空了。

"那么……告诉我……"塞德里克说——这时他们已经来到门厅，火焰杯不在了，只有火把的光照着，"你究竟是怎么把你的名字投进去的？"

"我没有，"哈利说，抬起头来望着他，"我没有投。我说的是实话。"

"唉……好吧。"塞德里克说——哈利看出塞德里克并不相信他，"好吧……那么再见吧。"

塞德里克没有登上大理石楼梯，而是走向楼梯右边的一道门。哈利站在那里听着他走下门外的石阶，然后才开始慢慢地朝大理石楼梯上走去。

除了罗恩和赫敏，还有谁会相信他吗？大家都认为他是自己报名参加争霸赛的？可是他们怎么能那样想呢？要知道他将与之竞争的对手都比他多受了三年魔法教育啊——要知道他将面临的项目不仅听上去非常危险，而且还要当着几百个人的面完成！是啊，他曾经设想过……他曾经幻想过……但那只是闹着玩儿的，是想入非非，白日做梦……他从来没有真正地、认真地考虑过要参加……

然而有人考虑了……有人想要他参加比赛，并且确保他能够入选。为什么？为了给他一个大好处？不知怎的，他并不这样认为……

第17章 四位勇士

那么，是为了让他出洋相？如果是这样，他们倒很可能如愿以偿……

至于是想要他的命……？难道穆迪真是又犯了偏执狂的毛病？会不会有人只是为了恶作剧，为了开玩笑，才把哈利的名字放进高脚杯的？难道真的有人希望他死？

哈利倒是能立刻回答这个问题。是的，确实有人希望他死，从他一岁起就有人希望他死……那就是伏地魔。可是伏地魔又怎么能保证把哈利的名字投进火焰杯呢？伏地魔应该在很远的地方，在某个遥远的国度，隐藏着，独自一人……虚弱无力，无权无势……

可是在哈利做过的那个梦里，就是他醒来后感到伤疤疼痛的那个梦里，伏地魔并不是独自一人……他在跟虫尾巴谈话……密谋杀害哈利……

哈利猛地惊醒，发现自己已经来到胖夫人面前。他刚才几乎没有注意两只脚把他带到了哪里。同样令人吃惊的是，胖夫人也不是独自一人待在相框里。刚才哈利在楼下和其他勇士会合时，那个飞进旁边一幅肖像画里的皱巴巴的女巫，此刻正得意地坐在胖夫人身旁。她一定是飞快地冲过排在七层楼梯边上的每一幅画，只为了赶在哈利之前到达这里。她和胖夫人都怀着极大的兴趣低头打量着他。

"好啊，好啊，好啊，"胖夫人说，"维奥莱特刚才把一切都告诉我了。谁刚被选为学校的勇士啊？"

"胡言乱语。"哈利干巴巴地说。

"绝对不是！"那个脸色苍白的女巫气愤地说。

"不，不，维奥莱特，这是口令。"胖夫人安慰道，然后她向前旋开，让哈利进入公共休息室。

肖像打开时，突然灌进耳朵的喧哗声震得哈利差点儿仰面摔倒。接着，他只知道自己被大约十几双手拽进了公共休息室，面对格兰芬多学院的全体同学。他们全都在尖叫、欢呼、吹口哨。

"你应该告诉我们你报了名!"弗雷德大声吼道。他看上去半是恼怒,半是钦佩。

"你怎么能不长胡子就顺利过关的? 太棒了!"乔治嚷嚷道。

"我没有,"哈利说,"我不知道怎么——"

这时安吉利娜旋风般地冲到他面前:"哦,即便不可能是我,至少也是格兰芬多的一员啊——"

"你可以为上次的魁地奇比赛向迪戈里报一箭之仇了,哈利!"凯蒂·贝尔尖叫道,她也是格兰芬多球队的一名追球手。

"我们准备了吃的东西,哈利,快过来吃点儿——"

"我不饿,我在宴会上吃得够多了——"

可是没有人愿意听他说他不饿,没有人愿意听他说他没有把名字投进高脚杯,似乎谁也没有注意到他根本就没有情绪庆祝这件事……李·乔丹不知从什么地方翻腾出一面格兰芬多学院的旗子,坚持要把它像斗篷一样裹在哈利身上。哈利没有办法脱身,每当他想偷偷溜向通往宿舍的楼梯时,人群就向他靠拢,把他团团围住,强迫他再喝一杯黄油啤酒,或把饼干和花生硬塞进他手里……每个人都想知道他是怎么办成的,是怎么骗过邓布利多的年龄线,把他的名字投进高脚杯的……

"我不知道,"他一遍又一遍地说,"我不知道这是怎么回事。"

可是大家根本不理会,就好像他什么也没说。

"我累了!"过了大约半个小时,哈利终于忍无可忍,大声吼道,"不,说真的,乔治——我想上床睡觉了——"

他特别希望看到罗恩和赫敏,希望找到一点儿理智,可是他们俩似乎都不在公共休息室。哈利一再坚持自己需要睡觉,差点儿把试图在楼梯口拦截他的克里维小兄弟俩撞倒在地。最后他总算摆脱了众人,匆匆上楼来到宿舍。

第17章 四位勇士

令他大为宽慰的是，他发现罗恩和衣躺在床上，宿舍里只有他一个人。哈利把门重重关上时，罗恩抬起头来。

"你上哪儿去了？"哈利问。

"噢，你好。"罗恩说。

罗恩脸上笑着，但那是一种非常别扭勉强的笑容。哈利突然意识到自己还披着李·乔丹刚才系在他身上的鲜红色的格兰芬多旗子。他想赶紧把它脱掉，可是那个结系得很紧。罗恩一动不动地躺在床上，看着哈利费力地解开旗子。

"那么，"当哈利终于把旗子脱掉，扔到墙角后，罗恩说道，"祝贺你了。"

"你这是什么意思，祝贺？"哈利望着罗恩说。罗恩的笑容显然有点不大对劲儿：简直像在做怪相。

"没什么……别人都没有跨过年龄线，"罗恩说，"就连弗雷德和乔治也没有。你用了什么——隐形衣？"

"隐形衣不可能让我越过那道线。"哈利慢慢地说。

"哦，对了，"罗恩说，"如果是隐形衣的话，我想你会告诉我的……因为隐形衣可以罩住我们两个，是不是？可是你找到了别的办法，对吗？"

"听着，"哈利说，"我没有把我的名字投进那只高脚杯。肯定是别人干的。"

罗恩扬起眉毛："他们为什么要那样做？"

"我不知道，"哈利说，他觉得要是说是为了害死他，听起来太耸人听闻了。"

罗恩的眉毛扬得那么高，似乎要消失在他的头发里了。

"没关系，其实，你可以把实话告诉我的。"他说，"如果你不愿意让别人知道，可以，但是我不明白你为什么要撒谎呢，你并没有因此惹来麻烦啊，是不是？胖夫人的那个朋友，那个维奥莱特，她已经告诉我们大家,邓布利多让你入选了。一千加隆的奖金,是吗? 而且你还不用参加学年考试了……"

"我没有把我的名字放进那只高脚杯!"哈利说,他开始感到恼火了。

"是啊,好吧,"罗恩说,用的是和塞德里克一模一样的怀疑口吻,"不过你今天早晨还说过,你可以在昨天夜里下手,没有人会看见……你知道,我并不是傻瓜。"

"你现在确实给我留下这样的印象。"哈利没好气地说。

"是吗?"罗恩说——他脸上的笑容,不管是勉强的还是真心的,现在在消失得无影无踪,"你需要上床睡觉了,哈利。我想你明天需要早点起床,接受媒体的拍照什么的。"

他猛地把帷帐拉过来遮住他的四柱床,撇下哈利一个人站在门边,望着深红色的帷帐发呆。他原以为肯定会有几个人相信自己的,其中一个就藏在那帷帐后面。

第18章

检测魔杖

星期天早晨,哈利一觉醒来,过了好一会儿才想起他为什么感到这样难过和焦虑。接着,昨天晚上的事情一下子都浮现在脑海里。他坐起来,拉开四柱床的帷帐,想跟罗恩说话,逼着罗恩相信他——却发现罗恩的床上空空的,显然他已经下楼吃早饭去了。

哈利穿好衣服,沿着螺旋形楼梯来到下面的公共休息室。他刚一露面,那些已经吃过早饭的同学又热烈地欢呼起来。他想起还要进入礼堂,面对格兰芬多的其他同学,而他们都把他当成一个英雄,想到这里他就有点儿发怵。可是如果不去礼堂,就只好待在这里,任凭自己被克里维兄弟俩纠缠。他们俩正拼命向他招手,希望他过去呢。于是,他果断地走向肖像后的洞口,把肖像推开,爬了出去,正好和赫敏打了个照面。

"你好,"赫敏说,举着手里用餐巾纸包着的一叠面包,"我带来给你的……想去散散步吗?"

"好主意。"哈利感激地说。

两人下了楼,看也没看礼堂一眼,就飞快地穿过门厅。很快,他们就大步走在了向湖边延伸的草坪上。德姆斯特朗的大船泊在湖面，在水中投下黑乎乎的倒影。这是一个寒冷的早晨，他们不停地走，一边嚼着面包。哈利把前一天晚上他离开格兰芬多桌子后发生的一切，原原本本地告诉了赫敏。令他感到非常欣慰的是，赫敏毫不怀疑地接受了他的说法。

"我当然知道你自己没有报名，"当他讲完礼堂旁边的房间里发生的一切后，赫敏说道，"瞧邓布利多报出你的名字时，你脸上的那副神情！问题是，谁把你的名字投进去的？你要知道，穆迪说得对，哈利……我认为没有一个学生能做到这点……学生绝不可能欺骗火焰杯，也不可能越过邓布利多的那条——"

"你看见罗恩了吗？"哈利打断了她的话。

赫敏迟疑着。

"嗯……看见了……他在吃早饭。"她说。

"他还认为是我自己报名的吗？"

"嗯……不，我想不会……其实不会。"赫敏很不自然地说。

"'其实不会'，这是什么意思？"

"唉，哈利，这难道还不明白吗？"赫敏无奈地说，"他是嫉妒呢！"

"嫉妒？"哈利不敢相信地问，"嫉妒什么？难道他愿意在全校同学面前出这个洋相？"

"想一想吧，"赫敏耐心地说，"你知道，引起所有人注意的永远是你。我知道这不是你的错，"她看到哈利气愤地张开嘴巴，便赶紧找补道，"我知道你并没有追求这个……可是——怎么说呢——你知道，罗恩在家里要跟那么多哥哥竞争较量，你作为他最好的朋友，又是那么大名鼎鼎——每次别人一看见你，他就被冷落到一边，对此他都默默地忍受了，从来不提一个字，我想这一次恰好使他忍无可忍了……"

"很好，"哈利怨恨地说，"真是太好了。替我转告他，只要他

第18章 检测魔杖

愿意,我随时可以跟他换。替我转告他,我欢迎他来跟我换……不管我走到哪里,人们都傻乎乎地盯着我的额头……"

"我决不会转告他什么话,"赫敏干脆地说,"你自己去跟他说吧。只有这样才能解决问题。"

"我才不想到处追着他,苦口婆心地教他成熟起来呢!"哈利说,"他什么时候才会相信我并不快乐呢,也许等我摔断了脖子,或者——"他声音很大,吓得旁边树上的几只猫头鹰扑棱棱地飞了起来。

"这并不好笑,"赫敏轻声地说,"这一点儿也不好笑。"她显得担忧极了,"哈利,我一直在想——你知道我们要做什么,是吗?一回到城堡马上就做?"

"是啊,狠狠地给罗恩一脚——"

"写信给小天狼星。你必须把发生的事情告诉他。他叫你把霍格沃茨发生的每一件事都写信告诉他……他好像早就料到会出这样的事。我带出来一些羊皮纸和一支羽毛笔——"

"别胡说了,"哈利说道,一边四下张望,看有没有人能听见他们说话;场地上空荡荡的,"就因为我的伤疤有点刺痛,他就赶紧回国了。如果我告诉他有人给我报名参加三强争霸赛,他大概会直接冲到城堡里来——"

"他希望你告诉他,"赫敏严厉地说,"反正,他迟早会知道的——"

"怎么会呢?"

"哈利,这件事不可能不被炒得沸沸扬扬,"赫敏说,口气非常严肃,"这场争霸赛是大家都关注的,而你又那么出名。如果《预言家日报》不发表文章写你参加比赛,我倒真会感到吃惊呢……你知道的,在关于神秘人的书里,有一半都提到了你的名字……小天狼星肯定情愿从你这里了解这件事,我知道他一定是这样的。"

"好吧，好吧，我给他写信。"哈利说着，把最后一片面包扔进了湖里。两人站在那里，注视着面包在湖面漂浮了一阵，随即一只巨大的触手冒出水面，把它抓到水下去了。然后他们便返回了城堡。

"我用谁的猫头鹰呢？"他们上楼的时候，哈利说，"他叫我别再用海德薇了。"

"问问罗恩，你能不能借——"

"我不会问罗恩任何事情！"哈利断然地说。

"好吧，那就借一只学校的猫头鹰，人人都可以用的。"赫敏说。

他们来到上面的猫头鹰棚屋。赫敏递给哈利一张羊皮纸、一支羽毛笔和一瓶墨水，然后她顺着长长的几排栖枝走来走去，打量着各种不同的猫头鹰。哈利靠着墙根坐下，开始写信。

亲爱的小天狼星：

你叫我把霍格沃茨发生的事情都写信告诉你，所以我就写信了——我不知道你有没有听说，今年要举行三强争霸赛，星期六晚上我被选为第四位勇士。我不知道是谁把我的名字投进火焰杯的，我自己没有这么做。霍格沃茨的另一位勇士是塞德里克·迪戈里，他是赫奇帕奇学院的。

写到这里，哈利停下笔思索。他多么想讲一讲从昨晚开始盘踞在他心头的那份沉重的焦虑啊，可是他不知道怎样把这种情绪用文字表达出来。于是，他又把羽毛笔在墨水瓶里蘸了蘸，写道——

希望你一切都好，问候巴克比克。——哈利

"写完了。"他对赫敏说，然后站起身来，掸去袍子上的稻草。海德薇见了，赶紧扑棱棱地飞到他肩头，伸出一条腿来。

第18章　检测魔杖

"我不能用你,"哈利对它说,一边左右张望着寻找学校的猫头鹰,"我必须在它们中间挑一只……"

海德薇响亮地叫了一声,突然飞起来,爪子深深地扎进了哈利的肩膀。哈利把信拴在一只大谷仓猫头鹰腿上,在这过程中,海德薇一直背对着他。谷仓猫头鹰飞走了,哈利伸手去抚摸海德薇,不料它愤怒地咂了咂嘴,飞到上面哈利够不着的椽子上去了。

"先是罗恩,然后是你,"哈利气愤地说,"这又不是我的错。"

如果哈利以为一旦大家习惯了他是勇士,情况就会有所好转,那么他第二天就会发现自己是大错特错了。重新开始上课以后,他就再也无法躲避学校的其他同学——而显然另外几个学院的同学也像格兰芬多们一样,以为哈利是自己报名参加争霸赛的。不过他们和格兰芬多们不同,他们似乎觉得这件事并不很光彩。

赫奇帕奇们一向和格兰芬多们相处得很好,可现在也突然对他们全都冷淡起来。一堂草药课就足以证明这点。显然,赫奇帕奇们觉得哈利盗取了他们勇士的光荣。由于赫奇帕奇学院很少获得什么光荣——塞德里克是少数几个给他们带来光荣的人之一,他曾经在魁地奇比赛中打败了格兰芬多学院——这使他们的这种怨恨情绪更强烈了。厄尼·麦克米兰和贾斯廷·芬列里本来和哈利关系很不错,现在也不跟他说话了,尽管他们几个人在同一个托盘上移植跳跳球茎——不过,当一个跳跳球茎扭动着从哈利手里挣脱,在他脸上重重打了一下时,他们都幸灾乐祸地哈哈大笑,使人心里很不舒服。罗恩也不跟哈利说话了。赫敏坐在他们俩中间,勉强找出些话来。哈利和罗恩各自跟赫敏倒是有问有答,表现正常,可是他们俩互相躲着对方的目光。哈利觉得就连斯普劳特教授似乎也对他冷淡了——这也难怪,她是赫奇帕奇学院的院长嘛。

一般情况下,哈利肯定是渴望见到海格的,可是上海格的保护神奇动物课意味着同时会见到斯莱特林的学生——这将是他成为勇士后第一次与斯莱特林们正面相遇。

正如他预料的那样，马尔福来到海格的小屋时，脸上又牢牢地挂着他那个讥讽的笑容。

"啊，看哪，伙计们，这就是勇士，"他刚走近，估摸着哈利能听见他的话时，他就对克拉布和高尔说，"你们有他签名的书吗？最好赶紧叫他签名，我怀疑他在这儿待不长了……三强争霸赛的勇士有一半都死了……波特，你认为自己能活多久？我猜大概是第一个比赛项目开始后十分钟吧。"

克拉布和高尔讨好地傻笑起来，可是马尔福不得不就此打住，因为海格从他的小屋后面出现了，怀里抱着一大摞摇摇欲坠的箱子，每个箱子里都装着一条体积庞大的炸尾螺。海格解释说，炸尾螺之所以互相残杀，是因为它们有多余的精力没处释放。为了解决这个问题，每个同学都要用绳子拴住一条炸尾螺，带它去散一会儿步。同学们听了都非常害怕。这个计划的唯一好处，就是把马尔福的注意力完全吸引过去了。

"带这玩意儿去散步？"他盯着一个箱子，厌恶地问，"我们到底应该把绳子拴在哪儿？拴在它的刺上、炸尾上，还是吸盘上？"

"拴在中间，"海格说着，给大家做示范，"嗯——恐怕需要戴上你们的火龙皮手套，作为一种额外的预防措施。哈利——你过来，帮我对付这个大家伙……"

其实，海格的真正意图是想避开全班同学，跟哈利聊一聊。他等到大家都带着炸尾螺走开后，才转向哈利，非常严肃地说："这么说——你要去比赛了，哈利。参加争霸赛。成了学校的勇士。"

"勇士之一。"哈利纠正他。

海格浓密蓬乱的眉毛下，一双黑亮的眼睛显得非常担忧。"知道是谁把你的名字投进去的吗，哈利？"

第18章 检测魔杖

"怎么,你相信我没有这么做?"哈利说,竭力掩饰他听到海格的话后突然涌起的感激之情。

"我当然相信,"海格嘟哝着说,"你说不是你干的,我相信你——邓布利多也相信你,大家都相信你。"

"真希望知道是谁干的。"哈利怨恨地说。

两人放眼眺望草坪,同学们现在散开了,一个个都走得很艰难。炸尾螺现在有三英尺多长了,力气大得惊人。它们不再是肉乎乎的、没有甲壳、没有颜色了,而是长出了一层灰白色、又厚又亮的硬壳。炸尾螺的模样介于巨大的蝎子和拉长的螃蟹之间——但是仍然看不出脑袋和眼睛在哪里。它们现在变得力大无比,很难控制。

"看样子它们挺开心的,是吧?"海格高兴地说,哈利断定他说的是炸尾螺,因为同学们显然并不开心。时不时地,随着一声令人惊恐的噼啪声响起,一条炸尾螺的尾巴爆炸了,推动炸尾螺向前跃进好几米,不止一个同学被拽得摔倒在地,拼命挣扎着想站起来。

"唉,我也不知道,哈利,"海格突然叹了口气,目光又回到哈利身上,脸上带着一种忧虑的神情,"学校的勇士……什么事都让你碰上了,是吗?"

哈利没有回答。是的,什么事都让他碰上了……他和赫敏在湖边散步时,赫敏说的话也差不多是这个意思。据她说,罗恩也正是因为这个才不跟他说话的。

接下来的几天是哈利在霍格沃茨最难熬的日子。记得还是在二年级的那几个月里,学校里许多同学都怀疑是哈利攻击了自己的同学,那时他的日子也差不多像现在这样难过。不过当时罗恩跟他站在一边。哈利认为,只要罗恩依然是他的好朋友,全校其他同学不管怎么样他都能对付,但是既然罗恩无意与他和好,他也决不愿意死乞白赖地求罗恩跟他说话。可是,唉,反感和不满从四面八方朝他涌来，他是多么孤单哪。

他能够理解赫奇帕奇们的态度，尽管并不喜欢。他们要支持自己的勇士嘛。而斯莱特林们呢，他早就知道他们只会给他恶毒的侮辱——他在他们那里从来都是极不受欢迎的，因为他在魁地奇比赛和学院杯竞赛中，多次帮助格兰芬多打败了斯莱特林。但是，拉文克劳们呢，他原先希望他们会像支持塞德里克一样支持他的，没想到，他错了。拉文克劳的大多数同学似乎都以为他施展了诡计，哄骗火焰杯接收了他的名字，迫不及待地为自己赚取更多的名声。

此外还有一个事实：塞德里克看上去确实比他更像一位勇士，挺直的鼻梁、乌黑的头发、灰色的眼睛，那模样真是英俊过人。这些日子，在塞德里克和威克多尔·克鲁姆之间，很难说谁获得的赞美更多。一次吃午饭的时候，哈利竟然看见那些曾眼巴巴想获得克鲁姆签名的六年级女生，又苦苦哀求塞德里克在她们的书包上签名了。

与此同时，小天狼星那里还是毫无音讯；海德薇呢，死活都不肯接近他；特里劳妮教授又在预言他的死亡了，言之凿凿，语气比往常还要肯定；他在弗立维教授的课上学习召唤咒时，表现得一塌糊涂，结果教授给他布置了额外的家庭作业——除了纳威，他是唯一被罚作业的人。

"其实并没有那么难，哈利。"他们离开弗立维的课堂时，赫敏试着安慰他——刚才在课上，她把教室里的东西都弄得嗖嗖朝她飞去，就好像她是一块磁铁，专门吸引黑板擦、字纸篓和月宫图什么的，"你只是没有好好地集中思想——"

"真不知道为什么，"哈利闷闷不乐地说，这时塞德里克·迪戈里迎面走过，旁边围着一大群嘻嘻傻笑的女生，她们都瞪眼望着哈利，就好像他是一条特别巨大的炸尾螺，"没关系——别介意，好吗？今天下午还有两节魔药课呢……"

第18章　检测魔杖

两节连在一起的魔药课总是令哈利不寒而栗，最近，它简直变成了一种痛苦的折磨。整整一个半小时被关在地下教室里，跟斯内普和斯莱特林们在一起，他们似乎都打定主意要让哈利尽可能多吃苦头，因为他居然胆敢成为学校的勇士。这大概是哈利可以想象的最难熬的经历了。他已经挣扎着忍受了一次星期五的魔药课，当时赫敏坐在他旁边，不停地压低声音念叨着"别理他们，别理他们"，他看不出今天会有什么好转。

午饭后，他和赫敏来到斯内普的地下教室，发现斯莱特林的学生们都等在教室外，每个人的长袍前襟上都别着一枚大大的徽章。哈利一时没反应过来，还以为那是S.P.E.W.徽章呢——接着他才看清，那些徽章上都印着相同的文字，一个个鲜红的字母在地下走廊的昏暗光线中闪闪发亮，像着了火一样：

**支持塞德里克·迪戈里——
霍格沃茨的真正勇士！**

"喜欢吗，波特？"看到哈利走近，马尔福大声说道，"它们还有别的花样呢——快看！"

他把徽章使劲往胸口上按了按，上面的字消失了，接着又出现了另外一行字，闪着绿莹莹的光：

波特臭大粪

斯莱特林们怪声怪气地大笑起来。他们每人都按了按自己的徽章，最后哈利周围到处都闪着那行刺眼的字——波特臭大粪。哈利觉得血液腾地冲上了他的脸和脖子。

"哦，非常有趣，"赫敏讥讽地对潘西·帕金森和那帮斯莱特林女生说——她们笑得比谁都厉害,"真是机智过人。"

罗恩贴墙站着,和迪安、西莫在一起。他没有笑,但也没有挺身而出支持哈利。

"想要一个吗,格兰杰?"马尔福说,朝赫敏举起一枚徽章,"我有一大堆呢。不过小心,可别碰到我的手。你看,我的手刚刚洗过,不想让泥巴种把它给弄脏了。"

哈利多少个日子以来积压的怒火,似乎突然冲破了他内心的一道堤坝。他想也没想自己在做什么,就伸手去掏魔杖。周围的人纷纷散开,顺着走廊避开去。

"哈利!"赫敏警告他。

"好啊,来吧,波特,"马尔福平静地说,也抽出了自己的魔杖,"现在可没有穆迪在这里关照你了——你要是有种就动手吧——"

他们都凝视着对方的眼睛,然后,说时迟那时快,就在同时,两人都采取了行动。

"火烤热辣辣!"哈利大喊。

"门牙赛大棒!"马尔福尖叫。

两根魔杖同时射出的光柱在空中相碰,转了个角度折射出去——哈利的光柱击中了高尔的脸,马尔福的击中了赫敏。高尔大声惨叫着用手捂住鼻子,一个个丑陋的大疖子正从他的鼻子上冒出来——赫敏紧张地呻吟着,紧紧捂住自己的嘴巴。

"赫敏!"罗恩赶紧上前,看赫敏出了什么事。

哈利转过身,看见罗恩把赫敏的手从她脸上拉开了。那副模样可不好看。赫敏的门牙——本来就比一般人的大——现在正以惊人的速度增长;她的牙齿嗖嗖地变长,越过下嘴唇朝下巴延伸,这使她越来越像一只海狸——赫敏紧张极了,摸了摸自己的牙齿,发出一声惊恐的尖叫。

"这里闹哄哄的在干什么?"一个软绵绵而令人厌烦的声音说。

第18章　检测魔杖

斯内普来了。斯莱特林的学生们叽叽喳喳地争着解释，斯内普伸出一根长长的泛黄的手指，点着马尔福说："你来解释一下。"

"波特攻击我，先生——"

"我们是同时攻击对方的！"哈利大声抗议。

"他击中了高尔——你看——"

斯内普仔细打量着高尔，此刻高尔的那张脸放在一本专门讲毒蘑菇的书中倒是挺合适。

"快上医院去吧，高尔。"斯内普平静地说。

"马尔福击中了赫敏！"罗恩说，"你瞧！"

他强迫赫敏把牙齿露给斯内普看——赫敏拼命用手把它们遮住，不过很不容易，因为她的门牙已经越过了衣领。潘西·帕金森和斯莱特林的其他女生压低声音，哧哧地笑弯了腰，在斯内普背后朝赫敏指指点点。

斯内普冷冷地看了看赫敏，说："我没看出有什么不同。"

赫敏哀叫一声，眼里顿时充满泪水。她一转身，撒腿就跑，顺着走廊跑得无影无踪。

幸亏哈利和罗恩同时冲着斯内普大喊大叫，幸亏他们俩的声音在石头走廊里造成那么大的回音，幸亏在这样乱哄哄的噪声中，斯内普不可能听清楚他们究竟骂了他什么。不过，他还是猜出了主要的意思。

"让我想想，"他说，声音特别软绵绵、滑腻腻，"格兰芬多学院扣去五十分，波特和韦斯莱各罚一次关禁闭。好了，快进去吧，不然就整整一个星期关禁闭。"

哈利的耳朵里嗡嗡作响。这简直太不公平了，他真想给斯内普念咒，把他变成无数个黏糊糊脏兮兮的碎片。他走过斯内普身边，和罗恩一起来到地下教室的后面，把书包重重地扔在桌上。罗恩也气得浑身发抖——在那一刻，似乎两人的关系又恢复到了从前那样。然而，罗恩转过身，跟迪安和西莫坐到一起去了，留下哈利独自坐在一张桌子旁。在教室的另一边，马尔福转身背对斯内普，用手按了按自己的徽章，得意地笑着。**波特臭大粪**又闪烁发亮了，在教室这边也能看见。

上课了，哈利坐在那里瞪着斯内普，脑子里幻想着各种倒霉的祸事落到斯内普头上……真希望自己知道怎样念钻心咒……那样的话，他就要让斯内普仰面躺倒，像那只蜘蛛一样，抽动，挣扎……

"解药！"斯内普说，一边环顾着全班同学，那双冷冰冰的黑眼睛闪动着令人不快的光芒，"你们现在应该准备好自己的配方了。我要求你们仔细地熬，然后，我们选一个人来试试……"

斯内普的目光与哈利的相遇了，哈利知道将会发生什么事。斯内普想要毒死他。哈利幻想着自己拎起坩埚，冲到教室前面，把它扣在斯内普油腻腻的脑袋上——

就在这时，地下教室的门被敲响，打断了哈利的思路。

是科林·克里维。他侧着身子闪进教室，朝哈利绽开笑容，然后朝教室前面斯内普的讲台走去。

"什么事？"斯内普不耐烦地问。

"对不起，先生，我要带哈利·波特到楼上去。"

斯内普的目光从鹰钩鼻上垂下来望着科林，笑容在科林热切的脸上消失了。

"波特还要上一小时的魔药课。"斯内普冷冷地说，"下了课他再上楼。"

科林的脸红了。

"先生——先生，巴格曼先生要他去，"他局促不安地说，"所有的勇士都要去的，他们好像是要照相……"

哈利真愿意交出他所有的一切，只要能阻止科林说出最后这句

第18章　检测魔杖

话。他大着胆子用眼角瞥了瞥罗恩，罗恩正目不转睛地盯着天花板。

"很好，很好，"斯内普厉声说，"波特，把你的东西留在这里，我要你待会儿再回来，试验一下你的解药。"

"对不起，先生——他必须带着他的东西，"科林紧张地尖着嗓子说，"所有的勇士——"

"很好！"斯内普说，"波特——带着你的书包，快从我眼前消失！"

哈利把书包甩到肩膀上，站起身，朝门口走去。当他走过斯莱特林们坐的桌子时，**波特臭大粪**的字样从四面八方朝他闪耀着。

"真是了不起啊，是不是，哈利？"哈利刚走出教室，关上门，科林就迫不及待地说，"是不是？你成了勇士！"

"是啊，是很了不起，"哈利语气沉重地说——两人一起朝通向门厅的台阶走去，"他们为什么要照相，科林？"

"大概是登在《预言家日报》上吧！"

"太棒了，"哈利愁闷地说，"正是我想要的。进一步丢人现眼。"

"祝你好运！"科林说，这时他们已经来到那个房间外。哈利敲了敲门，走了进去。

这是一间较小的教室，大多数课桌都被推到了教室后面，留出中间一大块空地。不过有三张课桌并排对接着摆在黑板前面，上面盖着一块长长的天鹅绒。在天鹅绒覆盖的课桌后面，放着五把椅子，其中一把椅子上坐着卢多·巴格曼，他正在跟一个哈利从没见过的女巫交谈，那女巫穿着一身洋红色的长袍。

威克多尔·克鲁姆跟往常一样阴沉着脸，站在一个角落里，不跟任何人说话。塞德里克正在和芙蓉交谈。芙蓉很开心，哈利从没见她这么开心过。她不停地甩一甩脑袋，使一头银色的长发闪动夺目的光泽。一个大腹便便的男人手里举着一架微微冒烟的黑色大照相机，正用眼角斜睨着芙蓉。

巴格曼突然看见了哈利，迅速站起来，身子往前一跳。"啊，他来了！第四位勇士！进来吧，哈利，进来吧……没什么可担心的，就是检测魔杖的仪式，其他裁判员很快就到——"

"检测魔杖？"哈利不安地问道。

"我们必须检查一下你们的魔杖是否功能齐全，性能完好，因为在以后的比赛项目中，魔杖是你们最重要的器械。"巴格曼说，"专家在楼上，和邓布利多在一起。然后是照几张相。这位是丽塔·斯基特，"他说，指了指那位身穿洋红色长袍的女巫，"她正在为《预言家日报》写一篇关于争霸赛的小文章……"

"也许不会那么小，卢多。"丽塔·斯基特说，眼睛盯着哈利。

她的头发被弄成精致、僵硬、怪里怪气的大卷儿，和她那张大下巴的脸配在一起，看上去十分别扭。她戴着一副镶珠宝的眼镜，粗肥的手指抓着鳄鱼皮手袋，指甲有两寸来长，涂得红通通的。

"在我们开始前，我能不能跟哈利谈几句话？"她问巴格曼，但眼睛仍然牢牢地盯着哈利，"年纪最小的勇士，你知道……为了给文章增加点儿色彩。"

"没问题！"巴格曼大声说，"就是——不知哈利是否反对？"

"呃——"哈利说。

"太好了。"丽塔·斯基特说，眨眼间，她那鲜红色的爪子般的手指就抓住了哈利的手臂，力气大得惊人。她把哈利拽出房间，打开了旁边的一扇门。

"我们不能待在那里面，太吵了。"她说，"让我看看……啊，好的，这里倒是很安静很舒服。"

这是一个放扫帚的小储物间。哈利不解地瞪着她。

"过来吧，亲爱的——这就对了——太好了，"丽塔·斯基特说着，自己一屁股坐在一个倒扣着的水桶上，晃晃悠悠的，好像随时都会摔下去，然后她把哈利按在一只硬纸箱上，抬手关上了门，

第 18 章　检测魔杖

使两人陷入一片黑暗之中，"现在，让我想想……"

她打开鳄鱼皮手袋，抽出一把蜡烛，一挥魔杖，把它们都点燃了，又用魔法使它们都悬在半空，这样两人就都能看清自己在干什么。

"哈利，我用速记羽毛笔来做记录，你不会反对吧？这样我可以腾出手来，跟你正常地交谈……"

"你用什么？"哈利问。

丽塔·斯基特脸上的笑容更明显了。哈利看到她嘴里有三颗金牙。她又把手伸进鳄鱼皮手袋，掏出一支长长的、绿得耀眼的羽毛笔和一卷羊皮纸，然后把羊皮纸摊在两人中间的一只箱子上，那箱子是装斯科尔夫人牌万能神奇去污剂的。她把绿色羽毛笔的笔尖塞进嘴里，有滋有味地吮吸了一会儿，然后把笔垂直立在羊皮纸上。羽毛管竖在笔尖上，微微颤动着。

"试验一下……我叫丽塔·斯基特，《预言家日报》记者。"

哈利赶紧低头望着羽毛笔。丽塔·斯基特的话音刚落，绿色羽毛笔就开始龙飞凤舞地写了起来，笔尖灵巧地在羊皮纸上滑过。

迷人的金发女郎丽塔·斯基特，现年四十三岁，她的桀骜不驯的羽毛笔曾经揭穿过许多华而不实的虚名——

"太好了。"丽塔·斯基特说着，把第一张羊皮纸撕下来，揉成一团，塞进她的手袋。然后她朝哈利倾过身子，说道："那么，哈利……是什么促使你决定报名参加三强争霸赛的？"

"嗯——"哈利张了张嘴，但他的注意力被羽毛笔吸引住了。他并没有说话，那支笔却在羊皮纸上嗖嗖地移动，笔尖滑过的地方，哈利辨认出一行新写出的文字：

一道丑陋的伤疤，是悲惨往事留下的纪念，破坏了哈利·波特原本应该英俊迷人的面容，他的眼睛——

"别管那支笔，哈利，"丽塔·斯基特很坚决地说——哈利满不情愿地抬起头，把目光落在她脸上，"好了——哈利，你为什么决定报名参加争霸赛？"

"我没有，"哈利说，"我不知道是谁把我的名字投进了火焰杯。那不是我干的。"

丽塔·斯基特扬起一道描画得很浓的眉毛。"不要紧的，哈利，你不用害怕自己会陷入麻烦。我们都知道你其实根本不应该报名。但你不必为此担心。我们的读者喜欢有叛逆精神的人。"

"可是我没有报名，"哈利重复着自己的说法，"我不知道是谁——"

"你对将要进行的比赛项目有何感觉？"丽塔·斯基特问，"是激动？还是紧张？"

"我没有认真想过……噢，大概有点儿紧张吧。"哈利说。他说话时感到自己的肠胃在很不舒服地蠕动。

"过去有许多勇士都丧生了，是不是？"丽塔·斯基特不依不饶地问，"你有没有想过这一点呢？"

"嗯……他们说今年要比过去安全得多。"哈利说。

羽毛笔在两人之间的羊皮纸上嗖嗖滑动，像溜冰一样来回穿梭。

"当然啦，你过去曾经面对过死亡，是不是？"丽塔·斯基特又问，一边目不转睛地盯着哈利，"你觉得那对你产生了什么影响？"

"呃。"哈利还是支支吾吾。

"你是否认为，是你过去所受的创伤使你急于证明自己的

第18章　检测魔杖

能力？你是否认为，你之所以渴望报名参加三强争霸赛，是因为——"

"我没有报名。"哈利说，他开始感到有些恼火了。

"你还记不记得你的父母？"丽塔·斯基特盛气凌人地问他。

"不记得。"哈利说。

"如果他们知道你要参加三强争霸赛，你认为他们会有什么感觉？是骄傲？担心？还是生气？"

哈利现在真的感到恼怒了。他父母活着会有什么感觉，他怎么可能知道呢？他可以感到丽塔·斯基特的目光牢牢地盯在他身上。他皱起眉头，躲开她的视线，低头看着羽毛笔刚刚写出的文字：

> 当谈话转向他已几乎毫无印象的父母时，那双绿得惊人的眼睛里充满了泪水。

"我眼睛里**没有**泪水！"哈利大声说。

丽塔·斯基特还没来得及说话，扫帚间的门被拉开了。哈利转过头，耀眼的光线刺得他直眯眼睛。阿不思·邓布利多站在那里，低头看着他们俩，一边挤进了扫帚间。

"邓布利多！"丽塔·斯基特大声说道，一副欢天喜地的样子——但哈利注意到，她的羽毛笔和羊皮纸突然从神奇去污剂的箱子上消失了，丽塔那爪子般的手指正匆匆扣上鳄鱼皮手袋的搭扣。"你好吗？"她说着，站起身来，向邓布利多伸出一只男人般的大手，"我夏天的那篇关于国际巫师联合会大会的文章，不知你看了没有？"

"真是棒极了，"邓布利多说，两只眼睛灼灼发亮，"我特别爱读你把我描写成一个僵化的老疯子的那一段。"

丽塔·斯基特丝毫没显出害臊的样子。"我只是想说明你的某些观点有点过时了，邓布利多，外面的许多巫师——"

"我很愿意听到你无礼言论背后的道理，丽塔，"邓布利多说着，笑微微、彬彬有礼地鞠了一躬，"但是恐怕这个问题我们只好以后再谈了。魔杖检测仪式马上就要开始，如果我们的一位勇士躲在扫帚间里，仪式就不能进行了。"

哈利正巴不得离开丽塔·斯基特呢，他立刻回到了房间里。另外几位勇士都已在门边的椅子上坐定了，他赶紧过去坐在塞德里克旁边，望着前面铺着天鹅绒的桌子，那里已经坐着五位裁判中的四位——卡卡洛夫教授、马克西姆女士、克劳奇先生和卢多·巴格曼。丽塔·斯基特找了个角落坐下来，哈利看见她又偷偷地从手袋里掏出那卷羊皮纸，铺在膝盖上，吮了吮速记羽毛笔的笔尖，再一次把笔竖直立在羊皮纸上。

"请允许我介绍一下奥利凡德先生。"邓布利多在裁判席上坐下后，对几位勇士说，"他将要检查你们的魔杖，确保魔杖在比赛前状态良好。"

哈利环顾四周，看见一个长着两只浅色大眼睛的老巫师静悄悄地站在窗边，他感到十分意外。哈利以前见过奥利凡德先生——三年前在对角巷，哈利正是从这位魔杖制作人手里购买了自己的魔杖。

"德拉库尔小姐，你先来，好吗？"奥利凡德先生说着，走到房间中央的空地上。

芙蓉·德拉库尔轻盈地走向奥利凡德先生，把自己的魔杖递给了他。

"嗯……"奥利凡德说。

他像摆弄指挥棒一样，让魔杖在修长的手指间旋转，魔杖喷出许多粉红色和金色的火花。然后他又把魔杖贴近眼前，仔细端详。

"不错，"他轻声说，"九英寸半……弹性良好……槭木制

第18章 检测魔杖

成……里面含有……噢，天哪……"

"含有一根媚娃的头发，"芙蓉说，"是我奶奶的头发。"

这么说，芙蓉果然有一部分媚娃血统，哈利想，他要把这点记在脑子里，回去告诉罗恩……接着他才想起来，罗恩已经不跟他说话了。

"没错，"奥利凡德先生说，"没错，当然啦，我本人从没用过媚娃的头发。我觉得用媚娃头发做的魔杖太敏感任性了……不过，各人都有自己的爱好，既然它对你合适……"

奥利凡德先生用手指捋过魔杖，显然在检查上面有没有擦痕和碰伤。然后，他低声念道："兰花盛开！"一束鲜花绽放在魔杖头上。

"很好，很好，状态不错。"奥利凡德先生说，一边把鲜花收拢，和魔杖一起递给芙蓉，"迪戈里先生，轮到你了。"

芙蓉脚步轻捷地返回自己的座位，与塞德里克擦肩而过时，朝他嫣然一笑。

"啊，这是我的产品，是不是？"塞德里克把魔杖递过去时，奥利凡德先生说，比刚才兴奋多了，"没错，我记得很清楚。里面有一根从一只特别漂亮的雄独角兽尾巴上拔下来的毛……准有五六英尺长呢。我拔了独角兽的尾毛，它差点儿用角把我戳出个窟窿。十二又四分之一英寸……梣木制成……弹性优良。状态极佳……你定期护理它吗？"

"昨晚刚擦过。"塞德里克说，咧开嘴笑了。

哈利低头看看自己的魔杖，上面布满了手指印儿。他从膝盖上揪起长袍的一角，想偷偷把魔杖擦干净。魔杖头上冒出几颗金星，芙蓉·德拉库尔非常傲慢地扫了他一眼，他只好作罢了。

奥利凡德先生让塞德里克的魔杖头上喷出一串银白色的烟圈，烟圈从房间这头飘到那头，他表示满意，说道："克鲁姆先生，该你了。"

威克多尔·克鲁姆站起身,耷拉着圆乎乎的肩膀,迈着外八字的脚,没精打采地朝奥利凡德先生走去。他把魔杖塞了过去,皱着眉头站在那里,双手插在长袍的口袋里。

"嗯,"奥利凡德先生说,"如果我没有弄错的话,这是格里戈维奇的产品。他是一位出色的魔杖制作人,尽管他的风格我并不十分……不过……"

他举起魔杖,在眼前翻过来倒过去,仔仔细细地检查着。

"没错……鹅耳枥木,含有火龙的心脏腱索,对吗?"他扫了克鲁姆一眼——克鲁姆点了点头,"比人们通常见到的粗得多……非常刚硬……十又四分之一英寸……飞鸟群群!"

鹅耳枥木魔杖发出砰的一声巨响,像手枪开火一般,一群小鸟扑扇着翅膀从魔杖头上飞出来,从敞开的窗口飞进了淡淡的阳光中。

"很好,"奥利凡德先生说,把魔杖递还给克鲁姆,"还有最后一位……波特先生。"

哈利站起来,与克鲁姆擦肩而过,向奥利凡德先生走去。他交出自己的魔杖。

"啊,是的,"奥利凡德先生说,一对浅色的眼睛突然闪烁着兴奋的光芒,"是的,是的,是的。我记得清清楚楚。"

哈利同样记忆犹新,一切就好像发生在昨天……

三年前的那个夏天,在他十一岁生日那天,他和海格一起走进奥利凡德先生的店铺,要买一根魔杖。奥利凡德先生量了他身体各部位的尺寸,就开始把一根根魔杖递给他试用。哈利觉得他把店里的魔杖都挥遍了,才终于找到一根适合自己的——这根魔杖是用冬青木制成,十一英寸长,里面含有一根凤凰尾羽。当时奥利凡德先生看到哈利摆弄这根魔杖时得心应手的样子,感到非常吃惊。"太奇妙,"他说,"真是太奇妙了。"当哈利追问究竟有什么奇妙时,奥

第18章 检测魔杖

利凡德先生才解释说,哈利魔杖里的那根凤凰羽毛和伏地魔魔杖里的羽毛是从同一只鸟身上拔下来的。

哈利从没有把这件事告诉任何人。他非常喜欢自己的魔杖,在他看来,这根魔杖与伏地魔的魔杖存在关系并不能怪它——就像他自己不能断绝与佩妮姨妈的亲戚关系一样。不过,他真希望奥利凡德先生不要把这件事告诉房间里的人。他有一种奇怪的感觉:如果奥利凡德先生泄露了这个秘密,丽塔·斯基特的那支速记羽毛笔大概会兴奋得爆炸呢。

奥利凡德先生检查哈利魔杖的时间比检查其他人的长得多。最后,他让魔杖头上喷出一股葡萄酒,然后把魔杖递还给哈利,宣布它的状态非常良好。

"谢谢大家,"邓布利多说,从裁判桌旁站了起来,"现在你们可以回去上课了——也许直接下去吃饭更便当一些,反正他们很快就要下课了——"

哈利这才觉得今天总算有了一件顺心的事。他站起来准备离开,可是那个拿黑色照相机的男人一跃而起,清了清嗓子。

"照相,邓布利多,照相!"巴格曼兴奋地喊道,"裁判和勇士来一个合影,你认为怎么样,丽塔?"

"呃——好吧,先照合影,"丽塔·斯基特说,目光再一次落到哈利身上,"也许待一会儿再照几张单人的。"

照相花了很长时间。马克西姆女士无论站在什么位置,都把别人挡住了,而且房间太小,摄影师无法站得很远,把她收进镜头;最后她只好坐下来,其他人都站在她周围。卡卡洛夫不停地用手指绕着他的山羊胡子,想使它翘成一个卷儿。克鲁姆呢,哈利还以为他对这类事情习以为常了,没想到他却躲躲闪闪地藏在大家后面。摄影师似乎特别积极地想让芙蓉站在前面,可是丽塔·斯基特总是赶上前来,把哈利拉到更突出的位置。然后,她又坚持要给勇士们一个个地拍单人照。过了好长时间他们才终于脱身出来。

哈利下楼吃饭，赫敏不在——他猜她大概还在校医院治疗牙齿。哈利独自坐在桌子一端吃饭。饭后，他返回格兰芬多塔楼，一路上想着必须完成的召唤咒作业。他上楼来到宿舍，遇见了罗恩。

"你来了一只猫头鹰。"哈利刚走进去，罗恩就生硬地说，一边指着哈利的枕头。那只学校的谷仓猫头鹰正在那里等他。

"哦——好的。"哈利说。

"还有，我们明天晚上被罚关禁闭，在斯内普的地下教室。"罗恩说。

然后，他看也不看哈利一眼，径直走出了房间。

一时间，哈利考虑是否追出去——他搞不清自己是想跟罗恩谈谈，还是想揍罗恩一顿，这两件事似乎都很吸引人——可是小天狼星回信的诱惑力太强了。哈利大步走向谷仓猫头鹰，从它脚上解下那封信，把它展开。

哈利：

　　我在信里不能畅所欲言，万一猫头鹰被截获就太危险了——我们需要当面谈一谈。你能保证十一月二十二日凌晨一点独自在格兰芬多塔楼的炉火边等我吗？

　　我比任何人都知道你能够照料好自己，而且我认为，只要你在邓布利多和穆迪身边，就不会有任何人能够伤害你。不过，似乎有人正在极力做这样的尝试。给你报名参加争霸赛是非常冒险的，特别是在邓布利多的鼻子底下这么做。

　　千万小心，哈利。如有不寻常的事情发生，我仍希望你写信告诉我。十一月二十二日能否赴约，请尽快告知。

小天狼星

第19章

匈牙利树蜂

在接下来的两个星期，哈利只有想到快要跟小天狼星面对面交谈了，才感到有点儿精神支柱，这是黑暗无比的地平线上的唯一亮点。随着时间的推移，发现自己成为学校勇士时的那份震惊已经稍稍淡化，而另一种恐惧开始渗透他的内心：他将要面对的会是什么呢？第一个项目一天天地逼近，他觉得那就像一个可怕的庞然大物，盘踞在他的前方，阻挡着他的道路。他的内心从没像现在这样紧张焦虑过；以前，即使是在魁地奇比赛前，即使是在最后那场为了争夺学院杯而与斯莱特林队进行的魁地奇决赛前，他也没有这样忧心忡忡。哈利觉得简直无法设想未来。他感到他的整个生命都在朝第一个项目逼近，并将在第一个项目中结束……

他也承认，小天狼星不可能使他情绪好转多少，因为他必须当着几百人的面完成一项未知的、危险的、难度极大的魔法活动，可是在目前这种情况下，能见到一张友好的面孔也是莫大的安慰啊。哈利给小天狼星写了回信，说他将在小天狼星提议的时间守在公共休息室的炉火边。他和赫敏花了很长时间，反复研究那天夜里怎样把逗留在公共休息室里的人都赶出去，设想了好多计划。到时候如果实在没有办法，他们就准备扔一包粪弹，但愿不用使出这一招——费尔奇会活剥了他们的皮!

与此同时,哈利在城堡内的生活变得更加糟糕,因为丽塔·斯基特那篇关于三强争霸赛的文章发表了。这篇文章与其说是对争霸赛情况的报道,不如说是对哈利个人生活添油加醋的描绘。报纸第一版的大量版面都被哈利的一张照片占据,整篇文章(待续至第二、第六和第七版)讲的都是哈利,布斯巴顿和德姆斯特朗勇士的名字被挤在文章的最后一行,而且还拼错了,对塞德里克则只字未提。

文章是十天前发表的,现在哈利每次想起来,还觉得内心有一种火辣辣的、很不舒服的耻辱感。丽塔·斯基特写到他说了许多非常可怕的话,那些话他记得自己从来没有说过,更别提在那个扫帚间里了。

> 我认为是我的父母给了我力量。我知道,如果他们现在能够看见我,一定会为我感到非常骄傲……是的,夜里有的时候,我仍然会为他们哭泣,我觉得承认这一点并不丢脸……我知道比赛中没有什么能伤害到我,因为他们在冥冥中守护着我……

这还不算,丽塔·斯基特不光把哈利的支支吾吾变成了许多令人恶心的长篇大论,而且还询问了其他人对他的看法。

> 哈利终于在霍格沃茨找到了他的初恋。他的亲密好友科林·克里维说,哈利与一位名叫赫敏·格兰杰的女生形影不离,格兰杰小姐美貌惊人,出生于麻瓜家庭,她像哈利一样,也是学校的尖子生之一。

自从这篇文章一出现,哈利就不得不忍受人们——主要是斯

第19章 匈牙利树蜂

莱特林的学生——在他经过时引用文章中的话,对他进行冷嘲热讽。

"要一条手绢吗,波特,免得在变形课上痛哭流涕?"

"你什么时候成为学校的尖子生的,波特?没准这个学校是你和隆巴顿一起办的吧?"

"喂——哈利!"

"是啊,没错!"哈利忍无可忍,大喊一声,猛地在走廊里转过身,"我刚才为我死去的妈妈哭红了眼睛,现在还要再哭一场……"

"不是——我只是说——你的羽毛笔掉了。"

原来是秋·张。哈利觉得自己的脸腾地红了。

"噢——好的——对不起。"他低声嘟哝着,接过了羽毛笔。

"嗯……祝你星期二好运,"秋·张说,"我真心希望你发挥出色。"

哈利一时觉得恍恍惚惚,感觉自己蠢到家了。

赫敏自然也分摊到了一些不愉快,但她没有朝无辜的路人大喊大叫。说实在的,哈利十分钦佩她处理这种局面的方式。

"美貌惊人?就她?"丽塔的文章发表后,潘西·帕金森第一次遇见赫敏就怪声怪气地说,"是根据什么评判的——金花鼠吗?"

"别理它,"赫敏用不失尊严的口吻说,把脑袋昂得高高的,从咯咯窃笑的斯莱特林女生身边大步走过,就好像什么也没听见,"别理它就行了,哈利。"

可是哈利没法不去理会。罗恩自从告诉他斯内普罚他们关禁闭的事之后,一直没有跟他说话。哈利曾经抱有一线希望,以为在斯内普的地下教室里腌制老鼠脑袋的那两个小时里,他们或许可以消除误会,和好如初。没想到就在那一天,丽塔·斯基特的文章发表了，这似乎使罗恩更加坚信哈利是一个喜欢出头露面、炫耀自己的人。

赫敏很生他们俩的气，她在两人之间来回奔走，试图强迫他们互相说话。可是哈利不肯让步：他坚持说，除非罗恩承认哈利没有把名字投进火焰杯，并为指责哈利撒谎而向他道歉，他才会跟罗恩说话。

"这一切又不是我造成的，"哈利固执地说，"是他的问题。"

"你很惦记他！"赫敏不耐烦地说，"我知道他也惦记你——"

"惦记他？"哈利说，"我才不惦记他呢……"

然而这是一个彻头彻尾的谎言。哈利非常喜欢赫敏，但赫敏和罗恩是不一样的。如果你选择赫敏做最好的朋友，就会少掉许多欢笑，而在图书馆逗留的时间会长得多。哈利还是没有掌握召唤咒，他似乎在自己周围形成了一道屏障，把东西都挡在了外面，赫敏坚持说多学一些理论会有所帮助。于是，他们在午饭后花了许多时间钻研书本。

威克多尔·克鲁姆也经常出现在图书馆里，哈利不明白他在那里做什么。他是在温习功课，还是在寻找能够帮他顺利完成第一个项目的办法？赫敏常常抱怨克鲁姆在那儿——克鲁姆倒从来不找他们的麻烦——但是经常有女生成群结队地咯咯笑着躲在书架后面窥探他，赫敏觉得那些声音干扰了她的注意力。

"他长得一点儿也不好看！"她瞪着克鲁姆轮廓分明的侧影，气愤地嘟哝道，"她们喜欢他，只是因为他有名！如果他没有搞那一套偷鸡的假玩意儿——"

"是朗斯基假动作。"哈利咬着牙说。他一方面不愿别人乱说魁地奇运动术语；另一方面，想象着如果罗恩听见赫敏谈论"偷鸡的假玩意儿"时，脸上会是一副什么表情，他心里又是一阵难受。

第19章 匈牙利树蜂

当你满心害怕一件事情，希望时间能够放慢脚步时，时间总是不会满足你的愿望，反而会加快它的前进速度。这真是一件奇怪的事。第一个项目之前的那些日子一眨眼就过去了，就好像有人把时钟拨快了一倍。哈利不管走到哪里，内心都充满了无法控制的恐慌，这种情绪就像人们因《预言家日报》那篇文章而产生的恶意评论一样，不管他到哪儿都跟着他。

在第一个项目开始前的那个星期六，学校批准三年级以上的学生到霍格莫德村游玩。赫敏对哈利说，到城堡外散散心会使他好受一些，其实哈利也巴不得出去轻松一下，根本用不着她劝说。

"可是，罗恩呢？"他问，"你不想跟他一起去吗？"

"哦……是这样……"赫敏微微涨红了脸，"我想我们可以在三把扫帚跟他碰面……"

"没门！"哈利干脆地说。

"哦，哈利，这样太愚蠢了——"

"我会去的，但我不想跟罗恩见面，我要穿上我的隐形衣。"

"噢，那么好吧……"赫敏气呼呼地说，"但如果你穿着那件衣服，我可不愿意跟你说话，因为我弄不清我的眼睛是不是在看着你。"

就这样，哈利在宿舍里穿上他的隐形衣，来到楼下，和赫敏一起出发前往霍格莫德。

哈利在隐形衣下觉得特别轻松自在。他们走进村子时，他望着其他同学从身边走过，大多数人胸前都戴着支持**塞德里克·迪戈里**的徽章，但是没有难听的议论扑面而来，也没有人引用那篇愚蠢的文章里的话。

"现在人们不停地看我，"赫敏不满地说，"他们还以为我在自言自语呢。"这时他们刚从蜂蜜公爵糖果店里出来，吃着大块奶油夹心巧克力。

"你的嘴唇不要动得太厉害。"

"好了,请你把隐形衣脱掉一会儿吧,这里没有人会找你的麻烦。"

"哦,真的吗?"哈利说,"看看你后面吧。"

丽塔·斯基特和她的摄影师朋友刚从三把扫帚里出来。他们低声谈论着什么,径直从赫敏身边走过,看也没有看她一眼。哈利生怕丽塔·斯基特的鳄鱼皮手袋碰到自己,赶紧闪身躲到蜂蜜公爵糖果店的墙根下。

那两人走后,哈利说:"她还待在村子里呢。我敢说她一定会来观看第一个比赛项目。"

话一出口,他就觉得内心掠过一阵火辣辣的恐慌感。但他没有说出来,他和赫敏很少谈论第一个比赛项目会是什么。他总觉得赫敏不太愿意考虑这件事。

"她走了。"赫敏说,目光穿透哈利,注视着街道尽头,"我们到三把扫帚去喝一杯黄油啤酒怎么样?天气有点儿冷了,是不是?你用不着跟罗恩说话!"她猜中了哈利不答腔的原因,烦躁地说。

三把扫帚小酒馆里挤满了人,主要是霍格沃茨的学生,都在尽情享受这一个下午的自由,不过也有许多哈利在别处很少见到的形形色色的魔法界人士。哈利猜想,霍格莫德是英国绝无仅有的一个纯巫师村庄,对女妖一类的家伙来说是一个安全的避风港,因为她们在伪装自己方面不如巫师那样得心应手。

穿着隐形衣在人群里穿行非常困难,说不定会无意间踩到什么人的脚,引起一些令人尴尬的麻烦。赫敏去买饮料了,哈利侧着身子,慢慢地朝角落里的一张空桌子挪动。哈利在小酒馆里穿行时看见了罗恩,他和弗雷德、乔治、李·乔丹坐在一起。他真想对准罗恩的后脑勺狠狠戳一下,但他克制住这种冲动,终于来到桌子边,坐了下来。

第 19 章　匈牙利树蜂

片刻之后，赫敏也过来了，偷偷地把一杯黄油啤酒从隐形衣下塞给了他。

"我真像个大傻瓜，独自一个人坐在这里。"赫敏低声抱怨道，"幸亏我带了点活儿来干。"

她掏出一个笔记本，上面记着 S.P.E.W. 的成员名单。哈利看见短得可怜的名单最上面是他和罗恩的名字。他想起那天晚上，他和罗恩坐在一起编造那些预言时，赫敏突然出现，任命他们为秘书和财务总管。唉，这一切似乎是很久以前的事了。

"对了，我也许应该吸收一些村民加入 S.P.E.W.。"赫敏若有所思地说，一边环顾着小酒馆。

"是啊，没错。"哈利说，他在隐形衣下喝了一大口黄油啤酒，"赫敏，你什么时候才能放弃这套 S.P.E.W. 的玩意儿呢？"

"等到家养小精灵获得体面的工钱和像样的工作环境那一天！"赫敏压低声音说，"我觉得应该采取一些更直接的行动了。不知道怎样才能进入学校厨房。"

"不知道，问问弗雷德和乔治吧。"哈利说。

赫敏又陷入了沉思，哈利则一边喝着黄油啤酒，一边打量着小酒馆里的人。他们都显得很轻松愉快，兴高采烈。厄尼·麦克米兰和汉娜·艾博正与邻桌的人交换巧克力蛙里的画片，两人的长袍上都戴着支持**塞德里克·迪戈里**的徽章。哈利看见秋·张和她那一大帮拉文克劳的朋友就在门边。她倒是没有戴支持塞德里克的徽章……这使哈利的心情稍微愉快了一点点……

他真愿意放弃一切，只要能够成为这些人当中的一员，坐在那里说说笑笑，除了功课以外，用不着操心任何事情。他幻想着，如果他的名字没有从火焰杯里喷出来，他在这里将是什么感觉。首先，他肯定不会穿着隐形衣，罗恩也肯定会跟他坐在一起。他们三个大概会开开心心地设想学校的勇士星期二将要面临什么样的危险项目。他会迫不及待地盼望着那一天的到来，盼望着观看勇士们完成那个项目……他会平平安安地坐在看台后排，和其他人一起为塞德里克加油喝彩……

他暗想，不知另外几位勇士是什么感觉。最近每次见到塞德里克，他身边都围满了崇拜者。塞德里克显得有些紧张，但是很兴奋。哈利偶尔也会在走廊上瞥见芙蓉·德拉库尔，她看上去跟平常没什么两样，还是那么旁若无人，镇定自若。克鲁姆呢，只是整天坐在图书馆里钻研那些书本。

哈利想到小天狼星时，内心那种紧绷绷的感觉似乎才松弛了些。再过十二个小时，他就可以和小天狼星说话了。就在今天夜里，他们将在公共休息室的炉火边见面——但愿别出什么岔子，最近其他事情都乱了套……

"看，海格！"赫敏说。

人群中赫然出现了海格那硕大的、头发蓬乱的后脑勺——谢天谢地，他总算不再把头发扎成马尾巴了。哈利心里纳闷，海格这么大的块头，自己刚才怎么就没有一眼看见呢。待他小心翼翼地站起身，才发现海格正压低身子，跟穆迪教授交谈呢。海格面前放着他惯常喝的大杯啤酒，穆迪则喝着他随身携带的弧形酒瓶里的东西。漂亮的老板娘罗斯默塔女士似乎对此很不满意，她一边收拾旁边桌子上的玻璃杯，一边斜眼瞟着穆迪。她大概认为这是对她热乎乎的蜂蜜酒的一种侮辱，但哈利知道不是这样。在他们最近一次的黑魔法防御术课上，穆迪告诉过大家，他不管什么时候都宁愿自己准备食物和饮料，因为黑巫师要往一只无人看管的杯子里下毒真是太容易了。

就在哈利望着他们的时候，海格和穆迪站起来准备离开了。哈利挥了挥手，接着才想起海格根本不可能看见他。可是穆迪停下脚步，那只魔眼盯着哈利所在的那个角落。他拍了拍海格的腰背部

第19章　匈牙利树蜂

（因为够不着海格的肩膀），低声对他嘀咕了几句什么，然后两人一起回过身，朝哈利和赫敏的桌子走来。

"怎么样，赫敏？"海格大声问。

"你好。"赫敏微笑着说。

穆迪一瘸一拐地从桌子旁绕过来，俯下身子。哈利以为他在看S.P.E.W.笔记本，没想到他低声说了一句："隐形衣真棒，波特。"

哈利顿时目瞪口呆。现在近在咫尺，穆迪鼻子上残缺的一大块看上去特别明显。穆迪咧开嘴笑了。

"难道你的眼睛——我的意思是，难道你能——"

"是的，它能看透隐形衣，"穆迪小声说，"有时候很管用呢，我可以告诉你。"

海格也低头朝哈利微笑。哈利知道海格看不见他，但显然穆迪告诉了海格他在这儿。

海格俯下身，假装在看S.P.E.W.笔记本，一边用很低很低、只有哈利一个人能听见的声音说道："哈利，今天半夜十二点到我的小屋来找我。穿上隐形衣。"

海格直起身子，大声说道："很高兴见到你，赫敏。"他眨了眨眼睛，离去了。穆迪也跟着他走了。

"海格为什么叫我半夜去找他？"哈利非常惊讶地问。

"是吗？"赫敏说，显然也很吃惊，"真搞不懂他想干什么。我不知道你是不是应该去，哈利……"她不安地环顾了一下周围，从牙缝挤出声音说道："弄得不好，你见小天狼星就要迟到了。"

确实，半夜十二点下去找海格，就意味着必须把时间卡得很紧，才不会耽误与小天狼星的会面。赫敏建议派海德薇给海格送一封信，告诉他哈利不能去了——当然啦，还得假设海德薇同意送信才行——可是哈利觉得更好的办法是抓紧时间，不管海格找他干什么，都速战速决。他很好奇，想知道究竟是怎么回事。海格还从没这么晚叫哈利到他那里去过呢。

那天夜里十一点半,早早就假装上床睡觉的哈利披上隐形衣,悄悄穿过公共休息室来到楼下。公共休息室里还有几个人。克里维兄弟俩不知从哪儿弄来一摞支持**塞德里克·迪戈里**的徽章,正试图用魔法把上面的字变成支持**哈利·波特**。然而,他们费了好大工夫,能做到的只是使徽章上的字固定为波特臭大粪。哈利蹑手蹑脚地从他们身边溜过,来到肖像洞口,眼睛看着手表,等了一分钟左右。然后,赫敏按原计划从外面替他打开了胖夫人的肖像。哈利悄声说了句"谢谢!",便从她身边闪过,出发穿过城堡。

场地上一片漆黑。哈利顺着草坪朝海格小屋透出的灯光走去。布斯巴顿的那辆巨大马车里也亮着灯,哈利敲响海格的屋门时,可以听见马克西姆女士在马车里说话。

"你来了,哈利?"海格低声说,打开门,看了看四周。

"是啊,"哈利说,一边闪进小屋,把隐形衣从头上脱了下来,"什么事?"

"给你看一样东西。"海格说。

海格的神情非常激动。他衣服的扣眼里插着一枝鲜花,活像一朵特别大的洋蓟。看样子他不再往头上抹机器润滑油了,但肯定花了不少工夫梳理头发——哈利可以看见他的头发上有梳子的断齿。

"你要给我看什么?"哈利警惕地问,心想是不是炸尾螺下蛋了,或者海格又想办法从小酒馆的某个陌生人手里买到了一条三个脑袋的大狗。

"跟我来,别出声,用隐形衣把你的身子罩住。"海格说,"我们不带牙牙去,它不会喜欢的……"

"海格,你听我说,我不能待很长时间……我一点钟必须赶回城堡——"

第19章 匈牙利树蜂

可是海格没有听，他打开小屋的门，迈着大步走进了黑暗中。哈利匆匆跟了上去，他大为吃惊地发现，海格正领着他朝布斯巴顿的马车走去。

"海格，你怎么——"

"嘘！"海格说，然后在印着两根交叉的金魔杖的门上敲了三下。

马克西姆女士把门打开了。她宽阔无比的肩膀上围着一条丝绸披巾。她一看见海格就微微地笑了。

"啊，海格……时间到了吗？"

"晚上好。"海格说，笑眯眯地望着她，同时伸出一只手扶她走下金色的台阶。

马克西姆女士回身关上马车的门，海格把胳膊递给她，两人一起绕着临时围场的边缘走，那里面关着马克西姆女士的那几匹带翅膀的巨马。哈利一头雾水，茫然地小跑着跟上他们的步伐。难道海格要给他看的就是马克西姆女士？他随时都能看见她啊……她那么大的块头，是很难被忽略的……

不对，马克西姆女士似乎也受到了和哈利同样的待遇，因为过了片刻，她用玩笑般的口吻问道："你要把我带到哪儿去，海格？"

"你会喜欢的，"海格声音粗哑地说，"值得一看，相信我吧。不过——不要对任何人说我带你来看了，好吗？你是不应该知道的。"

"当然不会说啦。"马克西姆女士说，又黑又长的眼睫毛呼扇呼扇的。

他们还在走个不停，哈利小跑着跟在后面，不时地看看手表，心里越来越焦躁。海格脑子里有一个草率的计划，可能会使哈利错过跟小天狼星的会面。如果他们还不能很快到达目的地，他就准备转过头直接返回城堡了，让海格独自享受与马克西姆女士的月下散步吧……

可是就在这时——他们已经绕着禁林边缘走了很远,城堡和湖泊都看不见了——哈利听见了什么动静。有几个男人在前面大声喊叫……然后是一声震耳欲聋的尖厉的咆哮……

海格领着马克西姆女士绕过一片树丛,停下了脚步。哈利赶紧跟过去,和他们站在一起——在那短短的一瞬间,他还以为看见了几堆篝火,男人们围着火跳来跳去——接着,他吃惊地张大了嘴巴。

火龙。

四条模样十分凶狠的成年火龙被关在厚木板围成的围场里,用后腿支撑身子站立着,发出阵阵吼叫,呼哧呼哧地喷着鼻息——一团团火焰从它们张开的、长着獠牙的嘴里喷出,射向黑暗的夜空,它们的脖子高高昂起,嘴离地面的高度达五十英尺。一条有一对长长尖角的银蓝色火龙,正对着场地上的巫师发怒、咆哮;一条鳞片光滑的绿色火龙,正在拼命地扭动、踩脚;还有一条红色的火龙,脸的周围长着一圈怪模怪样的细金色尖刺,正在朝空中喷射一朵朵蘑菇状的火云;最后是一条黑色的巨龙,比另外几条更像蜥蜴,这条火龙离他们最近。

场地上至少有三十个巫师,每七八个负责对付一条火龙。他们拽着链条,拼命想制服四条巨龙,那些链条连接着拴住龙腿和龙颈的大粗皮带。哈利完全惊呆了。他抬起头,在上面很高的地方,看见了那条黑火龙的眼睛,瞳孔像猫眼一样是垂直的,不知是因为恐惧还是愤怒,那双眼睛暴突着……黑火龙发出一种可怕的声音,是凄厉而刺耳的哀号……

"待在那里别动,海格!"靠近栅栏的一位巫师喊道,一边紧紧拽住手里的链条,"它们喷火能喷二十英尺远,你知道的!我看见这条树蜂喷过四十英尺!"

第19章　匈牙利树蜂

"真漂亮啊！"海格柔声细气地说。

"没有用的！"另一位巫师大声嚷道，"念昏迷咒，数到三，一起念！"

哈利看见每位驯龙师都抽出了自己的魔杖。

"昏昏倒地！"他们异口同声喊道，昏迷咒如火箭一般射向漆黑的夜空，迸出的火星像阵雨一样落在四条火龙长着鳞片的厚皮上——

哈利注视着离他们最近的那条火龙用后腿摇摇晃晃地站立着，嘴巴张得大大的，咆哮声却一下止住了，鼻孔里的火焰突然熄灭，但仍然冒着青烟——然后，它很慢很慢地倒下了。这条好几吨重的、鳞片乌黑的强壮巨龙轰然倒地，哈利可以发誓，这声巨响震得他身后的树木都颤动起来了。

驯龙师放下魔杖，走向倒在地上的巨龙，每条龙都像一座小山。驯龙师匆匆地拴紧链条，把它们牢牢系在铁柱上，又用魔杖把铁柱深深地钉在地里。

"想靠近点看看吗？"海格激动地问马克西姆女士。他们俩一起走向栅栏，哈利也跟了过去。刚才警告海格不要靠近的那位巫师转过身来，哈利认出来了，是查理·韦斯莱。

"怎么样，海格？"他喘着粗气，过来跟他们说话，"它们现在应该没事了——我们给它们服了安眠剂，它们来的时候一路昏睡，本来以为让它们在宁静的黑夜醒来，它们会觉得好受一些——可是，你也看见了，它们并不开心，一点儿也不开心——"

"你们这里都有哪些种类，查理？"海格问，一边凝视着离他最近的那条黑火龙，目光里带着近乎崇敬的神情。黑火龙的眼睛仍然微微睁着，哈利可以看见它皱巴巴的黑眼皮下闪着一道细细的黄光。

"这是匈牙利树蜂，"查理介绍道，"那边那条较小的是普通威尔士绿龙——那条灰蓝色的是瑞典短鼻龙——那条红的是中国火球。"

查理看了看四周，马克西姆女士正沿着围场溜达，凝望那几条被击昏的火龙。

"我没想到你把她也带来了，海格，"查理说着，皱起了眉头，"勇士是不应该知道自己要面对什么的——她肯定会告诉她的学生的，是不是？"

"我只是觉得她很愿意过来见识见识。"海格耸了耸肩膀，目光仍然如痴如醉地盯着巨龙。

"真是一次浪漫的约会，海格。"查理说，无奈地摇了摇头。

"一共四条……"海格说，"这么说，每位勇士需要对付一条，是吗？他们需要做什么——与火龙搏斗？"

"我想，大概只是从火龙身边通过吧。"查理说，"如果情况不妙，我们随时上前援救，给火龙念熄灭咒。他们要的都是抱窝孵蛋的母火龙，我不明白为什么……不过我可以告诉你，摊到匈牙利树蜂的人可没有好果子吃。它的后面和前面一样危险，你看。"

查理指了指树蜂的尾巴，哈利看见那尾巴上每隔几英寸就冒出长长的青铜色利刺。

这时，查理的五位驯龙同伴高一脚低一脚地走向树蜂，他们兜着一条毯子，里面放着一窝巨大的、花岗岩灰色的火龙蛋。他们小心翼翼地把龙蛋放在树蜂的身边。海格按捺不住内心的渴望，呻吟了一声。

"我可是数过的，海格。"查理严厉地说，接着他又说，"哈利怎么样？"

"还好。"海格说，仍然目不转睛地盯着火龙蛋。

"真希望他在面对这场危险之后仍然平平安安。"查理望着那边关巨龙的围场，心事重重地说，"我不敢告诉妈妈哈利在第一个项

第19章　匈牙利树蜂

目里要做什么。妈妈已经为他心慌意乱了……"查理模仿母亲焦虑的声音："'他们怎么能让他参加那场争霸赛呢，他年纪太小了！我原以为他们都不会有事，我原以为会有一个年龄界限！'《预言家日报》上那篇关于哈利的文章发表后，妈妈泪流满面，'他还在为他的父母哭泣！哦，上帝保佑，我一点儿都不知道啊！'"

哈利觉得自己不能再待下去了。他相信，海格的心已经被迷人的四条巨龙和马克西姆女士填得满满的，不会再惦念自己了，于是悄悄地转过身，开始返回城堡。

他看见了即将面对的东西，说不清自己是不是感到高兴。也许这样感觉会好一些。最初的恐惧已经过去了。如果他到了星期二才第一次见到巨龙，没准会在全校同学面前当场昏倒……即使现在可能还是会……他的武器就是魔杖——这魔杖现在看来简直跟一根细细的小木棍差不多——而要对付的是一条五十英尺高、全身覆盖鳞片和尖刺、鼻子里往外喷火的巨龙！他必须从它面前通过。大家的眼睛都望着呢。怎么通过呢？

哈利加快速度，在禁林边缘疾走。他必须在十五分钟内赶回公共休息室的炉火边，与小天狼星交谈，他不记得自己曾经有过什么时候像此刻这样渴望与人交谈——就在这时，他猝不及防地撞上了一个硬邦邦的东西。

哈利向后摔倒了，眼镜也歪向了一边，他赶紧用隐形衣裹住身体。近旁有一个声音说道："哎哟！谁在那儿？"

哈利匆匆检查了一下，看隐形衣是不是把自己完全遮住了，然后一动不动地躺在那里，抬眼望着他刚才撞上的那个巫师的黑色轮廓。他认出了那撮山羊胡子……是卡卡洛夫。

"谁在那儿？"卡卡洛夫又问了一声，疑神疑鬼地在黑暗中东张西望。哈利还是一动不动，大气儿也不敢出。过了一分钟左右，卡卡洛夫似乎断定刚才是某种动物撞了他。他在齐腰高的地方四处张望，大概以为会看见一条狗吧。然后，他在树木的掩护下退了回去，开始侧着身子朝巨龙所在的地方移动。

哈利非常缓慢和小心地站了起来，在尽可能不发出响声的同时迅速在黑暗中穿行，返回城堡。

他非常清楚卡卡洛夫要做什么。卡卡洛夫从他的大船上溜下来，就是想弄清第一个项目是什么。甚至，他大概已经看见海格和马克西姆女士一起绕着禁林往那边走——即使在远处，他们也很容易被看见……现在，卡卡洛夫只要循着声音而去，便也会像马克西姆女士一样，知道等待勇士的将是什么了。照这样的情形看，星期二面对未知之物的只有塞德里克一个人了。

哈利赶到城堡，悄悄从前门溜了进去，沿着大理石楼梯往上爬。他已经累得喘不过气来了，但丝毫不敢放慢速度……只有不到五分钟的时间了，他必须赶到炉火边……

"胡言乱语！"他喘着粗气对胖夫人说，胖夫人正在肖像洞口的相框里打呼噜。

"既然你这么说。"胖夫人半梦半醒地嘟哝着，连眼睛也没有睁开，就把肖像打开让哈利通过了。哈利爬了进去，公共休息室里空无一人，空气中也闻不到什么异味，看来赫敏并未需要投掷粪弹来确保他和小天狼星的密谈。

哈利脱掉隐形衣，一屁股坐在炉火前的一把扶手椅上。房间里光线昏暗，唯一的光源就是壁炉里的火苗。在近旁的一张桌子上，克里维兄弟俩试图改良的那些支持**塞德里克·迪戈里**的徽章在火光的映照下闪闪发亮。徽章上的文字现在变成了**波特臭不可闻**。哈利又将目光转向炉火，猛地惊跳起来。

小天狼星的脑袋端端正正地立在火焰中。如果哈利没有在韦斯莱家的厨房里看见迪戈里先生有过同样的举动，肯定会被吓得魂飞魄散。此刻，他不仅没有害怕，反而脸上绽开了笑容，这是许多

第19章 匈牙利树蜂

日子以来的第一次。他爬下椅子，跪坐在壁炉边，说道："小天狼星——你怎么样啊？"

小天狼星的模样跟哈利记忆中的有所不同。他们上次告别时，小天狼星面容瘦削憔悴，周围是又黑又长的蓬乱毛发——可现在呢，小天狼星的头发短短的，又干净又整齐，脸颊也丰满起来，这使他显得年轻了，更加接近哈利收藏的那张照片上的形象，那是在波特夫妇的婚礼上照的。

"别管我了，你好吗？"小天狼星严肃地说。

"我——"哈利刚想说"很好"，但是说不出口。他还没来得及阻拦自己，就已经滔滔不绝地说开了。他已经好些日子没有这样痛快淋漓地说话了——他说到人们怎样都不相信他不是自己报名参加争霸赛的，还说到丽塔·斯基特在《预言家日报》上胡编乱造，说到他每次在走廊里经过都受到别人嘲笑——还说到罗恩，罗恩不相信他，罗恩嫉妒他……

"……还有刚才，海格带我去看了第一个项目里会出现的东西，是火龙，小天狼星，我肯定完蛋了。"他绝望地结束了自己的话。

小天狼星望着他，眼睛里满含关切，那双眼睛还没有完全摆脱阿兹卡班留给它们的神情——那种呆滞而忧郁的神情。他一直耐心地听着，没有插话，直到哈利自己把话说完，沉默下来。然后他说道："不用担心火龙，我们能够对付，哈利，不过我们待会儿再谈这个问题——我在这里不能久留……我是闯进一个巫师家庭，用了他们的火炉，他们随时都会回来。有几件事我要提醒你注意。"

"是什么？"哈利问，觉得自己的情绪更低落了……不可能还有比火龙更可怕的事情吧？

"是卡卡洛夫，"小天狼星说，"哈利，他是一个食死徒。你知道什么是食死徒吧？"

"知道——他——怎么？"

"他原先被捕过,跟我一起被关押在阿兹卡班,可是他被释放了。我敢说正是因为这个,邓布利多今年才要在霍格沃茨安插一个傲罗——就是为了提防他。当年,就是穆迪抓住卡卡洛夫,把他关进阿兹卡班的。"

"卡卡洛夫被释放了?"哈利慢慢地问——大脑艰难地吸收着又一条耸人听闻的消息,"他们为什么要释放他?"

"他和魔法部做了笔交易,"小天狼星怨恨地说,"他说他认识到了自己的错误,然后他说出了许多人的名字……他把一大批人投进了阿兹卡班,顶替他的位置……我可以告诉你,他在那里人缘坏透了。据我所知,他出去以后一直在给他那个学校的学生教授黑魔法。因此,你同时也要提防那位德姆斯特朗的勇士。"

"好吧,"哈利慢悠悠地说,"可是……难道你说是卡卡洛夫把我的名字投进火焰杯的?如果是他干的,那他真是太会演戏了。他似乎为这件事气得要命呢,还想阻止我参加竞争。"

"我们知道他擅长演戏,"小天狼星说,"当年居然说服魔法部释放了他,是不是?还有,我一直在留意《预言家日报》,哈利——"

"——不光是你,还有世界上的每个人。"哈利苦恼地说。

"——我仔细研究了那个叫斯基特的女人上个月的那篇文章,穆迪就在前往霍格沃茨就任的前一天夜里受到了攻击。是的,我知道斯基特说这是虚惊一场,"小天狼星看到哈利想插话,赶紧补充道,"但我认为不是这样。我认为是有人试图阻止穆迪到霍格沃茨来。有人知道如果穆迪在旁边,他们要下手就会困难得多。还有,没有人会非常认真地调查这件事,疯眼汉三天两头听见有人想害他。但这并不意味真有异常情况时他不能识破。穆迪是魔法部有史以来最优秀的傲罗。"

"那么……你的意思是什么?"哈利慢慢地问,"卡卡洛夫想

第19章　匈牙利树蜂

要杀死我？可是——为什么呢？"

小天狼星迟疑着。

"我不断听到一些非常奇怪的事情，"他语速很慢地说，"最近食死徒似乎比往常更活跃了。他们在魁地奇世界杯赛上亮相了，是不是？有人变出了黑魔标记……然后——你有没有听说过魔法部失踪的那个女巫师？"

"伯莎·乔金斯？"哈利说。

"一点儿不错……她在阿尔巴尼亚失踪了，那正是人们传说伏地魔最后出现的地方……而乔金斯知道我们即将举办三强争霸赛，是不是？"

"是啊，可是……她不大可能真的撞上伏地魔吧？"哈利说。

"你听我说，我认识伯莎·乔金斯。"小天狼星语气沉重地说，"当年我在霍格沃茨时，她也在这里，比我和你爸爸高几个年级。她是个傻乎乎的家伙，特别爱管闲事，可是没有头脑，完全没有头脑。这两样结合在一起可就糟糕透了，哈利。我认为她这个人经不起诱惑，很容易就中了别人的圈套。"

"这么说……伏地魔可能知道了争霸赛的事？"哈利问，"你是不是这个意思？你认为卡卡洛夫可能是听从伏地魔的命令才到这里来的？"

"我也说不准，"小天狼星慢慢地说，"我真的说不准……凭着我对卡卡洛夫的印象，除非他知道伏地魔已经强大到足以保护他，否则是不会贸然回去找他的。不过，不管是谁把你的名字投进了火焰杯，他这么做都是有意图的。我总觉得，如果有谁想对你下毒手，又想使一切看上去像是一场意外事故，那么这次争霸赛真是一个绝好的机会。"

"从我的角度看，这真是一个天衣无缝的计划。"哈利咧开嘴惨笑了一下，说道，"他们只要站在一旁，把事情交给火龙去干就行了。"

"对了——那些火龙，"小天狼星说，这时他说话的速度变得很快，"有一个绝招，哈利。不要经不起诱惑去念什么昏迷咒——火龙力大无穷，而且具有十分强大的魔力，不可能被一个昏迷咒打倒，需要六七个巫师同时念咒才能制服一条龙……"

"是啊，我知道，我刚才看见了。"哈利说。

"不过你一个人也能对付，"小天狼星说，"有一个绝招，你只要施一个简单的咒语。你只要——"

可是哈利举起一只手阻止了他。哈利的心突然狂跳起来，简直像要爆炸一般。他听见身后的旋转楼梯上传来了脚步声。

"快走！"他嘶哑着声音对小天狼星说，"快走！有人来了！"

哈利急忙爬起来，挡住炉火——如果有人看见小天狼星的脸出现在霍格沃茨的围墙内，肯定会掀起轩然大波——魔法部也会被卷进来——人们会向他追问小天狼星的下落——

哈利听见身后的炉火里发出啪的一声轻响，知道小天狼星走了。他注视着旋转楼梯的底部。究竟是谁在凌晨一点心血来潮出来散步，阻碍了小天狼星向他传授通过火龙的秘诀呢？

是罗恩。他穿着褐紫色的漩涡纹睡衣，走进了公共休息室，在哈利面前猛地停住脚步，朝四下张望。

"你刚才在跟谁说话？"他说。

"这跟你有什么关系？"哈利吼道，"深更半夜的，你跑到这儿来干什么？"

"我只是担心，不知道你——"罗恩打住话头，耸了耸肩膀，"没什么。我回去睡觉了。"

"你就想鬼鬼祟祟地到处打探，是吗？"哈利嚷道。其实他也明白，罗恩根本不知道自己无意间搅乱了什么，他明知道罗恩不是故意的，但他什么也不管了——此时此刻，他觉得罗恩的一切都那么讨厌，从头到脚，包括他睡裤下面裸露的那几寸脚脖子。

第19章 匈牙利树蜂

"对不起,"罗恩说,脸气得通红,"我应该明白你不愿被人打扰。好,我让开,你继续安安静静地排练你的下一次采访吧。"

哈利一把从桌上抓起一个**波特臭不可闻**的徽章,朝房间那头狠狠扔了过去。徽章打中了罗恩的额头,弹开了。

"给你,"哈利说,"给你星期二别在胸前!如果你运气好,你也可以有一个伤疤了……这就是你想要的,是不是?"

他大步穿过房间,朝楼梯走去。他隐约希望罗恩上前拦住他,甚至巴不得罗恩狠狠打他一拳,然而罗恩只是穿着那套过小的睡衣,呆呆地站在那里。哈利怒气冲冲地跑上楼,在床上睁着眼睛,气呼呼地躺了很长时间,也没有听见罗恩上来睡觉。

第20章

第一个项目

星期日早晨,哈利一觉醒来,心不在焉地穿着衣服,过了一会儿才意识到自己正把帽子当袜子往脚上套呢。他终于把每件衣服都穿在了合适的部位,便匆匆出来寻找赫敏,最后在礼堂里格兰芬多的桌子旁找到了她。赫敏正和金妮一起吃早饭。哈利觉得胃里不舒服,吃不下东西,就在一旁等着。赫敏刚咽下最后一勺粥,哈利就拉着她来到外面的场地上。他们沿着湖边走了很长时间,他把火龙的事和小天狼星所说的话一股脑儿都告诉了赫敏。

赫敏听说小天狼星提醒他们提防卡卡洛夫,也感到十分震惊,但她仍然认为当务之急是要想办法对付火龙。

"我们先要保证你活到星期二晚上,"她非常焦虑地说,"然后再去考虑卡卡洛夫。"

他们沿湖走了三圈,绞尽脑汁,苦苦思索一个能降服火龙的简单咒语,结果一无所获,于是他们又退回到图书馆内。在这里,哈利把他能找到的每一本跟火龙有关的书都抽了出来,两人像大海捞针一样,开始在一大摞书中搜寻。

"'用魔法修剪爪子……鳞片溃烂的治疗方法……'没有用,这是给那些像海格那样希望火龙身强力壮的怪人看的……"

第20章 第一个项目

"'火龙极难宰杀,因为其厚皮中渗透着古代魔法,只有最强大的魔咒才能穿透……'可是小天狼星说,一个简单的咒语就能解决问题……"

"我们再试试一些简单的咒语书吧。"哈利说,把《溺爱火龙的人》扔到一边。

他把一大摞咒语书抱到桌边放下,开始一本本地翻阅起来,赫敏在他旁边不停地嘀咕。"对了,还有转换咒……可是转换有什么用呢?除非你把它的獠牙转换成酒胶糖什么的,使它变得不那么危险……问题是,就像那本书上说的,没有多少东西能够穿透火龙皮……要么给它变形?可是给那样一个庞然大物变形,你肯定不会成功,我怀疑就连麦格教授也……除非你把咒语施在自己身上?使自己增加力量?可是它们也不是简单的咒语啊,我的意思是我们在课堂上还没有学过,我是在做 O.W.L. 考试练习题时才了解它们的……"

"赫敏,"哈利咬着牙根说,"拜托,你能不能安静一会儿?我要集中注意力呢。"

赫敏不说话了,可是哈利只觉得脑子里充斥着空洞的嗡嗡声,似乎没有空间容他集中思想。他绝望地盯着面前《对付多动和烦躁动物的基本魔咒》的索引。*快剥头皮……可是火龙没有头发……闻胡椒粉……那大概只会增强火龙的火力……把舌头变硬……这是自找麻烦,给火龙再加一件武器……*

"哦,糟糕,他又来了,为什么不能待在他那艘蠢头蠢脑的大船上看书呢?"赫敏烦躁地说——威克多尔·克鲁姆无精打采地走进来,阴沉沉地扫了他们俩一眼,然后抱着一摞书在远处一个角落坐了下来,"走吧,哈利,我们还是回公共休息室去吧……他的追星俱乐部成员很快就会过来,叽叽喳喳,烦死人了……"

果然,当他们离开图书馆时,一群女生踮着脚尖从他们身边走过，其中一个的腰上系着一条保加利亚围巾。

哈利那天夜里几乎没有睡着。星期一早晨醒来时，他生平第一次开始认真考虑从霍格沃茨逃跑。可是，早饭时他在礼堂里环顾四周，想到离开城堡将意味着什么，便知道自己不可能这么做。他只有在这个地方才感受过快乐……对了，他猜和父母在一起时肯定也是快乐的，但他已不记得那时的情景了。

不知怎的，想到自己宁愿待在这儿面对一条火龙，也不愿回到女贞路去和德思礼一家相处，他觉得很宽慰，心情也平静了一些。他费力地咽下那份熏咸肉（他的嗓子好像出了点儿毛病），然后和赫敏一起站起身来。就在这时，他看见塞德里克·迪戈里正准备离开赫奇帕奇的桌子。

塞德里克仍然对火龙一无所知……他是几位勇士中唯一不知情的。如果哈利的想法没有错，马克西姆女士和卡卡洛夫一定已经向芙蓉和克鲁姆透露了真相……

"赫敏，我们温室见。"哈利注视着塞德里克离开礼堂，在刹那间拿定了主意，说道，"走吧，我待一会儿赶上你。"

"哈利，你会迟到的，上课铃马上就要响了——"

"我会赶上你的，好吗？"

当哈利来到大理石楼梯底部时，塞德里克已经和他那一大帮六年级同学们一起到了顶上。哈利不想当着那些人的面跟塞德里克说话。每次他走近时，都会有人引用丽塔·斯基特文章里的话来嘲笑他，其中就有这些人。他远远地跟着塞德里克，看见他朝魔咒课教室的走廊走去。这使哈利有了主意。他远远地停下脚步，抽出魔杖，仔细地瞄准。

"四分五裂！"

塞德里克的书包裂开了。羊皮纸、羽毛笔和书本稀里哗啦地掉

第20章 第一个项目

出来，撒了一地。几瓶墨水摔得粉碎。

"别捡了，"塞德里克的朋友们弯腰帮他收拾，他焦急地说，"告诉弗立维，我马上就来，你们走吧……"

这正是哈利希望的。他把魔杖插进长袍，等塞德里克的朋友们都进了教室，便匆匆走上前去，现在走廊里只有他和塞德里克两人了。

"你好，"塞德里克说，一边捡起一本被墨水溅污的《高级变形术指南》，"我的书包刚才裂开了……还是新书包呢……"

"塞德里克，"哈利说，"第一个项目是火龙。"

"什么？"塞德里克说着抬起头。

"是火龙，"哈利飞快地说，生怕弗立维教授会出来查看塞德里克在什么地方，"一共有四条，我们每人一条，必须从它们身边通过。"

塞德里克呆呆地望着他。哈利看见星期六以来他感到的恐惧，此刻正在塞德里克灰色的眼睛里闪动。

"你能肯定？"塞德里克压低声音问。

"绝对肯定，"哈利说，"我亲眼看见了。"

"你是怎么发现的？我们不应该知道……"

"你就别管了，"哈利赶紧说道——他知道如果说出实情，海格就会遇到麻烦，"知道的不止我一个人。芙蓉和克鲁姆现在也知道了——马克西姆女士和卡卡洛夫都看见火龙了。"

塞德里克站直身子，怀里抱着一大堆沾染了墨水的羽毛笔、羊皮纸和书本，撕裂的书包从一个肩膀上耷拉下来。他盯着哈利，眼睛里有一种困惑的、几乎可以说是怀疑的神情。

"你为什么要告诉我？"他问。

哈利不敢相信地望着他。他可以肯定，如果塞德里克亲眼看见了那些火龙，就不会问这个问题了。即使是自己的死敌，哈利也不会让他在毫无防备的情况下面对那些庞然大物——也许，换了马尔福或斯内普就……

"这样才……公平，是不是？"他对塞德里克说，"我们现在都知道了……都站在同样的起点上，是不是？"

塞德里克仍然以有些怀疑的目光望着他，就在这时，噔，噔，噔，哈利听见身后传来一个熟悉的声音。他转身一看，疯眼汉穆迪从旁边的一个教室里走了出来。

"波特，你跟我来。"他粗声粗气地说，"迪戈里，你走吧。"

哈利惊恐地望着穆迪。他听见他们刚才的对话了？"嗯……教授，我要去上草药课了……"

"别管那个，波特。请到我的办公室来……"

哈利跟着他往前走，心里忐忑不安，不知道接下来会发生什么事。如果穆迪追问他是怎么发现火龙的，他该怎么回答？穆迪会不会去找邓布利多告发海格，或是干脆把哈利变成一只白鼬？对了，如果他是一只白鼬，从火龙身边通过就容易多了。哈利杂乱无章地想着，白鼬的个头要小得多，从五十英尺的高度不太容易看见……

他跟着穆迪走进办公室。两人都进去后，穆迪把门关上，转身望着哈利，那只魔眼和正常的眼睛同时盯着哈利。

"你刚才做了一件很有风度的事，波特。"穆迪轻声地说。

哈利不知道怎样回答。他压根儿没想到穆迪会是这个反应。

"坐下吧。"穆迪说。哈利坐了下来，环顾四周。

办公室的前两位主人在的时候，哈利曾经来过这里。洛哈特教授在的那些日子，墙上贴满了洛哈特教授本人笑眯眯的眨着眼睛的照片。卢平在这里时，你经常会碰到一些十分奇妙和新鲜的黑魔法动物，那是卢平弄来让他们在课堂上学习用的。现在，办公室里放着一大堆稀奇古怪的玩意儿，哈利猜想这些都是穆迪当傲罗时用过的东西。

在穆迪的办公桌上有一个东西，像是裂了缝的玻璃大陀螺。哈利一眼就认出来了，这是一个窥镜，因为他自己也有一个，不过比穆迪的这个小得多。在一张小桌子的角上，放着一个古怪的东西，

第 20 章 第一个项目

看上去有点像金色的电视天线，不过扭曲得特别厉害，不停地发出轻轻的嗡嗡声。哈利对面的墙上挂着一面类似镜子的东西，但照出的不是房间里的情景，里面有许多黑乎乎的人影晃来晃去，但都模模糊糊，看不真切。

"你喜欢我的黑魔法探测器，是吗？"穆迪问道，他一直在仔细打量着哈利。

"那是什么？"哈利指着那个扭曲的金色天线问道。

"探密器。探测到密谋和谎言时就会颤动……当然啦，在这里派不上用场，干扰太多了——到处都有学生为自己没做作业编造谎话。我搬进来以后，它就一直嗡嗡叫个不停。我不得不把我的窥镜弄坏，因为它一刻不停地鸣笛尖叫。太敏感了，方圆一英里之内的动静都能探测到。当然啦，它能探测的可不光是小孩子们的把戏。"他用粗哑的声音说道。

"那面镜子是干什么用的？"

"噢，那是我的照妖镜。看见那些鬼鬼祟祟的人影了吗？我如果看清了他们的眼白，就真的遇到麻烦了。那时我就要打开我的箱子。"

他短促而嘶哑地笑了一声，指着窗户下的那只大箱子。那上面有七个排成一排的钥匙孔。哈利正猜想箱子里会是什么，忽然，穆迪的下一个问题又把他拉回到现实中来了。

"这么说……你发现了火龙的事，是吗？"

哈利迟疑着。他一直在担心这个——他没有把海格违反章程的事告诉塞德里克，当然也不会告诉穆迪。

"没关系，"穆迪说着，坐了下来，呻吟着伸直那条木腿，"作弊向来是三强争霸赛的传统组成部分。"

"我没有作弊，"哈利明确地说，"我是——我是偶然发现的。"

穆迪咧开嘴笑了："我没有责备你，孩子。我从一开始就告诉邓布利多，他尽可以发扬高尚的风格，但我敢说卡卡洛夫和马克西姆绝没有这样超脱。他们会尽可能把一切都告诉自己的勇士。他们想赢。他们想打败邓布利多。他们希望证明他只是一个凡人。"

穆迪又发出一声嘶哑的干笑，那只魔眼滴溜溜地转得飞快，哈利看着都觉得恶心了。

"那么……你有没有想好怎样通过你的那条火龙呢？"穆迪问。

"没有。"哈利说。

"噢，我是不会告诉你的，"穆迪生硬地说，"我不能偏心，是吧？我只想给你一些善意的、泛泛的忠告。第一条是——发挥自己的强项。"

"我没有强项。"哈利脱口而出，想收回也来不及了。

"对不起，我不同意。"穆迪粗声粗气地说，"我说你有强项，你就有强项。好好想想。你最擅长什么？"

哈利拼命集中思想。他最擅长什么？噢，那是显而易见的——

"魁地奇，"他干巴巴地说，"那几乎没什么用——"

"那就对了，"穆迪说，死死盯着哈利，那只魔眼几乎一动不动，"据我所知，你的飞行技术很出色。"

"不错，可是……"哈利望着他说，"我不能使用扫帚，我只能带着魔杖——"

"我给你的第二条泛泛的忠告是，"穆迪打断了他，大声地说，"念一个简单而有效的咒语，使你能够得到你需要的东西。"

哈利茫然地望着他。他需要什么呢？

"好好想想，孩子……"穆迪小声说，"把它们联系起来……并没有那么难……"

突然，哈利脑子里灵光一现。他最擅长飞翔。他需要从空中越过巨龙。这样的话，就需要他的火弩箭；而要得到他的火弩箭，就需要——

第20章 第一个项目

"赫敏,"三分钟后,哈利飞快地冲进温室,走过斯普劳特教授身边时匆匆向她说了句道歉的话,然后压低声音对赫敏说,"赫敏——我需要你的帮助。"

"我不是一直在帮助你吗,哈利?"赫敏悄声回答。她正在修剪振翅灌木,一双眼睛在颤动的灌木丛上睁得圆圆的,里面满是焦虑。

"赫敏,我必须在明天下午之前掌握召唤咒。"

于是他们开始苦苦练习。两人没有吃午饭,直接找了一间空教室,哈利集中全部的意念,迫使房间里各种各样的东西朝他飞过来。他仍然没有完全掌握。书本啦,羽毛笔啦,总是在飞到一半时泄了气,像石头一样落到地板上。

"专心,哈利,专心……"

"你以为我在干什么?"哈利气呼呼地说,"不知怎的,我脑子里不停地冒出一条特别大的火龙……好吧,再试一次……"

他本想逃过占卜课,继续练习,但是赫敏坚决不肯放弃算术占卜课,而如果她不在,哈利留在这里就毫无意义了。因此,他只好又花了一个多小时忍受特里劳尼教授的唠叨,特里劳尼教授用半节课的时间告诉全班同学,从当时火星与土星的相对位置来看,七月份出生的人将有突然惨死的巨大危险。

"嗯,那倒不错,"哈利大声说,已经无法按捺内心的怒火,"但愿时间不要拖得太长。我不想忍受折磨。"

有那么片刻工夫,罗恩似乎想要放声大笑。他的目光无疑是与哈利的目光相遇了,这是许多天来的第一次,但是哈利还在生罗恩的气,没有理会他。在这节课剩余的时间里,哈利一直在桌子底下用魔杖吸引小东西朝他飞来。他总算使一只苍蝇飞进了他的手心,但并不能完全肯定这是他召唤咒的威力——也许是那只苍蝇自己昏了头吧。

占卜课后，他强迫自己吃下几口晚饭，又和赫敏一起回到那间空教室。为了躲避教师的注意，他们还穿上了隐形衣。他们一直练习到午夜以后。本来还可以再待一些时候，可是皮皮鬼出现了。他假装认为哈利想把东西都朝他抛去，便开始抡起椅子在房间里乱扔。哈利和赫敏趁这声音还没有把费尔奇吸引过来，赶紧离开了那里。他们回到格兰芬多的公共休息室，谢天谢地，里面空无一人。

凌晨两点钟时，哈利站在壁炉旁边，周围堆着许多东西：书本、羽毛笔、几把翻倒的椅子、一套旧的高布石，还有纳威的蟾蜍莱福。就在刚才，哈利才终于真正掌握了召唤咒。

"好多了，哈利，真是大有长进。"赫敏说。她显得很疲倦，但十分高兴。

"噢，现在知道下次我学不会魔咒该怎么办了，"哈利说，把一本如尼文词典扔还给赫敏，准备再试一次，"就拿一条火龙来威胁我。没错……"他又一次举起魔杖："词典飞来！"

厚重的词典从赫敏手中腾空而起，飞到房间的另一边，被哈利一把接住。

"哈利，我认为你真的掌握了！"赫敏高兴地说。

"但愿明天还能成功，"哈利说，"火弩箭比这里的东西远得多，明天它在城堡里，我在外面的场地上……"

"没关系，"赫敏肯定地说，"只要你真正集中意念，全神贯注，它就会飞来。哈利，我们最好回去睡一会儿……你需要休息。"

那天晚上，哈利一直把注意力全部集中在学习召唤咒上，内心一些茫然的恐慌暂时离开了他。然而，到了第二天早晨，它们又全都回来了。学校的气氛非常紧张和兴奋。中午就停课了，让全校学生有时间到下面火龙的围场上去——当然啦，他们并不知道会在

第20章 第一个项目

那里看到什么。

哈利莫名地感到自己像个局外人。当他走过时,旁边的人祝他走运也好,咬牙切齿地说"我们准备了一大堆纸巾为你哭泣,波特"也好,他都觉得跟自己无关。这种紧张的情绪太强烈了,他简直怀疑自己在被领去见火龙的路上就会失去控制,对着看见的每一个人念起咒来。

时间的运行方式越发古怪了,像是快马加鞭地往前跑,前一分钟他似乎还坐在教室里上第一节课——魔法史,转眼间就走进礼堂吃午饭了……然后(上午到哪里去了?没有火龙袭击的最后几个小时到哪里去了?),麦格教授在礼堂里向他匆匆走来。许多人都望着他们。

"波特,现在勇士们都要到下面的场地上去……你们必须做好准备,完成第一个项目。"

"好吧。"哈利说着站了起来,他的叉子掉进盘里,当啷一响。

"祝你好运,哈利,"赫敏小声说,"你会成功的!"

"是啊。"哈利说,声音听上去简直不像是他自己的了。

他和麦格教授一起离开了礼堂。麦格教授看上去也心慌意乱。实际上,她简直和赫敏一样焦虑不安。她陪伴哈利走下石阶,来到户外,这是十一月里一个寒冷的下午,她把手放在哈利的肩头。

"好了,不要紧张,"她说,"保持头脑冷静……我们安排了一些巫师在旁边,如果情况不妙,他们会上前控制局势的……最重要的是充分发挥你自己的能力,谁也不会看不起你……你没事吧?"

"没事,"哈利听见自己这么说,"没事,我很好。"

麦格教授领着他绕过禁林边缘,朝火龙所在的地方走去。当他们走近本来可以看清场地的那片树丛时,哈利发现那里竖起了一个帐篷,挡住了那些火龙,帐篷的入口正对着他们。

"你必须和另外几位勇士一起进去,"麦格教授说,声音有些颤抖,"等着轮到你的时候,波特。巴格曼先生也在里面……他会把——步骤告诉你们……祝你好运。"

"谢谢。"哈利用一种单调的、飘飘忽忽的声音说。麦格教授把他领到帐篷入口处。哈利走了进去。

芙蓉·德拉库尔坐在角落里一张低矮的木凳上。她一点儿不像平时那样镇定自若,脸色显得非常苍白,一副病恹恹的样子。威克多尔·克鲁姆看上去比往常更加阴沉,哈利猜想这大概是他显示内心紧张的方式。塞德里克不停地来回踱步。哈利进来时,塞德里克朝他淡淡地笑了一下,哈利也对他报以微笑。哈利觉得脸上的肌肉牵动得很别扭,好像它们已经忘记怎么笑了。

"哈利!太好了!"巴格曼扭过头来望着他,愉快地说,"进来,进来,放松点儿,跟在自己家里一样!"

巴格曼站在那几个脸色苍白的勇士中间,活像一个大块头的卡通形象。他又穿上了那套黄蜂队的旧队服。

"好了,现在大家都到齐了——该向你们介绍一下情况了!"巴格曼兴高采烈地说,"观众聚齐以后,我要把这只布袋轮流递到你们每个人面前,"——他举起一只紫色的绸布袋,对着他们摇了摇——"你们从里面挑出各自将要面对的那个东西的小模型!它们有不同的——嗯——种类。我还有一件事要告诉你们……啊,没错……你们的任务是拾取金蛋!"

哈利看了看四周。塞德里克点了一下头,表示他明白了巴格曼的话,然后又开始在帐篷里踱来踱去;他的脸色微微有些发绿。芙蓉·德拉库尔和克鲁姆没有丝毫反应。大概他们觉得一旦开口说话,就会心慌得呕吐吧。哈利也是这种感觉。但他们几个至少是自愿来比赛的……

转眼之间,就听见成百上千双脚走过帐篷的声音,脚的主人都在兴奋地交谈、说笑……哈利觉得自己与那些人格格不入,就好

第20章　第一个项目

像他们属于另一个物种。接着——在哈利的感觉中只是一眨眼的工夫——巴格曼已经在解紫色绸布袋了。

"女士优先。"他说，把袋子递到芙蓉·德拉库尔面前。

芙蓉把一只颤抖的手伸进布袋，掏出一个惟妙惟肖的龙的小巧模型——是威尔士绿龙，脖子上系着一个号码：二号。哈利看见芙蓉没有表现出丝毫惊讶，而是一副听天由命的神情，便知道自己的推测是正确的：马克西姆女士告诉了芙蓉即将面临的挑战是什么。

克鲁姆也证实了同样的情况。他掏出了那条鲜红色的中国火球，脖子上系的号码是三号。他连眼睛都没有眨一下，就一屁股坐下来，眼睛盯着地面。

塞德里克把手伸进布袋，掏出来的是那条灰蓝色的瑞典短鼻龙，脖子上系的号码是一号。哈利知道留给自己的是什么了，他把手伸进绸布口袋，掏出了那条匈牙利树蜂，是四号。他低头望着它的时候，那小龙展开翅膀，露出它小小的獠牙。

"好了，你们都拿到了！"巴格曼说，"都抽到了自己将要面对的火龙，脖子上的号码是你们去与火龙周旋的顺序，明白了吗？好了，我现在得离开你们一下，因为要去给观众作解说。迪戈里先生，你是第一个，你一听见哨声就走进那片场地，知道了吗？那么……哈利……我可以跟你说几句话吗？到外面来？"

"呃……好的。"哈利茫然地说。他站起来，和巴格曼一起来到帐篷外。巴格曼把他带到稍远一点儿的地方，进入树丛中，然后转过身望着他，脸上带着一种慈父般的表情。

"感觉怎么样，哈利？有什么需要我帮助的吗？"

"什么？"哈利说，"我——不，不需要。"

"心里有谱了吗？"巴格曼鬼鬼祟祟地放低声音，问道，"如果你愿意，我倒可以给你提供几个点子。我的意思是，"巴格曼把声音压得更低，继续说道，"你在这里处于劣势，哈利……只要我帮得上忙……"

"不,"哈利唐突地说,知道自己显得有些失礼,"不——我——我知道自己该怎么做,谢谢。"

"不会有人知道的,哈利。"巴格曼说着,朝哈利眨了眨眼睛。

"不用了,我没事。"哈利说,他不明白为什么反复告诉别人这一点,实际上他不知道自己什么时候感觉这么糟糕过,"我已经想出了一个方案,我——"

什么地方响起了哨声。

"上帝啊,我必须跑着去了!"巴格曼惊慌地说,撒腿就跑。

哈利朝帐篷走去,恰好看见塞德里克从里面出来,脸色比刚才更绿了。两人擦肩而过时,哈利本想祝他好运,但嘴里只发出了一声粗哑的嘟哝。

哈利回到帐篷里,回到芙蓉和克鲁姆身边。几秒钟后,他们听见人群里传来一片喧嚣,这意味着塞德里克已经进入场地,正面对着与他那个模型一模一样的活物……

哈利坐在那里侧耳倾听,一切比他想象的还要糟糕。当塞德里克想方设法通过瑞典短鼻龙时,人群就像一个长着许多脑袋的统一体,在尖叫……在高喊……在倒吸冷气。克鲁姆仍然盯着地面。芙蓉现在和塞德里克刚才一样,在帐篷里一圈接一圈地踱步。巴格曼的解说使一切变得更加、更加糟糕……"哎哟,好危险,太危险了。"……"他这一招可真够悬的!"……"很聪明的办法——可惜没有成功!"哈利听着这些解说,脑子里不断浮现出可怕的画面。

大约十五分钟后,哈利听见一阵震耳欲聋的欢呼声,这只能说明一件事:塞德里克终于通过了他那条火龙,抓到了金蛋。

"确实非常出色!"巴格曼扯着嗓子喊道,"现在请裁判打分!"

然而他没有高声报出得分,哈利猜想裁判可能把分数举起来让观众看了。

第20章 第一个项目

"一个下去了,还有三个!"口哨再次吹响时,巴格曼大声嚷道,"德拉库尔小姐,请上场!"

芙蓉从头到脚都在发抖。当她昂着脑袋、手里紧紧攥着魔杖离开帐篷时,哈利对她产生了前所未有的亲近感。现在只剩下他和克鲁姆面对面坐在帐篷的两边,互相躲避着对方的目光。

同样的程序又开始了……"哦,我不能肯定这样做是不是明智!"他们听见巴格曼兴高采烈地大喊,"哦……就差一点点!小心……我的天哪,我还以为她已经得手了!"

十分钟后,哈利听见观众们再一次爆发出欢呼喝彩……芙蓉一定也成功了。接着是片刻的静场,等着裁判给芙蓉打分……又是掌声雷动……然后,口哨第三次吹响了。

"现在出场的是克鲁姆先生!"巴格曼喊道。克鲁姆耷拉着肩膀走了出去,把哈利一个人留在帐篷里。

他觉得自己的身体比平常敏感多了。他十分强烈地意识到他的心脏在狂跳,他的手指因为恐惧而刺痛……然而与此同时,他又似乎游离于自己之外,好像是从某个遥远的地方望着帐篷四壁,听着人群的喧嚣……

"非常大胆!"巴格曼在高喊——哈利听见中国火球发出一声可怕的、石破天惊的尖叫,观众们不约而同地吸了口气,"他表现出了过人的胆量——啊——没错,他拿到了金蛋!"

铺天盖地的掌声像打碎玻璃一样,把冬天的空气震得粉碎。克鲁姆已经完成了他的使命——现在随时都会轮到哈利上场。

他站了起来,模模糊糊地感觉自己的双腿仿佛是棉花糖做的。他等待着。接着听见外面传来了口哨声。他穿过帐篷的入口走到外面,内心的紧张一点点增强,达到无以复加的程度。他正从树丛旁走过,穿过场地栅栏上的一道豁口。

他看见了面前的一切,就好像一个色彩鲜明的梦境。成百上千张面孔从上面的看台上望着他，他那天晚上站在这里时还没有这些看台，是后来用魔法搭建的。在围场的另一端，赫然耸立着那条匈牙利树蜂。它低低地蹲伏着，守着它的那一窝蛋，翅膀收拢了一半，那双恶狠狠的黄眼睛死死盯着哈利。这是一条无比庞大、周身覆盖着鳞甲的黑色类蜥蜴爬行动物。它剧烈扭动着长满尖刺的尾巴，在坚硬的地面上留下几米长的坑坑洼洼的痕迹。观众席里发出鼎沸的喧嚣声，这些声音是友好的还是恶意的，哈利无从知晓，也不再介意。现在要做他必须做的事情了……排除杂念，完全地、绝对地集中意念，想着那件东西，那是他唯一的希望……

他举起魔杖。

"火弩箭飞来！"他喊道。

哈利等待着，他的每一个细胞都在祈祷、希冀……如果这一招没有成功……如果火弩箭没有飞来……他望着周围的一切，眼前仿佛隔着一层微光闪烁的透明屏障。它如同一层热腾腾的烟雾，围场和他周围的几百张面孔都奇怪地飘浮不定……

接着，他听见了，什么东西在他后面嗖嗖地穿过空气疾飞而来。他转过身，看见他的火弩箭绕过禁林边缘，朝他快速飞来；它飞进了围场，猛地停在他身旁的半空中，等着他跨上去。人群里发出的声音更响了……巴格曼在喊叫着什么……可是哈利的耳朵此刻已经不管用了……现在重要的不是听……

他抬腿跨上飞天扫帚，一蹬地面，腾空飞了起来。一秒钟后，一桩奇迹般的事情发生了……

当他飞速地盘旋而上，当风呼呼地吹动他的头发，当下面观众们的脸都变成了肉色的小针眼，树蜂缩小成一条狗那么大时，他意识到了：他抛弃的不仅是地面，更有他的恐惧……他回到了他如鱼得水的地方……

这只是另外一场魁地奇比赛，仅此而已……这不过是另外一

第20章 第一个项目

场魁地奇比赛，树蜂不过是另外一支难缠的对手球队……

他低头望着那一窝火龙蛋，辨认出了那只金蛋，它在那些安安稳稳躺在火龙前腿中间的石灰色伙伴中闪闪发亮。"好嘞，"哈利对自己说，"调虎离山计……来吧……"

他俯冲下去。树蜂的脑袋跟着他移动。哈利知道它想做什么，便及时停止俯冲，腾跃而起。一团烈火喷了出来，如果他没有及时避开，便会被喷个正着……可是哈利并不在乎……那不过是躲避一只游走球而已……

"我的天哪，他真能飞！"巴格曼喊道——观众们都在惊叫和喘气，"你看见了吗，克鲁姆先生？"

哈利盘旋着越飞越高，树蜂的目光仍然跟着他移动，脑袋在长长的脖子上转了一圈又一圈——如果他一直这样上升，树蜂肯定会被弄得晕头转向——不过最好不要把它逼得太狠，不然它又要喷火了——

哈利就在树蜂张开嘴巴的瞬间骤然下降，但这次就不太走运了——他躲过了火焰，但树蜂的尾巴向他迎头抽来。当他转向左边时，那尾巴上的一根长长的尖刺擦破了他的肩膀，撕裂了他的长袍——

他可以感到一阵剧痛，可以听见观众们失声尖叫和叹息，但看来伤口并不很深……现在他绕到树蜂的背后飞来飞去，突然，他想到了一个办法……

树蜂似乎不想动窝，它太注意保护它的蛋了。它尽管不停地盘绕、扭动，把翅膀展开又收拢，收拢又展开，那双吓人的黄眼睛死死盯着哈利，但它不敢离开它的蛋太远……而哈利必须诱惑它这么做，不然他就永远无法接近那些蛋……诀窍就是要循序渐进，步步为营……

他开始不停地飞来飞去，一会儿这边，一会儿那边，小心着不要靠得太近，以免树蜂喷出火焰把他击着，但又要构成足够的威胁，确保它的眼睛一直盯着自己。树蜂的脑袋左右摆动，目光从一对垂直的瞳孔中注视着他，嘴里的獠牙全部露在外面……

哈利飞得更高了。树蜂的脑袋跟着他一起上升，脖子已经完全伸直，仍然左右摆动着，像一条蛇在耍蛇人面前起舞……

哈利又升高了几英尺，树蜂发出一声绝望的吼叫。哈利在它眼里就像一只苍蝇，一只它想拍死的苍蝇。它的尾巴又连续甩打起来，但哈利飞得太高，尾巴够不着他……树蜂朝空中喷出火焰，哈利闪身躲过……树蜂的嘴巴张得大大的……

"过来，"哈利嘶嘶地说，在树蜂上方转过来掉过去，挑逗着它，"过来，过来抓我呀……你上来吧……"

终于，树蜂竖起身子，黑乎乎的、粗糙的巨大翅膀完全展开，像一架小型飞机那么宽——哈利立刻俯冲下去。没等火龙明白他做了什么、消失到哪里去了，他就以迅雷不及掩耳之势，拼命冲向地面，冲向那一窝火龙蛋，现在不再有那对带利爪的前腿保护着它们了——他松开火弩箭，腾出双手——他抓住了金蛋——

随即他嗖地腾空而起，飞离巨龙，在看台上空盘旋，沉重的金蛋夹在那只没有受伤的胳膊底下，这时才好像有人刚把音量调了上去——哈利第一次听清了观众席里发出的声音，人们都在呐喊尖叫、鼓掌喝彩，声音震耳欲聋，就像爱尔兰队的支持者们在世界杯赛上那样——

"看哪！"巴格曼在高声大喊，"你们快看哪！我们年纪最小的勇士以最快的速度拿到了金蛋！好啊，这将会缩小波特先生与其他勇士之间赔率的差距！"

哈利看见驯龙师纷纷冲过去，平息树蜂的怒火。在场地的入口处那边，麦格教授、穆迪教授和海格匆匆走过来迎接他。他们都在朝他招手，要他过去，即使隔着这么远的距离，他们脸上的笑容也

第20章　第一个项目

清晰可见。哈利飞回到看台上方，人群的喧哗声敲击着他的耳膜。他平稳地降落到地面，几个星期来，心情第一次这么轻松……他通过了第一个项目，他活了下来……

"真是太精彩了，波特！"他刚从火弩箭上下来，麦格教授就大声说——这话从她的嘴里说出来，已经是很高的赞扬了。哈利注意到麦格教授指着他肩膀的手在微微颤抖。"在裁判打分前，你需要去找一下庞弗雷女士……就在那儿，已经有迪戈里需要她照料……"

"你成功了，哈利！"海格声音粗哑地说，"你成功了！而且你对付的是树蜂啊，你知道查理说树蜂是最凶猛的——"

"谢谢你，海格。"哈利大声说，这样海格就不会冒冒失失地说下去，把他事先带自己去看火龙的事泄露出来了。

穆迪教授看上去也很高兴，那只魔眼在眼窝里跳个不停。

"你那一招既漂亮又干脆，波特。"他粗声粗气地说。

"好了，波特，请你赶紧到急救帐篷去吧……"麦格教授说。

哈利走出场地，仍然气喘吁吁的。他看见庞弗雷女士站在第二个帐篷的入口处，神情显得很焦虑。

"火龙！"她用一种厌恶的口吻说，一把将哈利拉了进去。帐篷里分成了几个小隔间，哈利隔着帆布辨认出塞德里克的身影。看来塞德里克伤得并不严重，至少他已经坐了起来。庞弗雷夫人仔细查看哈利的肩膀，一边气呼呼地说个不停："去年是摄魂怪，今年是火龙，接下来他们还要把什么东西带进这所学校？你还算幸运……伤口很浅……不过先要清洗一下，我再给你治疗……"

她用一种冒烟的、气味很难闻的紫色液体清洗了伤口，然后用她的魔杖捅了捅哈利的肩膀，哈利觉得伤口立刻就愈合了。

"好了，安安静静地坐一分钟——坐下！然后你就可以去看你的得分了。"

庞弗雷夫人快步出了隔间，哈利听见她走进隔壁，说道："你感觉怎么样了,迪戈里?"

哈利不想一动不动地坐着:他太兴奋了。他站起来,想看看外面的情况,但没等他走到帐篷口,就有两个人迎面冲了进来——是赫敏,后面紧跟着罗恩。

"哈利,你真出色!"赫敏尖声尖气地说,她脸上左一道右一道的,都是指甲抓的痕迹,因为她一直在惊恐地抓挠自己的脸,"你真是太棒了! 真是太棒了!"

然而哈利正望着罗恩。罗恩的脸色白得吓人,他呆呆地瞪着哈利,就好像哈利是一个幽灵。

"哈利,"他说,神情非常严肃,"不管是什么人把你的名字扔进那只火焰杯的——我——我认为他们是想要你的命!"

就好像几个星期来什么事都没有发生——就好像这是哈利被选为勇士后第一次见到罗恩。

"你终于明白了?"哈利冷冷地说,"时间够长的啊。"

赫敏紧张地站在他们俩中间,看看这个,又看看那个。罗恩迟疑地张开嘴巴。哈利知道罗恩要向他道歉,而他突然发现自己不需要听他道歉了。

"没关系,"他趁罗恩还没有把话说出来,赶紧说道,"忘了这件事吧。"

"不,"罗恩说,"我不应该——"

"忘了这件事吧。"哈利说。

罗恩局促不安地咧嘴朝哈利微笑,哈利也对他报以微笑。

赫敏突然哭了起来。

"这有什么好哭的!"哈利感到莫名其妙,对她说。

"你们两个真傻!"赫敏喊道,一边使劲儿用脚跺着地面,眼泪扑簌簌地洒到胸前。然后,没等他们俩来得及阻止,她就拥抱了他们一下,转身跑开了,这时她已是在号啕大哭了。

第20章 第一个项目

"真是疯了，"罗恩摇了摇头，说道，"哈利，走吧，他们要给你打分了……"

哈利拿起金蛋和火弩箭，觉得心情无比愉快，一小时前他简直不相信自己会有这么好的心情。他低头走出帐篷，罗恩跟在他身旁，像连珠炮一样说个不停。

"你知道吗，你是最棒的，谁也比不上你。塞德里克做了件古怪的事，他给地上的一块岩石念了变形咒……把它变成了一条狗……他想转移火龙的注意力，让它去追狗。啊，那真是一个很厉害的变形咒，而且真的有点管用。塞德里克拿到了金蛋，但他还是被烧伤了——火龙半途改变了主意，觉得情愿先抓住他，而不是那条纽芬兰猎狗；他差一点儿就逃不掉了。那个叫芙蓉的姑娘施了一种魔法，我想她大概是想使火龙陷入一种催眠状态——不错，那也差不多成功了，火龙一下子就昏昏欲睡，可是接着它打起呼噜来，喷出好厉害的一道火焰，芙蓉的裙子着了火——她从魔杖里变出水来，把火浇灭了。还有克鲁姆——你简直不会相信，他居然没有想到飞！不过他也很棒，大概仅次于你了。他用一种魔咒直接击中了火龙的眼睛。可惜的是，火龙痛苦地挣扎，脚踩来踩去，把那些真蛋踩碎了一半——这个他们要扣分的，他不应该破坏那些火龙蛋。"

罗恩使劲大喘了一口气，这时他和哈利来到了围场的边缘。树蜂已经被弄走了，哈利可以看见五位裁判坐的地方——就在另一边，坐在升高的铺着金布的椅子上。

"每个人的最高评分不超过十分。"罗恩说，哈利眯着眼睛朝场地眺望，看见第一位裁判——马克西姆女士——把她的魔杖举向空中。一缕长长的银丝带般的东西从魔杖里喷出来，扭曲着形成一个大大的"8"字。

"还行！"罗恩在观众的鼓掌喝彩声中说，"她大概是因为你肩膀受伤才扣你分数的……"

接下来是克劳奇先生。他朝空中喷出一个"9"字。

"很有希望啊！"罗恩拍打着哈利的后背，大声嚷道。

接着是邓布利多。他给了九分。观众们的欢呼声更响亮了。

卢多·巴格曼——10。

"十分？"哈利不敢相信地说，"可是……我受伤了呀……他在开什么玩笑？"

"哈利，你就别抱怨了！"罗恩兴奋地喊道。

这时卡卡洛夫举起了魔杖。他停顿片刻，然后他的魔杖里也喷出一个数字——4。

"什么？"罗恩气愤地吼道，"四分？你这个讨厌的、偏心的家伙，你给了克鲁姆十分！"

可是哈利并不在乎，即使卡卡洛夫给他零分，他也不会在乎。罗恩为他打抱不平，这对他来说比一百分还宝贵。当然啦，他没有把这个想法告诉罗恩，但当他转身离开场地时，觉得自己的心情比空气还要轻盈。而且，为他高兴的不仅是罗恩……人群里为他欢呼的不仅是格兰芬多的学生。事到临头，当他们看到哈利所面对的挑战时，学校的大多数同学都开始支持他，就像支持塞德里克一样……哈利不在乎斯莱特林的学生，现在不管他们朝他泼什么脏水，他都能够忍受。

"你们并列第一，哈利！你和克鲁姆！"查理·韦斯莱说，他们出发返回学校时，他匆匆赶上来迎接他们，"听着，我得跑着去了，我要派一只猫头鹰给妈妈送信，我发誓要把一切都告诉她的——哦，真叫人不敢相信！噢，差点儿忘了——他们叫我跟你说一声，你还得在这里再待几分钟……巴格曼有几句话要说，就在勇士们的帐篷里。"

罗恩说愿意等他，哈利便再次走进帐篷，现在那帐篷给人的

第20章　第一个项目

感觉完全不一样了：变得亲切而温馨了。他回想着他躲避树蜂攻击时的感觉，再拿这种感觉与他刚才出去面对树蜂前漫长的等待相比……那种等待痛苦万分，是没有什么能够比拟的。

芙蓉、塞德里克和克鲁姆一同进来了。塞德里克的半边脸上涂着一块厚厚的橘黄色药膏，大概是为了治疗他的烧伤吧。他看见哈利，咧开嘴笑了。"干得不错，哈利。"

"你也是。"哈利说，也对他报以微笑。

"你们都干得不错！"卢多·巴格曼说，他轻快地跳进帐篷，一副欢天喜地的样子，仿佛刚才是他本人成功穿越了一条火龙，"好了，我只有几句话要说。第二个项目将于明年二月二十四日上午九点半开始，在此之前，你们可以休息很长一段时间——不过我们要留一些问题给你们考虑！你们低头看看手里拿的金蛋，会发现它们可以打开……看见那里的接缝了吗？你们必须解开蛋里提供的线索——那将透露第二个项目是什么，你们可以做好准备！都清楚了吧？没问题了？好了，你们走吧！"

哈利离开了帐篷，找到罗恩，两人一起绕过禁林边缘往回走，一路上聊个不停。哈利想更详细地了解其他勇士是怎么做的。后来，他们刚绕过那片树丛——哈利就是在这片树丛后第一次听见火龙吼叫的，一个女巫突然从那后面跳了出来。

是丽塔·斯基特。她今天穿着一身艳绿色的袍子，手里的速记笔与袍子的颜色十分般配。

"祝贺你，哈利！"她说，满脸微笑地看着哈利，"不知道你能不能跟我说一句话？你面对火龙时有什么感觉？你现在觉得裁判打分是否公平？"

"好的，我可以跟你说一句话，"哈利恼火地说，"再见。"

说完，他和罗恩一起拔腿朝城堡走去。

第21章

家养小精灵解放阵线

那天晚上，哈利、罗恩和赫敏到猫头鹰棚屋去找小猪，哈利想给小天狼星发一封信，说一说自己安然无恙穿越火龙的经过。路上，哈利把小天狼星提醒他警惕卡卡洛夫的话全对罗恩说了。罗恩听说卡卡洛夫过去是个食死徒，起初大吃一惊，可当他们走进猫头鹰棚屋时，罗恩又说他们早就应该怀疑到这点了。

"这就对了！"罗恩说，"还记得马尔福在火车上说的话吗，说他爸爸和卡卡洛夫是朋友？现在我们知道他们是在什么地方认识的了。他们大概在世界杯赛上一起戴着面具游行来着……不过，有一点我要告诉你，哈利，如果是卡卡洛夫把你的名字放进火焰杯的，那么他现在就感到有点儿傻眼了，是不是？阴谋没有得逞。你只擦破了点儿皮！过来——让我来——"

小猪一听说要让它送信，激动得发了疯似的，在哈利头顶上飞了一圈又一圈，不停地鸣叫。罗恩一把将小猪从空中抓下来摁住，哈利把信拴在它的腿上。

"另外两个项目不可能这么危险了，绝对不可能。"罗恩抱着小猪向窗口走去，一边说道，"你知道吗？我认为这次争霸赛你能赢，真的，哈利，我说的是真话。"

第 21 章　家养小精灵解放阵线

哈利知道，罗恩这么说只是为了弥补自己前几个星期的行为，但他仍然觉得很感激。赫敏靠在棚屋的墙上，抱着双臂，对罗恩皱起了眉头。

"要完成这次争霸赛，哈利前面的路还长着呢。"她严肃地说，"第一个项目就这样危险，我真不愿意想象接下来会是什么。"

"你还真是乐观啊。"罗恩说，"赫敏，你和特里劳妮教授应该找个时间一起聊聊。"

他把小猪从窗口扔了出去。小猪向下坠落了十二英尺，才挣扎着重新飞起来。拴在它腿上的那封信比往常长得多、重得多——哈利忍不住向小天狼星一五一十地描述了他与树蜂周旋的经过，怎样辗转腾挪、左躲右闪。

他们注视着小猪消失在夜空中，然后罗恩说："好了，哈利，我们最好下楼去参加为你举办的惊喜晚会吧——弗雷德和乔治肯定已经从厨房偷来不少好吃的了。"

果然，当他们走进格兰芬多公共休息室时，里面再次爆发出一片欢呼和喧哗。桌子上和椅子上，蛋糕已经堆成了山，还有一壶壶南瓜汁和黄油啤酒。李·乔丹燃放了一些费力拔博士见水开花神奇冷烟火，空气里闪动着许多星星和火花。擅长绘画的迪安·托马斯挂起了好几条醒目的新横幅，大多数横幅上都画着哈利骑着火弩箭绕树蜂穿梭飞行的场面，但也有两幅表现了塞德里克脑袋着火的情景。

哈利吃了起来。这些日子，他几乎忘记什么是正常的饥饿感了。他和罗恩、赫敏一起坐了下来。他简直无法相信自己有多么开心：罗恩又回到了他身边，他通过了第一个项目，而第二个项目要三个月以后才去面对。

"天哪，还挺沉的，"李·乔丹拿起哈利放在桌上的金蛋，用双手掂量着说，"快把它打开，哈利！让我们看看里面是什么！"

"他应该自己解开线索,"赫敏赶忙说道,"争霸赛的章程规定……"

"其实我也应该自己解决穿越火龙的问题的。"哈利嘀咕了一句。他的声音很低,只有赫敏能听见,赫敏心虚地咧开嘴笑了。

"好了,来吧,哈利,把它打开!"几个人响应道。

李把金蛋递给了哈利,哈利用指甲抠进金蛋上的一圈凹槽,把蛋撬开了。

里面是空的,什么也没有——但就在哈利把它打开的瞬间,一种极为恐怖、尖厉刺耳的惨叫声充满了整个房间。哈利以前只在差点没头的尼克的忌辰晚会上听到过类似的声音,那是幽灵乐队用乐锯演奏的噪音。

"快关上!"弗雷德用手捂着耳朵吼道。

哈利把金蛋猛地合上。"那是什么?"西莫·斐尼甘盯着金蛋问道,"像是女鬼的叫声……哈利,你下次可能要从一个女鬼身边通过!"

"好像是什么人在受折磨!"纳威说——他脸色惨白,把香肠卷撒了一地,"你要对付的是钻心咒!"

"别说傻话,纳威,那是不合法的,"乔治说,"他们不能在勇士身上念钻心咒。我倒觉得这声音有点像珀西在唱歌……说不定你要在他冲澡的时候去袭击他,哈利。"

"来一块果酱馅饼吗,赫敏?"

赫敏怀疑地望着他递过来的盘子。弗雷德咧开嘴笑了。

"放心,"他说,"我没对它们做什么手脚。你需要留神的是蛋奶饼干——"

纳威刚咬了一口蛋奶饼干,一听这话就噎住了,把饼干吐了出来。

弗雷德哈哈大笑。"我只是开个小玩笑,纳威……"

第21章 家养小精灵解放阵线

赫敏拿起了一块果酱馅饼。

然后她说:"弗雷德,这些东西都是你们从厨房拿来的?"

"是啊。"弗雷德说,笑嘻嘻地望着赫敏。他憋出一种尖细刺耳的声音,模仿着家养小精灵:"'我们可以为你准备一切,先生,什么都行!'他们真是热心啊……只要我一说有点儿饿了,他们就会给我烤一头牛。"

"你们是怎么进去的?"赫敏用一种若无其事的随便口吻问道。

"很方便,"弗雷德说,"有一扇门藏在画着一碗水果的那幅画后面。只要轻轻挠一挠那个梨子,它就会咻咻发笑,然后——"他住了嘴,警惕地打量着赫敏,"怎么啦?"

"没什么。"赫敏赶紧说道。

"又想领导家养小精灵出来罢工,是吗?"乔治问,"你准备放弃那些传单之类的玩意儿,动员他们起来造反?"

有几个人被逗得咯咯直笑。赫敏没有回答。

"你可不要把他们的思想搅乱,告诉他们必须穿衣服,拿工钱!"弗雷德警告她说,"你会弄得他们不想做饭的!"

就在这时,纳威突然变成了一只大金丝雀,暂时分散了大家的注意力。

"哟——对不起,纳威!"弗雷德在大家的笑声中喊道,"我忘记了——是被我们施了魔法的蛋奶饼干——"

还好,不到一分钟,纳威就脱去了羽毛,当羽毛全部掉光后,他的样子又完全正常了。他甚至也和别人一起大笑起来。

"金丝雀饼干!"弗雷德对情绪高涨的人群喊道,"我和乔治发明的——七个银西可一块,很便宜啦!"

当哈利终于和罗恩、纳威、西莫、迪安一起回到楼上的宿舍时,已经差不多凌晨一点了。哈利在拉上四柱床的帷帐前,把那个匈牙利树蜂小模型放在了床边的桌子上。小龙打了个哈欠,蜷缩起身子，闭上了眼睛。哈利一边拉上帷帐，一边想道，海格其实是有道理的……火龙还是蛮可爱的，真的……

十二月给霍格沃茨带来了狂风和雨夹雪。城堡里冬天总是有穿堂风，但哈利每次走过停在湖面的德姆斯特朗大船时，都为城堡里热腾腾的炉火和厚实的墙壁感到庆幸。那艘大船随着狂风颠簸摇摆，黑色的船帆在黑暗的夜空中翻飞起舞。他想，布斯巴顿的马车里一定也冷得够呛。哈利还注意到，海格不断地给马克西姆女士的那些骏马提供它们最喜欢的纯麦芽威士忌。临时马厩角落里的饲料槽飘过来一阵阵酒味，熏得上保护神奇动物课的同学们都有点晕晕乎乎。这并没有什么好处，因为他们仍然在照料可怕的炸尾螺，很需要动用一些智慧呢。

"我拿不准它们是不是冬眠，"在下一节课上，海格告诉在南瓜地里瑟瑟发抖的同学们，"我们不妨试一试，看它们想不想睡觉……我们把它们安顿在这些箱子里……"

现在只剩下十条炸尾螺了。显然，它们互相残杀的欲望并没有彻底根除。如今每条炸尾螺都接近六英尺长。厚厚的灰色保护层，胡乱摆动的有力的腿，不断爆炸喷火的尾巴，还有它们的刺和吸盘，所有这些加在一起，使炸尾螺成为哈利见过的最令人恶心的东西。同学们无精打采地望着海格搬出来的大箱子，箱子里都铺着枕头和毛茸茸的毯子。

"我们把它们领进来，"海格说，"然后盖上盖子，看看会出现什么情况。"

结果，他们发现炸尾螺并不冬眠，而且不喜欢被人塞进铺着枕头的箱子，盖上盖子。很快，海格便喊叫起来："别紧张，别紧张！"因为炸尾螺在南瓜地里横冲直撞，地里撒满了冒着青烟的箱子碎片。大多数同学——马尔福、克拉布和高尔打头——已经从后门

第21章　家养小精灵解放阵线

逃进了海格的小屋，把自己关在里面。哈利、罗恩、赫敏则和其他一些同学留在外面帮助海格。他们齐心协力，总算制服了九条炸尾螺，把它们捆了起来，但是也付出了惨重的代价，身上被烧伤和划伤了无数处。最后，只剩下一条炸尾螺了。

"哎，别吓着它！"当哈利和罗恩用魔杖朝炸尾螺喷射火星时，海格喊道——炸尾螺恶狠狠地朝他们逼近，背上的刺拱了起来，微微颤动——"用绳子拴住它的刺，它就不会伤害别的炸尾螺了！"

"是啊，我们可不愿意发生这样的事！"罗恩生气地嚷道，这时他和哈利退缩到海格小屋的墙根下，仍然在用魔杖的火星阻止炸尾螺靠近。

"好啊，好啊，好啊……看起来确实很好玩。"

丽塔·斯基特靠在海格菜园子的栅栏上，看着这一幕闹剧。她今天穿着一件厚厚的洋红色长袍，紫色的领子是翻毛皮的，那只鳄鱼皮手袋挂在她的胳膊上。

炸尾螺把哈利和罗恩逼得走投无路，海格扑过来压在它身上，把它制服了。它尾巴后面喷出一团火焰，把旁边的南瓜苗都烧焦了。

"你是谁？"海格一边问丽塔·斯基特，一边把一个绳扣套在炸尾螺的刺上系紧。

"我叫丽塔·斯基特，《预言家日报》的记者。"丽塔回答，满脸带笑地望着海格，嘴里的金牙闪闪发光。

"好像邓布利多说过，不许你再进学校了。"海格微微皱着眉头说，翻身从压得有点儿变形的炸尾螺上下来，用力拖着它朝它的同伴们走去。

丽塔好像根本没听见海格的话。

"这些迷人的动物叫什么？"她问，脸上笑得更灿烂了。

"炸尾螺。"海格粗声粗气地回答。

"真的吗？"丽塔说，一副兴趣盎然的样子，"我以前从没有听说过……它们是从哪儿弄来的？"

哈利注意到海格蓬乱的黑胡子后面的脸涨得通红，他的心往下一沉。海格是从哪儿弄到这些炸尾螺的？

赫敏似乎也想到了同样的问题，赶紧说道："它们很有趣，是不是？你说呀，哈利，是不是呀？"

"什么？噢，是啊……哎哟……很有趣。"哈利被赫敏踩了一下脚，支吾着说。

"啊，你也在这里，哈利！"丽塔·斯基特转过脸来，说道，"这么说，你喜欢保护神奇动物课，是吗？是你最爱上的一门课吗？"

"是的。"哈利毫不含糊地说。海格笑容满面地望着他。

"太好了，"丽塔说，"真的太好了。教书时间长吗？"她又问海格。

哈利发现丽塔正把目光移向迪安（半边面颊上有一道难看的伤口）、拉文德（长袍被烧焦了一大块）、西莫（正在护理几根被烧伤的手指），接着她的目光又移向小屋的窗户，大多数同学站在那里，鼻子压在窗玻璃上，看危险是不是已经过去。

"刚教第二年。"海格说。

"太好了……不知道你是不是愿意接受一次采访，嗯？把你教保护神奇动物课的经验与读者分享一下？《预言家日报》每星期三有一个动物学专栏，我想你一定知道。我们可以介绍一下这些——嗯——响尾狼。"

"炸尾螺，"海格热切地说，"呃——是啊，可以嘛。"

哈利觉得这件事有点不妙，但在丽塔·斯基特的眼皮底下，他没办法把这种想法传递给海格，只好站在一边，默默注视着海格和丽塔·斯基特安排本周晚些时候在三把扫帚见面，好好长谈一次。这时，城堡的铃声响了，这堂课结束了。

"好了，再见，哈利！"当哈利和罗恩、赫敏离开时，丽塔·斯

第21章　家养小精灵解放阵线

基特愉快地喊道,"那么说定了,海格,星期五见!"

"她会任意歪曲海格说的每一句话。"哈利压低声音说。

"但愿海格没有非法进口那些炸尾螺和其他东西。"赫敏焦虑地说。他们互相对视——这正是海格可能会做的事情。

"海格以前惹过很多麻烦,邓布利多一直没有开除他,"罗恩宽慰他们道,"最坏的可能性就是海格必须丢掉炸尾螺。对不起……我说的是最坏吗? 我想说的是最好。"

哈利和赫敏笑了起来,他们去吃午饭时,觉得心情轻松了一些。

那天下午,哈利觉得那两节占卜课上得愉快极了。他们仍然要画星象图,要作预测,但现在罗恩重新成了他的朋友,这一切就又显得非常滑稽可笑了。由于哈利和罗恩一直在预言自己可怕的死亡,特里劳妮教授对他们非常满意。可是今天,当她解释冥王星干扰日常生活的不同方式时,他们一直咯咯笑个不停,她很快就恼火了。

"我认为,"她说,声音低低的,充满神秘感,但并没有掩盖她显而易见的恼怒,"我们中间的一些人,"——她意味深长地盯着哈利——"如果看见我昨晚做水晶球占卜时看见的东西,恐怕就不会这样轻狂了。昨晚我坐在这里,埋头做我的针线活儿,突然产生了一种无法遏制的冲动,想请教一下我的水晶球。我站起来,坐到水晶球面前,凝视着晶体的深处……你们说,我看见了什么东西在凝望着我?"

"一只丑陋的老蝙蝠,戴着一副特大眼镜?"罗恩压低声音嘟哝着。

哈利拼命绷着脸,不让自己笑出来。

"是死亡,我亲爱的。"

帕瓦蒂和拉文德都用手捂住了嘴巴,神色惊恐。

"是的,"特里劳妮教授煞有介事地点点头,说道,"它来了,越来越近了，像一只兀鹫在头顶上盘旋，越来越低……越来越低，就在城堡上空……"

她目光犀利地盯着哈利，哈利毫不掩饰地打了个大大的哈欠。

"她这套把戏已经玩过差不多八十遍了，如果不是这样，倒确实有点儿吓人。"哈利说——这时他们终于来到特里劳妮教授房间下面的楼梯上，重新呼吸到了新鲜空气，"可是，如果每次她说我要死，我都倒地死去，我就变成一个医学上的奇迹了。"

"你会成为一种超浓缩的幽灵。"罗恩说着，咻咻地笑了，"至少我们没有家庭作业呀。我希望赫敏从维克多教授那儿领回一大堆作业，我最喜欢她做作业时我们闲着……"这时他们与血人巴罗擦肩而过，巴罗那双睁得大大的眼睛恶狠狠地瞪着。

可是赫敏不在晚饭桌上，后来他们去图书馆找她，也不见她的影子。那里只有威克多尔·克鲁姆一个人。罗恩在书架后面徘徊了一会儿，望着克鲁姆，一边小声与哈利争论要不要请他签名——但后来罗恩发现六七个女生躲在旁边那排书架后，为同样的事情争论不休，便对这个想法失去了热情。

"真奇怪，她到哪儿去了呢？"在和哈利一起返回格兰芬多塔楼时，罗恩说。

"不知道……胡言乱语。"

胖夫人刚开始向前转开，他们身后就传来急促的脚步声，赫敏来了。

"哈利！"她气喘吁吁地说，在哈利身边刹住脚步（胖夫人垂眼望着她，扬起了眉毛），"哈利，你必须来一下——你必须来一下，出了一件最离奇的事——求求你，快来吧——"

她一把抓住哈利的胳膊，拉着他往走廊上走。

"出了什么事？"哈利说。

"到了那里你就会看见——哦，走吧，快点儿——"

第21章　家养小精灵解放阵线

哈利扭头看着罗恩，罗恩也看着哈利，一副迷惑不解的样子。

"好吧。"哈利说，和赫敏一起沿着走廊往回走，罗恩加快脚步跟了上来。

"喂，你们不管我啦！"胖夫人在他们身后恼火地喊道，"你们打搅了我，一声抱歉也不说！难道我要一直开在这里，等你们回来吗？"

"是啊，谢谢了！"罗恩扭头喊了一声。

"赫敏，我们去哪儿？"哈利问。这时赫敏已经领着他们下了六层楼，正顺着大理石楼梯进入下面的门厅。

"你们会看到的，很快就会看到的！"赫敏兴奋地说。

到了楼梯下面，她往左一拐，匆匆朝一扇门走去。哈利曾经看见塞德里克·迪戈里进过这扇门，那是在火焰杯喷出他和哈利名字的那个晚上。哈利以前没有到这里来过。他和罗恩跟着赫敏走下一道石阶，下面并不是一条昏暗阴森、像通往斯内普地下教室的那种地下通道。相反，他们发现自己来到了一条宽阔的石廊里，火把照得四周很明亮，到处装饰着令人愉快的图画，上面画的主要是各种食物。

"噢，慢着……"在石廊里走到一半时，哈利慢慢地说，"等一等，赫敏……"

"怎么啦？"赫敏转脸望着他，期待他说出答案。

"我知道是怎么回事了。"哈利说。

他用胳膊肘捅了捅罗恩，指着赫敏身后的那幅图画，画面上是一只盛满水果的巨大银碗。

"赫敏！"罗恩明白过来了，说，"你又想说服我们参加你那套'呕吐'的把戏！"

"不是，不是，我没有！"赫敏着急地说，"而且不是呕吐，罗恩——"

"怎么，改名字了？"罗恩对她皱着眉头，说道，"那么是什么呢？家养小精灵解放阵线？我可不愿冲进厨房，动员他们停止干活，我决不会——"

"我没有要你这么做！"赫敏不耐烦地说，"我刚才来过这里，跟他们交谈过了，我发现——哦，快来，哈利，我要带你去看！"

她又抓住哈利的胳膊，把他拉到那幅大水果碗的图画跟前。她伸出食指，轻轻挠了挠那只碧绿的大梨子。梨子蠕动起来，咻咻笑着，突然变成了一个很大的绿色门把手。赫敏抓住它把门拉开，用力推了一下哈利的后背，把他推了进去。

匆匆一瞥之间，哈利只看见一个天花板很高的大房间，面积和上面的礼堂一样大，周围的石墙边堆着许多闪闪发光的铜锅和铜盆，房间另一头有个砖砌的大壁炉。还没等他看得更清楚，就有一个小东西从房间中央飞快地朝他跑来，一边尖声叫着："哈利·波特，先生！哈利·波特！"

接着，尖叫的小精灵猛地撞在他的上腹部，把他紧紧地、紧紧地搂住了，他觉得肋骨都要被勒断了，肺里的空气全被挤了出来。

"多——多比？"哈利喘着气说。

"是多比，先生，是多比！"那个声音从他的肚脐附近尖叫着说，"多比一直盼呀盼呀，盼着见到哈利·波特，先生，结果哈利·波特亲自来看他了，先生！"

多比松开手，向后退了几步，满脸带笑地抬头望着哈利，那双网球般大小的绿眼睛里含着喜悦的泪花。他和哈利记忆中的样子分毫不差。那只像铅笔一样细长的鼻子，那对蝙蝠状的耳朵，还有那长长的手指和双脚——什么都没有变，只是衣服与原来的大不一样了。

当年多比为马尔福家干活时，一年到头穿着那只脏兮兮的旧枕套。现在，他这一身穿戴真是哈利见过的最奇怪的组合，比世界杯

第21章　家养小精灵解放阵线

赛上的那些巫师穿戴得还要糟糕。他头上顶着一只茶壶保暖套，上面别着一大堆鲜艳的徽章；赤裸的胸膛上挂着一条马蹄图案的领带，下身穿的是类似儿童足球短裤的东西，脚上是两只不配对的袜子。哈利看到，其中一只正是他从自己脚上脱下来，诱骗马尔福先生扔给多比，从而使多比获得自由的那只黑袜子。另一只袜子上印满粉红色和橘黄色的条纹。

"多比，你在这里做什么？"哈利惊奇地问。

"多比来霍格沃茨工作了，先生！"多比兴奋地尖叫道，"邓布利多教授给了多比和闪闪工作。先生！"

"闪闪？"哈利说，"她也在这里？"

"是啊，先生，是啊！"多比说着，一把抓住哈利的手，拉着他穿过四张长长的木桌子，走进里面的厨房。哈利发现这些桌子摆放的位置跟上面礼堂里四个学院的桌子一模一样。此刻晚餐已经结束，桌上没有食物，但他推测一小时前这里肯定堆满了美味佳肴，然后通过天花板送到上面对等的桌子上。

至少有一百个小精灵站在厨房里，当多比领着哈利从他们身边经过时，他们一个个满脸堆笑，鞠躬，行屈膝礼。他们都穿着同样的制服：一条印着霍格沃茨饰章的茶巾。他们像闪闪以前那样，把茶巾当袍子裹在身上。

多比在砖砌的壁炉前停住脚步，指给哈利看。

"你看，先生，闪闪在这儿！"他说。

闪闪坐在炉火旁的一张凳子上。她和多比不同，看样子不是随随便便找来衣服就穿。她穿着一套整整齐齐的小裙子和短上衣，头上还戴着一顶配套的蓝帽子，上面掏了两个洞，露出她的两只大耳朵。不过，多比那身奇怪组合的衣服保护得一尘不染，像是崭新的一样，而闪闪则显然对自己的衣服毫不在意。她的短上衣上溅满了汤渍，裙子上有一块地方烧焦了。

"你好，闪闪。"哈利说。

闪闪的嘴唇发抖，接着便放声大哭，眼泪从她那对棕色的大眼睛里滚出来，洒落在胸前，和魁地奇世界杯赛上一模一样。

"哦，天哪。"赫敏说——她和罗恩也跟着哈利和多比一起来到厨房尽头，"闪闪，别哭了，求求你……"

可是闪闪哭得更凶了。多比倒是喜滋滋地抬头望着哈利。

"哈利·波特想喝一杯茶吗？"他用尖细的嗓音大声问，盖过闪闪的哭泣声。

"呃——行，好吧。"哈利说。

立刻，就有六个家养小精灵从他后面匆匆跑上来，端着一只很大的银托盘，上面放着一把茶壶，还放着哈利、罗恩和赫敏的杯子、一壶牛奶和一大盘饼干。

"服务真好！"罗恩用一种很激动的声音说。赫敏朝他皱了皱眉头，但小精灵们看上去都很高兴。他们低低地鞠躬，退了回去。

"你来这里多久了，多比？"多比递茶时，哈利问道。

"刚一个星期，哈利·波特，先生！"多比欢快地说，"多比来见邓布利多先生，先生。你知道，先生，一个被开除的家养小精灵是很难找到新工作的，先生，真的很难很难——"

听了这话，闪闪号啕得更厉害了，鼻涕从她那像个被压扁的西红柿一般的鼻子里淌出来，啪哒啪哒地滴在胸前，她也不想把它止住。

"多比四处游荡了两年，先生，就为了找一份工作！"多比尖声尖气地说，"可是多比没有找到工作，先生，因为多比现在要工钱了！"

厨房里的那些家养小精灵本来都很感兴趣地看着他们，听他们说话，但听到这里，一个个都把目光移开了，就好像多比说了一些粗鲁的、令人尴尬的话似的。

第21章　家养小精灵解放阵线

赫敏却说:"好样的,多比!"

"谢谢你,小姐!"多比说着,朝赫敏一笑,露出好多牙齿,"但是大多数巫师都不想要一个拿工钱的家养小精灵,小姐。'那不是一个家养小精灵的品质。'他们说,然后就对着多比把门重重关上!多比喜欢工作,但他也想穿衣服、拿工钱,哈利·波特……多比喜欢自由!"

霍格沃茨的家养小精灵开始悄悄地挪开,躲避多比,好像他身上带着某种传染病菌。闪闪倒是待着没动,但她哭号的音量显然又增高了。

"后来,哈利·波特,多比去拜访闪闪,发现闪闪也被释放了,先生!"多比兴高采烈地说。

闪闪听了这话,从凳子上往前一扑,脸朝下倒在石板铺的地面上,捶打着小小的拳头,痛苦地尖叫起来。赫敏赶紧蹲在她身边,试着安慰她,可是不管赫敏说什么都不起任何作用。

多比继续讲他的故事,高声叫着,盖过了闪闪的哭号。"然后多比突然有了主意,哈利·波特,先生!'多比和闪闪为什么不能一起找工作呢?'多比说。'哪里有工作够两个家养小精灵干的呢?'闪闪问。多比想啊想啊,就想起来了,先生!霍格沃茨!多比和闪闪就来找邓布利多教授了,先生!邓布利多教授就把我们都收下了!"

多比脸上露出非常灿烂的笑容,喜悦的泪水又充盈在他眼睛里。

"邓布利多教授说,既然多比想要工钱,他可以付给多比工钱!所以啊,多比是一个自由的小精灵,先生,多比每星期得到一个加隆,每个月放一天假!"

"那不算很多!"赫敏在地板上气愤地喊道,盖过闪闪不断哭喊和捶拳头的声音。

"邓布利多教授本来要给多比一星期十个加隆,周末放假,"多比说着,突然打了个寒噤,好像这么多财富和闲暇时间是非常可怕的,"可是多比跟他讨价还价,小姐……多比喜欢自由,小姐,但他不想要太多的自由,他更喜欢工作!"

"那么你呢,闪闪,邓布利多教授付你多少工钱?"赫敏好心好意地问。

她如果以为这会使闪闪高兴起来,就真是大错特错了。闪闪确实停止了哭泣,她坐了起来,但两只巨大的棕色眼睛狠狠瞪着赫敏,湿漉漉的脸上突然变得怒气冲冲。

"闪闪是一个被扫地出门的家养小精灵,但闪闪还没到拿工钱的地步!"她尖声刺耳地说,"闪闪还没有堕落到那个程度!闪闪为自由感到羞愧!"

"羞愧?"赫敏茫然地说,"可是——闪闪,你听我说!应该感到羞愧的是克劳奇先生,不是你!你没有做错任何事情,他对你太残忍了——"

可是闪闪听了这话,赶紧把手捂在她帽子的两个洞眼上,把耳朵压扁,这样她就听不见了,然后她尖叫起来:"不许你辱骂我的主人,小姐!不许你辱骂我的克劳奇先生!克劳奇先生是一个好巫师,小姐!克劳奇先生开除了坏闪闪,他做得对!"

"闪闪还调整不过来,哈利·波特,"多比尖声尖气地悄悄告诉他们,"闪闪忘记她跟克劳奇先生已经一刀两断了。她现在可以怎么想就怎么说,可是她做不到。"

"怎么,家养小精灵评论他们的主人时,不能怎么想就怎么说吗?"哈利问。

"哦,不能,先生,绝对不能,"多比说,表情突然严肃起来,"这是家养小精灵的奴隶身份规定的,先生。我们为主人保守秘密,保持沉默,先生。我们维护家族的荣誉,从不说主人的坏话——不

第 21 章　家养小精灵解放阵线

过邓布利多教授对多比说,他并不要求我们必须做到这点。邓布利多教授说,我们可以随意…… 随意……"

多比突然显得局促不安起来,示意哈利靠近,哈利倾下身子。

多比小声说:"他说如果我们愿意,可以叫他傻瓜大笨蛋,先生!"

多比发出一声恐惧的干笑。

"可是多比不想这么做,哈利·波特,"他说,现在语气又正常了 —— 他摇晃着脑袋,两只耳朵啪啪地拍打,"多比非常喜欢邓布利多教授,先生,愿意替他保守秘密,为他保持沉默,并为此自豪。"

"那么对马尔福呢,你现在是不是想怎么说就怎么说了?"哈利咧嘴笑着,追问多比。

一丝恐惧的神色掠过多比那双巨大的眼睛。

"多比…… 多比可以,"他不很确定地说,挺起小小的胸膛,"多比可以告诉哈利·波特,多比的旧主人是…… 是…… 很坏的黑巫师!"

多比呆立了片刻,浑身发抖,被自己的大胆行为吓傻了 —— 然后他一头冲向最近的桌子,开始把脑袋狠狠地往上面撞,一边尖叫道:"坏多比!坏多比!"

哈利抓住多比的领带后面,把他从桌子旁拉开了。

"谢谢你,哈利·波特,谢谢你。"多比上气不接下气地说,用手揉着脑袋。

"你只需要多练习练习。"哈利说。

"练习!"闪闪气愤地尖声嚷道,"你应该为自己感到羞愧,多比,那样评论你的主人!"

"他们已经不是我的主人了,闪闪!"多比不服气地说,"多比再也不在乎他们怎么想了!"

"哦,你真是一个坏精灵,多比!"闪闪呜咽着说,眼泪又一次顺着面颊扑簌簌滚下来,"我可怜的克劳奇先生,他没有了闪闪该怎么办呢?他需要我,他需要我的帮助!我从一生下来就照顾克劳奇一家,在我之前,是我妈妈,在我妈妈之前,是我外婆……哦,如果她们知道闪闪被释放了,会怎么说呢?哦,耻辱啊,真是耻辱!"她又把脸埋在裙子里,放声大哭。

"闪闪,"赫敏语气坚决地说,"我可以肯定,克劳奇先生没有你照样过得很好。你知道吗,我们见过他——"

"你们见过我的主人?"闪闪喘着气问,从裙子里重新抬起泪痕斑斑的脸,瞪大眼睛望着赫敏,"你在这里,在霍格沃茨看见他的?"

"是的,"赫敏说,"他和巴格曼先生是三强争霸赛的裁判。"

"巴格曼先生也来了?"闪闪尖声问道,突然又变得怒气冲冲,令哈利大吃一惊(从罗恩和赫敏脸上的神情看,他们也吃惊不小),"巴格曼先生是一个坏巫师!一个很坏很坏的巫师!我的主人不喜欢他,哦,一点儿也不喜欢!"

"巴格曼——坏巫师?"哈利说。

"哦,是的,"闪闪说着,气愤地点着头,"主人告诉了闪闪一些事情!可是闪闪不能说……闪闪——闪闪替主人保守秘密……"

她再一次泪如雨下。他们可以听见她把脸埋在裙子里哭泣:"可怜的主人,可怜的主人,再也没有闪闪侍候他了!"

除此之外,他们从闪闪嘴里再也问不出一句明白的话。于是他们随她去哭泣,只管自己喝茶。多比在一旁兴高采烈地说个不停,讲他作为一个自由小精灵是怎么生活的,以及他打算怎么花他的工钱。

"多比下一步就买一件套头衫,哈利·波特!"他指着赤裸的胸脯,高兴地说。

第21章　家养小精灵解放阵线

"告诉你吧，多比，"罗恩似乎对这个小精灵产生了极大的好感，他说，"我要把我妈妈这个圣诞节给我织的毛衣送给你，我每年都能从她那里得到一件。你不讨厌暗紫红色吧？"

多比开心极了。

"我们必须把它缩小一些，适合你的身材，"罗恩对他说，"它跟你的茶壶保暖套倒是很配呢。"

他们准备告辞时，旁边的许多小精灵都围拢过来，向他们递来一大堆点心，让他们带上楼去。赫敏不肯拿，她望着小精灵们不停鞠躬、行屈膝礼的样子，脸上露出痛苦的神情。哈利和罗恩却往口袋里装了好多奶油蛋糕和馅饼。

"太感谢了！"哈利对小精灵们说——他们都簇拥到门边，向三人道晚安，"再见，多比！"

"哈利·波特……多比有时候可以来看你吗，先生？"多比试探地问。

"当然可以。"哈利说，多比顿时眉开眼笑。

"你们知道吗？"罗恩说道——这时他和赫敏、哈利刚离开厨房，正往通向门厅的楼梯上走，"这些年来，我一直觉得弗雷德和乔治很了不起，能从厨房里偷出吃的东西——闹了半天，实际上并不困难，是吗？小精灵们那么热情地把东西塞给你！"

"我认为，对于那些家养小精灵来说，这是一件最理想的事，"赫敏领头往大理石楼梯上走，一边说道，"我指的是多比来这里工作。别的小精灵会看到他获得自由是多么愉快，慢慢就会明白自己也愿意那样！"

"但愿他们不要太仔细地观察闪闪。"哈利说。

"哦，闪闪会高兴起来的。"赫敏说，不过她的口气也有些犹豫，"等这场惊吓过去，她习惯了霍格沃茨的生活，就会明白离开了那个叫克劳奇的家伙，日子要好过得多！"

"她似乎很爱那个男人。"罗恩含混不清地说（他刚咬了一口奶油蛋糕）。

"不过，她对巴格曼的评价可不高，是吗？"哈利说，"不知道克劳奇在家里是怎么议论巴格曼的？"

"大概说他不是一个很称职的司长，"赫敏说，"说句实话……他这么说不无道理，是不是？"

"跟克劳奇那老家伙比起来，我还是情愿在巴格曼手下工作，"罗恩说，"至少他还有点儿幽默感。"

"可别让珀西听见你这么说。"赫敏说，淡淡地笑了笑。

"是啊，说到珀西，他可不愿在任何一个有幽默感的人手下工作，是不是？"罗恩说——他现在又开始吃一块巧克力松饼了，"一个笑话哪怕只戴着多比的茶壶保暖套，几乎是光着身子在他面前跳舞，他也认不出来。"

第 22 章

意外的挑战

"波特！韦斯莱！你们能不能专心一点儿？"

麦格教授恼火的声音像鞭子一样，在星期四的变形课教室里噼啪响起，惊得哈利和罗恩都抬起头来。

这堂课快要结束了。他们完成了老师布置的工作：那些被他们变成天竺鼠的珍珠鸡，现在已关在麦格教授讲台上的一只大笼子里（纳威的那只身上还留着羽毛）；黑板上的家庭作业，他们也已经抄在了本子上（"试举例说明，进行跨物种转换时，变形咒必须做怎样的调整"）。下课铃随时都会响起，哈利和罗恩正拿着弗雷德和乔治发明的两根假魔杖，在教室后排你来我往地比剑术，两人此刻抬起头来，罗恩手里是一只镀锡的鹦鹉，哈利手里是一条橡皮的黑线鳕鱼。

"既然波特和韦斯莱终于使自己的行为与年龄相称了，"麦格教授说着，愤怒地扫了他们俩一眼，就在这时，哈利那条黑线鳕鱼的脑袋掉了下来，无声地落到地板上——是罗恩那只鹦鹉的利喙把它啄断了——"我正好有几句话要对你们大家说。

"圣诞舞会就要来临了——这是三强争霸赛的一个传统部分，也是我们与外国客人交往的一个大好机会。是这样，舞会只对四年级以上的学生开放——不过如果你们愿意，可以邀请一位低年级学生——"

拉文德·布朗发出一声刺耳的傻笑。帕瓦蒂·佩蒂尔用劲捅了捅她，自己脸上的肌肉也在使劲绷着，因为她在拼命克制着不笑出来。她们俩都转过脸来望着哈利。麦格教授没有理会她们，哈利觉得这特别不公平，刚才她还数落他和罗恩来着。

"要穿上你们的礼服长袍，"麦格教授继续说道，"舞会将于圣诞节晚上八点在礼堂举行，午夜十二点结束。听着——"

麦格教授从容不迫地打量着全班同学。

"圣诞舞会无疑会使我们有机会——嗯——散开头发，放松自己。"她以一种不以为然的口吻说。

拉文德笑得更厉害了，使劲用手捂住嘴巴，不让声音发出来。哈利知道这次的笑点在哪里：麦格教授的头发总是绾成紧紧的小圆髻，她似乎从来没有把头发散开过。

"但那并**不**意味着，"麦格教授继续说道，"我们会放松对霍格沃茨学生的行为要求。如果格兰芬多的某个学生以任何方式给学校丢脸，我将感到十分痛心。"

下课铃响了，大家和往常一样，把书本塞进书包，再把书包甩到肩头，教室里一阵忙乱。

麦格教授提高嗓门，在一片噪声中喊道："波特——请留一下，我要对你说几句话。"

哈利心想这一定是因为他那条无头的橡皮黑线鳕鱼，便无精打采地朝讲台走去。麦格教授等全班同学都走光了，才说道："波特，勇士都有自己的伴侣——"

"什么伴侣？"哈利说。

麦格教授怀疑地望着他，似乎以为他在开玩笑。

"你带去参加圣诞舞会的伴侣，波特，"麦格教授冷冷地说，"你

第22章 意外的挑战

的舞伴。"

哈利仿佛觉得自己的内脏在扭曲皱缩。"舞伴？"

他感到自己的脸红了。"我不跳舞。"他急忙说道。

"哦，你必须跳舞，"麦格教授烦躁地说，"我正要告诉你这一点。按传统惯例，舞会是由勇士和他们的舞伴开舞的。"

哈利的脑海里突然浮现出自己头戴黑色高顶大礼帽、身穿燕尾服的模样，他身边还有一个姑娘，穿着满是褶边的裙子，就是佩妮姨妈参加弗农姨父公司里的舞会时穿的那种。

"我不跳舞。"他说。

"这是传统惯例，"麦格教授坚决地说，"你是霍格沃茨的勇士，作为学校的一名代表，你必须照大家期望的那样去做。所以，你必须给自己找一个舞伴，波特。"

"可是——我不——"

"你听见我的话了，波特！"麦格教授用一种不容置疑的口吻说。

一星期前哈利会说，找一个舞伴跟对付一条匈牙利树蜂比起来，简直是小菜一碟。可是现在他战胜了树蜂，正面临着找一个姑娘跳舞的挑战。他觉得自己宁愿再与树蜂搏斗一个回合。

哈利从未见过这么多登记在霍格沃茨过圣诞节的同学。当然啦，他自己总是留校过圣诞节的，因为如果不这样，就要回女贞路去，但以前留校的人总是极小一部分。今年就不同了，四年级以上的所有同学似乎都要留下来。哈利觉得，他们都对即将到来的舞会非常痴迷——至少所有的女生都是这样，他忽然惊讶地发现霍格沃茨竟然容纳了这么多女生，他以前根本就没有留意。女生们在走廊里咔咔笑着、窃窃私语，女生们每当有男生走过时就尖声大笑，女生们兴奋地交换意见，谈论圣诞节晚上穿什么衣服……

"她们为什么都成群结队地活动呢？"哈利问罗恩——这时正有十来个女生从旁边走过，她们打量着哈利，偷偷地傻笑，"你怎么才能等到她们单独行动，抓住一个提出要求呢？"

"用绳套套住一个？"罗恩建议道，"你有没有想好请谁？"

哈利没有回答。他很清楚自己愿意请谁，但能不能鼓起勇气就是另外一回事了……秋·张比他高一年级，长得非常漂亮，还是一个非常出色的魁地奇球员，她的人缘也很好。

罗恩似乎看透了哈利的内心。

"听着，你是不会有什么麻烦的。你是勇士嘛。刚刚打败了匈牙利树蜂。我敢说她们会排着队争着跟你跳舞的。"

为了维护他们刚刚修复的友谊，罗恩把声音里的苦涩味道控制到了最低限度。而且哈利惊讶地发现，事实证明罗恩的判断非常正确。

就在第二天，一个赫奇帕奇学院三年级的鬈发女生——哈利以前从没与她说过话，主动来邀请哈利与她一起去参加舞会。哈利太吃惊了，连想也没想就拒绝了。那女生走开时一副备受伤害的样子。在整堂魔法史课上，哈利不得不忍受迪安、西莫和罗恩拿那女生来挖苦和嘲笑他。接下来的一天，又有两个女生来邀请他，一个是二年级的，还有一个（他惊恐地发现）竟然是五年级的，看她那样子，似乎如果哈利敢拒绝，她就会把他打昏过去。

"她长得蛮漂亮的。"罗恩笑够了以后，公正地说。

"她比我高一英尺呢。"哈利说，仍然惊魂未定，"想象一下吧，我跟她一起跳舞，那还不出丑！"

哈利经常想起赫敏谈论克鲁姆的话："她们喜欢他，只是因为他名气大！"哈利十分怀疑，如果自己不是学校的勇士，那些邀请他做舞伴的女生是否还愿意跟他一起去参加舞会。接着他又问自己，如果是秋·张主动邀请他，他还会考虑这个问题吗？

第22章 意外的挑战

总的来说，哈利不得不承认，尽管面临着参加舞会这件令人尴尬的事，但自从他通过第一个项目之后，生活还是大有改善。他在走廊里不再遇到那么多不愉快的冲突了，他怀疑这在很大程度上是因为塞德里克——他总觉得是塞德里克叫赫奇帕奇的同学放哈利一马的，为的是感谢哈利向他通风报信，告诉他火龙的事。而且，周围支持**塞德里克·迪戈里**的徽章也少多了。当然啦，德拉科·马尔福只要一有机会，还是会引用丽塔·斯基特文章里的话来嘲笑哈利，但他得到的笑声越来越少——大概是为了给哈利愉快的心情锦上添花吧，《预言家日报》上并没有出现有关海格的报道。

"实话对你们说吧，她好像对神奇动物不怎么感兴趣。"海格说，这是在学期的最后一节保护神奇动物课上，哈利、罗恩和赫敏询问他和丽塔·斯基特面谈的情况。海格终于放弃了直接接触炸尾螺的做法，这使他们松了一口气。今天，他们只是躲在海格的小屋后面，坐在一张搁板桌旁准备一批新挑选的食物，要用它们来引诱炸尾螺。

"她只是要我谈你，哈利，"海格继续压低声音说道，"我嘛，我就告诉她，自从我把你从德思礼家接来的那天起，我们就是好朋友。'这四年里，你从来不需要训斥他吗？'她问，'他从来没有在课堂上调皮捣蛋？'我对她说没有，她就显得很不高兴。她好像希望我把你说得很糟糕，哈利。"

"她当然是这样，"哈利说着，把一块块龙肝扔进一只大金属碗里，又拿起刀子准备再切一些，"她不能总写我是一个多么富有悲剧色彩的小英雄啊，那会使人厌烦的。"

"她需要换一个新的角度，海格，"罗恩明智地说，一边剥着火蜥蜴的蛋壳，"你应该说哈利是一个无法无天的少年犯！"

"但他不是啊！"海格说，似乎完全被惊呆了。

"她应该采访一下斯内普，"哈利气呼呼地说，"斯内普随时会在她面前告我一状。波特自打进了这个学校之后，就一直在违反校规……"

"他说过这样的话，是吗？"海格问——罗恩和赫敏都在哈哈大笑，"说起来，你大概确实违反过几条校规，哈利，但你的表现一直很不错，是不是？"

"谢谢你，海格。"哈利说着，咧开嘴笑了。

"圣诞节那天，你来参加那倒霉的舞会吗，海格？"罗恩说。

"我想顺便去看看，"海格声音粗哑地说，"我认为应该会很热闹。舞会由你开舞，是不是，哈利？你带谁去？"

"还没有人。"哈利说，觉得自己的脸又红了。海格没有追问下去。

学期的最后一星期，学校里一天比一天热闹、嘈杂。人们四处谣传关于圣诞舞会的消息，但其中大部分哈利都不相信——比如，邓布利多从三把扫帚的罗斯默塔那里买了八百桶香精蜂蜜酒。不过，他预定古怪姐妹的事倒有可能是真的。至于古怪姐妹究竟是谁或什么东西，哈利并不知道，因为他从没听过巫师无线联播，但从那些从小就听 WWN（巫师无线联播）的同学们的兴奋劲儿来看，古怪姐妹似乎是一个非常有名的音乐组合。

有些老师，如小个子弗立维教授，看到同学们显然都心不在焉，便索性不再讲课了。他允许他们在星期三他的课上做游戏，自己则大部分时间都在跟哈利说话，谈论哈利在三强争霸赛的第一个项目里使用的那个精彩的召唤咒。其他老师就没有这么好说话了。比如，宾斯教授的注意力是没有任何事情能够转移的，他还是继续在那堆关于妖精叛乱的笔记中艰难跋涉——同学们推测，宾斯既然没有让自己的死亡阻挡他继续教书的道路，像圣诞节这样的小事，就更不可能使他分心了。说来真是奇怪，他居然能把血淋淋、惊心动魄的妖精叛乱讲得像珀西的坩埚底报告那样枯燥乏味。麦格教授和穆

第22章 意外的挑战

迪也不让学生们闲着,直到下课前的最后一秒钟。斯内普就更不用说了,他宁愿收养哈利当干儿子,也不愿让同学们在课堂上做游戏。他目光阴沉地打量着全班同学,告诉他们说,他将在学期的最后一节课上测验他们的解毒剂。

"他真坏,"那天晚上,罗恩在格兰芬多的公共休息室里气愤地说,"在最后一天来测验我们。用一大堆功课破坏学期最后的一点儿时光。"

"嗯……实际上你并没有怎么用功,是不是?"赫敏从她的魔药课笔记上望着罗恩。罗恩正忙着用他那副噼啪爆炸牌搭城堡——这种娱乐可比麻瓜的扑克牌有趣多了,如果弄得不好,搭的东西随时都会整个爆炸。

"这是圣诞节啊,赫敏。"哈利懒洋洋地说。他坐在炉火边的一把扶手椅里,第十遍阅读《与火炮队一起飞翔》。

赫敏又用严肃的目光望着他,"哈利,我认为你即便不想学习解药,也会做一些更有意义的事情吧。"

"比如什么?"哈利一边问,一边注视着火炮队的乔艾·詹肯斯把一只游走球狠狠地击向巴里堡蝙蝠队的一名追球手。

"那只金蛋!"赫敏咬着牙小声说。

"好了,赫敏,我可以休息到二月二十四日呢。"哈利说。

哈利把那只金蛋放在楼上他的箱子里了,自从第一个项目的庆祝晚会结束后,他就再也没有打开过它。反正还有两个半月他才需要知道那一声声刺耳的惨叫意味着什么呢。

"但是解开那个谜可能要花好几个星期!"赫敏说,"如果别人都知道下一个项目是什么,就你一个人蒙在鼓里,你可就真的成为一个大傻瓜了!"

"别烦他了,赫敏,他应该休息休息了。"罗恩说着,把最后两张牌放到城堡顶上,轰隆一声,整个城堡爆炸了,烧焦了他的眉毛。

"真好看，罗恩……跟你的礼服长袍倒是很般配。"

是弗雷德和乔治。他们在哈利、罗恩和赫敏的桌旁坐下，罗恩摸着眉毛，检查被烧焦了多少。

"罗恩，我们可以借小猪用一下吗？"乔治问道。

"不行，它出去送信了。"罗恩说，"做什么？"

"因为乔治想邀请它参加舞会。"弗雷德讽刺地说。

"因为我们有一封信要送，你这个愚蠢的大呆瓜。"乔治说。

"你们两个给谁写信，嗯？"罗恩说。

"别多管闲事，罗恩，不然我把你的鼻子也烧焦。"弗雷德说，一边挥舞着魔杖威胁罗恩，"怎么……你们这些家伙还没有找到舞伴？"

"没有。"罗恩说。

"我说，伙计，最好加快速度，不然好姑娘就被挑光了。"弗雷德说。

"那么你和谁一起去呢？"罗恩说。

"安吉利娜。"弗雷德不假思索地回答，没有一点儿不好意思。

"什么？"罗恩吃惊地问，"你已经邀请她了？"

"问得好。"弗雷德说。他转过头，朝公共休息室的那头喊道："喂，安吉利娜！"

安吉利娜正在炉火边与艾丽娅·斯平内特聊天，听到喊声，朝弗雷德望过来。

"怎么啦？"她大声问道。

"愿意和我一起参加舞会吗？"

安吉利娜用掂量的目光看了看弗雷德。

"好吧。"她说，然后又转过脸去跟艾丽娅继续聊天，脸上带着一丝淡淡的微笑。

"成了，"弗雷德对哈利和罗恩说，"小菜一碟。"

第22章 意外的挑战

他站起来，打了个哈欠，说道："我们最好还是用一只学校的猫头鹰吧，乔治，快走……"

他们离去了。罗恩不再摸眉毛，而是隔着已成废墟、还在冒烟的纸牌城堡望着哈利。

"我们也应该采取行动了……邀请一个人。他说得对。我们可不想最后跟一对巨怪跳舞。"

赫敏气坏了，说话也显得有些结巴。

"对不起，一对……什么？"

"唉——不说你也知道，"罗恩耸了耸肩膀，说道，"我情愿一个人去——也不愿找，比如说吧，爱洛伊丝·米德根。"

"最近她的粉刺好多了——而且她非常友善！"

"她的鼻子有点儿歪。"罗恩说。

"哦，我明白了，"赫敏被激怒了，说道，"原来，从根本上说，你是想邀请一个愿意接受你的最漂亮的姑娘，即便她是彻头彻尾的大坏蛋？"

"嗯——是啊，说得基本正确。"罗恩说。

"我要去睡觉了。"赫敏没好气地说，然后没再说一个字便快步朝女生宿舍的楼梯走去。

霍格沃茨的师生不断表现出想给布斯巴顿和德姆斯特朗的客人留下深刻印象的欲望，似乎决心在这个圣诞节展示出城堡的最佳风貌。学校里张灯结彩地布置起来，哈利发现他进校以来从没见过这么漂亮的装饰。大理石楼梯的扶手上挂满了永远不化的冰柱，礼堂里惯常摆放的那十二棵圣诞树上，装饰着各种各样的小玩意儿，从闪闪发亮的冬青果，到不停鸣叫的活的金色猫头鹰。那些盔甲都被施了魔法，只要一有人经过，它们就会演唱圣诞颂歌。听一顶空头盔唱出"哦，来吧，你们这些虔诚的人"，真是特别滑稽。盔甲只知道一半的歌词，有好几次管理员费尔奇不得不把皮皮鬼从盔甲里拽出来，因为皮皮鬼躲在里面，逢到盔甲唱不下去时，他就自己编一些歌词填进去，都是些非常粗野难听的话。

然而，哈利还没有邀请秋·张参加舞会。他和罗恩现在非常着急了，尽管哈利指出，罗恩即使没有舞伴，也不会像他那样出丑。哈利是要和其他勇士一起跳第一支舞的啊。

"我想哭泣的桃金娘总是跑不了的。"他愁闷地说，指的是躲在三楼女生盥洗室里的那个幽灵。

"哈利——我们必须咬咬牙豁出去了。"星期五的时候，罗恩说道，听他的口气就好像他们正在计划攻破一座固若金汤的要塞，"今晚我们回到公共休息室时，必须都找到舞伴——说定了？"

"呃……好吧。"哈利说。

可是，那天他几次看见秋·张——课间休息时，午饭时，还有一次是在去上魔法史课的路上——她身边总是围着好多朋友。难道她从不独自去什么地方吗？也许可以在她上厕所时打她的埋伏？不行——她即使是上厕所，身边也跟着四五个女生。可是如果再不采取行动，她肯定被别人邀请去了。

在斯内普魔药课上做解药测验时，哈利觉得很难集中思想，结果忘记加入一种主要成分——粪石，这就意味着他只能得最低分了。不过他不在乎。他正忙着鼓起勇气，准备采取果断行动。下课铃一响，他就抓起书包，朝地下教室的门口冲去。

"晚饭桌上见。"他对罗恩和赫敏说，一边冲上楼去。

他只要单独问秋·张一句话，就这么简单……他匆匆穿过拥挤的走廊，寻找她的身影，很快（他没想到会这么快）他就看见了她。她正从黑魔法防御术课的教室里走出来。

"呃——秋·张？我能跟你说一句话吗？"

法律应该规定不许咯咯笑，哈利气愤地想，因为秋·张周围的

第22章 意外的挑战

女生都咯咯地笑了起来。还好,秋·张没有笑。她说了声"好吧",便跟着哈利走到她的同班同学们听不见的地方。

哈利转身望着她,内心突然出现了一阵古怪的痉挛,就好像他下楼时踏空了一级台阶。

"呃。"他支吾着。

他不能问她。他不能。但他必须问。秋·张站在那里,带着困惑的神情望着他。

那句话从哈利嘴里脱口而出,说得语无伦次,字音都没来得及咬准。

"做伴跟我行吗?"

"对不起,你说什么?"秋·张说。

"你——你愿不愿意跟我一起去参加舞会?"哈利问。他为什么要脸红呢?为什么?

"噢!"秋·张说——她的脸也红了,"唉,哈利,我真的很抱歉,"她面带歉意地说,"我已经说好要跟另外一个人去了。"

"噢。"哈利说。

这感觉真是古怪:一分钟前,他觉得内脏像蛇一般蠕动不停,现在突然之间,他觉得自己仿佛根本没有内脏了。

"噢,好吧,"他说,"没关系。"

"我真的很抱歉。"秋·张又说了一遍。

"没关系。"哈利说。

他们站在那里互相对视,然后秋·张说:"就这样吧——"

"行。"哈利说。

"好吧,再见了。"秋·张说,脸仍然很红。她转身离开了。

哈利从后面叫住了她,他没来得及阻止自己这么做。

"你和谁一起去?"

"噢——塞德里克,"她说,"塞德里克·迪戈里。"

"噢，好吧。"哈利说。

他的内脏又回来了。他觉得它们刚才被人拿去灌满了铅。

哈利把晚饭忘得一干二净。他慢慢走回楼上的格兰芬多公共休息室，每走一步，耳边就回响起秋·张的声音："塞德里克——塞德里克·迪戈里。"他本来已经有些喜欢塞德里克了——已经准备原谅那些事情，如塞德里克曾在魁地奇比赛中打败过他。塞德里克长得英俊，人缘好，是几乎人人都喜爱的勇士。现在哈利突然意识到，塞德里克实际上是一个没用的小白脸，他那点脑子还不够装满一只鸡蛋壳呢。

"仙境之光。"他干巴巴地对胖夫人说——口令是前一天改的。

"对了，对了，亲爱的！"胖夫人带着颤音说，捋了捋她那新系上的金银丝发带，一边向前转开，让他进去。

进了公共休息室，哈利环顾四周，惊奇地看见罗恩脸色灰白地坐在远处一个角落里。金妮坐在他身边，用很低的声音跟他说话，像是在安慰他。

"怎么啦，罗恩？"哈利问道，向他们走去。

罗恩抬头望着哈利，脸上带有一种惊魂未定的神情。

"我干吗要那么做呢？"他迷乱地说，"我不知道自己怎么会做出那种事！"

"什么？"哈利说。

"他——呃——他刚才邀请芙蓉·德拉库尔和他一起去参加舞会。"金妮说。她似乎正拼命忍住笑，但仍然同情地拍着罗恩的胳膊。

"你做了什么？"哈利问。

"我不知道我怎么会做出这种事！"罗恩喘着粗气又说，"我在开什么玩笑呢？那里都是人——挤满了人——我真是昏了头——大家都在看着！我走过门厅时遇见了她——她站在那

第22章　意外的挑战

里正和迪戈里说话——我突然就控制不住自己——就上前问了她！"

罗恩呻吟着，用手捂住了脸。他还在不停地说，但他的话只能勉强听得清楚了。"她望着我，就好像我是一条海参什么的。根本不屑于回答。然后——我也不知道——我就突然回过神来，赶紧跑了。"

"她有一部分媚娃血统，"哈利说，"你原先说得对——她奶奶就是媚娃。这不是你的错，我敢说她当时正在对迪戈里施那个魔法，你正巧经过，就被击中了——不过她这次是白费工夫了。迪戈里和秋·张一起去。"

罗恩抬起头来。

"我刚才请秋·张和我一起去，"哈利闷闷地说，"她就告诉了我。"

金妮突然不笑了。

"简直太荒唐了，"罗恩说，"只剩下我们俩没有舞伴——噢，除了纳威。对了——你猜他邀请谁了？赫敏！"

"什么？"哈利说，他完全被这个令人惊诧的消息吸引住了。

"是吧，想不到吧！"罗恩说着笑了起来，脸上又恢复了一些血色，"纳威在魔药课后告诉我的！他说她一直这么善良，帮他做功课什么的——但赫敏对他说，她已经答应别人了。哈！说得跟真的似的！她只是不想跟纳威去罢了……我的意思是，谁会请她？"

"不许笑！"金妮恼怒地说，"不许笑——"

就在这时，赫敏从肖像后的洞口爬了进来。

"你们俩为什么不去吃晚饭？"她说，走过来跟他们坐在一起。

"因为——你们两个别笑了——因为他们俩邀请姑娘参加舞会，都遭到了拒绝！"金妮说。

哈利和罗恩立刻不吭气了。

"多谢你了，金妮。"罗恩阴阳怪气地说。

"漂亮姑娘都被人挑走了，是吗，罗恩？"赫敏高傲地说，"爱洛伊丝·米德根也开始变得很漂亮了，是吗？没关系，我相信你总会在什么地方找到一个愿意接受你的人的。"

罗恩瞪眼望着赫敏，似乎突然用全新的目光审视着她。

"赫敏，纳威是对的——你是个姑娘……"

"噢，观察得很敏锐嘛。"赫敏尖刻地说。

"那么——你可以在我们俩中间挑一个！"

"不行，我不能。"赫敏断然拒绝。

"哦，快点儿吧，"罗恩不耐烦地说，"我们需要舞伴，如果别人都有，就我们没有，就显得太没面子了……"

"我不能跟你们一起去，"赫敏说，她的脸红了，"因为我已经答应别人了。"

"不会的，你没有！"罗恩说，"你那么说只是为了摆脱纳威！"

"哦，是吗？"赫敏说，眼里放出吓人的光，"你花了三年时间才发现我是个姑娘，罗恩，这并不意味着就没有别人注意到这一点！"

罗恩呆呆地望着她，接着，他又咧开嘴笑了。

"好了，好了，我们知道你是个好姑娘，"他说，"行了吗？你可以答应了吧？"

"我已经告诉过你们了！"赫敏非常气愤地说，"我已经答应另外的人了！"

说完，她气冲冲地朝女生宿舍奔去。

"她在撒谎。"罗恩望着她的背影，毫无表情地说。

"她没有。"金妮小声说。

"哦，那个人是谁？"罗恩厉声问道。

第22章　意外的挑战

"我不能告诉你,那是她的私事。"金妮说。

"好吧,"罗恩说,他显得烦躁极了,"真是越来越荒唐了。金妮,你可以跟哈利一起去,我就——"

"我不能,"金妮说,她的脸也涨得通红,"我已经答应了——答应了纳威。赫敏拒绝他以后,他就邀请了我,我想……反正……反正,如果不答应他,我也去不成,我还没上四年级呢。"她显得非常沮丧,"我想我得去吃晚饭了。"说着,她站起来,低垂着脑袋向肖像后的洞口走去。

罗恩瞪大眼睛望着哈利。

"她们都出了什么毛病?"他问。

哈利正巧看见帕瓦蒂和拉文德从肖像后的洞口进来。这次必须一不做二不休了。

"你等在这里,"他对罗恩说,然后他站起来,径直朝帕瓦蒂走去,说道,"帕瓦蒂? 你愿意跟我一起去参加舞会吗?"

帕瓦蒂发出一串咯咯的笑声。哈利等着她的笑声过去,他的手指在长袍的口袋里交叉着①。

"行,好吧。"帕瓦蒂终于说道,脸红得像要滴出血来。

"谢谢。"哈利说,总算松了口气,"拉文德——你愿意跟罗恩一起去吗?"

"她已经答应西莫了。"帕瓦蒂说,她们俩笑得更厉害了。

哈利叹了口气。

"你们能不能想一想,有谁能跟罗恩一起去呢?"他说,压低了声音,不让罗恩听见。

"赫敏·格兰杰怎么样?"帕瓦蒂说。

"她已经答应了别人。"

---

① 欧洲人把食指与中指交叉在一起意味着祈祷和祝福。

帕瓦蒂显得非常吃惊。

"哦——谁?"她急切地问。

哈利耸了耸肩膀。"不知道。"他说,"那么罗恩怎么办?"

"让我想想……"帕瓦蒂慢悠悠地说,"我妹妹大概可以……她叫帕德玛,你知道……在拉文克劳。如果你们愿意,我就去问问她。"

"行,那太好了,"哈利说,"有消息就告诉我们,行吗?"

他回到罗恩身边,觉得这场舞会实在太麻烦了,真有些划不来。他满心希望帕德玛·佩蒂尔的鼻子长得周正些。

… 第 23 章

圣诞舞会

老师们给四年级学生假期里布置了一大堆家庭作业，但是学期结束后，哈利根本没有心思做功课。在圣诞节前的那个星期，他和大家一起尽情玩耍。格兰芬多塔楼里的人几乎和放假前一样多，而且塔楼似乎缩小了，因为住在里面的人都比平时吵闹多了。弗雷德和乔治的金丝雀饼干销路很好，在刚放假的一两天，动不动就有人忽的一下，全身长出了羽毛。不过很快格兰芬多的同学们就吸取了教训，对别人递过来的食物非常警惕了，以免中间藏着一块金丝雀饼干。乔治很信任地告诉哈利，他和弗雷德正在研制另一种新产品。哈利告诫自己，以后千万不能接受弗雷德和乔治递过来的任何东西，哪怕是一个土豆片。他仍然没有忘记达力和肥舌太妃糖的事。

大雪纷纷飘落在城堡和场地上。布斯巴顿那辆浅蓝色的马车看上去像冬天里一只挂霜的大南瓜，旁边那个洒了糖霜的姜饼小房子便是海格的小屋；德姆斯特朗大船的船舷上结了一层冰，变得光滑透亮，帆索上也染了一层白霜。下面厨房里的家养小精灵忙得不亦乐乎，准备了多种口味的热腾腾的炖菜和甜美的布丁，只有芙蓉·德拉库尔能找到借口抱怨几句。

"霍格沃茨的食物都太油腻了,"一天晚上,他们离开礼堂时(罗恩躲在哈利身后,生怕被芙蓉看见),听见芙蓉皱着眉头这么说,"我的礼服长袍都要穿不下了!"

"哦,那可太悲惨了。"赫敏看着芙蓉走出礼堂进入门厅,毫不客气地说,"她自我感觉真的很好,是不是?"

"赫敏——你要跟谁一起去参加舞会?"罗恩问。

他总是这样出其不意地向赫敏提出这个问题,指望她在最没有防备的时候,一惊之下说出实话。可是赫敏只是皱了皱眉头,说道:"我不告诉你,你会取笑我的。"

"你在开玩笑吧,韦斯莱!"他们身后突然响起马尔福的声音,"怎么,居然有人邀请那家伙去参加舞会?那个大板牙泥巴种?"

哈利和罗恩猛地转过身,赫敏却朝马尔福身后的什么人挥手致意,大声地说:"你好,穆迪教授!"

马尔福的脸唰地白了,往后跳了一步,慌里慌张地四下张望,寻找穆迪,却见穆迪还坐在教工桌子旁,吃他的那一份炖菜呢。

"你是个浑身抽搐的小白鼬,是不是,马尔福?"赫敏尖刻地说完,便和哈利、罗恩走上大理石楼梯,一边开心地放声大笑。

"赫敏,"罗恩说,侧过脸望着她,突然皱起了眉头,"你的牙齿……"

"怎么啦?"赫敏说。

"我的天,它们不一样了……我刚注意到……"

"它们当然不一样了——怎么,你指望我一直留着马尔福给我的那些大长牙吗?"

"不对,我的意思是,它们跟马尔福给你施那个魔法前的样子也不一样……它们都……整整齐齐的,而且——而且大小也正常了。"

赫敏突然非常调皮地笑了,于是哈利也注意到:赫敏的笑容确

第 23 章 圣诞舞会

实和他记忆中的大不一样。

"是这样的……我去找庞弗雷女士缩小那些中了魔法的长牙时,她举着一面镜子对我说,当牙齿恢复到以前的正常状态时就叫停。"赫敏说,"我就……让她做过头了一点儿。"她笑得更开心了,"爸爸妈妈不会高兴的。好多年来,我一直劝说他们让我把牙齿缩小,但他们希望我坚持戴那套钢丝矫齿架。你们知道,他们都是牙医,认为牙齿和魔法不应该——快看!小猪回来了!"

罗恩的小猫头鹰在挂满冰柱的栏杆顶上疯狂地扑扇翅膀,它的腿上系着一卷羊皮纸。路过的人们都指着它哈哈大笑,一群三年级女生停下脚步,说:"哦,快看那只小不点儿猫头鹰!它多么可爱啊!"

"这只小笨鸟!"罗恩咬牙切齿地说,三步并作两步赶上楼去,一把抓住小猪,"你应该把信送给收件人!不能在这里炫耀!"

小猪高兴地叫着,脑袋从罗恩的拳头上伸出来。那些三年级女生似乎都吓坏了。

"快走开!"罗恩恶狠狠地对她们说,一边挥舞那只捏着小猪的拳头。小猪扑扇着翅膀,挣扎着朝空中飞去,叫得比以前更欢快了。罗恩从小猪腿上扯下小天狼星的回信。"给——拿去吧,哈利。"罗恩压低声音说,那些三年级女生正在散去,一个个都显得很气愤。哈利把信塞进口袋,然后三个人匆匆赶向格兰芬多塔楼去看信。

公共休息室里的每个人都忙着释放假期里多余的精力,根本顾不上观察别人在做什么。哈利、罗恩和赫敏避开众人,坐在一扇正被大雪慢慢覆盖的昏暗的窗户旁,哈利出声地念道:

亲爱的哈利:

祝贺你成功穿越了树蜂。那个把你名字投进火焰杯的人不管是谁,现在心里都会感到很不是滋味了!我本来想建议你使用一种"眼疾咒"，因为眼睛是龙最薄弱的地方——

"克鲁姆就是这样做的！"赫敏低声说。

——但你的办法更妙，我十分欣赏。

不过，千万不要沾沾自喜，哈利。你只完成了一个项目。迫使你参加三强争霸赛的人不管是谁，他要想置你于死地还有很多机会。提高警惕——特别是当我们上次谈到的那个人在场的时候——随时保持警醒，使自己避免一切麻烦。

保持联系，我仍然希望你一有异常情况就写信告诉我。

小天狼星

"他说话的口气和穆迪一模一样，"哈利小声说，一边把信重新塞进长袍里面，"'随时保持警醒！'就好像我整天闭着眼睛走路，总往墙上撞似的……"

"可是他说得对啊，哈利，"赫敏说，"你还有两个项目要完成呢。你真的应该看看那只金蛋，琢磨琢磨它到底是什么意思了……"

"赫敏，时间还早着呢！"罗恩把她驳了回去，"想下盘棋吗，哈利？"

"行，没问题。"哈利说，他转眼看见赫敏脸上的神情，赶紧又说，"好了好了，这里乱成这样，我怎么可能集中思想呢？在这些噪音中，我连金蛋的叫声都听不见。"

"唉，你说得也对。"赫敏叹了口气，坐下来看他们下棋。最后，罗恩用一对横冲直撞的兵和一个心狠手辣的主教将死了哈利，场面惊心动魄。

第23章　圣诞舞会

圣诞节那天早晨，哈利猛地惊醒。他一边睁开眼睛，一边猜想是什么使自己突然惊醒了。他看见一个长着两只绿色大圆眼睛的东西，正在黑暗中瞅着他，那东西离他很近很近，几乎鼻尖碰鼻尖。

"多比！"哈利喊道，一边急忙从小精灵面前挪开，慌乱中差点儿从床上摔下去，"不要这样！"

"多比很抱歉，先生！"多比惊慌地尖叫着，向后一跳，用细长的手指捂住嘴巴，"多比只想祝哈利·波特圣诞快乐，还给他带来一件礼物，先生！哈利·波特说过的，多比可以偶尔过来看他，先生！"

"行了，没关系。"哈利说，他呼吸仍比平时急促，心跳倒恢复了正常，"以后——以后只要捅捅我就行了，好不好，不要那样弯腰盯着我……"

哈利拉开四柱床的帷帐，从床边的桌子上拿起眼镜戴好。他的喊声把罗恩、西莫、迪安和纳威都惊醒了。他们都从自己的帷帐缝中朝外望着，一个个睡眼惺忪，头发乱蓬蓬的。

"有人偷袭你吗，哈利？"西莫睡意未消地问。

"没有，是多比，"哈利小声说，"接着睡吧。"

"不睡了……礼物！"西莫看见了他床尾的一大堆东西，说道。罗恩、迪安和纳威也认为既然已经醒了，就下床把礼物拆开看看吧。哈利转过脸来望着多比，只见多比局促不安站在他的床边，仍然为惊扰了他而诚惶诚恐。他那只茶壶保暖套顶端的环扣里系着一个圣诞装饰球。

"多比可不可以把他的礼物送给哈利·波特？"多比尖声尖气地试探着问道。

"当然可以，"哈利说，"嗯……我也有东西要送给你呢。"

这是说谎，哈利并没有给多比买东西，但他迅速打开箱子，从里面抽出一双疙里疙瘩、卷成一团的袜子。这是他最旧最难看的一

351

双袜子，暗黄色，原先是弗农姨父的。这双袜子之所以这样疙里疙瘩，是因为一年多来哈利一直用它们包裹他的窥镜。现在他掏出窥镜，把袜子递给了多比，说道："对不起，我忘记把它们包起来了……"

多比却高兴得眉飞色舞。

"袜子是多比最喜欢最喜欢的东西，先生！"他说着，脱掉脚上那双不配对的袜子，换上弗农姨父的，"我有七只了，先生……可是先生……"他把两只袜子使劲往上拉，一直拉到他短裤的裤脚，这时突然睁大眼睛，吃惊地说："店里的人弄错了，哈利·波特，他们给了你两只一样的！"

"啊，糟糕，哈利，你怎么没有注意到这一点呢？"罗恩说，他从堆满包装纸的床上朝哈利咧嘴笑着，"喂，多比——这个给你——你拿着这两只袜子，把它们搭配一下混着穿。这是你的毛衣。"

他扔给多比一双紫色的袜子，这是他刚才从礼物包里拆出来的，还有韦斯莱夫人寄来的手编毛衣。多比简直高兴坏了。

"先生太好心了！"他尖叫着说，朝罗恩深深鞠了一躬，眼睛里又充满了泪水，"多比知道先生一定会成为一个伟大的巫师，因为他是哈利·波特最伟大的朋友，但多比没想到先生竟然和哈利·波特一样慷慨，一样高贵，一样无私——"

"只是一双袜子罢了。"罗恩说，他耳朵边微微有些泛红，但还是显得非常高兴。"哇，哈利——"他打开哈利送给他的礼物，是一顶查德理火炮队的帽子，"真酷啊！"他把帽子胡乱套在头上，帽子和他的头发顿时发生了激烈的冲突。

这时，多比递给哈利一个小包裹，里面竟然也是——袜子。

"多比自己织的，先生！"小精灵开心地说，"他用自己的工钱买了毛线，先生！"

第23章 圣诞舞会

左脚的袜子是鲜红色的,上面有飞天扫帚的图案,右脚的则是绿色的,上面的图案是金色飞贼。

"真是…… 真是…… 太好了,谢谢你,多比。"哈利说着就把袜子穿上了,这使多比又一次高兴得热泪盈眶。

"多比必须走了,先生,我们已经在厨房里准备圣诞宴会了!"多比说完便匆匆离开了宿舍,临出门时朝罗恩和其他人挥手告别。

与多比那双不配对的袜子相比,哈利的另外几件礼物要称心得多——但德思礼家送的除外:只有一张纸巾,创历史最低纪录——哈利猜想他们大概还没有忘记肥舌太妃糖的事。赫敏送给哈利一本书,名叫《不列颠和爱尔兰的魁地奇球队》;罗恩送了一口袋鼓鼓囊囊的粪弹;小天狼星送的是一把轻便削笔刀,上面还附带着能开各种锁、能解各种结的小玩意儿;海格送了一大盒糖果,哈利爱吃的口味应有尽有:比比多味豆、巧克力蛙、吹宝超级泡泡糖、滋滋蜜蜂糖。当然啦,韦斯莱夫人照例每年都寄来一个包裹,里面有一件新毛衣(绿色的,上面是一条火龙——哈利猜想查理已经把树蜂的事原原本本地告诉她了),以及一大堆自制的肉馅饼。

哈利和罗恩在公共休息室与赫敏碰头,一起下楼吃早饭。他们几乎整个上午都待在格兰芬多塔楼里,同学们都在美滋滋地欣赏自己收到的礼物。然后他们回到礼堂里享受了一顿丰盛的午餐,包括至少一百只火鸡和一大堆圣诞布丁,还有堆积如山的克里比奇巫师小脆饼干。

下午,他们来到外面的场地上。雪地白皑皑的,几乎没有人踩过,只有德姆斯特朗和布斯巴顿的学生们走向城堡时踏出的一道深深的足迹。赫敏只愿意观看哈利和韦斯莱兄弟打雪仗,自己不肯参加,五点钟的时候,她就说要回楼上为舞会做准备了。

"什么,你需要三个小时?"罗恩不敢相信地望着她问,他这样一分神,就被乔治扔过来的一个大雪球狠狠打中了面颊,"你和谁一起去?"他冲着赫敏的背影喊道,但赫敏只是挥了挥手,就踏着石阶进了城堡。

今天没有圣诞茶点,因为舞会上有宴席。到了七点,天色昏暗下来,不太容易瞄准目标了,他们便放弃了打雪仗,一起返回公共休息室。胖夫人和她的朋友——楼下的维奥莱特一起坐在相框里,两个人都晕乎乎醉醺醺的,肖像底部扔着好几个空了的酒心巧克力盒子。

"鲜艳之光①,没错,是这样!"她听了他们的口令,咯咯笑着向前转开,让他们进去了。

哈利、罗恩、西莫、迪安和纳威在楼上的宿舍里换上了各自的礼服长袍,一个个都显得局促不安,但谁也没有像罗恩那样沮丧,他在墙角的长镜子前打量着自己,脸上是一副惊恐的表情。他的礼服长袍像一条裙子,这是一个无法回避的事实。为了给礼袍增加一点男子气,他孤注一掷,给那些褶皱和花边念了一道切割咒。还算管用,至少衣服上的花边没有了,但他的活儿干得并不利索,当几个男生动身下楼时,他的领口袖口仍然泛着毛边,真令人泄气。

"我真不明白,你们俩是怎么把全年级最漂亮的姑娘弄到手的。"迪安低声嘟哝着。

"异性相吸嘛。"罗恩闷闷不乐地回答,一边把袖口的线头揪掉。

公共休息室里看上去怪怪的,里面的人们不再是清一色的黑袍,而是穿着五颜六色的礼服长袍。帕瓦蒂在楼梯下面等着哈利。她看上去确实非常漂亮,穿着扎眼的粉红色礼袍,乌黑的秀发用金丝带编成了辫子,手腕上的金手镯闪闪发亮。哈利见她没有发出咯咯的傻笑,不由得松了口气。

---

① 应是"仙境之光",胖夫人喝得醉醺醺的,说错了口令。

第23章　圣诞舞会

"你……呃……很漂亮。"他很不自然地说。

"谢谢。"帕瓦蒂说,"帕德玛在门厅里与你碰头。"她又对罗恩说。

"好吧。"罗恩说,一边东张西望,"赫敏呢?"

帕瓦蒂耸了耸肩:"我们下去吧,好吗,哈利?"

"好吧。"哈利说,他真希望能够留在公共休息室里。哈利在钻出肖像洞口时碰见了弗雷德,弗雷德冲他调皮地眨眨眼睛。

门厅里也挤满了学生,都在来回打转,等待八点钟的到来,那时礼堂的大门才会敞开。有些人要与其他学院的舞伴碰头,便侧着身子在人群里挤来挤去,寻找对方的身影。帕瓦蒂找到了她的妹妹帕德玛,领着她过来见哈利和罗恩。

"你好。"帕德玛说,她长得和她姐姐一样漂亮,穿着一件艳绿色的礼袍。不过,她似乎对罗恩做她的舞伴没有什么兴致。她乌黑的眼睛上下打量着罗恩,目光停留在他礼服长袍上起毛的领子和袖口处。

"你好,"罗恩说,但眼睛并不看着她,而是在人群里东张西望,"哦,糟糕……"

他微微弯下膝盖,躲在哈利身后,因为芙蓉·德拉库尔走过来了。她穿着银灰色的缎子礼袍,真是美艳惊人,身边陪伴她的是拉文克劳学院魁地奇队的队长罗杰·戴维斯。等他们走远了,罗恩才又挺直身子,越过人群朝远处眺望。

"怎么不见赫敏?"他问。

一群斯莱特林的学生沿着台阶从他们的地下公共休息室里上来了。走在最前面的是马尔福,他穿着一件黑天鹅绒的高领礼服长袍,哈利觉得他活像一个教区牧师。潘西·帕金森则穿着满是褶边的浅粉红色礼袍,紧紧吊着马尔福的胳膊。克拉布和高尔都是一身绿色,像两块长满青苔的大石头,哈利满意地看到他们俩都没能找到舞伴。

橡木前门被打开了，大家转过头，看见德姆斯特朗的学生和卡卡洛夫教授一起走了进来。克鲁姆走在最前面，身边是一位哈利不认识的穿蓝色礼袍的漂亮姑娘。越过他们的头顶，哈利看见城堡前面的一块草坪被变成了一个岩洞，里面闪烁着星星点点的仙子之光——意味着有几百个真正的仙子，她们或坐在魔法变出的玫瑰花丛中，或在雕像上扑扇着翅膀，那些雕像似乎是圣诞老人和他的驯鹿。

这时，麦格教授的声音响起："请勇士们到这边来！"

帕瓦蒂调整了一下她的手镯，脸上露出灿烂的笑容。她和哈利对罗恩和帕德玛说了一句"待会儿见"，就向前走去，叽叽喳喳的人群闪出一条通道，让他们经过。麦格教授穿着一件红格子呢的礼袍，帽檐上装饰着一圈很难看的蓟草花环。她叫他们站在门边等候，让其他人先进去。等同学们都坐定后，他们再排队走进礼堂。芙蓉·德拉库尔和罗杰·戴维斯站在离门最近的地方。戴维斯似乎不敢相信自己有这么好的运气，竟能得到芙蓉这样的舞伴，他简直无法把目光从她身上挪开。塞德里克和秋·张也站在哈利旁边。哈利移开目光，这样就不用跟他们说话了。他的目光落在了克鲁姆身边那个姑娘身上。突然，他吃惊得张大了嘴巴。

是赫敏。

但她看上去一点儿也不像赫敏了。她对自己的头发做了一些手脚，它们不再是乱蓬蓬的，而是变得柔顺而有光泽，在脑后绾成一个高雅的发髻。她穿着一件用飘逸的浅紫光蓝色的面料做成的礼袍，而且不知怎的，她的气质也不一样了——也许只是因为卸掉了她平常总挎在身上的二十多本厚书吧。她也在微笑——当然啦，有点儿紧张——但那对门牙看上去明显缩小了。哈利真不明白他以前怎么就没有注意到。

第 23 章　圣诞舞会

"你好,哈利!"她说,"你好,帕瓦蒂!"

帕瓦蒂用一种毫不掩饰的怀疑目光盯着赫敏。这样做的不止她一个。礼堂的门打开时,图书馆里那些克鲁姆追星俱乐部的成员大步走过,都朝赫敏投去极度憎恨的目光。潘西·帕金森挽着马尔福的胳膊走过,瞪眼望着赫敏,就连马尔福似乎也找不出一句话来侮辱她。而罗恩呢,径直从赫敏身边走过,看也没看她一眼。

大家都在礼堂里落座后,麦格教授叫勇士和他们的舞伴两个两个地排好队,跟着她进去。他们鱼贯而入,朝礼堂前面一张坐着裁判的大圆桌走去,礼堂里的人们热烈地鼓起掌来。

礼堂的墙壁上布满了闪闪发亮的银霜,天花板上是星光灿烂的夜空,还挂着好几百只槲寄生小枝和常春藤编成的花环。四张学院桌子不见了,取而代之的是一百张点着灯笼的小桌子,每张桌子旁坐着十来个人。

哈利集中思想,小心着不要绊倒。帕瓦蒂似乎很开心。她朝每个人露出灿烂的微笑,一个劲儿地领着哈利往前走。哈利觉得自己就像一条马戏团的狗,由她领着表演把戏。走近主宾席时,他看见了罗恩和帕德玛。罗恩正眯着眼睛注视赫敏走过。帕德玛绷着脸,似乎在生气。

勇士们来到主宾席前面,邓布利多高兴地笑着,但卡卡洛夫看到克鲁姆和赫敏越走越近,脸上却露出和罗恩一模一样的表情。卢多·巴格曼今晚穿着艳紫色的礼袍,上面印着黄色的大星星,他和同学们一样热烈地拍着巴掌。马克西姆女士脱去了平常的黑缎子制服,穿着一件淡紫色的飘逸长裙。可是,哈利突然注意到克劳奇先生没有来。桌旁的第五个座位上坐着珀西·韦斯莱。

勇士们及其舞伴走到桌旁,珀西拉开身边的一把空椅子,目光炯炯地望着哈利。哈利明白了他的意思,就在珀西旁边坐了下来。珀西穿着一件崭新的藏青色礼服长袍,脸上一副得意扬扬、自命不凡的样子。

"我被提升了,"珀西没等哈利开口就说道——听他的口气,你还以为他刚被选为宇宙的最高统治者呢,"我现在是克劳奇先生的私人助理了,我代表他来这里。"

"他为什么不来?"哈利问。他可不愿意整个宴会都听珀西没完没了地唠叨坩埚底的厚度。

"我很遗憾,克劳奇先生情况不好,十分不好。自从世界杯赛后,他就一直不对劲儿。这并不奇怪——工作太辛苦了。他不像以前那样年轻了——尽管,当然啦,他仍然非常出色,头脑仍然和以前一样敏锐。但是世界杯赛对整个魔法部来说是一次可怕的失败,克劳奇先生因为他那个家养小精灵,叫亮亮还是什么的,行为不轨,个人的情绪受到很大刺激。自然啦,他事后立刻就把那小精灵开除了,可是——唉,正像我刚才说的,他上了年纪,需要得到照顾。我想自从那个小精灵走后,他发现家里的舒适程度一落千丈。后来我们又要筹备三强争霸赛,还要进行世界杯赛的善后工作——那个名叫斯基特的可恶女人到处散布谣言——唉,可怜的人,他正在安安静静地过一个圣诞节,他太需要休息了。我很高兴他知道有一个值得信赖的人,可以代他处理一些事情。"

哈利很想问一句,克劳奇先生是否不再管珀西叫"韦瑟比"了,但他克制住了这种冲动。

金光闪亮的盘子里还没有食物,但每个人面前都摆着一份小菜单。哈利毫无把握地拿起自己的菜单,四下里望了望——没有侍者。只见邓布利多仔细看了看他那份菜单,然后对着他的盘子,非常清晰地说:"猪排!"

猪排立刻就出现了。桌上的其他人恍然大悟,纷纷仿效,给盘子里点了自己喜欢的食物。哈利抬眼望了望赫敏,想看看她对这种更为复杂的新式就餐有何感受——这肯定意味着家养小精灵要付

第 23 章　圣诞舞会

出更多的劳动,是不是?——然而,破天荒第一次,赫敏似乎把 S.P.E.W. 忘到了脑后。她和威克多尔·克鲁姆正谈得投机,根本没注意自己在吃什么。

哈利突然想到他以前居然从没听见过克鲁姆说话,但他现在确实在说话,而且说得兴高采烈。

"啊,我们也有一个城堡,我觉得没有这里的大,也不如这里舒服。"他对赫敏说,"我们的只有四层楼,而且只在施魔法时才能点火。但我们的场地要比这里的宽敞——不过冬天白昼很短,不能在场地上玩。到了夏天,我们每天都在外面飞来飞去,飞过湖面,飞过山脉——"

"行了,行了,威克多尔!"卡卡洛夫说着,笑了一声,但冰冷的眼睛里并无丝毫笑意,"不要再泄露更多秘密了,不然你这位迷人的朋友就会知道我们在什么地方了!"

邓布利多笑了,眼睛闪闪发光。"伊戈尔①,这样严守秘密……人们会以为你不欢迎别人去参观呢。"

"哎呀,邓布利多,"卡卡洛夫说,咧开大嘴,露出一口黄牙,"我们都想保护自己的私人领地,是不是? 我们难道不需要小心守护我们受托保管的学校殿堂吗? 只有我们自己知道学校的秘密,难道不应该为此感到自豪吗? 难道不应该保守这些秘密吗?"

"哦,我做梦也不敢断言我知道霍格沃茨的所有秘密,伊戈尔。"邓布利多友善地说,"比如说吧,就在今天早晨,我上厕所时拐错了弯,发现自己来到了一个以前从没见过的、布置得非常精美的房间,里面摆着各种各样精致豪华的便壶。等我回去仔细调查时,却发现这个房间消失了。但我必须密切注意。它大概只在清晨五点半时才能进入,或者只在弦月时出现——也可能是在找厕所的人

---

① 伊戈尔,卡卡洛夫的教名。

膀胱胀得特别满的时候。"

哈利对着他那盘匈牙利红烩牛肉偷笑。珀西皱起了眉头,但哈利可以发誓邓布利多几乎不易察觉地朝自己眨了一下眼睛。

与此同时,芙蓉·德拉库尔正在对罗杰·戴维斯批评霍格沃茨的装潢布置。

"这不算什么,"她看了看礼堂周围星光闪烁的墙壁,轻蔑地说,"在布斯巴顿城堡,我们的礼堂在圣诞节时摆满了冰雕。当然啦,它们不会融化……就像巨大的钻石雕像,在礼堂里闪闪发光。食物也是超一流的。我们还有山林仙女合唱团,我们吃饭的时候,她们就唱小夜曲给我们听。我们墙边根本没有这些丑陋的盔甲,如果哪个恶作剧精灵胆敢闯进布斯巴顿,肯定会被赶出去,就像这样。"她不耐烦地用手拍了一下桌子。

罗杰·戴维斯看着她说话,脸上带着如痴如醉的神情,好几次叉子都拿歪了,没有把食物送进嘴里。哈利觉得戴维斯只顾盯着芙蓉看,根本没有听清她在说些什么。

"对极了!"戴维斯忙不迭地响应,一边模仿芙蓉,也用手拍了一下桌子,"就像这样。没错。"

哈利环顾礼堂。海格坐在另外一张教工桌子旁。他又穿上了那件难看的毛茸茸的棕色西装,正抬眼望着主宾席呢。哈利看见海格挥了挥手,他扭过头,看见马克西姆女士也朝海格挥手致意,她的蛋白石饰品在烛光下熠熠闪亮。

这时,赫敏正在教克鲁姆把她的名字念准确。他一直叫她"赫米—翁。"

"赫—敏。"她慢慢地、一字一顿地说。

"赫—米—恩。"

"差不多了。"赫敏说。她碰到哈利的目光,笑了笑。

东西都吃完了,邓布利多站起身,叫同学们也站起来。然后他

第23章　圣诞舞会

一挥魔杖，所有的桌子都嗖地飞到墙边，留出中间一片空地。他又变出一个高高的舞台，贴在右墙根边，上面放着一套架子鼓、几把吉他、一把鲁特琴、一把大提琴和几架风琴。

这时，古怪姐妹一起拥上舞台，观众们爆发出雷鸣般的热烈掌声。他们的毛发都特别浓密，穿着故意撕得破破烂烂的黑色长袍。他们拿起各自的乐器，哈利兴致盎然地注视着他们，几乎忘记了下面要做什么。他突然发现其他桌子上的灯笼熄灭了，另外几位勇士和他们的舞伴都站了起来。

"快点儿！"帕瓦蒂小声说，"我们应该跳舞了！"

哈利站起来时踩在袍子上，差点儿绊了一跤。古怪姐妹奏出一支缓慢忧伤的曲子。哈利走进灯火通明的舞池，小心地避开众人的目光（他可以看见西莫和迪安在朝他招手，偷偷地取笑他），接着帕瓦蒂抓住了他的两只手，一只放在她的腰际，另一只被她紧紧捏在手里。

还好，并没有原先想象的那样糟糕，哈利想道，一边慢慢地原地转圈（帕瓦蒂操纵着他）。他的目光盯着旁观者的头顶上方，很快，许多人也进入了舞场，勇士不再是大家注意的中心。纳威和金妮在近旁跳舞——他可以看见金妮频频地皱眉、躲闪，因为纳威踩了她的脚——邓布利多正跟马克西姆女士跳华尔兹呢。和她一比，邓布利多简直成了一个小矮人，他的尖帽子顶刚刚碰到她的下巴。不过，对于这么大块头的女人来说，马克西姆夫人的舞步可真够优雅的。疯眼汉穆迪正十分笨拙地和辛尼斯塔教授跳两步舞，辛尼斯塔教授紧张地躲避着他的木头假腿。

"袜子很漂亮，波特。"穆迪经过时，粗声粗气地说，他那只魔眼穿透了哈利的长袍。

"哦——是啊，家养小精灵多比给我织的。"哈利说着，露出了微笑。

"他真是太恐怖了！"帕瓦蒂看着穆迪噔噔地走开，小声说道，"我认为不应该允许那样的眼睛存在！"

哈利听见风琴奏出最后一个颤抖的音符，不由得松了口气。古怪姐妹停止了演奏，礼堂里再次爆发出热烈的掌声，哈利立刻松开了帕瓦蒂。"我们坐下吧，好吗？"

"哦——可是——这支曲子很好听呢！"帕瓦蒂说，这时古怪姐妹又开始演奏一首新曲子了，节奏比刚才的快得多。

"不好，我不喜欢。"哈利撒谎道。他领着帕瓦蒂退出了舞场，朝罗恩和帕德玛坐的桌子旁走去。路上经过弗雷德和安吉利娜身边，他们俩跳得太奔放了，周围的人们纷纷向后闪开，以免被撞伤。

"怎么样？"哈利问罗恩，一边坐下来，打开一瓶黄油啤酒。

罗恩没有回答，气呼呼地瞪着在近旁跳舞的赫敏和克鲁姆。帕德玛双臂交叉，跷着二郎腿坐着，一只脚随着音乐的节拍抖动。时不时地，她用不满的目光朝罗恩翻个白眼，罗恩完全把她冷落在一边了。帕瓦蒂在哈利的另一侧坐下，也交叉起双臂，跷起二郎腿，几分钟后，就有一个布斯巴顿的男生过来请她跳舞。

"你不介意吧，哈利？"帕瓦蒂说。

"什么？"哈利说，他正注视着秋·张和塞德里克呢。

"噢，没什么。"帕瓦蒂干脆地说，就和布斯巴顿的男生一起离去了。曲子结束后，她也没有回来。

赫敏过来了，坐在帕瓦蒂空出来的椅子上。她跳舞跳得面颊上微微有些泛红。

"你好。"哈利说。罗恩一声不吭。

"真热，是不是？"赫敏说，用手掌给自己扇着风，"威克多尔去拿饮料了。"

罗恩酸溜溜地看了她一眼。

第23章　圣诞舞会

"威克多尔？"他说，"他没有让你叫他'威基①'吗？"

赫敏吃惊地看着他。

"你怎么啦？"她问。

"要是你不知道，"罗恩刻薄地说，"那我也不想告诉你。"

赫敏吃惊地望着他，又看看哈利，哈利耸了耸肩。"罗恩，你怎么——"

"他是德姆斯特朗的人！"罗恩厉声说，"是哈利的竞争对手！是霍格沃茨的竞争对手！你——你这是——"罗恩显然在搜肠刮肚，寻找足以形容赫敏的滔天大罪的有力字眼，"你这是亲敌行为，这就是你干的好事！"

赫敏吃惊地张大了嘴巴。

"别说傻话了！"过了片刻她说道，"亲敌！谁是敌人？说实在的——看见他来了，是谁激动得控制不住自己？是谁一心想得到他的签名？是谁在宿舍里摆着他的模型？"

罗恩决定不理睬这些话："他大概是趁你们俩都在图书馆时邀请你的吧？"

"是啊，没错。"赫敏说，面颊上的红晕更鲜艳了，"那又怎么样？"

"事情是怎么发生的——你动员他参加'呕吐'？"

"没有，才不是呢！如果你真想知道，我告诉你吧，他——他说他每天都上图书馆来，就是为了能跟我搭上话，但他一直鼓不起勇气！"

赫敏说得很快，脸红得更厉害了，几乎和帕瓦蒂的长袍一个颜色。

"是吗，哼——那是他自己这么说。"罗恩尖酸地说。

"那么他是什么意思呢？"

---

① 威基是威克多尔的昵称。

363

"那还不明显？他是卡卡洛夫的学生，是不是？他知道你整天跟谁泡在一起……他只是想接近哈利——窃取他的情报——或者靠近哈利身边，给他施一个恶咒——"

赫敏气坏了，好像罗恩扇了她一记耳光。她说话时声音微微发颤。"告诉你一个情报吧，他从来没问过哈利一个字，从来没有——"

罗恩以光的速度改变战术。"那么，他希望你帮助他搞清那只金蛋是什么意思！我猜，你们在温暖舒适的图书馆里会面，两颗脑袋紧紧挨着——"

"我从来没有帮助他研究那只金蛋！"赫敏简直怒不可遏了，"从来没有。你怎么能说出这样的话来——我希望哈利在比赛中取胜，哈利知道这一点，是不是，哈利？"

"你的表现方式可有些古怪。"罗恩讥讽道。

"整个这次争霸赛就是让大家结交外国巫师，并和他们建立友谊！"赫敏激动地说。

"不，才不是呢！"罗恩大喊，"是为了赢得比赛！"

人们转过脸来瞪着他们。

"罗恩，"哈利小声说，"我认为赫敏和克鲁姆在一起没什么要紧——"

可是罗恩对哈利的话也不予理睬。

"你为什么不去找威基，他找不到你会发愁的。"罗恩说。

"不许叫他威基！"赫敏一跃而起，怒气冲冲地穿过舞场，消失在人群中。罗恩望着她的背影，脸上带着一种愤怒和解恨交织的神情。

"你还准备请我跳舞吗？"帕德玛问他。

"不。"罗恩说，仍然瞪着赫敏的背影。

"很好。"帕德玛没好气地说，然后便站起来去找帕瓦蒂和那个

第23章 圣诞舞会

布斯巴顿男生了。那个男生立刻招来他的一个朋友，加入他们一伙。那动作之快，哈利简直敢说他是念了召唤咒，让那个人嗖地飞过来的。

"赫——米——恩在哪里？"一个声音问。

克鲁姆来到他们桌旁，手里攥着两杯黄油啤酒。

"不知道。"罗恩偎头偎脑地说，抬头望着他，"你把她丢了，是吗？"

克鲁姆的脸又阴沉下来。

"好吧，如果你看见她，就说我拿了饮料。"他说完就没精打采地走了。

"你和威克多尔·克鲁姆交上朋友啦，罗恩？"

珀西匆匆赶过来，搓着两只手，一副自以为了不起的派头。"太好了！这才是最关键的，你知道——为了国际魔法界的合作！"

珀西坐在了帕德玛空出来的座位上，这使哈利有些心烦。主宾席上现在没有人了：邓布利多教授正和斯普劳特教授跳舞；卢多·巴格曼和麦格教授跳舞；马克西姆女士和海格跳着华尔兹在学生中间穿梭，在舞场上划出一道很宽的轨迹；卡卡洛夫不知上哪儿去了。又一支曲子结束了，大家再次鼓掌，哈利看见，卢多·巴格曼吻了一下麦格教授的手，便穿过人群出去了，弗雷德和乔治追上去跟他说话。

"你说，他们在做什么呢，干扰魔法部的高级官员？"珀西警惕地望着弗雷德和乔治，小声地说，"一点儿也不尊重……"

卢多·巴格曼很快就摆脱了弗雷德和乔治，他看见了哈利，挥了挥手，朝他们的桌子走来。

"我的两个弟弟没有打扰你吧，巴格曼先生？"珀西立刻说道。

"什么？没有，没有！"巴格曼说道，"没有，他们只是又告诉我一些他们那些假魔杖的事，问我能不能在销路方面给他们一些提示。我答应帮他们和佐科笑话店的两个联络人联系一下……"

珀西听了这话很不高兴，哈利可以打赌，珀西一回家就会迫不及待地把这一切告诉韦斯莱夫人。弗雷德和乔治希望向大众推销他们的产品，如此看来，他们最近又有了一些更雄心勃勃的计划。

巴格曼张了张嘴，想问哈利几句话，但珀西转移了他的注意力。"你觉得争霸赛的情况怎么样，巴格曼先生？我们司感到非常满意——火焰杯出了点儿故障，"他扫了哈利一眼，"令人感到遗憾，这个自不必说，但从那以后，似乎一切都很顺利，你认为呢？"

"啊，是啊，"巴格曼愉快地说，"真是太好玩了。老巴蒂在做什么？他不能来，实在是遗憾。"

"哦，我相信克劳奇先生很快就会恢复健康，"珀西煞有介事地说，"在此之前，我非常愿意把无人管理的工作抓起来。当然啦，并不都是参加舞会什么的。"他傲慢地笑了笑，"唉，他不在期间出现的各种事情，我都不得不替他处理——你听说了阿里·巴什尔在向国内走私飞毯时被抓获的事吗？此外，我们还一直在说服特兰西瓦尼亚人在《国际禁止决斗法》上签字。我在新年和他们的魔法合作司司长有一个约会——"

"我们去散散步吧，"罗恩低声对哈利说，"离开珀西……"

于是，哈利和罗恩假装去拿饮料，离开了桌子，侧身绕过舞场，悄悄溜出了门，来到门厅。前门敞开着，他们走下台阶时，玫瑰花园里的仙子之光闪闪烁烁。他们发现周围都是低矮的灌木丛、装饰华丽的曲折小径和巨大的石雕像。哈利可以听见哗啦哗啦的溅水声，像是一个喷泉，间或可以看见人们坐在镂花的板凳上。他和罗恩顺着一条曲折的小径，在玫瑰花丛中穿行，但没走几步，就听见了一个令人不快的熟悉声音。

"……不明白为什么要这样大惊小怪，伊戈尔。"

"西弗勒斯，你不能假装这一切没有发生！"卡卡洛夫的声音

第23章　圣诞舞会

听上去惶恐而沙哑，好像生怕被人听见似的，"几个月来，它变得越来越明显了。我现在非常担心，我不能否认——"

"那就逃跑吧，"斯内普的声音不耐烦地说，"逃跑吧——我会为你开脱的。但是我想留在霍格沃茨。"

斯内普和卡卡洛夫转过一个弯。斯内普手里拿着魔杖，把玫瑰花丛向两边轰开。他板着脸，表情很难看。花丛里传出尖叫声，几个黑乎乎的身影从里面蹿了出来。

"拉文克劳扣十分，福西特！"斯内普凶狠地说——一个女生从他身边跑过，"赫奇帕奇也扣十分，斯特宾斯！"一个男生追着那女生而去。"还有，你们俩在做什么？"他一眼瞥见哈利和罗恩在前面的小径上，问道。哈利发现卡卡洛夫看见他们站在这里，显得有些惊慌。他不安地伸手去摸他的山羊胡子，然后又把胡须缠在手指上。

"我们在散步。"罗恩不客气地对斯内普说，"这并不犯法吧？"

"那就接着散步吧！"斯内普气呼呼地嚷道，然后大步流星地从他们身边走过，长长的黑袍在身后飘荡。卡卡洛夫也跟着斯内普匆匆走开了。哈利和罗恩继续沿着小径漫步。

"卡卡洛夫干吗那样忧心忡忡的？"罗恩小声问。

"他和斯内普什么时候开始互相用教名称呼了？"哈利慢慢地说。

这时，他们来到一个很大的石雕驯鹿旁边，越过石鹿看见一个高高的喷泉，水花迸溅，闪闪发光。两个模模糊糊的巨大人影坐在一张石凳上，望着月光下的泉水。接着，哈利听见海格在说话。

"我一看见你，心里就明白了。"他用一种很异样的嘶哑声音说。

哈利和罗恩呆住了。看来，这一幕似乎是他们不应该惊扰的……哈利环顾四周，又回头望望小径，看见芙蓉·德拉库尔和罗杰·戴维斯隐藏在近旁的一片玫瑰丛里。他拍了拍罗恩的肩膀，朝那两个人扭了扭头，意思是他们可以从那条路溜走，不会引起别人的注意（在哈利看来，芙蓉和戴维斯正忙得很呢）。可是罗恩一看见芙蓉就惊恐地睁大眼睛，拼命摇头，拉着哈利躲进了驯鹿后面更幽深的阴影中。

"你明白了什么，海格？"马克西姆女士问，她低沉的嗓音里带着一种喃喃的声音。

哈利真的不想再听下去了。他知道在此情此景中，海格肯定讨厌别人偷听（哈利自己肯定讨厌）——如果可能的话，他会用手堵住耳朵，嘴里大声地嗡嗡叫，但是那样做也不合适。于是他强迫自己对一只在驯鹿背上爬行的甲虫发生兴趣，可是，甲虫并没有那么好玩，海格下面的话还是钻进了他的耳朵。

"我明白了……明白了你和我一样……是你母亲还是父亲？"

"我——我不懂你是什么意思，海格……"

"是我母亲，"海格轻声地说，"她是英国仅存的几个之一。当然啦，我对她已经记不太清了……她离开了，知道吧。大概在我三岁的时候。说实在的，她不太像一个母亲。唉……她们天性里没有母性，是不是？不知道她后来怎么样了……据我所知，大概已经死了……"

马克西姆女士一声不吭。哈利不由自主地把目光从甲虫上挪开，越过驯鹿的茸角尖眺望着，倾听着……他以前从没听海格谈起自己的童年。

"她离开后，爸爸伤心极了。我爸爸是一个小矮个儿。我六岁时，如果他把我惹恼了，我就把他举起来放在衣柜顶上，总是把他逗得哈哈大笑……"海格低沉的声音哽咽了。马克西姆女士听着，一动不动，似乎在凝望银色的喷泉。"爸爸把我带大……可是，唉，他死了，就在我上学之后。打那以后，我就靠自己闯荡了。邓布利

第23章 圣诞舞会

多给了我很大帮助，说真的。他对我非常好……"

海格掏出一块印着圆点点的丝绸大手帕，响亮地擤着鼻子。"就是这样……行了……我的情况说完了。你呢？你是从哪边得到的遗传？"

不料马克西姆女士突然站了起来。

"太冷了。"她说——其实，不管气温多低，都不会像她的声音这样寒冷刺骨，"我想进去了。"

"呃？"海格困惑地说，"不，你别走！我——我以前从没碰见过另一个同类！"

"另一个什么？你说清楚！"马克西姆女士说，语气冷冰冰的。

哈利真想告诉海格最好别回答。他站在阴影里咬紧牙关，心里存有一线希望，但愿海格别说傻话——然而无济于事。

"另一个混血统巨人啊，那还用说！"海格说。

"你好大的胆子！"马克西姆女士尖叫起来，"我这辈子从没有受过这种侮辱！混血统巨人？我？我只是——我只是骨架子大！"她的声音像雾角一样划破了宁静的夜空。哈利听见芙蓉和罗杰从他身后的玫瑰花丛里蹿了出来。

马克西姆女士气冲冲地走开了，一路愤怒地拨开花丛，惊得一群群五颜六色的小仙子飞向空中。海格仍然坐在长凳上，望着她的背影。天太黑了，看不清他脸上的表情。然后，过了一分钟左右，他站起来，大踏步地走了。他没有返回城堡，而是朝着他小屋的方向，走向外面漆黑的场地。

"快点儿，"哈利声音很低地对罗恩说，"我们走吧……"

可是罗恩没有动弹。

"怎么啦？"哈利望着他，问道。

罗恩转过脸看着哈利，脸上的表情非常严肃。

"你原先知道吗？"他小声问，"海格是个混血统巨人？"

"不知道。"哈利说，耸了耸肩，"那又怎么样？"

从罗恩看他的目光中，哈利立刻明白了：他又一次暴露了自己对魔法世界的无知。他在德思礼家里长大，巫师们认为理所当然的许多事情，对他来说都是新奇的发现，但随着时间一年年过去，这种大惊小怪的情况越来越少了。此刻他突然醒悟：大多数巫师发现某个朋友的母亲是个巨人时，都不会问"那又怎么样？"的。

"进去我再跟你解释。"罗恩轻声说，"走吧……"

芙蓉和罗杰·戴维斯不见了，大概是钻进了更隐秘的树丛里。哈利和罗恩回到了礼堂。

帕瓦蒂和帕德玛和一大群布斯巴顿的男生一起，坐在远处的一张桌子旁，赫敏又和克鲁姆一起跳舞了。哈利和罗恩在一张远离舞池的桌子旁坐下。

"说吧。"哈利催促罗恩，"巨人有什么问题？"

"是这样，他们都……他们都……"罗恩搜索枯肠，找不到一句合适的话，"……都不太好。"他有气无力地说。

"谁在乎呢？"哈利说，"海格没有哪里不好！"

"我知道是这样，但是……天哪，怪不得他始终不说。"罗恩说着，摇了摇头，"我一直以为他是小时候不小心中了歹毒的膨胀咒什么的，不愿意谈起……"

"即便他母亲是个巨人，又有什么要紧呢？"哈利说。

"嗯……认识他的人都觉得没关系，因为知道他没有危险性。"罗恩慢慢地说，"但是……哈利，巨人是很凶狠的。就像海格说的，这是他们的天性，巨人就像巨怪一样……生来就喜欢杀人，这点大家都知道。不过，现在英国已经没有巨人了。"

"他们上哪儿去了？"

"噢，慢慢地灭绝了，还有一大批被傲罗杀死了。不过，国外应该还有巨人……他们多半都躲在大山里……"

第23章 圣诞舞会

"我不知道马克西姆想骗谁。"哈利说,一边注视着马克西姆女士独自坐在裁判桌旁,一副闷闷不乐的样子,"如果海格是混血统巨人,那她肯定也是。骨架子大……比她骨架子更大的只有恐龙了。"

在舞会剩下来的时间里,哈利和罗恩一直坐在角落里谈论巨人,谁也没有心思跳舞。哈利克制着自己不去注视秋·张和塞德里克,那会使他产生踢东西的强烈冲动。

午夜十二点,古怪姐妹停止了演奏,大家最后一次对他们报以热烈掌声,然后开始朝门厅走去。许多人都希望舞会能延长一些时候,可是哈利巴不得回去睡觉。在他看来,这个晚上过得并不开心。

出门来到门厅里,哈利和罗恩看见赫敏正在跟克鲁姆告别,然后克鲁姆就返回德姆斯特朗的船上去了。赫敏冷冷地扫了罗恩一眼,一句话没说,就与他们擦身而过,上了大理石台阶。哈利和罗恩跟在她后面,但刚上了一半楼梯,哈利就听见有人喊他。

"喂——哈利!"

是塞德里克·迪戈里。哈利可以看见秋·张在下面的门厅里等他。

"怎么?"哈利冷淡地问,塞德里克上楼朝他跑来。

塞德里克似乎有话不便当着罗恩的面说,罗恩耸了耸肩,显得很不高兴,继续朝楼上走去。

"听着……"塞德里克等罗恩走远了,压低声音说道,"你告诉我火龙的事,我欠你一份人情。你知道那只金蛋吗?你打开你的金蛋时,它发出惨叫吗?"

"是啊。"哈利说。

"那好……去洗个澡,明白吗?"

"什么?"

"洗个澡,然后……呃……带着金蛋,然后……呃……在热水里仔细琢磨。热水会帮助你思考……相信我的话吧。"

哈利不解地望着他。

"你听我说，"塞德里克说，"用级长的盥洗室。在六楼糊涂蛋波里斯雕像左边的第四个门。口令是新鲜凤梨。我得走了……想跟她说晚安——"

他又咧嘴对哈利笑了一下，然后匆匆下楼，找秋·张去了。

哈利独自回到格兰芬多塔楼。这真是一个古怪透顶的忠告。凭什么洗个澡就能弄清那只惨叫的金蛋是什么意思？难道塞德里克在捉弄他？他想让哈利出丑，这样对比之下，秋·张就会更喜欢他了？

胖夫人和她的朋友维奥莱特在肖像洞口的相框里呼呼大睡。哈利不得不大喊"仙境之光！"才把她们唤醒。她们被吵醒后非常恼火。哈利钻进公共休息室，看见罗恩和赫敏正吵得不可开交。他们面对面站着，隔着十英尺远，朝对方大喊大叫，两个人都面红耳赤。

"好吧，如果你不愿意这样，你知道该怎样解决，不是吗？"赫敏嚷道，她的头发已从高雅的发髻里散开，脸庞因为愤怒而扭曲。

"哦，是吗？"罗恩也朝她嚷道，"怎样解决？"

"下次再有舞会，你就赶在别人之前邀请我，别等到没办法了才想到我！"

罗恩嘴巴嚅动着，却发不出声音，像一条出水的金鱼。这时赫敏猛地转身，气呼呼地登上女生宿舍楼梯，回去睡觉了。罗恩转过头来望着哈利。

"你看看，"他结结巴巴地说，似乎完全被惊呆了，"你看看——这叫什么事儿——完全没抓住问题的实质——"

哈利没有吭声。他很珍惜现在和罗恩又说话了，因此谨慎地保持沉默，没有说出自己的观点——实际上，他认为跟罗恩比起来，赫敏才更准确地抓住了问题的实质。

第24章

丽塔·斯基特的独家新闻

圣诞节的第二天,大家都起得很晚。格兰芬多的公共休息室里比前些日子安静了许多,人们有一搭没一搭地交谈着,不时被哈欠打断。赫敏的头发又变得乱蓬蓬了。她对哈利坦白说,为了参加舞会,她在头发上喷了大量的速顺滑发剂。"但是每天都这么做就太麻烦了。"她很实际地说,一边抓挠着克鲁克山的耳根,猫舒服得直哼哼。

罗恩和赫敏似乎达成了一种默契,都闭口不提他们吵架的事。现在他们互相都很友好,但是客客气气的,显得有些不自然。罗恩和哈利马上就把他们偷听到的马克西姆女士和海格之间的谈话告诉了赫敏,但赫敏不像罗恩那样,认为海格是个混血统巨人这个消息有多么吓人。

"其实,我早就认为他肯定有巨人血统。"赫敏说着,耸了耸肩膀,"我知道他不可能是纯血统巨人,因为他们都高达二十英尺左右呢。但说实在的,我们犯不着为巨人这么神经过敏。他们不可能都那么可怕……那是一种偏见,就像人们对狼人的态度一样……只是一种先入之见,不是吗?"

罗恩似乎很想用几句刻薄的话回敬赫敏,但也许是不想再吵架吧，他只是趁赫敏没注意的时候，不以为然地摇了摇头。

放假的第一个星期，他们只顾玩耍，现在应该考虑一下家庭作业了。圣诞节过去了，大家似乎感到兴味索然起来——只有哈利不同，他（又一次）开始感到有点儿紧张了。

麻烦在于，圣诞节一过，二月二十四日一下子就显得近了许多，而他还根本没有好好考虑藏在金蛋里的线索到底是什么。因此，他现在一回到宿舍，就从箱子里拿出金蛋，打开来仔细倾听，希望能弄清其中的奥秘。他强迫自己思索这声音除了使他想到三十把乐锯外，还能使他想到别的什么，然而想不起来，他以前从没听见过这样的声音。他合上金蛋，使劲地摇晃着，然后又把它打开，看声音有没有什么变化。没有，还是那样。他还试着向金蛋提问题，在它的惨叫声中扯着嗓门叫喊，但是一无所获。他甚至把金蛋扔到房间那头——不过他自己也不指望这样做会有什么用。

哈利没有忘记塞德里克告诉他的那个办法，但他目前对塞德里克没有什么好感，所以但凡有一点儿办法，就希望自己不要接受塞德里克的帮助。而且在哈利看来，如果塞德里克真的想给哈利一点儿帮助，就应该说得更明确一些。自己当时就明明白白地告诉了塞德里克第一个项目是什么——而塞德里克作为公平交换的，却是叫哈利去洗一个澡。哼，哈利可不需要那一类毫无价值的帮助——况且，向他提供这种帮助的人还整天和秋·张手拉手在走廊里来来去去。因此，新学期第一天哈利去上课时，不仅像往常一样背着书本、羊皮纸和羽毛笔，同时内心还压着金蛋这个沉重的负担，就像他把金蛋也随身带着似的。

场地上仍然覆盖着厚厚的积雪，温室的窗户上凝结着细密的水珠，他们上草药课时看不见窗外的情景。在这样的天气里，谁也不想去上保护神奇动物课，尽管罗恩说炸尾螺大概会使他们暖和起来，它们或者会追着同学们到处跑，或者会炸出大量火花，使海格

第24章 丽塔·斯基特的独家新闻

的小屋着起火来。

然而,当他们来到海格的小屋时,却看到门口站着一个上了年纪的女巫。她灰白的头发剪得很短,下巴非常突出。

"快点儿,快点儿,上课铃已经响了五分钟了。"她厉声对他们说。他们深一脚浅一脚地在雪地里穿行,朝她走去。

"你是谁?"罗恩瞪着她,问道,"海格呢?"

"我是格拉普兰教授。"女巫干脆利落地说,"是你们保护神奇动物课的临时代课教师。"

"海格上哪儿去了?"哈利又大声问了一遍。

"他不舒服。"格拉普兰教授不愿多说。

哈利耳边突然传来不怀好意的轻笑声。他回头一看,德拉科·马尔福和斯莱特林的其他同学走了过来。他们一个个兴高采烈,看见格拉普兰教授时,谁也没有露出吃惊的样子。

"请大家这边走。"格拉普兰教授说着,绕过临时马厩朝远处走去,马厩里那些布斯巴顿的骏马在瑟瑟发抖。哈利、罗恩和赫敏跟在她后面,一边走,一边回头望着海格的小屋。所有的窗帘都拉上了。海格在里面吗?生着病,孤苦伶仃?

"海格出什么事啦?"哈利紧走几步,追上格拉普兰教授,问道。

"你就别管了。"她说,似乎以为哈利是多管闲事。

"我就要管。"哈利激动地说,"他到底怎么啦?"

格拉普兰教授好像没听见他的话。她领着他们走过马厩,那些庞大的布斯巴顿骏马站在那里,互相偎依着抵御严寒。他们朝禁林边缘的一棵大树走去,树下拴着一头漂亮的大独角兽。

许多女生一看见独角兽,都发出啧啧赞叹。

"哦,真是太漂亮了!"拉文德·布朗轻声说,"她怎么弄到它的?据说独角兽很难捕获呢!"

这头独角兽白得耀眼，相比之下，周围的白雪都显得有些灰暗了。它不安地用金色的蹄子刨着泥土，扬起带角的脑袋。

"男生们退后！"格拉普兰教授厉声喊道，一边甩起一只胳膊，重重地打在哈利胸口，"独角兽喜欢女性的抚摸。女生们站在前面，小心地接近它，过来，放松点儿……"

她和女生们慢慢地朝独角兽走去，男生们则留在马厩栅栏旁，站在那里注视着她们。

哈利看到格拉普兰教授走得听不见他说话了，就转身对罗恩说："你认为他出了什么事？不会是一条炸尾螺——"

"哦，波特，如果你是担心这一点，我可以告诉你，他没有受到攻击，"马尔福轻声说，"没有，他只是太害臊了，不敢露出他那张丑陋的大脸。"

"你这是什么意思？"哈利厉声问道。

马尔福把手伸进长袍的口袋，掏出一张折起来的报纸。

"你自己看吧。"他说，"真不愿向你透露这个消息，波特……"

他得意地笑着，哈利一把抓过报纸展开来，罗恩、西莫、迪安和纳威也围拢过来和他一起看。是一篇文章，上面登着海格的照片，他脸上的神情显得鬼鬼祟祟。

邓布利多的重大失误

本报特约记者丽塔·斯基特报道，霍格沃茨魔法学校校长，古怪的阿不思·邓布利多一向敢于聘用有争议的教员。今年九月，他聘用了"疯眼汉"阿拉斯托·穆迪担任黑魔法防御术课的老师，这项决定令魔法部的许多人大跌眼镜。穆迪以喜欢使用恶咒闻名，以前当过傲罗。众所周知，只要有人在他面前突然移动，他就会发起攻击。不过，与邓布利多雇来教授保护神奇动物课的半人类相比，疯眼汉就算是认真负责、和蔼亲

第24章　丽塔·斯基特的独家新闻

切的了。

鲁伯·海格承认，他在三年级时被霍格沃茨开除，从那以后一直担任学校的猎场看守，这是邓布利多为他找的一份工作。去年，海格竟然对校长运用了神秘影响，从许多更有资格的竞选者中胜出，又为自己谋到了保护神奇动物课老师这个职位。

海格是一个体格庞大、相貌凶狠的男人，他滥用自己新得手的权力，弄来一连串可怕的动物吓唬他负责照管的学生。在一系列被许多人称为"非常恐怖"的课上，海格已导致几名学生受伤致残，而邓布利多对此视而不见。

"我受到了一头鹰头马身有翼兽的攻击，我的朋友文森特·克拉布被一只弗洛伯毛虫狠狠咬了一口。"一位名叫德拉科·马尔福的四年级学生说，"我们都讨厌海格，但是敢怒不敢言。"

然而海格无意停止他的恐吓行为。上个月在与《预言家日报》记者的谈话中，他承认自己正在饲养一种他命名为"炸尾螺"的动物，这种动物介于人头狮身龙尾兽和火螃蟹之间，具有很大的危险性。培育新的魔法动物种类的行为，通常受到魔法部神奇动物管理控制司的密切监视。但海格认为他可以超越这类烦琐的条条框框。

"我只是觉得怪好玩的。"他说，然后便匆忙改变了话题。

似乎这还不够，《预言家日报》最近又发现证据，海格不像他自己一贯伪装的那样是一位纯血统的巫师。实际上他甚至不是一个纯血统的人。我们可以独家透露，他的母亲正是巨人弗里德瓦法，目前下落不明。

巨人生性残暴、嗜血，上个世纪因自相残杀而濒临灭绝。仅存的十几个加入了神秘人的麾下，在神秘人统治的恐怖时期，他们制造了几起最残酷的麻瓜屠杀案。

许多为神秘人效力的巨人都死在了与黑魔势力斗争的傲罗手下，但弗里德瓦法不在其列。她很可能已经逃至某个仍存在于国外山区的巨人村落。不过，如果我们就海格在保护神奇动物课上的古怪行为加以分析，弗里德瓦法的儿子似乎继承了其母亲残酷的天性。

令人意想不到的是，据说海格与一个男孩建立了亲密的友谊，而正是这个男孩使神秘人痛失权势——从而使海格的亲生母亲像神秘人的其他追随者一样，隐姓埋名，东躲西藏。也许哈利·波特尚不了解他这位体格庞大的朋友这些令人不快的事情——但阿不思·邓布利多无疑有责任确保哈利·波特及其同学们清醒地认识到与混血统巨人交往的危险性。

哈利看完了，抬头望着罗恩。罗恩呆呆地张大了嘴巴。

"她是怎么发现的？"他小声问。

但哈利心里想的不是这个。

"你是什么意思？'我们都讨厌海格'？"哈利厉声责问马尔福，"这说的是什么混账话，"——他指着克拉布——"他被一只弗洛伯毛虫狠狠咬了一口？它们根本连牙齿都没有！"

克拉布咯咯地傻笑着，显然感到非常得意。

"行了，我认为这个蠢货的教学生涯应该结束了。"马尔福说，一双眼睛闪闪发光，"混血统巨人……我原来以为他只是小时候喝了一瓶生骨灵呢……学生家长都不会答应的……担心他会吃掉他们的孩子，哈哈……"

"你——"

"你们在专心听讲吗？"

格拉普兰教授的声音传到男生这里。这时女生都围拢在独角兽

第24章 丽塔·斯基特的独家新闻

身边,抚摸着它。哈利气极了,他用失神的目光瞪着独角兽,那篇《预言家日报》的文章在他手里瑟瑟发抖。格拉普兰教授正在列举独角兽的许多神奇属性,她把声音放得很大,让男生们也能听见。

"我真希望她能留下来,这位女老师!"帕瓦蒂·佩蒂尔说——这时已经下课,大家正返回城堡去吃午饭,"这才是我心目中的保护神奇动物课……像独角兽这样体面的动物,而不是怪兽……"

"海格怎么办?"他们登上台阶时,哈利气愤地问。

"他怎么办?"帕瓦蒂冷冰冰地说,"他照样可以当他的猎场看守,不是吗?"

自从舞会之后,帕瓦蒂就一直对哈利很冷淡。哈利猜想他在舞会上应该更多地关心她,可是她看上去照样玩得很痛快呀。她现在逢人就说,她已经约好下个周末和那个布斯巴顿的男生在霍格莫德村见面。

"这堂课上得真好。"他们走进礼堂时,赫敏说道,"格拉普兰教授告诉我们的关于独角兽的知识,我一半都不知道——"

"看看这个吧!"哈利气呼呼地吼道,把《预言家日报》的文章塞到赫敏的鼻子底下。

赫敏读着文章,吃惊地张大了嘴巴。她的反应和罗恩一模一样。

"那个讨厌的女人斯基特是怎么打听到的?不会是海格告诉她的吧?"

"不会。"哈利说着,领头朝格兰芬多的桌子走去,然后一屁股坐在椅子上,气得要命,"他连我们都一直瞒着,是不是?我认为,上次海格不肯对那女人说我的坏话,把她气疯了,就四处搜寻海格的情况,对他进行报复。"

"也许她在舞会上听见了海格告诉马克西姆女士的话。"赫敏小声说。

"要是那样的话，我们会在花园里看见她的！"罗恩说，"而且，她不应该再进学校来，海格说邓布利多禁止她……"

"也许她有一件隐形衣。"哈利说，一边用长柄勺把炖鸡汤舀进自己的盘子——他太气愤了，把汤洒得到处都是，"这种事情她做得出来的，是不是？躲在灌木丛里偷听别人说话。"

"你的意思是，就像你和罗恩？"赫敏说。

"我们没有刻意偷听！"罗恩愤怒地说，"当时没有别的选择！那个傻瓜居然在一个任何人都有可能听到的地方大谈他的母亲是巨人！"

"我们必须去看看他。"哈利说，"就在今天傍晚，占卜课以后，告诉他我们要他回来……你想要他回来吗？"他冷不防地问赫敏。

"我——唉，我不想说假话，偶尔上一次像样的保护神奇动物课，换换口味，倒也不错——但我确实希望海格回来，我当然希望！"赫敏被哈利愤怒的目光吓坏了，急忙补充道。

于是，那天吃过晚饭，他们三个再次离开城堡，穿过覆盖着冰雪的场地，朝海格的小屋走去。他们敲了敲门，听见了牙牙低沉的吠叫声。

"海格，是我们！"哈利喊道，使劲捶打着门，"快开门！"

海格没有回答。可以听见牙牙在抓门，呜呜地低声叫着，但是门没有开。他们又重重地敲了十多分钟。罗恩甚至过去敲了敲一扇窗户，还是没有回音。

"他为什么躲着我们？"赫敏说——这时他们终于作罢，向学校走去，"他总不会以为我们在乎他是个混血统巨人吧？"

然而，看来海格确实很在乎。整整一个星期他们都没有看见他的身影。吃饭的时候，他没有在教工桌子旁露面，他们也没有看见他在场地上履行他猎场看守的职责。格拉普兰教授继续担任保护神奇动物课的代课教师。马尔福一有机会就说些幸灾乐祸的话。

第24章 丽塔·斯基特的独家新闻

"想念你的那个杂种伙伴了?"每当有老师在旁边,马尔福确信哈利不敢报复时,总是小声对哈利说,"想念那个大象般的家伙了?"

一月中旬,同学们都到霍格莫德村去游玩。赫敏听说哈利也去,非常吃惊。

"我还以为你会趁公共休息室没有人,比较安静,利用一下那里呢。"她说,"你真的得好好研究一下那只金蛋了。"

"噢,我——我觉得我已经差不多琢磨出它是什么意思了。"哈利撒了个谎。

"真的吗?"赫敏说,显得非常高兴,"太好了!"

哈利觉得内疚,心中惶惶不安,但他无视了这种感觉。毕竟,他还有五个星期可以研究金蛋的线索,时间还长着呢……而且如果去了霍格莫德,说不定会碰到海格,有机会劝说他回来呢。

星期六,他和罗恩、赫敏一起离开城堡,穿过阴冷、潮湿的场地,向学校大门走去。当他们经过停泊在湖面上的德姆斯特朗大船时,看见威克多尔·克鲁姆从船舱里走到甲板上,身上只穿着一条游泳裤。他确实瘦极了,但他的身体比看上去要强健得多,只见他敏捷地爬到船舷上,伸开双臂,扑通一声钻进了水里。

"他疯了!"哈利望着克鲁姆乌黑的脑袋在湖中央浮动,说道,"现在是一月,肯定冷得要命!"

"他来的地方比这里冷得多。"赫敏说,"我想,对他来说这里还相当暖和呢。"

"是啊,可是湖里有巨乌贼啊。"罗恩说,但口气里并没有担忧的成分——仔细听来,他似乎希望发生点什么呢。赫敏注意到了罗恩的这种口气,皱起了眉头。

"他真的不错,你们知道的。"赫敏说,"虽然他是德姆斯特朗的,但根本不像你们所想的那样。他告诉我,他更喜欢我们这儿。"

罗恩没有说话。自从舞会以后，他就只字不提威克多尔·克鲁姆了。圣诞节的第二天，哈利在他床底下看见了一只小胳膊，很像是从那个穿着保加利亚魁地奇队服的小模型上掰下来的。

在覆满融雪的大街上溜达时，哈利一直在留心寻找海格。当确信一家家商店里都没有海格的身影时，他又提出到三把扫帚去坐坐。

小酒馆和往常一样拥挤，哈利的目光迅速将所有的桌子都扫视了一遍，没有发现海格。他心情沉重地和罗恩、赫敏一起走向吧台，从罗斯默塔女士那里买了三杯黄油啤酒。他闷闷不乐地想，早知如此，还不如留在学校里听听金蛋的惨叫声呢。

"他难道从来不去办公室吗？"赫敏突然悄声说，"看！"

她指着吧台后面的那面镜子，哈利看见镜子里映出卢多·巴格曼的身影，他和一伙妖精一起坐在昏暗的角落里。巴格曼正压低声音，飞快地对妖精们说着什么，妖精们都交叉着手臂，一副气势汹汹的样子。

这确实有些奇怪，哈利想，今天是周末，没有三强争霸赛的活动，用不着裁判，巴格曼怎么会出现在三把扫帚里呢？他注视着镜子里的巴格曼。只见他神情又显得很紧张，就像那天夜里黑魔标记出现之前在树林里一样。就在这时，巴格曼向吧台扫了一眼，看见哈利，便站了起来。

"等一会儿，等一会儿！"哈利听见巴格曼生硬地对妖精们说，然后匆匆朝哈利走来，那张娃娃脸上又露出了笑容。

"哈利！"他说，"你怎么样？我就希望碰到你！一切都好吧？"

"很好，谢谢。"哈利说。

"不知我能不能跟你单独说几句话，哈利？"巴格曼热切地说，"你们俩能不能给我们一个方便？"

第24章 丽塔·斯基特的独家新闻

"呃——好吧。"罗恩说完,便和赫敏去找位子了。

巴格曼领着哈利来到远离罗斯默塔女士的吧台尽头。

"哈利,我想再次祝贺你在对付那条树蜂时的出色表现。"巴格曼说,"真是太棒了!"

"谢谢。"哈利说,但他知道巴格曼想说的不止这些,因为他完全可以当着罗恩和赫敏的面祝贺哈利。不过,巴格曼似乎并不急于揭开谜底。哈利看见他朝镜子里吧台那边的妖精们扫了一眼,他们都斜着黑眼睛,默默地望着巴格曼和哈利。

"绝对是一场噩梦。"巴格曼发现哈利也望着妖精们,便压低声音说道,"他们英语说得不好……这就像又回到了魁地奇世界杯赛上,和那些保加利亚人纠缠不清……但至少保加利亚人还能比比画画,使人能够明白。这帮家伙一个劲儿地咕噜咕噜,说他们的妖精话……而我对妖精话只知道一个单词。布拉德瓦,意思是'刀、剑'。我不愿意使用这个词,生怕他们以为我在威胁他们。"他低沉而短促地笑了一声。

"他们想要什么?"哈利说,注意到妖精们仍然在死死地盯着巴格曼。

"呃——是这样……"巴格曼说,突然显得紧张起来,"他们……呃……他们在寻找巴蒂·克劳奇。"

"为什么到这里来找他?"哈利说,"他在伦敦的魔法部里,不是吗?"

"呃……说句实话,我也不知道他在哪里。"巴格曼说,"他……他突然就不来上班了。到现在已经有两个星期了。他的助手,年轻的珀西说他病了。看样子他不断地派猫头鹰发来指示。不过,这件事你可千万别对任何人说,好吗,哈利?因为丽塔·斯基特还在无孔不入地到处打听,我敢说她准会给巴蒂的病添油加醋,把它渲染成一个灾难事件。她大概会说巴蒂也像伯莎·乔金斯一样失踪了。"

"伯莎·乔金斯有消息了吗？"哈利问道。

"没有。"巴格曼说，神情又紧张起来，"当然啦，我已经派人去寻找了……（早该这么做了，哈利想）事情非常奇怪。她肯定到了阿尔巴尼亚，因为她在那里见到了她的二表姐。然后她离开二表姐家，到南部去看望一个姨妈……从此便消失得无影无踪。真该死，我就是不明白她上哪儿去了……她又不像是那种私奔、潜逃的人……不过谁知道呢……咳，我们在这里只顾谈论妖精和伯莎·乔金斯干吗？我实际上是想问你，"——他放低声音——"你对那只金蛋研究得怎么样了？"

"嗯……还行。"哈利不诚实地说。

巴格曼似乎知道他没有说实话。

"听着，哈利，"他说（声音仍然很低），"我对这一切感到很难过……你被强行拉进了这场争霸赛，不是自愿参加的……如果……（他的声音低极了，哈利不得不靠近了才能听清）如果我能帮得上忙……给你一个恰当的提醒……我对你产生了好感……你对付那条巨龙时真是勇敢！……没关系，你只要说一句话。"

哈利抬头望着巴格曼红扑扑的圆脸，以及那双睁得大大的、浅蓝色的眼睛。

"我们应该独自解开谜团，不是吗？"哈利说，尽量使自己的语气听上去很随意，不要显得像是在指责魔法体育运动司的司长擅自违反章程。

"哦……是啊，是啊，"巴格曼不耐烦地说，"可是——别傻了，哈利——我们都希望霍格沃茨一举夺魁，是不是？"

"你给塞德里克也提供过帮助吗？"哈利问。

巴格曼光滑的脸上微微皱起了眉头。"没有。"他说，"我——唉，就像我刚才说的，对你产生了好感。我就想给你……"

第24章 丽塔·斯基特的独家新闻

"那就谢谢你了。"哈利说,"但是,我想我对金蛋已经钻研得差不多了……再有一两天就可以水落石出了。"

他并不完全明白自己为什么要拒绝巴格曼的帮助,大概因为巴格曼在他眼里几乎是个陌生人,向罗恩、赫敏和小天狼星请教不算什么,而接受巴格曼的帮助就使人感觉更像是作弊。

巴格曼看上去简直有点恼火了,但他没来得及说出什么,因为弗雷德和乔治正好在这个时候出现了。

"你好,巴格曼先生,"弗雷德愉快地说,"我们可以请你喝一杯吗?"

"嗯……不用了。"巴格曼说着,又失望地看了哈利最后一眼,"不用了,谢谢你们,孩子……"

弗雷德和乔治似乎和巴格曼同样失望。巴格曼打量着哈利,就好像哈利不知好歹地拂了他的美意。

"好了,我得赶紧走了。"他说,"很高兴看见你们大家。祝你好运,哈利。"

他匆匆走出小酒馆。妖精们都从椅子上站起来,跟在他后面走了出去。哈利回到罗恩和赫敏身边。

"他想要什么?"哈利刚坐下来,罗恩就问道。

"他提出要帮助我解开金蛋的秘密。"哈利说。

"他不应该这么做!"赫敏显得十分震惊,说道,"他是裁判之一啊!而且,你已经自己琢磨出来了——是不是?"

"呃……差不多吧。"哈利说。

"哼,我想,如果邓布利多知道巴格曼在劝你作弊,肯定会很不高兴的!"赫敏说,仍然是一副不以为然的神情,"我希望他也向塞德里克提供同样的帮助!"

"他没有,我问过了。"哈利说。

"我们才不关心塞德里克是不是得到帮助呢。"罗恩说,哈利暗自赞同。

"那些妖精看上去不太友好,"赫敏一边小口喝着黄油啤酒,一边说道,"他们在这儿干什么?"

"据巴格曼说,是在寻找克劳奇。"哈利说,"克劳奇的病还没好,一直没有上班。"

"可能是珀西给他下了毒吧。"罗恩说,"他大概以为,如果克劳奇断了气儿,他就会成为国际魔法合作司的司长了。"

赫敏瞪了罗恩一眼,意思是别拿这样的事情开玩笑,然后她说:"真滑稽,妖精居然寻找克劳奇先生……一般来说,他们是跟神奇动物管理控制司打交道的呀。"

"不过,克劳奇会说许多种语言,"哈利说,"妖精们大概需要一个翻译。"

"怎么,你又开始为讨厌的小妖精们操心了?"罗恩问赫敏,"又想成立一个S.P.U.G.①什么的? 丑陋妖精保护协会?"

"哈,哈,哈,"赫敏讽刺地说,"妖精才不需要保护呢。你没有听见宾斯教授讲妖精叛乱时是怎么说的吗?"

"没有。"哈利和罗恩同时说道。

"听着,妖精非常擅长对付巫师,"赫敏说着,又喝了一口黄油啤酒,"他们非常聪明。他们才不像家养小精灵那样不会维护自己的权益呢。"

"哎哟!"罗恩盯着门口,叫道。

丽塔·斯基特走了进来。她今天穿着一件香蕉黄的长袍,长长的指甲涂成耀眼的粉红色,身边跟着她那个大腹便便的摄影师。她买了饮料,和摄影师一起穿过人群,朝近旁的一张桌子走来。哈利、罗恩和赫敏都瞪眼望着她。她正在飞快地说着什么,似乎对什么事

---

① 是英语"丑陋妖精保护协会"的首写字母缩写。

第24章　丽塔·斯基特的独家新闻

感到非常满意。

"……他似乎不太愿意跟我们说话,是不是,博佐?你说,为什么会这样呢?他在做什么,后面跟着一大群妖精?还说是带他们逛风景……完全是胡说八道……他从来都不会撒谎。是不是出什么事了?我们要不要再挖掘一下?魔法体育运动司前司长卢多·巴格曼名誉扫地……这个开头真够劲儿,博佐——我们只需要给它找一个合适的故事——"

"又想毁掉一个人的生活?"哈利大声说。

几个人转过脸来。丽塔·斯基特看清了说话的是谁,镶着珠宝的眼镜后面的眼睛一下子睁大了。

"哈利!"她说,顿时笑容满面,"太好了!你们为什么不过来一起——"

"即使骑着一把十英尺长的飞天扫帚,我也不愿接近你!"哈利气愤地说,"你为什么要那样对待海格,嗯?"

丽塔·斯基特扬起描得很浓的眉毛。

"我们的读者有权知道真相,哈利。我只是履行我的——"

"谁在乎他是不是混血统巨人呢?"哈利喊道,"他没有一点儿不正常的地方!"

整个小酒馆一下子变得鸦雀无声。罗斯默塔女士从吧台后面朝这边望——她正在往大酒壶里倒蜂蜜酒,大酒壶都满得溢出来了,她也没有觉察。

丽塔·斯基特的笑容微微闪动了一下,但她马上又把它重新固定好了。她打开鳄鱼皮手袋,掏出她的速记笔,说道:"愿意跟我谈谈你所了解的海格吗,哈利?一身腱子肉后面的人性?你们令人费解的友谊,以及友谊后面的缘由。你是不是把他看作父亲?"

赫敏猛地站了起来,手里紧紧攥着那杯黄油啤酒,就好像那是一颗手榴弹。

"你这个讨厌的女人,"她咬牙切齿地说,"真是不择手段,只要能捞到故事,不管是谁都不放过,是不是?就连卢多·巴格曼——"

"坐下,你这个傻乎乎的小丫头,对自己不明白的事不要乱说。"丽塔·斯基特冷冷地说,目光落到赫敏身上时变得冷漠而凶狠,"我知道卢多·巴格曼的一些事情,它们会吓得你头发都竖起来……不过也用不着……"她说,打量着赫敏乱蓬蓬的头发。

"我们走吧,"赫敏说,"快点儿,哈利——罗恩……"

他们离开了,许多人都望着他们。走到门边时,哈利回头看了一眼,丽塔·斯基特的速记笔拿出来了,在桌上一张羊皮纸上嗖嗖地来回划动。

"她接下来就要对付你了,赫敏。"他们快步来到大街上时,罗恩压低声音担忧地说。

"让她试试吧!"赫敏满不在乎地说,但气得浑身发抖,"我会给她点厉害尝尝!我是傻乎乎的小丫头?哼,我会让她付出代价的。先是为哈利,然后是为海格……"

"你可别去招惹丽塔·斯基特。"罗恩紧张地说,"我说正经的,赫敏,她会挖掘你的一些情况——"

"我爸爸妈妈不看《预言家日报》。她不会把我吓得东躲西藏的!"赫敏说,"而且海格不能再躲藏了!他不应该被这个败类搅得心烦意乱!快走!"赫敏迈着大步,走得飞快,哈利和罗恩铆足了劲儿才赶上她。上次哈利看见赫敏气成这样,是她打了德拉科·马尔福一记耳光的时候。

她撒腿跑了起来,领着他们一路飞奔,穿过那道两边被带翅野猪护着的大门,跑过场地,来到海格的小屋旁。

窗帘仍然拉得严严实实,他们走近时可以听见牙牙的叫声。

"海格!"赫敏喊道,一边敲打着房门,"海格,够了!我们知

第24章 丽塔·斯基特的独家新闻

道你在里面！没有人在乎你妈妈是个巨人，海格！斯基特那个讨厌的女人，你不能让她得逞！海格，快出来吧，你不过是在——"

门开了。赫敏刚说了句"你早该——"，又猛地住了口，因为她发现与她面对面的不是海格，而是阿不思·邓布利多。

"下午好。"邓布利多愉快地说，笑眯眯地低头望着他们。

"我们……嗯……我们想看看海格。"赫敏声音很轻地说。

"啊，我已经猜到了。"邓布利多说，眼睛里闪着诙谐的光，"为什么不进来呢？"

"噢……呃……好吧。"赫敏说。

她和罗恩、哈利走进了小屋。哈利刚进门，牙牙就忽地朝他扑来，狺狺狂吠着，想要舔他的耳朵。哈利躲开牙牙，四下张望着。

海格坐在桌旁，面前放着两只大茶杯。他的模样十分狼狈，脸上斑斑点点，眼睛又红又肿，在头发的问题上又走向了另一个极端：他不再想办法把头发弄整洁了，现在它们变成了一堆缠在一起的电线。

"你好，海格。"哈利说。

海格抬起头来。

"好。"他用非常沙哑的声音说。

"再喝点茶吧。"邓布利多说，在哈利、罗恩和赫敏身后关上房门，掏出魔杖，轻轻摆弄着，空中立刻出现了一只旋转的茶盘和一盘蛋糕。邓布利多用魔法使茶盘落在桌上，大家都坐了下来。静默了片刻，邓布利多说道："海格，你有没有听见格兰杰小姐喊的那些话？"

赫敏的脸微微有些红，邓布利多朝她笑了笑，继续说道："从他们刚才想破门而入的架势看，赫敏、哈利和罗恩似乎还愿意交你这个朋友。"

"我们当然还愿意同你交朋友！"哈利望着海格，说，"你难道认为斯基特那头母牛——对不起,教授。"他赶紧说道,转眼望着邓布利多。

"我一时耳聋,没听见你在说什么,哈利。"邓布利多说。他玩弄着两个大拇指,眼睛瞪着天花板。

"呃——好吧,"哈利局促不安地说,"我的意思是——海格,你怎么以为我们会在乎那个——女人——写的东西呢?"

两颗滚圆的泪珠从海格甲虫般黑亮的眼睛里流出来,慢慢渗进了他纠结的胡子里。

"海格,这恰好证明了我刚才的话。"邓布利多说,仍然专心地打量着天花板,"我给你看了无数个家长写来的信,他们自己当年在这里上过学,对你印象很深。他们十分坚决地对我说,如果我把你开除,他们决不会善罢甘休——"

"并不是每个人,"海格沙哑地说,"并不是每个人都愿意我留下。"

"说实在的,海格,你如果想等到全世界人的支持,恐怕就要在这个小屋里待很长时间了。"邓布利多说,目光从半月形镜片后面严厉地射过来,"自从我担任这个学校的校长以来,每星期至少有一只猫头鹰送信来,对我管理学校的方式提出批评。你说我应该怎么办呢?把自己关在书房里,拒绝跟任何人说话?"

"可是——你不是混血统巨人啊!"海格声音嘶哑地说。

"海格,你看看我有什么样的亲戚吧!"哈利生气地说,"看看德思礼一家!"

"绝妙的观点!"邓布利多教授说,"我的亲弟弟阿不福思,因为对一只山羊滥施魔法而被起诉。这件事在报纸上登得铺天盖地,可是阿不福思躲起来没有呢?没有,根本没有!他把头抬得高高的,照样我行我素!当然啦,我不能肯定他认识字,所以他也许并不是胆子大……"

第24章　丽塔·斯基特的独家新闻

"回来教课吧，海格。"赫敏轻声说，"求求你回来吧，我们真的很想念你。"

海格深吸了一口气。又有许多眼泪顺着他的面颊滚落下来，渗进乱蓬蓬的胡子里。

邓布利多站了起来。"我不接受你的辞职报告，海格，我希望你下星期一就回来上课。"他说，"你八点半到礼堂和我一起吃早饭。不许找理由推托。祝你们大家下午好。"

邓布利多向门口走去，只停下来弯腰挠了挠牙牙的耳朵，就离开了小屋。当房门在他身后关上后，海格便把脸埋在垃圾箱盖一般大的手掌里，伤心地哭泣起来。赫敏不停地拍着他的胳膊，最后，海格终于抬起了头，两只眼睛通红，他说："真是了不起的人啊，邓布利多……了不起的人……"

"是啊，他很了不起。"罗恩说，"我可以吃一块蛋糕吗，海格？"

"尽管吃吧，"海格说着，用手背擦了擦眼睛，"唉，当然，他说得对——你们说得都对……我太傻了……我这么做，我的老爸爸一定会为我感到脸红……"眼泪又流出来了，他用力把它们擦去，又说道，"我还没有给你们看过我老爸爸的照片呢，是不是？在这里……"

海格站起来走到衣柜前，拉开一个抽屉，取出一张照片，上面有一个小矮个儿的巫师，眼睛和海格的一样，也是乌溜溜的，眯成一道缝，他坐在海格的肩膀上笑得很欢。参照旁边的一棵苹果树看，海格足有七八英尺高，但他的脸年轻、饱满、光滑，没有胡子——看上去最多十一岁。

"这是我进霍格沃茨后不久照的，"海格声音嘶哑地说，"爸爸高兴坏了……他还以为我成不了一名巫师呢，你们知道，因为我妈妈……唉，不提也罢。当然，我在魔法方面一直不大开窍……

但爸爸至少没有看见我被开除。他死了，明白吗，就在我上二年级的时候……

"爸爸死后，是邓布利多一直护着我。给我找了份猎场看守的工作……他很信任别人。总是给人第二次机会……这正是他和其他校长不同的地方，明白吗？一个人只要有天分，邓布利多就会接受他到霍格沃茨来。他知道一个人即使出身不好，也是会有出息的……唉……这种做法很值得尊敬。但有些人不理解这一点。有些人总是因为你的出身而歧视你……有些人甚至假装说自己是骨架子大，而不敢大胆地说真话——我就是我，没什么可羞愧的。'永远别感到羞愧，'我的老爸爸过去常说，'有人会因为这个而歧视你，但他们不值得你烦恼。'他是对的。我太傻了。我再也不会为那女人而烦恼了，我向你们保证。大骨架子……我要让她尝尝我的大骨架子！"

哈利、罗恩和赫敏不安地互相望了望。哈利宁愿领五十条炸尾螺去散步，也不愿向海格承认他偷听了他和马克西姆女士的对话。但海格还在说个不停，显然并没有意识到自己说了一些莫名其妙的话。

"你知道吗，哈利？"他说，从他父亲的照片上抬起头，眼睛非常明亮，"我第一次见到你时，你使我想到了我自己。你父母双亡，担心自己在霍格沃茨不适应，记得吗？你不相信自己真的有能力……可是现在再看看你，哈利！学校的勇士！"

他朝哈利望了片刻，然后非常严肃地说："你知道我希望什么，是不是，哈利？我希望你赢，真的希望。这会使他们都看到……并不是只有纯血统巫师才能做到。用不着为自己的出身而羞愧。这会使他们都看到邓布利多的观点才是正确的，一个人只要有魔法才能，就应该允许他入校。你那只金蛋钻研得怎么样了，哈利？"

"很好，"哈利说，"真的很好。"

第24章 丽塔·斯基特的独家新闻

海格愁苦的脸上绽开了湿漉漉的灿烂笑容:"真是我的好孩子……让他们看看,哈利,让他们看看。把他们都打败。"

对海格撒谎和对别人撒谎的感觉不一样。那天傍晚,哈利和罗恩、赫敏一起返回城堡时,他眼前一直浮现着海格幻想哈利赢得争霸赛冠军时,那胡子拉碴的脸上的喜悦表情,这形象在他脑海里挥之不去。那天晚上,那只琢磨不透的金蛋比以往任何时候都更沉重地压在哈利心头。上床睡觉时,他终于决定——应该放下自己的傲气,考虑一下塞德里克的提示是否管用。

第25章

金蛋和魔眼

哈利不知道这个澡要洗多长时间,才能解开金蛋的奥秘,因此决定夜里行动,这样就能想洗多长时间就洗多长时间了。尽管他很不愿意接受塞德里克更多的恩惠,但还是决定使用级长的洗澡间。很少有人能够进入级长的洗澡间,所以他受到打扰的可能性也就小得多。

哈利仔细筹划着他的这次行动,以前他因为半夜起床到处乱逛被管理员费尔奇抓住过一回,他不希望这种经历重演。隐形衣自然是不可缺少的,但为了保险起见,哈利还想带上活点地图。活点地图的重要性仅次于隐形衣,是哈利违反校规时最有用的辅助工具。地图上显示出霍格沃茨的全景,包括许多错综复杂的捷径和秘密通道。最重要的一点,它还用标着名字的小点显示城堡里的人在走廊里走动的情形,这样,如果有人走近洗澡间,哈利就会预先得到警告。

星期四夜里,哈利偷偷从床上起来,穿上隐形衣,蹑手蹑脚地溜下楼梯,然后就像海格带他去看火龙的那天夜里一样,等着肖像洞口打开。这次等在外面的是罗恩,他对胖夫人说了口令("香蕉炸面团")。"祝你好运。"罗恩低声说,一边钻进了公共休息室,哈

第25章 金蛋和魔眼

利与他擦身而过。

今天夜里，哈利穿着隐形衣行动非常别扭，因为一只胳膊下夹着沉重的金蛋，另一只胳膊还要举着地图凑到鼻子底下。还好，月光映照的走廊里空荡荡的，非常安静，哈利在几个关键的地方都查看了地图，确保自己不会撞见任何人。他来到糊涂蛋波里斯的雕像前——这是一个表情茫然的巫师，两只手上的手套戴反了。哈利像塞德里克告诉他的那样，找到雕像旁边的那扇门，靠上去低声说出了那个口令："新鲜凤梨。"

门吱呀一声开了。哈利闪了进去，回身把门插好，脱掉隐形衣，四下张望。

他的第一反应是，当一个级长真不赖，单是能够使用这个洗澡间就值了。一个点着蜡烛的豪华枝形吊灯给房间里投下温馨的柔光，每件东西都是用雪白的大理石做成的，包括中间那个陷入地面的浴池，它就像一个长方形的游泳池。浴池边上大约有一百个金色的龙头，每个龙头的把手上都镶着一块不同颜色的宝石。此外还有一块跳水板。窗户上挂着长长的雪白亚麻窗帘；一大堆松软的白毛巾放在一个墙角，墙上只挂着一幅画，镶在镀金的相框里。画上是一个金发的美人鱼，躺在岩石上睡得正香，长长的秀发拂在脸上，随着她的每一次呼吸声微微颤抖着。

哈利放下他的隐形衣、金蛋和地图，走上前去，左右张望，他的脚步声在四壁间回响。这个洗澡间确实豪华漂亮——他也确实渴望试一试其中的几个龙头——但此刻站在这里，却忍不住感到塞德里克是在捉弄他。这个洗澡间对他解开金蛋的奥秘会有什么帮助呢？他尽管这么想着，还是把一条松软的毛巾、隐形衣、活点地图和金蛋放在泳池一般大的浴池边，然后跪下去，拧开了几个龙头。

哈利立刻发现，这些龙头喷出的是各种各样混着热水的泡泡浴液，但它们又和哈利以前接触过的泡泡浴完全不同。其中一个龙头喷出足球那么大的粉红色和蓝色的泡泡；另一个喷出晶莹剔透、又密又厚的泡沫——哈利觉得如果他愿意试一下，这些泡沫准会把他托在水面，沉不下去；第三个龙头喷出香味浓郁的紫色雾气，在水面上弥漫。哈利玩弄着这些龙头，一会儿开，一会儿关，他特别欣赏一个龙头喷出弧形水柱、从水面划过的奇妙景象。一转眼间，深深的浴池就放满了热水、泡沫和泡泡，偌大的浴池这么快就满了，真是神速。哈利关掉所有的龙头，脱去睡衣、拖鞋和浴袍，钻进了水里。

水真深啊，他的脚勉强能够到池底，他在水里游了两个来回，才回到池边，一边踩着水，一边仔细端详金蛋。在热腾腾的、浮着泡沫的水里游泳，周围漂浮着一团团五颜六色的雾气，这滋味真是妙不可言，但是他并没有因此而产生灵感，脑子里也没有灵光一现，豁然开窍。

哈利伸出手臂，用湿漉漉的双手托起金蛋，把它打开。顿时，刺耳的惨叫声充斥了洗澡间，在大理石的墙壁间回响、震荡，但这声音还是那样莫名其妙，而且和所有的回音混在一起，更加令人费解。他啪的一下把金蛋合上，担心这声音会把费尔奇招引过来。他甚至怀疑这就是塞德里克的阴谋——就在这时，突然有人说起话来，吓得他灵魂出窍，金蛋从手里掉落，在洗澡间的地上当啷啷地滚远了。

"如果我是你，就把它放在水里试试。"

哈利一惊之下，吞下了几大口泡泡。他站起来呸呸地吐着，才看见一个愁眉苦脸的女幽灵跷着二郎腿，坐在一个龙头上。是哭泣的桃金娘，人们常常听见她在三楼一个马桶的下水管道里伤心地哭泣。

"桃金娘！"哈利恼火地说，"我——我什么都没穿！"

其实这没有关系，因为水里的泡沫很厚，但哈利有一种很不舒

第 25 章 金蛋和魔眼

服的感觉。他怀疑自从他进门,桃金娘就一直躲在一个龙头里窥视着他。

"你进去时,我闭上眼睛来着,"桃金娘说,从厚厚的镜片后面朝他眨了眨眼睛,"你好长时间没来看我了。"

"是啊……嗯……"哈利说,一边微微弯曲膝盖,确保桃金娘除了他的脑袋以外,什么也看不见,"我不应该进你那个盥洗室,是不是?那是女生盥洗室啊。"

"你原先并不在乎呀,"桃金娘悲凄凄地说,"你以前整天待在那里。"

这倒是事实,不过那是因为哈利、罗恩和赫敏发现桃金娘那个失修的厕所非常安全,他们可以在里面偷偷熬制复方汤剂——那是一种禁止使用的魔药,曾把他和罗恩变成了克拉布和高尔的活生生的复制品,持续了一个小时,使他们能够混进斯莱特林的公共休息室。

"我因为到那儿去挨了批评,"哈利说,这话有一半是事实,珀西有一次碰巧看见他从桃金娘的盥洗室里出来,"后来,我想最好还是别去了。"

"噢……明白了……"桃金娘说,一边忧郁地捏着自己的下巴,"好吧……不说了……我会把金蛋放在水里试试的。塞德里克·迪戈里就是这么做的。"

"你也偷看他来着?"哈利气愤地问,"你这是干什么?夜里溜到这里,偷看级长们洗澡?"

"有时候吧,"桃金娘十分诡秘地说,"但我以前从没有出来跟人说过话。"

"我很荣幸,"哈利闷闷不乐地说,"你把眼睛闭上!"

他看到桃金娘确实把镜片捂得严严的了,才从浴池里站起来,用毛巾紧紧裹住腰部,过去把金蛋捡了起来。

他刚钻进水里,桃金娘就从指缝里看着他,说:"行了,快点儿吧……在水下把它打开!"

哈利把金蛋放在布满泡沫的水面下,打开……这次金蛋没有惨叫。它发出汩汩的歌声,这歌声从水底下传来,他听不清唱的是什么。

"你需要把你的脑袋也钻进水里,"桃金娘说,似乎很高兴能对哈利指手画脚,"钻进去吧。"

哈利深深吸了口气,钻到了水下——现在,他坐在泡泡浴水底的大理石上,听见手上被打开的金蛋里有一些古怪的声音在齐声合唱:

> 寻找我们吧,在我们声音响起的地方,
> 我们在地面上无法歌唱。
> 当你搜寻时,请仔细思量:
> 我们抢走了你最不舍的宝贝。
> 你只有一个钟头的时间,
> 要寻找和夺回我们拿走的物件,
> 过了一小时便希望全无,
> 它已彻底消逝,永不出现。

哈利浮上去,钻出漂满泡泡的水面。他甩了甩头,把头发从眼睛上甩掉。

"听见了吗?"桃金娘问。

"听见了……'寻找我们吧,在我们声音响起的地方……'而我这么做是为了要……等一等,我需要再听一遍……"他再次钻进水里。

金蛋的歌声在水下唱了三遍,哈利才把它牢记在心。然后他一

第25章　金蛋和魔眼

边踩水,一边使劲地思索,桃金娘就坐在那里望着他。

"我必须去寻找那些不能在地面上发出声音的人……"他慢慢地说,"嗯……那可能是谁呢?"

"你真笨,不是吗?"

哈利从没见过桃金娘这么开心过,除了那天赫敏服了复方汤剂后,脸上变得毛茸茸的,还长出了一条猫尾巴时。当时桃金娘也高兴得心花怒放。

哈利望着洗澡间,思索着……如果声音只在水下才能听见,那么一定是属于某种水下动物。他把这个想法告诉了桃金娘,桃金娘给了他一顿奚落。

"啊,迪戈里也是这么想的。"她说,"他躺在那里,自言自语,琢磨着这个问题,琢磨了好长时间。好长好长时间……几乎所有的泡泡都消失了……"

"水下……"哈利慢慢地说,"桃金娘……湖里除了巨乌贼外,还生活着什么动物?"

"噢,种类多着呢。"她说,"我有时也到湖里去……有时别无选择,有人在我没防备的时候冲了我的厕所……"

哈利克制着不去想桃金娘随着厕所的秽物冲进下水道、流到湖里的情景。他说:"那么,那里的什么东西能发出人的声音呢?慢着——"

哈利的目光落到墙上那幅酣睡的美人鱼图画上:"桃金娘,那里没有人鱼吧,有吗?"

"噢,很好,"她说——厚厚的镜片闪闪发亮,"迪戈里花的时间要长得多!而且当时她还是醒着的,"——桃金娘用脑袋指了指美人鱼,愁苦的脸上带着非常反感的表情——"咯咯笑着,搔首弄姿,炫耀她的鳍……"

"这就对了,是吗?"哈利兴奋地说,"第二个项目是到湖里去找人鱼，然后……然后……"

他突然反应过来自己在说什么，兴奋的情绪陡然从心里溜走，就好像心一下子被人掏去了似的。他不太擅长游泳，一直很少训练。达力小时候上过游泳课，但佩妮姨妈和弗农姨父无疑是希望哈利有朝一日被淹死，从来没让他学过游泳。在这个浴池里游一两个来回还行，可那个湖非常宽非常深……人鱼肯定生活在水底最深处……

"桃金娘，"哈利慢慢地说，"我该怎么呼吸呢？"

听了这话，桃金娘眼里突然又冒出了泪水。

"缺心眼！"她嘟哝着，在长袍里摸索着寻找手帕。

"什么缺心眼？"哈利问，觉得摸不着头脑。

"竟然在我面前讨论呼吸！"桃金娘尖声说道，声音在洗澡间里发出响亮的回音，"明明知道我不能……明明知道我……好长好长时间……都没有……"她把脸埋在手帕里，大声地擤着鼻子。

哈利想起桃金娘一直对自己已经死了这件事非常敏感，而他认识的其他幽灵都没有这样大惊小怪。"对不起，"他不耐烦地说，"我不是故意的——我只是忘记了……"

"噢，是啊，很容易忘记桃金娘已经死了，"桃金娘说，一边哽咽着，用红肿的眼睛望着他，"即使在我活着的时候，也没有一个人牵挂我。他们花了好长好长时间才发现我的尸体——我知道，我就坐在那里等着他们。奥利芙·洪贝走进盥洗室——'你又在这里生闷气吗，桃金娘？'她说，'迪佩特教授叫我来找你——'这时她突然看见了我的尸体……哦，她直到临死都忘不了那一幕，我可以保证……我到处跟踪她，提醒她。我记得，在她哥哥的婚礼上——"

然而哈利没有听，他又在思索人鱼的那首歌了。"我们抢走了你最不舍的宝贝"，这似乎是说它们要偷走他的什么东西，他必须

第25章　金蛋和魔眼

夺回来。它们要拿走的是什么呢？

"——后来，当然啦，她找到魔法部，阻止我再跟踪她，我就只好回到这儿，住在我的厕所里。"

"不错，"哈利淡淡地说，"好吧，我总算取得了很大的进展……再把眼睛闭上，好吗？我要出来了。"

他从浴池底捡起金蛋，爬了上来，擦干身子，重新穿上睡衣和浴袍。

"你还会到我的盥洗室来看我吗？"哭泣的桃金娘看到哈利拿起隐形衣，忧伤地问。

"嗯……我争取吧。"哈利说，但他暗想，只有当城堡里所有的盥洗室都被封死了，他才可能再去光顾桃金娘的盥洗室，"再见，桃金娘……谢谢你给我的帮助。"

"再会了。"桃金娘惆怅地说。哈利穿上隐形衣时，看见她哧溜一下又钻回水龙头里去了。

来到外面漆黑的走廊上，哈利又检查了一下活点地图，看看有什么风吹草动。还好，图上费尔奇和他的猫洛丽丝夫人的那两个小点，还安安稳稳地待在他们的办公室里呢……城堡里一片寂静，只有皮皮鬼在活动，但他是在楼上的奖品陈列室里大闹……哈利刚要迈步返回格兰芬多塔楼，突然地图上有个什么东西吸引了他的视线……这实在太蹊跷了。

活动的不止皮皮鬼一个。还有一个小点在底层左手拐角的那个房间里动来动去——那是斯内普的办公室。但小点旁标的名字却不是西弗勒斯·斯内普……而是"巴蒂·克劳奇"。

哈利盯着那个小点。克劳奇先生据说是生了重病，不能上班，也不能来参加圣诞舞会——可是，他凌晨一点偷偷溜进霍格沃茨来做什么呢？哈利仔细注视着那个小点在房间里移来移去，这里停停，那里站站……

哈利迟疑着，思索着……然后，他的好奇心占了上风。他转了个身，朝相反的方向走去，爬上最近的楼梯。他要看看克劳奇在做什么。

哈利蹑手蹑脚地往楼下走，尽量不发出声音，但肖像里的几个人还是听见了地板的吱呀声和他睡衣的窸窣声，都好奇地转过脸来。到了楼下，他悄悄顺着走廊走到一半，然后撩开墙上的一幅挂毯，沿着一道更狭窄的楼梯往下走。这是一条近路，可以通到两层楼以下。他不停地扫一眼地图，一边暗自纳闷……向来严谨自律、遵纪守法的克劳奇先生怎么会在半夜三更溜进别人的办公室呢？这不符合他的性格呀……

哈利只顾琢磨克劳奇先生的古怪行为，没有集中思想走路，结果，在楼梯上走到一半时，他的一条腿突然陷进一个捉弄人的台阶，那是纳威经常忘记跳过的。哈利笨手笨脚地晃动一下，那只金蛋，仍然湿漉漉地沾着洗澡水，突然从他胳膊下滑落了。他赶紧探身去抓，来不及了，金蛋顺着长长的楼梯滚了下去，每下一级台阶，都发出当啷一声巨响，像敲响了一只大鼓——隐形衣也滑脱了——哈利赶紧一把抓住，结果活点地图从他手里飘出去，落到了六级台阶以下。哈利陷在齐膝深的恶作剧台阶里，够不到它。

金蛋滚到楼梯底部，从挂毯下钻了出去，弹开了，开始在下面的走廊里尖声惨叫。哈利掏出魔杖，挣扎着去触碰活点地图，想让它变成一张白纸，可是它太远了，他够不着——

哈利用隐形衣重新裹住自己，直起身子，紧紧地闭上眼睛，心惊胆战地倾听着……几乎是一眨眼的工夫，就听——

"皮皮鬼！"

毫无疑问，这是管理员费尔奇警惕的叫声。哈利可以听见他急速的、踢踢踏踏的脚步声越来越近，那气喘吁吁的声音因为愤怒而提高了。

第25章　金蛋和魔眼

"这里吵吵嚷嚷的在做什么？想把城堡里的人都吵醒吗？我一定要抓住你，皮皮鬼，我要抓住你，你……咦，这是什么？"

费尔奇的脚步声停住了。只听咔嗒一声，是金属互相碰撞的声音，惨叫声停止了——费尔奇捡起金蛋，把它合上了。哈利一动不动地站着、倾听着，一条腿仍然死死地卡在带魔法的台阶里。现在，费尔奇随时都会掀开挂毯，以为会看见皮皮鬼……其实根本没有什么皮皮鬼……但如果他往楼梯上走，就会看见活点地图……不管有没有隐形衣，地图上都会显示"哈利•波特"就站在他现在的位置上。

"金蛋？"费尔奇在楼梯下面轻声说道，"我的宝贝猫儿！"——看来洛丽丝夫人也和他在一起——"这是三强争霸赛的线索啊！属于学校的一位勇士！"

哈利觉得脑袋发晕，心跳得跟打鼓一样——

"**皮皮鬼**！"费尔奇喜悦地大叫，"你偷东西了！"

他在下面一把扯开挂毯，哈利看见了他那可怕的、皮肉松垂的脸和那双暴突的浅色眼睛，正朝上瞪着漆黑的、(对他来说)空无一人的楼梯。

"躲起来了，是吗？"他小声说，"我要来抓你，皮皮鬼……你居然偷了三强争霸赛的线索，皮皮鬼……邓布利多这次决不会轻饶你，你这个肮脏的、偷鸡摸狗的恶作剧精灵……"

费尔奇开始往楼梯上爬，后面跟着他那只骨瘦如柴、毛色暗灰的猫。洛丽丝夫人那双灯泡般的大眼睛和它主人的一模一样，此刻正死死盯着哈利。哈利以前就曾怀疑隐形衣对猫类不起作用……他恐惧得简直要晕倒了，注视着身穿旧天鹅绒晨衣的费尔奇一步步逼近——他拼命挣扎，想把被卡住的脚拔出来，结果反而越陷越深——现在，费尔奇随时都会看见地图，或者走过来撞在他身上——

"费尔奇？出了什么事？"

费尔奇停下脚步，转过身，这时他和哈利只差几级台阶了。楼梯底下站着一个人，如果有谁能使哈利的处境更加险恶，就只有这个人了：斯内普。他穿着一件灰色的衬衫式长睡衣，脸色铁青。

"是皮皮鬼，教授，"费尔奇恶狠狠地小声说，"他把这只蛋从楼梯上扔了下来。"

斯内普快步上楼，停在费尔奇身边。哈利咬紧牙关，相信他怦怦的心跳声随时都会暴露他的存在……

"皮皮鬼？"斯内普轻声说，眼睛盯着费尔奇手中的金蛋，"可是皮皮鬼不可能闯进我的办公室……"

"这只金蛋原先在你的办公室里吗，教授？"

"当然不是，"斯内普厉声说，"我听见了一阵砰砰乱响，还有惨叫声——"

"没错，教授，那正是金蛋——"

"——我就过来调查一下——"

"——是皮皮鬼扔的，教授——"

"——经过我的办公室时，我看见火把亮着，一个柜门开着一道缝！有人在里面找东西！"

"可是皮皮鬼不可能——"

"我知道他不可能，费尔奇！"斯内普的声音又严厉起来，"我用咒语把我的办公室封死了，只有巫师才能闯进去！"斯内普抬头望望楼梯上，目光径直穿过哈利的身体，然后他又低头望着下面的走廊，"我要你过来帮我搜查那个闯进来的人，费尔奇。"

"我——好的，教授——可是——"

费尔奇眼巴巴地望着楼梯上面，目光直接穿透了哈利。哈利看得出来，他很不甘心放弃这个堵截皮皮鬼的好机会。快走吧，哈利不出声地祈求道，跟斯内普一起走吧……走吧……洛丽丝夫人在

第 25 章　金蛋和魔眼

费尔奇的腿边探头探脑……哈利明显感觉到它能闻出他身上的气味……唉，他为什么要往浴池里放那么多带香味的泡沫呢？

"是这样的，教授，"费尔奇垂头丧气地说，"校长这次恐怕得听我的了。皮皮鬼偷了一个学生的东西，我这次可能有机会把他永远赶出城堡——"

"费尔奇，我不管那个讨厌的恶作剧精灵，是我的办公室遭到了——"

噔。噔。噔。

斯内普猛地停住话头。他和费尔奇都低头望着楼梯下面。透过他们俩脑袋之间的缝隙，哈利看见疯眼汉穆迪一瘸一拐地出现了。穆迪在衬衫式长睡衣外披着他那件旧旅行斗篷，像往常一样拄着拐杖。

"睡衣派对，嗯？"他粗声粗气地朝楼梯上说。

"斯内普教授和我听见了一些声音，教授，"费尔奇立刻说道，"是专爱搞恶作剧的皮皮鬼，像往常一样乱扔东西——后来斯内普教授发现有人闯进了他的办公——"

"闭嘴！"斯内普压低声音对费尔奇说。

穆迪朝楼梯前又移动了一步。哈利看见穆迪那只魔眼扫过斯内普，然后，毫无疑问地落到了自己身上。

哈利的心剧烈地狂跳了一下。穆迪的目光能穿透隐形衣……只有他才能把这奇怪的一幕尽收眼底：斯内普穿着衬衫式长睡衣，费尔奇手里紧紧搂着金蛋，他——哈利，在他们后面，陷在楼梯里出不来。穆迪的嘴巴——那道歪斜的大口子吃惊地张大了。一时间，他和哈利径直瞪着对方的眼睛。然后穆迪闭上嘴巴，又将他的蓝眼睛转到了斯内普身上。

"我没有听错吧，斯内普？"他慢慢地问，"有人闯进了你的办公室？"

"那无关紧要。"斯内普冷冷地说。

"恰恰相反，"穆迪粗声吼道，"那非常重要。谁会闯进你的办公室呢？"

"大概是一个学生吧，"斯内普说，哈利可以看见一根血管在斯内普油亮亮的太阳穴上可怕地跳动着，"这种事情以前就发生过。我私人储藏室里的魔药配料不见了……毫无疑问，学生想制作违禁魔药……"

"你认为他们在寻找魔药配料，嗯？"穆迪问，"你办公室里没有藏着别的东西吧？"

哈利看见斯内普土灰色的面孔变成了一种难看的砖红色，太阳穴上的那根血管跳得更快了。

"你知道我什么也没藏，穆迪，"他用一种低沉而阴险的声音说，"你不是亲自把我的办公室搜了个底朝天吗？"

穆迪的脸扭曲着，挤出一个笑容："这是傲罗的特权，斯内普。邓布利多叫我密切监视——"

"邓布利多恰好很信任我，"斯内普咬牙切齿地说，"我不相信是他吩咐你搜查我办公室的！"

"邓布利多当然信任你，"穆迪吼道，"他是个很轻信的人，是不是？总认为应该给人第二次机会。可是我——我认为有些污点是洗不掉的，斯内普。有些污点是永远也洗不掉的，你明白我的意思吧？"

斯内普突然做了一件非常奇怪的事。他猛地用右手抓住左胳膊，就好像胳膊上有什么东西疼了起来。

穆迪大笑起来："回去睡觉吧，斯内普。"

"你没有权力支使我去任何地方！"斯内普嘶嘶地说，松开胳膊，似乎对自己感到很恼火，"我和你一样有权利在夜里巡视这所学校！"

第25章 金蛋和魔眼

"那你就尽管巡视吧,"穆迪说,声音里充满威胁,"我盼着下回再在某个漆黑的走廊里碰到你……随便说一句,你的东西丢了……"

哈利恐惧地看见,穆迪指着还躺在六级台阶下的活点地图。趁斯内普和费尔奇都低头看着它时,哈利把谨慎抛到了九霄云外。他在隐形衣下面举起两只手臂,拼命朝穆迪挥动,想引起他的注意,一边用口型夸张地说:"是我的! 我的!"

斯内普伸手去捡地图,他的脸上慢慢出现了一种可怕的、若有所悟的表情——

"羊皮纸飞来!"

地图嗖地蹿到空中,从斯内普张开的手指间滑过,飞下楼梯,落在穆迪手里。

"我弄错了,"穆迪不动声色地说,"这是我的——一定是我早些时候丢的——"

可是斯内普的黑眼睛看看费尔奇怀里的金蛋,又看看穆迪手里的地图,哈利知道,他把这两件事联系起来了,只有斯内普能做到这点……

"波特。"他轻声说。

"什么意思?"穆迪平静地问,一边把地图折起来放进口袋。

"波特!"斯内普怒气冲冲地说,而且他居然转过头,直直地望着哈利所在的地方,仿佛突然能看见他了,"那只金蛋是波特的,那张羊皮纸也是波特的,我以前看见过,我认出来了! 波特在这里! 波特,穿着他的隐形衣!"

斯内普像瞎子一样张开双手,朝楼梯上走来。哈利相信自己看到斯内普已经很大的鼻孔张得更大了,想嗅出哈利所在的位置——哈利陷在楼梯里动弹不得,只好把身体拼命往后仰,不让斯内普的指尖碰到他,可是随时都——

"那里什么也没有，斯内普！"穆迪吼道，"不过我倒很乐意告诉校长，你是怎样动不动就怀疑哈利·波特的！"

"什么意思？"斯内普又转头望着穆迪，双手仍然张开着，离哈利的胸脯只差几寸。

"我的意思是，邓布利多很有兴趣知道谁对那个男孩不怀好意！"穆迪说，又一瘸一拐地朝楼梯前挪动了几步，"而且，斯内普，我也……很有兴趣……"火把的光掠过他扭曲破损的脸，使那些伤疤和鼻子上的大洞显得比以往更深，更阴森可怖。

斯内普低头望着穆迪，哈利看不见他脸上的表情。一时间，谁也不动，谁也不说话了。然后，斯内普慢慢放下双手。

"我只是觉得，"斯内普说，竭力使自己的语气显得平静，"如果波特又在半夜里闲逛……这是他的一个令人遗憾的坏习惯……应该阻止他。为了——为了他自身的安全。"

"啊，我明白了，"穆迪轻声说，"你把波特的利益放在心头，是吗？"

片刻的静默。斯内普和穆迪仍然凝视着对方。洛丽丝夫人喵地大叫一声，仍然在费尔奇的腿边探头探脑，寻找哈利身上泡泡浴香味的来源。

"我想回去睡觉了。"斯内普突然说道。

"你今晚只有这个想法最合理。"穆迪说，"好了，费尔奇，你能不能把那只金蛋给我——"

"不行！"费尔奇说，一边牢牢地搂着金蛋，就像搂着他的头生儿子，"穆迪教授，这是皮皮鬼偷东西的证据！"

"这是他从一位勇士那里偷的，是那位勇士的东西。"穆迪说，"拿过来吧。"

斯内普一言不发地快步下楼，从穆迪身边走过。费尔奇对洛丽丝夫人发出咂嘴的声音，猫茫然地又注视了哈利几秒钟，才转身跟

第25章 金蛋和魔眼

着主人走了。哈利仍然急促地呼吸着,听见斯内普顺着走廊远去。费尔奇把金蛋递给穆迪,也走开了,一边还低声对洛丽丝夫人嘀咕:"没关系,亲爱的……我们一早就去找邓布利多……告诉他皮皮鬼干的好事……"

一扇门砰地响了一声。现在只剩下哈利和穆迪面面相觑。穆迪把拐杖拄在楼梯的最底层,费力地往楼梯上爬,朝哈利走来,每走一步,都发出一个空洞的声音:噔。

"真够危险的,波特。"他低声说。

"是啊……我……呃……谢谢你。"哈利有气无力地说。

"这是什么东西?"穆迪说着,从口袋里掏出活点地图展开来。

"霍格沃茨的地图。"哈利说。他希望穆迪赶紧把他从楼梯里拉出来,他的腿疼得要命。

"梅林的胡子啊,"穆迪瞪着地图,低声说道,那只魔眼疯狂地乱转,"这……这张地图可不同一般,波特!"

"是啊,它……很管用。"哈利说,他已经疼得眼泪直流了,"呃——穆迪教授,你能不能帮我一把——?"

"什么?噢,好的……好的,没问题……"

穆迪抓住哈利的双臂,用力一拉。哈利的腿从那捉弄人的台阶里解脱了出来,他爬到上面一级台阶上。

穆迪仍然盯着地图。"波特……"他慢吞吞地说,"你有没有碰巧看见是谁闯进了斯内普的办公室?我的意思是,在这张地图上?"

"呃……我看见了……"哈利承认道,"是克劳奇先生。"

穆迪那只魔眼嗖嗖地在地图上来回扫动。他突然显得很警觉。

"克劳奇?"他说,"你——你能肯定吗,波特?"

"绝对肯定。"哈利说。

"哦,他已经不在了,"穆迪说,眼睛仍然在地图上扫来扫去,

"克劳奇……真是非常——非常有意思……"

有那么一分钟的时间,他什么也没说,只是盯着地图。哈利看得出来,这个消息对穆迪来说意味着一些什么,他很想知道到底是怎么回事。他不知道自己敢不敢问穆迪。他有点害怕穆迪……不过穆迪刚才帮助他躲过了一大堆麻烦……

"呃……穆迪教授……你认为克劳奇先生为什么要搜查斯内普的办公室呢?"

穆迪那只魔眼从地图上抬起来,牢牢地、微微颤抖地盯着哈利。这是一种具有穿透力的凝视,哈利感到穆迪在审视他,在考虑要不要回答他,在考虑告诉他多少。

"这么说吧,波特,"穆迪最后小声说,"他们说疯眼汉这老家伙一心痴迷于抓黑巫师……但是我跟巴蒂·克劳奇相比,简直不算什么——不算什么。"

他继续盯着地图。哈利急不可耐地想了解更多的情况。

"穆迪教授?"他又问,"你认为……这件事会不会和……也许克劳奇先生认为,有一些异常的……"

"比如什么?"穆迪尖锐地问。

哈利不知道自己敢坦白多少。他不想让穆迪猜到,在霍格沃茨以外还有人向他提供情报,那会使穆迪提出一些牵扯到小天狼星的问题,很难回答。

"我不知道,"哈利含糊地说,"最近总发生一些怪事儿,是不是?《预言家日报》上写着呢……世界杯赛上的黑魔标记,还有食死徒什么的……"

穆迪那两只不对称的眼睛都睁大了。

"你是个目光很敏锐的孩子,波特。"他说。那只魔眼又转了回去,盯着活点地图。"克劳奇大概也是这样的思路,"他慢悠悠地说,"很有可能……最近风言风语的,有一些古怪的谣传——当然啦,

第25章 金蛋和魔眼

丽塔·斯基特又起了推波助澜的作用。我想,这使许多人惶惶不安。"一丝阴森的笑容使他歪斜的嘴变得扭曲了。"要说我对什么事情恨之入骨的话,"他低声道,不像是对哈利说话,更像是在自言自语,那只魔眼盯着地图的左边一角,"那就是让一个食死徒逍遥在外……"

哈利愣愣地望着他。穆迪的意思难道真的是哈利所想的那样吗?

"那么,我想问你一个问题,波特。"穆迪以一本正经的口吻说。

哈利的心往下一沉。他早就知道是逃不过去的。穆迪肯定要问他这张地图是从哪儿弄来的,因为这是一件令人起疑的魔法物品——如果老实交代地图是怎么落到他手里的,不仅会给他自己带来麻烦,还会牵连他的父亲、弗雷德和乔治·韦斯莱,以及卢平教授——他们上学期的黑魔法防御术课老师。穆迪在哈利面前挥动着地图,哈利鼓足勇气,做好了准备——

"这个能借我用一用吗?"

"噢!"哈利说。他非常喜欢这张地图,但另一方面,看到穆迪没有追问地图是从哪里弄来的,他又感到松了口气,而且毫无疑问,他还欠着穆迪一份人情呢。"行,没问题。"

"好孩子,"穆迪粗声粗气地说,"我可以拿它派大用场……这大概正是我想找的东西……好了,上床睡觉去吧,波特,快点儿,走吧……"

两人一起走到楼梯上面,穆迪仍然在仔细研究地图,似乎这是一个他以前从没见过的宝物。他们默默地走向穆迪办公室的门口,然后穆迪停住脚步,抬头望着哈利。"你有没有想过以后当一名傲罗,波特?"

"没有。"哈利说,感到很吃惊。

"你需要考虑一下了,"穆迪说,他点着头,若有所思地看着哈利,"真的……噢,顺便说一句……我猜你今晚不会只是拿着金蛋散步吧?"

"嗯——不是,"哈利咧嘴笑着说,"我在琢磨线索呢。"

穆迪朝他眨眨眼睛,那只魔眼又疯狂地转个不停。"半夜溜达是不会给你什么灵感的,波特……明天早晨见……"他转身进了办公室,一边低头钻研活点地图,一边回手把门关上了。

哈利慢慢地走回格兰芬多塔楼,一路沉思:斯内普、克劳奇,这一切都意味着什么呢……克劳奇既然能够随心所欲地溜进霍格沃茨,为什么又要装病呢? 他认为斯内普在办公室里藏了什么呢?

还有,穆迪认为他——哈利应该成为一名傲罗!这个想法真有趣……然而……十分钟后,当哈利把金蛋和隐形衣放回箱子里,自己悄悄钻进四柱床时,又想,他还要检查一下其他傲罗身上有多少伤疤,再决定以后当不当傲罗。

第 26 章

第二个项目

"你明明说已经解开金蛋的线索了!"赫敏气愤地说。

"你小声点儿!"哈利恼火地说,"我只是需要——弄得更清楚些,不行吗?"

在魔咒课上,他和罗恩、赫敏单独坐在教室后面的一张桌子旁。今天要练习的咒语和召唤咒正好相反——驱逐咒。因为东西在教室里飞来飞去容易造成不幸事故,弗立维教授给了每个学生一大堆软垫做练习,这样,即使走偏了,也不会把人砸伤。这个想法倒不错,但执行起来并不顺利。纳威念咒时太没有准头了,总是不小心把一些很重的东西弄得满屋乱飞——比如弗立维教授。

"暂时忘掉金蛋吧,行吗?"哈利压低声音说,这时弗立维教授无奈地从他们身边飞过,落在一个大柜子上,"我要告诉你们斯内普和穆迪的事……"

这堂课是进行密谈的理想的保护伞,因为同学们都玩得很开心,根本顾不上注意他们。在刚才半小时里,哈利分几次小声地讲述了他昨天夜里的遭遇。

"斯内普说穆迪也搜查了他的办公室?"罗恩小声说,兴奋得两眼放光,一挥魔杖,对一个软垫念了驱逐咒(软垫飞到空中,撞掉了帕瓦蒂的帽子），"啊……穆迪在这里不光留意卡卡洛夫，还在监视斯内普，你说是吗？"

"我也不知道是不是邓布利多叫他这么做的，但他肯定去搜查了。"哈利说，一边漫不经心地挥了挥魔杖，他的软垫怪模怪样地贴着桌子滑了下去，"穆迪说邓布利多之所以让斯内普留在这里，是为了给他第二次机会……"

"什么？"罗恩说，眼睛睁得大大的，他的第二个软垫旋转着飞到高空，把枝形吊灯撞得飞了起来，然后重重地落在弗立维的讲台上，"哈利……也许穆迪认为是斯内普把你的名字投进火焰杯的！"

"哦，罗恩，"赫敏怀疑地摇了摇头，说道，"上次我们以为斯内普想害死哈利，结果没想到他却是在救哈利，你还记得吗？"

她给一个软垫念了驱逐咒，软垫从教室上空飞过，落在他们应该瞄准的箱子里。哈利望着赫敏，沉思着……不错，斯内普以前确实救过他的命，但奇怪的是，斯内普同时又对他恨之入骨，就像当年一起上学时他仇恨哈利的父亲一样。斯内普喜欢给哈利扣分，而且决不错过任何机会惩罚哈利，甚至提出要把哈利从学校开除。

"我可不在乎穆迪说什么，"赫敏继续说道，"邓布利多并不傻。拿海格和卢平教授来说吧，许多人都不肯给他们工作，邓布利多却相信他们。他做得对，所以他对斯内普的看法也很可能是正确的，尽管斯内普有点儿——"

"——坏。"罗恩迅速接口，"那么，赫敏，那些专抓黑巫师的猎手为什么都要搜查他的办公室呢？"

"克劳奇先生为什么要装病呢？"赫敏不理罗恩，自顾自地说，"他不能来参加圣诞舞会，却能在半夜三更随心所欲地溜到这里来，这真有些蹊跷，不是吗？"

"你就是因为那个小精灵闪闪才不喜欢克劳奇的。"罗恩说，一

第 26 章　第二个项目

边给软垫念了个咒,软垫朝窗户飞去。

"你就是总以为斯内普想干坏事。"赫敏说,也给软垫念了个咒,她的软垫干净利落地飞进了箱子。

"我只想知道,如果这是斯内普的第二次机会,那么他原先究竟做了什么。"哈利板着脸说。他的软垫竟然径直飞过教室上空,稳稳地落在赫敏的那个软垫上面,这使他大为惊讶。

小天狼星希望了解霍格沃茨的每一个异常情况,因此,那天晚上,哈利派一只棕褐色猫头鹰给他送了封信,把克劳奇先生闯进斯内普办公室,以及穆迪和斯内普之间的对话,原原本本地告诉了他。然后,哈利把全部注意力都转向了眼下这个迫在眉睫的问题:二月二十四日那天,他怎样才能在水下存活一小时。

罗恩倾向于再一次使用召唤咒——哈利跟他们说过水肺的作用,罗恩认为哈利完全可以从附近的麻瓜城镇弄一套水肺过来。赫敏断然否定了这个建议,指出,即便哈利在规定的一小时内学会了怎样操作水肺(这是不可能的),他也肯定会被取消参赛资格,因为他违反了《国际魔法保密准则》——一套水肺嗖嗖地穿过乡村朝霍格沃茨飞来,要想不被麻瓜看见简直是白日做梦。

"当然啦,最理想的办法是让你自己变形,变成一艘潜水艇什么的。"赫敏说,"要是我们已经练习过人类变形就好了!可是六年级才讲到这个内容呢,而如果你没有完全掌握就擅自给自己变形,后果不堪设想……"

"是啊,我可不愿意脑袋上支棱着一个潜水望远镜走来走去。"哈利说,"我想我可以在穆迪面前进攻别人,这样他就会给我变形了……"

"不过,我认为他可不会让你想变成什么就变成什么。"赫敏严肃地说,"不行,我认为你最好还是用个咒语。"

就这样,哈利又一次埋头钻研那些布满灰尘的大部头书,寻找一个能使人在没有氧气的情况下存活的咒语,他想他很快就会厌烦图书馆,一辈子都不愿再进去了。在午饭时间、晚上和整个周末,他和罗恩、赫敏都泡在那里,苦苦搜寻——哈利还请麦格教授给他写了一张纸条,批准他使用禁书区的藏书,甚至还向那个长得像兀鹫的图书馆管理员平斯女士请求过帮助——然而,他们没有找到任何办法,可以使哈利在水下待一小时还能活着讲述自己的故事。

现在,哈利心头又笼罩着以前有过的那种紧张感了,又觉得上课很难集中思想了。那个大湖,哈利以前总拿它不当回事,把它看成是场地的一部分。现在每当他靠近教室的窗户,大湖就会吸引住他的视线,那一大片铁灰色的阴冷的湖面,它那黢黑而寒冷的水底像月亮一样遥不可及。

就像上次面对树蜂之前一样,时间又在哗哗地溜走,仿佛有人给钟表施了魔法,让它们转得飞快。离二月二十四日只有一个星期了(还有时间)……只有五天了(他肯定很快就会想出办法)……只有三天了(快让我想出办法吧……求求你了)……

只剩两天了,哈利又开始吃不下饭。星期一的早饭桌上,唯一令人宽慰的是他派去给小天狼星送信的棕褐色猫头鹰回来了。哈利抽出那张羊皮纸展开,看见的是小天狼星跟他通信以来写得最短的一封信。

派送回信的猫头鹰告知你们下次到霍格莫德过周末的日期。

哈利把羊皮纸翻过来看了看背面,希望能看到些别的,但背面什么也没有。

第26章 第二个项目

"下下个周末,"赫敏在哈利身后看了短信的内容,小声说道,"拿着——用我的羽毛笔,马上就派这只猫头鹰送回信。"

哈利把日期草草写在小天狼星回信的背面,把信系在棕褐色猫头鹰的腿上,看着它又飞走了。他原先指望得到什么呢?指望小天狼星告诉他如何在水下存活?他写信时只顾告诉小天狼星关于斯内普和穆迪的事了,把金蛋忘得一干二净,只字未提。

"他为什么想知道我们下次到霍格莫德过周末的具体日期呢?"罗恩问。

"不知道。"哈利干巴巴地说,他看见猫头鹰时内心闪过的短暂喜悦消失了,"走吧……去上保护神奇动物课。"

哈利不知道海格是为了弥补在炸尾螺上的过错,还是因为炸尾螺只剩了最后两条,或者是因为他想证明格拉普兰教授能做到的,他海格也照样能做到。反正,海格回来上课后,就把格拉普兰教授关于独角兽的课继续上了下去。结果证明,海格对独角兽的了解并不比他对怪兽的了解少,不过,他显然觉得独角兽没有獠牙是一件令人失望的事。

今天,他居然抓到了两只独角兽小崽。小崽与成年的独角兽不同,它们是纯金色的。帕瓦蒂和拉文德一看见它们,就高兴得发了狂似的,就连潘西·帕金森也不得不拼命掩饰,以免暴露自己是多么喜欢它们。

"小崽比成年的容易发现。"海格对全班同学说,"它们两岁左右变成银色,大约四岁的时候出角。直到成年后才会变成纯白色,那大约是在七岁左右。它们小的时候比较轻信……对男孩子不怎么反感……过来,靠近一点,你们如果愿意,可以拍拍它们……把这些方糖给它们吃几块……"

"你没事吧,哈利?"海格趁大家都聚拢在独角兽小崽周围时,踱到一边,低声问道。

"没事。"哈利说。

"有点儿紧张,是吗?"海格说。

"有点儿吧。"哈利说。

"哈利,"海格说着,用粗重的手拍拍他的肩膀,压得哈利的膝盖直打弯,"在你对付那条树蜂前,我确实替你担心过,但我现在知道了,只要是你想做的事,没有做不成的。我一点也不担心了。你肯定会成功的。线索解出来了吗,嗯?"

哈利点了点头,但他尽管在点头,内心却产生了一种荒唐的冲动,想坦白承认自己不知道怎样在湖底下存活一小时。他抬头望着海格——也许海格有时候必须钻进水底,去对付湖里的动物?因为场地上的其他东西都是他负责照料的——

"你会赢的,"海格嗓音粗粗地说,又拍了拍哈利的肩膀——哈利觉得自己往松软的泥地里陷了两英寸,"我知道。我能够感觉到。你一定会赢的,哈利!"

哈利不忍心抹去海格脸上喜悦的充满信心的笑容。他假装对小独角兽很感兴趣,勉强对海格笑了笑,就走上前,和同学们一起去抚摸两个小崽了。

到了第二个项目的前一天傍晚,哈利觉得自己仿佛陷入了一场噩梦。他十分清楚,即使奇迹出现,他发现了一个合适的咒语,也很难在一夜之间掌握它。他怎么会让事情落到这步田地呢?他为什么不早点开始钻研金蛋提供的线索呢?他为什么在课堂上开小差——也许某个老师曾经提到过怎样在水下呼吸呢?

窗外的太阳渐渐西沉,他和赫敏、罗恩坐在图书馆里,心急火燎地翻阅一本本咒语书,每个人面前的桌上都堆着好几摞书,互相都看不见对方。每当哈利在书上看见"水"这个词,心都要狂跳一下,但再仔细一看,那上面经常是取两品脱水、半磅切碎的曼德拉

第26章 第二个项目

草，再加一条水螈……

"我觉得这样行不通，"罗恩的声音干巴巴地从桌子那头传来，"什么都找不到。什么都没有。也许淘干咒还比较接近，把池塘、水坑的水淘干，但是你不可能有那么大力量，把整个湖里的水都淘干。"

"肯定有办法的。"赫敏低声嘟哝道，把一支蜡烛挪得更近了些。她的眼睛太疲劳了，不得不凑得很近，鼻子离书页只有一英寸，才能看清《被遗忘的古老魔法和咒语》上细密的小字。"他们不可能设计一个无法完成的项目。"

"他们会的。"罗恩说，"哈利，你明天就直接走到湖边，把脑袋扎进去，大声喊话，叫人鱼把偷的东西还给你，看他们会不会把它扔出来。这是你最好的办法了，伙计。"

"办法肯定有的！"赫敏急躁地说，"肯定有的！"

她似乎把图书馆缺乏有用资料看成是对她自己的侮辱，以前她的问题总能在书本里找到答案。

"我知道应该怎么做了。"哈利说，他脸朝下趴在《对付恶作剧的锦囊妙计》上，"我应该学会做一个阿尼马格斯，就像小天狼星那样。"

"对啊，你可以随心所欲地把自己变成一条金鱼！"罗恩说。

"或者一只青蛙。"哈利打了个哈欠。他太累了。

"成为阿尼马格斯要花好几年时间呢，然后你还要去登记，麻烦多着呢。"赫敏含混地说，她正眯着眼睛查找《古怪的魔法难题及其解答》的索引，"麦格教授告诉过我们，记得吗……你必须到禁止滥用魔法办公室登记……你要变成什么动物，有什么标记，这样才能防止滥用……"

"赫敏，我不过是开个玩笑，"哈利有气无力地说，"我知道我绝对不可能明天一早就变成一只青蛙……"

"哦，根本没有用，"赫敏说着，啪地合上《古怪的魔法难题及其解答》，"谁想使自己的鼻毛长成小卷卷呢？"

"我倒不反对，"弗雷德·韦斯莱的声音突然传来，"这可就成为别人的话题了，是不是？"

哈利、罗恩和赫敏抬起头。弗雷德和乔治刚从书架后面走出来。

"你们俩在这里做什么？"罗恩问。

"找你呀，"乔治说，"麦格叫你去，罗恩。还有你，赫敏。"

"干什么？"赫敏问，显得很吃惊。

"不知道……不过，她的样子怪严肃的。"弗雷德说。

"我们要把你们带到她的办公室去。"乔治说。

罗恩和赫敏望着哈利，哈利觉得心头一沉。麦格教授是不是要训斥罗恩和赫敏呢？也许她已经注意到他们在帮助他？他应该自己琢磨怎样完成比赛项目的呀！

"我们在公共休息室和你见面，哈利，"赫敏对哈利说，一边起身和罗恩一同离开——两人都显得非常紧张，"这些书，你能带回去多少就带回去多少，好吗？"

"好吧。"哈利说，心中惴惴不安。

八点钟的时候，平斯女士关掉所有的灯，过来把哈利赶出了图书馆。哈利抱着一大堆书，跟跟跄跄地回到格兰芬多公共休息室，走到墙角的一张桌子旁，又开始继续搜寻。《怪男巫的疯狂魔法》里什么也没有……《中世纪巫术指南》里什么也没有……在《十八世纪魔咒选》《地底深处的可怕动物》《你不知道自己所拥有的能力，以及你一旦明白后怎样运用它们》里，也没有一个字提到水下生存的办法。

克鲁克山爬到哈利的膝头，蜷缩着身体，香甜地打起了呼噜。公共休息室里的人渐渐走光了。同学们临走时都祝他明天好运，口

第 26 章　第二个项目

气和海格一样愉快而充满信心。显然，他们都相信他又要完成一个精彩绝伦的表演，就像在第一个项目中那样。哈利无法回答他们，只好点点头，觉得嗓子眼里仿佛塞了一个高尔夫球。十二点差十分的时候，休息室里只剩下他和克鲁克山了。他把所有的书都找了个遍，罗恩和赫敏还没有回来。

完了，他对自己说。你做不到了。你明天只好走到湖边，告诉裁判……

他幻想着自己在向裁判解释他无法完成这个项目。他想象着巴格曼睁圆了眼睛，一脸的惊讶；卡卡洛夫露出黄牙，幸灾乐祸地笑着。他几乎能听见芙蓉·德拉库尔的声音："我早就知道……他年纪太小了，还是个小男孩呢。"他看见马尔福在人群前面闪动着**波特臭大粪**的徽章，看见海格沮丧的难以置信的脸……

哈利忘记了腿上的克鲁克山，猛地站了起来。克鲁克山掉到地板上，气呼呼地嘶嘶叫着，厌恶地白了哈利一眼，迈着大步走开了，那条瓶刷子般的尾巴翘得高高的。但哈利已经匆匆登上旋转楼梯，回宿舍去了……他去拿隐形衣，然后再溜回图书馆，如果必要的话，他要在那里熬一个通宵……

"荧光闪烁。"十五分钟后，他打开图书馆大门时低声说道。

就着魔杖顶上发出的一点微光，他溜进书架间，抽下一本又一本书——关于魔法和咒语的书，关于人鱼和水下怪物的书，关于著名巫师的书，关于魔法发明的书，等等，只要可能有片言只语提及水下生存的书，他都抽出来了。他把这些书搬到一张桌子上，埋头啃读起来，靠着魔杖的那点微光，苦苦搜寻，偶尔看看手表……

凌晨一点……凌晨两点……唯一能使他坚持下去的，是他一遍又一遍地告诉自己：下一本书……在下一本书里……下一本……

级长洗澡间那幅画里的美人鱼在大笑。哈利像个软木塞一样，在靠近她躺着的那块岩石的泡泡浴液里一沉一浮，美人鱼把他的火弩箭高高举在他头顶上。

"过来拿呀！"她调皮地咯咯笑着，"过来，跳起来！"

"我过不去，"哈利喘着气说，他试着去抓火弩箭，并挣扎着不要沉下去，"还给我！"

可美人鱼只是一边大声嘲笑他，一边用扫帚尖戳他的身体，弄得他疼痛难忍。

"疼死了——别戳我——哎哟——"

"哈利·波特必须醒一醒了，先生！"

"别戳我——"

"多比必须戳哈利·波特，先生，他必须醒一醒了！"哈利睁开眼睛。他仍然在图书馆里，在他睡着时隐形衣已经从他头上滑落到地板上，他的面颊贴在《只要有魔杖，就有办法》的书页上。他坐起来，整了整眼镜，明亮的日光刺得他直眨眼睛。

"哈利·波特必须赶快了！"多比尖声尖气地说，"第二个项目还有十分钟就要开始了，哈利·波特——"

"十分钟？"哈利声音嘶哑地说，"十——十分钟？"

他低头一看表。多比没有说错。现在已经九点二十了。顿时，似乎有一块沉重的大石头从哈利的胸腔落进了胃里。

"快点儿，哈利·波特！"多比尖着嗓子说，一边拉着哈利的袖子，"你应该和其他勇士一起，到下面的湖边去，先生！"

"太晚了，多比，"哈利绝望地说，"我不做这个项目了，我不知道怎样——"

"哈利·波特会做这个项目的！"小精灵尖声说，"多比知道哈利没有找到合适的书，所以多比就替他找到了！"

"什么？"哈利说，"但你不知道第二个项目是什么——"

第26章 第二个项目

"多比知道,先生!哈利·波特必须到湖里去,找到他的韦崽——"

"找到我的什么?"

"——把他的韦崽从人鱼手里夺回来!"

"韦崽是什么?"

"你的韦崽,先生,你的韦崽——就是把自己的毛衣送给多比的那个韦崽!"

多比拉了拉他穿在短裤上面的那件缩小了的暗紫红色毛衣。

"什么?"哈利喘着气说,"他们抓走了……他们抓走了罗恩?"

"那是哈利·波特最舍不得的东西,先生!"多比尖声说,"'过了一小时——'"

"——'便希望全无,'"哈利背诵道,一边惊恐地瞪着小精灵,"'它已彻底消逝,永不出现。'多比——我怎么办呢?"

"你必须把这个吃下去,先生!"小精灵尖声说着,把手伸进短裤口袋,掏出一团东西,像是无数根滑溜溜的灰绿色老鼠尾巴,"就在你下水前吃,先生——鳃囊草!"

"做什么用的?"哈利盯着鳃囊草,问道。

"它可以使哈利·波特在水下呼吸,先生!"

"多比,"哈利欣喜若狂地说,"听着——你真的有把握吗?"

他无法彻底忘记多比上次对他的"帮助",当时害得他右胳膊里的骨头全失去了。

"多比绝对有把握,先生!"小精灵认真地说,"多比能听见一些事情,先生,多比是个家养小精灵,他生火和拖地板时,走遍了城堡的每个角落。多比听见麦格教授和穆迪教授在教工休息室里谈论下一个项目……多比不能让哈利·波特失去他的韦崽!"

哈利的疑虑一扫而光。他一跃而起,脱掉隐形衣,胡乱地塞进书包，又抓过鳃囊草装进口袋，然后大步走出图书馆，多比紧紧跟在后面。

"多比应该到厨房去了，先生！"他们匆匆来到走廊上时，多比尖声说道，"他们会找多比的——祝你好运，哈利·波特。先生，祝你好运！"

"再见，多比！"哈利喊道，然后飞快地冲过走廊，一步三级地奔下楼梯。

门厅里还剩下最后几个拖拉的人，他们都已吃过早饭，正穿过两扇橡木大门，出去观看第二个项目。他们吃惊地望着哈利闪电般地跑过，他跳下石阶时，把科林和丹尼斯·克里维兄弟俩撞得飞了起来。他终于来到了外面阳光明媚却寒冷的场地上。

哈利顺着草坪往下跑时，看见去年十一月火龙围场四周的那些座位，现在一层层地排在了湖对岸，已经是座无虚席，在下面的湖里映出倒影，人群的喧闹声虚幻地在湖面上回荡着。哈利拼命绕过湖，朝裁判们跑去，他们坐在水边另一张铺着金黄色桌布的桌子旁。塞德里克、芙蓉和克鲁姆站在裁判桌旁，望着哈利全速向他们奔来。

"我……我来了……"哈利上气不接下气地说，在泥地里一滑，停住了脚步，不小心把芙蓉的长袍溅脏了。

"你上哪儿去了？"一个盛气凌人的声音不满地说，"比赛马上就要开始了！"

哈利转过头。珀西·韦斯莱坐在裁判桌旁——克劳奇先生又没能来。

"好了，好了，珀西！"卢多·巴格曼说，他看到哈利，似乎心中的一块石头落了地，"让他喘口气吧！"

邓布利多朝哈利微笑，但卡卡洛夫和马克西姆女士却似乎很不高兴看见他……从他们脸上的表情看，他们显然以为哈利不会露面了。

第26章 第二个项目

哈利弯下腰，用手扶着膝盖，大口地喘着气。他胸腹一侧突然剧痛难忍，好像一把刀子插进了他的肋骨间，可是来不及缓解这种疼痛了。卢多·巴格曼已经来到勇士们中间，吩咐他们在岸边一字排开，每人间隔十英尺。哈利排在最后一个，紧挨着克鲁姆。克鲁姆穿着游泳裤，已经拿出魔杖，做好了准备。

"怎么样，哈利？"巴格曼领着哈利又往前走了几步，避开克鲁姆，小声问道，"知道自己要做什么吗？"

"知道。"哈利喘着气说，一边按摩着肋骨。

巴格曼用力捏了一下哈利的肩膀，反身回到了裁判桌旁。他用魔杖指着自己的喉咙，就像在世界杯赛上那样，说了句："声音洪亮！"于是他的声音就像雷鸣一样，掠过暗黑色的湖面传到看台上。

"大家听好，我们的勇士已经各就各位。我一吹口哨，第二个项目就开始。他们有整整一小时的时间，夺回他们被抢走的东西。我数到三。一……二……三！"

尖厉的口哨声在寒冷静止的空气中回响。看台上爆发出一阵欢呼和掌声。哈利没有观望其他勇士在做什么，他只顾三下两下脱掉鞋袜，从口袋里掏出那一把鳃囊草，塞进嘴里，然后蹚水走进湖中。

真冷啊，他觉得双腿的皮肤火辣辣地疼，好像他蹚着的是火，而不是冰冷的水。越往前走，湖水越深，湿透的长袍重重地往下坠着。现在湖水已经没过膝盖，两只迅速麻木的脚踩在泥沙和光溜溜黏糊糊的石子上，不停地打滑。他飞快地使劲嚼着鳃囊草，那感觉不太好，韧韧的、滑腻腻的，像章鱼的触手。他在齐腰深的水里停住脚步，把鳃囊草咽了下去，等待奇迹的发生。

他听见观众席上传来笑声，知道自己的样子一定很蠢，就这样走进湖里，没有表现出任何魔法本领。下半身已经浸在寒冷刺骨的湖水中，凛冽的寒风毫不留情地吹动着他的头发，他剧烈地颤抖起来。他身体没有沾水的部分起满了鸡皮疙瘩，他故意不去看观众。

笑声更响了，其中还夹杂着斯莱特林们的嘘声尖叫和嘲笑……

接着，突如其来地，哈利觉得似乎有一个看不见的枕头压住了他的嘴和鼻子。一吸气，只觉得脑子里天旋地转。他肺里空空的，脖子两侧突然一阵刀割般的剧痛——

哈利赶紧用两手抓住喉咙，摸到耳朵下有两道狭长的裂缝，在寒冷的空气里一开一合……他有鳃了！他没有犹豫，采取了唯一合理的举动——一头钻进了水里。

吸进第一口冰冷的湖水，就像获得了生命所需的氧气。他的脑袋不再天旋地转。他又使劲吸了一口湖水，感觉水从他的鳃里顺畅地流过，把氧气输送进大脑。他把双手伸到面前，仔细打量。它们在水下显得有些发绿，样子怪可怕的，而且手指间有蹼连着。他转过头去看自己光裸的脚——脚变长了，脚趾间也有蹼连着，就好像他的脚突然变成了鸭蹼。

湖水不再冰冷刺骨……相反，他觉得很凉爽，很舒服，身体也变得非常轻盈……哈利继续向前划水，惊喜地发现两只带蹼的脚能使他在水中前进得这么远，这么快。他还发现，似乎根本不需要眨眼睛就可以看得清清楚楚了。很快，他就游出很远，再也看不见湖底。他翻了一个身，朝湖的深处扎下去。

他在一片黑乎乎、朦朦胧胧的奇异景色中游来游去，耳边一片寂静。他只能看见方圆十英尺内的情景，因此，他在水里每划行一下，就有崭新的景色从前面的黑暗中突然浮现：波动、缠结的黑色水草构成的丛林，散落着亮晶晶的小石子的宽阔平整的泥沙。他越游越深，朝着湖中央前进。他的眼睛睁得大大的，目光穿透灰亮、诡谲的湖水，望着远处的黑影，那里的湖水是阴暗朦胧的。

小鱼儿轻捷地游过他身边，像一支支银色的飞镖。有一两次，他仿佛看见了一个大家伙正在前面移动，但等游近了一看，才发现不过是一根黑乎乎的大木头，或是一团茂密纠结的水草。看不见其

第26章 第二个项目

他勇士、人鱼和罗恩——谢天谢地,也没有看见巨乌贼。

他使劲往远处看,前面是一片碧绿的水草,有两英尺深,真像一片过于茂密的草坪。哈利两眼一眨不眨地望着前面,竭力辨认阴影中的形体……就在这时,没有一点儿防备地,他的脚脖子突然被什么东西抓住了。

哈利扭动着转过身体,看见了一个格林迪洛——一个头上长角的水怪,从水草中探出身体,长长的指甲紧紧抓住哈利的腿,嘴里露出尖尖的长牙——哈利赶紧把带蹼的手伸进长袍,摸他的魔杖。他刚抓到魔杖,又有两个格林迪洛从水草里钻了出来,抓住哈利的长袍,拼命把他往下拉。

"力松劲泄!"哈利喊道,可是并没有发出声音……一个大水泡从嘴里冒了出来,他的魔杖没有朝格林迪洛喷出火花,而似乎用一道沸腾的水柱射向了它们,只见它们身上被水柱击中的地方,绿色的皮肤顿时变得通红。哈利把脚从格林迪洛的纠缠中挣脱出来,奋力向前游去,不时地又朝身后放出一些滚热的水柱。偶尔,他感到一个格林迪洛又抓住了他的脚,便用力把它踢走。最后他觉得自己的脚碰到了一个带角的脑袋,低头一看,一个被踢昏了的格林迪洛两眼发直,顺水漂去,它的同伴朝哈利挥了挥拳头,隐到水草中去了。

哈利放慢速度,把魔杖塞回长袍里,环顾四周,仔细倾听。他在水里转了个三百六十度,只感到寂静压迫着他的耳膜。他知道自己一定在很深的湖底了,但是周围除了随着水流起伏的水草,没有任何活动的东西。

"你进展如何啊?"

哈利以为自己犯了心脏病。他猛地转过身,模模糊糊地看见哭泣的桃金娘在他前面漂动,透过厚厚的珍珠色镜片望着他。

"桃金娘!"哈利想喊——但是仍然发不出声音,嘴里只冒出一个很大的水泡。哭泣的桃金娘居然咯咯地笑出了声。

"你应该到那边去试试!"她指了指,说道,"我不陪你去了……我不大喜欢他们,每次我一靠近,他们就过来追我……"

哈利朝她竖起两个大拇指表示感谢,然后又出发了,这次他注意游得高一些,远离那些水草,以免遭到格林迪洛的暗算。

他又游了至少二十分钟。现在水底是大片大片的黑色淤泥,湖水因为他的搅动泛起了黑乎乎的水涡。过了好久,他终于听见了人鱼那令人难忘的歌声。

只有一个钟头的时间,
要寻找和夺回我们拿走的物件……

哈利游得更快了,不一会儿,他就看见前面浑浊的湖水里出现了一块大岩石,上面绘着许多人鱼,他们手里拿着长矛,正在追逐着一些看上去像是巨乌贼的东西。哈利从岩石旁游过,追寻着人鱼的歌声。

……别再拖延,时间已过去一半,
以免你寻找的东西在这里腐烂……

突然,四下里赫然出现许多粗糙的石头蜗居,上面斑斑点点地沾着水藻。哈利看见那些黑乎乎的窗户里有一些面孔……这些面孔与级长洗澡间里那幅画上的人鱼完全不一样……

这些人鱼的皮肤呈铁灰色,墨绿色的头发长长的,蓬蓬乱乱。他们的眼睛是黄色的,残缺不全的牙齿也是黄色,脖子上戴着用粗绳子串起的卵石。哈利游过时,他们不怀好意地朝他笑着。有一两个为了看得更清楚些,还从洞穴里跑出来,手里拿着长矛,用粗壮

第26章 第二个项目

有力的银色鱼尾拍击着湖水。

哈利飞快地向前游去,一边环顾四周。很快,石头蜗居越来越多,有些蜗居周围还带有水草花园。他甚至还看见一扇门前拴着一个小格林地洛。人鱼从四面八方涌现,都好奇地望着他,冲着他长蹼的手和鳃囊指指点点,并用手掩着嘴窃窃私语。哈利迅速转了个弯,眼前出现了一片十分奇特的景象。

这地方似乎是人鱼小村庄的广场,四周坐落着一些房子,房子前面漂浮着一大群人鱼。中间有一些人鱼在齐声歌唱,呼唤勇士过去。他们身后耸立着一座粗糙的雕像:一个用巨石雕刻成的大人鱼。在人鱼石像的尾巴上,牢牢地捆绑着四个人。

罗恩被拴在赫敏和秋·张之间。另外还有一个最多八岁的小姑娘,那一头云雾般的银发使哈利确信她是芙蓉·德拉库尔的妹妹。他们四个看上去都睡得很沉,脑袋无力地耷拉在肩膀上,嘴里不停地冒出一串细细的水泡。

哈利奋力朝人质游去。他以为人鱼会把长矛横过来朝他进攻,但他们并没有这样做。把人质拴在雕像上的绳子是水草编的,又粗又滑,非常结实。哈利脑海里闪过一个念头,想起了小天狼星圣诞节给他买的那把小刀 —— 锁在四分之一英里外城堡中他的箱子里呢,完全派不上用场。

他看了看旁边。人质周围的许多人鱼手里都拿着长矛。他飞快地朝一个长着绿色长胡子、戴着鲨鱼牙齿做的短项链的七英尺高的人鱼游去,比比画画地要求借它的长矛一用。人鱼哈哈大笑,摇了摇头。

"我们不能帮忙。"人鱼用沙哑低沉的声音说。

"拿过来!"哈利恶狠狠地说(但嘴里只冒出一些水泡),他使劲想从人鱼手里夺过长矛,但人鱼把长矛拽了回去,仍然摇着头,哈哈大笑。

哈利在水里转了个身，朝四下张望着。需要一个锋利的东西……什么都行……

湖底散落着一些岩石。他俯冲下去，抓起一块特别尖的，回到雕像旁边。他用石头拼命砍砸捆绑罗恩的绳子，几分钟后，绳子被砸断了。罗恩神志不清地浮在湖底上方几英寸的地方，随着水波漂来荡去。

哈利看看四周。不见其他勇士的影子。他们在磨蹭什么呢？为什么不抓紧一些？他回到赫敏身边，又举起尖石头，开始砍砸赫敏身上的绳子——

立刻，好几双粗壮的灰色大手抓住了他。六七个人鱼把他从赫敏身边拽开，他们摇着绿头发的脑袋，哈哈大笑。

"你只能带走你自己的人质，"其中一个对他说，"别管其他人……"

"不行！"哈利气愤地说——但嘴里只冒出两个大气泡。

"你的项目是救出你自己的朋友……别管其他人……"

"她也是我的朋友！"哈利指着赫敏嚷道，一个银色的大气泡无声地从他嘴唇间冒出来，"而且我也不希望她们死掉！"

秋·张的脑袋靠在赫敏肩上，那个银色头发的小姑娘脸色发青，看上去毫无生气。哈利挣扎着想摆脱人鱼，但他们笑得更厉害了，又把他拉了回去。哈利绝望地看着四周。其他勇士都上哪儿去了？如果他把罗恩送到水面，再回来解救赫敏和其他人，还来得及吗？他还能找到她们吗？他低头看了看表，想知道还剩多少时间——表停了。

就在这时，周围的人鱼突然兴奋地指着他的脑袋上方。哈利一抬头，看见塞德里克正朝他们游来。他脑袋周围有一个巨大的气泡，使他的五官看上去都被拉长加宽了，显得非常滑稽。

"迷路了！"他用口型说，神情十分慌张，"芙蓉和克鲁姆也快

第26章 第二个项目

过来了!"

哈利觉得一块石头落了地,他看着塞德里克从口袋里掏出一把小刀,割断绳子,救出了秋·张。他拉着秋·张往上游去,很快就不见了。

哈利环顾四周,等待着。怎么不见芙蓉和克鲁姆呢?时间不多了,根据那首歌里唱的,过了一小时,人质就永远找不回来了……

人鱼突然欢快地尖叫起来。那些抓住哈利的人鱼松开了手,扭头向后张望。哈利转过身,看见一个庞然大物正朝他们游来,下面是人的身体,穿着游泳裤,上面是鲨鱼的脑袋……是克鲁姆。看来他想给自己变形来着——可是不太成功。

半人半鲨鱼的克鲁姆径直游向赫敏,对着她身上的绳子又扯又咬,问题是克鲁姆的新牙齿结构古怪,凡是比海豚小的东西,他咬起来都很别扭,而且哈利可以断定克鲁姆的动作要是有个不小心,就要把赫敏撕成两半了。哈利冲上前去,重重地拍了一下克鲁姆的肩膀,举起那块尖石头。克鲁姆一把抓过去,开始砍砸赫敏身上的绳子。几秒钟后,他成功了。他抓住赫敏的腰,没有再回头望一眼,就带着她迅速升向水面。

现在怎么办呢?哈利焦急地想。只要能确信芙蓉正在赶来……怎么还不见她的影子啊。没有别的办法,只有……

他抓起克鲁姆扔下的那块石头,但是人鱼纷纷围拢在罗恩和小姑娘身边,对哈利拼命摇头。

哈利拔出魔杖。"闪开!"

他嘴里只冒出一串气泡,但他清楚地意识到人鱼们明白了他的意思,因为他们突然都不笑了,一双双黄眼睛盯着哈利的魔杖,显出很害怕的样子。他们人多势众,他孤身一人,但哈利从他们脸上的神情看出,他们和巨乌贼一样,对魔法一窍不通。

"我数到三！"哈利喊道，一大串气泡从嘴里喷出，他竖起三根手指，确保他们明白他的意思，"一……"（他放下一根手指）"二……"（他又放下一根手指）——

人鱼散开了。哈利冲上前，开始砍砸把小姑娘捆在雕像上的绳子，终于，她也自由了。哈利拦腰抱起小姑娘，抓住罗恩长袍的领子，两腿一蹬，离开了水底。

他前进得真慢啊。他没法再用带蹼的双手来推动身体向前；他拼命拍打带蹼的双脚，但罗恩和芙蓉的妹妹像两只装满土豆的口袋，拖着他往下沉……他眼睛望着上空，知道自己一定还在很深的水下，水面望上去还是漆黑一片……

人鱼和他一起游了上来。他看见他们轻快自如地在周围游来游去，望着他在水里挣扎……是不是时间一到，他们就会把他拉回到水底？他们会不会吃人？哈利使出吃奶的力气游着，最后两条腿都发僵了，肩膀也因为罗恩和小姑娘的拖累而痛得要命……

他越来越喘不上气。脖子两侧又感到疼痛难忍……他开始非常清楚地意识到，他嘴里的湖水是多么潮湿……不过沉甸甸的黑色已经越来越淡……他可以看见上面的天光了……

他用带蹼的双脚奋力踢蹬，却发现它们又变成了普通的脚……水从他的嘴里涌进肺中……他开始感到晕晕乎乎，但知道日光和空气就在十英尺的上方……他一定要到达那里……一定……

哈利踢蹬着双腿，速度那么快，用了那么大的力气，肌肉似乎都在尖叫着发出抗议了；他的脑袋里仿佛也浸满了水，他喘不上气来，他需要氧气，他必须前进，不能停止——

突然，他感到自己的头猛地露出了水面；美妙、清新、凉爽的空气拂过他潮湿的脸庞，他感到隐隐作痛；他大口地吞咽着空气，觉得自己一辈子都没有好好呼吸过，他一边喘着气，一边拉着罗恩和小姑娘继续向前。在他周围，许多绿发蓬乱的脑袋和他一起冒出

第 26 章　第二个项目

水面，但他们都对他善意地微笑着。

看台上人声鼎沸，又叫又嚷，似乎一个个全都站了起来。哈利猜想他们大概以为罗恩和小姑娘都死了，但他们错了……罗恩和小姑娘双双睁开了眼睛。小姑娘看上去惊恐而迷茫，罗恩只是吐出一大口湖水，在明亮的光线下眨了几下眼睛，便转向哈利说："全湿透了，是不是？"接着他看见了芙蓉的妹妹，"你把她也弄上来干什么？"

"芙蓉没有出现，我不能把她撇在下面。"哈利喘着气回答。

"哈利，你这个傻瓜，"罗恩说，"你该不会把那首歌当真了吧？邓布利多不会让我们哪一个人淹死的！"

"那首歌里说——"

"那只是为了让你们在规定时间里回来！"罗恩说，"但愿你在下面没有因为逞英雄而耽误时间！"

哈利觉得又泄气又恼火。对罗恩来说这一切都没什么，他睡着了，他感觉不到湖底下多么阴森恐怖，周围都是拿着长矛的人鱼，一个个都像是杀人的老手。

"好了，"哈利没好气地说，"帮我拉她一把，她可能不大会游泳。"

他们拖着芙蓉的妹妹，蹚水走向岸边。裁判们都站在那里望着，二十个人鱼像仪仗队一样陪伴着他们，嘴里尖声尖气地唱着难听的歌。

哈利可以看见庞弗雷女士大惊小怪地围着赫敏、克鲁姆、塞德里克和秋·张团团转，他们都裹着厚厚的毯子。哈利和罗恩游近岸边时，邓布利多和卢多·巴格曼微笑地望着他们，珀西脸色煞白，看上去年龄比平常小了好几岁，急不可耐地冲过来迎接他们。与此同时，马克西姆女士正在使劲拉住芙蓉·德拉库尔。芙蓉完全歇斯底里了，拼命挣扎着要往水里扑。

"加布丽！加布丽！她还活着吗？她受伤了吗？"

"她很好！"哈利想告诉芙蓉，但他太疲劳了，连话都说不出，更别说大声喊叫了。

珀西抓住罗恩，把他拽到岸上（"放开，珀西，我没事！"）；邓布利多和巴格曼把哈利拉了起来；芙蓉挣脱了马克西姆女士的阻拦，一把搂住了妹妹。

"是格林迪洛……那些格林迪洛朝我进攻……哦，加布丽，我以为……我以为……"

"你们都到这儿来。"庞弗雷女士说。她抓住哈利，把他拉到赫敏和其他人身边，用一条毯子严严实实地裹住他，哈利觉得自己仿佛穿上了束缚犯人和疯子的约束衣。庞弗雷女士还把一种火辣辣的药剂强行灌进他嘴里，顿时就有热气从他耳朵里冒了出来。

"哈利，干得好！"赫敏喊道，"你成功了，完全是自己解决的！"

"其实——"哈利说。他刚想跟赫敏说说多比的事，但一转眼看见卡卡洛夫正盯着自己。几个裁判中，唯有他没有离开桌子，也唯有他看见哈利、罗恩和芙蓉的妹妹平安回来后，没有露出喜悦和宽慰的表情。"是啊，没错。"哈利改口说，并故意提高一点声音，好让卡卡洛夫听见。

"你头发里有一只水甲虫，赫—米—恩。"克鲁姆说。

哈利感到克鲁姆是想把赫敏的注意力吸引到自己身上，也许是为了提醒赫敏刚才是他把她从湖底救上来的。但是赫敏不耐烦地拂去水甲虫，说道："可是，哈利，你超过时间了……你花了很长时间才找到我们吗？"

"没有……我找到你们并不算晚……"

哈利越来越觉得自己真是傻透了。现在他离开了水面，便完全清楚邓布利多肯定布置了有效的安全防御措施，不会允许人质因为

第26章 第二个项目

勇士没有露面而丧生的,这是明摆着的呀。他为什么不能抓起罗恩就走呢? 他完全可以第一个回来的……塞德里克和克鲁姆就没有浪费时间替别人操心,他们没有把人鱼的歌当真……

邓布利多蹲在水边,正在和那个首领模样的特别粗野凶狠的女人鱼密切交谈。邓布利多发出了人鱼在水面上发出的那种尖厉刺耳的声音,显然,他也会说人鱼的话。最后,他站直身子转向其他裁判,说道:"先开个碰头会再打分吧。"

几个裁判聚在一起。庞弗雷女士从珀西紧紧拽着的手里抢出罗恩,把他领到哈利和其他人身边,给了他一条毯子和一些提神剂,然后又过去领来芙蓉和她的妹妹。芙蓉的脸上和胳膊上左一道右一道都是伤痕,袍子也撕破了,但她似乎毫不介意,也不让庞弗雷女士替她清理。

"去照料加布丽吧,"她对庞弗雷女士说,接着又转向哈利,"你救了她,"她激动得几乎喘不上气,"尽管她不是你的人质。"

"是啊。"哈利说。他现在真希望自己当时别管那三个姑娘,就让她们拴在石雕像上好了。

芙蓉低下头,在哈利的每边面颊上各亲了两口(哈利觉得脸上像着了火似的,如果他耳朵里再冒出热气,他一点也不会感到奇怪),然后又对罗恩说:"还有你—— 你也帮了忙——"

"是啊。"罗恩说,一副满怀期望的样子,"是啊,帮了一点儿忙——"

芙蓉扑过来,也亲了罗恩几口。赫敏看上去气得要命,但就在这时,卢多·巴格曼那被魔法放大的声音在他们耳边突然响起,把他们吓了一跳,也使看台上的观众顿时安静下来。

"女士们,先生们,我们终于做出了决定。人鱼女首领默库斯把湖底下发生的一切原原本本告诉了我们,我们决定在满分为五十分的基础上,给各位勇士打分如下……

"芙蓉·德拉库尔尽管表现出对泡头咒的出色运用,但在接近目标时遭到格林迪洛的攻击,未能成功解救人质。我们给她二十五分。"

看台上传来一片掌声。

"我应该得零分的。"芙蓉摇了摇她优美的头,声音沙哑地说。

"塞德里克·迪戈里也采用了泡头咒,他是第一个带着人质返回的,但是在规定的一小时外超出了一分钟。"人群中赫奇帕奇的学生们热烈欢呼,声音震耳欲聋。哈利看见秋·张用欣喜的目光望了塞德里克一眼。"因此,我们给他四十七分。"

哈利的心往下一沉。如果塞德里克都超过了规定时间,他肯定也超时了。

"威克多尔·克鲁姆运用了变形术,虽不完整,但仍然很有效,他是第二个带着人质返回的。我们给他四十分。"

卡卡洛夫巴掌拍得格外起劲,一副得意扬扬的样子。

"哈利·波特服用了鳃囊草,取得了惊人的效果。"巴格曼继续说道,"他最后一个返回,远远超过了一小时的规定时间。然而,人鱼女首领告诉我们,波特先生是第一个找到人质的,他没能及时返回,是因为他要确保所有的人质都平安回来,而不是只关心他自己的人质。"

罗恩和赫敏都半是气恼半是同情地望了哈利一眼。

"大多数裁判,"说到这里,巴格曼非常不满地扫了卡卡洛夫一眼,"觉得这充分体现了高尚的道德风范,值得满分。然而……波特先生的分数是四十五分。"

哈利的心欢跳起来——他现在与塞德里克并列第一位。罗恩和赫敏惊讶极了,呆呆地望着哈利,随即开心地哈哈大笑,和其他观众一起拼命鼓起掌来。

"真有你的,哈利!"罗恩在喧哗声中扯着嗓子喊道,"原来你

第 26 章　第二个项目

不是犯傻啊——你是在表现道德风范！"

芙蓉也用力拍着巴掌，但是克鲁姆显得很不高兴。他又想跟赫敏搭话，但赫敏只顾为哈利欢呼喝彩，根本不理睬他。

"第三个，也是最后一个项目将在六月二十四日傍晚进行，"巴格曼继续说道，"勇士们将提前一个月得知项目的具体内容。感谢大家对勇士们的支持。"

结束了，哈利迷迷糊糊地想，这时庞弗雷女士开始护送勇士和人质们返回城堡，去换干爽的衣服……结束了，他通过了……什么也不用操心了，直到六月二十四日……

哈利踏上进入城堡的石阶时，心里想道，下次再去霍格莫德村，一定要给多比买一大堆袜子，让他一年到头每天都能穿上新袜子。

第27章

大脚板回来了

第二个项目结束后,最美妙的一件事就是大家都急于知道湖底下到底发生了什么事,这也就意味着罗恩平生第一次和哈利一样,成了人们关注的中心。哈利注意到,罗恩把故事讲了一遍又一遍,每次都略有不同。起初,他说的还算符合事实,跟赫敏的说法大致相同——在麦格教授的办公室里,邓布利多用魔法给人质催眠,并首先向他们保证,说绝对没有危险,而且一出水面就会醒来。然而一星期后,罗恩却讲起了一个惊心动魄的绑架故事,说他怎样赤手空拳地跟五十个全副武装的人鱼搏斗,他们要先迫使他就范,然后才把他捆绑起来。

现在罗恩变得这样引人注目,帕德玛对他热情多了,每次在走廊上遇见,她总是主动找罗恩说话。"没关系,我把魔杖藏在袖子里呢,"他向帕德玛·佩蒂尔保证道,"只要我愿意,我就能把那些人鱼傻瓜制服。"

"你想怎么做呢? 冲他们打呼噜吗?"赫敏尖刻地说。她成了威克多尔·克鲁姆最心爱的宝贝,大家整天拿这件事来取笑她,所以她现在脾气非常暴躁。

罗恩的耳朵红了,从这以后,他的故事又回到了被魔法催眠的

第 27 章 大脚板回来了

那个版本。

进入三月后,天气变得干燥了一些,但每次来到外面的场地上,凛冽的寒风仍然吹得他们的手和脸生疼。猫头鹰们不能及时把信送来,因为狂风总是把它们吹得偏离目标。哈利之前派出一只棕褐色猫头鹰去给小天狼星送信,把周末去霍格莫德村的日期告诉了他。那只猫头鹰在星期五的早饭时间出现了,身上一半的羽毛都被风吹得东倒西歪。哈利刚把小天狼星的信扯下来,猫头鹰就急忙飞走了,显然是害怕再被派出去送信。

小天狼星的信几乎和上一封一样短。

星期六下午两点在霍格莫德村外(经过德维斯-班斯店)道路尽头的栅栏旁。尽量多带些吃的。

"他难道去了霍格莫德?"罗恩难以置信地说。

"看来是这样,不是吗?"赫敏说。

"真不敢相信,"哈利紧张地说,"如果他被抓住……"

"到目前为止他还是安全的,对吧?"罗恩说,"而且现在不像过去那样,到处都挤满摄魂怪了。"

哈利折起信,沉思着。说句老实话,他真的很渴望再见到小天狼星。下午,他去上最后一堂课 —— 两节连在一起的魔药课。当他顺着台阶走向地下教室时,感觉心情比平时愉快多了。

马尔福、克拉布和高尔站在教室外,和那帮以潘西·帕金森为首的斯莱特林女生们聚在一起。他们都在看什么东西(哈利看不见那是什么),一个个咯咯地笑得开心极了。哈利、罗恩和赫敏走近时,潘西兴奋地把她那张狮子狗似的脸从高尔肥阔的后背旁探了出来。

"他们来了,他们来了!"她咯咯笑着说,聚成一堆的斯莱特林们散开了。哈利看见潘西手里拿着一份杂志——《女巫周刊》。封面上的活动照片是一个鬈发女巫，她咧嘴笑着，露出满口的牙齿，用魔杖指着一块大大的海绵状蛋糕。

"你在里面会找到你感兴趣的东西，格兰杰！"潘西大声说，把杂志扔给了赫敏。赫敏伸手接过，显得有些惊慌。就在这时，地下教室的门开了，斯内普招呼大家进去。

赫敏、哈利和罗恩像往常一样走向教室后面的一张桌子。斯内普刚转身在黑板上写出今天要制作的魔药的配料，赫敏就急忙在桌子底下翻开那本杂志。终于，赫敏在杂志中间发现了要找的东西。哈利和罗恩也凑了过去。在哈利的一张彩色照片下面，是这样一篇短文：

哈利·波特的秘密伤心史

他或许是一个与众不同的男孩——但他同样经历着青春期男孩常有的痛苦。丽塔·斯基特报道。在痛失双亲之后，十四岁的哈利·波特以为他终于在霍格沃茨，在那个与他形影相伴的女朋友——麻瓜家庭出身的赫敏·格兰杰身上，找到了感情的慰藉，但他哪里想到，在他已然历经很多伤痛的生命里，很快又要遭受另一次感情创伤。

格兰杰小姐是一个长相平平但野心勃勃的姑娘，似乎对大名鼎鼎的巫师情有独钟，但哈利一个人满足不了她的胃口。自从保加利亚队找球手、上届世界杯赛的英雄威克多尔·克鲁姆来到霍格沃茨后，格兰杰小姐就一直在玩弄两个男孩的感情。克鲁姆显然已被狡猾的格兰杰小姐弄得神魂颠倒，他已邀请她暑假去保加利亚，并坚持说他"从没对其他女孩有过这种感觉"。

不过，使这些不幸的男孩如此痴迷的恐怕并不是格兰杰小

第27章　大脚板回来了

姐的天生丽质。

"她真的很丑,"潘西·帕金森说,她是一个漂亮活泼的四年级女生,"她很可能制作了一种迷情剂,她脑子挺机灵的。没错,我认为她就是这么做的。"

在霍格沃茨,迷情剂自然属于被禁止之列,阿不思·邓布利多无疑需要认真调查此事。与此同时,对哈利·波特存有良好愿望的人们希望,下次他再奉献真情时,一定要挑选一个更有价值的候选人。

"我告诉过你!"罗恩小声对低头看文章的赫敏说,"我告诉过你,别去招惹丽塔·斯基特!她把你丑化成了那种——那种荡妇!"

赫敏脸上惊讶的表情不见了,她嘲讽地大笑起来。

"荡妇?"她重复了一遍,一边扭头望着罗恩,拼命忍住笑,浑身直颤。

"我妈妈就是这样称呼她们的。"罗恩喃喃地说,耳朵红了。

"如果丽塔充其量就会玩这一手,那她可没有显出多少本事,"赫敏说,仍然咯咯笑着,随手把那本《女巫周刊》扔到旁边的空椅子上,"整个儿一堆破烂。"

她抬头望着那些斯莱特林的学生,他们都远远地注视着她和哈利,看他们读了文章是不是很恼火。赫敏对他们露出讽刺的笑容,还朝他们挥了挥手,接着,她和哈利、罗恩开始取出制作增智剂所需的配料。

"不过,事情有些古怪,"十分钟后,赫敏举着捣锤,停在一碗圣甲虫上,说道,"丽塔·斯基特怎么会知道……?"

"知道什么?"罗恩迅速问道,"莫非你真的在炮制迷情剂?"

"别说傻话,"赫敏不耐烦地说,又开始捣她的甲虫,"不对,真奇怪……她怎么会知道威克多尔邀请我暑假去拜访他呢？"

赫敏说这话时，满脸羞得通红，而且打定主意避开罗恩的目光。

"什么？"罗恩说，当啷一声，他的捣锤重重地掉在桌上。

"他把我从湖里一拉上来，就对我发出了邀请，"赫敏低声道，"那时他刚刚除掉了他的鲨鱼头。庞弗雷女士把毯子发给我们俩，这时克鲁姆就把我拉到一边，不让裁判们听见，他说，如果我暑假没有别的事情，是不是愿意——"

"你是怎么说的？"罗恩问。他已经捡起捣锤，在桌子上胡乱地捣着，离他的碗还差着六七寸呢，因为他心不在焉，眼睛一直望着赫敏。

"而且，他确实说过他从没对别人有过这种感觉，"赫敏继续说道——脸红得像着了火似的，哈利简直能感觉到她身上散出的热气，"可是丽塔·斯基特怎么会听见他说的话呢？她当时并不在场……难道她在场？也许她也有一件隐形衣，也许她偷偷溜到了场地上，观看第二个项目……"

"你是怎么说的？"罗恩追问道，把捣锤重重地砸下去，把桌面砸出了一个小坑。

"噢，我当时只顾看你和哈利是不是平安——"

"格兰杰小姐，尽管你的社交生活丰富多彩，"后面突然传来一个冷冰冰的声音，把他们三人都吓了一跳，"但我必须警告你，不许在我的课堂上交头接耳。格兰芬多扣掉十分。"

斯内普趁他们谈话的当儿，悄没声儿地走到他们的桌子旁。全班同学都回过头来望着他们。马尔福抓住这个机会，从教室那头把**波特臭大粪**的徽章对准了哈利，一闪一闪的。

"呵……还躲在桌子底下看杂志？"斯内普又说道，一把抓过那本《女巫周刊》，"格兰芬多再扣掉十分……不过，当然啦……"斯内普的目光落到丽塔·斯基特的那篇文章上，黑眼睛顿时冒出光

第27章　大脚板回来了

来,"波特需要收集剪报嘛……"

地下教室里哄响着斯莱特林们的笑声,斯内普的薄嘴唇也扭动着,露出一个不怀好意的笑容。令哈利大为恼火的是,斯内普居然大声念起了那篇文章。

"哈利·波特的秘密伤心史……天哪,天哪,波特,你又犯了什么毛病?*他或许是一个与众不同的男孩……*"

哈利觉得脸在发烧。斯内普每念完一句都停顿一下,让斯莱特林们笑个够。这篇文章经斯内普的嘴一念,效果更糟糕十倍。

"*……对哈利·波特存有良好愿望的人们希望,下次他再奉献真情时,一定要挑选一个更有价值的候选人。*多么动人啊,"斯内普讥讽地说,一边在斯莱特林们的阵阵狂笑声中把杂志卷了起来,"哼,我认为最好把你们三个分开,这样你们就能集中思想配制药剂,而不是光想着这些乱七八糟的风流韵事了。韦斯莱,你坐在这里不动。格兰杰小姐,你上那儿去,坐在帕金森小姐旁边。波特——到我讲台前的那张桌子去。好了,快行动吧。"

哈利气得要命,把配料和书包扔进坩埚,然后端着坩埚走向教室前面的那张空桌子。斯内普也跟了过去,坐在讲台边,注视着哈利把坩埚里的东西一样样拿出来。哈利打定主意不去看斯内普,开始捣他的圣甲虫,幻想着每只甲虫都长着一张斯内普的脸。

"你成了媒体关注的中心,这似乎使你本来就不小的脑袋更加膨胀了,波特。"班上其他同学都安静下来后,斯内普轻声说道。

哈利没有回答。他知道斯内普是想挑逗他、激怒他,斯内普以前就这么做过。不用说,他是想找借口赶在下课前扣掉格兰芬多五十分。

"你大概想当然地以为,整个魔法界都在为你惊叹,"斯内普继续说道,声音很轻,其他同学都听不见(哈利只管捣他的圣甲虫,尽管它们已被碾成细细的粉末),"但是我才不关心你的照片在报纸

443

上出现多少次呢。在我眼里，波特，你不过是一个讨厌的小男孩，但你却觉得自己可以无视所有的规章制度。"

哈利把甲虫粉末倒进坩埚，开始切割姜根。他气得双手微微发抖，但始终低垂着眼睛，好像根本听不见斯内普对他说的话。

"因此，我要给你一个善意的警告，波特，"斯内普用更轻柔也更阴险的声音说，"尽管你小有名气——如果我再发现你闯进我的办公室——"

"我从来没有靠近过你的办公室！"哈利气愤地说，把刚才的装聋作哑抛到了一边。

"别对我撒谎，"斯内普压低声音说，那双深不可测的黑眼睛狠狠地瞪着哈利的眼睛，"非洲树蛇皮、鳃囊草，这两样都是我的私人储藏品，我知道是谁偷的。"

哈利毫不示弱地瞪着斯内普，坚决不眨眼睛，也不显出心虚的样子。说实话，他并没有从斯内普那里偷这两样东西。赫敏二年级的时候拿了非洲树蛇皮——他们需要用它配制复方汤剂——当时斯内普怀疑到了哈利，但一直没有证据。那鳃囊草呢，不用说，是多比偷的。

"我不知道你在说些什么。"哈利冷冷地撒谎道。

"有人闯进我办公室的那天夜里，你不在自己的床上！"斯内普嘶嘶地说，"这瞒不过我，波特！不错，疯眼汉穆迪大概也加入了你的追星俱乐部，但我再也不会容忍你的行为了！如果你再半夜三更溜进我的办公室，波特，你就等着瞧吧！"

"好吧，"哈利冷静地说，又低头切他的姜根，"我会记住这一点的，以免我什么时候心血来潮想去那儿。"

斯内普的眼睛闪了闪。他把一只手伸进黑袍子里面。一时间，哈利以为斯内普要抽出魔杖，给他念咒——接着他看见斯内普掏出了一个小小的水晶瓶，里面是一种清澈透明的药剂。哈利仔细地

第 27 章　大脚板回来了

望着。

"你知道这是什么吗，波特？"斯内普说，那双眼睛里又闪着恶意的光芒。

"不知道。"哈利说，这次他说的完全是实话。

"这是吐真剂——一种教你说实话的药剂，效果奇强，只要三滴，就能使你透露出内心深处的秘密，让全体同学洗耳恭听。"斯内普恶狠狠地说，"当然，对这种药剂的使用，魔法部有十分严格的规定加以控制。但是你必须格外留神，不然我就会失手，"——他微微摇晃着水晶瓶——"倒在你晚餐的南瓜汁里。然后，波特……然后我们就会弄清你究竟去没去过我的办公室。"

哈利没有说话。他又一次转向他的姜根，拿起小刀，开始把它们切成碎片。他十分厌恶斯内普谈到的那种吐真剂，而且认为斯内普很有可能偷偷给他洒上几滴。他不知道如果斯内普真的这么做了，自己嘴里会吐露些什么，一想到这点，他就忍不住打了个寒噤……他不仅会使许多人陷入麻烦——首先是赫敏和多比——更要命的是，他心里还藏着许多其他秘密呢……比如他一直在跟小天狼星保持联系……还有——他一想起来就觉得心里翻江倒海——他对秋的感情……他把姜根也倒进了坩埚，一边暗想，不知是否应该学学穆迪的样子，也在屁股后面挂一个酒瓶，从此只喝那里面的东西。

这时，教室外有人敲门。

"进来。"斯内普用他惯常的声音说。

门开了，全班同学都扭头看去。卡卡洛夫教授走了进来，大家望着他走向斯内普的讲台。他用手指卷着他的山羊胡须，显得焦躁不安。

"我们需要谈谈。"卡卡洛夫刚走到斯内普身边，就唐突地说。他似乎打定主意不让任何人听见他说的话，所以嘴唇几乎没有动，就好像他是一个很蹩脚的腹语专家。哈利眼睛盯着姜根,侧耳细听。

"我下课以后再跟你谈,卡卡洛夫。"斯内普小声说,但卡卡洛夫打断了他。

"我想现在就谈,趁你还没办法溜走,西弗勒斯。你一直在躲着我。"

"下课再说。"斯内普严厉地说。

哈利假装举起一只量杯,看倒出来的犰狳胆汁是不是够了,一边偷偷用眼角扫了那两人一眼。卡卡洛夫一副惊慌失措的样子,斯内普显得很生气。

在那两节课剩下来的时间里,卡卡洛夫一直在斯内普的讲台后面徘徊。他似乎决意不让斯内普下课后溜走。哈利很想听听卡卡洛夫要说什么,便故意在还有两分钟就打下课铃的时候,把装犰狳胆汁的瓶子打翻了,这样,当其他同学都闹哄哄地朝门口走去时,他就有借口蹲在坩埚后面,用抹布擦地了。

"什么事这么紧急?"他听见斯内普压低声音问卡卡洛夫。

"你看。"卡卡洛夫说,哈利从坩埚边缘偷偷望去,看见卡卡洛夫撩起长袍的左边袖子,给斯内普看他小臂上的什么东西。

"怎么样?"卡卡洛夫说,仍然很费劲地不让自己的嘴唇移动,"看见了吗?从来没有这样明显,自从——"

"快藏起来!"斯内普恶狠狠地说,那双黑眼睛扫视着教室。

"可是你一定注意到了——"卡卡洛夫语气焦虑地说。

"我们以后再谈,卡卡洛夫!"斯内普厉声说,"波特!你在干什么?"

"把我洒的犰狳胆汁擦干净,教授。"哈利假装无辜地说,一边直起身子,举起手里的湿抹布给斯内普看。

卡卡洛夫转了个身,大步走出了教室。他看上去既担忧又恼火。哈利不想单独和怒气冲天的斯内普待在一起,便赶紧把书本和配料

第 27 章 大脚板回来了

扔进书包,飞快地走了出去,他要把刚才看见的事情告诉罗恩和赫敏。

第二天中午他们离开城堡时,看见微弱的银白色太阳照耀着场地。天气是一年来最暖和的,当他们到达霍格莫德村时,三个人都把斗篷脱了下来,搭在肩膀上。小天狼星叫他们带的食物就放在哈利的书包里。他们从午饭桌上偷了十来个鸡腿、一个长面包,还有一瓶南瓜汁。

他们走进风雅牌巫师服装店,给多比买礼物。他们把能够找到的最鲜艳、最夸张的袜子都挑选出来,有一双上面是闪耀的金星银星,还有一双一旦太臭就会大声尖叫。他们挑来挑去,觉得非常开心。一点半钟的时候,他们沿着马路经过德维斯-班斯,朝村外走去。

哈利从没有往这个方向来过。曲折的小路把他们带到了霍格莫德村周围荒野的田间。这里只有很少几座小木屋,但它们附带的园地却很大。他们朝山脚走去,霍格莫德村就坐落在这座大山的阴影里。随后,他们拐过一个弯,看见小路尽头有一道栅栏。在那里等着他们的是一条邋里邋遢的大黑狗,前爪搭在最高的那根栅栏上,嘴里叼着几张报纸,这条狗看上去很眼熟……

"你好,小天狼星。"他们走过去时,哈利说道。

黑狗急切地嗅着哈利的书包,摇了一下尾巴,然后一转身,在一片灌木丛生的场地上小跑起来,这片场地通向布满岩石的山脚。哈利、罗恩和赫敏赶紧爬过栅栏,跟了上去。

小天狼星领着他们一直来到山脚下,这里的地面上布满大大小小的石头。他因为有四个爪子,走起来轻松自如,可是哈利、罗恩和赫敏很快就累得气喘吁吁了。他们跟着小天狼星越走越高,开始往山上爬。三个人追随着小天狼星摇摆的尾巴,在蜿蜒陡峭、怪石嶙峋的小径上攀登了将近半小时，烈日烤得他们汗流浃背，哈利的书包带勒得他肩膀生疼。

终于，小天狼星一闪身不见了。他们来到他消失的地方，看见岩石上有一道狭窄的裂口。他们挤进去，发现来到了一个凉爽的、光线昏暗的岩洞里。巴克比克，那头鹰头马身有翼兽，就拴在岩洞尽头，绳子绕在一块大岩石上。巴克比克一半的身子是匹灰马，另一半则像是只巨大的鹰。它看到他们，锐利的橘黄色眼睛闪了闪。他们三个都对它深深地鞠躬，巴克比克傲慢地打量了他们片刻，然后弯下多鳞的前腿，让赫敏上前抚摸它长着羽毛的脖子。哈利却望着那条黑狗，就在这时，黑狗摇身一变，成了他的教父。

小天狼星穿着破破烂烂的灰袍子，就是他离开阿兹卡班时穿的那件。他的黑头发比上次在炉火里出现时长得多，而且又变得蓬乱纠结了。他看上去很消瘦。

"鸡肉！"他刚把嘴里破旧的《预言家日报》扔在岩洞的地上，就沙哑着嗓子说。

哈利扯开书包，把那包鸡腿和面包递了过去。

"谢谢，"小天狼星说了一句，便急切地打开包裹，抓起一个鸡腿，一屁股坐在地上，用牙齿撕下一大块鸡肉，"我几乎是靠吃老鼠过日子的，没法从霍格莫德偷到多少吃的东西，否则会引起别人注意。"

他抬头看着哈利笑了，但哈利只是很勉强地笑了一下。

"你在这里干什么，小天狼星？"他问。

"履行我作为教父的义务。"小天狼星说，一边啃咬着鸡骨头，那动作活像一条狗，"别为这个操心了，我假装自己是一条从别人家走失的可爱的狗。"

他仍然那样笑着，不过看到哈利脸上焦虑的神情，他便正色说道："我必须亲临现场。你最后那封信……至少，我们可以说事情

第27章 大脚板回来了

变得越来越可疑了。每次人们扔掉报纸,我都把它们偷捡回来,从现在的事态看,忧心忡忡的可不止我一个人。"

他冲着地上那几份发黄的《预言家日报》点点头,罗恩把报纸捡起来打开。但哈利仍然盯着小天狼星。

"如果他们抓住你怎么办?如果你被人发现了怎么办?"

"在这附近,只有你们三个和邓布利多知道我是一个阿尼马格斯。"小天狼星说着耸了耸肩,继续大口啃着鸡腿。

罗恩用胳膊肘捅了捅哈利,把《预言家日报》递给了他。报纸共有两份,其中一份印着这样的标题:巴蒂·克劳奇病得蹊跷;另一份上印着:魔法部女巫仍然下落不明 —— 目前部长本人也卷入此事。

哈利迅速浏览了一下关于克劳奇的那篇报道。一些只言片语映入他的眼帘:自十一月起便没有露面 …… 家中似乎无人居住 …… 圣芒戈魔法伤病医院拒绝发表评论 …… 魔法部不肯证实他病入膏肓的传言 ……

"听他们的口气,就好像他快要死了。"哈利慢慢地说,"既然他有力气闯到这里来,就不可能病得那么重 ……"

"我哥哥是克劳奇的私人助理,"罗恩告诉小天狼星说,"他说克劳奇是因为工作太累,积劳成疾了。"

"但别忘了,上次我靠近了打量他,发现他确实像有病的样子,"哈利慢慢地说,一边仍然浏览着那篇报道,"就是我的名字从火焰杯里喷出来的那天晚上 ……"

"这是他开除闪闪而得到的报应,不是吗?"赫敏说,语气有些尖刻,巴克比克嘎吱嘎吱地嚼着小天狼星吃剩的鸡骨头,赫敏温柔地抚摸着它,"我敢说他现在后悔自己不该那么做了 —— 我敢说没有闪闪在身边照料,他觉得生活大不如以前了。"

"赫敏对家养小精灵着了迷。"罗恩小声对小天狼星说,一边朝赫敏翻了个白眼。

但小天狼星却显得很感兴趣:"克劳奇开除了他的家养小精灵?"

"是啊,在魁地奇世界杯赛上。"哈利说,接着便一五一十地讲了黑魔标记怎样出现,闪闪怎样被发现手里抓着哈利的魔杖,克劳奇先生怎样大发雷霆。

哈利讲完了,小天狼星又站了起来,开始在岩洞里踱来踱去。"我来把这件事搞清楚。"过了一会儿他说,手里挥动着一个刚拿出来的鸡腿,"你先是在顶层包厢看见了那个小精灵,她在替克劳奇占位子,对吗?"

"没错。"哈利、罗恩和赫敏异口同声地说。

"但是克劳奇并没有来观看比赛?"

"没有,"哈利说,"我记得他说自己太忙了。"

小天狼星默默地在岩洞里来回踱步。接着他说:"哈利,你离开顶层包厢后有没有摸摸口袋,看你的魔杖还在不在?"

"嗯……"哈利努力回忆,"没有,"他最后说,"在进入树林前,我不需要使用魔杖。一进林子,我把手伸进口袋,里面就只有我的那架全景望远镜了。"他望着小天狼星,"你是说,变出黑魔标记的那个人在顶层包厢偷走了我的魔杖?"

"很有可能。"小天狼星说。

"闪闪没有偷那根魔杖!"赫敏坚决地说。

"包厢里除了小精灵还有别人呢。"小天狼星说。他蹙起眉头,又开始踱步:"坐在你后面的还有谁?"

"好多人呢,"哈利说,"保加利亚的几位部长……康奈利·福吉……还有马尔福一家……"

"马尔福!"罗恩突然喊道,声音很大,在岩洞里嗡嗡回响,巴克比克不安地抖动着脑袋,"我敢说就是卢修斯·马尔福干的!"

第27章　大脚板回来了

"还有别人吗？"小天狼星问。

"没有了。"哈利说。

"有，还有卢多·巴格曼呢。"赫敏提醒道。

"噢，对了……"

"我对巴格曼不太了解，只知道他曾经是温布恩黄蜂队的击球手。"小天狼星仍然踱着步说，"他怎么样？"

"挺好的，"哈利说，"好几次都提出要在三强争霸赛中帮助我。"

"哦，是吗？"小天狼星说，眉头皱得更紧了，"真奇怪，他为什么要这样做呢？"

"他说对我产生了好感。"哈利说。

"唔。"小天狼星显然若有所思。

"就在黑魔标记出现之前，我们在树林里看见了他。"赫敏对小天狼星说。"记得吗？"她问哈利和罗恩。

"是的，但他并没有留在树林里，对不对？"罗恩说，"我们一告诉他发生了暴乱，他就赶到营地去了。"

"你怎么知道？"赫敏立刻反问，"你怎么知道他幻影移形，移到什么地方去了？"

"别胡扯了，"罗恩不敢相信地说，"难道你认为是卢多·巴格曼变出了黑魔标记？"

"他比闪闪更有可能。"赫敏固执地说。

"我告诉过你，"罗恩意味深长地望着小天狼星，说，"我告诉过你，赫敏对家养——"

但是小天狼星举起一只手，止住了罗恩的话头。

"当黑魔标记被变出来，那个小精灵握着哈利的魔杖被人发现时，克劳奇是怎么做的？"

"他钻进灌木丛看了看，"哈利说，"但那里什么人也没有。"

"当然,"小天狼星一边踱步,一边轻声嘀咕,"当然,他想把事情归罪于别人,而不是他自己的小精灵……然后他就开除了她?"

"是的,"赫敏用十分气愤的口气说,"他开除了她,就因为她没有待在帐篷里,由着别人践踏——"

"赫敏,你能不能不要揪住小精灵不放!"罗恩说。

小天狼星摇了摇头,说:"赫敏比你更了解克劳奇的本性,罗恩。如果你想了解一个人的为人,就要留意他是如何对待他的下级的,而不能光看他如何对待与他地位相等的人。"

他用手抚摸着胡子拉碴的面颊,显然在苦苦思索什么。"巴蒂·克劳奇这么多次缺席……在魁地奇世界杯赛上,他花了功夫让家养小精灵给他占座位,自己却没有去观看比赛。他加班加点地工作,恢复了三强争霸赛,自己却不去参加……这不符克劳奇的性格。如果他以前因为生病请过一天假,我就把巴克比克生吞活吃了。"

"怎么,你认识克劳奇?"哈利说。

小天狼星的表情暗淡了。他突然变得挺吓人的,就像哈利第一次见到他的那天夜里一样,当时哈利还相信小天狼星是个杀人魔王呢。

"哦,我当然认识克劳奇,"他轻声说,"就是他下令把我送到阿兹卡班的——连审判也免了。"

"什么?"罗恩和赫敏同时说。

"你在开玩笑吧!"哈利说。

"没有,不是玩笑。"小天狼星说着,又咬了一大口鸡肉,"克劳奇曾是魔法部法律执行司的司长,你们不知道吧?"

哈利、罗恩和赫敏摇了摇头。

"有人预测他有可能当选下一届魔法部部长。"小天狼星说,

第27章　大脚板回来了

"他是个了不起的巫师，巴蒂·克劳奇，法力高强——权力欲望也很强。哦，绝不会是伏地魔的支持者。"他看到哈利脸上的表情，说道："不，巴蒂·克劳奇总是公开声明他是反对黑魔法的。可是许多反对黑魔法的人都……唉，你们不会明白……你们年纪太小了……"

"我爸爸在世界杯赛上就是这么说的。"罗恩说，语气里带着一点儿恼火，"你就试试嘛，看我们能不能明白。"

小天狼星消瘦的脸上闪过一丝笑容。"好吧，我就试试……"

他走到岩洞那头，又折回来，说道，"现在想象一下，在伏地魔势力强大的时候，你不知道谁是他的支持者，谁不是，不知道谁在为他效命，谁不是。你知道他能把人牢牢控制，使他们不由自主地做一些可怕的事。你为自己、你的家人和你的朋友感到害怕。每个星期都有噩耗传来，又有人死亡，又有人失踪，又有人在遭受折磨……魔法部一片混乱，他们不知道该怎么办，还要千方百计地瞒着麻瓜，而与此同时，麻瓜们也在死亡。到处都是一片恐怖……紧张……混乱……当时就是这样的状况。

"唉，像这样的时候，总能使好人体现出最高尚的品德，使坏人暴露出最恶劣的本质。一开始，克劳奇的原则大概还不错——我不太清楚。他在部里很快步步高升，开始采取一些非常强硬的措施，对付伏地魔的支持者们。傲罗们获得了一些新的权力——比如，他们有权杀人，而不仅仅是抓捕。未经审判就被直接移交摄魂怪的不止我一个人。克劳奇用暴力对付暴力，允许对嫌疑者采用不可饶恕咒。在我看来，他变得像黑魔势力那边的许多人一样心狠手辣、冷酷无情。你们知道吗，他也有自己的支持者——许多人认为他这样处理事情是对的，许多巫师大声疾呼，要求他担任魔法部部长。伏地魔失踪后，克劳奇出任第一把手似乎只是一个时间问题。然而就在这时，发生了一件十分不幸的事……"小天狼星露出冷酷的笑容,"克劳奇的亲生儿子被抓住了,他和一群凭着花言巧语没有被关进阿兹卡班的食死徒在一起。看样子他们在寻找伏地魔,想使他卷土重来。"

"克劳奇的儿子被抓住了?"赫敏吃惊地问。

"是啊。"小天狼星说,把鸡骨头扔给巴克比克,又一屁股坐在地上,拿起身边的那个面包撕成两半,"可以想象,这对巴蒂那老家伙来说真是一个不小的打击。他应该多花点时间和家人待在一起,是不是?应该时不时地早点下班……多了解了解自己的儿子。"

他狼吞虎咽地吃起了面包。

"他儿子是一个食死徒吗?"哈利说。

"不清楚。"小天狼星说,一边继续往嘴里塞着面包,"他被关进阿兹卡班时,我自己也在那里。这些情况都是我出来以后才打听到的。那个男孩被捕的时候,和他在一起的人都是食死徒,这点我可以用性命打赌——但他也许只是不该在那个时候出现在那个地点,就像那个家养小精灵一样。"

"克劳奇有没有替他的儿子开脱?"赫敏小声问道。

小天狼星发出一声怪笑,很像是犬吠。"克劳奇替他的儿子开脱?赫敏,我刚才还以为你挺了解他的本性呢!一切威胁到他名誉的事物,都必然被抛到一边。他的全部生命都献给了要成为魔法部部长这项事业。你们看见他开除了一个忠心耿耿的家养小精灵,就因为这个小精灵又把他和黑魔标记联系在了一起——你们还看不出他是个什么样的人吗?克劳奇的父爱充其量只表现在他让儿子受审上,根据各种流传的说法,这实际上是给了克劳奇一个借口,可以展示一下他是多么仇恨那个男孩……然后他就把儿子送进了阿兹卡班。"

"他把自己的儿子交给了摄魂怪?"哈利轻声问。

第27章　大脚板回来了

"正是这样，"小天狼星说，现在他脸上完全不是觉得好笑的神情了，"我看见摄魂怪把他带了进来，我隔着牢门的铁栏杆注视着他们。他最多也就十九岁。他们把他投进了我旁边的一间牢房。傍晚的时候，他尖声呼喊着妈妈。不过几天之后，他就无声无息了……他们最后都无声无息了……只偶尔在睡梦中发出尖叫……"

一时间，小天狼星眼睛里郁闷的神情变得格外凝重，就好像眼睛后面的百叶窗突然关闭了。

"这么说，他还在阿兹卡班？"哈利问。

"不在了，"小天狼星淡淡地说，"他已经不在那里了。在他们把他带进来一年之后，他就死了。"

"死了？"

"死了的不止他一个，"小天狼星痛苦地说，"在那里，大多数人都发了疯，许多人最后都绝食了。他们丧失了生活下去的愿望。一个人什么时候死是可以知道的，因为摄魂怪能够感觉到，每到这时他们就兴奋不已。那个男孩来的时候就病歪歪的。克劳奇是魔法部的重要官员，他和妻子获准看望临终前的儿子。那是我最后一次看见巴蒂·克劳奇，他半搀半扶着妻子，从我的牢房前走过。显然，他妻子很快就死了。悲伤过度。像那个男孩一样憔悴而死。克劳奇没有来领取儿子的尸体。摄魂怪把他埋在了堡垒外面。我亲眼看着他们这么做的。"

小天狼星把举到嘴边的面包扔到一旁，抓起那瓶南瓜汁一口气喝干。

"因此，就在可怜的克劳奇以为大功告成的时候，他失去了一切。"小天狼星用手背擦擦嘴唇，继续说道，"刚才还是一个英雄，信心十足地要成为魔法部部长……转眼间，儿子死了，妻子也死了，家庭的名誉被玷污了，而且，我逃跑出来后听说，他在公众心目中的威信急剧下降。男孩死去后，人们开始更多地同情他儿子，并且提出疑问：为什么一个来自良好家庭的孩子会走上这样的邪路？得出的结论是他父亲从来都不怎么关心他。就这样，康奈利·福吉坐上了第一把交椅，克劳奇被平调到了国际魔法合作司。"

接着便是良久的沉默。哈利想起魁地奇世界杯赛那天在树林里，克劳奇低头望着他那不听话的家养小精灵时，眼珠向外突起的样子。怪不得闪闪在黑魔标记下被人抓住时，克劳奇会有那样过激的反应。那一定使他想起了自己的儿子，想起了过去那段丑闻，以及他在魔法部名誉扫地的惨痛经历。

"穆迪说克劳奇整天痴迷于抓黑巫师。"哈利告诉小天狼星。

"是啊，我听说这成了他的一种嗜好。"小天狼星点了点头，说道，"我的看法是，他仍然以为只要他多抓住一个食死徒，就可以重新赢得公众的支持。"

"他还偷偷溜到这里，搜查斯内普的办公室！"罗恩得意地说，眼睛望着赫敏。

"是啊，但那说明不了任何问题。"小天狼星说。

"哎呀，很能说明问题！"罗恩激动地说。

但小天狼星摇了摇头："听着，如果克劳奇想调查斯内普，为什么不来担任争霸赛的裁判呢？那样他可以堂而皇之地定期拜访霍格沃茨，监视斯内普的行为。"

"那么，你认为斯内普可能有什么不轨行为吗？"哈利问，但是赫敏插了进来。

"喂，不管你们怎么说，反正邓布利多是相信斯内普的——"

"哦，你就消停一会儿吧，赫敏。"罗恩不耐烦地说，"我知道邓布利多很出色，很了不起，但那并不说明一个非常狡猾的黑巫师就骗不了他——"

"那么，一年级的时候，斯内普为什么要救哈利的命呢？他为

第27章 大脚板回来了

什么不让哈利死了拉倒呢？"

"我不知道——也许他以为邓布利多会把他赶出去——"

"你认为呢，小天狼星？"哈利大声地问，罗恩和赫敏停止了争吵，准备听他说话。

"我认为你们俩说的都有道理。"小天狼星若有所思地望着罗恩和赫敏说，"自从我听说斯内普在这里教书后，就一直纳闷邓布利多为什么要聘用他。斯内普一向对黑魔法非常着迷，上学时就因此而出名。他当时是个身上和头发上都黏糊糊、油腻腻的小男孩。"小天狼星补充说，哈利和罗恩笑着对视了一下，"斯内普刚进校时，他知道的咒语就比七年级的半数学生都多，他还是一个斯莱特林团伙的成员，后来那个团伙里的人几乎都变成了食死徒。"

小天狼星举起手，开始扳着手指报出一个个人名："罗齐尔和威尔克斯——在伏地魔倒台前一年都被傲罗杀死了。莱斯特兰奇夫妇，被关在阿兹卡班。埃弗里——据我了解，他用欺骗的办法使自己摆脱了干系，说他是中了夺魂咒，行为不由自主——至今仍逍遥在外。不过据我所知，斯内普从来没有被指控为食死徒——这也不能说明多少问题。他们许多人都没被抓住。斯内普无疑是狡猾机灵的，完全可以把自己洗刷得干干净净。"

"斯内普和卡卡洛夫非常熟悉，但他不想让别人知道这点。"罗恩说。

"是啊，你真应该看到卡卡洛夫昨天闯进魔药课教室时，斯内普脸上的那副表情！"哈利很快地说，"卡卡洛夫想跟斯内普谈谈，他说斯内普一直在躲着他。卡卡洛夫显得非常焦虑。他给斯内普看他胳膊上的什么东西，我没看清那到底是什么。"

"他给斯内普看他胳膊上的什么东西？"小天狼星说，显得十分困惑。他漫不经心地用手指梳理脏兮兮的头发，然后又耸了耸肩膀："唉，我也不知道那是怎么回事……但如果卡卡洛夫万分焦虑，并且找斯内普拿主意的话……"

小天狼星盯着岩壁,然后泄气地做了个鬼脸。"不错,邓布利多相信斯内普,有时候邓布利多相信的人,其他许多人都不相信,但是我想,如果斯内普曾经为伏地魔效过力,邓布利多是决不会让他在霍格沃茨教书的。"

"那么,为什么穆迪和克劳奇这样急切地闯进斯内普的办公室呢?"罗恩固执地问。

"我想,"小天狼星慢吞吞地说,"疯眼汉进入霍格沃茨后,很可能把每个教师的办公室都搜了个遍。穆迪这个人,把他的黑魔法防御术课很当回事呢。他大概谁都不相信,在目睹了这么多事情之后,他这么做并不奇怪。不过,我要为穆迪说一句公道话,只要能够避免,他从不滥杀无辜。他总是尽可能地把人活捉回来。他很粗暴,但从不把自己降低到食死徒的档次上。而克劳奇……他就完全不同了……他真的病了吗?如果有病,为什么还挣扎着闯进斯内普的办公室?如果没病……他到底想干什么?在世界杯赛上,他到底在处理什么大不了的事情,竟然没到顶层包厢去观看比赛?当他应该为争霸赛做裁判时,他又在做什么呢?"

小天狼星陷入了沉思,眼睛仍然盯着岩壁。巴克比克在布满岩石的地上寻寻觅觅,看有没有漏掉的鸡骨头。

最后,小天狼星抬头望着罗恩。"你说你哥哥是克劳奇的私人助理?你能不能问问他最近有没有看见克劳奇?"

"可以试试,"罗恩迟疑地说,"不过,最好别让他听出我认为克劳奇在做一些见不得人的事。珀西爱上了克劳奇。"

"你还可以顺便打听一下,他们有没有查到伯莎·乔金斯的下落。"小天狼星说,指了指第二份《预言家日报》。

"巴格曼告诉我说还没有。"哈利说。

"是啊,文章里引了他的话,"小天狼星说着,冲报纸点点头,

第 27 章　大脚板回来了

"他激动地说伯莎的记性多么糟糕。我以前认识伯莎,除非她后来完全变了。但在我的印象里,伯莎一点儿也不健忘——而是正好相反。她有点儿笨,但在聊八卦方面的记性堪称一流。这经常使她陷入一大堆麻烦;从来不知道什么时候应该闭嘴。我可以想象,她在魔法部里肯定是个讨厌的累赘⋯⋯也许正因为这个,巴格曼才迟迟没有着手去找她⋯⋯"

小天狼星长长地叹了口气,用手揉了揉带黑圈的眼睛。"什么时间了?"

哈利看了看表,随即想起那次他在湖里待了一小时后,他的表就不走了。

"三点半。"赫敏说。

"你们最好回学校去吧。"小天狼星说着站了起来,"现在听我说⋯⋯"他特别认真地望着哈利,"我不要你们几个从学校里溜出来看我,懂吗?往这里给我送信就行了。我仍然想知道有没有什么异常情况。但你决不能未经允许就离开霍格沃茨。如果有人想对你下手,那可是个绝好的机会。"

"到现在为止还没有人想对我下手,除了一条火龙和几个格林迪洛。"哈利说。

但小天狼星不满地瞪着他:"我不管你怎么说⋯⋯等这场争霸赛结束,我才能完全放心,那要到六月份呢。别忘了,如果你们几个人谈起我,就叫我'伤风',好吗?"

他把餐巾纸和空瓶子递给哈利,又过去拍拍巴克比克,同它告别。"我和你们一起走到村边,"小天狼星说,"看能不能再偷到一两份报纸。"

他摇身一变,又变成了那条大黑狗,然后大家一起离开了岩洞。他们和小天狼星一起下山,走过布满碎石的场地,回到了栅栏边。在这里,他让他们每个人都拍了拍他的脑袋,然后一转身,沿着村子外围跑走了。

哈利、罗恩和赫敏顺原路返回霍格莫德村,又朝霍格沃茨走去。

"不知道珀西是否了解克劳奇的那些事情,"他们走在通往城堡的车道上时,罗恩说道,"不过也许他并不在乎……这大概会使他更崇拜克劳奇的。没错,珀西酷爱规章制度。他会说克劳奇只是大义灭亲,不愿为儿子破坏章程。"

"珀西决不会把他的家人甩给摄魂怪。"赫敏严厉地说。

"这我可说不准。"罗恩说,"如果他认为我们妨碍了他的事业……珀西真是很有野心的,你们知道……"

他们走上石阶,进入门厅,迎面闻到礼堂里飘出晚餐诱人的香味。

"可怜的'伤风',"罗恩深深地吸着气说,"他一定非常爱你,哈利……想象一下吧,靠吃老鼠过日子。"

第28章

克劳奇先生疯了

星期天吃过早饭，哈利、罗恩和赫敏来到猫头鹰棚屋。他们要像小天狼星建议的那样给珀西送一封信，问他最近有没有看见克劳奇先生。他们选用了海德薇，因为它已经失业了很长时间。他们透过棚屋的窗户望着它渐渐远去，然后下楼来到厨房，把新买的袜子送给多比。

家养小精灵们兴高采烈地欢迎了他们，又是鞠躬，又是行屈膝礼，还手忙脚乱地为他们准备茶点。多比看到礼物欣喜若狂。

"哈利·波特对多比太好了！"他尖声说，擦去大眼睛里冒出的大滴泪珠。

"你用鳃囊草救了我的命，多比，真的。"哈利说。

"还有那种手指饼吗？"罗恩看着周围笑容满面、连连鞠躬的家养小精灵们，问道。

"你刚吃过早饭！"赫敏恼火地说。然而一只装满手指饼的大银盘，已经由四个小精灵托着，旋风般送到了他们面前。

"我们多要一些吃的，拿去送给'伤风'。"哈利小声说道。

"好主意。"罗恩说，"让小猪有点事情做做。你们能不能再给我们一些吃的东西？"他问周围的小精灵。他们高兴地鞠着躬，马不停蹄地去取食物了。

"多比，闪闪呢？"赫敏看看四周，问道。

"闪闪在炉火边呢，小姐。"多比轻声说，耳朵微微耷拉着。

"哦，天哪。"赫敏看见闪闪，不由得惊叹道。

哈利也朝壁炉那边望去。闪闪还是坐在上次那张小凳子上，但她把自己弄得肮脏不堪，几乎跟她身后被烟熏黑的砖墙混为一体，很难分辨出来。她的衣服没有洗过，又脏又破。她手里抓着一瓶黄油啤酒，身体在凳子上微微摇晃，眼睛直勾勾地望着炉火。就在他们注视着她时，她重重地打了个酒嗝。

"闪闪现在每天要灌下去六瓶。"多比小声告诉哈利。

"噢，这种啤酒劲儿不大。"哈利说。

多比却摇了摇头。"对家养小精灵来说相当厉害呢，先生。"他说。

闪闪又打了个嗝。端手指饼来的那几个小精灵不满地白了她一眼，又回去干活了。

"闪闪现在很憔悴，哈利·波特，"多比忧伤地小声说，"闪闪想回家。闪闪仍然认为克劳奇先生是她的主人，先生，多比反复跟她说，她现在的主人是邓布利多，可她就是听不进去。"

"嘿，闪闪，"哈利突然有了一个主意，走到她身边，弯下身子，"你知不知道克劳奇先生可能在做什么？他不来给三强争霸赛做裁判了。"

闪闪的眼睛闪动着，两只巨大的瞳孔盯住了哈利，身体又微微摇晃起来，她说："主——主人不——呃——不来了？"

"是啊，"哈利说，"从第一个项目结束后，我们就没有看见他。《预言家日报》上说他病了。"

闪闪又摇晃了几下，视线模糊地瞪着哈利。"主人——呃——病了？"

第28章　克劳奇先生疯了

她的下嘴唇哆嗦起来。

"我们还不能肯定这是不是真的。"赫敏赶紧说道。

"主人现在需要他的——呃——闪闪！"小精灵抽抽搭搭地说，"主人一个人——呃——可怎么——呃——怎么对付得了……"

"他们的家务事他们自己也能做的，闪闪。"赫敏严肃地说。

"闪闪——呃——不单单——呃——为克劳奇先生做家务事！"闪闪气愤地尖声说，身体摇晃得更厉害了，还把黄油啤酒洒在她本来就污渍斑斑的衬衫上，"主人——呃——相信闪闪，把最重要——呃——最秘密的事——都告诉了闪闪——"

"什么事？"哈利说。

但闪闪使劲摇了摇头，又把一些啤酒洒在身上。

"闪闪不能——呃——泄露主人的秘密。"她抗拒地说道，身子剧烈地摇晃，皱着眉头，两眼失神地瞪着哈利，"你——呃——你在多管闲事。"

"闪闪不许这样跟哈利·波特说话！"多比生气地说，"哈利·波特勇敢而高尚，哈利·波特从不多管闲事！"

"他在探听——呃——我主人的——呃——秘密的私事——呃——闪闪是个好家养小精灵——呃——闪闪知道保持沉默——呃——人们千方百计地——呃——打听刺探——呃——"闪闪的眼皮耷拉下来，她突然从凳子上滑到壁炉前的地毯上，响亮地打起呼噜来。喝空的黄油啤酒瓶骨碌碌滚过石块铺的地面。

六七个家养小精灵匆匆赶过来，脸上是一副厌恶的表情。其中一个捡起酒瓶，其他人用一块方格子的大桌布盖住闪闪，并仔细掖好四角，不让别人看见她。

"让你们看到这个，真是对不起，先生小姐！"近旁的一个小精灵尖声说，一边摇着头，显得十分羞愧，"真希望你们不要根据闪闪来评判我们大家，先生小姐！"

"她不快活！"赫敏焦虑地说，"你们为什么不想办法让她快活起来，却反而把她盖住呢？"

"对不起，小姐，"那个家养小精灵说，又深深鞠了一躬，"可是当有活儿要干、有主人要伺候时，家养小精灵是没有权利不快活的。"

"哦，天哪！"赫敏生气地喊道，"你们都听我说吧！你们和巫师一样，完全有权利不快活！你们有权利拿工钱、休假、穿体面的衣服，用不着事事都听别人使唤——看看多比吧！"

"请小姐不要把多比牵扯进去。"多比含糊地说，看上去非常害怕。厨房里那些家养小精灵脸上欢快的笑容消失了。他们突然用异样的眼神望着赫敏，似乎觉得她是疯狂而危险的。

"吃的东西给你们拿来了！"哈利胳膊肘边的一个小精灵尖声说，然后把一大块火腿、十几块蛋糕和几样水果塞进哈利怀里，"再见！"

家养小精灵们围在哈利、罗恩和赫敏周围，许多只小手推着他们的腰背部，要把他们赶出厨房。

"谢谢你送我的袜子，哈利·波特！"多比在壁炉地毯上可怜巴巴地叫道，他站在被桌布盖着的闪闪旁边。

"你就不能把嘴巴闭上吗，赫敏？"厨房的门重重地在他们身后关上后，罗恩气冲冲地说，"现在他们再也不愿意我们到这儿来了！我们没法从闪闪嘴里套出克劳奇的更多情况了！"

"得了吧，你才不关心这个呢！"赫敏讥笑道，"你只是想下来捞点儿吃的！"

从这时起，那天就一直令人烦躁。晚上，罗恩和赫敏在公共休息室做家庭作业时唇枪舌剑地吵个不停，哈利厌烦透了，便一个人

第28章　克劳奇先生疯了

带着给小天狼星的食物来到猫头鹰棚屋。

小猪个头太小了，没法独自驮着一整块火腿到山里，哈利就又选了两只学校的长耳猫头鹰来帮忙。它们在暮色中飞远，中间抬着那个大包裹，显得怪模怪样的。哈利靠在窗台上，望着外面的场地，望着禁林里黑乎乎的、沙沙作响的树梢，和德姆斯特朗大船那随风飘动的船帆。一只雕枭飞过从海格小屋烟囱冒出的袅袅青烟，朝城堡飞来，然后绕过猫头鹰棚屋消失了。哈利一低头，看见海格在他的小屋前劲头十足地挖土。哈利不明白他在做什么，看上去是在开垦一片地来种菜。就在这时，马克西姆女士从布斯巴顿的马车里出来，朝海格走去。看样子她想跟海格搭话。海格挂着铲子，似乎不愿意多谈，因为马克西姆女士很快就回马车去了。

哈利不想回格兰芬多塔楼去听罗恩和赫敏互相叫骂，便默默地望着海格挖土，直到夜色吞没了海格的身影。哈利周围的猫头鹰一只只地醒来，嗖嗖地从他耳边飞向夜空。

第二天吃早饭时，罗恩和赫敏的心情终于多云转晴。罗恩曾悲观地预言，由于赫敏侮辱了家养小精灵，他们给格兰芬多桌子送的食物会大打折扣，现在证明他的预言落空了。这使哈利松了口气。那些熏咸肉、鸡蛋和腌鲱鱼和往常一样丰盛鲜美。

送信的猫头鹰飞来了，赫敏急切地抬起头。她似乎有所期待。

"珀西还来不及回信呢，"罗恩说，"我们昨天刚派海德薇给他送的信。"

"不，不是那个，"赫敏说，"我订了一份《预言家日报》。现在什么事情都从斯莱特林们那里知道，我烦透了。"

"好主意！"哈利说，也抬头望着那些猫头鹰，"嘿，赫敏，我觉得你运气不错——"

一只灰色猫头鹰朝赫敏飞来。

"可它并没有捎来报纸呀。"赫敏说,显得有些失望,"它——"

没想到灰色猫头鹰在她面前的盘子上落定后,紧接着又飞来四只谷仓猫头鹰、一只棕褐色猫头鹰和一只灰林猫头鹰。

"你究竟发出了多少张订单?"哈利说,一把抓过赫敏的高脚杯,免得被这一大群猫头鹰打翻。它们都争先恐后地往前挤,想第一个把信送到她手里。

"见鬼,到底怎么——"赫敏说着,接过灰色猫头鹰送来的信,打开后看了起来,"哎呀,哎呀!"她气急败坏地说,脸色变得通红。

"怎么回事?"罗恩说。

"这——这简直太荒唐了——"她把信塞给哈利,哈利看到那不是手写的笔迹,而仿佛是用《预言家日报》上剪下来的字母拼成的。

你是个**坏女孩**。哈利·波特**应该**得到更好的姑娘。滚回你的**麻瓜**老家去吧。

"都是这类的信!"赫敏把信一封封拆开,绝望地说,"哈利·波特应该得到比你这种货色强百倍的女孩……应该把你放在蛙卵里煮一煮……哎哟!"

她刚打开最后一个信封,一股黄绿色的液体喷到她的双手上,发出刺鼻的汽油味,她手上立刻冒出黄黄的大水泡。

"没经稀释的巴波块茎脓液!"罗恩说。他小心地拿起信封,闻了闻。

"哎哟!"赫敏叫道,她拿起一块餐巾擦去手上的脓液时,眼泪就已经流了出来,但手指上已布满厚厚的、疼痛难忍的疮疤,看上去就像戴着一双疙里疙瘩的厚手套。

"你最好赶紧去校医院,"哈利说,这时赫敏周围的猫头鹰一只

第28章　克劳奇先生疯了

只地飞走了,"我们会跟斯普劳特教授说明情况的……"

"我警告过她!"赫敏捂住双手匆匆离开礼堂后,罗恩说道,"我警告过她,不要招惹丽塔·斯基特!看看这封吧……"他大声念着赫敏留下的一封信,"我在《女巫周刊》上读到你在玩弄哈利·波特的感情,那个男孩已经受了那么多苦,等着吧,我只要找到一个大信封,下次就给你寄一个咒语去。天哪,她可真得当心点儿。"

赫敏没有来上草药课。当哈利、罗恩离开温室,去上保护神奇动物课时,看见马尔福、克拉布和高尔正走下城堡的石阶。潘西·帕金森跟在他们后面,和那帮斯莱特林女生交头接耳、咯咯窃笑。潘西一看见哈利,就大声问道:"波特,你和女朋友闹翻了吗?早饭时她为什么气成那样?"

哈利没有理她。他不想让潘西知道《女巫周刊》的那篇文章引起了多大麻烦,免得她幸灾乐祸,得意忘形。

海格上节课就告诉他们,独角兽的知识已经讲完,此刻他站在小屋外面等候同学们,脚边放着一些他们以前没见过的敞开的纸板箱。哈利一看见纸板箱,心就往下一沉 —— 该不是又孵出了一窝炸尾螺吧? —— 不过走近了往箱子里一看,才发现里面是许多毛茸茸的黑家伙,生着长长的鼻子,前爪平平的,像铲子一样,十分奇特。它们抬头朝全班同学眨着眼睛,面对这么多人的注意,似乎感到有些困惑。

"这些是嗅嗅,"海格等同学们都聚拢了,说道,"一般在矿井下可以见到。它们喜欢闪闪发亮的东西……喏,快看。"

一只嗅嗅突然一跃而起,想咬掉潘西·帕金森手腕上的手表。潘西尖叫着后退。

"很有用的小探宝器,"海格高兴地说,"今天我们可以跟它们玩个痛快了。看见那儿了吗?"他指着那一大片新翻开的土地,就是哈利在猫头鹰棚屋窗口看见他挖掘的地方,"我埋了些金币。谁挑的嗅嗅挖出金币最多,我就给谁发奖。你们把身上值钱的东西都拿掉,然后挑选一只嗅嗅,做好准备,把它们放开。"

哈利把手表摘下,塞进口袋里,手表已经停了,他只是出于习惯才戴着。然后他挑了一只嗅嗅。它把长鼻子伸进哈利的耳朵,起劲地嗅着。这小东西,跟人倒挺亲热的。

"慢着,"海格说,低头望着箱子里面,"这里还剩下一只嗅嗅……谁没有来?怎么不见赫敏?"

"她不得不去医院了。"罗恩说。

"我们回头再跟你解释。"哈利低声说。潘西·帕金森正竖着耳朵听呢。

这真是他们上过的最好玩的一节保护神奇动物课。嗅嗅在那片地里钻进钻出,就像在水里一样,每一只都急匆匆地赶到放开它的那个同学身边,把金币吐进他手里。罗恩的收获特别多,大腿上很快就堆满了金币。

"能把它们买下来作为宠物吗,海格?"罗恩兴奋地问,这时他的嗅嗅又一头扎进土里,把他的袍子都溅脏了。

"你妈妈不会高兴的,罗恩。"海格微笑着说,"嗅嗅这种动物会把房子毁坏的。好了,我看它们干得差不多了。"他在那片地上走来走去,嗅嗅们还在土里钻出钻进,"我只埋了一百块金币。哦,你来了,赫敏!"

赫敏穿过草坪朝他们走来。她两只手上都包着厚厚的绷带,显得怪可怜的。潘西·帕金森目光很锐利地望着她。

"好了,我来看看你们干得怎么样!"海格说,"数数你们的金币!想偷走是没有用的,高尔,"他说着,眯起亮晶晶的黑眼睛,"这是爱尔兰小矮妖的金币,几个小时之后就消失了。"

高尔掏出口袋里的金币,一副闷闷不乐的样子。最后的结果是

第28章 克劳奇先生疯了

罗恩的嗅嗅一举夺魁，海格给了罗恩一大块蜂蜜公爵的巧克力作为奖励。午饭的铃声从场地那头传来，其他同学都动身返回城堡了，哈利、罗恩和赫敏留在后面，帮海格把嗅嗅装回纸板箱里。哈利发现马克西姆女士正从马车的窗口注视着他们。

"你的两只手怎么啦，赫敏？"海格非常关心地问。

赫敏跟他说了早上收到恶意信件的事，还有那个装满巴波块茎脓液的信封。

"啊，不要担心。"海格低头望着她，温和地说，"自从丽塔·斯基特在文章里写到我妈妈后，我也收到过几封这样的信。你是个怪物，应该把你开除。你母亲滥杀无辜，如果你还知道廉耻，就应该跳湖自杀。"

"哦，天哪！"赫敏显得很震惊。

"是啊，"海格说，一边把装嗅嗅的纸板箱搬到小屋的墙根边，"他们都是些疯子，赫敏。以后再收到这样的信，不要打开。把它们直接扔进火里。"

"你错过了一堂特别有趣的课，"他们返回城堡时，哈利对赫敏说，"这些嗅嗅可好玩了，是不是，罗恩？"

可是罗恩皱着眉头，瞪着海格给他的巧克力。他好像为什么事感到心烦意乱。

"怎么回事？"哈利问，"味道不对？"

"不是，"罗恩不耐烦地说，"你为什么不把金币的事告诉我？"

"什么金币？"哈利问。

"我在世界杯赛上给你的金币，"罗恩说，"那些爱尔兰小矮妖的金币，我用来换我的全景望远镜的。在顶层包厢上。它们后来消失了，你为什么不告诉我？"

哈利想了一会儿，才明白罗恩在说什么。

"哦……"他说，终于想起了那段往事，"我不知道……我压根儿就没注意到它们不见了。我一心只挂念着我的魔杖，不是吗？"

他们走上通往门厅的台阶，走进礼堂去吃午饭。

"这感觉一定很妙，"就在他们坐下，开始盛烤牛肉和约克郡布丁时，罗恩突然冒出一句，"钱多得数不清，连一口袋加隆不见了都没有察觉。"

"听着，那天晚上我想着别的事情！"哈利不耐烦地说，"当时我们脑子都很乱，记得吗？"

"我不知道爱尔兰小矮妖的金币会消失，"罗恩喃喃地说，"我以为已经把钱还清了。你圣诞节不应该送给我那顶查德理火炮队的帽子。"

"忘了这件事吧，好吗？"哈利说。

罗恩用叉子尖戳起一个烤土豆，愁闷地瞪着它，然后说道："我真讨厌贫穷的滋味。"

哈利和赫敏对视了一下，都不知道该说什么好。

"这感觉糟透了。"罗恩说，仍然瞪着那个土豆，"弗雷德和乔治想多赚几个钱，我觉得这没什么错。真希望我也能那样。真希望我有一只嗅嗅。"

"好了，我们知道明年圣诞节送你什么了。"赫敏愉快地说，她看见罗恩还是闷闷不乐，又说道，"行了，罗恩，这不是最糟糕的。至少你的手指上没有沾满脓液。"赫敏用起刀叉来十分费劲，她的手指全肿了，僵僵的不听使唤，"我真恨斯基特那个女人！"她突然恶狠狠地大声说，"即使我只剩最后一口气，也要让她付出代价！"

在接下来的一个星期，赫敏仍然不断收到恶意信件，尽管她听从了海格的忠告，不再打开它们，但有些对她心存恶意的人寄来了吼叫信，这些信在格兰芬多的桌子上炸开，尖声吼出侮辱她的话，全礼堂的人都能听见。就连那些不看《女巫周刊》的人，也都知道

第28章 克劳奇先生疯了

哈利、克鲁姆、赫敏的所谓三角恋关系了。哈利反复跟人解释赫敏不是他的女朋友,他觉得厌烦透了。

"慢慢会平息的,"他对赫敏说,"只要我们不理它……上次她写的那篇关于我的文章,人们就慢慢腻烦了——"

"我想知道,她本来是被禁止进入场地的,却怎么能偷听到别人私下里的谈话!"赫敏气愤地说。

在他们的下一节黑魔法防御术课上,赫敏留下来向穆迪教授请教几个问题。班上其他同学都迫不及待地离开了。穆迪在课上毫不留情地测试同学们使咒语转向的本领,许多人都受了轻伤。哈利中了很厉害的耳朵抽筋咒,离开教室时不得不用双手捂住耳朵。

"看来,丽塔肯定没有使用隐形衣!"五分钟后,赫敏在门厅里追上哈利和罗恩,气喘吁吁地说,她还把哈利的手从一只抽动的耳朵上拉开,好让哈利能听见她说话,"穆迪说,在进行第二个项目时,他没有在裁判桌或湖边什么地方看见丽塔!"

"赫敏,我叫你别想这件事了,你怎么就是不听呢?"罗恩说。

"就不听!"赫敏固执地说,"我想知道她怎么能听见我跟威克多尔的谈话! 还有她怎么会打听到海格母亲的事!"

"也许她在你身上装了窃听器。"哈利说。

"装窃听器?"罗恩不解地说,"什么东西……是把臭虫放在了她身上吗?"①

哈利便向他解释什么是暗藏的麦克风和录音装置。

罗恩听得很入迷,可是赫敏打断了他们。"你们俩没有读过《霍格沃茨:一段校史》吗?"

"有必要吗?"罗恩说,"反正你已经记得滚瓜烂熟,我们问问你就可以了。"

---

① 英语中"在……装窃听器"一词,同时也有"臭虫"的意思。

"麻瓜使用的魔法替代品——电啦，计算机啦，雷达啦，所有这类东西——一到霍格沃茨周围就会出故障，因为这个环境里的魔法磁场太强了。不对，丽塔是靠魔法偷听别人说话的，肯定是这样……但愿我能弄清是什么魔法……噢，如果是非法的，她可就逃不掉了……"

"我们要操心的事还不够多吗？"罗恩问她，"非要跟丽塔·斯基特闹得你死我活吗？"

"我没有请你帮忙！"赫敏没好气地说，"我自己处理这件事！"

她三步并作两步地踏上大理石楼梯，甚至没有回头望一眼。哈利相信她一定是去图书馆了。

"我敢说她会抱着一盒我恨丽塔·斯基特的徽章回来，你信不信？"罗恩说。

然而，赫敏并没有叫哈利和罗恩帮她一起找丽塔·斯基特算账，这使他俩都松了口气，因为复活节就快到了，功课越来越多。哈利坦白地承认，赫敏既要跟他们一样完成作业，又要研究偷听魔法术，真是很了不起。哈利光是对付那些家庭作业就忙得焦头烂额，但他坚持定期给山洞里的小天狼星寄去一包包食物。自从去年夏天以来，哈利就一直没有忘记天天挨饿的滋味。他还顺便给小天狼星寄信，告诉他没有任何异常情况，他们仍然在等待珀西的回信。

直到复活节快要结束时，海德薇才回来。珀西的回信附在一包复活节彩蛋里，是韦斯莱夫人寄来的。哈利和罗恩得到的彩蛋都有火龙蛋那么大，里面装满了自制的太妃糖。赫敏的彩蛋却比鸡蛋还小。她一见就拉长了脸。

"你妈妈不会碰巧也看《女巫周刊》吧，罗恩？"她轻声地问。

"没错，"罗恩说，嘴里塞满了太妃糖，"她要看上面的菜谱。"

赫敏悲哀地望着她的小彩蛋。

"你想看看珀西写了什么吗？"哈利赶紧问她。

第28章　克劳奇先生疯了

珀西的信很短，而且口气很不耐烦。

> 正如我不断告诉《预言家日报》的，克劳奇先生工作太辛苦了，目前正在休整。他定期派猫头鹰送来指示。没有，我没有见到他本人，但我认为你们应该相信，我绝对不会认错我上司的笔迹。目前我已经忙得不可开交，却还要澄清这些无聊的谣言。请不要再打扰我了，除非有什么要紧的事。祝复活节愉快。

往常，夏季学期一开始，就意味着哈利要加紧训练，准备这个赛季的最后一场魁地奇比赛。可是今年，他要准备的是三强争霸赛的第三个也是最后一个项目，但他仍然不知道自己要做什么。终于，到了五月的最后一个星期，麦格教授在上完变形课后把他留了下来。

"波特，你今晚九点到下面的魁地奇球场去，"麦格教授对他说，"巴格曼先生要在那里告诉勇士们第三个项目是什么。"

于是，那天晚上八点半，哈利在格兰芬多塔楼与罗恩和赫敏分手，来到楼下。他穿过门厅时，塞德里克正从赫奇帕奇公共休息室里出来。

"你认为会是什么呢？"两人一起走下石阶，融进阴云密布的夜色中时，塞德里克问哈利，"芙蓉不停地唠叨着地下隧道，她认为我们要寻找财宝。"

"那倒不坏。"哈利说，心想他只要向海格借一只嗅嗅，把事情交给它去干就行了。

他们顺着漆黑的草坪朝魁地奇球场走去，然后穿过看台间的一条窄道进入了球场。

"他们在这里搞了些什么？"塞德里克猛地停下脚步，气愤地问。

魁地奇球场不再平整光滑。看上去，似乎有人在这里砌起了无数道长长的矮墙，这些矮墙错综复杂，蜿蜒曲折地伸向四面八方。

"是树篱！"哈利说着，低头仔细观察离他最近的那道矮墙。

"你们好！"一个愉快的声音喊道。

卢多·巴格曼站在球场中央，旁边是克鲁姆和芙蓉。哈利和塞德里克跨过一道道矮墙，朝他们走去。哈利走近时，芙蓉朝他露出灿烂的微笑。自从哈利把芙蓉的妹妹从湖里救出来以后，她对他的态度有了一百八十度的转变。

"怎么样，你们觉得？"哈利和塞德里克翻过最后一道矮墙时，巴格曼愉快地问，"进展不错，是不是？再有一个月，海格就会把它们变成二十英尺高。不要担心，"他看见哈利和塞德里克脸上不快的表情，笑着说道，"争霸赛项目一结束，你们的魁地奇球场就会恢复原样！好了，我想你们大概猜得出我们在这里要做什么吧？"

一时间没有人说话，然后——

"迷宫。"克鲁姆粗声粗气地说。

"对了！"巴格曼说，"是一个迷宫。第三个项目非常简单明确。三强杯就放在迷宫中央，哪位勇士第一个碰到它，就能获得满分。"

"我们只要通过迷宫就行了？"芙蓉问。

"会有许多障碍，"巴格曼欢快地说，一边踮着脚跳来跳去，"海格提供了一大堆动物……还有一些必须解除的咒语……诸如此类的东西，你们知道。记住，得分领先的勇士首先进入迷宫。"巴格曼对哈利和塞德里克微笑着，"接着克鲁姆先生进去……最后是德拉库尔小姐。但你们都必须拼搏才会成功，就看你们穿越障碍的能力了。应该很好玩的，是吧？"

海格在这种场合会提供什么样的动物，哈利真是再清楚不过了，那可是一点也不好玩的。不过，他还是像其他勇士一样礼貌地点了点头。

第28章　克劳奇先生疯了

"很好……如果你们没有问题，我们就回城堡去吧，好吗？这里有点冷……"

大家一起跨过不断增长的矮墙时，巴格曼匆匆走在哈利身边。哈利感到巴格曼又要提出帮助他了，可就在这时，克鲁姆拍了拍哈利的肩膀。

"可以跟你说句话吗？"

"可以，没问题。"哈利说，微微有些吃惊。

"你跟我走走，好吗？"

"行。"哈利好奇地说。

巴格曼显得有点儿心烦意乱。"我在这里等你，哈利，行吗？"

"噢，不用了，巴格曼先生，"哈利忍住笑，说道，"我想我自己能找到城堡，谢谢了。"

哈利和克鲁姆一起离开了球场，但克鲁姆并没有朝德姆斯特朗大船的那个方向去，而是走向了禁林。

"为什么走这条路？"哈利问，这时他们经过了海格的小屋和灯火闪亮的布斯巴顿马车。

"不想被人听见。"克鲁姆简短地说。

他们终于来到一片幽静的空地上，离布斯巴顿骏马的马厩还有一段距离，克鲁姆在树下停住脚步，转身望着哈利。

"我想知道，"他沉着脸，说，"你和赫—米—恩是怎么回事。"

哈利刚才看到克鲁姆那副讳莫如深的样子，还以为他要说什么非常严肃的事情呢。他惊愕地望着克鲁姆。

"没有什么。"他说。但克鲁姆仍然虎视眈眈地瞪着他。哈利又觉得克鲁姆的个头真高啊，便赶紧把话说得更明白些："我们是朋友。她不是我的女朋友，从来不是。都是斯基特那个女人胡乱造谣的。"

"赫—米—恩经常谈起你。"克鲁姆说，将信将疑地看着哈利。

"是啊，"哈利说，"我们是朋友嘛。"

他真不敢相信自己竟与威克多尔·克鲁姆谈论这个话题，克鲁姆可是大名鼎鼎的国际魁地奇球员啊。十八岁的克鲁姆似乎把他，哈利，看成了一个旗鼓相当的人——一个真正的对手——

"你们从来没有……你们没有……"

"没有。"哈利非常肯定地说。

克鲁姆显得开心一些了。他瞪着哈利看了几秒钟，说："你飞得很棒。我看了第一个项目。"

"谢谢。"哈利说，他轻松地笑着，一下子觉得自己高了许多，"我在魁地奇世界杯赛上看见你了。朗斯基假动作，你真——"

突然，克鲁姆身后的树丛中出现了异常动静。哈利对隐藏在禁林里的东西有过一些经验，他本能地抓住克鲁姆的胳膊，把他拉了过来。

"是什么？"

哈利摇了摇头，盯着刚才有动静的地方。他把手伸进长袍，摸索魔杖。

这时，一个男人突然跌跌撞撞地从一棵高高的橡树后走了出来。哈利一时没有认出来……然后，他反应过来了，是克劳奇先生。

他看上去在外面漂泊了许多日子，长袍的膝部被撕破了，血迹斑斑，脸上也布满伤痕，胡子拉碴，面容灰白而憔悴。他原本整洁的头发和胡子都需要清洗和修剪了。克劳奇先生模样固然奇特，但更古怪的是他的行为。他嘴里不停地嘀嘀咕咕，还打着手势。他似乎在跟什么人说话，而这个人只有他自己才能看见。哈利一看见他，就想起有一次和德思礼一家出去买东西时碰到的一个老流浪汉。那人也是这样疯疯癫癫地对着空气说个不停。佩妮姨妈抓住达力的手，把他拉到马路对面，躲开那个疯子。弗农姨父则借题发挥，向

第28章　克劳奇先生疯了

全家人没完没了地唠叨他准备怎样对待乞丐和流浪汉。

"他不是个裁判吗？"克鲁姆盯着克劳奇先生问道，"他不是你们魔法部的人吗？"

哈利点了点头。他迟疑了片刻，然后慢慢朝克劳奇先生走去。克劳奇先生没有看他，只管对旁边的一棵树说个不停。"……韦瑟比，你办完这件事之后，就派一只猫头鹰给邓布利多送信，确认一下德姆斯特朗参加争霸赛的学生人数，卡卡洛夫捎信说有十二个……"

"克劳奇先生？"哈利小心地说。

"……然后再派一只猫头鹰给马克西姆女士送信，她可能也要增加学生人数，因为卡卡洛夫的人数增加到了十二个……就这么办吧，韦瑟比，行吗？行吗？行……"克劳奇先生眼珠突出。他站在那里，眼睛直勾勾地瞪着那棵树，嘴里无声地念叨着。然后，他朝旁边踉跄几步，扑通跪倒在地。

"克劳奇先生？"哈利大声叫道，"你没事吧？"

克劳奇的眼珠向上翻着。哈利扭头望望克鲁姆。克鲁姆也进了树丛，警惕地低头看着克劳奇。

"他怎么啦？"

"不知道，"哈利低声说，"听着，你最好赶快去叫人——"

"邓布利多！"克劳奇先生大口喘着气说，他扑过来，一把抓住哈利的长袍，把哈利拉到自己身边，但眼睛却直直地盯着哈利头顶上方。"我要……见……邓布利多……"

"好的，"哈利说，"只要你起来，克劳奇先生，我们就去找——"

"我做了……一件……蠢事……"克劳奇喘着气说，看上去完全疯了，眼珠向外突出，滴溜溜地乱转，口水顺着下巴滴落，说的每个字似乎都费尽了全力，"一定要……告诉……邓布利多……"

477

"起来，克劳奇先生，"哈利声音很响很清楚地说，"快起来，我带你去见邓布利多！"

克劳奇先生的眼珠转了过来，瞪着哈利。

"你……是谁？"他小声地问。

"我是学校的一名学生。"哈利说，一边扭头望着克鲁姆，希望他能过来帮一把，但克鲁姆缩在后面，神情非常紧张。

"你不是……他的人？"克劳奇轻声问，嘴巴往下耷拉着。

"不是。"哈利说，一点儿也不明白克劳奇在说什么。

"是邓布利多的人？"

"对。"哈利说。

克劳奇把他拉得更近一些。哈利想松开克劳奇抓住他长袍的手，但克劳奇抓得太紧了。

"给邓布利多……提个醒……"

"如果你放开我，我就去找邓布利多。"哈利说，"放开我，克劳奇先生，我去找他……"

"谢谢你，韦瑟比，你办完那件事后，我想喝杯茶。我妻子和儿子很快就要来了，我们今晚要和福吉夫妇一起去听音乐会。"克劳奇又对着一棵树滔滔不绝地说开了，似乎一下子就把哈利忘到了脑后。哈利惊讶极了，竟没有注意到克劳奇已经松开了他。"是的，我儿子最近通过了十二项O.W.L.考试，成绩很令人满意，谢谢你，是的，确实很为他骄傲。好了，如果你能把安道尔魔法部长的那份备忘录拿给我，我大概会有时间起草一封回信……"

"你在这里陪他！"哈利对克鲁姆说，"我去叫邓布利多，我知道他的办公室在哪儿，可以快一些——"

"他疯了。"克鲁姆迟疑地说，低头望着克劳奇。克劳奇仍然对着那棵树喋喋不休，似乎认定那就是珀西。

"你在这陪着他。"哈利说完，准备起身离开，但他的动作似乎

第28章　克劳奇先生疯了

刺激了克劳奇先生,他又猛地改变姿态,一把抱住哈利的膝盖,再一次把他拖倒在地。

"不要……离开……我!"他小声说,眼球又突了出来,"我……逃出来了……必须提醒……必须告诉……我要见邓布利多……都怪我……都怪我……伯莎……死了……都怪我……我儿子……都怪我……告诉邓布利多……哈利·波特……黑魔头……强壮起来了……哈利·波特……"

"只要你放开我,我就去找邓布利多,克劳奇先生!"哈利说,他恼怒地扭头看着克鲁姆,"你能不能帮帮我?"

克鲁姆一副忧心忡忡的样子,他走上前,蹲在克劳奇先生身边。

"你把他稳在这里,"哈利说,一边从克劳奇先生手里挣脱出来,"我领邓布利多回来。"

"快点,好吗?"克鲁姆在哈利身后喊道。哈利飞快地跑出禁林,奔过漆黑的场地。场地上空无一人。巴格曼、塞德里克和芙蓉都不见了。哈利三步并作两步登上石阶,穿过橡木大门,蹿上大理石楼梯,朝三楼跑去。

五分钟后,他飞速奔向空空的走廊中央立着的一只滴水嘴石兽。

"柠 — 柠檬雪宝糖!"他气喘吁吁地对怪兽说。

这是通往邓布利多办公室的秘密楼梯的口令 —— 至少两年以前是这样。然而,显然口令已经变了,石兽并没有活动起来跳到一边,而是一动不动地站着,恶狠狠地瞪着哈利。

"闪开!"哈利冲它大喊,"快点儿!"

可是,霍格沃茨从来没有哪样东西是你冲它嚷嚷就会闪开的。哈利知道这不管用。他在漆黑的走廊里东张西望。也许邓布利多在教工休息室里? 他又开始拼命朝楼梯奔去 ——

"**波特!**"

479

哈利猛地刹车，停住了。他回过头。

斯内普刚从滴水嘴石兽后面的秘密楼梯里出来。就在他招手让哈利回去时，他身后的墙壁才慢慢合上。"你在这儿干什么，波特？"

"我要见邓布利多教授！"哈利说，一边顺着走廊跑回去，然后哧溜一下，停在斯内普面前，"是克劳奇先生……他出现了……在禁林里……他提出要——"

"什么胡话？"斯内普说，两只黑眼睛闪闪发亮，"你在说些什么？"

"克劳奇先生！"哈利喊道，"部里的官员！他不知是病了还是怎么着——在禁林里，他想见邓布利多！快把口令告诉我——"

"校长很忙，波特。"斯内普说。他薄薄的嘴唇扭曲着，露出一个难看的笑容。

"我要去告诉邓布利多！"哈利嚷道。

"你没有听见我的话吗，波特？"

哈利看得出来，斯内普在他这样惊慌失措时不让他得到想要的东西，心里正感到快意得很呢。

"是这样，"哈利气愤地说，"克劳奇不大对头——他——他脑子不正常了——他说他想提醒——"

斯内普身后的石墙滑动着打开了，邓布利多站在那里，穿着长长的绿袍子，脸上带着略感惊奇的表情。

"出问题了？"他问，看看哈利，又看看斯内普。

"教授！"哈利不等斯内普说话，就横跨一步，说道，"克劳奇先生在这里——就在禁林里，他想跟你说话！"

哈利以为邓布利多会问一些问题，但邓布利多什么也没问，这使他松了口气。"在前面领路。"邓布利多毫不迟疑地说，跟着哈利沿走廊匆匆离去，留下斯内普独自站在滴水嘴石兽旁边发呆，脸上的表情更难看了。

第28章　克劳奇先生疯了

"克劳奇先生说了什么,哈利?"他们飞快地跑下大理石楼梯时,邓布利多问。

"说他想提醒你……说他做了件可怕的事……还提到他的儿子……和伯莎·乔金斯……还有——还有伏地魔……好像是说伏地魔变得强壮了……"

"真的?"邓布利多说,一边加快步伐,匆匆走到外面漆黑的夜色中。

"他的行为很不正常,"哈利在邓布利多身边快步走着,说道,"他好像不知道自己在什么地方。他不停地说话,似乎以为珀西·韦斯莱在那里,然后突然就变了,说是要见你……我让威克多尔·克鲁姆看住他。"

"是吗?"邓布利多警觉地问,脚步迈得更大了,哈利必须跑步才能跟上,"你知道还有谁看见了克劳奇先生吗?"

"没有了。"哈利说,"当时克鲁姆和我在谈话,巴格曼先生刚跟我们讲完第三个项目的内容,我们俩留在后面,后来就看见克劳奇先生从禁林里出来了——"

"他们在哪儿?"邓布利多问,布斯巴顿的马车在黑暗中隐约可见。

"那边。"哈利说着,赶到邓布利多前面,领着他穿过树丛。他听不见克劳奇的声音,但知道他没有走错,那地方就在布斯巴顿马车再过去一点儿……差不多就在这里……

"威克多尔?"哈利喊道。

没有人回答。

"刚才他们在这里的,"哈利对邓布利多说,"肯定就在这附近……"

"荧光闪烁。"邓布利多说,把魔杖点亮举了起来。

这道窄窄的光柱在漆黑的树干间来回移动,照亮了下面的土地，然后落在一双脚上。

哈利和邓布利多赶紧上前。克鲁姆蜷缩着躺在禁林的地上，看上去神志不清。周围没有克劳奇先生的影子。邓布利多弯下腰，轻轻翻开克鲁姆的一只眼皮。

"中了昏迷咒。"他轻声说。他朝周围树丛张望，半月形的镜片在魔杖的微光中闪烁。

"要不要我去叫人？"哈利说，"庞弗雷女士？"

"不要，"邓布利多很快地说，"待在这儿别动。"

他高高举起魔杖，指着海格小屋的方向。哈利看见一个银色的东西从魔杖里喷出，像一只苍白的鸟，在树丛间一闪而过。然后邓布利多又朝克鲁姆俯下身子，用魔杖指着他，低声念道："快快复苏。"

克鲁姆睁开眼睛，脸上一片茫然。他一看见邓布利多就挣扎着想坐起来，但邓布利多把一只手放在他肩膀上，让他躺着别动。

"他袭击了我！"克鲁姆伸手捂着脑袋，喃喃地说，"那个老疯子袭击了我！我正在张望波特去了哪里，他就从后面对我下手了！"

"静静地躺一会儿。"邓布利多说。

一阵打雷般的脚步声传入他们耳中，海格气喘吁吁地出现了，身后跟着牙牙。海格手里拿着他的弩。

"邓布利多教授！"他说，眼睛睁得溜圆，"哈利——你怎么——？"

"海格，你赶紧去把卡卡洛夫教授叫来，"邓布利多说，"他的学生被人袭击了。然后，麻烦你再通知一下穆迪教授——"

"没有必要了，邓布利多，"一个低沉的声音呼哧呼哧地说，"我在这儿呢。"穆迪拄着拐杖，一瘸一拐地向他们走来，他的魔杖也亮着。

第28章　克劳奇先生疯了

"该死的腿,"他气恼地说,"应该快点赶来的……出了什么事?斯内普好像说克劳奇——"

"克劳奇?"海格不解地问。

"海格,快去叫卡卡洛夫!"邓布利多严厉地说。

"噢,好的……没问题,教授……"海格说完就转身消失在漆黑的树丛中,牙牙小跑着跟在后面。

"我不知道巴蒂·克劳奇在哪里,"邓布利多对穆迪说,"但我们必须找到他。"

"我这就去找。"穆迪粗声粗气地说,随即举起魔杖,瘸着腿钻进了禁林。

邓布利多和哈利都没有说话,后来他们听见了动静,毫无疑问是海格和牙牙回来了。卡卡洛夫匆匆跟在后面,穿着那件又光又滑的银白色毛皮长袍,脸色苍白,神色焦虑。

"这是怎么回事?"他看见克鲁姆躺在地上,邓布利多和哈利守在旁边,便惊呼道,"出了什么事?"

"我被人袭击了!"克鲁姆说,他慢慢坐了起来,用手揉着脑袋,"听说那个人叫什么克劳奇先生——"

"克劳奇袭击了你?克劳奇袭击了你?三强争霸赛的裁判?"

"伊戈尔——"邓布利多想说话,但卡卡洛夫挺直身体,拽紧裹在身上的毛皮长袍,脸色铁青。

"骗局!"他指着邓布利多吼道,"这是一个阴谋!你和你们魔法部用虚假的借口把我诱骗到这里,邓布利多!这不是一场公平的竞争!首先,你们偷偷地把波特塞进来比赛,尽管他年龄不够!现在,你们魔法部的一位朋友又想使我的勇士失去战斗力!在整个事件中,我嗅出了欺骗和腐败,还有你,邓布利多,你口口声声谈什么增进国际巫师界的联系,什么恢复过去良好的关系,什么忘记昔日的分歧——我现在才明白你是个什么样的人!"

卡卡洛夫往邓布利多脚下吐了口痰。说时迟那时快，海格一把抓住卡卡洛夫毛皮长袍的前襟，把他举了起来，狠狠抵在旁边的一棵树上。

"快道歉！"海格吼道，卡卡洛夫呼哧呼哧地喘气，海格粗大的拳头抵着他的喉咙，他的双脚悬在了半空。

"海格，住手！"邓布利多喊道，眼睛锐利地闪烁着。

海格松开了把卡卡洛夫钉在树上的手，卡卡洛夫顺着树干滑下来，在树根旁瘫作一团。一些树枝和树叶下雨般地落在他头上。

"麻烦你护送哈利返回城堡，海格。"邓布利多厉声说道。

海格沉重地喘着气，狠狠地瞪了卡卡洛夫一眼。"也许我最好留在这里，校长……"

"你陪哈利回学校，海格。"邓布利多又说了一遍，口气十分坚决，"把他直接送到格兰芬多塔楼。哈利——我希望你待在那里别动。不管你想做什么——比如说想派几只猫头鹰出去送信什么的——都可以等到明天早晨，你明白我的意思吗？"

"呃——明白。"哈利望着他回答。此时此刻，他确实想派小猪赶紧送一封信给小天狼星，把所发生的事情告诉他，可是邓布利多怎么会知道呢？

"我把牙牙留给你吧，校长。"海格说，一边气势汹汹地瞪着卡卡洛夫。卡卡洛夫仍然蜷缩在树下，纠缠在乱糟糟的长袍和树根中。"别动，牙牙。走吧，哈利。"

他们默默地经过布斯巴顿的马车，朝城堡走去。

"他好大的胆子，"他们大步走过小湖时，海格气呼呼地说，"他怎么敢指责邓布利多，就好像邓布利多做了那种事情似的，就好像邓布利多故意让你参加比赛似的。他可真操心哪！我还没见过邓布利多像最近这样操心呢。还有你！"海格突然怒气冲冲地对哈利说，哈利大吃一惊，抬头望着他，"你和那个克鲁姆一起散什么

第28章 克劳奇先生疯了

步？他是德姆斯特朗的，哈利！他很可能在这里对你下毒手，不是吗？难道穆迪什么都没有教你吗？想象一下吧，你被他骗得不知不觉——"

"克鲁姆挺好的！"哈利说，这时他们正登上通往门厅的石阶，"他没想对我下毒手，他只想跟我谈谈赫敏——"

"我也要给赫敏提个醒，"海格噔噔噔地走上台阶，严肃地说，"你们这帮人少跟那些外国人打交道，越少越好。他们谁都不可信。"

"你原先和马克西姆女士相处得还不错呢。"哈利恼火地说。

"不许跟我提她！"海格说，神情一时间有些吓人，"我现在把她看透了！又想来讨我的好，想让我告诉她第三个项目是什么！哈哈！他们一个也不能相信！"

海格的情绪糟透了，哈利在胖夫人面前跟他告别时，感到总算松了口气。哈利从肖像洞口爬进公共休息室，快步走向罗恩和赫敏坐的那个墙角，把刚才发生的事全都告诉了他们。

第 29 章

噩 梦

"照这样说,"赫敏揉着额头说,"不是克劳奇袭击了威克多尔,就是什么人趁威克多尔不注意时袭击了他们俩。"

"肯定是克劳奇,"罗恩马上说,"所以哈利和邓布利多赶到那儿时他已经不见了。溜得够快的。"

"我认为不会,"哈利摇了摇头说,"他看上去很虚弱——我想他不会幻影移形什么的。"

"你不可能在霍格沃茨的场地上幻影移形,我跟你们讲过多少遍了?"赫敏说。

"哎……会不会是这样,"罗恩兴奋地说,"克鲁姆袭击了克劳奇——我还没说完——然后给他自己施了个昏迷咒!"

"然后克劳奇先生变成蒸气挥发了,是不是?"赫敏冷冷地说。

"啊,这个……"

天刚放亮,哈利、罗恩和赫敏就早早溜出宿舍,赶到猫头鹰棚屋给小天狼星发信。现在他们站在那里眺望雾蒙蒙的场地,三个人都眼皮浮肿,脸色苍白,因为他们昨天夜里为克劳奇先生的事讨论到很晚。

第29章 噩　梦

"再讲一遍吧，哈利，"赫敏说，"克劳奇先生到底说了什么？"

"我告诉过你了，他当时语无伦次，"哈利说，"说要给邓布利多提个醒。他肯定提到了伯莎·乔金斯，好像认为伯莎已经死了，还一个劲儿地说都是他的错……他还提到了他的儿子。"

"对，那当然是他的错。"赫敏恼火地说。

"他精神错乱了，"哈利说，"有一半时间好像以为他妻子和儿子还活着，他老是跟珀西讲工作上的事，给珀西下指示。"

"哎……他说神秘人什么来着？"罗恩试探地问。

"我说过了，"哈利闷闷地说，"他说那人在强壮起来。"

一阵沉默。

罗恩假装很肯定地说："可你说他精神错乱了，所以他的话大概有一半是疯话……"

"提到伏地魔的那会儿是他最清醒的时候，"哈利说，那个名字把罗恩吓得畏缩了一下，"他话都说得不连贯，但那时似乎知道自己在哪里，知道他想干什么。他不停地说要见邓布利多。"

哈利从窗口走开，抬头望着房顶上的椽子。那些栖木有一半空着，不时有一只猫头鹰从窗口扑进来，嘴里叼着夜里捕到的田鼠。

"要不是斯内普截住我，我们是能及时赶到的。"哈利愤愤地说，"'校长很忙，波特……真是一派胡言，波特。'他为什么就不能让开呢？"

"也许他根本就不希望你们赶过去！"罗恩马上说道，"也许——对了——你认为他到禁林要多长时间？他会不会抢在了你和邓布利多前面？"

"除非他把自己变成一只蝙蝠什么的。"哈利说。

"也不是不可能。"罗恩嘟哝道。

"我们需要去见穆迪教授，"赫敏说，"看他找到克劳奇先生没有。"

"如果他带着活点地图，找起来应该不难。"哈利说。

"除非克劳奇已经出了这片场地，"罗恩说，"因为地图只画到校园边界，对不——"

"嘘！"赫敏突然说。

有人在楼梯上朝猫头鹰棚屋走来。哈利听到两个声音在争吵，越来越近。

"——那是敲诈，我们会惹出一大堆麻烦的——"

"——客气的办法我们已经试过，现在该做一回小人了，就像他一样。他肯定不想让魔法部知道他干的勾当——"

"我告诉你，如果你把这写下来，就是敲诈！"

"是啊，如果我们能大赚一笔，你就不会抱怨了，对吧？"

猫头鹰棚屋的门砰的一下被推开了。弗雷德和乔治跨进门槛，看见哈利、罗恩和赫敏，他们俩顿时呆住了。

"你们来这儿干什么？"罗恩和弗雷德同时问道。

"发信。"哈利和乔治异口同声地回答。

"什么，在这个时候？"赫敏和弗雷德一起说。

弗雷德咧嘴一笑。"好吧——我们不问你们在干吗，只要你们别问我们。"

他手里捏着一个封好的信封。哈利瞟了一眼，可是弗雷德的手不知是无心还是有意地动了一下，盖住了信封上的名字。

"行啦，不挡你们的路。"弗雷德装模作样地鞠了一躬，用手指着门口。

罗恩没有动。"你们要敲诈谁？"他问。

弗雷德脸上的笑容消失了。哈利看到乔治瞟了一下弗雷德，然后对罗恩笑了起来。

"别傻了，我是开玩笑的。"他大大咧咧地说。

"听口气不像。"罗恩说。

第29章 噩 梦

弗雷德和乔治对视了一下。

弗雷德突然说:"我告诉过你,罗恩,要是你喜欢你鼻子现在的形状,就少管闲事。不明白你来搅和什么,不过——"

"要是你们在敲诈什么人,那就不是闲事。"罗恩说,"乔治说得对,你们会惹出大麻烦的。"

"跟你说了我是开玩笑嘛。"乔治说,他走到弗雷德身边,抽出他手里的信,绑到离他最近的一只谷仓猫头鹰的腿上,"你说话的口气有点像我们亲爱的哥哥了,罗恩。再这样下去你也会当上级长的。"

"不,我不会!"罗恩激烈地说。

乔治把谷仓猫头鹰抱到窗口,把它放走了。

他回身朝罗恩笑着。"好吧,那就别管这管那的了,再见。"

他和弗雷德离开了猫头鹰棚屋。哈利、罗恩和赫敏面面相觑。

"你认为他们会知道什么情况吗?"赫敏小声问,"关于克劳奇这件事?"

"不会,"哈利说,"如果是那么严重的事,他们会跟别人说的,会告诉邓布利多的。"

但罗恩显得有点儿不安。

"怎么啦?"赫敏问他。

"嗯……"罗恩慢吞吞地说,"我不知道他们会不会。他们……他们最近一门心思想着赚钱。我是跟他们在一起的时候发现的——就是在——你知道——"

"我们俩闹别扭不说话那会儿。"哈利替他说道,"我知道,可是敲诈……"

"他们想开一个笑话商店,"罗恩说,"我原以为他们那么说只是为了惹妈妈生气,没想到他们真打算开一个。他们在霍格沃茨只剩下一年了,总是说应该为将来筹划筹划。爸爸帮不了他们,他们开店需要钱。"

现在赫敏显得不安起来。"是啊，可是……他们不会为了赚钱去干违法的事吧？"

"会不会呢？"罗恩怀疑地说，"我不知道……他们对违反不违反纪律并不在乎，是吧？"

"不错，可这是法律啊，"赫敏惊恐地说，"不是什么愚蠢的学校纪律……敲诈的后果可比关禁闭严重得多，罗恩，你最好告诉珀西……"

"你疯了吗？"罗恩说，"告诉珀西？他会像克劳奇那样告发他们的。"他凝视着弗雷德和乔治的猫头鹰飞出去的那扇窗户，然后说，"走吧，我们去吃早饭。"

"你们觉得现在去看穆迪教授是不是太早了？"走下螺旋形楼梯时赫敏问道。

"是啊，"哈利说，"要是我们天刚亮就把他吵醒，他会把我们轰出来的。他会以为我们想趁他睡着时偷袭他。还是等到下课吧。"

魔法史课从来没有像今天这样缓慢、难熬。哈利不停地看罗恩的手表，因为他终于把自己那块表扔掉了。可是罗恩的表走得那么慢，哈利简直断定它也坏了。三个人都疲倦不堪，真想伏在课桌上睡一觉。就连赫敏也没有像平常一样做笔记，只是用手支着脑袋，两眼无神地瞪着宾斯教授。

下课铃终于响了，他们匆匆跑进走廊，朝黑魔法防御术课的教室跑去，穆迪教授正好从教室里出来。他看上去和他们一样疲惫。那只正常眼睛的眼皮耷拉着，使他的脸看上去比平常更加歪斜。

"穆迪教授！"哈利喊道，他们正挤过人群走向他。

"你好，波特。"穆迪瓮声瓮气地说。他那只魔眼盯着两个一年级学生，他们赶紧加快脚步，显得有些紧张。然后那只眼睛翻向他的脑后，看着那两个学生转过了拐角，他才开始说话。"进来吧。"

第29章 噩 梦

他退后一步,让他们走进空荡荡的教室,自己也拖着瘸腿跟进来,关上了门。

"你找到克劳奇先生了吗?"哈利开门见山地问。

"没有。"穆迪走到讲台前坐下来,伸直他的木腿,轻轻呻吟了一声,从裤兜里掏出了酒瓶。

"你用地图了吗?"哈利问。

"当然用了,"穆迪对着瓶嘴痛饮了一口,"我也学你的样子,波特,把地图用召唤咒从我的办公室召到了禁林里,可是上面哪儿都找不到他。"

"那他真的幻影移形了?"罗恩说。

"在学校场地上你不可能幻影移形,罗恩!"赫敏说,"他要消失还有其他办法呢,是不是,教授?"

穆迪的那只魔眼微微颤动地看着赫敏。

"你也可以考虑以后当一名傲罗。"他对她说,"思路很正确,格兰杰。"

赫敏高兴得涨红了脸。

"嗯,他没有隐形,"哈利说,"地图上能显示隐形的人。他一定是离开场地了。"

"靠他自己的力量?"赫敏急切地问,"还是被别人弄走的?"

"对,可能是被人弄走的 —— 可能被人拖到飞天扫帚上,带着飞走了,是吧?"罗恩迅速地说,一边期待地看着穆迪,好像也希望穆迪夸他具有傲罗的素质。

"不能排除绑架。"穆迪粗声说。

"那么,你认为他在霍格莫德村吗?"罗恩问。

"在任何地方都可能,"穆迪摇头说,"我们只能肯定他不在这里。"

他大大地打了个哈欠,脸上的伤疤都绷紧了,歪斜的嘴里缺了几颗牙齿都能看见。

然后他说:"对了,邓布利多告诉我,你们三个想当侦探,可是在克劳奇这件事上你们帮不了忙。邓布利多已经通知了魔法部,部里正在派人寻找。波特,你就专心准备第三个项目吧。"

"什么?"哈利说,"噢,好吧……"

自从他和克鲁姆昨晚离开迷宫之后,他已经把它忘得一干二净。

"这次你应该是熟门熟路,"穆迪抬眼看着哈利,一边挠着他那胡子拉碴、满是伤疤的下巴,"听邓布利多说,这种玩意儿你挑战成功过很多次。一年级的时候曾经闯过一系列保护魔法石的机关,是不是?"

"我们也帮了忙,"罗恩忙不迭地说,"我和赫敏。"

穆迪笑了。"好,再帮他准备这一次吧。如果他赢不了,我会感到非常惊讶的。"穆迪说,"同时……时刻保持警惕,波特。时刻保持警惕。"他又对着酒瓶长饮一口,那只魔眼转向窗外。从那里可以看见德姆斯特朗大船上最高的一片船帆。

"你们俩,"穆迪用那只正常的眼睛看着罗恩和赫敏说道,"要紧紧跟着波特,好吗? 我也在密切注意事态的发展,不过……多几双眼睛总是好的。"

第二天早上,小天狼星就把他们的猫头鹰派了回来。它拍着翅膀落在哈利身边,与此同时,一只黄褐色的猫头鹰落在赫敏面前,嘴里叼着一份《预言家日报》。赫敏拿起报纸,翻了翻前几版,说:"哈! 那女人还不知道克劳奇的事!"然后她和罗恩、哈利一起读小天狼星的信,看他对前天晚上的神秘事件有什么说法。

哈利——你以为这是好玩的吗? 和威克多尔·克鲁姆走

第29章 噩 梦

到禁林里去！我要你在回信里发誓,再也不半夜跟别人出去瞎逛了。霍格沃茨有一些非常危险的人物。我认为他们显然是想阻止克劳奇去见邓布利多,在黑暗中你也许离他们只有几步之遥。你本可能送命的。

你的名字出现在火焰杯里绝非偶然。如果有人要袭击你,这是他们最后的机会。同罗恩和赫敏待在一起,放学后不要离开格兰芬多塔楼。好好准备第三个项目,练习昏迷咒和缴械咒,学一两个恶咒也没有坏处。克劳奇的事管不了,还是埋头照顾好你自己吧。我等你回信,你要向我保证不再有越轨行为。

小天狼星

"他是谁呀,来教训我不要有越轨行为?"哈利把小天狼星的信折了起来,放到长袍内侧的口袋里,有些生气地说,"他自己在学校里还干了那么多荒唐事呢!"

"他是为你担心!"赫敏尖锐地说,"就像穆迪和海格一样。你必须听他们的!"

"整整一年都没有人对我下手,"哈利说,"没有人敢对我做任何事情——"

"但是有人把你的名字放进了火焰杯,"赫敏说,"他们那样做一定是有原因的,哈利。'伤风'说得对,也许他们在等待时机。也许他们想在比赛时对你下手。"

"好吧,"哈利不耐烦地说,"就算'伤风'是对的,而且有人把克鲁姆击昏后绑架了克劳奇。那他们准是躲在我们附近的树丛里,对不对? 可他们是等我走开之后才下手的,对不对? 这么看来,我不是他们攻击的目标,对不对?"

"要是他们在禁林中杀害你,就不可能弄得像一次意外事故。"赫敏说,"可是如果你在比赛中遇难——"

"可他们对克鲁姆下手倒无所顾忌，是吧？"哈利问，"为什么不同时把我干掉呢？他们可以假装克鲁姆和我决斗嘛。"

"哈利，我也不明白，"赫敏一筹莫展地说，"我只知道正在发生许多蹊跷的事情，我不喜欢……穆迪说得对——'伤风'说得也对——你应该好好准备第三个项目的比赛了，立即开始。你还要给'伤风'回信，保证不再一个人溜出去。"

哈利被迫待在房间里之后，觉得霍格沃茨的场地从来没有这样诱人。后来几天的空闲时间里，他不是跟赫敏和罗恩在图书馆查找恶咒，就是和他们偷偷溜进没人的空教室里练习。哈利专心练习昏迷咒，他以前从没使用过这种咒语。只是罗恩和赫敏要做出一些牺牲了。

"我们能不能绑架洛丽丝夫人？"星期一中午罗恩提议道，他仰面朝天躺在魔咒课教室的地板上，刚才连续五次被哈利击昏又弄醒，"用它来练习练习。或者用多比，哈利，我打赌他为了你什么都肯做的。我不是抱怨，"——他小心翼翼地站起来，揉着后背——"可我浑身都疼……"

"你老是不摔在垫子上！"赫敏不耐烦地说，一边整理着他们练驱逐咒时用过的那堆垫子，弗立维把它们留在了柜子里，"你要往后摔！"

"被击昏后不可能瞄得那么准，赫敏！"罗恩生气地说，"你为什么自己不试试？"

"哦，我想哈利已经掌握了，"赫敏忙说，"缴械咒用不着担心，他早就会用了……我想今晚我们应该练几个恶咒。"

她低头看着他们在图书馆开的单子。

"我觉得这个不错，"她说，"障碍咒，可以截住任何企图袭击你的东西。哈利，我们就从这个开始吧。"

第29章 噩　梦

铃声响了，他们匆匆把垫子塞回弗立维的柜子，溜出了教室。

"晚饭见！"赫敏说。她去上算术占卜课，哈利和罗恩去北楼上占卜课。耀眼的金色阳光透过走廊的高窗投下宽宽的光带，窗外的蓝天明亮得如同刚上过一层釉。

"特里劳尼的教室准热得像蒸笼一样，她从来不把火炉熄掉。"他们走上通向银色梯子和活板门的楼梯时，罗恩说道。

给他说中了，那间昏暗的教室里热得让人喘不过气来。熏香的味道比往常更加浓郁。哈利走到一扇拉着窗帘的窗户前，感到脑袋发昏。他趁特里劳尼教授看着另一边，解去挂在灯上的披巾时，偷偷把窗户打开了一条缝，然后靠在套着印度印花布的扶手椅上，一股轻风吹着他的脸，惬意极了。

"亲爱的，"特里劳尼教授坐到带翅的扶手椅上，用她那双大得出奇的眼睛扫视他们，"我们差不多已经讲完了行星占卜。但今天是研究火星作用的一个大好时机，因为它目前正处在非常有趣的位置上。请你们往这边看，我把灯关掉……"

她一挥魔杖，所有的灯都灭了。炉火成了唯一的光源。特里劳尼教授弯下腰，从椅子底下拿出一个装在圆玻璃罩里的小型太阳系模型。这个模型非常美丽，燃烧的太阳、九大行星[①]及它们的卫星悬浮在玻璃罩中，在各自的位置上熠熠闪烁。哈利懒洋洋地看着，特里劳尼教授开始讲解火星与海王星形成的奇妙夹角。浓郁的熏香朝哈利袭来，窗口透进来的轻风抚弄着他的面颊，可以听见窗帘后一只昆虫细细的嗡鸣，他的眼皮耷拉了下来……

他骑在一只雕枭的背上，在蔚蓝明亮的天空中飞翔，一直飞到山坡上一座爬满常春藤的老房子跟前。清风吹拂着哈利的脸庞，他们越飞越低，最后从顶楼一扇黑洞洞的破窗户里飞了进去。现在他

---

① 2006年更改为八大行星，本书写于2000年。

们飞过一道阴暗的走廊，走廊尽头有一扇门……他们飞进门里，这是一间黑屋子，窗户都封上了……

哈利已经不在猫头鹰背上了……他看着猫头鹰穿过房间飞到一把背对着他的椅子上……椅子旁边的地上有两个黑色的影子……它们在动……

一个是一条大蛇……另一个是人……一个秃顶的小矮个儿男人，尖鼻子，眼睛泪汪汪的……他在炉边的地毯上喘气、抽泣……

"算你运气，虫尾巴，"一个冷酷而尖厉刺耳的声音从猫头鹰降落的椅子后传出，"你真是非常走运。你的失误没有把事情搞糟。他已经死了。"

"主人！"地上的男人叫道，"主人，我……我太高兴了……我非常抱歉……"

"纳吉尼，"那个冷酷的声音说，"你运气不好。我不打算用虫尾巴喂你了……不过没关系……还有哈利·波特……"

大蛇发出咝咝的声音。哈利看见它在吐芯子。

"现在，虫尾巴，"那冷酷的声音又说，"也许应该提醒你一下，我不能容忍你再犯错误……"

"主人……不要……求求你……"

椅子边露出了一根魔杖的尖梢，指着虫尾巴。"钻心剜骨！"那冷酷的声音说道。

虫尾巴痛苦地尖叫起来，好像他的每根神经都着了火似的。尖叫声灌进哈利的耳朵，他额头的伤疤火烧火燎般地疼起来，他也喊出了声……伏地魔会听见的，会发现他在那里……

"哈利！哈利！"

哈利睁开眼睛。他躺在特里劳尼教授的教室的地板上，双手捂着脸，伤疤依然火烧火燎地疼，把他的眼泪都疼出来了。这疼痛是真的。全班同学都站在周围，罗恩跪在他身边，看上去吓坏了。

第29章 噩 梦

"你没事吧?"罗恩说。

"他当然有事!"特里劳尼教授显得兴奋极了,她的大眼睛凝视着哈利,阴森森地朝他逼近,"怎么回事,波特?一个预兆?一个幻影?你看见了什么?"

"没什么。"哈利撒了个谎。他坐起来,感到自己在发抖。他忍不住四处张望,朝身后的阴影里仔细窥视,伏地魔的声音听上去近在咫尺……

"刚才你捂着伤疤!"特里劳尼教授说,"你捂着伤疤在地上打滚!说吧,波特,这些事我有经验!"

哈利抬头看着她。

"我想我需要去医院,"他说,"头疼得厉害。"

"亲爱的,你显然是受了我教室里的超视感应的影响!"特里劳尼教授说,"如果你现在走开,就没有机会看到你从来没有见过的未来——"

"我只想看到治头疼的办法。"哈利说。

他站了起来,全班同学纷纷退去,脸上都带着不安的神情。

"一会儿见。"哈利小声对罗恩说。他拎起书包朝活板门走去,没有理会特里劳尼教授。她一脸沮丧,仿佛被剥夺了一顿丰盛的宴席。

但是,哈利下了活梯之后并没有往校医院去。他根本没打算去那儿。小天狼星告诉过他如果伤疤再疼应该怎么办。哈利决定照他说的去做,现在就去邓布利多的办公室。他穿过走廊,一边想着梦里的情景……它和女贞路的那个惊醒他的梦一样真切……他回忆所有的细节,努力使自己不要忘记……他听见伏地魔责备虫尾巴犯了错误……可是猫头鹰带来了好消息,过错得到了弥补,什么人死了……虫尾巴不会被喂给蛇吃了……而他哈利将被用来喂蛇……

哈利只顾沉思，从邓布利多办公室入口处的石头怪兽旁走过都没有注意。他愣了一下，回头一望，才发现走过了，便又返回来，停在石兽前。这时他才想起他不知道口令。

"柠檬雪宝糖？"他试探地问道。

石兽一动不动。

"好吧，"哈利瞪着它说，"梨子硬糖。呃——甘草魔杖。滋滋蜜蜂糖。吹宝超级泡泡糖。比比多味豆……噢，不对，邓布利多教授不喜欢这个……你开开门行不行？"他恼火地说，"我真的要见他，有要紧的事！"

石兽还是纹丝不动。

哈利踢了它一脚，除了大脚趾钻心地疼之外，没起到任何效果。

"巧克力蛙！"他跳着脚气急败坏地嚷道，"糖棒羽毛笔！蟑螂串！"

石兽一下子活了，跳到一边。哈利愣住了。

"蟑螂串？"他吃惊地说，"我只是说着玩儿的……"

他急忙穿过墙上的缺口，踏上螺旋形的石头楼梯，大门在他身后关上了。楼梯缓缓地自动上升，把他送到了一扇闪闪发亮的橡木门前，门上带有黄铜门环。

办公室里有人说话。哈利走下自动楼梯，犹豫着停下脚步，侧耳倾听。

"邓布利多，我看不出有什么联系，一点也看不出！"是魔法部部长康奈利·福吉的声音，"卢多说伯莎很可能是迷路了。我也认为现在应该找到她了，但不管怎么说，我们没有发现任何行凶的迹象，邓布利多，一点也没有。至于把伯莎的失踪和巴蒂·克劳奇的失踪扯到一起，纯属乱弹琴！"

"部长，你认为巴蒂·克劳奇怎么样了？"穆迪的粗嗓门说道。

"我认为有两种可能，阿拉斯托，"福吉说，"克劳奇要么是彻

第29章 噩　梦

底疯了——从他个人的经历来看，这是很可能的，我想你们也同意——他发了疯，迷迷糊糊，不知道走到什么地方去了——"

"如果是这样的话，他走得也太快了，康奈利。"邓布利多平静地说。

"要么……也许……"福吉的声音有些发窘，"也许，还是等我看过他被发现的地点之后再做判断吧。不过，你说他是在布斯巴顿的马车旁被发现的？邓布利多，你知道那个女人的底细吧？"

"我认为她是一位非常能干的女校长——而且舞跳得很好。"邓布利多平静地说。

"行了，邓布利多！"福吉生气地说，"你不认为你是为了海格的缘故而偏袒她吗？他们并不都是无害的——如果你能说海格没有危险，那他对巨大怪兽的那种痴迷——"

"我对马克西姆女士像对海格一样信任，"邓布利多仍是那样安详地回答，"我倒认为可能是你怀有偏见，康奈利。"

"我们能不能打住？"穆迪咆哮道。

"好，好，我们这就到场地上去。"福吉不耐烦地说。

"不，我不是这个意思。"穆迪说，"邓布利多，波特有话要对你说。他就在门外。"

第30章

冥想盆

办公室的门开了。

"你好,波特,"穆迪说,"进来吧。"

哈利走进屋内。他以前来过邓布利多的办公室,这是一个非常美丽的圆形房间,墙上挂着霍格沃茨历届校长的肖像画。他们都在沉睡,胸脯轻轻起伏着。

康奈利·福吉站在邓布利多的桌旁,穿着他平常穿的那件细条纹斗篷,手里拿着他的黄绿色礼帽。

"哈利!"福吉愉快地走过来说,"你好吗?"

"挺好的。"哈利没说实话。

"我们正在讲那天夜里克劳奇先生出现在场地上的事,"福吉说,"是你发现他的,对吗?"

"是的。"哈利说,他觉得假装没有听到他们的谈话是没有用的,就补充说,"不过我没有看见马克西姆女士,她要藏得那么好可不容易,是吧?"

邓布利多在福吉身后朝哈利微笑,眼睛闪闪发亮。

"哦,哦,"福吉显得有点尴尬,"我们打算去场地上走走,哈利,如果你不介意的话……你可以回到课堂上去了——"

第30章 冥想盆

"教授，我想跟你谈谈。"哈利看着邓布利多急促地说，邓布利多敏锐而探寻地看了他一眼。

"你在这里等我吧，我们查看场地用不了多长时间。"他说。

三个人默默地从哈利身边走出去，关上了房门。一分钟后，哈利听到穆迪的木头假腿在楼下走廊里渐渐远去。他开始环顾四周。

"你好，福克斯。"哈利说。

邓布利多教授的凤凰福克斯栖在门边的金色栖枝上，个头有天鹅那么大，鲜红色和金色的羽毛光彩夺目。它摇动着长长的尾羽，友善地朝哈利眨着眼睛。

哈利在邓布利多书桌前的一把椅子里坐下。有那么几分钟，他坐在那儿望着那些在相框里打盹的老校长们，想着刚才听到的话，一边用手抚摸着自己的伤疤，伤疤现在已经不疼了。

置身于邓布利多的办公室，而且知道马上就可以把那个梦告诉校长，哈利感觉平静多了。他朝桌子后面的墙上看去，那顶破旧的、打着补丁的分院帽搁在架子上。旁边的一个玻璃匣子里放着一把银光闪闪的宝剑，剑柄上镶有大颗的红宝石。哈利认出这正是他二年级时从分院帽里抽出的那把宝剑。它曾经属于哈利他们学院的创始人戈德里克·格兰芬多。哈利凝视着它，想起当他感到一切都完了的时候，是这把剑救了他。忽然，他发现玻璃匣上有一片银光在跳动闪烁。他环顾四周寻找亮光的来源，发现身后一个黑柜子的门没有关好，里面透出了一束明亮的银光。哈利迟疑了一下，看了看福克斯，然后起身穿过办公室走过去，拉开了柜门。

柜子里有一个浅浅的石盆，盆口有奇形怪状的雕刻：全是哈利不认识的字母和符号。银光就是由盆里的东西发出来的，哈利从没见过这样的物质，搞不清它是液体还是气体。它像一块明亮的白银，但在不停地流动，像水面在微风中泛起涟漪，又像云朵那样飘逸地散开、柔和地旋转。它像是化为液体的光——又像是凝成固体的风——哈利无法做出判断。

他想碰碰它，看是什么感觉。但在魔法世界将近四年的经验告诉他，把手伸进盛满未知物体的盆里是非常愚蠢的。于是他从袍子里抽出魔杖，紧张地看了看四周，又回来看着盆里的东西，然后对着盆里的物体戳了戳。银色物体的表面开始快速旋转。

哈利俯下身，脑袋完全伸进了柜子里。银色物体变得透明了，看上去像玻璃一样。他使劲往里面看，以为会看见石盆的底——可那神秘物质的表面下却是一间很大的屋子，他好像正通过一个圆形天窗朝屋子里看。

屋里光线昏暗，他猜想可能是在地下，因为四周没有窗户，只有像霍格沃茨那样的插在支架上的火把照亮了墙壁。哈利把脸凑近一些，鼻子离玻璃状物质只有一英寸了。他看到一排排巫师坐在四周阶梯式的长凳上，屋子正中央摆着一把空椅子。这椅子使哈利有一种不祥的感觉，因为它的扶手上缠着锁链，好像坐在上面的人常被绑起来。

这是什么地方？肯定不是霍格沃茨，哈利在城堡中没见过这样的房间。此外，盆底的神秘房间中的那些人都是成年人，哈利知道霍格沃茨绝没有那么多教师。他想这些人似乎是在等待着什么，尽管他只能看见他们的帽顶，但所有人的脸似乎都朝着一个方向，而且没有人说话。

盆是圆形的，而那间屋子是方形的，哈利看不到角落里的情况。他凑得更近一些，歪着脑袋，努力想看清楚……

他的鼻尖碰到了那种奇异物质的表面。

邓布利多的办公室突然剧烈倾侧过来——哈利的身体朝前一冲，头朝下栽进了盆里——

但他的头没有撞到盆底。他在一片冰冷漆黑的物质中坠落，仿佛被吸进了一个黑色的漩涡——

第30章　冥　想　盆

突然，哈利发现自己坐在盆底那间屋子尽头的一条长凳上，它比别的凳子都高。他抬头仰望高高的石头天花板，想找到刚刚那个圆形天窗，可是看到的只有暗黑坚固的石块。

哈利的呼吸紧张而急促。他扫视四周，没有一个巫师在看他（屋里至少有两百个巫师），似乎谁也没有注意到一个十四岁男孩刚刚从天花板上掉到了他们中间。哈利朝长凳上旁边的那位巫师一望，不禁惊叫起来，叫声在肃静的屋子里回响。

他旁边的那人正是阿不思·邓布利多。

"教授！"哈利几乎喘不过气来地小声说，"对不起——我不是有意的——我刚才只是看着你柜里的那只石盆——我——我们在哪儿？"

可是邓布利多没有动也没有说话，他根本就没有理睬哈利。他像长凳上的其他巫师一样盯着远处的屋角，那里有一扇门。

哈利迷惑地望着邓布利多，又望望那些沉默等候的众人，然后再转脸望望邓布利多。他突然想起来了……

以前，哈利也曾到过一个地方，那里的人都看不见他，也听不见说话。那次，他是通过一本施了魔法的日记本里的某一页掉进了另一个人的记忆中……如果他没有搞错的话，现在这种事再次发生了……

哈利举起右手，犹豫了一下，然后在邓布利多面前用力挥了挥。邓布利多没有眨眼，也没有扭头看哈利，他一动也没动。哈利认为这充分证明了自己的想法是对的。邓布利多绝不会对他这样视而不见。他此刻是在记忆里，这不是现在的邓布利多。但过去的时间不可能太久……身边的邓布利多和现在一样满头银发。可这是什么地方呢？这些巫师在等什么呢？

哈利仔细地打量四周。正如他从上面望下来时猜测的那样，这间屋子几乎可以肯定是在地下——他觉得它更像一个地牢。屋里有一种惨淡阴森的气氛，墙上没有画像，没有任何装饰，只有四周那一排排密密的长凳，阶梯式地排上去，从每一个座位都能清楚地看到那把带锁链的椅子。

哈利还没有想出这是什么地方，便听到一阵脚步声。地牢角落的门开了，走进来三个人——至少其中一个是人，被两个摄魂怪押送着。

哈利的五脏六腑顿时变得冰凉。那两个摄魂怪——那两个脸被兜帽遮着的高大怪物——缓缓地朝屋子中央的扶手椅滑去，死人般腐烂的双手紧抓着中间那人的胳膊。那人看上去快要晕倒了，哈利觉得这不能怪他……虽然哈利知道在记忆中摄魂怪伤害不到他，但他对它们的威力印象太深了，至今心有余悸。周围的人都显得有点胆怯，摄魂怪把那人放在带锁链的椅子上，缓步滑出房间，房门关上了。

哈利朝椅子上的男子看去，原来是卡卡洛夫。

与邓布利多不同，卡卡洛夫看上去比现在年轻多了，头发和胡须还是黑的。他穿的不是光滑的毛皮大衣，而是又薄又破的长袍。他在发抖。就在哈利注视的当儿，椅子扶手上的锁链突然发出金光，然后像蛇一样缠到卡卡洛夫的胳膊上，把他绑在了那里。

"伊戈尔·卡卡洛夫。"哈利左边一个声音很唐突地说。哈利转过头，看见克劳奇先生在旁边那条长凳中间站了起来。克劳奇的头发是黑的，脸上的皱纹比现在少得多。他看上去精神抖擞："你被从阿兹卡班带出来向魔法部提交证据。你告诉我们，你有重要的情报要向我们汇报。"

卡卡洛夫尽可能挺直身体，他被紧紧绑在椅子上。

"是的，先生，"他的话音中充满恐惧，但哈利仍能听出那熟悉的油滑腔调，"我愿意为魔法部效劳。我愿意提供帮助——我知道魔法部正在——搜捕黑魔头的余党。我愿意竭尽全力协助你们……"

第30章 冥想盆

屋子里一阵窃窃私语。一些巫师感兴趣地打量着卡卡洛夫,另一些则带着明显的不信任。哈利清楚地听到邓布利多的另一侧有个熟悉的声音粗哑地说:"渣滓。"

哈利越过邓布利多探头一看,是疯眼汉穆迪坐在那里——但他的外貌有明显的不同。他还没有魔眼,只有一双普通的眼睛,这双眼睛正盯着卡卡洛夫。穆迪两眼眯缝起来,带着强烈的厌恶。

"克劳奇要把他放了,"穆迪低声对邓布利多说,"他跟他达成了一笔交易。我花了六个月才抓到他,可现在只要他能供出很多我们不知道的人的名字,克劳奇就会放掉他。要我说,不妨先听听他的情报,然后再把他扔回给摄魂怪。"

邓布利多从歪扭的长鼻子里发出了一点不以为然的声音。

"啊,我忘了……你不喜欢摄魂怪,是吗?阿不思?"穆迪带着讥讽的微笑问道。

"是的,"邓布利多平静地说,"我不喜欢。我一直觉得魔法部和这些怪物搞在一起是错误的。"

"可是像这种渣滓……"穆迪轻声说。

"卡卡洛夫,你说你要告诉我们一些人的名字,"克劳奇说,"请说给我们听听。"

"你要知道,"卡卡洛夫急促地说,"那个神秘人行事一向非常诡秘……他希望我们——我是说他的党羽——我深深悔恨自己曾经与他们为伍——"

"少说废话。"穆迪嘲讽地说。

"——我们从来不知道所有同伙的名字——只有他清楚我们都有哪些人——"

"这一着很高明,对不对,卡卡洛夫,可以防止你这种人把他们全出卖了。"穆迪嘟哝道。

"你不是说知道一些人的名字吗?"克劳奇先生说。

"我——是的，"卡卡洛夫透不过气地说，"要知道，他们都是很重要的追随者。我亲眼看见他们按他的命令办事。我提供这些情报，以证明我彻底与他一刀两断，并且忏悔得不能再——"

"名字呢？"克劳奇先生厉声说。

卡卡洛夫深深吸了口气。

"有安东宁·多洛霍夫。"他说，"我——我看见他折磨过数不清的麻瓜和——和不支持黑魔头的人。"

"你也帮他一起干了。"穆迪嘀咕道。

"我们已经逮捕了多洛霍夫，"克劳奇说，"就在逮捕你之后不久。"

"是吗？"卡卡洛夫瞪大了眼睛，"我——我很高兴！"

但是他看上去并不高兴。哈利看出这个消息对他是个沉重的打击。他手里的一个名字已经没有用了。

"还有吗？"克劳奇冷冷地问。

"啊，有……还有罗齐尔，"卡卡洛夫急忙说，"埃文·罗齐尔。"

"罗齐尔已经死了，"克劳奇说，"也是在你之后不久被抓的。他不愿束手就擒，在搏斗中被打死了。"

"还带走了我的一点东西。"穆迪在哈利右边小声说。哈利再次扭头看他，他正指着鼻子上缺损的那一块给邓布利多看呢。

"这——罗齐尔是罪有应得！"卡卡洛夫的语调真的有点发慌了。哈利看出他开始担心他的情报对魔法部毫无用处。卡卡洛夫瞥了一眼屋角的那扇门，两个摄魂怪无疑还站在门后等着。

"还有吗？"克劳奇问。

"有！"卡卡洛夫说，"特拉弗斯——他协助谋杀了麦金农夫妇！还有穆尔塞伯——他专搞夺魂咒，强迫许多人做一些可怕的事情！卢克伍德，他是个奸细，从魔法部内部向那个连名字都不能

第30章 冥 想 盆

提的人提供有用的情报！"

哈利看出这一次卡卡洛夫掘到了金矿。四周一片窃窃私语。

"卢克伍德！"克劳奇先生朝坐在面前的一位女巫点了点头，她便在羊皮纸上写了起来，"神秘事务司的奥古斯特·卢克伍德？"

"就是他，"卡卡洛夫急切地说，"我相信他利用一批安插在魔法部内外的巫师为他搜集情报——"

"可是特拉弗斯和穆尔塞伯是我们已经知道的。"克劳奇说，"很好，卡卡洛夫，如果只有这些，你将被送回阿兹卡班，等我们决定——"

"不要！"卡卡洛夫绝望地叫起来，"等一下，我还有！"

在火把的亮光中，哈利看到他在冒汗，苍白的皮肤与乌黑的须发形成鲜明的对比。

"斯内普！"他大声说，"西弗勒斯·斯内普！"

"斯内普已经被本委员会开释了，"克劳奇冷冷地说，"阿不思·邓布利多为他作了担保。"

"不！"卡卡洛夫喊了起来，用力想挣脱把他绑在椅子上的锁链，"我向你保证！西弗勒斯·斯内普是个食死徒！"

邓布利多已站了起来。"我已经就此事作证，"他平静地说，"西弗勒斯·斯内普确实曾经是食死徒。可他在伏地魔垮台之前就投向了我们一边，冒着很大的危险为我们做间谍。他现在和我一样，不是食死徒。"

哈利看看邓布利多身后的疯眼汉穆迪。穆迪脸上带着深深的怀疑。

"很好，卡卡洛夫，"克劳奇冷冷地说，"你协助了我们的工作。我将重审你的案子，你先回阿兹卡班……"

克劳奇的声音远去了。哈利环顾左右，地牢正在像烟雾一样消散，所有的东西渐渐隐去，他只能看见自己的身体——其他一切都变成了旋转的黑暗……

然后,地牢又出现了。哈利坐在了另一个位子上,仍然是最高的那排长凳,但现在他是在克劳奇先生的左边。气氛似乎与刚才大不相同:十分轻松,甚至很愉快。四周的巫师都在相互交谈,好像是在观看体育比赛。哈利注意到了对面中排的一个女巫,金色的短发,穿一件洋红色长袍,吮着一支刺眼的绿色羽毛笔的笔尖。毫无疑问,这是年轻一点的丽塔·斯基特。哈利朝两边望望,邓布利多还是坐在他身旁,换了一件长袍。克劳奇先生看上去比刚才疲倦,还显得有些凶狠,有些憔悴……哈利明白了。这是另一段记忆,另一个日子……另一次审讯。

屋角的门开了,卢多·巴格曼走了进来。

但这不是衰老的卢多·巴格曼,而是鼎盛时期的魁地奇球星卢多·巴格曼。他的鼻梁还没有断,身材瘦高,体格强壮。巴格曼坐到带锁链的椅子上时显得有些紧张,但那些锁链并没有像绑卡卡洛夫一样绑他。巴格曼似乎因此精神一振,扫视了一下四座的观众,朝几个人挥了挥手,脸上还露出了一丝微笑。

"卢多·巴格曼,你被带到魔法法律委员会面前,回答对你食死徒活动的指控。"克劳奇先生说,"我们听了检举你的证词,现在将要做出判决。在宣判之前你还有什么话要说?"

哈利不敢相信自己的耳朵。卢多·巴格曼,食死徒?

"只有一句,"卢多·巴格曼不自然地微笑道,"嗯——我知道我是个傻瓜——"

周围的席位上有一两个巫师宽容地笑了。克劳奇先生却不为所动。他居高临下地审视着卢多·巴格曼,一脸的严肃和厌憎。

"这话说得再对不过了,老兄。"有人在哈利身后干巴巴地对邓布利多小声说,哈利一回头,看见又是穆迪坐在那里,"要不是我知道他一向都不机灵,我会说是那些游走球对他的大脑造成了永久

第30章 冥想盆

性影响……"

"卢多·巴格曼,你在向伏地魔的党羽传递情报时被抓获,"克劳奇先生说,"为此,我建议判处你在阿兹卡班监禁至少——"

但是四座一片愤怒的喊声。有几个靠墙的巫师站起来朝克劳奇先生摇头,甚至挥舞拳头。

"可我说过,我根本不知道!"巴格曼瞪大了圆圆的蓝眼睛,在起哄声中急切地喊道,"根本不知道!老卢克伍德是我父亲的朋友……我从没想到他会是神秘人的手下!我以为我是在为我们的人收集情报呢!卢克伍德一直说以后会为我在魔法部找一份工作……等我从魁地奇球队退役之后,你知道……我是说,我不能一辈子被游走球追着打,是不是?"

观众席上发出了咻咻的笑声。

"那就表决吧。"克劳奇先生冷冷地说,他转向地牢的右侧,"请陪审团注意……同意判处监禁的举手……"

哈利朝地牢右侧望去,没有一个人举手。许多巫师开始鼓掌。陪审团中有位女巫站了起来。

"怎么?"克劳奇吼道。

"我们想祝贺巴格曼先生上星期六在对土耳其的魁地奇比赛中表现出色,为英国队争了光。"女巫激动地说。

克劳奇先生看上去怒不可遏。地牢里掌声雷动,巴格曼站起来鞠躬微笑。

"混账,"巴格曼走出地牢时,克劳奇先生坐了下来,气呼呼地对邓布利多说,"卢克伍德真的给他找了一份工作……卢多·巴格曼来上班的那天将是魔法部不幸的日子……"

地牢又消失了。等它再次出现时,哈利环顾四周,他和邓布利多仍然坐在克劳奇先生旁边,可是气氛却截然不同。屋子里静悄悄的,只听到克劳奇先生旁边一个弱不禁风的女巫的抽噎声。她用颤抖的双手攥着一块手帕捂在嘴上。哈利仰头看看克劳奇，发现他的面色比以前更加憔悴、灰暗，太阳穴上一根青筋在抽动。

"带进来。"克劳奇的声音在寂静的地牢中回响。

屋角的门再次打开，六个摄魂怪押着四个人走了进来。哈利看到许多人转身望着克劳奇先生，有几个在交头接耳。

摄魂怪把四个人放在地牢中央的四把带锁链的椅子上。其中一个矮胖的男子茫然地望着克劳奇；另一个较瘦的男子显得更紧张一些，眼睛往观众席上四处瞟；一个女人头发浓密乌黑、眼皮下垂，瞧她那神气倒像坐在宝座上似的；还有一个十七八岁的男孩，看上去完全吓呆了，浑身发抖，稻草色的头发披散在脸上，生有雀斑的皮肤苍白如纸。克劳奇旁边那个纤弱的女巫开始前后摇晃，用手帕捂着嘴呜咽啜泣。

克劳奇站了起来，俯视着这四个人，脸上带着极端的憎恨。

"你们被带到魔法法律委员会面前听候宣判，"他吐字清晰地说，"你们的罪行如此恶劣——"

"父亲，"稻草色头发的男孩说，"父亲……求求你……"

"——在本法庭审理的案件中是少有的。"克劳奇先生提高嗓门，盖过了他儿子的声音，"我们听了对你们的指控，你们四人绑架了一名傲罗——弗兰克·隆巴顿，对他使用了钻心咒，想从他口里打探出你们流亡的主人，那个连名字都不能提的人的下落——"

"父亲，我没有！"被绑在椅子上的男孩尖叫道，"我没有，我发誓，父亲，不要把我送回摄魂怪那里——"

"指控还说，"克劳奇先生吼道，"弗兰克·隆巴顿不肯提供情报，你们就对他的妻子使用了钻心咒。你们阴谋使那个连名字都不能提的人卷土重来，以恢复他强大时期你们过的那种暴力生活。现在我请陪审团——"

第30章 冥想盆

"母亲!"男孩高叫道,克劳奇旁边那个瘦小的女巫抽泣起来,身体前后摇晃,"母亲,阻止他,母亲,我没做那些事,不是我!"

"现在我请陪审团表决,"克劳奇先生大声说,"和我一样认为这些罪行应当被判处在阿兹卡班终身监禁的,请举手!"

地牢右侧的巫师齐刷刷地举起了手。四周的观众像审判巴格曼时那样鼓起掌来,脸上带着残酷的胜利表情。男孩开始尖声惨叫。

"不!母亲,不!不是我干的,不是我,我不知道!不要把我送到那里去,阻止他!"

摄魂怪又缓缓地滑进来。男孩的三个同伴默默地从椅子上站起,眼皮下垂的女人抬头对克劳奇喊道:"黑魔王还会回来的,克劳奇!把我们扔进阿兹卡班吧,我们等着!他会回来救我们。他会特别奖赏我们!只有我们是忠诚的!只有我们在设法寻找他!"

男孩竭力想摆脱摄魂怪,尽管哈利看出摄魂怪冰冷的吸力已开始对他产生作用。观众们在嘲笑,有些人站了起来。那个女人傲然走出了地牢,男孩还在反抗。

"我是你的儿子!"他向克劳奇高喊,"我是你的儿子!"

"你不是我的儿子!"克劳奇吼道,眼珠突然向外突起,"我没有儿子!"

瘦小的女巫倒吸一口气,瘫倒在凳子上。她晕过去了。克劳奇好像没看到似的。

"把他们带走!"他向摄魂怪咆哮,唾沫星子四溅,"带走,让他们在那里烂掉吧!"

"父亲!父亲,我没有参加!不要!不要!父亲,求求你!"

"哈利,我想我们该回我的办公室了。"一个声音在哈利耳边轻轻地说。

哈利吓了一跳。他回过头,然后又转脸看向另一边。

他的右边坐着一位阿不思·邓布利多,看着克劳奇的儿子被摄魂怪拽走——而他的左边还有一位阿不思·邓布利多，正在注视着他。

"来吧。"左边的邓布利多说着，伸手托住哈利的胳膊肘。哈利感到自己缓缓升到空中，地牢在消散，一时间只剩下漆黑一片。然后他觉得自己好像翻了一个慢动作的跟头，两脚突然落到地上，周围的光线令人目眩，他已经在邓布利多那间阳光明媚的办公室里了。那个石盆在他面前的柜子里闪闪发光，阿不思·邓布利多站在他身旁。

"教授，"哈利慌乱地说，"我知道我不应该——我不是有意的——柜门开着——"

"我非常理解。"邓布利多说。他端起石盆走到书桌前，把它放在光滑的桌面上，然后在桌后的椅子上坐下，招手让哈利坐在他对面。

哈利坐下来，眼睛盯着石盆。盆里的东西又变回了银白色的状态，在他眼前打着旋，泛着涟漪。

"这是什么？"哈利声音颤抖地问。

"这个吗？它叫冥想盆，"邓布利多说，"有时候我觉得脑子里塞了太多的思想和记忆，我相信你了解这种感觉。"

"呃。"哈利不能发自内心地说自己有过这样的感觉。

"这时我就使用冥想盆，"邓布利多指着石盆说，"把过量的思想从脑子里吸出来，倒进这个盆里，有空的时候再好好看看。你知道，在这种状态下更容易看出它们的模式和彼此之间的联系。"

"你是说……这东西是你的思想？"哈利瞪着盆里旋转的银色物质说。

"正是，"邓布利多说，"我让你看看。"

邓布利多从袍子里抽出魔杖，把杖尖插进他的银发，靠近太阳穴。当他拔出魔杖时，杖尖上好像粘了一些发丝——但哈利随即

第30章 冥想盆

发现那其实是一小缕和盆中一样的闪光的银白色物质。邓布利多把这一点新思想加到盆里,哈利吃惊地看到自己的面孔在盆里浮动。

邓布利多用修长的双手捧住冥想盆,转动着它,像淘金者转动沙盘一样……哈利看到自己的脸渐渐化成了斯内普的脸。斯内普张开嘴,朝天花板说起话来,还带着一点儿回声:"它又出现了……卡卡洛夫的也是……比以前任何时候更明显、更清楚……"

"我无须帮助也能发现这之间的联系,"邓布利多叹道,"不过没关系。"他从半月形的镜片上方凝视哈利。哈利正目瞪口呆地望着斯内普的脸在盆里继续旋转。"福吉先生来时我正在使用冥想盆,我匆匆忙忙把它收了起来,想必柜门没有关严,它自然会引起你的注意。"

"对不起。"哈利嗫嚅地说。

邓布利多摇了摇头。

"好奇心不是罪过,"他说,"但我们在好奇的时候应当小心……的确如此……"

他微微皱起眉头,用杖尖捣了捣盆里的思想。盆中立刻升起一个人形,是个十五六岁的姑娘,胖乎乎的,一脸不高兴。她开始慢慢地旋转,双脚还站在盆里。姑娘看也不看哈利和邓布利多教授。她开口说话时,也像斯内普那样带着回声,好像是从石盆深处传出来的一样。"他对我使用了魔法,邓布利多教授,我只不过逗了逗他。我只是说我上星期四看见他在温室后面和弗洛伦斯接吻……"

"可是,伯莎,"邓布利多抬头看着此刻默默旋转的女孩,悲哀地说,"你一开始为什么要跟着他呢?"

"伯莎!"哈利抬头看着那女孩,小声说,"她是——伯莎·乔金斯?"

"是的,"邓布利多又捣了捣盆里的思想,伯莎沉了下去,盆中再次变成了不透明的银白色,"那是我记忆里学生时代的伯莎。"

冥想盆中的银光照亮了邓布利多的面庞。哈利突然发觉他是那样苍老。他当然知道邓布利多已经上了年纪，但不知为什么，以前从没觉得他是个老人。

"哈利，"邓布利多和缓地说，"在你掉进我的思想里之前，你是有一些事要告诉我的。"

"是的，"哈利说，"教授——我刚才正在上占卜课，可是，呃——我睡着了。"

他迟疑了一下，以为要挨批评了，但邓布利多却说："可以理解，讲下去。"

"嗯，我做了个梦，"哈利说，"梦见了伏地魔，他在折磨虫尾巴……你知道虫尾巴——"

"我知道，"邓布利多马上说，"往下讲。"

"伏地魔接到了猫头鹰送去的信。他好像是说虫尾巴的错误被纠正了。他说有人死了，接着说他不打算拿虫尾巴去喂蛇了——他的椅子旁边有一条蛇。他又说——又说要拿我去喂蛇。然后他对虫尾巴念了钻心咒——我的伤疤就疼起来了，"哈利说，"疼得特别厉害，把我给疼醒了。"

邓布利多只是看着他。

"呃——就这些。"哈利说。

"噢，"邓布利多平静地说，"是这样，那么，你的伤疤今年还疼过吗？除了暑假里把你疼醒的那一次？"

"没有，我——你怎么知道它在暑假里把我疼醒过？"哈利惊讶地问。

"给小天狼星写信的不止你一个人。"邓布利多说，"他去年离开霍格沃茨后，我也和他保持着联系呢。是我建议他躲在山洞里的，那是最安全的地方。"

邓布利多站起来，在桌子后面来回踱步，时而把魔杖尖抵到太

第 30 章 冥 想 盆

阳穴上,抽出一条银光闪闪的思想,加到冥想盆里。盆里的思想急速旋转起来,哈利什么也看不清了,只见一片模糊的银白色。

"教授?"几分钟后哈利轻轻叫道。

邓布利多停止了踱步,看着哈利。

"对不起。"邓布利多轻声说,重新在书桌前坐下。

"你 —— 你知道我的伤疤为什么疼吗?"

邓布利多仔细地看了哈利一会儿,然后说:"我只有一个推测,仅仅是推测 …… 我想,当伏地魔靠近你时,或是当他产生一种特别强烈的复仇意愿时,你的伤疤就会疼。"

"可是 …… 为什么呢?"

"因为那个不成功的咒语把你和他连在了一起,"邓布利多说,"这不是一道普通的伤疤。"

"那你认为 …… 那个梦 …… 是真的吗?"

"有可能,"邓布利多说,"我要说 —— 很有可能。哈利 —— 你看见伏地魔了吗?"

"没有,"哈利说,"只看见了他的椅背。不过 —— 本来也看不到什么,是吧?我是说,他没有身体,对不对?可是 …… 那他怎么可能拿魔杖呢?"哈利慢慢地说。

"是啊,"邓布利多喃喃道,"怎么可能呢 ……"

一时间两人谁也没有说话。邓布利多凝视着前方,不时用魔杖尖从太阳穴那儿取出一条银亮的思想,放进翻腾涌动的冥想盆里。

"教授,"哈利终于说,"你认为他正在强壮起来吗?"

"伏地魔吗?"邓布利多隔着冥想盆望着哈利说,又是那种特有的具有穿透力的目光,哈利在其他场合也见到过。哈利总觉得邓布利多能够完全看穿他,这是连穆迪的魔眼也做不到的。"我还是只能给你一些猜测,哈利。"

邓布利多又叹息了一声,他从未显得这么苍老疲惫过。

"伏地魔力量增强的这几年发生了好几桩失踪事件。"他说，"伯莎·乔金斯在伏地魔最后的藏身之地消失得无影无踪，克劳奇先生也失踪了……就在我们的这片场地上。还有第三起失踪事件，遗憾的是魔法部认为它无足轻重，因为失踪的是个麻瓜。他的名字叫弗兰克·布莱斯，住在伏地魔的父亲出生的村子里。他从去年八月就不见了。你知道，我是看麻瓜报纸的，这一点我和大多数部里的朋友不一样。"

邓布利多非常严肃地看着哈利。"我觉得这些失踪事件是有联系的，但部里不这样认为——你刚才在办公室外面可能也听到了。"

哈利点点头。两人又沉默了，邓布利多不时取出一些思想。哈利觉得他该走了，但好奇心使他坐着没动。

"教授？"他又叫了一声。

"怎么了，哈利？"邓布利多说。

"呃……我能不能问一下我在……在冥想盆里看到的……审讯的事？"

"可以，"邓布利多沉重地说，"我参加过许多次审讯，但对其中的几次审讯记得格外清楚……尤其是现在……"

"请问——你刚才发现我在听的那次审讯，审问克劳奇儿子的那一次，嗯……他们说的是不是纳威的父母？"

邓布利多目光犀利地看了哈利一眼。

"纳威没有对你说过他为什么是由奶奶带大的吗？"

哈利摇了摇头，心中纳闷他认识纳威将近四年，怎么就没想到问问这件事。

"是的，他们说的正是纳威的父母，"邓布利多说，"他父亲弗兰克和穆迪教授一样是个傲罗。你听到了，那些人残酷折磨弗兰克和他的妻子，逼他们说出伏地魔失去力量之后的下落。"

第30章 冥想盆

"他们死了吗？"哈利轻声问道。

"没有，"邓布利多说，声音中充满哈利从没听到过的悲痛，"他们疯了。两人都住在圣芒戈魔法伤病医院。我想纳威每到假期都和奶奶一起去探望他们。他们不认识纳威了。"

哈利恐惧地坐在那里。他一直不知道……四年了，从来没有想到问一问……

"隆巴顿夫妇人缘很好，"邓布利多说，"他们是在伏地魔垮台之后遭到袭击的，那时候大家都以为安全了。这种毒手激起了前所未有的公愤。魔法部受到很大的压力，必须捉拿凶手。不幸的是，以隆巴顿夫妇当时的状况，他们的证词不是很可靠。"

"那么，克劳奇先生的儿子有可能是无辜的吗？"哈利缓缓地问。

邓布利多摇了摇头："这一点我就不知道了。"

哈利又沉默了，看着冥想盆里的物质在那里旋转。他还有两个问题忍不住要问……可是它们涉及活着的人的罪责……

"呃，"他说，"巴格曼先生……"

"……后来再也没有被指控参与任何黑魔法活动。"邓布利多平静地说。

"噢，"哈利急促地说，再次注视着冥想盆，邓布利多不再往里面添加思想，盆中物质旋转得慢了下来，"还有……呃……"

但冥想盆似乎替他问了，斯内普的脸重新浮了上来。邓布利多看了它一眼，然后抬头望着哈利。

"斯内普教授也没有。"他说。

哈利凝视着邓布利多那双浅蓝色的眼睛，心中真正想问的话一下子脱口而出："你为什么认为他真的不再支持伏地魔了呢，教授？"

邓布利多和哈利对视了几秒钟，然后说："这是我和斯内普教授两个人之间的事情，哈利。"

哈利知道面谈结束了。邓布利多看上去并没有生气，但语调中有一种到此为止的意思，哈利听出他该走了。他站起身，邓布利多也站了起来。

"哈利，"哈利走到门口时，邓布利多说，"请不要把纳威父母的事告诉其他人。应当由他自己来告诉大家，等他愿意说的时候。"

"好的，教授。"哈利说着，转身要走。

"还有——"

哈利回过头。

邓布利多站在冥想盆后面，盆中闪烁的银光照亮了他的面庞，他看上去比以前更加苍老。他凝视了哈利片刻，说道："第三个项目中祝你好运。"

第31章

第三个项目

"邓布利多也认为神秘人在强壮起来?"罗恩悄声问道。

哈利已经把他在冥想盆里看到的一切,以及后来他从邓布利多那里听到和看到的几乎所有东西,全都告诉了罗恩和赫敏——当然也告诉了小天狼星,哈利一离开邓布利多的办公室就给小天狼星派去了一只猫头鹰。哈利、罗恩和赫敏那天夜里又在公共休息室里待到很晚,反复讨论这些事情,说到最后哈利脑袋都晕了。他终于体会到邓布利多说的脑子里思想塞得太满,要能抽出一些才好是什么意思了。

罗恩凝视着公共休息室里的炉火。哈利似乎看到罗恩在微微发抖,尽管这个夜晚并不冷。

"他相信斯内普?"罗恩问,"他知道斯内普曾经是个食死徒,但还是真的信任他?"

"是的。"哈利说。

赫敏有十分钟没有说话。她手捧额头坐在那里,眼睛望着膝盖。哈利觉得她似乎也需要一个冥想盆。

"丽塔·斯基特。"她喃喃地说。

"你怎么现在操心起她来了?"罗恩不相信地问。

"我没有操心她，"赫敏对着膝盖说，"我只是想到……还记得她在三把扫帚对我说的话吗？'我知道卢多·巴格曼的一些事情，它们会吓得你们的头发竖起来。'她指的就是这个，是吧？她报道了当时对巴格曼的审判，知道他为食死徒传递了情报。还有闪闪，记得吗……'卢多·巴格曼是个坏巫师。'克劳奇先生可能对巴格曼没受处罚感到很恼火，他可能回家说了这件事。"

"有道理，可巴格曼不是有意传递情报的，对不对？"

赫敏耸耸肩。

"福吉认为是马克西姆女士袭击了克劳奇？"罗恩转向哈利问道。

"是啊，"哈利说，"可他么说只是因为克劳奇是在布斯巴顿的马车附近失踪的。"

"我们从来没有想到马克西姆女士，是不是？"罗恩慢吞吞地说，"想想吧，她肯定有巨人血统，可她不愿承认——"

"她当然不愿承认，"赫敏抬起头来尖锐地说，"看看丽塔发现海格母亲的底细之后发生了什么吧。再看看福吉，就因为马克西姆女士有巨人血统，就武断地认为她是凶手。谁愿意受那样的歧视？换了我，要知道说真话的结果是这样，我大概也会说我是骨架子大。"

赫敏看了看表。"我们还没有练习呢！"她惊叫起来，"本来应该练障碍咒的！明天要认真地练一练！走吧，哈利，你需要睡会儿觉。"

哈利和罗恩慢慢上楼回到宿舍。哈利穿睡衣时朝纳威床上看了一眼。他信守了对邓布利多的承诺，没有把纳威父母的事告诉罗恩和赫敏。哈利摘下眼镜，爬到四柱床上，想象着父母虽然活着但不认识自己的滋味。他经常因为是孤儿而受到陌生人的同情，但听着纳威的鼾声，他觉得纳威比自己更值得怜悯。哈利躺在黑暗中，对折磨隆巴顿夫妇的人产生了一种强烈的愤怒和仇恨……他想起克

第31章　第三个项目

劳奇的儿子和那几个人被摄魂怪拉出法庭时众人的嘲笑……他理解了他们的感情……接着他想起尖叫的男孩那张煞白的脸，又突然震惊地意识到他一年之后就死了……

是伏地魔，哈利在黑暗中瞪着床顶想，都是伏地魔引起的……是他拆散了这些家庭，毁掉了这么多生命……

罗恩和赫敏将在第三个项目那天结束考试，他们本来应该抓紧时间复习的，但却花了大量精力帮助哈利做准备。

"别担心，"当哈利向他们指出这点，并说他可以自己练习一会儿时，赫敏毫不介意地说，"至少我们可以在黑魔法防御术这门课中拿高分。课堂上不可能发现这么多的咒语。"

"对我们以后当傲罗是很好的训练。"罗恩兴奋地说着，对嗡嗡飞进屋里的一只黄蜂试了试障碍咒，使它突然停在了半空中。

进入六月，城堡中的气氛又变得紧张兴奋起来。大家都期待着将于放假前一星期举行的第三项比赛。哈利一有空就练习咒语。他觉得比前两次更有信心。尽管这场比赛肯定充满艰险，但穆迪说得对：哈利已经顺利通过了庞大动物和魔法障碍的考验，而且这次他预先得到了通知，有机会为即将出现的东西做一些准备。

麦格教授总是撞见哈利、赫敏和罗恩在学校各处练习，因此，她允许他们在午饭时间使用变形课教室。哈利很快掌握了障碍咒，它可以拖延和阻碍袭击者；粉碎咒，可以炸毁固体障碍物；还有赫敏发现的定向咒，能使他的魔杖指向正北，这样他在迷宫中就可以判断方向走得是否正确。但他还没有完全掌握铁甲咒，这种咒语可以在他周身暂时形成一道无形的坚壁，可以使小的咒语打偏，可惜赫敏巧妙地施了一个软腿咒把它给破了。哈利瘸着腿在屋里走了十分钟，赫敏才找到了破解咒。

"你练得不错，"赫敏鼓励地说，一边看着她的单子，勾掉他们已经学会的咒语,"肯定有一些会派上用场的。"

"快来看,"罗恩站在窗前望着下面的场地,说道,"马尔福在干什么?"

哈利和赫敏赶忙走过去看,只见马尔福、克拉布和高尔站在树荫下。克拉布和高尔好像在放哨,两人都傻笑着。马尔福把手捂在嘴上说话。

"他好像在用对讲机。"哈利好奇地说。

"不可能,"赫敏说,"我告诉过你们,那种东西在霍格沃茨不起作用。来吧,哈利。"她轻快地说,转身离开窗口走到屋子中间,"我们再来练练铁甲咒。"

小天狼星现在每天都派猫头鹰送信来。他和赫敏一样,似乎一心要帮助哈利通过第三个项目,然后才会考虑其他事情。他在每封信中都提醒哈利,霍格沃茨围墙以外的事你没有责任去管,你也没有能力对它们施加影响。

> 如果伏地魔真的在强壮起来(他写道),我首先考虑的事是要保证你的安全。有邓布利多的保护,他不可能对你下手,但你还得多加小心,不要冒险:现在你要想的是怎样安全走出迷宫,其他问题以后再说。

哈利的神经随着六月二十四日的临近而紧张起来,但比第一个和第二个项目前要好一些。首先,他相信自己这次是尽力做了准备的。而且,这是最后一个障碍,不管成绩是好是坏,争霸赛即将结束,这个大包袱终于可以卸掉了。

比赛那天,格兰芬多的早餐桌上热闹非常。送信的猫头鹰到了,

第31章 第三个项目

给哈利捎来了小天狼星送的幸运卡。只是一张羊皮纸，一折两开，上面有一只泥乎乎的爪印，但哈利很喜欢。一只尖叫猫头鹰像往常一样给赫敏送来了早晨的《预言家日报》。赫敏打开报纸，扫了一眼头版，登时把一口南瓜汁全喷在了报纸上。

"怎么啦？"哈利和罗恩一齐盯着她问道。

"没什么。"赫敏很快地说，慌忙想把报纸藏起来，却被罗恩一把抢了过去。

他瞪着标题说："不可能，偏偏是今天，这个老母牛。"

"怎么？"哈利问，"又是丽塔·斯基特？"

"不是。"罗恩也跟赫敏一样想把报纸藏起来。

"写到我了是不是？"哈利问。

"不是。"罗恩以完全不可信的语调说。

但是，没等哈利提出要看那份报纸，礼堂那头斯莱特林桌子上的德拉科·马尔福就叫了起来。

"嘿，波特！波特！你的脑袋怎么样？你没事儿吧？不会朝我们发疯吧？"

马尔福手里也举着一份《预言家日报》。斯莱特林的学生们都在窃笑，在座位上扭过身看哈利的反应。

"给我看看，"哈利对罗恩说，"给我。"

罗恩极不情愿地交出报纸，哈利一翻开就看到了自己的照片，上面是文章标题：

哈利·波特

—— 心烦意乱，情绪危险

打败了神秘人的男孩情绪很不稳定，而且可能相当危险，**特邀记者丽塔·斯基特报道**。最近有惊人的证据披露了哈利·波特的奇怪行为，使人怀疑他是否适合参加三强争霸赛这样高难度的竞赛，甚至是否适合在霍格沃茨上学。

《预言家日报》独家披露，波特在学校经常发病，对人说他额头的伤疤作痛（该伤疤是神秘人企图杀死他时念的恶咒留下的印记）。上星期一的占卜课上，《预言家日报》记者目睹了波特冲出教室，声称伤疤疼得他无法继续上课的情形。

圣芒戈魔法伤病医院的高级专家说，波特的大脑可能受到了神秘人魔法的影响，波特坚持说伤疤仍然疼痛，正表明他的精神有着根本上的混乱。

"他也可能是装的，"一位专家说，"也许想引起注意。"

但《预言家日报》还发现了哈利·波特一些令人不安的状况，霍格沃茨的校长阿不思·邓布利多一直在为其小心遮掩。

"波特会说蛇佬腔，"霍格沃茨四年级学生德拉科·马尔福透露说，"两年前许多学生受到袭击，大多数人都认为波特是幕后指使人，因为大家亲眼见到他在决斗俱乐部里发脾气放蛇去咬一个男孩。但这些都被掩盖了起来。波特还与狼人和巨人交朋友。我们认为他为了获得力量什么都干得出来。"

蛇佬腔（即与蛇对话的能力）一向被视为黑魔法。事实上，当代最著名的蛇佬腔正是神秘人本人。黑魔法防御联盟的一位不愿透露姓名的成员说，他认为任何会说蛇佬腔的巫师"都值得调查，我个人对能与蛇对话的人十分怀疑，因为蛇经常被用在最恶毒的黑魔法中，而且历史上也和坏人联系在一起"。同样，"与狼人和巨人等邪物为伍的人通常是爱好暴力的"。

阿不思·邓布利多应当考虑允许这样一个男孩参加三强争霸赛是否合适。有人担心波特会因求胜心切而使用黑魔法。第三个比赛项目将于今晚举行。

"对我不那么青睐了，是不是？"哈利折起报纸，轻松地说。

第 31 章 第三个项目

斯莱特林那边，马尔福、克拉布和高尔都在讥笑他。他们用手指敲着脑门，做出疯子的怪相，还像蛇一样吐着舌头。

"她怎么知道占卜课上你伤疤疼了？"罗恩说，"她不可能在场，也不可能听到——"

"窗户开着，"哈利说，"我开了窗想透透气。"

"你是在北塔楼的顶层！"赫敏说，"你的声音传不到下面的场地上！"

"哎，研究魔法窃听方法的应该是你啊！"哈利说，"你告诉我，她怎么知道的！"

"我正在想呢！"赫敏说，"可是……可是……"

赫敏脸上突然现出一种做梦般的奇怪表情，她慢慢地抬起一只手，捋着自己的头发。

"你没事吧？"罗恩皱着眉头问她。

"没事。"赫敏屏住呼吸说。她又捋了捋头发，然后把手举到嘴边，像握着对讲机似的。哈利和罗恩面面相觑。

"我有了一个想法，"赫敏两眼空洞地望着前面说，"我想我知道了……因为那样谁也看不见……连穆迪都看不见……她能够爬到窗台上……但这是不允许的……这绝对是不允许的……我想我们抓住她了！给我两秒钟——去图书馆核实一下！"

话音刚落，赫敏就抓起书包奔出了礼堂。

"喂！"罗恩在后面喊道，"魔法史考试还有十分钟就开始了！天哪，"他转身向哈利说，"她一定是恨透了斯基特那个老妖婆，连考试有可能迟到都不在乎了。你在宾斯的教室里准备干什么——还是看书吗？"

哈利作为三强争霸赛的勇士，可以不参加期末考试。他每场考试都坐在教室后面，为第三个项目寻找有用的咒语。

"可能吧。"哈利对罗恩说。但麦格教授沿着格兰芬多的桌子向他走来了。

"波特,勇士们吃完早饭在礼堂旁边的会议室集合。"她说。

"可是比赛晚上才开始呀!"哈利不小心把炒鸡蛋撒到了身上,他以为自己记错了时间。

"我知道,波特,"麦格教授说,"勇士的亲属被请来观看决赛,你们可以趁现在见见面。"

她走开了。哈利望着她的背影发呆。

"她难道认为德思礼一家会来?"他茫然地问罗恩。

"不知道,"罗恩说,"哈利,我得赶紧走,考试要迟到了。一会儿见。"

哈利在渐渐冷清下来的礼堂里吃完早饭。他看到芙蓉·德拉库尔从拉文克劳桌子旁站起来,和塞德里克一起走进了会议室。不一会儿克鲁姆也懒洋洋地去了。哈利坐着没动,他实在不想去。他没有亲属——没有愿意来看他冒生命危险的亲属。可是正当他站起身,打算还是去图书馆研究一点咒语时,会议室的门开了,塞德里克探出头来。

"哈利,快来吧,他们在等你呢!"

哈利满心困惑地站起身。德思礼一家是不可能来的呀。他穿过大厅,推门走进了会议室。

塞德里克和他的父母站在门边。威克多尔·克鲁姆在屋子一角和他黑头发的父母说着快速的保加利亚语,他继承了父亲的鹰钩鼻。另一边,芙蓉在用法语和她母亲叽叽呱呱地说个不停。芙蓉的小妹妹加布丽牵着她母亲的手。加布丽朝哈利挥了挥手,哈利也挥挥手,咧嘴一笑。然后他看见韦斯莱夫人和比尔站在壁炉前,笑盈盈地望着他。

"没想到吧!"韦斯莱夫人热情地说,哈利眉开眼笑地迎上前去,"我们想过来看你比赛,哈利!"她俯身亲了亲哈利的面颊。

第31章　第三个项目

"你好吗?"比尔笑着同哈利握手,"查理也想来,可是走不开。他说你大战树蜂的那一场太精彩了,简直不可思议。"

哈利注意到芙蓉·德拉库尔越过母亲的肩膀很感兴趣地打量着比尔。看得出来,她对长头发和带尖牙的耳环一点也不反感。

"你们真好,"哈利轻轻对韦斯莱夫人说,"我还想呢——德思礼——"

"唔。"韦斯莱夫人努起了嘴。她一向避免在哈利面前批评德思礼夫妇,但每次听到他们的名字,她的眼里就会冒火。

"回来真好,"比尔打量着会议室说(胖夫人的女友维奥莱特在相框里对他眨巴眼睛),"这地方我有五年没见了。那个疯骑士的肖像还在吗?卡多根爵士?"

"噢,还在呢。"哈利说。他去年碰到过卡多根爵士。

"胖夫人呢?"比尔问。

"我上学那会儿她就在了。"韦斯莱夫人说,"有一天我凌晨四点才回宿舍,她狠狠地训了我一通——"

"你凌晨四点在宿舍外面干什么?"比尔惊诧地望着母亲问。

韦斯莱夫人笑了,眼睛亮晶晶的。

"我和你爸爸散步来着。他被当时的管理员阿波里昂·普林格抓住了——你爸爸身上现在还带着印记呢。"

"带我们转转吧,哈利?"比尔说。

"好啊。"哈利说。他们朝通向礼堂的门口走去。经过阿莫斯·迪戈里身边时,他回过头来。

"是你?"他上下打量着哈利说,"塞德里克的分数追上来了,你不那么趾高气扬了吧?"

"什么?"哈利问。

"别理他。"塞德里克在他父亲背后皱起眉头,低声对哈利说,"他看了丽塔·斯基特写的那篇三强争霸赛的文章之后一直很生气——你知道,那女人把你说成了是霍格沃茨唯一的参赛勇士。"

"他也没有去纠正她,不是吗?"哈利同韦斯莱夫人和比尔一起走出门时,听见阿莫斯·迪戈里说,"不过……你会让他看到的,塞德。你赢过他一次,不是吗?"

"丽塔·斯基特专门无事生非,阿莫斯!"韦斯莱夫人气愤地说,"你在部里工作,我以为你是知道的!"

迪戈里先生似乎想发火,但他的妻子把一只手搭在了他胳膊上,因此他只是耸了耸肩,就转过身去了。

哈利陪着比尔和韦斯莱夫人在洒满阳光的场地上散步,一上午过得非常愉快。他带他们看了布斯巴顿的马车和德姆斯特朗的大船。韦斯莱夫人对打人柳很感兴趣,那是在她离校后栽下的。她费了半天功夫,终于记起海格之前的猎场看守,他叫奥格。

"珀西好吗?"他们参观温室时哈利问道。

"不大好。"比尔说。

"他很烦,"韦斯莱夫人看了看四周,压低声音说,"部里不想把克劳奇先生失踪的事张扬出去,但是他们把珀西叫去了,盘问他克劳奇先生发来的指示。他们好像认为这些指示可能不是克劳奇亲笔写的。珀西压力很大。他们不让他代替克劳奇先生当第五名裁判,改让康奈利·福吉当了。"

三人回城堡吃午饭。

"妈妈——比尔!"罗恩坐到格兰芬多桌子旁时大吃一惊,"你们在这儿干吗?"

"来看哈利的决赛!"韦斯莱夫人兴高采烈地说,"我得说,这是个很好的调剂,不用做饭了。你考得怎么样?"

"噢……还行,"罗恩说,"我想不起所有那些叛乱妖精的名字,就胡编了几个,挺好的。"罗恩一边拿菜肉烘饼吃一边说道。一旁的韦斯莱夫人板起了面孔,罗恩说:"没关系,他们都叫长胡子长

第31章 第三个项目

长、邋邋鬼拉拉这样的名字,编起来不难。"

弗雷德、乔治和金妮也坐过来了,哈利开心极了,好像又回到了陋居一样。他忘记了晚上的比赛,午饭吃到一半赫敏来了,他才想起赫敏早上好像突然悟到了丽塔·斯基特的什么事情。

"你是不是要告诉我们——?"

赫敏摇摇头,像在警告他,同时瞟了韦斯莱夫人一眼。

"你好,赫敏。"韦斯莱夫人态度比往常生硬得多。

"你好。"看着韦斯莱夫人冷淡的脸色,赫敏的微笑有点发窘。

哈利朝她们俩看看,说道:"韦斯莱夫人,你不会相信丽塔·斯基特在《女巫周刊》上的那篇垃圾文章吧?因为赫敏不是我的女朋友。"

"噢!"韦斯莱夫人说,"不——我当然不相信!"

但她随后对赫敏表现得热情多了。

哈利、比尔和韦斯莱夫人在城堡里散步,消磨了一个下午,然后回礼堂用晚餐。卢多·巴格曼和康奈利·福吉坐到了教工桌子旁。巴格曼看上去很高兴,可是坐在马克西姆女士旁边的康奈利·福吉却绷着脸,一言不发。马克西姆女士埋头吃饭,哈利觉得她的眼眶好像有点红。桌子那头的海格老往她这边看。

晚餐比平时丰盛,但哈利没有吃下多少,因为他现在真的感到紧张了。当施了魔法的天花板由蓝色转为暗紫的暮色时,邓布利多在教工桌子旁站起身,众人安静下来。

"女士们,先生们,再过五分钟,我就要请大家去魁地奇球场,观看三强争霸赛最后一个项目的比赛。现在请勇士们跟巴格曼先生到运动场上去。"

哈利站起身,格兰芬多的学生一齐为他鼓掌,韦斯莱一家和赫敏祝他好运。他和塞德里克、芙蓉、威克多尔一道走出礼堂。

"感觉还好吗,哈利?"他们沿石阶往下走到场地时巴格曼问道,"有信心吗?"

"挺好。"哈利说。这可以说是真话,哈利确实很紧张,但他一边走一边不断在脑子里温习练过的那些咒语,全都记得,这使他感觉好多了。

他们走进魁地奇球场,这里已经变得完全认不出来了。一道二十英尺高的树篱把场地边缘围住。在他们面前有一个缺口,那便是这个大迷宫的入口。里面的通道黑黢黢的,有点吓人。

五分钟后,看台上开始进人。数百名学生鱼贯入座,空气中充满了兴奋的话语声和杂沓的脚步声。天空现在是澄澈的深蓝色,星星一颗颗地出现了。海格、穆迪教授、麦格教授和弗立维教授走进运动场,向巴格曼和几位勇士走来。他们的帽子上都缀有闪光的大红星星,只有海格除外,他的红星是在鼹鼠皮背心的背后。

"我们将在迷宫外面巡逻,"麦格教授对勇士们说,"如果遇到困难,想得到救援,就朝天发射红色火花,我们会有人来帮你们,听明白了吗?"

勇士们一起点头。

"好,你们去吧!"巴格曼愉快地对四位巡逻队员说。

"祝你好运,哈利。"海格悄声说。四个人朝不同方向走开,分散到迷宫周围。这时巴格曼用魔杖指着自己的喉咙,念了句"声音洪亮",于是他那经过魔法放大的声音便在看台上回响起来。

"女士们,先生们,三强争霸赛的最后一项比赛就要开始了!我来报一下目前的比分!塞德里克·迪戈里和哈利·波特——85分,并列第一,霍格沃茨学校!"掌声和欢呼声把禁林里的鸟儿惊飞到渐渐暗下来的夜空中。"威克多尔·克鲁姆——80分,第二名,德姆斯特朗学院!"又是一阵掌声。"芙蓉·德拉库尔——第三名,布斯巴顿学院!"

哈利能分辨出韦斯莱夫人、比尔、罗恩和赫敏在看台中排礼貌

第31章 第三个项目

地为芙蓉鼓掌。他朝他们挥挥手，他们也笑着朝他挥手。

"现在……哈利和塞德里克，听我的哨声！"巴格曼说，"三——二——一——"

随着一声短促的哨音，哈利和塞德里克急忙奔进了迷宫。

高高的树篱在小径上投下乌黑的影子，不知是由于树篱又高又密呢，还是施了魔法的缘故，他们一进入迷宫，观众的声音就听不见了。哈利几乎感到自己又像到了水底。他抽出魔杖，念道："荧光闪烁。"他听见身后的塞德里克也这么做了。

走了约莫五十米之后，他们来到一个岔路口，两人对视了一下。

"再见。"哈利说完，走上了左边那条路，塞德里克走了右边那条。

哈利听到巴格曼的哨子又响了一声，克鲁姆进迷宫了。哈利加快脚步。他选的这条路上似乎什么也没有。他向右一拐，匆匆往前赶，一只手高高地将魔杖举过头顶，想尽量看得远一点儿，但还是什么也看不到。

远处传来巴格曼的第三声哨响，几名勇士全都在迷宫里了。

哈利不断朝身后看，又一次觉得仿佛有人在暗中注视着他。迷宫里每一分钟都在变暗，头上的天空变成了黛青色。他来到了第二个岔路口。

"给我指路。"他把魔杖平托在手掌上，轻声对它说。

魔杖旋转了一下，指定了他右边密实的树篱。那儿是北，他知道去迷宫中心要朝西北方向走。最好的办法是走左边那条路，然后尽快往右拐。

前面的路上也空荡荡的，到了一个右转弯，哈利拐了进去，依然没有任何障碍。哈利不知道为什么会这样，如此畅通无阻使他有些发慌。现在应该碰到一些什么了呀。这迷宫好像在用安全的假相诱惑他。突然，他听到身后有了动静，连忙挥出魔杖准备自卫，可是魔杖的光照出的却是急急忙忙从右面一条小路上跑出来的塞德里克。他神色仓皇，衣袖上冒着烟。

"海格的炸尾螺！"他嘶声叫道，"太极了——我好不容易才逃出来！"

塞德里克摇摇头，冲进了另一条路，从视野里消失了。哈利，一心想把炸尾螺甩远一点，又加快了脚步。一转弯，他看见了……

一个摄魂怪缓缓朝他滑来，十二英尺高，兜帽遮着面孔，腐烂结痂的双手直直地伸着。摄魂怪一步步逼近，凭着感觉朝哈利摸了过来。哈利能听到它喉咙里咯咯的喘息声。一种冰冷黏滑的感觉袭上他的全身，但他知道应该怎么做……

他竭力去想自己能想到的最愉快的事情，拼命集中精力想象着走出迷宫、同罗恩和赫敏一起庆祝的情景，一边举起魔杖喊道："呼神护卫！"

一头银色的牡鹿从哈利的魔杖顶端蹦出来，向摄魂怪奔去。摄魂怪倒退两步，被自己的长袍绊倒了……哈利还从没见过摄魂怪跌跤呢。

"不许动！"他跟着银色的守护神前进喊道，"你是个博格特！滑稽滑稽！"

一声爆响，博格特炸成一缕青烟。银鹿消失不见了。哈利倒希望它能留下来，给他做个伴……他继续前进，尽可能走得又快又不发出声响，依旧是高举着魔杖，警惕地听着四下里的动静。

左拐……右拐……再左拐……他有两次发现自己走入了死胡同。他又念了一次定向咒，发现向东走得太远了。他折回来，往右一拐，看见前方飘浮着一团奇异的金色迷雾。

哈利小心地走上前，用魔杖指着迷雾。看样子是一种魔法。他不知道能不能把它炸开。

"粉身碎骨！"他喝道。

第31章　第三个项目

　　咒语径直穿过金雾，对它毫无影响。哈利心想他早该想到这一点的，粉碎咒是用来对付固体障碍物的。如果他从金雾中穿过去会怎么样？是上去碰碰运气，还是退回来？

　　他正在犹豫，猛然间一声尖叫划破了四周的沉寂。

　　"芙蓉？"哈利喊道。

　　一片寂静。他四下张望，芙蓉出了什么事？她的叫声好像是从前面传来的。哈利深吸一口气，冲进了被施了魔法的迷雾中。

　　世界颠倒了过来。哈利头朝下倒挂在那里，头发根根直立，眼镜脱离了鼻梁，随时都可能掉进无底的天空。他把它按在鼻尖上，恐惧地挂在那里。他的双脚好像粘在草地上似的，而草地现在成了天花板，在他下面是无边无际、星光灿烂的黑色夜空。他觉得只要一抬脚，就会立刻掉下去。

　　好好想一想，他对自己说，全身血液都涌到了头上，想一想……

　　可是他练过的所有咒语都不能用来对付天地的突然颠倒。他敢动一动脚吗？他听见自己的血液撞击着耳鼓。他有两个选择——要么鼓起勇气挪动脚步，要么发射红色火花求援，被淘汰出局。

　　他闭上眼睛，不去看下面无边无际的虚空，然后用尽全力把右脚从草地天花板上拔了出来。

　　世界立即恢复了原样，哈利跪倒在可爱的坚实大地上。受了刚才的惊吓，他全身有些发软。他深深吸了一口气，镇定一下，然后爬起来往前跑，一边跑一边回头看那团金雾，它在月光下貌似很无辜地朝他闪烁着光芒。

　　他在两条路的交叉处停下来，寻找芙蓉的踪迹。他敢肯定刚才是芙蓉发出的声音。她遇到了什么？现在怎么样了？没有看到红色火花——这是否表明她已经摆脱了麻烦，还是她遇到的麻烦实在太大，连魔杖都拿不出来了？哈利带着越来越强烈的不安走上了右边的岔路……但同时也禁不住想，一个勇士倒下去了……

奖杯就在附近某处，芙蓉似乎已经出局。哈利坚持到现在了，是不是？要是他真的赢了呢？一瞬间，他成为勇士后第一次又看见了那个幻想：自己在全校师生面前举起了三强杯……

十分钟内他没有遇到任何东西，老是走进死胡同，有两次拐上了同一条错路。最后他到了一条新路，沿着它慢跑起来。魔杖的荧光摇曳着，他变形的影子在树篱上闪动。他又拐了一个弯，迎面撞见了炸尾螺。

塞德里克说的不假——炸尾螺大极了。有十英尺长，看上去好似一条巨蝎。长长的蜇针卷在背上，厚厚的坚甲在哈利魔杖的荧光下闪闪发亮，哈利用魔杖指着它。

"昏昏倒地！"

咒语碰到炸尾螺的坚甲，反弹了回来，幸亏哈利躲得快，但他闻到了头发的焦味，咒语燎着了他的头顶。炸尾螺从尾部喷出一股火焰，朝他飞扑过来。

"障碍重重！"哈利大喊。咒语又碰在炸尾螺的坚甲上弹飞了。哈利跟跄着后退几步，摔倒在地："**障碍重重！**"

炸尾螺在离他只有几英寸的地方停住不动了——咒语击中了它没有甲片保护的腹部。哈利喘着气爬起来，朝相反的方向拼命奔跑。障碍咒的效力不会很长，炸尾螺的腿脚随时都可能动起来。

他走了左边一条路，是个死胡同，走上右边一条路，又是死胡同。他只好停下来，心咚咚地跳着。他又用了一次定向咒，返回去选了一条往西北方向去的路。

在这条路上匆匆走了几分钟后，他突然停住脚步，旁边一条路上传来了声音。

"你要干什么？"塞德里克的声音说，"你到底想干什么？"

然后哈利听见了克鲁姆的声音。

"钻心剜骨！"

第31章 第三个项目

空气中顿时充满了塞德里克的尖叫。哈利惊恐万分，在路上狂跑起来，试图找个缺口钻过去，但没有找到，就又试着念了一次粉碎咒。并不十分有效，但总算在树篱上烧了一个小洞。哈利把腿插进洞里，使劲蹬踹着茂密的荆棘和树枝，终于，树枝断了踹开了一个豁口。哈利奋力钻过去，袍子都被撕破了。他朝右边一看，只见塞德里克倒在地上抽搐，克鲁姆正在俯视着他。

哈利爬起身来，用魔杖指住克鲁姆。克鲁姆抬头看见了，转身撒腿就跑。

"昏昏倒地！"哈利喊道。

咒语击中了克鲁姆的后背。他猝然停住，朝前一扑，脸朝下趴在草地上不动了。哈利冲到塞德里克身边。他已经停止了抽搐，躺在那儿喘气，两只手捂着脸。

"没事吧？"哈利抓住塞德里克的胳膊沙哑地问。

"没事，"塞德里克喘着气说，"没事……我不能相信……他偷偷走到我身后……我听见了，转身一看，他用魔杖指着我……"

塞德里克站了起来，身体还在发抖。他们看着地上的克鲁姆。

"真难以相信……我还以为他挺不错的呢。"哈利盯着克鲁姆说。

"我也是。"塞德里克说。

"你听到芙蓉的叫声了吗？"哈利问。

"听到了，"塞德里克说，"你认为克鲁姆也对她下手了吗？"

"我不知道。"哈利缓缓地说。

"把他留在这儿吗？"塞德里克小声问。

"不行，"哈利说，"我想我们应该发射红色火花，让人来把他弄走……不然他可能会被炸尾螺吃掉。"

"他活该。"塞德里克嘟哝道，但还是举起魔杖，向空中发射了一串红色火花。火花盘旋在克鲁姆上空，标出了他所在的位置。

哈利和塞德里克在黑暗中站了一会儿，环顾四周。然后，塞德里克说："噢……我想我们还是继续走吧……"

"啊？"哈利说，"噢……对……对……"

这真是很奇怪的一刻。刚才因为克鲁姆的缘故，他和塞德里克暂时团结了起来——而现在他们是对手这一事实又回到了他们的意识中。两人默默地走在黑暗的小路上，然后哈利拐向左边，塞德里克拐向右边。塞德里克的脚步声很快就消失了。

哈利继续向前走，不时用定向咒确定方向是否正确。现在是他和塞德里克两人的较量了。他夺取奖杯的愿望比以往任何时候都强烈，但他不能相信克鲁姆竟会做出那样的事情。穆迪告诉过他们，对人使用不可饶恕咒，意味着要在阿兹卡班终身监禁。克鲁姆不可能那样不顾一切想得到三强杯的……哈利加快了脚步。

他发现自己总是走进死胡同，但越来越浓的黑暗使他确信他正在接近迷宫的中心。然后，当他走在一条又长又直的小路上时，又发现了动静，魔杖的光照在一个无比奇异的怪物身上，哈利只在《妖怪们的妖怪书》中见过它的图片。

是斯芬克斯。它的身体像一头大得吓人的狮子：巨大的脚爪、黄色的长尾，尾尖有一丛棕色的毛。但它却长着一个女人的脑袋。哈利走近时，它把长长的杏仁眼转向他。哈利举起魔杖，犹豫不决。它并没有蹲下身子准备扑上来，而只是走来走去挡住哈利的去路。

然后它说话了，声音低沉而嘶哑："你已经很接近你的目标了。最快的办法就是从我这里过去。"

"那……那能不能请你让一下？"哈利说，他知道对方的回答会是什么。

"不行，"它说，继续走来走去，"除非你能答出我的谜语。一次猜中——我就让你过去。没猜中——我就会扑过来。不回答——我就让你走开，不伤害你。"

第 31 章　第三个项目

哈利的心沉了几沉。猜谜是赫敏的拿手好戏，但不是他的。他权衡了一下，如果谜语太难，他可以不回答，斯芬克斯不会伤害他，他可以另外再找一条通往迷宫中心的路。

"好吧，"他说，"我能听一下谜语吗？"

斯芬克斯坐到它的后腿上，挡在路中央，念道：

> 先想想什么人总戴着假面，
> 行动诡秘，谎话连篇。
> 再告诉我什么东西总是缝缝补补，
> 中间的中间，尾部的尾部？
> 最后告诉我想不出词的时候
> 哪个声音经常被脱口而出。
> 现在把它们连起来，回答我，
> 什么是你不愿亲吻的动物？

哈利张口结舌地望着斯芬克斯。

"你能再念一遍吗……念慢一点？"他试探地问道。

斯芬克斯对他眨眨眼，微微一笑，把那首诗又念了一遍。

"所有的线索加起来是一个我不愿亲吻的动物？"哈利问道。

斯芬克斯只是神秘地微微一笑，哈利认为这表示"是"。他在脑海里搜索。他不愿亲吻的动物有很多，首先想到的是炸尾螺，但是隐约感到这不是谜底。他必须努力解开线索……

"戴着假面，"他瞪着斯芬克斯自言自语，"总是说谎……呃……那是——imposter①。不，这不是我的答案！是——spy②？

---

① imposter，"骗子"的英文。
② spy，"间谍"的英文。

我过会儿再想这个……你能再说一下第二个线索吗？"

斯芬克斯把诗的下面两行又念了一遍。

"什么东西总是缝缝补补，"哈利重复道，"呃……想不出来……'middle①的中间'……能再念念最后几句吗？"

斯芬克斯把最后四句又念了一遍。

"'想不出词的时候脱口而出的声音'"哈利说，"呃……应该是……呃……等一等——'er②'！'er'是一种声音！"

斯芬克斯朝他微笑着。

"spy……er……spy……er……"哈利踱着步说，"我不愿亲吻的动物……是spider③！蜘蛛！"

斯芬克斯笑得更亲切了。它站起来，伸直两条前腿，挪到一边给他让路。

"谢谢！"哈利为自己的聪明感到惊讶，赶紧冲了过去。

一定很近了，一定……魔杖告诉他方向完全正确，只要不遇到什么太可怕的事情，他也许有机会……

前面是个岔路口。"给我指路！"他又对魔杖说，魔杖转了一下，指向右边的一条路。他沿着这条路跑去，前面看到了亮光。

一百米开外，三强杯在底座上闪烁着诱人的光芒。哈利撒腿跑了起来，突然，一个黑影冲到了他前面的路上。

塞德里克抢先了，他正在全速朝奖杯冲刺。哈利知道自己怎么也追不上了。塞德里克比他高得多，腿比他的长——

---

① middle，"中间"的英文。

② er，"呃"的英文。

③ spider，"蜘蛛"的英文。这是一个英文字谜。"spi"的发音和"spy"的发音相同，"中间"（middle）一词的中间字母以及"尾部"（end）一词的结尾字母都是"d"，再加"er"构成谜底。谜底又暗含了谜语中第三句的意思，因为蜘蛛结网就像在缝缝补补。

第31章 第三个项目

接着哈利看见左边树篱外有一个巨大的东西，正在另一条交叉的路上快速向这边移动，塞德里克眼看就要跟它撞上了，可塞德里克两眼只顾盯着奖杯，根本没看见——

"塞德里克！"哈利大喊，"当心左边！"

塞德里克扭头看见了，急忙一闪，避免了与那个东西撞在一起，但是动作太猛，他摔倒了。哈利看到塞德里克的魔杖飞了出去，一只硕大无比的蜘蛛爬过来，俯身向塞德里克压去。

"昏昏倒地！"哈利喊道，咒语击中了蜘蛛那庞大的、乌黑多毛的身体，但似乎只是朝它扔了一块石头。蜘蛛抽搐了一下，迅疾转身朝哈利冲来。

"昏昏倒地！障碍重重！昏昏倒地！"

没有用——可能是蜘蛛太大，或是它的魔力太强，咒语对它不起作用，反而更加激怒了它。哈利恐惧地看见了八只闪亮的黑眼睛和锋利的钳子，蜘蛛已经扑到他身上了。

蜘蛛用前腿把哈利举到空中，哈利拼命挣扎。他试图用脚踢它，腿碰到了它的钳子，立刻是一阵钻心的疼痛。他听见塞德里克也在喊"昏昏倒地！"，但是他的咒语同样不起作用——蜘蛛又张开钳子，哈利举起魔杖高喊"除你武器！"

还算有效——这个缴械咒使蜘蛛放开了他，但这意味着哈利从三米高的高处摔了下来。已经受伤的腿吃不住身体的重量，他一下子瘫倒在地。他想都没想，就用魔杖对准蜘蛛的下腹部，像他对炸尾螺那样，大喊一声"昏昏倒地！"；塞德里克也喊出了同样的咒语。

两个咒语合起来，产生了一个咒语起不到的作用：蜘蛛倒向一旁，压垮了一片树篱，毛乎乎的长腿横七竖八地摊在地上。

"哈利！"他听见塞德里克叫道，"你没事吧？它没倒在你身上吧？"

"没有。"哈利气喘吁吁地喊道。他低头看看自己的腿，血流不止。撕破的长袍上有一些黏稠的东西，是蜘蛛的钳子上分泌出来的。他试图站起来，可是腿抖得很厉害，支撑不住身体的重量。他靠在树篱上，大口地喘气，环顾四周。

塞德里克站在离三强杯只有几英尺的地方，奖杯在他身后闪烁。

"拿吧，"哈利喘着气对塞德里克说，"快拿啊，你已经到了。"

塞德里克没有动。他站在那里看着哈利，然后回头望着奖杯，在奖杯的金光映照下，哈利能看到塞德里克脸上渴望的表情。塞德里克又回头看看哈利，哈利正扶着树篱勉强站起来。

塞德里克深深吸了口气。"你拿吧，应该是你赢的。你两次救了我的命。"

"规则不是这样。"哈利说，他感到很恼火，他的腿疼得厉害，为了甩掉蜘蛛，弄得浑身都疼，在那么多努力之后，却又败给了塞德里克，就像那次请秋跳舞一样，"谁先到谁得分，是你先到。我说的是真的，我这条腿可没法赛跑。"

塞德里克朝昏倒的蜘蛛走了几步，离奖杯远了一些。他摇了摇头。

"不。"他说。

"别发扬风格了，"哈利不耐烦地说，"快拿吧，拿了我们好出去。"

塞德里克看见哈利紧紧抓住树篱，好让自己站稳。

"你告诉我有火龙，"塞德里克说，"要不是你事先提醒，我在第一个项目就被淘汰了。"

"是我先得到了帮助，"哈利急躁地说，一边试图用袍子擦去腿上的血，"后来你告诉了我金蛋的秘密——我们扯平了。"

"也是有人先帮助我的。"塞德里克说。

"我们还是扯平了。"哈利小心翼翼地试探着自己的伤腿，刚把重量压上去，腿就剧烈地颤抖起来，他被蜘蛛扔下来时扭伤了脚脖子。

"你第二个项目的得分应该更高一点儿，"塞德里克执拗地说，"你留在后面救出了所有的人质。我也应该那样做的。"

第31章 第三个项目

"只有我傻里傻气,把那首歌当真了!"哈利没好气地说,"快拿奖杯吧!"

"不。"塞德里克说。

他跨过纠结的蜘蛛腿走到哈利身边。哈利瞪着他。塞德里克是认真的。他是在放弃赫奇帕奇学院数百年来没曾得到过的荣誉。

"你去吧。"塞德里克说。看上去他是用了全部的毅力才说出这句话的。但他表情坚决,抱着双臂,看来是下定了决心。

哈利的目光移到奖杯上。在奖杯的光芒中,他一时思绪恍惚,仿佛看见自己捧着它走出迷宫。他高高地举起三强杯,耳边是人群的欢呼;他比以往更清晰地看见,秋的脸上洋溢着钦佩的光彩……然后幻觉消失了,他看到了昏暗中塞德里克固执的面孔。

"我们俩一起。"哈利说。

"什么?"

"两个人同时拿,仍然是霍格沃茨获胜。我们是并列冠军。"

塞德里克瞪着哈利,松开了抱着的手臂。"你——真想这样?"

"当然,"哈利说,"当然……我们互相帮助克服了困难,对不对?我们俩一起到了这里,让我们一起去拿吧。"

一时间塞德里克似乎不敢相信自己的耳朵,然后他绽开了笑容。

"听你的,"他说,"来吧。"

他抓住哈利的胳膊,扶着哈利一瘸一拐地朝奖杯走去。走到之后,两人分别把手举在一个闪光的把手上方。

"数到三,好吗?"哈利说,"一——二——三——"

他和塞德里克一人抓住了一个把手。

哈利顿时觉得肚脐后面好像被扯了一下。他的双脚离开了地面,但他无法松开攥着三强杯的手,这只手拖着他在呼啸的风声和旋转的色彩中向前飞去,塞德里克在他旁边。

第32章

血，肉和骨头

哈利感到双脚撞到了地面上，他的伤腿一软，摔倒在地，手终于放开了三强杯。他抬起头来。

"我们在哪儿？"他问。

塞德里克摇了摇头。他站起身，把哈利拉了起来，两人打量着四周。

这儿已经完全出了霍格沃茨的地界，他们显然飞了好几英里——也许有好几百英里，因为连城堡周围的环山都不见了。他们站在一片黑暗的杂草丛生的墓地上，可以看到右边一棵高大的红豆杉后面一所小教堂的黑色轮廓。左边是一座山冈。哈利能辨认出山坡上有一所精致的老房子。

塞德里克低头看看三强杯，然后抬头看着哈利。

"有人对你说过这奖杯是个门钥匙吗？"他问。

"没有。"哈利说，他打量着这片墓地，周围阴森森的，一片寂静，"这也是比赛的一部分吗？"

"不知道。"塞德里克说，声音有点紧张，"拔出魔杖吧，你说呢？"

"好。"哈利很高兴塞德里克先提出来，而不是他自己。

第32章　血，肉和骨头

他们抽出魔杖，哈利不住地扫视四周。他又有了那种异样的感觉，好像有人在监视他们。

"有人来了。"他突然说。

他们紧张地眯起眼睛望着黑暗中，一个人影在坟墓间一步步朝他们走来。哈利看不清那人的脸，但从步态和手臂的姿势看，那人好像抱着个什么东西。那不知是谁的人身材矮小，穿着一件带兜帽的斗篷，遮着面孔。再走近几步——他们之间的距离在不断缩小，哈利看出那人抱的东西像是一个婴儿……或者只是一包衣服？

哈利手中的魔杖放低了一些。他侧过头望望塞德里克，塞德里克也向他投来疑问的一瞥。两人又回过头盯着走近的人影。

那人在一块高耸的大理石墓碑前站住了，离他们只有六英尺。在那一瞬间，哈利和塞德里克与那个矮小的人影对视着。

接着，毫无征兆地，哈利的伤疤剧烈地疼痛起来。他有生以来从没感受过如此剧烈的疼痛。魔杖滑落到地上，他用双手捂住面孔，腿一弯倒在地上，眼前什么也看不见了，脑袋像要炸裂一般。

他听见远远的头顶上方有人高声而冷酷地说："干掉碍事的。"

一阵嗖嗖声，接着另一个人尖厉的高喊撕破了夜空。"阿瓦达索命！"

一片强烈的绿光刺透了哈利的眼皮，他听见什么东西在身旁沉重地倒下。伤疤疼到了极点，他恶心得想吐。然后疼痛减轻了，他恐惧地慢慢睁开刺痛的双眼。

塞德里克在他旁边四肢伸开躺在地上，他死了。

在永无尽头的一秒钟里，哈利呆呆地看着塞德里克的面孔，看着他睁着的、空洞无神的灰眼睛，像一座废弃的房屋的窗户，他的嘴巴半张着，显得有些吃惊。哈利的大脑无法接受眼前的景象，除了隐隐约约觉得难以置信外，他没有任何感觉。就在这时，他感到自己被拖了起来。

穿斗篷的矮个儿男人已经放下包袱，点亮了魔杖，正把哈利朝大理石墓碑拖去。在被一把推转过来、后背撞上墓碑之前，哈利在魔杖闪烁的光芒中看到了一个名字。

汤姆·里德尔

穿斗篷的男人用魔法变出绳子，把哈利紧紧地捆在墓碑上，从脖子到脚腕捆了一道又一道。哈利听见兜帽里面传出急促而轻微的呼吸声。他用力挣扎，男人打了他一下——打他的那只手上缺了一根手指。哈利知道兜帽里面是谁了。是虫尾巴。

"是你！"他惊叫道。

但虫尾巴没有回答。他已经捆完了绳子，正忙着检查捆得紧不紧。他的手指控制不住地颤抖着，摸索着一个个绳结。当确定哈利已被捆得结结实实、完全无法动弹之后，虫尾巴从斗篷里摸出一团黑色的东西，粗鲁地塞进哈利嘴里。然后，他一句话也没说，就匆匆走开了。哈利发不出声音，也看不见虫尾巴去了哪里。他不能扭头看墓碑后面，只能看见正前方的情景。

塞德里克的尸体躺在二十英尺开外的地方。再过去一点儿，三强杯在星光下闪闪发亮。哈利的魔杖丢在塞德里克的脚边。他猜想是婴儿的那个包袱就在附近，放在墓碑下面。它似乎躁动不安。哈利注视着它，伤疤又火辣辣地疼痛起来……他突然意识到自己不希望看到包袱里的东西……他不希望那个包袱被打开。

他听见脚边有声音，往下一看，只见一条大蛇在草上蜿蜒游动，围着他这块墓碑打转。虫尾巴呼哧呼哧的喘息声又响了起来，好像在推什么沉重的东西过来。然后他进入了哈利的视线，把一口石头坩埚推到了坟墓边。坩埚里似乎盛满了水——哈利听见了泼溅声——这口坩埚比哈利用过的所有坩埚都大，可容一个成人坐在

第32章 血，肉和骨头

里面。

地上包袱里的东西动得更起劲了，仿佛要挣脱出来。虫尾巴忙着用魔杖在坩埚底部点点画画。突然坩埚下蹿起了噼啪作响的火苗。大蛇向黑暗中游去。

坩埚里的液体似乎热得很快，表面不仅开始沸腾，而且迸射出火花，像烧着了一样。蒸气越来越浓，照看火苗的虫尾巴的身影都变得模糊起来。斗篷下的动作更急了。哈利又听到了那个尖厉冷酷的声音。

"快！"

现在整个水面都闪动着火花，好像缀满钻石一样。

"烧好了，主人。"

"来吧……"那个冷酷的声音说。

虫尾巴扯开地上的包袱，露出里面的东西。哈利发出一声惊叫，但被嘴里塞的东西闷住了。

就好像虫尾巴猛地翻开一块石头，露出一个黏糊糊的、没有视觉的丑陋怪物——不，比这还要可怕，可怕一百倍。虫尾巴抱来的东西外形像一个蜷缩的婴儿，但哈利从没见过比它更不像婴儿的了。它没有毛发，身上仿佛长着鳞片，皮色暗暗的、红红的，像受了伤的嫩肉。胳膊和腿又细又软，它的脸——没有哪个活的孩子长着这样一张脸——是一张扁平的蛇脸，上面有一双闪闪发光的红眼睛。

那东西看上去完全没有自理能力，它举起细细的胳膊，搂住虫尾巴的脖子。虫尾巴把它抱在手中。这时虫尾巴的兜帽掉了下来，哈利看到火光中他那苍白虚弱的脸上带着厌恶的表情。虫尾巴把那东西抱到坩埚边，刹那间，哈利看见药水表面跳动的火花照亮了那张邪恶的扁脸。虫尾巴将那东西放进坩埚，随着一阵嘶嘶声，它沉了下去。哈利听见了它软绵绵的身体碰到坩埚底的轻响。

让它淹死，哈利想，他的伤疤灼痛得几乎无法忍受，拜托……让它淹死吧……

虫尾巴在说话，声音颤抖，好像吓得神经错乱了。他举起魔杖，闭上眼睛，对着夜空说道："父亲的骨，无意中捐出，可使你的儿子再生！"

哈利脚下的坟墓裂开了，哈利惊恐地看见一小缕灰尘应虫尾巴的召唤升到了空中，轻轻地落在坩埚里。钻石般的液面破裂了，嘶嘶作响，火花四溅，液体变成了鲜艳的蓝色，一看便知有毒。

虫尾巴在呜咽。他从斗篷里抽出一把又长又薄、银光闪闪的匕首。他的声音一下子变成了极度恐惧的抽泣："仆人……的肉……自——自愿捐出，可使……你的主人……重生。"

他伸出右手——就是少一根手指的那只手，然后用左手紧紧攥住匕首，朝右手挥去。

哈利在最后一秒钟才意识到虫尾巴要干什么，他紧紧闭上眼睛，却阻挡不了那穿透夜空的惨叫直刺进自己体内，就好像他也被匕首刺中了一样。他听见了什么东西落地的声音，听见了虫尾巴痛苦的喘息，接着是令人恶心的扑通一声，什么东西被扔进了坩埚。哈利不愿去看……但是药水变成了火红色，强光射进哈利紧闭的眼帘……

虫尾巴在痛苦地喘息和呻吟。当那痛苦的呼吸喷到哈利脸上时，他才发觉虫尾巴已经来到他的面前。

"仇——仇敌的血……被迫献出……可使你的敌人……复活。"

哈利没办法阻止，他被捆得太紧了……他绝望地挣扎，想挣脱捆绑他的绳索，他从眼睛缝里看见银晃晃的匕首在虫尾巴那只独手中颤动。他感到匕首尖刺进了他的臂弯，鲜血顺着撕破的袍袖淌下。仍在痛苦喘息的虫尾巴哆嗦着从口袋里摸出一个小玻璃瓶，放

第32章 血，肉和骨头

在哈利的伤口旁，少量鲜血流到了瓶里。

虫尾巴拿着哈利的血摇摇晃晃地走向坩埚，把血倒了进去。坩埚中的液体立刻变成了炫目的白色。虫尾巴完成了任务，跪倒在坩埚旁，身子一歪，瘫在地上，捧着自己流血的断臂喘息、抽泣。

坩埚快要沸腾了，钻石般的火星向四外飞溅，如此明亮耀眼，周围的一切都变成了黑天鹅绒般的颜色。什么都没有发生……

但愿它已经淹死了，哈利想，但愿不会成功……

突然，坩埚上的火星熄灭了。一股浓浓的白色蒸气从坩埚里升腾起来，掩去了哈利面前的一切。他看不见虫尾巴和塞德里克，只见一片白茫茫的水汽……肯定不成功……它淹死了……拜托……拜托，让它死掉吧……

接着，透过眼前的白雾，他毛骨悚然地看到坩埚中缓缓升起一个男人的黑色身形，又高又瘦，像一具骷髅。

"给我穿上袍子。"那个冷酷尖厉的声音在蒸气后面说。虫尾巴抽泣着、呻吟着，仍护着他的残臂，慌忙从地上抓起裹袱的黑色长袍，站起来，用一只手把它套到主人的头上。

瘦男人跨出坩埚，眼睛盯着哈利……哈利看到了三年来经常在他噩梦中出现的面孔，比骷髅还要苍白，两只狂怒的大眼睛红通通的，鼻子像蛇鼻一样扁平，鼻孔是两条细缝……

伏地魔卷土重来了。

第33章

食 死 徒

伏地魔将目光从哈利身上移开，开始检查自己的身体。他的手像苍白的大蜘蛛，细长苍白的手指抚摸着胸口、手臂、脸庞；那双红眼睛在黑暗中显得更亮，瞳仁是两条缝，如同猫眼。他举起双手，活动着手指，表情欣喜若狂，毫不理会倒在地上流血抽搐的虫尾巴，也不理会那条大蛇。大蛇不知何时又游了回来，咝咝地围着哈利打转。伏地魔把长得出奇的手指插进一个很深的口袋里，抽出一根魔杖。他把魔杖也轻轻抚摸了一遍，然后举起魔杖指着虫尾巴，把他从地面拎起，扔向哈利被绑的那块墓碑。虫尾巴跌落在墓碑旁，瘫在那里哭泣。伏地魔把鲜红的眼睛转向哈利，发出一声冷酷而尖厉的阴笑。

包裹着虫尾巴断臂的袍子已经被血浸透。"主人……"虫尾巴哽咽地说，"主人……您答应过……您答应过的……"

"伸出手臂。"伏地魔懒洋洋地说。

"哦，主人……谢谢您，主人……"

他伸出血淋淋的断臂，但伏地魔又冷笑一声："不是这只，虫尾巴。"

"主人，求求您……求求您……"

第33章 食 死 徒

伏地魔弯下身,拉起虫尾巴的左臂,把他的衣袖捋到胳膊肘上。哈利看到那处皮肤上有个东西,好像是鲜红的文身图案——一个骷髅嘴里吐出一条蛇,是魁地奇世界杯赛上天空中出现过的那个图形:黑魔标记。伏地魔仔细端详着它,全然不理会虫尾巴无法控制的抽泣。

"它又出现了,"他轻声说,"他们都会注意到的……现在,我们会看到……我们会知道……"

他把长长的、苍白的食指按在虫尾巴胳膊的烙印上。

哈利前额的伤疤再一次剧痛起来,虫尾巴又发出一声哀号。伏地魔把手指从虫尾巴的印记上拿开,哈利看见印记变成了漆黑的颜色。

伏地魔脸上露出残酷的得意神情。他直起腰,把头一扬,扫视着黑暗的墓地。

"在感觉到它之后,有多少人有胆量回来?"他喃喃道,发光的红眼睛盯着天上的星星,"又有多少人会愚蠢地不来?"

他开始在哈利和虫尾巴面前来回踱步,一直扫视着墓地。大约一分钟后,他的视线又落到哈利身上,蛇脸扭曲起来,露出一丝残酷的微笑。

"哈利·波特,你正站在我父亲的尸骨上。"他轻轻地嘶声说,"他是一个麻瓜加笨蛋……就像你的亲妈一样。但他们都有用处,是不是? 你小的时候,你妈妈为保护你而死……我杀死了我父亲,你看,他死后派上了多大用场……"

伏地魔又笑了起来。他一边来回踱步,一边扫视着四周,那条蛇还在草地上转悠。

"看到山坡上那座房子了吗,波特? 我父亲在那儿住过。我母亲是个巫师,住在这个村子里,爱上了我父亲。可当她说出自己的身份之后,他抛弃了她……我父亲不喜欢魔法……

"他离开了我母亲，回到他的麻瓜父母身边，那时我还没有出生，波特。我母亲生我的时候难产死了，我在麻瓜孤儿院长大……但我发誓要找到我父亲……我向他报了仇，那个给了我跟他同样名字的傻瓜……汤姆·里德尔……"

他继续踱来踱去，红眼睛在坟墓间来回扫视。

"快听啊，我在这里回忆起家史来了……"他轻声说，"啊，我怎么变得这么多愁善感……可是看吧，哈利！我真正的家人回来了……"

空气中突然充满了斗篷窸窸窣窣的声音。在坟墓之间，在杉树后面，每一处阴暗的地方都有巫师在幻影显形，全都戴着兜帽，蒙着面孔。他们一个个走过来……走得很慢，小心翼翼，仿佛不敢相信自己的眼睛。伏地魔沉默地站在那里等着。一个食死徒跪倒在地，爬到伏地魔跟前，亲吻他黑袍的下摆。

"主人……主人……"他低声唤道。

他身后的食死徒也是一样，每个人都跪着爬到伏地魔身边，亲吻他的长袍，然后退到一旁，站起身，默默地围成一个圈子，把汤姆·里德尔的坟墓、哈利、伏地魔和瘫在地上啜泣抽搐的虫尾巴围在中间。但圈子还留着一些间隔，好像等候其他人的加入。然而伏地魔似乎不再期待有人来了。他环视着一张张戴兜帽的面孔，尽管没有风，但圈子中似乎掠过一阵细微的沙沙声，似乎那圈子打了一个哆嗦。

"欢迎，食死徒们，"伏地魔平静地说，"十三年……从我们上次集会已经有十三年了。但你们还是像昔日一样响应我的召唤……就是说，我们仍然团结在黑魔标记之下！是吗？"

他抬起狰狞的面孔，张开两条细缝一样的鼻孔嗅了嗅。

"我闻到了愧疚，"他说，"空气中有一股愧疚的臭味。"

圈子又哆嗦了一下，似乎每个人都想向后退，却又不敢动。

第33章 食死徒

"我看见你们，健康无恙，魔力一如从前——这样迅速地赶到！——我问我自己……为什么这帮巫师一直不来帮助他们的主人，帮助他们宣誓要永远效忠的人呢？"

没有人说话，没有人敢动。只有虫尾巴倒在地上，捧着流血的手臂啜泣。

"我回答自己，"伏地魔轻声说，"他们一定是相信我不行了，以为我完蛋了。他们溜回到我的敌人中间，说自己是无辜的，不知情，中了妖术……

"我又问自己，他们为什么就相信我不会东山再起呢？他们不是知道我很久以前就采取措施防止死亡吗？他们不是在我比任何巫师都更强大的时候，目睹过我无数次地证明自己法力无边吗？

"我回答自己，或许他们相信还存在更强大的力量，能够战胜伏地魔……或许他们现在已经效忠他人……说不定就是那个下里巴人的头目，那个泥巴种和麻瓜的保护人，阿不思·邓布利多？"

听到邓布利多的名字，圈子中的成员骚动起来，有人嘴里嘀咕着，不停地摇头。

伏地魔不予理睬。"这让我失望……我承认我感到失望……"

圈子中的一个人突然扑倒在地，他匍匐在伏地魔脚下，从头到脚都在发抖。

"主人！"他尖叫道，"主人，饶恕我！饶恕我们吧！"

伏地魔冷笑起来，举起了魔杖。"钻心剜骨！"

倒在地上的那个食死徒痛苦地扭动着、惨叫着。哈利相信这声音一定会传到周围的房子里……快叫警察来吧，他绝望地想……谁来都行……什么都行……

伏地魔抬起魔杖。受刑的食死徒平躺在地上，喘着粗气。

"起来吧，埃弗里，"伏地魔轻声说，"站起来。你求我饶恕？我不会饶恕。我不会忘记。漫长的十三年……我要你们还清十三年的债，然后才会饶恕你们。虫尾巴已经还了一些债，是不是，虫尾巴？"

他低头看着虫尾巴。虫尾巴还在那里抽泣。

"你回到我的身边，不是出于忠诚，而是因为害怕你的老朋友们。你活该忍受这种痛苦，虫尾巴。你知道这一点，是不是？"

"是，主人，"虫尾巴呻吟道，"求求您，主人……求求您……"

"可是你帮助我获得了肉身，"伏地魔看着虫尾巴在地上抽泣，冷漠地说，"尽管你是个没用的、卑鄙的叛徒，可是你帮助了我……伏地魔不会亏待帮助过他的人……"

伏地魔再次举起魔杖，在空中舞动，魔杖头上划出一道像熔化的白银般的光带，起先并没有形状，随后光带扭曲起来，变成了一只闪闪发光的人手，像月光一样明亮。它自己飞下来，安在虫尾巴流血的手腕上。

虫尾巴突然停止了抽泣，呼吸粗重而刺耳。他抬起头，不敢相信似的看着这只银色的手。它天衣无缝地接在他的手臂上，就好像戴了一只耀眼的手套。虫尾巴试着弯曲闪光的手指，又颤抖地从地上捡起一根树枝，把它捏成了粉末。

"我的主人，"他轻声说，"主人……太漂亮了……谢谢您……谢谢您……"

他跪着爬过去，亲吻着伏地魔的袍子。

"希望你的忠诚不要再动摇，虫尾巴。"伏地魔说。

"不会的，我的主人……永远不会，我的主人……"

虫尾巴站起来，也加入到那个圈子中，脸上还带着泪光，反复端详着那只有力的新手。伏地魔朝虫尾巴右边的一个人走去。

"卢修斯，我狡猾的朋友，"他在那人面前停住，低声说道，"我听说你并没有放弃过去的行为，尽管你在世人面前装出一副道貌岸然的面孔。我相信你仍然愿意带头折磨麻瓜吧？可是你从来

第33章 食死徒

没有来寻找我，卢修斯……你在魁地奇世界杯赛上的举动倒是挺有趣……但如果你把精力花在寻找和帮助你的主人上，不是更好吗？"

"主人，我一直非常留心，"卢修斯·马尔福的声音迅速从兜帽下传来，"只要有您的任何信号，只要有关于您下落的任何传言，我立刻就会赶到您身边，什么也拦不住我——"

"可是去年夏天，一名忠实的食死徒把我的标记发射到空中后，你却逃走了。"伏地魔懒洋洋地说——马尔福先生突然闭了嘴，"是啊，我都知道，卢修斯……你令我失望……我希望你以后更忠诚地为我效力。"

"当然，主人，当然……您宽宏大量，谢谢您……"

伏地魔走了两步，停下来，看着马尔福和旁边一人之间的空隙——这空隙够站两个人。

"莱斯特兰奇夫妇应该站在这里，"伏地魔轻声说，"可是他们被困在了阿兹卡班。他们是忠诚的。他们宁肯进阿兹卡班也不愿背弃我……当阿兹卡班被攻破之后，莱斯特兰奇夫妇将得到他们梦想不到的奖赏。摄魂怪将加入我们……他们是我们的天然同盟……我们将召回被驱逐的巨人……我将找回我所有忠诚的仆人，重新拥有一批人人畏惧的神奇动物……"

他继续走动，走过一些食死徒面前时没有作声，在另一些人面前停了下来，跟他们讲话。

"麦克尼尔……虫尾巴告诉我，你在为魔法部消灭危险野兽？不久就会有更好的东西让你去消灭的，麦克尼尔，伏地魔将提供……"

"谢谢您，主人……谢谢您。"麦克尼尔喃喃道。

"啊——"伏地魔走到两个块头最大、戴着兜帽的人影面前，"克拉布……你这次会表现得好一点，是吗，克拉布？还有你，高尔？"

两人笨拙地鞠了一躬，傻乎乎地嘟哝着。

"是，主人……"

"会的，主人……"

"你也一样，诺特。"伏地魔对笼罩在高尔先生阴影下的一个驼背人轻声说道。

"主人，我匍匐在您面前，我是您最忠诚——"

"够了。"伏地魔说。

他走到了最大的一个空隙跟前，用空洞的红眼睛打量着它，就好像有人站在那里似的。

"这里少了六个食死徒……有三个为我死了，有一个没胆子回来……他会付出代价的。另一个，我想是永远离开我了……他当然会被处死……还有一个仍然是我最忠诚的仆人，已经重新为我服务了。"

食死徒们出现了小小的骚动，哈利看见这些蒙面人偷偷交换着目光。

"他在霍格沃茨，我那个忠诚的仆人，靠了他的努力，我们的小朋友今晚才会来到这里……"

一圈人的目光齐刷刷地投向哈利。"不错，"伏地魔没有嘴唇的嘴巴扭曲出一个笑容，"哈利·波特大驾光临我的再生晚会。我们甚至不妨称他为我的特邀嘉宾。"

一片沉默。然后虫尾巴右边的食死徒向前走了一步，面具下传出卢修斯·马尔福的声音。

"主人，我们渴望知道……恳求您告诉我们……您是怎样完成了这个……这个奇迹……重新回到我们身边……"

"啊，说来话长，卢修斯，"伏地魔说，"这个故事的开头——还有结尾——都和我的这位小朋友有关。"

他懒洋洋地走到哈利身边，整个圈子的目光都落到他们两人身

第33章 食 死 徒

上。大蛇继续在那里转悠。

"你们当然知道，他们说这个男孩是我的克星，是吗？"伏地魔轻声说道，一双红眼睛盯着哈利，哈利的伤疤火辣辣地剧痛，使他差点儿尖叫起来，"你们都知道，在我失去法力和肉体的那个夜晚，我想要杀死他。他母亲为了救他而死——无意中使他获得了某种保护，我承认这是我没有料到的……我不能碰这个男孩。"

伏地魔伸出一根细长苍白的手指，凑近哈利的面颊。"他母亲的牺牲在他身上留下了痕迹……这是一种古老的魔法。我应该记得的，但却愚蠢地忽略了……不过没关系，现在我可以碰他了。"

哈利感到那细长苍白的手指的冰凉指尖触到他的皮肤，他的头疼得仿佛要炸开了。

伏地魔在他耳边轻笑一声，移开手指，继续对食死徒们说话。"朋友们，我承认我失算了。我的咒语被那女人愚蠢的牺牲一挡，弹回到我自己身上。啊……痛得无以复加，朋友们，什么也抵挡不住。我被剥离了肉体，比幽灵还不如，比最卑微的游魂还不如……但我还活着。我是什么，到现在我都不知道……我，在永生的路上比谁走得都远。你们知道我的目标——征服死亡。现在经过检验，看来我的那些实验中至少有一两个起了作用……因为我没有死，尽管那个咒语是致命的。然而，我却像最弱小的生物一样无力，没有办法自助……我没有肉体，而能够帮助我的每个咒语都需要使用魔杖……

"我记得在那无法合眼的日日夜夜，我每分每秒只是反复强迫自己活下去……我躲到一处遥远的森林里，等待着……我的忠诚的食死徒们肯定会想办法找到我的……肯定会有一个人来用我自己无法施展的魔法，还我一个肉身……但我白等了……"

食死徒的圈子又打了一个寒噤。伏地魔让恐怖在沉默中升级，然后继续说："我只剩下一个法力，我可以附在别人身上。但我不敢到人多的地方去，因为知道傲罗还在国外找我。我有时附在动物身上——蛇当然是我最喜欢用的——但在它们身上比当纯粹的幽灵好不了多少，因为蛇的身体不适合施魔法……而且我的附身还缩短了它们的寿命，它们都没活多久……

"后来……四年前……我的复活似乎有了指望。一个年轻愚蠢、容易上当的巫师走进了我落脚的那片森林，偏巧被我撞上了。哦，那似乎是我梦寐以求的机会……因为他是邓布利多学校里的教师……他很容易受我摆布……把我带回这个国家，后来我附在他身上，密切监视他，指导他执行我的命令。但是我的计划失败了，我没有偷到魔法石，不能保证长生不死。我被挫败了……又一次被哈利·波特挫败了……"

又一阵沉默，没有一丝动静，连红豆杉的树叶都静止了。食死徒们一动不动，面具后面闪闪发亮的眼睛盯着伏地魔，然后又盯着哈利。

"那个仆人在我离开他的身体后就死了，我又变得和以前一样虚弱。"伏地魔继续说道，"我回到那个遥远的藏身之地，我不想对你们夸口，说我当时并未担心自己再也不能恢复法力……是的，那可能是我最黑暗的时期……我不能指望再有一个巫师送上门来……而且我已不再幻想会有哪个食死徒关心我的状况……"

圈子中有一两个巫师不安地动了一下，但伏地魔没有理会。

"然后，不到一年前，就在我几乎放弃希望的时候，希望终于出现了……一个仆人找到了我。就是这位虫尾巴，他装死逃避了审判，被他以前看作朋友的人追赶得无处藏身，所以决定回到他的主人身边。他在长期以来人们传说是我藏身之地的国家寻找我……当然，一路上得到了老鼠的帮助。虫尾巴和老鼠有一种奇特的亲近关系，是不是，虫尾巴？他那些醒醒的小朋友们告诉他，在阿尔巴尼亚的密林深处有一个地方它们都不敢靠近，许多像它们那样的小

第33章 食死徒

动物都在那里被一个黑影附身，随后就死掉了……

"但他回到我身边的经过并不顺利，是不是，虫尾巴？一天夜里，他已走到那座森林边上，很快就要找到我了。他因为肚子饿，愚蠢地走进了一家酒馆……偏偏在那里遇见了伯莎·乔金斯——魔法部的一个女巫。

"现在看看命运是多么眷顾伏地魔吧。这次遭遇本来可能要了虫尾巴的命，也断送掉我复活的最后一丝希望。但虫尾巴表现出了出乎我意料的镇静，他说服伯莎·乔金斯和他一起在夜里散步。他制服了那女人……把她带到我面前。这个本来可能毁掉一切的伯莎·乔金斯，却成了我梦想不到的绝妙礼物……因为，我稍加说服，她就交代出了大量的情报。

"她告诉我今年霍格沃茨将举行三强争霸赛，还说她知道有一个忠诚的食死徒，只要我能和他取得联系，他就会心甘情愿地帮助我。她告诉了我很多事情……但我用来打破她身上遗忘咒的办法太厉害了。当我从她嘴里掏出所有有用的情报之后，她的精神和身体都已损伤得无法恢复。她已经派完了用场。我不能附在她身上，就把她处理掉了。"

伏地魔露出可怕的笑容，红眼睛变得空洞而冷漠无情。

"虫尾巴当然不适合附身，所有的人都以为他死了，如果他被人看到就太惹眼了。但是我需要他这样一个身体健壮的仆人，他虽是个蹩脚的巫师，却能够执行我的指示，使我初步获得一个软弱的肉身，我可以在这个身体里等待真正再生所需要的成分……靠着我自己发明的一两个咒语……还有我亲爱的纳吉尼给我的一点帮助，"——伏地魔的红眼睛望着不断转圈游动的大蛇——"用独角兽的血加上纳吉尼的毒液调制的药水……我很快就拥有了一个几乎像人一样的形体，并且有力气旅行了。

"偷魔法石是没希望了，我知道邓布利多一定会把它毁掉。但我愿意重新接受凡人的生命，然后再去追求长生不死。我把眼光放低了一些……只想恢复我原来的身体，我原来的力量。

"我知道要做到这点，需要三样强效的药引子，才能配成今天使我复活的魔药——这是一个古老的黑魔法。其中一样就在手头，是不是，虫尾巴？仆人的肉……

"我父亲的骨头，自然意味着我们要到这里来，这是埋葬他的地方。可是仇敌的血……虫尾巴建议我用任何巫师的血，是不是，虫尾巴？任何恨我的巫师……因为有那么多人仍然在恨我。但是我知道必须用谁……如果我想要复活，并且比失败前更加强大的话。我要哈利·波特的血。我要十三年前使我失去法力的那个人的血……因为他母亲留在他身上的保护也会存在于我的血液里……

"可是怎么把哈利·波特弄来呢？他被保护得那么好，我想这是连他自己都不知道的。很早以前，邓布利多在考虑安排这男孩的未来时，专门设计了一套保护方案。他用了一个古老的魔法，保证这男孩只要在亲人的照料下就会受到保护，连我都不能碰他……当然，后来是魁地奇世界杯赛……我想在那里他离开了亲人和邓布利多，所受的保护会弱一些。但我还没有力量从一大群魔法部的巫师中间把他劫走。然后这男孩回到了霍格沃茨，从早到晚都在那个喜欢麻瓜的蠢货的歪鼻子底下。我怎么才能把他弄来呢？

"啊……当然是靠了伯莎·乔金斯的情报。利用我那位潜伏在霍格沃茨的忠诚的食死徒，保证这男孩的名字被放进火焰杯。再利用我那位食死徒，确保男孩在比赛中获胜——保证他第一个接触三强杯——那杯子已经被我的食死徒换成了门钥匙，会把男孩带到这里，远离邓布利多的帮助和保护，落到我的手里。他就在这儿……你们都认为是我的克星的这个男孩……"

伏地魔慢慢走向前，转身对着哈利，举起了魔杖。"钻心剜骨！"

哈利从没经受过这样痛苦的折磨，全身的骨头都在燃烧，脑袋

第33章 食 死 徒

肯定是沿着伤疤裂开了,眼球在脑壳里疯狂地转动,他希望赶快停止……希望自己昏过去……死掉……

折磨突然结束了。他瘫软地挂在把他绑在伏地魔父亲墓碑上的绳索上,抬头透过一层雾气看着那双发光的红眼睛。夜空中回荡着食死徒的笑声。

"我想你们已经看到,认为这个男孩比我强的想法是多么愚蠢,"伏地魔说,"但我要彻底消除大家脑子里的误解。哈利·波特从我手里逃掉完全是侥幸。现在我就要杀死他,以证明我的力量,就在此时此地,当着你们的面,这儿没有邓布利多来保护他,也没有他妈妈为他做出牺牲。我会给他机会,他可以和我搏斗,这样你们就不会怀疑到底谁更加强大了。你稍等一会儿,纳吉尼。"他轻声说,大蛇在草地上游到了食死徒们站立的地方。

"把他放下来,虫尾巴,把他的魔杖还给他。"

第34章

闪 回 咒

虫尾巴走近哈利，哈利拼命用脚去够地面，想在绳索解开之前支撑住自己的身体。虫尾巴抬起新安上的银手，抽出哈利嘴里塞的破布，然后一挥手，割断了把哈利绑在墓碑上的绳索。

在一瞬间，哈利考虑过逃跑，可是他的伤腿直打战。他站在杂草丛生的墓地上，食死徒们靠拢上来，紧密地围在他和伏地魔周围，把那些没来的食死徒本应该站的空当都挤掉了。虫尾巴走到圈子外塞德里克的尸体旁，取来哈利的魔杖，粗鲁地塞到他手里，连看也没看他一眼，又径自回到食死徒的圈子里。

"你学过决斗是不是，哈利·波特？"伏地魔轻声问道，红眼睛在黑暗中闪着光。

听了这话，哈利想起两年前他曾参加过一个短期的决斗俱乐部，感觉好像是上辈子的事了……他在那里只学到了"除你武器"这样的缴械咒……可即使他能够夺走伏地魔的魔杖，又有什么用呢？周围都是食死徒，与他的比例至少是三十比一。他没有学过在这里用得上的东西。哈利知道他面临的是穆迪经常警告他们要防范的咒语……不可阻挡的阿瓦达索命咒。伏地魔说对了，这一次没

第34章 闪回咒

有妈妈来拼死救他了……他完全没有保护。

"我们相互鞠躬吧，哈利，"伏地魔说着欠了欠身，但那张蛇脸始终望着哈利，"来吧，礼节是要遵守的……邓布利多一定希望你表现得很有风度……向死神鞠躬吧，哈利……"

食死徒们又哄笑起来。伏地魔那没有嘴唇的嘴巴露出了微笑。哈利没有弯腰，他不会让伏地魔在杀他以前玩弄他……他不会让他得逞……

"我说了，鞠躬。"伏地魔举起魔杖——哈利感到脊梁骨一弯，好像有一只看不见的大手在无情地把他的后背往前按。食死徒们笑得更厉害了。

"很好。"伏地魔轻声说道，抬起了魔杖，哈利背上的压力也消失了，"现在你看着我，像男子汉一样……昂首挺胸，就像你父亲死时那样……

"现在——我们决斗。"

伏地魔举起魔杖，哈利还没来得及自卫，甚至连动都没来得及动一下，就再次被钻心咒击中了。剧烈的疼痛占据了一切，他不知道自己身在何处……白热的刀子扎着他的每一寸皮肤，头疼得肯定是要裂开了。他尖声惨叫，他有生以来从没有发出过这样凄厉的叫声——

然后这一切停止了，哈利翻身爬起，像虫尾巴被砍掉手后一样控制不住地颤抖。他跟跟跄跄地撞到食死徒组成的人墙上，他们把他推回到伏地魔跟前。

"暂停，"伏地魔说，两条细缝一样的鼻孔兴奋地张大了，"休息一会儿……很疼吧，哈利？你不希望我再来一次，是不是？"

哈利没有回答，他会像塞德里克一样死去。那双残忍的红眼睛正在告诉他这一点……他会被杀死的，而他对此毫无办法……但他不会屈服，他不会听伏地魔的摆布……他不会求饶……

"我问你要不要我再来一次,"伏地魔轻轻地说,"回答我!魂魄出窍!"

顿时,哈利感到脑子里没有了思想,这是他一生中第三次有这种感觉……多幸福啊,不用思考,他好像在飘浮,在做梦……说"不要"……说吧……说"不要"……

我不说,脑海深处有一个更有力的声音说道,我不回答……

说"不要"……

我不说,决不说……

说"不要"……

"我不说!"

这几个字从哈利嘴里迸出来,在墓地上空回响,梦幻的状态突然消失了,就像被当头浇了一盆凉水似的——钻心咒在他浑身留下的疼痛又全部回来了——他重新意识到他在哪里,面前是什么……

"你不说?"伏地魔轻声说,食死徒们这时不笑了,"你不肯说'不要'?哈利,我要在你死前教会你服从的美德……也许要再来一点疼痛?"

伏地魔举起魔杖,但这次哈利有所准备。他凭着在魁地奇比赛中练出的敏捷,朝旁边一扑,滚到大理石墓碑的背后,咒语没有击中他,但他听到了墓碑裂开的声音。

"我们可不是在捉迷藏,哈利,"伏地魔轻声说,那冷酷的声音在渐渐靠近,食死徒们在发笑,"你不能躲起来。这是否表示你已经对我们的决斗感到厌倦了?你是不是希望我现在就结束它,哈利?出来吧,哈利……出来决斗吧……很快的……甚至没有任何痛苦……我不知道……我没有死过……"

哈利蜷缩在墓碑后,知道一切都完了。没有希望……孤立无助。他听着伏地魔步步逼近,心里只有一个念头,这念头超越了恐

第34章 闪回咒

惧和理智：他不能像捉迷藏的小孩一样，蜷缩在这里死去；他死时不能跪倒在伏地魔的脚下……他要像他父亲一样站着死去，要在自卫中死去，即使自卫是不可能的……

不等伏地魔的蛇脸转过墓碑，哈利站了起来……他握紧魔杖，举在身前，闪身冲了出去，正对着伏地魔。

伏地魔也有准备。在哈利喊出"除你武器！"的同时，伏地魔喊道："阿瓦达索命！"

一道绿光从伏地魔的魔杖中射出，同时哈利的魔杖中射出一道红光——两道光在空中相遇——哈利的魔杖突然像通了电似的振动起来，他紧紧攥住它，即使他想放手也放不下了——现在，一道细细的光束连接着两根魔杖，既不是红也不是绿，而是耀眼的深金色。哈利惊奇地顺着光束望去，只见伏地魔苍白细长的手指也握着一根颤动的魔杖。

然后完全猝不及防地，哈利感到自己的双脚离开了地面，他和伏地魔都升到了空中，两根魔杖仍然被那道闪烁的金线连在一起。他们从伏地魔父亲的墓碑前飞到一片没有坟头的空地上……食死徒们在喊叫，请求伏地魔的指示。他们跟了过来，重新把哈利和伏地魔围在中间。大蛇跟着他们游动，有几人抽出了魔杖——

连接哈利和伏地魔的那根金线突然散开了，但两根魔杖仍然紧紧相连，哈利和伏地魔的上方出现了上千道光弧。光弧在他们周围相互交织，最后形成了一张圆顶的金网，一个由光构成的笼子。食死徒们像野狗一样围在笼外，他们的叫声奇怪地减弱了……

"不要动！"伏地魔高声向食死徒们喊道，哈利看到他的红眼睛惊愕地张大了，看得出他对眼前的情景十分震惊，竭力想挣断连接两根魔杖的光丝。哈利用双手死死攥住魔杖，金线仍然连在一起。"没有我的命令不要动！"伏地魔朝食死徒们喊道。

突然一阵美妙的仙乐在空中响起……是从哈利和伏地魔周围

振动的光网的每一根光丝上发出来的。哈利听出来了，尽管这音乐他以前只听过一次……这是凤凰的歌声……

对哈利来说，这声音代表着希望……是他一生中听过的最美妙、最令人愉快的声音……他感到这歌声像是在他内心而不是在他周围……这声音使他想到邓布利多，这声音几乎像是一个朋友在耳边说话……

不要断开连接！

我知道，哈利对音乐说，我知道不能断开……可是刚想到这里，维持连接的难度陡然增加了。他的魔杖更加猛烈地振动起来……连接他和伏地魔的金丝也发生了变化……仿佛有大颗的光珠沿着光丝滑来滑去——哈利感到手中的魔杖抖动了一下，光珠开始缓缓地稳稳地朝他这边滑来……光珠正离开伏地魔朝他这头移动，他的魔杖在剧烈地振动……

随着第一颗光珠接近哈利的杖尖，他手中的魔杖变得滚烫，他简直担心它会烧起来。光珠靠得越近，哈利的魔杖振动得越厉害。他确信魔杖肯定经不住光珠的一碰。他的魔杖仿佛马上就要在手中碎裂了——

他集中全部意念，努力将光珠逼向伏地魔那边。他耳中回响着凤凰的歌声，他目光坚定，喷射着怒火……慢慢地，慢慢地，光珠颤抖着停了下来，然后同样缓慢地开始朝另一头移动……现在是伏地魔的魔杖猛烈地振动起来……伏地魔看上去很震惊，几乎有些害怕……

一颗光珠颤抖着，离伏地魔的杖尖只有几英寸了。哈利不知道他为什么要这么做，也不知道这样做会有什么结果……但他一生从没有这样聚精会神，一心只想把光珠逼入伏地魔的杖尖……慢慢地……慢慢地……光珠顺着金线移动……颤抖了片刻……与杖尖相连了……

第34章 闪回咒

顿时,伏地魔的魔杖发出了一阵痛苦的尖叫,回响不绝……然后——伏地魔的红眼睛吃惊地瞪大了——一只由浓烟形成的人手飞出了杖尖,消失不见……是他为虫尾巴制造的那只断手的幽灵……又一阵痛苦的叫声……一个更大的物体从伏地魔的杖尖冒了出来,是一个灰色的大东西,仿佛是由最稠密的浓烟构成的……先出来一个头……然后是胸部和手臂……是塞德里克·迪戈里的身体。

如果哈利会因震惊而丢掉魔杖的话,那就是在此刻。但他本能地牢牢攥紧魔杖,使金色的光丝保持不断,尽管塞德里克·迪戈里灰色的幽灵(是幽灵吗?它看上去那么实在)整个从伏地魔的杖尖钻了出来,好像是从非常狭窄的管道中挤出一般……塞德里克的灵魂站起来,望望金色的光丝,说话了。

"坚持住,哈利。"他说。

他的声音听来十分遥远,带着回声。哈利看着伏地魔……他的红眼睛仍然吃惊地瞪着……他对这一切和哈利一样感到意外……哈利隐隐约约地听到了食死徒们惊恐的叫喊,他们在金网的边缘转来转去……

魔杖里又发出一阵痛苦的尖叫……接着,又一个东西从杖尖冒了出来……又是浓烟构成的一个人头,紧接着是手臂和身体……这是一个哈利只在梦中见过的老头,像塞德里克刚才一样从魔杖里挤了出来……这个幽灵或鬼魂,或是别的什么,落到塞德里克旁边,拄着拐杖,略带吃惊地打量着哈利和伏地魔,打量着金网,还有连在一起的魔杖……

"这么说,他真的是个巫师?"老头说,眼睛望着伏地魔,"这家伙要了我的命……你跟他斗,孩子……"

可是又一个人头出现了……如同一个烟灰色的雕像,这是个女人……哈利拼命抓稳魔杖,双臂都在颤抖。他看到这女人落到地上，像其他人一样直起身子，张望着……

伯莎·乔金斯的幽灵瞪大眼睛望着眼前的这场搏斗。

"别撒手！"她喊道，喊声像塞德里克的一样带着回音，仿佛从很远的地方传来，"别让他害你，哈利，别撒手！"

她和另外两个幽灵开始沿着金网的内壁移动，食死徒们则在外面绕着金网乱跑……被伏地魔害死的幽灵一边绕着决斗者行走，一边小声地鼓励哈利，同时对伏地魔咬牙切齿地说着一些哈利听不见的话。

现在又一个人头从伏地魔的杖尖冒了出来……哈利一眼就看出了她是谁……仿佛他从塞德里克冒出来的那一刻起就期待着她出现似的……他一眼就认了出来，因为冒出来的是那个他今晚想得最多的人……

一个长头发的年轻女子的幽魂像伯莎那样落到地上，直起身子注视着他……哈利眼睛望着母亲的面孔，双臂剧烈地抖动着。

"你爸爸也来了……"她轻声说，"他想见你……会没事的……顶住……"

他果然出来了……先是脑袋，然后是身体……一个头发和哈利一样蓬乱的高个儿男子——詹姆·波特烟雾般的灵魂从伏地魔的杖尖升起，像他妻子一样落到地上，直起身子。他走近哈利，低头看着他，用同样遥远、带着回响的声音对他说话，但声音很低，伏地魔听不见——伏地魔看到被他杀害的人在他周围走来走去，吓得脸色铁青……

"连接断开后，我们只能待一小会儿……但我们会为你争取时间……你必须拿到门钥匙，它会把你带回霍格沃茨……明白吗，哈利？"

"明白。"哈利喘着气说，魔杖在他手里滑动，他拼命抓住它。

"哈利……"塞德里克的幽灵说，"把我的身体带回去，好吗？

第34章 闪回咒

带给我的父母……"

"我会的。"哈利说。他竭尽全力握着魔杖，脸都拧歪了。

"撤吧，"他父亲小声说，"准备快跑……现在就撤……"

"**嗨！**"哈利高声喊道，觉得自己反正也坚持不下去了——他用力将魔杖向上一挑，金线断了，光网不见了，凤凰的歌声也消失了——但屈死在伏地魔手下的那些人的幽灵并没有消失——他们把伏地魔围了起来，不让他看见哈利——

哈利使出平生气力狂奔，把两名惊呆的食死徒撞到一边。他穿来穿去，用墓碑作掩护。他感觉到食死徒们的咒语在他身后嗖嗖追来，听到咒语打在墓碑上——他躲避着咒语和坟墓，朝塞德里克的尸体冲去。他忘记了腿上的疼痛，一心只想着他一定要做的事情——

"*击昏他！*"他听见伏地魔喊道。

在离塞德里克十英尺的地方，哈利急忙闪到一个大理石天使雕塑后面，避开了身后射来的红光，却见天使的翅膀尖被咒语打得粉碎。他攥紧魔杖，从天使后面冲了出来——

"*障碍重重！*"他将魔杖越过肩头，狂乱地指着身后追来的食死徒，高声吼道。

随着一声沉闷的叫喊，他知道自己至少拦住了一个，但没有时间停下来看了。他跳过奖杯，听见身后传来更多魔杖发射的声音，赶紧扑倒在地，伸手去抓塞德里克的胳膊，一阵光雨掠过他的头顶——

"闪开！我要杀死他！他是我的！"伏地魔尖叫道。

哈利和伏地魔之间只隔着一块墓碑。他抓住了塞德里克的手腕，可塞德里克太沉了，他搬不动，奖杯又够不着——

伏地魔的红眼睛在黑暗中闪着红光，哈利看到他嘴唇扭曲成一个狞笑，看见他举起了魔杖。

"奖杯飞来！"哈利用魔杖指着三强杯喊道。

奖杯腾空向他飞来。哈利一把抓住奖杯的把手——

他听见伏地魔在狂怒地叫喊，同时感到肚脐下被扯了一下，门钥匙起作用了——他被一阵五彩的旋风席卷而去，塞德里克在他身边……他们回去了。

第 35 章

吐 真 剂

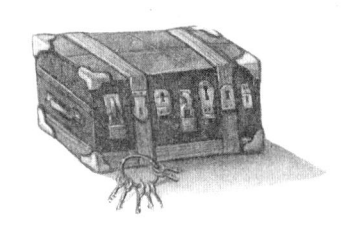

哈利感觉自己脸朝下摔到地上,脸埋在草里,鼻子里全是青草的气味。在门钥匙带着他飞行时,他是闭着眼睛的,现在他还是紧闭双眼一动不动。所有的力气似乎都跑光了。他头晕得厉害,感觉身子下的地面像船甲板一样颠簸摇晃。为了稳住自己,他攥紧了仍在手里的两样东西:三强杯光滑、冰冷的把手和塞德里克的尸体。他感到好像只要放开其中一样,他就会滑入脑海边缘正在聚集的黑暗中。震惊和疲劳使他趴在地上,闻着青草的气味,等待着……等待着有人做些什么……等待着发生些什么……同时额头的伤疤一直在隐隐灼痛……

一阵声浪淹没了他,令他迷惑,到处都是声音,脚步声、叫嚷声……他原地不动,五官拧成一团,不想理会那些声音,仿佛这是一场噩梦,很快就会过去……

一双有力的大手抓住了他,把他翻了过来。

"哈利,哈利!"

他睁开眼睛。

眼前是繁星点点的夜空,阿不思·邓布利多蹲在他身前。周围是黑压压的人影,都向他拥过来。哈利能感到脑袋下的地面随着他们的脚步在微微震动。

他已回到了迷宫边缘，可以看到四周高高的看台，有人在上面走动，头顶上星光闪烁。

哈利放开奖杯，但把塞德里克抓得更紧了。他用腾出的手抓住邓布利多的手腕，邓布利多的脸时而清晰时而模糊。

"他回来了，"哈利小声说，"伏地魔他回来了。"

"怎么了？出了什么事？"

康奈利·福吉颠倒的脸出现在哈利面前，他脸色苍白，神情惶恐。

"上帝啊……迪戈里！"他说，"邓布利多……他死了！"

这句话传了出去，正在往里挤的黑乎乎的人影惊骇地把它传给了周围的人……其他人喊了起来——尖叫声响彻夜空——"他死了！""他死了！""塞德里克·迪戈里！死了！"

"哈利，放开他吧。"他听见福吉的声音说，并感到有人在扳他的手指，想让他放开塞德里克软绵绵的尸体，但哈利死命抓住不放。

然后邓布利多的脸凑近了些，依旧模糊不清。"哈利，你帮不了他了，结束了。放开吧。"

"他要我把他带回来，"哈利低声说——说清这一点似乎很重要，"带给他的父母。"

"好的，哈利……放开吧……"

邓布利多俯下身，用对于一个瘦削老人来说超乎寻常的力气扶哈利站了起来。哈利摇摇晃晃，脑袋里像有锤子在敲，受伤的腿支撑不住他身体的重量。人群推推挤挤，使劲往前凑，黑压压地朝他逼近——"怎么回事？""他怎么了？""迪戈里死了！"

"他需要去校医院！"福吉大声说，"他病了，受了伤——邓布利多，迪戈里的父母在这儿。在看台上……"

"我带哈利去，邓布利多，我带他——"

第35章 吐真剂

"不，我想——"

"邓布利多，阿莫斯·迪戈里在跑……他过来了……你要不要先跟他说一下——在他看到之前——？"

"哈利，待在这儿——"

女生们在尖叫，在歇斯底里地哭泣……这幕情景在哈利眼前怪异地闪动着……

"没事，孩子，有我呢……走吧……去医院吧……"

"邓布利多说'待在这儿'。"哈利含混地说，伤疤的突突作痛使他感到想吐，视线更加模糊了。

"你需要躺下来……走吧……"

一个比他魁梧强壮的人半拖半抱地带着他穿过惊恐的人群。哈利听见人们吸气、尖叫、高喊的声音。那人挟着他从人群中挤了出来，朝城堡走去。走过草坪、湖畔和德姆斯特朗的大船，哈利只听见那个男人沉重的喘息声。

"出了什么事，哈利？"扶哈利走上台阶时，那人开口问道。噔，噔，噔。是疯眼汉穆迪。

"奖杯是个门钥匙，"哈利说——他们穿过门厅，"把我和塞德里克带到了一片墓地上……伏地魔在那里……伏地魔……"

噔，噔，噔。走上了大理石楼梯……

"黑魔头在那儿？然后呢？"

"杀死了塞德里克……他们杀死了塞德里克……"

"后来呢？"

噔，噔，噔。穿过走廊……

"煎了一服药……恢复了他的肉身……"

"黑魔头恢复了肉身？他复活了？"

"然后食死徒来了……然后我们决斗……"

"你和黑魔头决斗了？"

571

"我逃了出来……我的魔杖……出了点奇怪的事……我见到了我的妈妈和爸爸……他们从他的魔杖里冒了出来……"

"进来，哈利……进来，坐下吧……你不会有事的……喝点儿药……"

哈利听到了钥匙插进锁眼的声音，一个杯子塞到了他手里。

"喝下去……你会好受一点儿……喝吧，哈利，我需要了解确切的情况。"

穆迪帮着把那杯东西倒进了哈利嘴里，哈利呛得咳嗽起来，嗓子里像灌了胡椒一样火辣辣的。穆迪的办公室清晰起来了，穆迪也清晰起来了……他的脸色像福吉的一样苍白，两眼一眨不眨地盯着哈利的脸。

"哈利，伏地魔回来了？你确定吗？他是怎么做的？"

"他从他爸爸的坟墓里，从虫尾巴和我身上各取了一点东西。"哈利说。他的脑子清楚了一些，伤疤疼得不那么厉害了。尽管办公室里光线昏暗，但现在他能清楚地看到穆迪的脸了，还能隐隐地听见远处魁地奇球场上人们的叫喊声。

"黑魔头从你身上取了点儿什么？"穆迪问。

"血。"哈利举起手臂。他的袖子被虫尾巴的匕首割破了。

穆迪长长地嘘了一声。"食死徒呢？他们回去了？"

"是的，"哈利说，"好多人呢……"

"他对他们怎么样？"穆迪轻声问道，"他原谅他们了吗？"

哈利突然想起来了。他应该告诉邓布利多，应该一回来就讲的——"霍格沃茨有一个食死徒！这儿有一个食死徒——食死徒把我的名字放进了火焰杯，故意让我最后获胜——"

哈利想站起来，但穆迪把他按住了。

"我知道那个食死徒是谁。"他平静地说。

"卡卡洛夫？"哈利急切地问，"他在哪儿？你抓到他了吗？

第 35 章 吐 真 剂

把他关起来了吗？"

"卡卡洛夫？"穆迪古怪地笑了一下，"卡卡洛夫今晚逃走了，因为他感到自己胳膊上的黑魔标记烧灼起来了。他出卖了那么多黑魔头的忠实支持者，不敢去见他们……但我怀疑他不会走远，黑魔头有办法跟踪他的敌人。"

"卡卡洛夫不在了？他跑了？那——他没有把我的名字放进火焰杯？"

"没有，"穆迪缓缓地说，"不是他。是我干的。"

哈利听见了，但是不能相信。

"不，"他说，"你没有……你不可能……"

"确实是我。"穆迪说，那只魔眼转到了后面盯着房门。哈利知道他是在看外面是不是有人。就在这时，穆迪抽出魔杖指着哈利。

"这么说他原谅了他们，是吗？原谅了那些逍遥在外、逃脱了阿兹卡班囚禁的食死徒？"

"什么？"哈利说。

他看着穆迪手里指向他的魔杖。这是个蹩脚的玩笑，一定是的。

"我问你，"穆迪平静地说，"他是不是原谅了那些从来没有寻找过他的渣滓？那些叛徒、胆小鬼，他们连为他进阿兹卡班都不敢。那些没有信义的下贱的东西。他们有胆子戴着面具在魁地奇世界杯赛上胡闹，但看到我发射的黑魔标记之后就一个个溜走了。"

"你发射的……你说什么呀……？"

"我告诉过你，哈利……我告诉过你。如果我对什么事情恨之入骨的话，那就是让一个食死徒逍遥在外。他们在我的主人最需要他们的时候背叛了他。我希望他惩罚他们，我希望他折磨他们。告诉我，他折磨了他们，哈利……"穆迪脸上突然露出神经质的笑容，"告诉我，他对他们说只有我一直忠心耿耿……愿意冒一切风险帮他得到他最想要的东西——你！"

"你没有……不……不可能是你……"

"谁把你的名字作为另一个学校的学生放进了火焰杯？是我。谁吓走了可能伤害你或妨碍你获胜的每一个人？是我。谁怂恿海格让你看到火龙？是我。谁使你想到了打败火龙的唯一办法？还是我。"

穆迪的那只魔眼转回来盯着哈利。他的歪嘴咧得更大了。"不容易啊，哈利，帮助你通过这些项目，又不引起怀疑。我不得不使出我所有的心计，让人们看不出我插手的痕迹。如果你赢得太容易，邓布利多会起疑心的。只要你进了迷宫，而且最好先出发——这样，我就有机会除掉其他几名勇士，为你扫清道路。但我还得对付你的愚蠢。第二个项目中……我特别担心我们会失败。我一直盯着你，波特。我知道你没有发现金蛋的线索，所以我必须再给你一个提示——"

"你没有，"哈利嘶哑地说，"是塞德里克提醒了我——"

"是谁告诉塞德里克要在水下打开金蛋的？是我。我相信他会告诉你的。正派的人很容易被操纵，波特。我知道塞德里克想报答你上次告诉他第一个项目是火龙的事，他确实这么做了。但即使这样，你似乎还有可能失败。我一直在盯着你……你在图书馆里的那些时间。难道你没发现你需要的那本书就在宿舍里吗？是我布置的，我把它给了那个叫隆巴顿的男孩，你记得吗？《地中海神奇水生植物及其特性》。它会告诉你关于鳃囊草的一切有用知识。我以为你会求助于周围每一个人。隆巴顿会马上告诉你。可你没有——你没有——你的骄傲和独立意识差点儿毁掉了一切。

"我能有什么办法？再找一个天真的人去提醒你。你在圣诞节舞会上对我说有个叫多比的家养小精灵送了你一件圣诞礼物。我把那个小精灵叫到教工休息室去收集要洗的衣服。我大声和麦格教授

第35章 吐真剂

谈论被扣的人质，猜测波特会不会想到使用鳃囊草。你的小精灵朋友马上跑到斯内普的储藏柜，又急急忙忙去找你……"

穆迪的魔杖依然指着哈利的心口，在他身后，墙上的照妖镜里有模糊的影子在晃动。"你在湖里待的时间太长了，波特。我以为你淹死了。还好，邓布利多把你的愚蠢当成了高尚，给你打了高分，我才松了口气。

"当然，你在今晚的迷宫里也得到了照顾。"穆迪说，"我在迷宫周围巡逻，能看透外层的树篱，并用咒语把许多障碍从你的路上赶走了。我击昏了芙蓉·德拉库尔，又对克鲁姆施了夺魂咒，让他去干掉迪戈里，为你扫清了夺杯的障碍。"

哈利瞪着穆迪，想不通这怎么可能……邓布利多的朋友，大名鼎鼎的傲罗……抓获了那么多食死徒……这不合情理……太不合情理了……

照妖镜里的影子变得清晰起来。哈利越过穆迪的肩膀看出是三个人的轮廓，他们越走越近。但穆迪没有看到，他那只魔眼正盯着哈利。

"黑魔王没能杀死你，波特。他是那么想杀你，"穆迪轻声说，"想想吧，要是我替他做到了，他会怎样奖赏我。我把你送给了他——你是他复活最需要的东西，然后又替他把你杀了。我会得到超过其他任何食死徒的荣誉，我将成为他最宠爱的亲信……比儿子还要亲……"

穆迪那只正常的眼睛凸了起来，那只魔眼紧盯着哈利。房门插着，哈利知道自己来不及掏出魔杖……

"黑魔王和我有很多共同之处，"穆迪现在看上去完全疯狂了，居高临下地朝哈利狞笑着，"比如，我们都有非常令人失望的父亲……极其令人失望。哈利，我们都耻辱地继承了父亲的名字，我们都愉快地……非常愉快地……杀死了自己的父亲，以确保黑魔势力的崛起！"

"你疯了，"哈利情不自禁地说，"你疯了！"

"我疯了？"穆迪失控地提高了嗓门，"我们走着瞧！看看是谁疯了。黑魔王已经回来了，由我辅佐他。他回来了，哈利·波特，你没有征服他——现在——我要征服你！"

穆迪举起魔杖，张开嘴巴。哈利把手插进长袍里——

"昏昏倒地！"一道耀眼的红光，伴随着木头断裂的巨响，穆迪办公室的房门被冲开了——

穆迪脸朝下直挺挺地倒了下去。哈利还盯着穆迪的脸刚才所在的地方，只见阿不思·邓布利多、斯内普教授和麦格教授从照妖镜里看着他。他扭过头，看到他们三个人站在门口，邓布利多在前面，手里举着魔杖。

在那一刻，哈利第一次完全理解了为什么人们说邓布利多是伏地魔唯一害怕的巫师。邓布利多向下看着昏迷的疯眼汉穆迪时，脸色是那样可怕，超出了哈利的想象。邓布利多的脸上没有慈祥的微笑，镜片后的眼睛里也没有愉快的火花。那张苍老的脸上每一丝皱纹都带着冰冷的愤怒。邓布利多周身辐射出一种力量，就好像他在燃烧发热一样。

他走进房间，把一只脚插到昏迷的穆迪身下，将他翻了个身，露出脸部。斯内普跟了进来，看着墙上的照妖镜，他的脸还在镜中朝屋里望着。

麦格教授径直走向哈利。

"走，波特，"她轻声说，薄薄的嘴唇颤抖着，好像要哭出来似的，"跟我走……去医院……"

"不。"邓布利多坚决地说。

"邓布利多，他必须去医院——你看看他——他今晚受够了——"

第35章 吐真剂

"他要留下来，米勒娃，因为他需要弄明白，"邓布利多简单地说，"理解是接受的第一步，只有接受后才能够康复。他需要知道是谁使他经历了今天晚上的磨难，以及为什么会这样。"

"穆迪，"哈利说，仍然完全不能相信，"怎么可能是穆迪？"

"那不是阿拉斯托·穆迪，"邓布利多平静地说，"你从未见到过阿拉斯托·穆迪。真正的穆迪不会在发生今晚的事情之后把你从我身边弄走。他一带走你，我就知道了——所以跟了过来。"

邓布利多弯下腰，从昏瘫的穆迪身上掏出了弧形酒瓶和一串钥匙。然后他转身看着麦格教授和斯内普。

"西弗勒斯，请你去拿你最强效的吐真剂，再到厨房把一个叫闪闪的家养小精灵找来。米勒娃，拜托你到海格家跑一趟，他的南瓜地里有一条大黑狗。你把那条狗带到我的办公室，说我一会儿就到，然后你再回到这儿来。"

斯内普和麦格或许觉得这些指示有些奇怪，但他们没有流露出来。两人立刻转身离去。邓布利多走到一只有七把锁的箱子跟前，将第一把钥匙插进锁眼，打开箱子，里面是一堆咒语书。邓布利多关上箱子，将第二把钥匙插进第二个锁里，再打开，箱子里不再是咒语书，而是各种破损的窥镜、一些羊皮纸和羽毛笔，还有一件像是银色的隐形衣的东西。哈利惊奇地看着邓布利多将第三、第四、第五和第六把钥匙插进锁里，打开箱子，每次出现的东西都不一样。最后他将第七把钥匙插进锁里，掀开箱盖，哈利惊叫起来。

他看到箱子下面竟然是一个大坑，像一间地下室，约莫三米深的地板上躺着一个人，骨瘦如柴，仿佛睡着了。是真正的疯眼汉穆迪。他的木腿不见了，魔眼的眼皮下是空的，花白的头发少了好几撮。哈利望望箱底熟睡的穆迪，又望望办公室地上昏迷的穆迪，惊愕万分。

邓布利多爬进箱子里，弯下身子，轻轻落到熟睡的穆迪身旁，俯身看着他。

"被击昏了——中了夺魂咒——非常虚弱。"他说,"当然啦,他们需要让他活着。哈利,把假穆迪的斗篷扔下来——阿拉斯托冻坏了。需要把他交给庞弗雷女士,不过他看起来暂时还没有生命危险。"

哈利照办了。邓布利多把斗篷盖在穆迪身上,为他披好,然后爬出箱子。他拿起放在桌上的弧形酒瓶,拧开盖子,把酒瓶倒过来,一股黏稠的液体洒在办公室的地板上。

"复方汤剂,哈利,"邓布利多说,"你看这多么简单,多么巧妙。穆迪向来只用他随身带的弧形酒瓶喝酒,这是出了名的。当然,冒充者需要把真穆迪留在身边,以便不断地配制汤剂。你看他的头发……"邓布利多望着箱子里的穆迪说,"被人剪了一年,看到参差不齐的地方了吗?但是我想,我们的假穆迪今晚也许兴奋过度,忘记按时喝药了……每小时喝一次……等着瞧吧。"

邓布利多拉出桌前的椅子,坐了下来,眼睛盯着地板上昏迷不醒的穆迪。哈利也盯着他。时间在沉默中一分一秒地过去。

看着看着,地上那个人的脸起了变化,伤疤渐渐消失,皮肤光滑起来,残缺的鼻子长全了,缩小了。长长的灰发在缩短,变成了稻草色。突然当啷一声,木腿掉到一旁,一条真腿长了出来。接着,那个带魔法的眼球从眼窝里跳了出来,一只真眼取代了它的位置。带魔法的眼球滚到地板上,还在滴溜溜地乱转。

哈利看到面前躺着一个男子,皮肤苍白,略有雀斑,一头浅黄的乱发。他认得这个人,在邓布利多的冥想盆里见过。哈利看到他被摄魂怪从法庭上带走时,还向克劳奇先生辩解说自己是清白的……但现在他的眼角已有皱纹,看上去老多了……

走廊上响起了急促的脚步声。斯内普带着闪闪回来了,麦格教授紧紧跟在后面。

第35章 吐真剂

"克劳奇!"斯内普呆立在门口,"小巴蒂·克劳奇①!"

"天哪。"麦格教授呆立在那里,瞪视着地上的男子。

邋邋遢遢的闪闪从斯内普腿边探出头来。她张大了嘴巴,发出一声刺耳的尖叫。"巴蒂少爷,巴蒂少爷,你在这儿做什么?"

她扑到年轻男子的胸前。"你杀了他!你杀了他!你杀了主人的儿子!"

"他只是中了昏迷咒,闪闪。"邓布利多说,"请让开点。西弗勒斯,药水拿来了吗?"

斯内普递给邓布利多一小瓶澄清的液体,就是他在课堂上威胁哈利时提到过的吐真剂。邓布利多站起身,弯腰把地上的男子拖起来,使他靠墙坐在照妖镜下。照妖镜里,邓布利多、斯内普和麦格仍朝下在看着他们。闪闪依然跪在那里,双手捂着脸,浑身发抖。邓布利多扳开那人的嘴巴,倒了三滴药水,然后用魔杖指着那人的胸口说:"快快复苏!"

克劳奇的儿子睁开了眼睛,他目光无神,面颊松弛。邓布利多蹲在他身前,和他脸对着脸。

"你听得见我说话吗?"邓布利多镇静地问。

那男子的眼皮颤动了几下。

"听得见。"他低声说。

"我希望你告诉我们,"邓布利多和缓地说,"你怎么会在这里?你是怎么从阿兹卡班逃出来的?"

小克劳奇颤抖着深深吸了口气,然后用一种不带感情的平板语调讲了起来。"我母亲救了我。她知道自己要死了,求父亲把我救出去,算是最后为她做一件事。父亲很爱母亲,尽管他从来不爱我。

---

① 因为克劳奇父子都叫巴蒂·克劳奇,为了易于读者区分,我们在译文中把儿子称为小巴蒂·克劳奇或者小克劳奇。

他同意了。他们一起来看我，给我喝了一服复方汤剂，里面有我母亲的头发。母亲喝了有我头发的复方汤剂。我们交换了容貌。"

闪闪摇着头，浑身发抖。"别说了，巴蒂少爷，别说了，你会给你父亲惹麻烦的！"

但是小克劳奇又深吸了一口气，继续用平板的声音说了下去："摄魂怪是瞎子，它们嗅到一个健康人和一个将死的人走进阿兹卡班，又嗅到一个健康的人和一个将死的人离开阿兹卡班。父亲把我偷偷带了出去。我装成母亲的样子，以防有犯人从门缝里看见。

"我母亲在阿兹卡班没过多久就死了。她一直没忘了喝复方汤剂，死的时候还是我的模样，被当成我埋葬了。所有的人都以为那是我。"

那男子的眼皮颤动着。

"你父亲带你回家后，把你怎么办的呢？"邓布利多平静地问。

"假装我母亲去世。举行了一个低调而私人的葬礼，坟墓是空的，家养小精灵护理我恢复健康。父亲要把我藏起来，还要控制我，不得不用了好些咒语来制约我。我体力恢复之后，一心只想找到我的主人……重新为他效劳。"

"你父亲是怎么制约你的？"邓布利多问。

"夺魂咒，"小克劳奇说，"我被我父亲控制着，被迫从早到晚穿着隐形衣。我一直和家养小精灵待在一起。她是我的看守和护理。她同情我，说服我父亲有时给我一些优待，作为对我表现不错的奖赏。"

"巴蒂少爷，巴蒂少爷，"闪闪捂着脸抽泣道，"你不应该告诉他们，我们会倒霉的……"

"有没有人发现你还活着？"邓布利多轻声问，"除了你父亲和家养小精灵之外？"

"有，"小克劳奇说，眼皮又颤动起来，"我父亲办公室的一个

第35章 吐真剂

女巫,伯莎·乔金斯。她拿着文件到我家来给我父亲签字。父亲不在家,闪闪把她领进屋,然后回到厨房来照料我。但是伯莎·乔金斯听见了闪闪和我说话,就过来查看,她从听到的话里猜出了藏在隐形衣下的是什么人。我父亲回来后,她当面问他。父亲对她施了一个非常强大的遗忘咒,使她忘掉了她发现的秘密。这个咒太厉害了,父亲说对她的记忆造成了永久的损害。"

"她干吗要来管我主人的私事?"闪闪抽泣道,"她为什么不放过我们?"

"说说魁地奇世界杯赛吧。"邓布利多说。

"闪闪说服了我父亲,"小克劳奇依旧用那单调的声音说,"她劝了他好几个月。我有几年没出门了。我喜欢魁地奇。让他去吧,她说,他可以穿着隐形衣,他可以观看比赛。让他呼吸一下新鲜空气吧。闪闪说我母亲会希望我去的。她对我父亲说,母亲救我是想让我获得自由,而不是被终身软禁。父亲最终同意了。

"计划得很周密。我父亲一大早把我和闪闪带到顶层包厢,闪闪可以说她为我父亲留着座位。我坐在那里,谁也看不见我。等大家都离开后,我们再出来。看上去是闪闪一个人,谁也不会发现。

"但闪闪不知道我在强壮起来。我开始反抗父亲的夺魂咒。有时候我几乎恢复了本性。偶尔我似乎暂时摆脱了他的控制。在顶层包厢就发生了这种情况。就像大梦初醒一般,我发现自己坐在人群中,在观看比赛。在我的眼前有一根魔杖,插在一个男孩的衣服兜里。自打进了阿兹卡班之后我一直没机会碰魔杖。我把这根魔杖偷了过来,闪闪不知道。闪闪有恐高症,一直用手捂着脸。"

"巴蒂少爷,你这坏孩子!"闪闪轻声说,眼泪顺着指缝往下流。

"你拿了魔杖,"邓布利多说,"用它做了什么呢?"

"我们回到帐篷里,"小克劳奇说,"然后我们听到了他们的声音。那些食死徒。那些没有进过阿兹卡班的家伙，从来没有为我的主人受过苦，他们背叛了他。他们不像我这样身不由己，可以自由地去寻找他，但他们没有。他们只会捉弄麻瓜。他们的声音唤醒了我。我的脑子几年来第一次这么清醒。我非常气愤，拿着魔杖，想去教训这帮对我的主人不忠诚的家伙。我父亲不在帐篷里，他去解救麻瓜了。闪闪看见我这样生气，非常害怕。她用自己的魔法把我拴在她身边。她把我拽出帐篷，拽到树林里远离了食死徒。我想阻止她，想回到营地去。我要让那些食死徒看看什么是对黑魔王的赤胆忠心，并要惩罚他们的不忠。我用偷来的魔杖把黑魔标记发射到了空中。

"魔法部的巫师来了，到处施放昏迷咒。一个咒语射到闪闪和我站的树林里，打断了我们之间的纽带，我们俩都被击昏了。

"闪闪被发现后，我父亲知道我一定就在附近。他搜索了闪闪所在的灌木丛，也摸到了我躺在那儿。他等魔法部的其他人离开树林后，重新对我施了夺魂咒，把我带回了家。他撵走了闪闪，因为她没看好我，让我拿到了魔杖，差点儿让我跑掉。"

闪闪发出一声绝望的号叫。

"现在家里只有父亲和我两个人。后来……后来……"小克劳奇晃着脑袋，脸上露出了疯狂的笑容，"我的主人来找我了！

"一天夜里，他由仆人虫尾巴抱着来到我家。我主人得知我还活着。他在阿尔巴尼亚抓到了伯莎·乔金斯。他折磨伯莎，让她说出了很多情况。她对他讲了三强争霸赛的事，还告诉他们老傲罗穆迪要到霍格沃茨任教。主人继续折磨她，直到打破了我父亲给她施的遗忘咒。伯莎告诉他，我从阿兹卡班逃了出来，我父亲把我关在家里，不让我去找主人。因此，我的主人知道了我仍是他忠实的仆人——或许是最忠实的一个。根据伯莎提供的情报，我的主人想出了一个计划。他需要我，那天将近半夜时他上门来找我，是我父

第35章 吐真剂

亲开的门。"

小克劳奇脸上的笑意更浓了,仿佛在回忆他一生中最幸福的时光。闪闪的指缝间露出一双惊恐的棕色眼睛。她似乎吓得说不出话来。

"神不知鬼不觉地,我父亲被我的主人施了夺魂咒。现在是他被软禁、被控制了。我主人迫使他像往常一样工作,好像什么都没发生似的。我被释放了,苏醒过来,重拾了自我,获得了多年没有过的活力。"

"伏地魔要你做什么?"邓布利多问。

"他问我是不是愿意为他冒一切风险。我愿意。能够为他效劳,向他证明我的忠诚,是我的梦想,是我最大的心愿。他告诉我,他需要在霍格沃茨安插一名亲信。此人要在三强争霸赛中指导哈利·波特,而且要做得不为人知。他要监视哈利·波特,保证他拿到三强杯;要把奖杯偷换成门钥匙,以便将第一个抓到它的人带到我主人那里,但是首先——"

"你们需要阿拉斯托·穆迪。"邓布利多说。他的蓝眼睛喷射着怒火,尽管声音仍保持平静。

"是我和虫尾巴两个人干的。我们事先配好复方汤剂,一起去穆迪家,穆迪奋力反抗,响动很大。我们总算及时把他制服,推进了他自己魔箱的暗室里,拔了他几根头发,加到汤剂中。我喝了药,变成了穆迪,拿了他的木腿和那个带魔法的眼球。亚瑟·韦斯莱来查问听到响动的麻瓜时,我已经准备好了。我把垃圾箱弄得绕着院子转圈,我对亚瑟·韦斯莱说我听到有人闯进了院子,使垃圾箱转了起来。然后我打点起穆迪的衣物和黑魔法探测器,把它们和穆迪一起装在箱子里,动身去了霍格沃茨。我对穆迪施了夺魂咒,但是没弄死他,我需要问他问题,了解他的过去,他的习惯,这样就连邓布利多也不会识破了。我还需要用他的头发来配复方汤剂。其他

583

材料都好弄，我从地下教室里偷了非洲树蛇皮，当魔药课教师发现我在他的办公室里时，我就说我是奉命来搜查的。"

"你们袭击穆迪之后，虫尾巴到哪里去了？"邓布利多问。

"他回到了我父亲的家里，照料我的主人，同时监视我父亲。"

"但你父亲逃出来了。"邓布利多说。

"是的。过了不久我父亲就开始像我那样反抗夺魂咒，有时候他心里明白发生了什么事。我的主人认为不能再让他出门了。他强迫我父亲与魔法部通信联系工作，让他说自己病了。虫尾巴疏忽大意，没有看住，让我父亲跑了。我主人猜想他是去了霍格沃茨。我父亲想把一切告诉邓布利多，想向他坦白，供认把我从阿兹卡班偷带出来的事。

"我的主人通知我说我父亲跑了。要我不惜一切代价截住他。我就留心等待着。我用了从哈利·波特手里收来的地图，那张几乎坏了大事的地图。"

"地图？"邓布利多马上问道，"什么地图？"

"波特的那张霍格沃茨地图。波特在地图上看见了我。有一天夜里他看到我到斯内普的办公室去偷复方汤剂的原料，但他把我当成了我父亲，因为我们的名字一样。那天夜里我收走了波特的地图。我告诉他，我父亲憎恨黑巫师。波特以为我父亲是去跟踪斯内普的。

"我等着父亲到达霍格沃茨，等了有一个星期。终于有一天晚上，地图显示我父亲进场地了。我披上隐形衣去迎他。他正走在禁林边上，这时波特和克鲁姆来了，我等了一会儿。我不能伤害波特，我的主人需要他。趁波特跑去找邓布利多时，我击昏了克鲁姆，杀死了我父亲。"

"不——！"闪闪哀号道，"巴蒂少爷，巴蒂少爷，你在说什么呀？"

"你杀死了你父亲，"邓布利多依旧用和缓的声音说，"尸体是

第35章 吐真剂

怎么处理的？"

"背到禁林里，用隐形衣盖上。我拿着地图看到哈利跑进城堡，撞见了斯内普，邓布利多也出来了。我看到哈利带着邓布利多走出城堡，便从禁林里出来，绕到他们后面，上去和他们打招呼。我对邓布利多说，是斯内普告诉我要来这里的。

"邓布利多让我去找我父亲。我回到父亲的尸体那里，看着地图，等所有人都走了之后，我给尸体念了变形咒，把它变成了白骨……然后我穿着隐形衣，把尸骨埋进了海格小屋前新挖的泥土里。"

一片沉默，只有闪闪还在抽泣。

然后邓布利多说："今天夜里……"

"我在晚饭前主动提出把三强杯放进迷宫，"小巴蒂·克劳奇低声说，"把它变成了门钥匙。我主人的计划成功了。他恢复了力量，我会得到所有巫师做梦都想象不到的奖赏。"

他的脸上又现出疯狂的笑容，头垂了下去。闪闪在他身边哭泣。

第 36 章

分道扬镳

邓布利多站起身。他低头望着小巴蒂·克劳奇,脸上露出厌恶的神情。然后他又一次举起魔杖,几根绳子嗖嗖地从魔杖里飞出来,缠住小巴蒂·克劳奇,把他结结实实地捆了起来。

邓布利多转身对麦格教授说:"米勒娃,你能不能守在这里,我送哈利上楼?"

"没问题。"麦格教授说。她显得有些恶心,就像她刚才望着的是一个呕吐的人。不过,当她抽出魔杖,指着小巴蒂·克劳奇时,她的手非常平稳。

"西弗勒斯,"邓布利多转向斯内普,"麻烦你去把庞弗雷女士叫来,我们需要把阿拉斯托·穆迪送进病房。然后你到场地上去,找到康奈利·福吉,把他带到这间办公室来。他肯定想亲自审问小克劳奇。你告诉他,如果他需要我,这半小时我在病房里。"

斯内普默默地点了点头,迅速离开了房间。

"哈利?"邓布利多温和地说。

哈利站起身,又摇晃起来;刚才他专心听小克劳奇说话,没有注意伤腿的疼痛,现在那疼痛变本加厉地回来了。他还意识到自己浑身发抖。邓布利多一把抓住他的胳膊,扶着他来到外面漆黑的走

第36章　分道扬镳

廊里。

"我希望你先到我的办公室去一下，哈利，"他们沿着走廊往前走，邓布利多轻声说，"小天狼星在那里等我们呢。"

哈利点了点头。他感觉麻木，仿佛置身于梦境中，眼前的一切似乎都不真实，但他并不在乎。他甚至为此感到高兴。这样，他就用不着去想他触摸三强杯后发生的一切了。他不想仔细研究那些记忆，尽管那些记忆不断在他脑海里闪现，像照片一样清晰。疯眼汉穆迪被关在大箱子里。虫尾巴瘫倒在地，捂着他的断臂。伏地魔从冒着蒸气的坩埚里冉冉升起。塞德里克……停止了呼吸……塞德里克，请哈利把自己送到父母身边……

"教授，"哈利喃喃地说，"迪戈里先生和他夫人在哪里？"

"他们和斯普劳特教授在一起。"邓布利多说，他的声音在审问小巴蒂·克劳奇的过程中一直是那么平稳镇定，现在第一次有些发颤，"斯普劳特教授是塞德里克那个学院的院长，对他最了解。"

他们来到滴水嘴石兽跟前。邓布利多说了口令，怪兽左右分开，他和哈利走上活动的螺旋形楼梯，来到橡木大门前。邓布利多把门推开。

小天狼星就站在那里。他脸色苍白，面容消瘦，就像刚从阿兹卡班逃出来时那样。他一眨眼就从房间那头奔了过来。"哈利，你没事吧？我就知道——我就知道会出这样的事——发生了什么？"

他双手颤抖，扶着哈利坐到桌前的一把椅子上。

"怎么回事？"他更加急切地问。

邓布利多开始向小天狼星原原本本地讲述小巴蒂·克劳奇所说的一切。哈利心不在焉地听着。他太累了，身上的每根骨头都在隐隐作痛。他只想坐在这里，不被任何人打扰，就这样坐上好久好久，直到沉沉睡去，再也不要有任何思想、任何感觉。

一阵翅膀轻轻扑打的声音。凤凰福克斯离开了它栖息的枝头,从办公室那头飞过来,落在哈利的膝盖上。

"你好,福克斯。"哈利轻声说。他抚摸着凤凰金色和红色的美丽羽毛。福克斯平静地朝他眨了眨眼睛。凤凰栖在膝头暖烘烘、沉甸甸的,哈利觉得心头踏实了许多。

邓布利多停住了话头。他在哈利对面的办公桌后面坐了下来。他望着哈利,但哈利躲避着他的目光。邓布利多要向他发问了。邓布利多要强迫他回忆那所有的一切了。

"我需要知道,哈利,你在迷宫里触摸门钥匙后发生了什么?"邓布利多说。

"我们可以明天早上再谈,行不行,邓布利多?"小天狼星声音沙哑地说,他把一只手放在哈利的肩膀上,"让他睡一觉吧。让他好好休息休息吧。"

哈利心头涌起对小天狼星的感激之情,但邓布利多仿佛没有听见小天狼星的话。他朝哈利探过身子。哈利很不情愿地抬起头,注视着那双蓝色的眼睛。

"如果我认为,"邓布利多温和地说,"用催眠的方法使你入睡,允许你暂时不去考虑今晚发生的一切,会对你有好处,我肯定这样做。但是我比你更清楚,暂时使疼痛变得麻木,只会使你最后感觉疼痛时疼得更厉害。你表现出的勇敢无畏,大大超出了我对你的期望。我要求你再一次表现出你的勇气。我要求你把所发生的一切告诉我们。"

凤凰发出一声轻柔而颤抖的鸣叫。那声音在空中微微发抖,哈利感到似乎一滴滚热的液体顺着喉咙滑进了胃里,他一下子觉得暖乎乎的,有了力量和勇气。

他深吸了一口气,开始向他们叙述。他说话时,那天晚上发生的一切都像放电影一样,在他眼前一幕幕闪现:他看见了那使伏地

第36章　分道扬镳

魔起死回生、表面冒着火星的魔药；他看见了幻影显形、突然出现在他们周围坟墓间的食死徒们；他看见了塞德里克的尸体，静静地躺在三强杯旁的地面上。

有一两次，小天狼星发出一点声音，似乎想说些什么，他的手仍然紧紧地抓住哈利的肩膀，但邓布利多举起一只手，阻止了他。这使哈利感到庆幸，因为万事开头难，现在既然打开了话匣子，再说下去就容易多了。他甚至有一种如释重负的感觉，似乎某种有毒的东西正从他体内被一点点地吸走。他以极大的毅力支撑着自己往下说，但他感觉到，一旦说完，他心头就会变得舒坦多了。

当哈利讲到虫尾巴用匕首刺中他的手臂时，小天狼星发出一声激动的喊叫，邓布利多猛地站起身，速度之快，把哈利吓了一跳。邓布利多绕过桌子，叫哈利伸出手臂。哈利给他们俩看了他被撕破的长袍和长袍下的伤口。

"他说，用我的血比用其他人的血更管用，会使他更加强壮。"哈利对邓布利多说，"他说那种保护力量——我母亲留在我身体里的那种力量——他也想拥有。他是对的——后来他再碰到我的时候，就不会受伤了。他碰了我的脸。"

在短短的一瞬间，哈利似乎看见邓布利多眼睛里闪过一丝胜利的喜悦。但哈利很快就认定自己准是看花了眼，因为邓布利多回到办公桌后的椅子上时，看上去又和哈利一向看见的那样苍老和疲倦了。

"很好，"邓布利多说着，又坐了下来，"伏地魔战胜了那个不同寻常的障碍。哈利，请你说下去吧。"

哈利继续往下说。他讲述伏地魔怎样从坩埚里浮现出来，并把他记得的伏地魔对食死徒们说的话告诉了他们。然后他告诉他们伏地魔怎样解开他身上的绳子，把他的魔杖还给他，准备与他决斗。

然而，当他讲到那道金光连接他的魔杖和伏地魔的魔杖时，他觉得嗓子哽咽了。他努力说下去，但伏地魔的魔杖里浮现出的那些东西，像潮水一样涌入他的脑海。他可以看见魔杖中冒出了塞德里克，还看见那个老人、伯莎·乔金斯……他的母亲……他的父亲……

就在这时，小天狼星打破了沉默，才使哈利松了口气。

"两根魔杖连接？"小天狼星问，望望哈利，又看看邓布利多，"为什么？"

哈利又抬头望着邓布利多，只见他脸上有一种被深深吸引的神情。

"闪回咒。"邓布利多喃喃低语。

他深深地凝视着哈利的眼睛，两人之间闪过一道看不见的会意的目光。

"能获得重放咒的效果？"小天狼星机敏地问。

"非常正确，"邓布利多说，"哈利的魔杖和伏地魔的魔杖有着同样的杖芯。它们各自所含的那根羽毛是从同一只凤凰身上取得的。说实话，就是这只凤凰。"他说，指了指静静栖在哈利膝头的金红色大鸟。

"我魔杖里的羽毛是福克斯身上的？"哈利惊奇地问。

"是的，"邓布利多说，"四年前，你刚离开奥利凡德先生的店铺，他就写信告诉我说第二根魔杖被你买走了。"

"那么，如果一根魔杖遇见它的兄弟，会出现什么情况呢？"小天狼星问。

"它们不会正常地攻击对方，"邓布利多说，"不过，如果魔杖的主人硬要两根魔杖争斗……就会出现一种十分罕见的现象。

一根魔杖会强迫另一根重复它施过的咒语——以倒序的方式。先是最近的咒语……然后是以前的……"

他询问地望着哈利，哈利点了点头。

第36章　分道扬镳

"这就是说,"邓布利多慢慢地说,眼睛盯着哈利的脸,"塞德里克以某种形式重新出现了。"

哈利又点了点头。

"迪戈里又活过来了?"小天狼星反应很快地问。

"任何咒语都不可能把死者唤醒,"邓布利多语气沉重地说,"只会出现一种类似回音倒放的现象。魔杖里会冒出塞德里克活着时的一个影子……我说得对吗,哈利?"

"他对我说话了。"哈利说,他突然又禁不住颤抖起来,"那个……那个塞德里克的灵魂之类的东西,说话了。"

"是一个回音,"邓布利多说,"保留了塞德里克的相貌和性格。我猜想还出现了其他类似的形体……是以前伏地魔的魔杖下的牺牲品……"

"有一个老人,"哈利说,喉头仍然发紧,"伯莎·乔金斯,还有……"

"你的父母?"邓布利多轻声地问。

"是的。"哈利说。

小天狼星把哈利的肩膀抓得生疼。

"那根魔杖最近残害的人,"邓布利多点了点头,说道,"以倒序的形式闪现出来。当然啦,如果你让两根魔杖一直连接着,还会出现更多的幻象。很好,哈利,这些回音,这些幻影……它们做了什么?"

哈利叙述那些从魔杖里冒出来的身影怎样在金网边缘徘徊,伏地魔怎样感到恐惧,哈利父亲的影子怎样告诉他应该做什么,塞德里克的影子怎样提出它最后的请求。

说到这里,哈利觉得再也说不下去了。他转脸望望小天狼星,看见他用手捂住了脸。

哈利突然意识到福克斯已经飞离了他的膝头。凤凰扑棱棱地落到地板上，用美丽的头贴着哈利受伤的腿，大滴大滴透明的泪珠从它眼睛里涌出，落在蜘蛛留下的伤口上。疼痛消失，皮肤愈合。他的腿完好如初。

"我要再说一遍，"邓布利多说，这时凤凰飞到空中，重新落到门边的栖枝上，"你今晚的表现十分勇敢，远远超出了我对你的期望，哈利。你所表现出的勇气，与那些在伏地魔鼎盛时期同他抗争至死的巫师们不相上下。你肩负起了一个成年巫师的重任，并发现自己完全挑得起这副担子——你让我们对你抱有更高的期望。你跟我一起到医院去吧。今晚我不想让你回宿舍了。服一些安眠药剂，好好地静下心来……小天狼星，你愿意陪着他吗？"

小天狼星点点头，站了起来。他重新变成一条黑色的大狗，跟着哈利和邓布利多走出了办公室，并陪着他们走下楼梯，向医院走去。

邓布利多推开门时，哈利看见韦斯莱夫人、比尔、罗恩和赫敏都围在显得焦头烂额的庞弗雷女士身边。他们似乎在追问哈利的情况和下落。

当哈利、邓布利多和黑狗进去时，他们都猛地转过身来，韦斯莱夫人发出一声压抑的惊呼："哈利！哦，哈利！"

她拔脚向哈利奔来，但邓布利多走上前，挡在了他们俩之间。

"莫丽，"他举起一只手，说道，"请先听我说几句。哈利今晚经历了一场可怕的折磨。刚才又向我复述了一遍。他现在需要的是睡眠、清静和安宁。如果他愿意你们陪着他，"他又望望周围的罗恩、赫敏和比尔，补充道，"你们可以留下。但我不希望你们向他提任何问题，直到他做好回答的准备，不过今晚绝对不行。"

韦斯莱夫人点了点头。她脸色十分苍白。

她突然转向罗恩、赫敏和比尔，就好像他们在吵闹似的。她压低声音教训道："你们听见了吗？他需要安静！"

第36章　分道扬镳

"校长,"庞弗雷女士盯着小天狼星变成的黑狗,说道,"我可不可以问一句,这是什么——"

"这条狗陪哈利待一会儿,"邓布利多简单地说,"我向你保证,它受过十分良好的训练。哈利——我等你上了床再走。"

邓布利多不许别人向他提问,哈利心头涌起一股难以形容的感激之情。他并非不愿意他们待在这里,但一想到又要把事情原原本本地再说一遍,又要重新体验所有的一切,他就觉得无法忍受。

"我去见过福吉之后,就马上赶回来看你,哈利。"邓布利多说,"我希望你明天也留在这里,等我向全校师生讲完话再说。"说完,他就走了。

庞弗雷女士领着哈利走向旁边的一张床,哈利瞥见真穆迪一动不动地躺在房间尽头的病床上。他的木头假腿和那个带魔法的眼球放在床头柜上。

"他没事吧?"哈利问道。

"他不会有事的。"庞弗雷女士说,给了哈利一套睡衣,并拉上他周围的帘子。哈利脱去长袍,换上睡衣,爬到了床上。罗恩、赫敏、比尔、韦斯莱夫人和那条黑狗都从帘子旁边绕了进来,分坐在他两边的椅子上。罗恩和赫敏望着他,神情几乎是小心翼翼的,似乎有点儿怕他。

"我挺好的,"他告诉他们,"就是太累了。"

韦斯莱夫人不必要地抚摸着他的床单,眼睛里噙着泪花。

庞弗雷女士刚才匆匆去了一趟她的办公室,这时拿着一个小瓶子和一个高脚酒杯回来了,瓶子里装着一种紫色的药剂。

"你需要把它都喝了,哈利,"她说,"这种药可以使你无梦地酣睡一场。"

哈利接过酒杯,喝了几口。他一下子就觉得昏昏沉沉的。周围的一切都变得模糊了;病房的灯似乎隔着帘子朝他友好地眨眼睛;

他仿佛觉得自己的身体在温暖的羽毛床垫中越来越深地陷下去。没等把药喝完，没等再说一句话，他就精疲力竭，沉入了无梦的睡眠。

哈利醒了过来，真暖和，真困啊，他没有睁开眼睛，只希望再沉沉睡去。房间里仍然光线昏暗；他想这一定还是夜晚，而且他觉得自己不可能睡了很长时间。

就在这时，他听见旁边有人小声说话。

"如果他们再不闭嘴，会把他吵醒的！"

"他们在嚷嚷什么？不会又发生了什么事吧？"

哈利费力地睁开惺忪的双眼。有人把他的眼镜摘掉了。他只能看见近旁韦斯莱夫人和比尔的模糊身影。韦斯莱夫人已经站了起来。

"这是福吉的声音，"她小声说，"这是米勒娃·麦格的声音，是不是？可他们在争论什么呢？"

这时哈利也听见了：有人在大喊大叫，并朝病房这边跑来。

"真令人遗憾，不过没有办法，米勒娃——"康奈利·福吉大声说道。

"你绝对不应该把它带进城堡！"麦格教授嚷道，"如果被邓布利多发现——"

哈利听见病房的门突然被撞开了。比尔拉开帘子，周围所有人的目光都盯着房门，没有注意到哈利坐起身，戴上了眼镜。

福吉大步走进病房。麦格教授和斯内普紧跟在后面。

"邓布利多呢？"福吉问韦斯莱夫人。

"他不在这儿，"韦斯莱夫人气愤地说，"部长，这里是病房，你是否认为你最好——"

可就在这时，门开了，邓布利多敏捷地走进了病房。

"出了什么事？"邓布利多严厉地问，看看福吉，又看看麦格

第36章 分道扬镳

教授，"你们为什么在这里打扰这些人？米勒娃，你真让我感到吃惊——我叫你看守小巴蒂·克劳奇的——"

"已经没必要看守他了，邓布利多！"麦格教授尖声嚷道，"部长确保了这一点！"

哈利从没见过麦格教授像现在这样冲动。她面颊上泛起愤怒的红晕，双手捏成了拳头。她气得浑身发抖。

"我们告诉福吉先生，我们抓住了制造今晚事件的食死徒，"斯内普低声说道，"他似乎感到他个人的安全也成了问题，一定要召来一个摄魂怪陪他进入城堡。他把摄魂怪带进了小巴蒂·克劳奇所在的那个办公室——"

"我告诉他你不会同意的，邓布利多！"麦格教授怒气冲冲地说，"我告诉他你不许摄魂怪再踏进城堡，可是——"

"我亲爱的女士！"福吉大声吼道，他此刻这副怒气冲天的样子也是哈利从没见过的，"我作为魔法部部长，有权决定自己是否愿意带保镖，因为我要来见一位可能非常危险的——"

可是麦格教授的声音盖过了福吉的话。

"那家伙——那家伙一进办公室，"她指着福吉，全身颤抖，尖叫着说，"就朝克劳奇扑去，就——就——"

麦格教授拼命寻找字眼来描绘刚才发生的事，哈利感到肚子里生出一股寒气。他用不着听麦格教授把话说完。他知道摄魂怪做了什么。摄魂怪一定给了小巴蒂·克劳奇那个致命的吻，从小克劳奇的嘴里吸走了他的灵魂。小克劳奇现在已是生不如死。

"根据各种说法，这是他罪有应得！"福吉气势汹汹地说，"他似乎造成了好几个人的死亡！"

"可是他现在无法出来作证了，康奈利。"邓布利多说，他犀利地盯着福吉，似乎第一次清清楚楚地看透了他，"他不能提供证据，说明他为什么要杀死那些人了。"

"他为什么杀死他们？嘿，这不是明摆着的嘛！"福吉气急败坏地说，"他是个到处流浪的疯子！从米勒娃和西弗勒斯告诉我的情况看，他似乎以为自己所做的一切都是遵循了神秘人的旨意！"

"伏地魔以前确实对他发号施令，康奈利，"邓布利多说，"那些人的死，只是伏地魔施行卷土重来计划时附带产生的结果。那个计划成功了。伏地魔恢复了他的肉身。"

福吉大惊失色，就好像有人迎面给了他一记重击。他晕晕乎乎地眨巴着眼睛，呆呆地瞪着邓布利多，似乎不能完全相信刚才听见的话。

他结结巴巴地说话了，眼睛仍然瞪着邓布利多："神秘人……回来了？胡说八道。别开玩笑了，邓布利多……"

"米勒娃和西弗勒斯无疑已经告诉过你，"邓布利多说，"我们听到了小巴蒂·克劳奇的坦白交代。在吐真剂的作用下，他告诉我们他怎样被偷偷带出阿兹卡班，伏地魔怎样——从伯莎·乔金斯那里得知他仍然在世——就从他父亲那里把他解救了出来，利用他去抓住哈利。告诉你吧，这个计划成功了。小克劳奇已经帮助伏地魔卷土重来了。"

"你听我说，邓布利多，"福吉说，哈利吃惊地看见他脸上居然闪现出一丝笑容，"你——你不可能真的相信这一切吧。神秘人——回来了？别开玩笑，别开玩笑了……不用说，小克劳奇也许以为自己是遵照神秘人的指令行事的——可是怎么能把这样一个疯子的话当真呢，邓布利多……"

"今晚，当哈利触摸到三强杯时，就被直接送到了伏地魔那里。"邓布利多坚定地说，"他亲眼目睹了伏地魔的起死回生。你不妨到我的办公室去，我会把一切都解释给你听。"

邓布利多把目光扫向哈利，看见哈利已经醒了，但他摇了摇头，说道："今晚我恐怕不能允许你向哈利提问。"

第36章 分道扬镳

福吉脸上仍留着那古怪的微笑。

他也望了望哈利,然后又把目光转回到邓布利多身上,说道:"你 —— 呃 —— 你准备对哈利的话照单全收,是吗,邓布利多?"

片刻的沉默,接着响起小天狼星的吠叫声。他竖起颈子上的毛,朝福吉露出了他的长牙。

"我当然相信哈利。"邓布利多说,此时他的眼睛灼灼发光,"我听了小克劳奇的坦白,也听了哈利讲述的他触摸三强杯后发生的一切;他们两人的话合情合理,把去年夏天伯莎·乔金斯失踪后出现的所有事情都解释清楚了。"

福吉脸上仍然带着那种奇怪的笑容。他又扫了哈利一眼,才回答道:"你准备相信伏地魔已经回来了,听信一个精神失常的杀人犯和一个小孩的话,而这小孩……他……"

福吉又飞快地瞥了哈利一眼,哈利顿时明白了他的意思。

"你一定在读丽塔·斯基特的文章,福吉先生。"哈利轻声说道。

罗恩、赫敏、韦斯莱夫人和比尔都吓了一跳。他们谁也没有发现哈利已经醒了。

福吉微微红了红脸,但紧接着脸上露出一种顽抗和固执的神情。

"是又怎么样,"他望着邓布利多,说道,"我发现你一直把这小孩的某些情况隐瞒着不汇报?他是个蛇佬腔,对吗?举止行为处处都透着古怪——"

"我想,你大概是指哈利一直感觉到的伤疤疼痛吧?"邓布利多冷冷地说。

"这么说,你承认他一直感到这些疼痛喽?"福吉很快地说,"头疼?做噩梦?大概还有——幻觉吧?"

"听我说,康奈利,"邓布利多说着,朝福吉跟前跨了一步,似乎又一次放射出那种难以言喻的力量——哈利在邓布利多击昏小克劳奇时就感觉到这种力量的存在,"哈利和你我一样清醒、理智。他额头上的伤疤并没有把他的脑子弄糊涂。我相信,只有当伏地魔潜伏在附近或特别想杀人时,哈利的伤疤才会疼。"

福吉从邓布利多面前后退了半步,但神情仍然那么固执。"请原谅,邓布利多,我以前从没听说魔咒伤疤会像警铃一样……"

"我亲眼看见伏地魔又回来了!"哈利大声喊道。他挣扎着想下床,但韦斯莱夫人把他挡了回去。"我亲眼看见了食死徒!我可以报出他们的名字!卢修斯·马尔福——"

斯内普突然动了一下,但当哈利望向他时,他的目光又转向了福吉。

"马尔福被宣告无罪了!"福吉显然觉得受了冒犯,说道,"一个非常古老的家庭——为美好的事业慷慨捐赠——"

"麦克尼尔!"哈利继续报出那些名字。

"也被宣告无罪了!目前在魔法部工作!"

"埃弗里——诺特——克拉布——高尔——"

"你只是在重复那些十三年前被判不是食死徒的人的名字!"福吉气呼呼地说,"你可以在过去的审判报告里找到那些名字!看在老天的分上,邓布利多——去年年底,这个男孩就满脑子胡编乱造的古怪故事——他的谎话越编越离奇了,你居然还全盘相信——这个男孩能够跟蛇对话,邓布利多,而你仍然认为他是值得信任的?"

"你这个傻瓜!"麦格教授喊道,"塞德里克·迪戈里!克劳奇先生!这些人的死绝不是一个疯子的随意行为!"

"我看不出为什么不是!"福吉也大声喊道,脸涨成了紫红色,火气不比麦格教授的小,"在我看来你们都决意要制造一种恐慌情绪,破坏我们这十三年来苦心营造的一切!"

第 36 章 分道扬镳

哈利简直不敢相信自己的耳朵。他一向认为福吉是个和蔼可亲的人,尽管有些盛气凌人,有些自高自大,但本质上是很善良的。没想到此刻眼前站着的这个怒气冲冲的小个子巫师,竟断然拒绝相信他那井然有序、稳定舒适的世界有可能毁于一旦 —— 拒绝相信伏地魔可能卷土重来。

"伏地魔回来了,"邓布利多又一次说道,"福吉,如果你立即接受这一事实,并采取必要的措施,我们还有可能挽回局面。首先最重要的一步就是让阿兹卡班摆脱摄魂怪的控制 ——"

"乱弹琴!"福吉又嚷道,"撤销摄魂怪? 我只要一提出这个建议,准会被赶出办公室!我们半数的人就是因为知道有摄魂怪在阿兹卡班站岗,晚上才能睡个踏实觉的!"

"康奈利,如果知道伏地魔最危险的死党的看守是那些一声令下就会为他效劳的家伙,那么我们其他人就睡不踏实了!"邓布利多说,"那些家伙不可能对你忠心耿耿,福吉! 伏地魔能够提供给它们的权力和乐趣,比你所能提供的多得多! 伏地魔身后有摄魂怪的支持,加上那些昔日的死党回到他身边,到时候你就很难阻止他恢复十三年前的那种势力了!"

福吉的嘴巴张开又合上,似乎没有语言能表达他的愤怒。

"你必须采取的第二个措施 —— 而且必须立即行动,"邓布利多进一步说道,"是派使者到巨人那去。"

"派使者到巨人那去?"福吉惊叫道,一下子又会说话了,"这又是什么疯话?"

"趁现在还不算太晚,向他们伸出友谊的手,"邓布利多说,"不然伏地魔就会把他们拉拢过去。他以前就做过这样的事,说是在所有的巫师中,只有他能向巨人提供权益和自由!"

"你 —— 你一定是在开玩笑!"福吉吃惊得喘不过气来,一边摇头,一边又从邓布利多面前向后退缩,"如果魔法界得知我跟巨人有来往——人们对巨人恨之入骨啊，邓布利多——我的事业就完蛋了——"

"康奈利，你太迷恋你的官职了，这使你失去了应有的判断力。"邓布利多说，声音渐渐提高，人们可以感觉到他周身笼罩着的那个力量的光环，他的眼睛又一次灼灼发光，"你太看重所谓的血统纯正了！一向都是如此！你没有认识到，一个人的出身并不重要，重要的是他成长为什么样的人！你的摄魂怪刚才消灭了一个十分古老的纯血统家族的最后一位成员——你看看那个人所选择的人生道路吧！我现在告诉你——只要听从我的建议，采取一些措施，那么无论你是否在位，人们都会把你看作有史以来最勇敢最伟大的魔法部部长。如果你不采取行动——历史也会牢牢记住：正是由于你的袖手旁观，让伏地魔第二次有机会摧毁我们辛辛苦苦重建的这个世界！"

"荒唐，"福吉小声说，继续一步步后退，"疯狂……"

接着是一阵沉默。庞弗雷女士呆呆地站在哈利的床边，用手捂着嘴。韦斯莱夫人仍然站在哈利面前，双手按住他的肩膀，不让他起身。比尔、罗恩和赫敏都吃惊地瞪着福吉。

"如果你这样执迷不悟、一意孤行，康奈利，"邓布利多说，"我们就只好分道扬镳了。你做你认为合适的事情。我——我则按我的意志行动。"

邓布利多的声音里没有丝毫威胁的成分，它听上去只是一个声明，但福吉气得暴跳如雷，仿佛邓布利多正举着一根魔杖朝他逼近。

"好啊，好啊，邓布利多，"他威胁地挥动着一根手指，说道，"我一直给你充分的自由。我一向对你尊敬有加。我也许并不赞成你的一些决定，但总是保持沉默。没有多少人会允许你聘用狼人，留用海格，或不请示魔法部就擅自决定给学生教什么东西。不过，如果你准备同我对着干——"

第36章 分道扬镳

"我唯一想要对着干的，"邓布利多说，"是伏地魔。如果你也反对他，康奈利，那么我们还是同一阵营的。"

福吉似乎想不出该如何回答。他的两只小脚站立不稳，前后摇晃了片刻，用双手旋转着他那顶圆顶高帽。

最后，他说话了，声音里有一丝企求的成分，"他不会回来的，邓布利多，他不可能……"

斯内普大步走上前，越过邓布利多，他一边走，一边撩起长袍的左边袖子。他把胳膊伸过去给福吉看，福吉惊骇地向后退缩。

"看看吧，"斯内普声音嘶哑地说，"看看吧，黑魔标记。已经不像一小时前那么明显了，当时它被烧成了焦黑色，不过你仍然能看见。每个食死徒身上都有黑魔王打下的烙印。这是食死徒相互识别的一种方式，也是伏地魔召集我们回到他身边的暗号。当他触摸到某个食死徒的标记时，我们必须立即幻影移形，出现在他身边。一年来，这个标记越来越明显了。卡卡洛夫的也是这样。你说卡卡洛夫今晚为什么要逃跑？我们俩都感到标记在火辣辣地灼烧。我们都知道他回来了。卡卡洛夫害怕伏地魔会报复他。他背叛了他的许多食死徒同伴，肯定没有人欢迎他回到他们中间。"

福吉又从斯内普面前退了回去。他不停地摇着脑袋，似乎根本没有听清斯内普说的话。他瞪大眼睛，显然被斯内普胳膊上那丑陋的标记吓坏了，接着他抬头望着邓布利多，小声说道："我不知道你和你的人在玩什么把戏，邓布利多，但是我已经听够了。我不想再说什么。我明天再跟你联系，邓布利多，讨论这所学校的办学方式。我必须回魔法部去了。"

他走到门边又停住脚步，回过身来，大步走过房间，停在哈利床边。

"你赢得的奖金，"他简短地说，一边从口袋里掏出一大袋金币，扔在哈利的床头柜上，"一千个金加隆。本来应该有一个颁奖仪式的，但在目前这种情况下……"

他把圆顶高帽套在头上，走出了房间，把门在身后重重地关上了。他刚离开，邓布利多就转身望着哈利床边的一群人。

"有一些工作要做，"他说，"莫丽……如果我没有弄错的话，我是可以指望你和亚瑟的吧？"

"当然没问题。"韦斯莱夫人说，她脸色煞白，嘴唇也全无血色，但表情十分坚决，"他了解福吉是什么样的人。亚瑟就因为喜欢麻瓜，才阻碍了自己这些年在魔法部的发展。福吉认为亚瑟缺乏一个巫师应有的尊严。"

"好吧，我需要送一封信给亚瑟，"邓布利多说，"对所有那些能够在我们的说服下认清局势的人，我们都必须立即予以通知，亚瑟可以接触到魔法部那些不像康奈利这样目光短浅的人。"

"我去找爸爸，"比尔说着，站了起来，"现在就去。"

"太好了，"邓布利多说，"把所发生的事情都告诉他，说我很快就会跟他直接联系。不过他必须谨慎行事。如果福吉认为我在插手魔法部——"

"没问题，交给我吧。"比尔说。

他伸手拍拍哈利的肩膀，又吻了吻母亲的面颊，然后穿上斗篷，大步流星地走出了房间。

"米勒娃，"邓布利多转向麦格教授，说，"我想尽快在我的办公室见到海格。还有——马克西姆女士——如果她也愿意来的话。"

麦格教授点点头，一言不发地离去了。

"波比，"邓布利多对庞弗雷女士说，"劳驾，你能不能到穆迪教授的办公室去一趟？你在那里会找到一位痛不欲生、名叫闪闪的家养小精灵。你尽量安慰安慰她，然后把她带到下面的厨房里。我认为多比会替我们照顾她的。"

第36章　分道扬镳

"好——好吧。"庞弗雷女士显得有些吃惊，随即也离去了。

邓布利多确信门已经关好，庞弗雷女士的脚步声已经远去，才又开口说话。

"现在，"他说，"我们中间的两个人可以互相认识彼此的真面目了。小天狼星……你能不能变回你平常的样子？"

大黑狗抬头看了看邓布利多，然后摇身一变，成了一个男人。

韦斯莱夫人惊叫一声，从床边直往后退。

"小天狼星布莱克！"她指着他，尖声叫道。

"妈妈，闭嘴！"罗恩喊道，"这没什么！"

斯内普没有惊叫，也没有退缩，但脸上的表情混杂着愤怒和恐惧。

"他！"他瞪着小天狼星，气冲冲地咆哮道——小天狼星的脸上也露出同样厌恶的表情，"他在这里做什么？"

"是我邀请他来的，"邓布利多轮番望着他们俩，说道，"你也一样，西弗勒斯。你们两个我都很信任。现在你们应该抛弃昔日的分歧，互相信任。"

哈利认为邓布利多简直是在请求奇迹发生。小天狼星和斯内普恶狠狠地盯着对方，脸上都是仇恨到极点的表情。

"在短时期内，"邓布利多说，语气里透着一丝不耐烦，"只要你们不公开敌视对方，我就满意了。你们不妨握握手。现在你们属于同一阵营了。时间紧张，我们少数几个知道真相的人必须团结一致，否则大家都毫无希望。"

小天狼星和斯内普很慢很慢地走上前，握了握手，但仍然恶狠狠地互相瞪着，似乎都希望对方遭到厄运。他们很快就把手松开了。

"这样还差不多。"邓布利多说着，又一次挡在他们俩之间，"现在你们俩都有任务。福吉的态度尽管我们也有所预料，但改变了整个事态。小天狼星，我需要你立即出发。你去通知莱姆斯·卢平，阿拉贝拉·费格，蒙顿格斯·弗莱奇——那几个老朋友。你暂时隐蔽在卢平那里，我会到那里跟你联系。"

"可是——"哈利说。

他真希望小天狼星能留下来。他不想这么快就跟他告别。

"你很快就会见到我的，哈利，"小天狼星转过头，对他说道，"我向你保证。但我必须尽我的一点儿力量，你明白的，是吗？"

"是，"哈利说，"是的……我当然明白。"

小天狼星很快地握了握他的手，朝邓布利多点点头，然后又变成了黑狗，跑到门边，用一只爪子拧开门把手，转眼就不见了。

"西弗勒斯，"邓布利多转向斯内普，说，"你知道我要吩咐你做什么。如果你没意见……如果你准备好了……"

"没问题。"斯内普说。

他的脸色显得比往常更苍白了，那双冷冰冰的黑眼睛闪烁着怪异的光。

"那么，祝你好运。"邓布利多说，脸上带着一丝担忧，望着斯内普一言不发地尾随小天狼星而去。

又过了几分钟，邓布利多才开口说话。

"我必须到楼下去，"他最后说道，"我必须见见迪戈里夫妇。哈利——把剩下的药水都喝了。我过一会儿再来看望你们大家。"

邓布利多离去了，哈利无力地倒在枕头上。赫敏、罗恩和韦斯莱夫人都望着他，良久没有人说话。

"你必须把剩下的药水都喝下去，哈利。"最后韦斯莱夫人说道。她伸手取药瓶和高脚杯时，轻轻推了推床头柜上的那袋金币。"踏踏实实地睡一觉。暂时想点儿别的事情……想想你准备用奖金买些什么！"

"我不要这些金币，"哈利淡淡地说，声音里毫无热情，"你拿去吧。谁都可以拿去。我不应该赢得它们。它应该属于塞德里克。"

第36章 分道扬镳

这时，他离开迷宫后一直拼命压抑、拼命克制的情感，一下子全部袭上心头，使他快要不能自已。他感到内眼角一阵火辣辣的刺痛。他使劲眨眨眼皮，瞪着上面的天花板。

"这不是你的错，哈利。"韦斯莱夫人轻声说。

"是我叫他和我一起去拿奖杯的。"哈利说。

现在那种火辣辣的感觉又跑到了他的喉咙里。他真希望罗恩把目光移开。

韦斯莱夫人把药水放在床头柜上，弯下腰，伸手搂住哈利。哈利从不记得有谁这样搂抱过自己，就像母亲一样。当韦斯莱夫人把他拥在怀中时，他那天晚上目睹的一切似乎全都沉沉地压在了他的心头。母亲的面庞，父亲的声音，塞德里克倒地死去的身影，似乎都开始在他的脑海里飞舞旋转。最后他简直受不了了，拼命拧着面孔，把那竭力冲破喉咙爆发出来的痛苦吼叫强压下去。

突然，传来了很响的拍打声，韦斯莱夫人和哈利赶忙分开了。赫敏站在窗户边，手里紧紧握着什么东西。

"对不起。"她低声说。

"你的药，哈利。"韦斯莱夫人赶紧说道，一边用手背擦了擦眼睛。

哈利一口把药水喝光了。效果立竿见影。沉重的、不可抗拒的无梦的酣睡立刻把他笼罩；他跌回到枕头上，什么也不想了。

第 37 章

开　始

即使一个月后回想起来,哈利对后来几天的记忆也只是零散的片断。就好像他经历的事情太多,把脑子都塞满了,再也记不住任何事情。他零星记得的那些片断十分惨痛。最令人心痛的莫过于他第二天上午与迪戈里夫妇的见面。

他们没有因为所发生的事情而责怪哈利;相反,他们都感谢哈利把塞德里克的遗体带给了他们。在见面中,迪戈里先生大部分时间都在无声地哭泣,而迪戈里夫人已经伤心得欲哭无泪了。

"那么,他并没有受多少痛苦。"迪戈里夫人听哈利讲了塞德里克的死亡经过,说道,"不管怎么说,阿莫斯……他死的时候刚赢得三强杯。他一定是很高兴的。"

当他们起身准备离开时,迪戈里夫人低头望着哈利,说:"你也好好保重吧。"

哈利抓起床头柜上的那袋金币。

"你们拿去吧,"他喃喃地对她说,"这应该属于塞德里克,是他先到达的,你们拿去吧——"

但是迪戈里夫人后退着闪开了。"哦,不行,亲爱的,我不能……你留着吧。"

第 37 章 开 始

第二天晚上,哈利回到了格兰芬多塔楼。据赫敏和罗恩说,邓布利多那天早上吃早饭时对全校师生讲了几句话。他只是要求大家别去打扰哈利,不许任何人问他问题,或缠着他讲述那天在迷宫里发生的事情。哈利注意到,大多数人在走廊里都绕着他走,避开他的目光。有些人在他走过时用手捂着嘴,互相窃窃私语。他猜想,他们许多人都相信了丽塔·斯基特的文章,认为他心理不正常,很可能是个危险人物。也许,对于塞德里克是怎么死的,他们都有自己的想法。但哈利发现他并不怎么在乎。他最喜欢跟罗恩和赫敏在一起,谈论其他话题,或者罗恩和赫敏自己下棋,让他一个人静静坐着。他觉得他们三个似乎已达到一种默契,已不需要用语言来表达;每个人都在等待某种信号或只言片语,告诉他们霍格沃茨外面发生的事情——在没有得到确切消息之前,对未来作种种推测都是毫无用处的。他们只有一次触及这个话题,那是罗恩对哈利讲述韦斯莱夫人回家前与邓布利多见面的经过。

"妈妈去问邓布利多,你今年夏天能不能直接到我们家去,"罗恩说,"但邓布利多还是希望你回德思礼家,至少是先回他们那里。"

"为什么?"哈利问。

"妈妈说邓布利多有他自己的道理,"罗恩说着,愁闷地摇了摇头,"我想我们必须得相信他,对吗?"

除了罗恩和赫敏,哈利觉得还能与之交谈的就是海格了。现在黑魔法防御术课没有了,他们可以自由处置那些课时。于是,他们就利用星期四下午的一节课,到下面海格的小屋去拜访他。那是一个明媚的艳阳天,他们刚一走近,牙牙就从敞开的门里跳了出来,欢快地叫着,摇晃着尾巴。

"谁呀?"海格一边问,一边走到门口,"哈利!"

他大步赶过来迎接他们,用一只粗胳膊把哈利使劲搂了一下,又胡噜胡噜哈利的头发，说道："见到你真高兴，伙计。见到你真高兴。"

他们走进海格的小屋，看见火炉前的木桌子上放着两套水桶大小的茶杯和茶托。

"和奥利姆喝了杯茶，"海格说，"她刚走。"

"谁？"罗恩好奇地问。

"马克西姆女士呀，那还用说！"海格说。

"哦，你们俩和好了？"罗恩说。

"不明白你在说什么。"海格快活地说，一边又从碗柜里拿出几个杯子。他沏好茶，端来一盘岩皮饼分给大家，然后靠在椅子上，用黑溜溜的眼睛仔细打量着哈利。

"你挺好吧？"他粗声粗气地问。

"挺好。"哈利说。

"不对，你不好，"海格说，"你肯定不好。不过你会好的。"

哈利什么也没说。

"我就知道他会回来的，"海格说，哈利、罗恩和赫敏都吃惊地抬头望着他，"这么些年我一直知道，哈利。我知道他在那里，等待时机。这件事肯定是要发生的。好了，现在它发生了，我们必须承认现实。我们要战斗。我们可以阻止他获得权力、称霸天下。那是邓布利多的计划。邓布利多，他真是个了不起的人啊。只要有他在，我就不怎么担心。"

看到他们三个人脸上怀疑的表情，海格扬起乱蓬蓬的眉毛。

"坐着干着急是没有用的，"他说，"该来的总归会来，一旦来了，我们就接受。哈利，邓布利多把你做的事情都告诉我了。"

海格望着哈利，胸膛剧烈地起伏着。"你父亲如果还活着，他也会这么做的，这就是我对你的最高赞扬。"

哈利也对海格报以微笑。这是他这些日子来脸上第一次露出

第37章 开 始

笑容。

"邓布利多叫你做什么,海格?"他问,"那天晚上,他派麦格教授来请你和马克西姆女士去见他。"

"给我这个夏天找点儿活干,"海格说,"不过,是保密的。我不能说,即使对你们也不能说。奥利姆——就是你们说的马克西姆女士——可能会和我一起干。我想她会的,看样子我已经把她说服了。"

"与伏地魔有关吗?"

海格听到这个名字,畏惧地向后缩了一下。

"大概吧,"他含糊其辞地说,"好了……谁愿意跟我去看看最后一条炸尾螺?我在开玩笑——开玩笑!"看到他们脸上的神情,他又急忙加了一句。

在返回女贞路的前一天夜里,哈利在宿舍里收拾箱子时,心情十分沉重。他害怕离校宴会,这通常被搞成一种庆祝活动,将宣布学院杯冠军的得主。自从他离开病房后,就一直避免在人多的时候进入礼堂。他情愿在别人几乎都走光时再进去吃饭,就是为了躲避同学们凝视的目光。

当他和罗恩、赫敏走进礼堂时,一眼就发现平常的那些装饰物都不见了。往常的离校宴会上,礼堂都用获胜学院的色彩装饰一新。然而今晚,教工桌子后面的墙壁上悬挂着黑色的帷幕。哈利立刻就明白了,这是对塞德里克表示敬意。

真正的疯眼汉穆迪现在坐在教工桌子旁,他的木腿和那个带魔法的眼球都回到了原来的位置。他显得特别紧张不安,每当有人跟他说话,他就惊跳起来。哈利知道这不能怪他。穆迪在自己的箱子里关了十个月,这肯定加重了他担心遭人袭击的恐惧。卡卡洛夫的座位空着。哈利一边和其他格兰芬多同学一起坐下,一边暗想不知卡卡洛夫此刻在哪里，不知伏地魔有没有抓住他。

马克西姆女士还在，就坐在海格旁边。他们正悄声谈论着什么。在桌子那边，坐在麦格教授身边的是斯内普。当哈利望着他时，他的目光在哈利身上停留了片刻。他脸上的表情很难捉摸。看上去还像以前一样阴沉、讨厌。哈利在斯内普移开目光后，仍然注视了他很长时间。

在伏地魔回来的那天夜里，斯内普遵照邓布利多的命令做了什么？还有，为什么……为什么……邓布利多这样确信斯内普真的与他们站在一边？他曾经是他们这边的密探，邓布利多在冥想盆里曾经这么说过。斯内普变成了专门对付伏地魔的密探，"冒着极大的生命危险"。难道他重操旧业，又干起了这份工作？他也许与食死徒们联系上了？假装自己从来没有真正投靠过邓布利多，而是像伏地魔本人那样一直潜伏着，等待时机？

哈利正想得出神，邓布利多教授突然从教工桌子旁站了起来，打断了他的思路。礼堂里本来就比平常的离校宴会安静许多，这时更是鸦雀无声。

"又是一年，"邓布利多望着大家说道，"结束了。"

他停下话头，目光落在赫奇帕奇的桌子上。在邓布利多站起来之前，这张桌子上的情绪就一直最压抑，桌旁的那一张张面孔也是整个礼堂里最悲哀最苍白的。

"今晚，我有许多话要对你们大家说，"邓布利多说，"但我首先必须沉痛地宣告，我们失去了一位很好的人，他本来应该坐在这里，"他指了指赫奇帕奇的同学们，"和我们一起享受这顿晚宴。我希望大家都站起来，举杯向塞德里克·迪戈里致敬。"

大家都这样做了，所有的人。大家纷纷起立，礼堂里响起一片凳子移动的声音。他们都举起高脚酒杯，用低沉浑厚的嗓音齐声说："塞德里克·迪戈里。"

第37章 开　始

哈利透过人群瞥见了秋·张。泪珠无声地顺着她的面颊滚落。大家重新坐下来时，哈利也沉痛地低头望着桌子。

"塞德里克充分体现了赫奇帕奇学院特有的品质，"邓布利多继续说道，"他是一位善良、忠诚的朋友，一位勤奋刻苦的学生，他崇尚公平竞争。他的死使你们大家受到震撼，不管你们是否认识他。因此，我认为你们有权了解究竟是怎么回事。"

哈利抬起头，望着邓布利多。

"塞德里克·迪戈里是被伏地魔杀死的。"

礼堂里响起一片惊慌的低语。大家都惊恐地、不敢相信地盯着邓布利多。邓布利多则显得十分平静，望着他们的嘀咕声渐渐归于沉默。

"魔法部不希望我告诉你们这些。"邓布利多继续说，"有些同学的家长可能会对我的做法感到震惊——这或者是因为他们不能相信伏地魔真的回来了，或者是因为他们认为我不应该把这件事告诉你们，毕竟你们年纪还小。然而我相信，说真话永远比撒谎要好，如果我们试图把塞德里克的死说成是一场意外事故，或归咎于他自己的粗心大意，那都是对他形象的一种侮辱。"

这时，礼堂里的每一张脸都朝着邓布利多，每一张脸上都写着震惊与恐惧……噢，并不是每一张脸。哈利看见在斯莱特林的桌子上，德拉科·马尔福正在跟克拉布和高尔窃窃私语。哈利感到内心突然涌起一股火辣辣的怒气。他强迫自己把目光转回到邓布利多身上。

"在谈到塞德里克的死时，还必须提及另外一个人，"邓布利多继续往下说，"当然，我说的是哈利·波特。"

礼堂里起了一阵波动，有几个人把头转向哈利，随即又赶紧转回去，望着邓布利多。

"哈利·波特逃脱了伏地魔的魔爪，"邓布利多说，"他冒着生命危险，把塞德里克的遗体带回了霍格沃茨。他在各方面都表现出了大无畏的精神，很少有巫师在面对伏地魔的淫威时能表现出这种精神，为此，我向他表示敬意。"

邓布利多严肃地转向哈利，又一次举起了他的高脚酒杯。礼堂里的人几乎都这么做了。他们像刚才念叨塞德里克的名字一样，低声说着哈利的名字，为他敬酒。但是，哈利透过纷纷起立的人群的缝隙，看见马尔福、克拉布和高尔，以及斯莱特林的许多人都固执地坐着没动，碰也没碰他们的酒杯。邓布利多毕竟没有魔眼，没有看见他们的举动。

大家再次落座后，邓布利多又说道："三强争霸赛的目的是增强和促进魔法界的相互了解。鉴于目前所发生的事——伏地魔又回来了——这种联系比以往任何时候都更重要。"

邓布利多看看马克西姆女士和海格，看看芙蓉·德拉库尔和她那些布斯巴顿的校友，又看看斯莱特林桌子旁的威克多尔·克鲁姆和德姆斯特朗的同学。哈利看到，克鲁姆显得很紧张，甚至有些害怕，似乎以为邓布利多会说出一些严厉的话来。

"这个礼堂里的每一位客人，"邓布利多说，把目光停留在德姆斯特朗的同学们身上，"只要愿意回来，任何时候都会受到欢迎。我再对你们大家说一遍——鉴于伏地魔又回来了，我们只有团结才会强大；如果分裂，便不堪一击。

伏地魔制造冲突和敌意的手段十分高明。我们只有表现出同样牢不可破的友谊和信任，才能与之抗争到底。只要我们目标一致，敞开心胸，习惯和语言的差异都不会成为障碍。

"我相信——我真希望我是弄错了——我相信我们都将面临黑暗和艰难的时期。在这个礼堂里，你们中间的有些人已经直接受到伏地魔毒手的残害。你们许多家庭被弄得四分五裂。一星期前，我们中间的一位同学被夺去了生命。

第37章 开 始

"请记住塞德里克。当你们不得不在正道和捷径之间做出选择时,请不要忘记一个正直、善良、勇敢的男孩,就因为与伏地魔的不期而遇,就遭到了这样悲惨的厄运。请永远记住塞德里克·迪戈里。"

哈利的箱子已经收拾好了;海德薇也回到了箱子上面它的笼子里。哈利、罗恩、赫敏和四年级的其他同学一起,在拥挤的门厅里等待马车把他们送往霍格莫德车站。这又是一个美丽宜人的夏日。哈利猜想,晚上到达女贞路时,那里肯定很热,院子里枝繁叶茂,花圃里姹紫嫣红的鲜花竞相开放。想到这些,他并没有感到丝毫喜悦。

"哈利!"

他扭头望去。芙蓉·德拉库尔匆匆登上石阶,进入城堡。在她后面的场地那头,哈利可以看见海格正帮着马克西姆女士给两匹巨马套上挽具。布斯巴顿的马车就要出发了。

"希望我们后会有期,"芙蓉走到哈利身边,伸出一只手,说道,"希望我在这里找到一份工作,提高一下我的英语。"

"你的英语已经很棒了。"罗恩声音有些窒息地说。芙蓉朝他微笑着。赫敏在一旁皱起了眉头。

"再见,哈利,"芙蓉说着,转身离开,"这次见到你们十分愉快。"

哈利目送芙蓉匆匆穿过草坪朝马克西姆女士奔去,银亮的头发在阳光下像波浪一般荡漾,他的情绪不由自主地愉快了些。

"不知道德姆斯特朗的同学怎么回去,"罗恩说,"你说,没有了卡卡洛夫,他们还能驾驶那艘船吗?"

"卡卡洛夫并不掌舵,"一个沙哑沉闷的声音说,"他待在舱房里,活儿都由我们来干。"克鲁姆来跟赫敏道别了。"我可以跟你说几句话吗?"他问赫敏。

"噢……可以……好吧。"赫敏说,看起来有点慌乱,跟着克鲁姆穿过人群，不见了。

"你最好快点儿！"罗恩冲着她的背影大声喊道，"马车很快就要来了！"

在接下来的几分钟里，罗恩让哈利留意马车，自己一个劲儿地伸长脖子，想看清克鲁姆和赫敏在做什么。那两人很快就回来了。罗恩盯着赫敏，但赫敏脸上没有什么表情。

"我一直很喜欢迪戈里，"克鲁姆很唐突地对哈利说，"他总是对我很有礼貌。总是这样。尽管我来自德姆斯特朗——和卡卡洛夫一起。"他皱着眉头补充道。

"你们找到新校长了吗？"哈利问。

克鲁姆耸了耸肩膀。他像芙蓉那样伸出手，与哈利和罗恩分别握了握。

从罗恩的表情看，他的内心似乎正在忍受某种痛苦的挣扎。克鲁姆已经准备走开了，罗恩突然说道："你能给我签个名吗？"

赫敏转过脸，望着那些没有马拉的马车顺着车道朝他们缓缓驶来，脸上浮现出微笑：克鲁姆显得既惊讶又欣慰，为罗恩在一片羊皮纸上签了名。

在他们返回国王十字车站的路上，天气和他们去年九月来霍格沃茨时完全不同。天空万里无云。哈利、罗恩和赫敏费了半天劲儿，总算找到一个空的包厢，坐了进去。小猪又被罗恩的礼服长袍遮住了，因为它不停地尖声大叫，海德薇脑袋缩在翅膀下打瞌睡，克鲁克山蜷缩在一个空座位上，活像一个大大的、毛茸茸的姜黄色靠垫。火车载着他们向南驶去，哈利、罗恩和赫敏摆脱了一星期来的沉默，畅快淋漓地交谈着。哈利觉得，邓布利多在离校宴会上的讲话，似乎一下子涤荡了他心中的烦忧。此刻再谈论所发生的事情，他不感到那么痛苦了。他们热烈地谈论着邓布利多现在会采取什么措施阻

第37章 开 始

止伏地魔卷土重来，直到送午饭的小推车过来，才停住话头。

赫敏到小推车那里买完饭回来，把钱放回书包，掏出了一份她一直装在书包里的《预言家日报》。

哈利望了望，拿不准自己是否真想知道报纸上说了什么。赫敏见哈利望着报纸，便平静地说："报上没说什么。你自己可以看看，确实没有什么。我每天都要检查一下。只在第三个项目后的第二天发了一条短消息，说你赢得了三强杯。他们甚至提都没提塞德里克。对这件事只字未报。如果你问我的意见，我认为是福吉强迫他们保持沉默的。"

"他无法使丽塔保持沉默，"哈利说，"丽塔不会放过这样一篇精彩故事的。"

"噢，自从第三个项目之后，丽塔就什么也不写了。"赫敏说，她似乎在拼命克制着什么，语气有些奇怪，"不瞒你们说，"她又说道，声音有些发颤了，"丽塔·斯基特暂时不会再写任何东西了。除非她想让我泄露她的秘密。"

"你在说些什么呀？"罗恩说。

"我终于弄清，她在不应该进入场地时，是怎么偷听到别人的秘密谈话的。"赫敏一口气说道。

哈利有一种感觉，似乎赫敏这些日子来一直渴望把这件事告诉他们，但看到所发生的那么多状况，她只好忍着没说。

"她是怎么做的？"哈利赶忙问道。

"你是怎么弄清的？"罗恩盯着赫敏问。

"咳，其实说起来，还是你给了我灵感呢，哈利。"赫敏说。

"我？"哈利一头雾水，"怎么会呢？"

"窃听①。"赫敏快活地说。

---

① 同时有"变成甲虫"的意思。

"可是你说窃听器不管用——"

"哦,不是电子窃听器,"赫敏说,"是这样……丽塔·斯基特——"赫敏压抑着得意的情绪,声音微微颤抖,"——她是一个没有注册的阿尼马格斯。她能变成——"

赫敏从书包里掏出一只密封的小玻璃罐。

"——变成一只甲虫。"

"你在开玩笑吧,"罗恩说,"你没有……她不会……"

"哦,没错,正是这样。"赫敏高兴地说,一边朝他们挥舞着玻璃罐。

玻璃罐里有几根树枝和几片树叶,还有一只胖墩墩的大甲虫。

"那不可能——你在开玩笑——"罗恩把瓶子举到眼前,低声说。

"没有,我没开玩笑,"赫敏满脸喜色地说,"我在病房的窗台上抓住了她。你仔细看看,就会注意到这只甲虫触角周围的记号和她戴的那副难看的眼镜一模一样。"

哈利凑近一看,发现赫敏说得完全正确。他也想起了一些事情。"那天晚上,我们听见海格对马克西姆女士谈起他妈妈时,就有一只甲虫贴在雕像上。"

"正是这样,"赫敏说,"我们在湖边谈话之后,威克多尔从我的头发里捉出了一只甲虫。除非是我弄错了,但我敢说在你伤疤疼的那天,丽塔一定躲在占卜课教室的窗台上偷听来着。她一年到头四处飞来飞去,寻找可以大做文章的材料。"

"那天我们看见马尔福在那棵树下……"罗恩慢慢地说。

"他在跟丽塔说话,丽塔就在他手上,"赫敏说,"当然啦,马尔福知道这个秘密。丽塔就是这样对斯莱特林们进行那些精彩的小采访的。他们才不在乎她做的事情是不是合法呢,只要他们能在她面前胡乱造谣,诽谤我们和海格就行。"

第37章 开 始

赫敏从罗恩手里拿回玻璃罐,笑嘻嘻地望着甲虫,甲虫气愤地隔着玻璃嗡嗡直叫。

"我告诉过她,我们一回到伦敦,我就放她出来。"赫敏说,"我给罐子念了一个牢固咒,这样她就没法变形了。我叫她一年之内不得动笔写东西,看能不能改掉诽谤和侮辱别人的恶习。"

赫敏平静地笑着,把甲虫放回了她的书包里。

包厢的门被人拉开了。

"干得很聪明,格兰杰。"德拉科·马尔福说。

克拉布和高尔站在他身后。哈利还从没见过他们三个这样得意,这样傲慢,这样气势汹汹呢。

"这么说,"马尔福朝包厢里跨进一步,缓缓地打量着他们,嘴角颤抖着露出一丝讥笑,慢慢地说,"你抓住了某个可怜的记者,波特又成了邓布利多最喜欢的男孩。真了不起。"

他脸上阴险的笑容更明显了。克拉布和高尔发出阵阵怪笑。

"尽量不去想它,是吗?"马尔福望着他们三个,轻声轻气地说,"尽量假装什么也没发生?"

"滚出去。"哈利说。

邓布利多致辞哀悼塞德里克时,哈利看见马尔福跟克拉布和高尔窃窃私语,从那以后,哈利还一直没和马尔福挨得这么近过。他感到耳朵里嗡嗡直响。他的手不由自主地抓住了长袍下的魔杖。

"你从一开始就输定了,波特!我警告过你!我告诉过你选择伙伴要谨慎,记得吗?那是去霍格沃茨的第一天,我们在火车上相遇时?我告诉过你不要跟这些下三烂的人泡在一起!"他冲罗恩和赫敏摆了摆脑袋,"现在已经来不及了,波特!黑魔王回来了,最先完蛋的就是他们!最先就是泥巴种和喜欢麻瓜的家伙!嗯——不是最先——迪戈里才是——"

说时迟那时快,就好像有人在包厢里点爆了一箱烟火。从不同方向发出的咒语放射出耀眼的强光,刺得哈利睁不开眼睛,一连串噼噼啪啪的巨响几乎震聋了他的耳朵。他眨眨眼睛,低头望着地板。

马尔福、克拉布和高尔都不省人事地躺在包厢门口。哈利、罗恩和赫敏都站着,刚才他们三个使用了不同的恶咒,而且这么做的还不止他们。

"我们想看看他们三个到底想干什么。"弗雷德一本正经地说,踏着高尔的身体走进了包厢。他的魔杖拿在手里,乔治也是这样。乔治跟着弗雷德进入包厢时,故意踩在了马尔福身上。

"多么有趣的效果,"乔治低头看着克拉布,说道,"谁用了火烤咒?"

"我。"哈利说。

"真巧,"乔治开心地说,"我用了软腿咒。看来这两种咒语不能混合使用。他好像满脸都冒出了小触角。好吧,我们别把他们撂在这儿,他们可不是什么漂亮的装饰品。"

罗恩、哈利和乔治又踢又推又拉,把昏迷不醒的马尔福、克拉布和高尔(他们每个人受到几种咒语的混合袭击,模样更加难看了)弄到了外面的走廊里,然后回到包厢,把门重新拉上。

"谁玩噼啪爆炸?"弗雷德说着,掏出一副牌来。

刚玩到第五局,哈利拿定主意,决定向他们问个明白。

"那么,你们可以告诉我们了吧?"他对乔治说,"你们在敲诈谁?"

"噢,"乔治闷闷不乐地说,"不提也罢。"

"没什么,"弗雷德说着,不耐烦地摇了摇头,"没什么大不了的。至少现在已经不重要了。"

"我们已经放弃了。"乔治耸了耸肩膀,说道。

可是哈利、罗恩和赫敏不依不饶地追问,最后,弗雷德说:"好吧,好吧,既然你们真的想知道……是卢多·巴格曼。"

第37章 开 始

"巴格曼?"哈利敏锐地说,"你是说他也卷进——"

"不是,"乔治愁眉苦脸地说,"不是这码子事儿。他傻瓜蛋一个,还没有这样的脑子。"

"哦,那是怎么回事?"罗恩问。

弗雷德迟疑了一下,说道:"你们还记得我们在魁地奇世界杯赛上跟他打赌的事吗? 就是我们赌爱尔兰赢,但克鲁姆会抓住金色飞贼?"

"记得呀。"哈利和罗恩慢慢地说。

"咳,那傻瓜付给我们的是小矮妖的金币,是他从爱尔兰的吉祥物那里捡到的。"

"那又怎么样呢?"

"那还用说,"弗雷德不耐烦地说,"金子消失了,不是吗? 到了第二天早上,连影子都没了!"

"可是——那一定是不小心弄错的,是不是?"赫敏说。

乔治很尖刻地笑了起来。"是啊,我们一开始也这样想。我们以为,只要写封信给他,告诉他弄错了,他就会把钱还给我们。没想到满不是那么回事。他对我们的信根本不理睬。我们在霍格沃茨三番五次想跟他谈谈,可他总是找各种借口摆脱我们。"

"到了最后,他态度变得非常恶劣,"弗雷德说,"对我们说,我们年龄太小,不能赌博,他一分钱也不会给我们。"

"然后,我们想要回本钱。"乔治怒气冲冲地说。

"他不会拒绝了吧!"赫敏屏住呼吸说。

"让你说着了。"弗雷德说。

"可那是你们的全部积蓄呀!"罗恩说。

"这还用你说。"乔治说,"当然啦,后来我们总算弄清了是怎么回事。李·乔丹的爸爸向巴格曼讨债时也碰了钉子。后来才知道,原来巴格曼在妖精那里惹了大麻烦。他向他们借了一大堆金子。世界杯赛后,他们把他堵在树林里,抢走了他身上所有的金币,还不够还清他的债务。妖精们一直跟着他来到霍格沃茨,密切监视着他。他赌博输光了一切,身上连两个金币也没有了。你知道那个傻瓜打算怎么向妖精还债吗?"

"怎么还?"哈利说。

"他把宝押在你身上了,伙计,"弗雷德说,"押了一大笔钱,赌你会赢得争霸赛。是跟妖精们赌的。"

"噢,怪不得他总想帮助我赢呢!"哈利说,"好了——我确实赢了,不是吗? 他可以把你们的金币还给你们了吧?"

"才不呢!"乔治摇了摇头说,"妖精的表现和他一样恶劣。他们说你和迪戈里并列第一,而巴格曼赌的是你大获全胜。所以巴格曼只好匆忙逃命。第三个项目一结束,他就逃跑了。"

乔治沉重地叹了口气,又开始发牌。

旅途剩下来的时光过得非常愉快;实际上,哈利真希望火车就这样一直开下去,开整整一个夏天,他永远不会到达国王十字车站……但他这一年经过重重困难已经懂得:当某件不愉快的事等在前面时,时间是不会放慢脚步的。仅一眨眼的工夫,霍格沃茨特快列车就停靠在$9\frac{3}{4}$站台了。同学们纷纷开始下车,过道里又是一片混乱和嘈杂。罗恩和赫敏提着箱子,走出了包厢,艰难地跨过马尔福、克拉布和高尔的身体。

但哈利没有动弹。"弗雷德——乔治——等一等。"

双胞胎转过身来。哈利打开箱子,从里面取出他在争霸赛中赢得的奖金。

"拿着吧。"他说,把袋子塞进乔治手里。

"什么?"弗雷德说,惊得目瞪口呆。

"拿着。"哈利坚决地重复道,"这钱我不想要。"

"你发神经了。"乔治说,一边拼命把袋子推还给哈利。

第37章 开 始

"不,我没有。"哈利说,"你们拿去吧,继续搞发明创造。这是给笑话店的。"

"他确实发神经了。"弗雷德用几乎敬畏的声音说。

"听着,"哈利很坚决地说,"如果你们不收,我就把它扔到阴沟里。我不想要它,也不需要它。但是我需要一些欢笑。我们可能都需要一些欢笑。我有一种感觉,很快我们就会需要比往常更多的欢笑。"

"哈利,"乔治声音微弱地说,掂量着手里的那袋金币,"里面有一千个金加隆呢。"

"是啊,"哈利笑着说,"想想吧,值多少个金丝雀饼干啊。"

双胞胎兄弟呆呆地望着他。

"千万别告诉你们的妈妈这钱是哪儿来的……尽管她现在不那么热心要你们进魔法部了,现在想来……"

"哈利……"弗雷德还要说什么,但哈利拔出了魔杖。

"听着,"他板着脸说,"快收下,不然我就给你念个恶咒。我现在知道几个很厉害的恶咒呢。你们就算帮我一个忙吧,好吗?给罗恩另外买几件礼服长袍,就说是你们送给他的。"

不等双胞胎再说一个字,哈利就离开了包厢,跨过马尔福、克拉布和高尔走了。马尔福他们仍然躺在地板上,身上带着恶咒留下的痕迹。

弗农姨父在隔墙外面等着他。韦斯莱夫人就站在他近旁。她一看见哈利,就过来一把搂住他,并贴着哈利的耳朵低声说:"我想邓布利多会让你夏末到我们家来的。保持联系,哈利。"

"再会,哈利。"罗恩说,拍了一下他的后背。

"再见,哈利!"赫敏说,然后她做了一件以前从没做过的事情:她吻了吻哈利的面颊。

"哈利——谢谢。"乔治喃喃地说,弗雷德在他旁边拼命点头。

哈利朝他们眨眨眼睛,然后转向弗农姨父,默默地跟着他离开了车站。现在还没有什么可担心的,他一边钻进德思礼家的汽车后座,一边这样想道。

正如海格说的,该来的总归会来……一旦来了,他就必须接受。

格兰芬多

鲁伯·海格

♦格兰芬多♦

海格带着他的猎狗牙牙大步走过校园场地,在霍格沃茨的校园生活中是一个不可或缺的人物。这个粗鲁的场地看守,总是一边大杯喝茶,一边发表一些至理名言。请读读他的几则最令人难忘的忠告吧!

"哦,住嘴,德思礼,你这个大傻瓜。"

※

"哈利——你是一个巫师。"

※

"别担心,哈利。你很快就会学会的。在霍格沃茨,人人都是从基础开始学的。你会很好的。打起精神来。"

※

"啊,是啊,人们对于宠物会有点犯糊涂。"

※

"我就是我,没什么可羞愧的。'永远别感到羞愧,'我的老爸爸过去常说,'有人会因为这个而歧视你,但他们不值得你烦恼。'"

※

"坐着干着急是没有用的……该来的总归会来,一旦来了,我们就接受。"

鲁伯·海格

霍格沃茨的魔法画作

◆格兰芬多◆

当霍格沃茨的学生穿过城堡里迷宫般的走廊去上课时，可以通过古老石墙上的许多魔法画像找到自己的方向。这些画像藏在挂毯和雕像之间，为学校生活提供了一个愉快的背景，学生们很快就习惯了这样一个事实：那些彩色的画中人都有他们自己的思想。

这些充满活力的男女巫师与麻瓜世界里那些不会魔法的画中人不同，他们可以去拜访同一屋檐下的其他画像作品，正是凭着这一特点，当三年级的哈利、罗恩和赫敏在寻找北塔楼时，行侠仗义的格兰芬多骑士卡多根爵士呼呼地冲过旁边那些画框，帮助了他们。流言蜚语也通过这种方式在学校里迅速传播。

霍格沃茨的这些魔法画像，有的在学校里担负着重要的任务。比较著名的是穿着粉红色绸裙的胖夫人肖像，她用精心挑选的口令守护着格兰芬多塔楼。哈利三年级时，她的画布被撕碎，她逃到了一张阿盖尔郡地图里，卡多根爵士——被比尔·韦斯莱亲切地称为"那个疯骑士"——是唯一有胆量代替她去看门的人。这位热情有余而能力不足的骑士，愚蠢地把一张口令清单给了纳威·隆巴顿，却被小天狼星布莱

SIR CADOGAN

卡多根爵士

多根爵士就把这个臭名昭著的逃犯从肖像洞口弄到了。当然啦，失职的骑士惨遭解雇，回到了他在八楼的岗位，旁边是一幅狼狗的绘画，他向所有经过的人发起决斗，以此消磨时间。

霍格沃茨的艺术瑰宝中，还包括另外许多被铭记在画布上的古巫师。校长办公室里的那些肖像，记录了一长串曾担任过这个重要职务的天赋异禀的巫师，那些画像使每一任校长都能从他们的集体智慧中获得启发。阿不思·邓布利多在霍格沃茨任职期间，不知疲倦地工作，确保黑魔头的计划被挫败。他经常求助于那些画像的魔法能力，委托他们传递情报、查询信息。

三强争霸赛

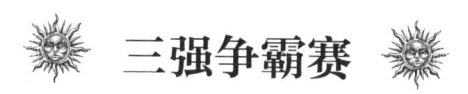

♦ 一份测试题 ♦

哈利·波特在霍格沃茨的第四年,三强争霸赛的恢复举办给他带来了兴奋和危险。请完成这份测试题,看看你是否了解在欧洲三所重要魔法学校之间进行的这项传奇赛事,以及,当霍格沃茨与其对手——布斯巴顿和德姆斯特朗——一决高下时,每个学院所发挥的作用。

1. 三强争霸赛在停赛前多久举办一次?
    a. 每四年
    b. 每七年
    c. 每五年

2. 1792年那次历史性的争霸赛中发生了什么灾难?
    a. 一只马形水怪吞下了布斯巴顿的勇士
    b. 两位勇士互相攻击并致残对方
    c. 一头鸡身蛇尾怪不受控制,横冲直撞

3. 获胜者将获得多少奖金?
    a. 一千个加隆
    b. 一千五百个加隆

c. 一千个加隆、十五个西可和一个纳特

4. 格兰芬多的弗雷德和乔治·韦斯莱试图越过火焰杯的年龄线时，用的是什么魔法，失败的结果是什么？
   a. 一种隐形咒，他们长出长长的蓝胡子
   b. 一种增龄剂，他们长出长长的白胡子
   c. 一种幻身咒，他们长出粉红色的小胡子

5. 斯莱特林的德拉科·马尔福的**波特臭大粪**徽章上交替出现的那行字是什么？
   a. 支持**塞德里克·迪戈里**—— 霍格沃茨的真正勇士！
   b. 支持塞德里克 —— 唯一真正的勇士！
   c. **波特臭不可闻**

6. 陪丽塔·斯基特去争霸赛的那位摄影师叫什么名字？
   a. 博佐
   b. 巴佐
   c. 阿隆佐

7. 拉文克劳魁地奇球队的哪位队员是芙蓉·德拉库尔在圣诞舞会上的舞伴？
   a. 拉文克劳队的找球手，理查德·戴维斯
   b. 拉文克劳队的击球手，鲁伯特·戴维斯
   c. 拉文克劳队的追球手，罗杰·戴维斯

8. 赫奇帕奇的塞德里克·迪戈里把级长盥洗室的口令告诉了哈利，帮助他解开第二个项目的线索。那个口令是什么？

a. 新鲜青柠

b. 清凉海风

c. 新鲜凤梨

9. 在第三个项目中，三强争霸赛的四名勇士在迷宫里遭遇了哪些魔法生物？

a. 一个斯芬克斯、一个摄魂怪和一只巨蜘蛛

b. 一个斯芬克斯、一个博格特和一条炸尾螺

c. 一个斯芬克斯、一只霍克拉普和一条炸尾螺

10. 有外国客人在霍格沃茨时，家养小精灵会做以下哪些国际菜肴？

a. 匈牙利红烩牛肉、法式杂鱼汤和牛奶冻

b. 芝士蛋奶酥、菜炖牛肉和法式杂鱼汤

c. 法式洋葱汤、法式杂鱼汤和炸肉排

翻到本书最后一页，寻找正确答案。

我们邀请你加入神奇的

哈利·波特读书之夜

了解如何加入本活动，请访问
www.plph-hp.com

1.c, 2.c, 3.a, 4.b, 5.a, 6.b, 7.c, 8.c, 9.b, 10.a

三通寺题兼测试题的答案